중국당송우언

中國唐宋寓言

최봉원 역주

明文堂

서문

우언(寓言)이란 줄거리를 갖춘 간략한 고사에 우의(寓意)를 기탁하는 방법으로 모종의 도리를 표현하여 권계(勸誡)·풍유(諷諭)·교훈(敎訓) 작용을 하는 일종의 문학 형식이다. 우리나라에서는 우화(寓話)라는 말로 더 익숙하다.

중국의 우언은 이천 사오백 년 전 선진(先秦)의 여러 전적(典籍)에서 처음으로 출현했다. 고대 그리스에서 기원전 6세기경 아동의 학습에 제공되는 우언집－《이솝(Aesop)우언》이 출현한 것을 보면 중국 우언의 출현은 이와 비슷하거나 약간 뒤의 일이다. 그리고 중국의 우언은 《이솝우언》이나 인도의 《백유경(百喩經)》과 같은 전집(專集) 형태가 아니고 여러 전적의 문장 속에 산견되는 형태로 출현했는데, 이는 당시의 혼란한 시대상황과 밀접한 관계가 있다.

중국은 주(周)나라 말기에 이르러 중앙정권이 날로 쇠약해지면서 제후들이 자기의 역량을 강화하기 위해 내정과 외교 방면에서 자기를 보필할 인재가 필요했고, 이를 틈타 제자백가와 책사(策士)들이 우후죽순처럼 출현하여 기발한 설법(說法)으로 제후들에게 유세하거나 정치 주장을 펴나갔다. 이때 그들은 자기의 설리(說理)나 주장을 관철하기 위해 우언을 적절히 활용했는데, 그 이유는 우언이 성현(聖賢)의 말이나 역사 사실 또는 민간고사를 원용함으로써 상대방에게 신뢰를 주어 강력한 설득력을 지니고 있기 때문이었다. 이 시기에 《관자(管子)》《안자춘추(晏子春秋)》《좌전(左傳)》《묵자(墨子)》《열자(列子)》《맹자(孟子)》《장자(莊子)》《윤문자(尹文子)》《여씨춘추(呂氏春秋)》《한비자(韓非子)》《전국책(戰國策)》 등 선진 제자의 전적에서 대량의 우언이 출현했는데, 이 시기는 그야말로 중국 우언의 효시(嚆矢)인 동시에 우언의 전성기라고 할 수 있다.

양한(兩漢) 우언은 내용면에서는 선진 우언과 분위기를 달리하지만, 제재와 기법은 대체로 선진 우언을 많이 답습했다. 한(漢)이 진(秦)을 멸하고 다시 중국을 통일한 후 사회가 어느 정도 안정 상태로 접어들자, 한무제(漢武帝)는 제자백가를 배척하고 오직 유가(儒家)을 존숭하는 문화정책을 채택하였다. 그리하여 이후 한대는 바야흐로 유가독존(儒家獨尊)의 시대가 전개되었다. 통일과 함께 선진 시기의 제자백가들처럼 열렬한 정치 주장을 전개할 수 있는 환경과 분위기가 소멸됨에 따라, 문인 학자들의 사상도 새로운 출로를 모색하기보다는 오히려 현실에 안주하며 현상 유지에 신경을 썼다. 따라서 문인들은 봉건사회의 안정과 발전의 필요에 호응하여 봉건통치자의 인재 임용·부국강병(富國强兵) 및 나라의 태평과 생활 안정에 대한 권고, 정의(正義)와 선행(善行)을 존중하고 진리를 추구하는 등 당시의 사회 풍조를 반영함으로써, 내용면에서 철리(哲理)보다는 권계(勸誡) 성격이 짙은 우언이 많이 출현했다. 유향(劉向)의 《설원(說苑)》과 《신서(新序)》에는 특히 그러한 성격의 우언이 많다. 또 양한 우언은 체제와 제재에 있어서 선진 우언을 많이 답습했는데, 예를 들어 《회남자(淮南子)》는 체제상에서 《장자(莊子)》를 많이 답습했고, 《신서(新序)》와 《설원(說苑)》은 체세뿐만 아니라 제재(題材)에 있어서도 선진의 《한비자(韓非子)》·《여씨춘추(呂氏春秋)》를 많이 답습했다.

위진남북조(魏晉南北朝) 시기는 한(漢)나라 말기부터 수(隋)나라가 전국을 통일할 때까지 수백 년에 걸쳐 춘추전국시대를 연상할 만큼 정치·사회적으로 매우 혼란한 국면이 조성되었다. 유학(儒學)을 숭상하던 한왕조(漢王朝)의 해체에 따라 사상을 지배해온 유학이 독존의 지위를 상실하고 노장(老莊)사상과 불교가 매우 성행했다. 문학 방면에서도 일대 변화가 일어나 문학이 역사·철학과 분리되어 순수 문학으로 독립했다. 따라서 문인들의 저술 양상도 변화를 가져왔고, 한대(漢代)까지 여러 전적의 서술 내용 중에 부분적으로 산견되던 우언이 한 토막의 짧은 형식으로 독립하여 출현하기도 했다. 특히 《소림(笑林)》의 출현은 중국 최초의 소화전집(笑話專集)으로, 이후 풍자(諷刺)·해학(諧謔)우언의 발전에 중요한 역할을 했다.

《소림》 외에 《부자(苻子)》《유자(劉子)》《금루자(金樓子)》《세설신어(世說新語)》《수신기(搜神記)》 등에 비교적 우언이 많은데, 내용은 한대를 답습한 권계 성격의 우언과 소화(笑話)를 통한 풍자 성격의 우언을 포함하고 있다. 이밖에 위진남북조는 불경 번역의 성행으로 인해 불경 우언이 많이 출현했지만, 이는 외국에서 유입된 우언이지 중국의 자생적 우언이 아니다.

당송(唐宋)은 문학이 가장 번영했던 시기이다. 이 시기는 일부 문인 학자들이 의식적으로 우언을 창작하여 복잡한 정치 투쟁에서 부패한 세력에 대해 폭로하고 타락한 세상 물정과 인간성을 조소하고 풍자하는 우언을 많이 창작했다. 또한 우언의 체재 형식에서도 현격한 변화가 일어나 한유(韓愈)의 《모영전(毛穎傳)》이나 유종원(柳宗元)의 《삼계(三戒)》와 같이 비록 전(傳)이나 계(戒) 등의 문체 형식을 빌리기는 했지만, 단독 편명(篇名)으로 우언 작품을 창작하고 편폭도 이전에 비해 상당히 길어졌다. 이밖에도 소식(蘇軾)의 《애자잡설(艾子雜說)》은 여러 편의 우언을 수록하여 맹아(萌芽) 단계이기는 하지만 중국우언사에서 최초의 우언 전집으로 평가되고 있다. 한유(韓愈)의 창려선생집(昌黎先生集), 유종원(柳宗元)의 《유하동집(柳河東集)》, 피일휴(皮日休)의 《피자문수(皮子文藪)》, 육구몽(陸龜蒙)의 《입택총서(笠澤叢書)》, 나은(羅隱)의 《나소간집(羅昭諫集)》, 소식(蘇軾)의 《소식문집(蘇軾文集)》과 《애자잡설(艾子雜說)》, 악가(岳珂)의 《정사(桯史)》 등에 인구에

회자되는 우수한 우언 작품을 많이 수록하고 있다.

명청(明淸) 시기는 봉건전제 통치가 사람들의 사상과 언론에 대해 보다 엄격한 통제를 가함으로써, 문인들이 감히 어두운 현실에 대해 직설적으로 비난하지 못하고 필화(筆禍)를 피해 가급적 우언의 형식을 이용하여 심각한 사상을 에둘러 표현하는 이른바 해학(諧謔) 우언이 출현했다. 그러나 많은 우언 작품은 그 사상 내용 여하에 관계없이 항상 냉혹한 조소(嘲笑)와 신랄한 풍자를 내포한 소화(笑話) 형태로 출현하여 진리를 표현하고자 했다. 유기(劉基)의 《욱리자(郁離子)》, 송렴(宋濂)의 《연서(燕書)》《용문자응도기(龍門子凝道記)》, 유원경(劉元卿)의 《현혁편(賢奕編)》, 강영과(江盈科)의 《설도해사(雪濤諧史)》, 조남성(趙南星)의 《소찬(笑贊)》, 풍몽룡(馮夢龍)의 《소부(笑府)》 등에 이러한 부류의 우수한 우언 작품이 많다.

이상에서 언급한 것처럼 중국의 우언은 선진(先秦)시대의 역사 산문과 제자 산문에 등장한 이래, 부단히 명맥을 이어가면서 후세의 역사·철학·정치·문학 등 모든 분야의 문장에 널리 활용되고, 각종 문장의 서술 기법에 지대한 영향을 주었다. 뿐만 아니라 수많은 전고(典故)와 고사성어(故事成語)를 탄생시키는 등 중국인의 언어생활에도 적잖은 영향을 주었다.

우언은 이처럼 그 나름의 일정한 형식과 체제를 갖추고 오랜 전통을 이어가며 점차 문학형식으로 발전을 거듭하여, 오늘날에는 「우언문학」이 문학의 한 장르로서 확고한 자리매김을 하고 있다. 그리하여 중국과 대만을 비롯한 중화문화권의 학계에서는 이미 오래전부터 연구자의 관심을 불러일으켜 우언문학에 대한 연구가 활발히 진행되어 왔고, 출간된 우언선집도 수십 종에 달하고 있다.

우리나라는 지리적으로 중국과 이웃해 있어 중국 문화의 영향을 많이 받아 왔기 때문에 중국의 우언은 자연히 우리나라에 전래되어 우리의 문학과 언어생활에 많은 영향을 주었다. 따라서 우언은 학문적으로 중요한 연구 대상인 동시에, 또한 짤막한 내용이 매우 흥미롭고 우리에게 교훈을 줄 수 있다는 점에서도 일반 독자들의 읽을거리로 충분한 가치를 지니고 있다. 그러나 그간 우리 국내에서는 학계의 일부 연구 영역에서 다루어졌을 뿐 일반 독자들이 직접 우언을 접하기가 쉽지 않았다. 그래서 필자는 우언 연구가들에게 번역된 자료를 제공하는 동시에 일반 독자들에게 중국의 우언을 소개한다는 취지에서 「중국 우언 역주」를 계획하고, 이를 위해 중국·대만·홍콩 등지에서 출간된 여러 우언선집(寓言選集)과 관련 자료들을 수집 정리한 후, 이들 작품을 「선진(先秦) 우언」「양한(兩漢) 우언」「위진남북조(魏晉南北朝) 우언」「당송(唐宋) 우언」「명청(明淸) 우언」의 다섯 부분으로 분류하여 역주 작업을 진행하였다.

역주 방법에 있어서는 한문(漢文) 학습과 우언 연구를 병행할 수 있도록 매 작품마다 '원문 및 주석' '번역문' '해설'의 세 부분으로 나누어 상세히 설명하였고, 우리말 번역은 기본적으로 직역을 원칙으로 하되 원문의 구조상 직역이 매끄럽지 못할 경우 약간의 의역과 동시에 의미 보충을 하여 읽기에 편하도록 하였으며, 주석(注釋)은 인명·지명이나 전고(典故) 등에 대한 풀이 외에도 한문 학습에 필요한 일반 단어에 이르기까지 상세하게 정리하였다.

본서의 집필에 많은 노력과 심혈을 기울였음에도 불구하고 필자의 천학비재(淺學菲才)로 인해 오류가 적지 않을까 우려된다. 이점 독자들의 부단한 관심과 아낌없는 질정(叱正)을 바란다.

2017. 12.

최봉원

일러두기

- 본서에 수록된 우언의 문선(文選)은 근래 중국과 대만 및 홍콩 등지에서 출판된 10종의 우언선집(《중국역대우언선(中國歷代寓言選)》·《중국우언전집(中國寓言全集)》·《중국고대우언정품상석(中國古代寓言精品賞析)》·《역대우언선(歷代寓言選)》·《신역역대우언선(新譯歷代寓言選)》·《중국철리우언대전(中國哲理寓言大全)》·역대우언대관(歷代寓言大觀)·중국역대우언분류대관(中國歷代寓言分類大觀)·중국우언독본(中國寓言讀本)·당송풍자우언(唐宋諷刺寓言) : 본서 참고문헌 참조)에 수록한 작품을 대상으로 선정하였다.
- 본서에 수록된 우언의 원문은 본서 참고문헌의 「원문교감 및 참고자료」 항목에 열거한 판본을 저본으로 교감하였다. 다만 원문을 제외한 문장의 단락·구두점의 위치·문장부호의 표기 등은 상황에 따라 저본 외에 여러 출판사의 역주본들을 참고하여 필자 나름대로 가장 문의(文意)에 적합하다고 판단되는 방향으로 정리하였으며, 간혹 저본과 기타 판본 간에 나타나는 이자(異字)에 대해서는 각주에 설명을 첨가하였다.
- 본서에 수록된 우언 작품의 제목은 대부분 여러 우언선집에서 사용한 제목 가운데 필자 임의대로 하나를 선택했고, 간혹 필자가 교정하여 붙인 경우도 있다.
- 본서의 구성은 《진서(晉書)》《남사(南史)》《북사(北史)》《법원주림(法苑珠林)》 … 《남당근사(南唐近事)》《상산야록(湘山野錄)》 등 우언 작품이 수록

된 원전을 시대순으로 구분하여 소개하고, 매 작품을 '원문 및 주석' '번역문' '해설' 의 세 부분으로 나누어 다음과 같은 원칙을 적용하였다.

1. 공통부분

1) 본서의 '번역문', '해설' 부분의 우리말 설명에는 한자 표기가 필요할 경우 우리말 뒤의 ( ) 속에 한자를 표기하였다.

예 송계아(宋季雅)는 남강군(南康郡)에서 파직되자, 여승진(呂僧珍)의 집 옆에 집을 사서 살았다.

2) 인용문 또는 드러낼 필요가 있는 문구에 대해서는 「 」『 』를 사용하여 표시하였다.

예 (그리고) 원결을 꾸짖어 말했다 : 「나는 옛날 둥근 것을 싫어하는 선비가 : 『차라리 모나게 노예가 될지언정, 두리뭉실하게 경(卿)이 되지 않고; 차라리 모나게 모욕을 당할지언정, 두리뭉실하게 부귀영달(富貴榮達)을 꾀하지 않는다.』라고 노래했다는 말을 들었네.」

예 한유는 유종원과 더불어 후인들에 의해 「당송팔대가(唐宋八大家)」의 반열에 올라 문단의 추앙을 받았다.

3) 서명(書名)과 작품은 《 》로 표시하였다.

예 그의 저서로 《유한고취(幽閑鼓吹)》가 있는데 《신당서(新唐書) · 예문지(藝文志)》에 「소설가류」로 분류했다.

4) 옛 지명 또는 용어 등에 간단한 해석이 필요할 경우 [ ] 안에 처리하였다.

예 도세(道世 : ? - 683)는 당대(唐代)의 고승(高僧)으로, 출가 이전의 성은 한(韓), 자는 역운(亦惲) 또는 현운(玄惲)이며 경조(京兆)[지금의 섬서성 서안시(西安市)] 사람이다.

5) 본서에 나오는 인명 · 지명 · 작품명 등은 모두 우리말 발음으로 표기하고 ( ) 속에 한자를 넣되, 같은 단어가 자주 나올 경우 처음에만 한자를 표기하고 나머지는 주로 우리말 발음으로 표기하였다.

예 혜홍(惠洪 : 1071－1128)은 균주(筠州)[지금의 강서성 고안(高安)] 사람으로 본래 성은 팽(彭), 이름은 덕홍(德洪)이나 후에 출가하여 승려가 된 후, 법명을 혜홍이라 했다. … 혜홍은 시(詩) 문장(文章)에 능하여 《냉재야화(冷齋夜話)》·《임제종지(臨濟宗旨)》 등 많은 저술을 남겼는데, 《냉재야화》는 모두 10권으로 작자 자신의 견문(見聞)과 시화(詩話)를 기술한 것이다.

6) 중국의 현행 성(省) 이름은 모두 우리말 발음으로 표기하였다.

甘肅省→감숙성 江西省→강서성 江蘇省→강소성 廣東省→광동성
廣西省→광서성 貴州省→귀주성 吉林省→길림성 福建省→복건성
四川省→사천성 山東省→산동성 山西省→산서성 陝西省→섬서성
新疆省→신강성 安徽省→안휘성 寧夏省→영하성 遼寧省→요녕성
雲南省→운남성 浙江省→절강성 青海省→청해성 河南省→하남성
河北省→하북성 湖南省→호남성 湖北省→호북성 黑龍江省→흑룡강성

2. '원문 및 주석' 부분

1) 원문에 한하여 인명·지명 등 고유명사는 밑줄 '__'로 표시하였다.

예 殿中丞丘浚嘗在杭州謁釋珊, 見之殊傲。頃之, 有州將子弟來謁, 珊降階接之, 甚恭。

2) 주석은 각주 형식을 채택하고, 먼저 원문에서 한 문구를 따다가 번역을 한 후, 주석이 필요한 부분을 【 】와 〖 〗로 묶어 설명하였으며, 한자(漢字)는 ( )속에 한글 독음을 달았다.

예 截冠雄鷄又來, 如慕侶, 將登於梁且栖焉。→ 벼슬 잘린 수탉이 또 찾아와, 마치 짝을 그리워하듯, 들보에 올라가 (무리들과 함께) 서숙하려 했다.

【慕侶(모려)】: 짝을 그리워하다. 〖慕(모)〗: 그리워하다. 〖侶〗: 짝, 동료.

【將(장)】: (장차) …하려고 하다.

3) 인명이나 관직 명칭, 주(州)·군(郡)·현(縣) 등의 행정 단위 및 일반 지명, 산이나 강 등의 자연 지명은 명칭 앞에 식별이 용이하지 않을 경우에 한

해 [국명] [인명] [지명] 등을 별도로 표기하여 알기 쉽게 하였다.

예 魯嬰泣衛 → 노(魯)나라의 영(嬰)이 위(衛)나라로 인해 눈물을 흘리다

【伯樂(백락)】: [인명] 성은 손(孫), 이름은 양(陽)이며, 자는 백락(伯樂)이다.

【長安(장안)】: [지명] 당(唐)나라의 도읍. 지금의 섬서성 서안시(西安市).

【象耳山(상이산)】: [산 이름] 지금의 사천성 팽산현(彭山縣) 동북쪽에 있는 산.

4) 보충설명이 필요하다고 여겨지는 경우에는 '※' 표를 사용하여 설명을 추가했다.

예 【步搖之冠(보요지관)】: 봉관(鳳冠). ※ 옛날 금사(金絲)와 주옥으로 만든 모자의 일종으로, 일명 「봉관(鳳冠)」이라 하는데, 걸음을 뗄 때마다 흔들리기 때문에 「步搖之冠」이라 했다.

3. '번역문' 부분

1) 본서의 우리말 번역은 직역을 원칙으로 하되, 직역으로 인해 문맥이 매끄럽지 못할 경우 본래의 뜻을 훼손하지 않는 범위 안에서 약간의 의역을 했다.

2) 원문에 문자의 생략 또는 의미의 함축으로 인해 보충설명이 필요할 경우 ( ) 안에 넣어 문맥을 원활하도록 하였다.

예 저씨(狙氏)의 아들은 (원숭이를 길들이는) 아버지의 기술을 습득하지는 못했지만, 닭의 습성을 터득했다.

4. '해설' 부분

'해설' 부분에서는 먼저 작품의 요지를 개괄하고 나서 말미에 우의(寓意)를 설명하였다. 다만 말미의 우의를 설명하는 부분에서는 기본적으로 기존 여러 우언선집의 해설 부분을 참고한 후 필자의 관점에 따라 첨삭하여 간략하게 기술하였다.

차례

송대(宋代) 우언

《동파지림(東坡志林)》 우언

《애자잡설(艾子雜說)》 우언

《남사南史》 우언

이연수(李延壽 : ?-?)는 자가 하령(遐齡)이며 상주(相州)[지금의 하남성 안양(安陽)] 사람으로, 당대(唐代) 초기의 저명한 사학가(史學家)이다. 태자전선승(太子典膳丞)·숭현관학사(崇賢館學士)·어사태주부(御史台主簿)를 거쳐 부새랑(符璽郎)을 지내면서 《오대사지(五代史志)》《진서(晉書)》의 편찬에 참여했고, 《태종정전(太宗政典)》을 저술했다. 그는 또 부친의 유지를 이어받아 16년 동안 혼자의 힘으로 《남사(南史)》 80권과 《북사(北史)》 100권을 완성했는데, 서술이 간결하고 조리가 분명하여 상당한 사료적(史料的) 가치를 지니고 있다.

《남사》는 송무제(宋武帝) 영초(永初) 원년(420)으로부터 진후주(陳後主) 정명(禎明) 3년(589)까지 남조(南朝)의 송(宋)·제(齊)·양(梁)·진(陳)에 이르는 170년 동안의 역사를 기록한 기전체(紀傳體)의 역사책으로 중국 정사(正史) 중의 하나이다. 내용은 본기 10권·열전 70권 등 모두 80권으로 구성되어 있다.

001 천만매린(千萬買鄰)

《南史 · 卷五十六 · 列傳第四十六 · 呂僧珍傳》

원문 및 주석

千萬買鄰[1]

宋季雅罷南康郡, 市宅居僧珍宅側。[2] 僧珍問宅價, 曰 : 「一千一百萬。」[3] 怪其貴, 季雅曰 : 「一百萬買宅, 千萬買鄰。」[4]

1 千萬買鄰 → 천만금으로 이웃을 사다

2 宋季雅罷南康郡, 市宅居僧珍宅側。→ 송계아(宋季雅)는 남강군(南康郡)에서 파직되자, 여승진(呂僧珍)의 집 옆에 집을 사서 살았다.
【宋季雅(송계아)】: [인명] 《남사(南史) · 여승진(呂僧珍)》에 의하면 여승진이 송계아를 양무제(梁武帝)에게 천거했는데, 양무제가 그를 장무장군(將武將軍) · 형주자사(荊州刺史)에 임명하여 탁월한 정치 업적을 남겼다.
【罷(파)】: 파직되다, 면직되다.
【南康郡(남강군)】: 진(晉)나라의 군 이름. 지금의 강서성 공주(贛州).
【市(시)】: 買(매), 사다.
【僧珍(승진)】: [인명] 呂僧珍(여승진). 동평범(東平范)[지금의 산동성 범현(范縣)] 사람으로 양무제(梁武帝) 때 관군장군(冠軍將軍)을 지냈다.

3 僧珍問宅價, 曰 : 「一千一百萬。」→ 여승진이 집값을 물으니 (송계아가) 대답했다 : 「천 백만금입니다.」

4 怪其貴, 季雅曰 : 「一百萬買宅, 千萬買鄰。」→ (여승진이) 그 집값이 비싼 것을 이상히 여기자, 송계아가 말했다 : 「백만금으로 집을 사고, 천만금으로 이웃을 샀습니다.」
【怪(괴)】: 이상히 여기다.

번역문

천만금으로 이웃을 사다

송계아(宋季雅)는 남강군(南康郡)에서 파직되자, 여승진(呂僧珍)의 집 옆에 집을 사서 살았다. 여승진이 집값을 물으니 (송계아가) 대답했다.

「천 백만금입니다.」

(여승진이) 그 집값이 비싼 것을 이상히 여기자 송계아가 말했다.

「백만금으로 집을 사고, 천만금으로 이웃을 샀습니다.」

해설

좋은 이웃은 거주 환경의 중요한 요건의 하나이다. 그래서 집을 살 때는 살기에 편안한 주택의 구조 외에 주위 환경과 이웃을 고려하게 된다. 이웃은 비상사태에 서로 협력하여 대처할 수도 있고 평소에 친하게 지내 생활의 즐거움을 더해준다. 송계아의 말이 다소 과장된 감은 있지만 이웃의 중요성을 잘 표현한 것이다.

이 우언은 이른바 「먼 친척보다 가까운 이웃이 낫다」는 것을 통해 주거 환경의 중요성을 강조한 것이다.

002 월부초을(越鳧楚乙)

《南史 · 卷七十五 · 列傳第六十五 · 顧歡傳》

원문 및 주석

越鳧楚乙[1]

昔有鴻飛天首，積遠難亮。越人以爲鳧，楚人以爲乙。人自楚、越，鴻常一耳。[2]

1 越鳧楚乙 → 월(越) 지방 사람은 물오리라 하고 초(楚) 지방 사람은 제비라 하다
【越(월)】: [지역] 옛 월나라 지역으로 지금의 절강성 태호(太湖) 일대.
【鳧(부)】: 물오리.
【楚(초)】: [지역] 옛 초나라 지역으로 지금의 호북성 및 장강(長江) 중류 일대.
【乙(을)】: 鳦(을), 제비.

2 昔有鴻飛天首，積遠難亮。越人以爲鳧，楚人以爲乙。人自楚、越，鴻常一耳。→예전에 하늘가를 나는 큰기러기가 있었는데, 거리가 너무 멀어 식별하기가 어려웠다. 월(越) 지방 사람은 물오리라 여기고, 초(楚) 지방 사람은 제비라 여겼다. 사람은 초 지방과 월 지방에서 왔지만, 큰 기러기는 항상 그 한 마리뿐이다.
【鴻(홍)】: 큰기러기.
【天首(천수)】: 하늘가, 하늘의 끝.
【積遠(적원)】: 거리가 매우 멀다.
【難亮(난량)】: 식별하기 어렵다.
【以爲(이위)】: …라고 여기다, …라고 생각하다.
【自(자)】: [상황어] …에서 오다, …로부터 오다.
【耳(이)】: …뿐.

번역문

월(越) 지방 사람은 물오리라 하고 초(楚) 지방 사람은 제비라 하다

예전에 하늘가를 나는 큰기러기가 있었는데, 거리가 너무 멀어 식별하기가 어려웠다. 월(越) 지방 사람은 물오리라 여기고, 초(楚) 지방 사람은 제비라 여겼다. 사람은 초 지방과 월 지방에서 왔지만, 큰 기러기는 항상 그 한 마리뿐이다.

해설

하늘가를 나는 큰기러기 한 마리를 두고 월(越) 지방 사람과 초(楚) 지방 사람이 각기 다르게 식별한 것은, 사물을 관찰하는 정확한 방법을 취하지 않고 눈짐작으로 대충 관찰했기 때문이다.

이 우언은 사물을 관찰할 경우 여러 측면을 고려하여 신중히 판단해야 착오를 범하지 않는다는 이치를 설명한 것이다.

《북사(北史)》 우언

작자 이연수(李延壽) : 《남사(南史)》 우언 참조.

《북사(北史)》는 북조(北朝)의 북위(北魏) · 동위(東魏) · 북제(北齊) · 서위(西魏) · 북주(北周) · 수(隋)에 이르는 242년 동안의 역사를 기록한 기전체(紀傳體)의 역사책으로 중국 정사(正史) 중의 하나이다. 내용은 본기 12권 · 열전 88권 등 모두 92권으로 구성되어 있다.

003 적마몽상(赤馬蒙霜)

《北史 · 卷二十四 · 列傳第十二 · 王皓傳》

원문 및 주석

赤馬蒙霜[1]

(王)皓字季高, ……嘗從文宣北征, 乘赤馬, 旦蒙霜氣, 遂不復識。[2] 自言失馬, 虞候爲求覓不得。須臾日出, 馬體霜盡, 繫在幕前, 方云:「我馬尙在。」[3]

1 赤馬蒙霜 → 붉은색 말이 서리를 덮어쓰다
【蒙霜(몽상)】: 서리를 덮어쓰다. 〖蒙〗: 덮다, 덮어 쓰다.

2 (王)皓字季高, ……嘗從文宣北征, 乘赤馬, 旦蒙霜氣, 遂不復識。→ 왕호(王皓)는 자가 계고(季高) 이다. ……일찍이 문선제(文宣帝)를 따라 북방 오랑캐 정벌에 나서면서, 붉은색 말을 타고 갔는데, 어느 날 아침 말이 서리를 덮어써 하얗게 변했다. 그리하여 (자기 말을) 다시 알아보지 못했다.
【王皓(왕호)】: [인명] 북제(北齊)의 장군.
【嘗(상)】: 일찍이.
【文宣(문선)】: 북제(北齊)의 군주 문선제(文宣帝). 이름은 고양(高洋).
【北征(북정)】: 서기 556년부터 시작한 유연(柔然) · 돌궐(突厥) · 글단(契丹 : 거란) 등 북쪽 오랑캐의 정벌을 가리킨다.
【乘(승)】: 타다.
【遂(수)】: 그리하여.
【不復(불복)】: 다시 …하지 못하다.
【識(식)】: 알다, 알아보다.

3 自言失馬, 虞候爲求覓不得。須臾日出, 馬體霜盡, 繫在幕前, 方云:「我馬尙在。」→ (왕호가) 스스로 말을 잃어버렸다고 하여, 우후(虞候)가 그를 위해 백방으로 찾아보았으나 결국 찾아

번역문

붉은색 말이 서리를 덮어쓰다

왕호(王皓)는 자가 계고(季高)이다. ……일찍이 문선제(文宣帝)를 따라 북방 오랑캐 정벌에 나서면서 붉은색 말을 타고 갔는데, 어느 날 아침 말이 서리를 덮어써 하얗게 변했다. 그리하여 (자기 말을) 다시 알아보지 못했다. (왕호가) 스스로 말을 잃어버렸다고 하여, 우후(虞候)가 그를 위해 백방으로 찾아보았으나 결국 찾아내지 못했다. 잠시 후 해가 떠올라 말의 몸에 있던 서리가 다 없어지고 말이 막사 앞에 매여 있는 것을 보자, 왕호가 비로소 말했다.

「내 말이 아직 여기에 있군.」

해설

자기의 붉은색 말이 서리를 맞아 하얗게 변했다 하여 자기 말을 알아보지 못하고 말을 잃어버렸다고 한다면, 참으로 황당하기 이를 데 없는 일이다.

이 우언은 현상을 통해 본질을 파악하지 못하고 가상(假像)에 의해 미혹

....

내지 못했다. 잠시 후 해가 떠올라, 말의 몸에 있던 서리가 다 없어지고, 말이 막사 앞에 매여 있는 것을 보자, 왕호가 비로소 말했다 : 「내 말이 아직 여기에 있군.」

【虞候(우후)】: 정찰과 순라를 관장하는 군대의 직책.

【求(구)】: 구하다, 찾다.

【覓不得(멱부득)】: 찾아내지 못하다. 〖覓〗: 찾다, 구하다.

【須臾(수유)】: 잠시 후.

【盡(진)】: 다 없어지다.

【繫(계)】: 묶다, 매다. 여기서는 피동 용법으로 「묶이다, 매이다」의 뜻.

【方(방)】: 비로소.

【尙(상)】: 아직, 여전히.

되는 몹시 아둔한 사람을 풍자한 것이다.

※ 참고 : 본문은 우언선집에 따라 각기 다른 판본을 인용했는데, 기본 내용은 비슷하나 상호 문자 출입이 심하다.

王皎性迂緩, 曾從齊文宣北伐, 乘一赤馬, 平旦蒙霜, 遂不復識。自言失馬, 虞候遍求不獲。須臾日出, 馬體霜盡, 依然繫在前。方云 :「我馬尙在。」

《법원주림(法苑珠林)》 우언

도세(道世 : ?-683)는 당대(唐代)의 고승(高僧)으로, 출가 이전의 성은 한(韓), 자는 역운(亦惲) 또는 현운(玄惲)이며 경조(京兆)[지금의 섬서성 서안시(西安市)] 사람이다. 학식이 해박하고 율학(律學)에도 능하여 고종(高宗) 연간에 현장(玄奘)법사의 역장(譯場)에 참여했다. 그의 저술은《사분율토요(四分律討要)》《사분율니사(四分律尼鈔)》《금강경집주(金剛經集注)》《법원주림(法苑珠林)》《제경요적(諸經要籍)》등이 있으나 오늘날 전하는 것은《법원주림》과《제경요적》뿐이다.

《법원주림》은 고종(高宗) 총장(總章) 원년(668)에 완성했는데 모두 100권이며, 내용은 불교의 교의를 선양한 것으로 불교 사상 · 법수(法數) · 술어 등 불교에 관한 지식을 체계적으로 소개했다.

004 후자구월(猴子救月)

《法苑珠林·愚戇篇第五十九·雜癡部·救月》

원문 및 주석

猴子救月[1]

過去世時, 有城名波羅柰, 國名伽尸。於空閑處有五百獼猴, 游行林中。[2] 到一尼俱律樹下, 樹下有井。[3] 井中有月影現時, 獼猴主見是月影, 語諸伴言 :「月今日死落在井中。當共出之, 莫令世間長夜

1 猴子救月 → 원숭이가 달을 구출하다
【猴子(후자)】: 원숭이.

2 過去世時, 有城名波羅柰, 國名伽尸。於空閑處有五百獼猴, 游行林中。→ 전세(前世)의 가시국(迦尸國)에 파라나성(波羅柰城)이 있었다. 인적이 드문 곳에 오백 마리의 원숭이가, 산림 속을 떠돌아다녔다.
【過去世(과거세)】: 전세(前世). 불교에서 말하는 삼세[전세(前世)·현세(現世)·내세(來世)]의 하나.
【波羅柰(파라나)】: [성 이름] 바라나성. 석가모니 시대 이전에 지금의 인도 갠지스 강 중류 바라나시에 있던 성.
【伽尸(가시)】: [국명] 가시국.
【空閑處(공한처)】: 인적이 드문 곳.
【獼猴(미후)】: 원숭이의 일종.
【游行(유행)】: 떠돌아다니다.

3 到一尼俱律樹下, 樹下有井。→ (어느 날) 니구율나무 아래에 이르니, 나무 밑에 우물 하나가 있었다.
【尼俱律樹(니구율수)】: [나무 이름] 인도와 스리랑카에서 자라는 큰 교목.

闇冥。」[4] 共作議言云：「何能出?」[5] 時獮猴主言：「我知出法。我捉樹枝，汝捉我尾，展轉相連，乃可出之。」[6] 時諸獮猴卽如主語，展轉相捉。[7] 小未至水，連獮猴重，樹弱枝折，一切獮猴墮井水中。[8] 爾時樹神便說偈言：是等騃榛獸，癡衆共相隨。坐自生苦惱，何能救出月?[9]

4 井中有月影現時，獮猴主見是月影，語諸伴言：「月今日死落在井中。當共出之，莫令世間長夜闇冥。」→ 우물 속에 달그림자가 나타났을 때, 원숭이 우두머리가 이 달그림자를 보고, 여러 동료들에게 말했다 : 「오늘 달이 우물 속에 떨어져 죽었다. 마땅히 우리 모두 함께 그것을 구출하여, 세상의 기나긴 밤을 어둡지 않게 해야 한다.」
【獮猴主(미후주)】: 원숭이 우두머리.
【語(어)】: [동사] (다른 사람에게) 말하다, 알리다.
【諸伴(제반)】: 여러 동료들.
【當(당)】: 응당, 마땅히.
【共(공)】: 모두 함께.
【莫令(막령)】: …하지 않게 하다, …하게 해서는 안 되다.
【闇冥(암명)】: 어둡다, 캄캄하다. 【闇】: 暗(암).

5 共作議言云：「何能出?」→ 원숭이들이 모두 함께 상의하고 나서 말했다 : 「어떻게 해야 구출할 수 있을까?」
【作議(작의)】: 상의하다.

6 時獮猴主言：「我知出法。我捉樹枝，汝捉我尾，展轉相連，乃可出之。」→ 이때 원숭이 우두머리가 말했다 : 「나는 구출하는 방법을 알아. 내가 나뭇가지를 잡고, 너희들이 나의 꼬리를 잡아, 하나씩 연결해 나가면, 바로 구출해 낼 수 있어.」
【捉(착)】: 잡다, 붙잡다.
【展轉相連(전전상련)】: 하나하나 서로 연결하다.
【乃(내)】: 곧, 바로.

7 時諸獮猴卽如主語，展轉相捉。→ 그때 여러 원숭이들이 즉시 우두머리의 말대로, 하나씩 연결해 나갔다.
【如(여)】: …대로(하다).

8 小未至水，連獮猴重，樹弱枝折，一切獮猴墮井水中。→ 물에 이르기 직전에, 함께 연결된 원숭이의 무게는 무겁고, 나무는 약해서 가지가 부러지는 바람에, 모든 원숭이들이 우물 속으로 떨어져 버렸다.
【小未至水(소미지수)】: 물에 이르기 직전.
【折(절)】: 꺾어지다, 부러지다.
【一切(일체)】: 모든.

9 爾時樹神便說偈言：是等騃榛獸，癡衆共相隨。坐自生苦惱，何能救出月?→ 이때 나무의 신

번역문

원숭이가 달을 구출하다

전세(前世)의 가시국(迦尸國)에 파라나성(波羅奈城)이 있었다. 인적이 드문 곳에 오백 마리의 원숭이가 산림 속을 떠돌아다녔다. (어느 날) 니구율 나무 아래에 이르니 나무 밑에 우물 하나가 있었다. 우물 속에 달그림자가 나타났을 때, 원숭이 우두머리가 이 달그림자를 보고 여러 동료들에게 말했다.

「오늘 달이 우물 속에 떨어져 죽었다. 마땅히 우리 모두 함께 그것을 구출하여 세상의 기나긴 밤을 어둡지 않게 해야 한다.」

원숭이들이 모두 함께 상의하고 나서 말했다.

「어떻게 해야 구출할 수 있을까?」

이때 원숭이 우두머리가 말했다.

「나는 구출하는 방법을 알아. 내가 나뭇가지를 잡고 너희들이 나의 꼬리를 잡아, 하나씩 연결해 나가면 바로 구출해 낼 수 있어.」

그때 여러 원숭이들이 즉시 우두머리의 말대로 하나씩 연결해 나갔다. 물에 이르기 직전에, 함께 연결된 원숭이의 무게는 무겁고 나무는 약해서

…………….

령이 가타(伽陀) 한 수를 지어 읊었다 : 이 머리가 우둔한 짐승들은, 어리석게도 여럿이 함께 서로 뒤를 따랐다. 공연히 스스로 고난을 자초하니, 어찌 달을 구출할 수 있겠는가?

【爾時(이시)】: 이때.

【便(변)】: 곧, 바로.

【偈(게)】: 가타(伽陀). 부처의 공덕이나 가르침을 찬탄하는 가사(歌詞) 형식의 글귀. 한 게(偈)는 네 구(句)이며, 한 구는 다섯 자나 일곱 자로 하여 한시(漢詩)처럼 짓는다.

【是等(시등)】: 이들.

【騃榛(애진)】: 머리가 우둔하다.

【癡(치)】: 어리석다.

【坐(좌)】: 공연히, 헛되이, 쓸 데 없이.

【自生苦惱(자생고뇌)】: 스스로 고난을 자초하다.

가지가 부러지는 바람에, 모든 원숭이들이 우물 속으로 떨어져 버렸다.

이때 나무의 신령이 가타(伽陀) 한 수를 지어 읊었다 : 이 머리가 우둔한 짐승들은, 어리석게도 여럿이 함께 서로 뒤를 따랐다. 공연히 스스로 고난을 자초하니, 어찌 달을 구출할 수 있겠는가?

해설

원숭이 우두머리는 우물 속에 비친 달그림자를 물에 빠진 실체로 인식하고 그것을 건져내기 위해 무모한 행동을 하다가 모든 원숭이를 죽음으로 내몰았다.

이 우언은 《법원주림(法苑珠林)》이 불경 《승기률(僧祇律)》에서 인용한 것으로, 우둔한 원숭이 우두머리의 행위를 통해, 관찰력이 미숙하고 행동이 경솔한 사람이 섣부른 판단으로 문제를 야기함으로써 재난을 자초하는 어리석음을 풍자한 것이다.

005 투영(妒影)

《法苑珠林 · 愚戇篇第五十九 · 雜癡部 · 妒影》

원문 및 주석

妒影[1]

夫婦二人向葡萄酒瓮內欲取酒。夫妻兩人互見人影, 二人相妒, 謂瓮內藏人。[2] 二人相打, 至死不休。時有道人爲打破瓮, 酒盡了無。二人意解, 知影懷愧。[3]

1 妒影 → 그림자를 질투하다
【妒(투)】: 시샘하다, 질투하다.

2 夫婦二人向葡萄酒瓮內欲取酒。夫妻兩人互見人影, 二人相妒, 謂瓮內藏人。→ 부부 두 사람이 포도주 항아리 안을 향해 술을 뜨려 했다. 부부 두 사람은 (술에 비친) 사람 그림자를 보고, 서로 질투하며, 항아리 속에 (사통하는) 사람을 숨겨두었다고 했다.
【瓮(옹)】: 독, 항아리.
【欲(욕)】: …하려고 하다, …하고자 하다.

3 二人相打, 至死不休。時有道人爲打破瓮, 酒盡了無。二人意解, 知影懷愧。→ 두 사람은 서로 때리고 싸우며 끝까지 멈추지 않았다. 그때 어느 승려가 그들을 위해 항아리를 깨뜨려, 술이 모두 없어졌다. 두 사람은 의문이 풀리자, (질투했던 대상이) 그림자라는 것을 알고 매우 부끄러워했다.
【相打(상타)】: 서로 때리고 싸우다.
【至死不休(지사불휴)】: 끝까지 멈추지 않다
【道人(도인)】: 승려. ※ 위진남북조(魏晉南北朝) 시대에는 승려를 도인(道人)이라 했다.
【盡了無(진료무)】: 모두 없어지다.
【意解(의해)】: 의문이 풀리다.
【懷愧(회괴)】: 부끄러운 마음을 품다.

번역문

그림자를 질투하다

부부 두 사람이 포도주 항아리 안을 향해 술을 뜨려 했다. 부부 두 사람은 (술에 비친) 사람 그림자를 보고 서로 질투하며 항아리 속에 (사통하는) 사람을 숨겨두었다고 했다. 두 사람은 서로 때리고 싸우며 끝까지 멈추지 않았다. 그때 어느 승려가 그들을 위해 항아리를 깨뜨려 술이 모두 없어졌다. 두 사람은 의문이 풀리자 (질투했던 대상이) 그림자라는 것을 알고 매우 부끄러워했다.

해설

부부가 술 항아리에 비친 자신들의 그림자를 보고 서로 사통하는 사람을 술 항아리에 숨겨두었다고 의심하여 질투했다는 것은 그야말로 유치한 이야기에 불과하다. 그러나 황당한 고사 내용을 떠나, 부부가 서로 의심과 질투로 인해 신뢰가 무너진다면 부부로서의 관계를 원만히 지속할 수 없는 것은 자명한 일이다.

이 우언은 《법원주림(法苑珠林)》이 불경 《잡비유경(雜譬喩經)》에서 인용한 것으로, 부부 관계에 있어서 상호 신뢰의 중요성을 강조한 것이다.

006 부부분병(夫婦分餠)

《法苑珠林 · 愚戇篇第五十九 · 雜癡部 · 覩餠》

원문 및 주석

夫婦分餠[1]

昔者夫婦有三幡餠, 夫婦共分, 各食一餠, 餘一幡在, 共作要言 : 「若有語者, 要不與餠。」[2] 旣作要已, 爲一餠故, 各不敢語。[3] 須臾有

1 夫婦分餠 → 부부가 전병(煎餠)을 나누다
【餠(병)】: 전병(煎餠). ※찹쌀가루나 밀가루 따위에 소금 · 기름 · 파 등의 양념을 넣어 둥글 넓적하게 부친 음식.

2 昔者夫婦有三幡餠, 夫婦共分, 各食一餠, 餘一幡在, 共作要言 : 「若有語者, 要不與餠。」 → 예전에 어느 부부가 전병(煎餠) 세 장을 가지고 있었는데, 부부가 함께 이를 나누어, 각기 한 장씩 먹고, 나머지 한 장에 대해서는, 함께 약속하길 : 「만일 말하는 사람이 있으면, 전병을 주지 않기로 합시다.」라고 했다.
【幡(번)】: [양사] 장.
【共(공)】: 함께, 서로.
【食(식)】: [동사] 먹다.
【作要(작요)】: 약속을 하다. 〖要〗: 약속(하다).
【與(여)】: 주다.

3 旣作要已, 爲一餠故, 各不敢語。 → 그들은 약속을 하고 나서, 한 장의 전병을 차지하려는 욕심 때문에 각자 감히 말을 하지 못했다.
【旣(기)】: …하고 나서, …한 후.
【已(이)】: 마치다, 끝내다.
【爲(위)…故(고)】: … 때문에, …으로 인해.

賊入家偸盜, 取其財物, 一切所有盡畢賊手。[4] 夫婦二人以先要, 故眼看不語。賊見不語, 卽其夫前侵掠其婦, 其夫眼見亦復不語。[5] 婦便喚賊, 語其夫言 : 「云何癡人! 爲一餠故見賊不喚!」[6] 其夫拍手笑言 : 「咄, 婢! 我定得餠, 不復與爾。」 世人聞之, 無不嗤笑。[7]

················

4 須臾有賊入家偸盜, 取其財物, 一切所有盡畢賊手。→ 잠시 후 도둑이 물건을 훔치려 집에 들어와, 그들의 재물을 취해, 모든 물건이 다 도둑의 수중에 들어왔다.
【須臾(수유)】: 잠시, 잠깐.
【偸盜(투도)】: 훔치다, 도둑질하다.
【一切所有(일체소유)】: 모든 물건.
【盡(진)】: 모두, 전부.
【畢(필)】: 모두, 다.

5 夫婦二人以先要, 故眼看不語。賊見不語, 卽其夫前侵掠其婦, 其夫眼見亦復不語。→ 부부 두 사람은 앞서 약속을 했기 때문에, 그래서 눈으로 빤히 보면서도 서로 말을 하지 않았다. 도둑은 그들이 말을 하지 않는 것을 보고, 남편 앞에 다가가 그의 아내를 모욕했다. 그러나 남편은 눈으로 보면서도 여전히 말을 하지 않았다.
【以(이)】: …로 인해, …때문에.
【卽(즉)】: 다가가다, 접근하다.
【侵掠(침략)】: 침탈하다. 여기서는 「모욕하다」의 뜻.
【亦復(역부)】: [복합허사] 또, 여전히.

6 婦便喚賊, 語其夫言 : 「云何癡人! 爲一餠故見賊不喚!」→ (참다못한) 부인이 곧 도둑이야 소리를 지르고, 남편에게 말했다 : 「어째 그 모양이야 이 멍청한 인간아! 전병 한 장 때문에 도둑을 보고도 일부러 소리를 지르지 않다니!」
【喚(환)】: 외치다, 소리를 지르다.
【云何(운하)】: 어째, 어찌, 왜.
【癡人(치인)】: 바보, 천치, 멍청이.
【故(고)】: 일부러, 고의로.

7 其夫拍手笑言 : 「咄, 婢! 我定得餠, 不復與爾。」 世人聞之, 無不嗤笑。→ (그러자) 남편이 박수를 치고 웃으며 말했다 : 「얼씨구, 이 형편없는 여자야! 내가 반드시 전병을 차지하여, 절대로 다시 당신에게 주지 않을 거야.」 세상 사람들은 이 말을 듣고, (그 부부를) 비웃지 않는 사람이 없었다.
【咄(돌)】: [경멸을 표시하는 말] 얼씨구!
【婢(비)】: 하녀, 계집종. 여기서는 욕하는 말로 「형편없는 여자」 정도의 뜻.
【定(정)】: 반드시.
【爾(이)】: 너, 당신.
【嗤笑(치소)】: 비웃다.

번역문

부부가 전병(煎餠)을 나누다

예전에 어느 부부가 전병(煎餠) 세 장을 가지고 있었는데, 부부가 함께 이를 나누어 각기 한 장씩 먹고, 나머지 한 장에 대해서는 함께 약속하길 : 「만일 말하는 사람이 있으면 전병을 주지 않기로 합시다.」라고 했다. 그들은 약속을 하고 나서, 한 장의 전병을 차지하려는 욕심 때문에 각자 감히 말을 하지 못했다.

잠시 후 도둑이 물건을 훔치러 집에 들어와 그들의 재물을 취해, 모든 물건이 다 도둑의 수중에 들어왔다. 부부 두 사람은 앞서 약속을 했기 때문에, 그래서 눈으로 빤히 보면서도 서로 말을 하지 않았다. 도둑은 그들이 말을 하지 않는 것을 보고 남편 앞에 다가가 그의 아내를 모욕했다. 그러나 남편은 눈으로 보면서도 여전히 말을 하지 않았다. (참다못한) 부인이 곧 도둑이야 소리를 지르고 남편에게 말했다.

「어째 그 모양이야 이 멍청한 인간아! 전병 한 장 때문에 도둑을 보고도 일부러 소리를 지르지 않다니!」

(그러자) 남편이 박수를 치고 웃으며 말했다.

「얼씨구, 이 형편없는 여자야! 내가 반드시 전병을 차지하여, 절대로 다시 당신에게 주지 않을 거야.」

세상 사람들은 이 말을 듣고 (그 부부를) 비웃지 않는 사람이 없었다.

해설

부부가 서로 남은 한 장의 전병(煎餠)을 차지할 욕심으로 집안에 도둑이 들어와 물건을 훔칠 때까지 말을 하지 않았다는 이야기는 지나치게 과장된 허구임에 틀림없다. 그러나 사람들이 눈앞의 작은 이익을 고집하다가 보다 큰 이익을 포기하는 경우가 많다.

이 우언은 부부가 불필요한 약속을 고집하다가 큰일을 초래할 뻔한 사례를 통해 소탐대실(小貪大失)의 어리석은 행위를 경계한 것이다.

《성성명서 猩猩銘序》 우언

배염(裴炎 : ?-684)은 자가 자융(子隆)이며, 당(唐) 강주(絳州) 문희(聞喜)[지금의 산서성 문희현(聞喜縣) 동북쪽] 사람이다. 《좌전(左傳)》과 《한서(漢書)》에 정통하여 고종(高宗) 때 어사(御史)·기거사인(起居舍人)·병부시랑(兵部侍郎)·시중(侍中) 등의 벼슬을 지냈고, 중종(中宗) 때 중서령(中書令)에 임명되었다. 그 후 무후(武后)와 공모하여 중종을 폐하고 예종(睿宗)을 옹립했는데, 무후에게 정사(政事)에서 손을 떼도록 주청했다가 모반으로 오해를 받아 살해되었다.

《성성명서(猩猩銘序)》는 《전당문(全唐文)》과 《당문수(唐文粹)》에 수록되어 있다.

007 취성착극(醉猩著屐)

《猩猩銘序》

원문 및 주석

醉猩著屐[1]

猩猩在山谷, 行常數百爲群。里人以酒幷糟設於路側。又愛著屐, 里人織草爲屐, 更相連結。[2] 猩猩見酒及屐, 知里人設張, 則知張者祖先姓字, 及呼名罵云 :「奴欲張我, 舍爾而去。」[3] 復自再三, 相謂

1 醉猩著屐 → 술에 취한 성성이가 신발을 신다
【猩(성)】: 성성이, 오랑우탄.
【著(착)】: 신다, 착용하다.
【屐(극)】: 나막신. 여기서는「신발」을 가리킨다.

2 猩猩在山谷, 行常數百爲群。里人以酒幷糟設於路側。又愛著屐, 里人織草爲屐, 更相連結。→ 성성이들은 산골짝에 사는데, 행동할 때는 항상 수백 마리가 무리를 이룬다. 이곳 마을 사람들은 (성성이가 좋아하는) 술과 술지게미를 길옆에 벌여 놓는다. 또 (성성이가) 신발 신는 것을 좋아하기 때문에, 마을 사람들은 풀을 엮어 짚신을 만든 다음, 다시 (하나하나 끈으로 묶어) 서로 연결해 놓는다.
【行(행)】: 행동하다, 활동하다.
【爲群(위군)】: 무리를 짓다.
【以(이)】: …을.
【幷(병)】: …과(와).
【糟(조)】: 술지게미.
【設(설)】: 늘어놓다, 진열하다, 차려놓다, 벌려놓다.

3 猩猩見酒及屐, 知里人設張, 則知張者祖先姓字, 及呼名罵云 :「奴欲張我, 舍爾而去。」→ 성성이들은 술과 신발을 보면, 마을 사람들이 덫을 놓았다는 것을 안다. 그리고 덫을 놓은 사

曰：「試共嘗酒。」[4] 及飮其味，逮乎醉，因取屐而著之，乃爲人之所擒，皆獲，輒無遺者。[5]

번역문

술에 취한 성성이가 신발을 신다

성성이들은 산골짝에 사는데, 행동할 때는 항상 수백 마리가 무리를 이룬다. 이곳 마을 사람들은 (성성이가 좋아하는) 술과 술지게미를 길옆에 벌여 놓는다. 또 (성성이가) 신발 신는 것을 좋아하기 때문에, 마을 사람들

람 조상의 성과 이름을 알아, 바로 이름을 부르며 욕을 한다 :「못된 놈들이 덫을 놓아 우리를 잡으려 하지만, (우리는) 그런 것들을 버리고 간다.」
【設張(설장)】: 덫을 놓다, 올가미를 설치하다.
【姓字(성자)】: 성명, 성과 이름.
【及(급)】: 及時(급시), 곧장, 곧바로.
【奴(노)】: [욕하는 말] 망할 자식, 나쁜 놈.
【欲(욕)】: …하려고 하다, …하고자 하다.
【舍(사)】: 捨(사), 버리다, 포기하다.
【爾(이)】: [대명사] 그것들. 즉 「술 · 신발 등 사람이 놓은 덫」을 가리킨다.

4 復自再三, 相謂曰 :「試共嘗酒。」→ 이렇게 여러 번을 반복하고 나면, (성성이들은 별일이 없다고 여겨) 서로 말한다 :「우리 시험 삼아 함께 술을 마셔보자.」
【復自再三(부자재삼)】: 여러 번 반복하다.
【共(공)】: 함께, 같이.
【嘗(상)】: 맛보다.

5 及飮其味, 逮乎醉, 因取屐而著之, 乃爲人之所擒, 皆獲, 輒無遺者。→ 성성이들은 한번 술맛을 보면, 곧장 취할 때까지 계속 마신다. 그리하여 신발을 집어신고, 마침내 마을 사람들에게 모두 사로잡혀, 한 마리도 살아남지 못한다.
【逮乎(체호)…】: 곧장 …에 까지 이르다. 〖乎〗: [개사] 於(어), …에.
【因(인)】: 그리하여.
【乃(내)】: 마침내.
【爲(위)…所(소)…】: [피동형] …에게 …되다.
【擒(금)】: 사로잡다.
【輒(첩)】: 곧.

은 풀을 엮어 짚신을 만든 다음, 다시 (하나하나 끈으로 묶어) 서로 연결해 놓는다.

성성이들은 술과 신발을 보면 마을 사람들이 덫을 놓았다는 것을 안다. 그리고 덫을 놓은 사람 조상의 성과 이름을 알아, 바로 이름을 부르며 욕을 한다.

「못된 놈들이 덫을 놓아 우리를 잡으려 하지만, (우리는) 그런 것들을 버리고 간다.」

이렇게 여러 번을 반복하고 나면 (성성이들은 별일이 없다고 여겨) 서로 말한다.

「우리 시험 삼아 함께 술을 마셔보자.」

성성이들은 한번 술맛을 보면 곧장 취할 때까지 계속 마신다. 그리하여 신발을 집어신고 마침내 마을 사람들에게 모두 사로잡혀 한 마리도 살아남지 못한다.

해설

성성이가 처음 몇 번은 사람의 유혹에 빠져들지 않았으나 최후에는 결국 의지력을 잃고 인간의 덫에 걸려 포획되는 재앙을 면치 못한다.

사람도 살아가다 보면 흔히 여러 가지 물질적 유혹을 받는다. 이때 중요한 것은 자신을 통제할 수 있는 의지력이다. 만일 의지력이 부족하여 자신을 억제하지 못하고 유혹의 함정에 빠진다면 곧장 패가망신의 길로 접어든다.

이 우언은 물질적 유혹에 직면하여 의지력의 결핍으로 인해 함정에 빠지는 어리석은 행위를 경계한 것이다.

《조朝야野첨僉재載》 우언

장작(張鷟 : 660-740)은 자가 문성(文成), 자호는 부휴자(浮休子)이며, 심주(深州) 육택(陸澤)[지금의 하북성 심주시(深州市)] 사람이다. 당(唐) 고종(高宗) 연간에 진사에 급제하여 기왕부참군(岐王府參軍)과 장안위(長安尉)를 지냈고, 현종(玄宗) 연간에 어사 이전교(李全交)의 탄핵을 받아 영남(嶺南)으로 폄적되었다가 얼마 후 다시 돌아와 내사(內徙)·사문원외랑(司門員外郎)을 지냈다. 저서로 《유선굴(游仙窟)》과 《조야첨재(朝野僉載)》가 있다.

《조야첨재》는 《신당서(新唐書)·예문지(藝文志)》에 30권이라 했으나 원서는 이미 망실되어 전하지 않고, 오늘날 전하는 《조야첨재》 6권은 후인들이 일문(佚文)을 모아 작자 미상의 《조야첨재보유(朝野僉載補遺)》와 합쳐 엮은 것이다. 내용은 주로 당초(唐初)의 유문일사(遺聞軼事)를 기록했는데, 문필이 매우 날카롭고 홍미롭다는 평가를 받고 있다.

008 우인실대(愚人失袋)

《朝野僉載·卷二》

원문 및 주석

愚人失袋[1]

昔有愚人入京選, 皮袋被賊盜去。[2] 其人曰:「賊偸我袋, 將終不得我物用。」[3] 或問其故, 答曰:「鑰匙尙在我衣帶上, 彼將何物開之?」[4]

....

1 愚人失袋 → 어리석은 사람이 자루를 잃어버리다
【袋(대)】: 자루, 부대.

2 昔有愚人入京選, 皮袋被賊盜去。→ 예전에 어리석은 사람이 관리 선발 전형에 참가하러 경성(京城)에 가서, 가죽 자루를 도둑맞았다.
【選(선)】: 조정에서 자격을 살펴 관직에 임명하는 관리 선발 전형(銓衡).
【被賊盜去(피적도거)】: 도둑에게 절도를 당하다, 도둑을 맞다. 〖被…〗: [피동형] …에게 …을 당하다.

3 其人曰:「賊偸我袋, 將終不得我物用。」→ 그가 말했다:「도둑이 내 자루를 훔쳐갔지만, 결국 내 물건을 사용하지 못할 것이야.」
【偸(투)】: 훔치다.
【將(장)】: (장차) …할 것이다.
【終(종)】: 끝내, 결국.
【不得(부득)】: …할 수 없다, …하지 못하다.
【用(용)】: 사용하다. ※판본에 따라서는 「用」을 「也(야)」라 했다.

4 或問其故, 答曰:「鑰匙尙在我衣帶上, 彼將何物開之?」→ 어떤 사람이 그 까닭을 묻자, 그가 대답했다:「열쇠가 아직 내 허리띠에 있는데, 그가 무엇을 가지고 자루를 열 수 있겠소?」
【或(혹)】: 어떤 사람.

번역문

어리석은 사람이 자루를 잃어버리다

예전에 어리석은 사람이 관리 선발 전형에 참가하러 경성(京城)에 가서 가죽 자루를 도둑맞았다.

그가 말했다.

「도둑이 내 자루를 훔쳐갔지만 결국 내 물건을 사용하지 못할 것이야.」

어떤 사람이 그 까닭을 묻자 그가 대답했다.

「열쇠가 아직 내 허리띠에 있는데, 그가 무엇을 가지고 자루를 열 수 있겠소?」

해설

자루를 도둑맞고도 열쇠만 지니고 있으면 상관없다고 여긴다는 것은, 어리석은 정도가 아니라 정신박약자라고 해도 과언이 아니다. 물건을 잃었는데 열쇠가 무슨 소용이 있겠는가?

이 우언은 어리석기 짝이 없어 문제의 실질을 살피지 못하고 경중(輕重)을 구별하지 못하면서도 스스로 옳다고 여기는 우둔한 사람의 사고방식을 풍자한 것이다.

....

【故(고)】: 이유, 까닭.
【鑰匙(약시)】: 자루, 주머니.
【尙(상)】: 아직.
【衣帶(의대)】: 허리띠.
【將(장)】: 가지다, 쥐다.
【之(지)】: [대명사] 그것, 즉 「자루」.

009 집마경이구마(執馬經以求馬)

《朝野僉載·卷六》

원문 및 주석

執馬經以求馬[1]

尹神童每說, 伯樂令其子執《馬經》畵樣以求馬, 經年, 無有似者, 歸以告父, 乃更令求之。[2] 出見大蝦蟆, 謂父曰：「得一馬, 略與相同, 而不能具。」[3] 伯樂曰：「何也?」 對曰：「其隆顱、跌目、脊郁縮,

1 執馬經以求馬 →《마경(馬經)》을 가지고 말을 구하다
【執(집)】: 잡다, 가지다, 들다.
【馬經(마경)】: [책 이름] 말에 관련된 자료를 엮은 책으로, 《사고전서(四庫全書) · 의가류존목(醫家類存目)》 부록에 서명이 보이기는 하나 자세한 상황을 알 수 없다.

2 尹神童每說, 伯樂令其子執《馬經》畵樣以求馬, 經年, 無有似者, 歸以告父, 乃更令求之。→ 윤신동(尹神童)은 종종 백락(伯樂)이 자기 아들에게 《마경(馬經)》의 표본을 가지고 말을 구해오도록 했다고 말했다. 일 년이 지나도, 비슷한 말이 없어, 집에 돌아와 아버지에게 고하면, (백락은) 곧 다시 가서 구해오라고 시켰다.
【尹神童(윤신동)】: [인명].
【每(매)】: 늘, 항상, 종종, 자주.
【伯樂(백락)】: [인명] 성은 손(孫), 이름은 양(陽)이며, 자는 백락(伯樂)이다. 진목공(秦穆公) 때 사람으로 말의 우열을 가리는 능력이 뛰어나기로 이름이 났다.
【令(령)】: …에게 …하게 하다, …로 하여금 …하도록 시키다.
【畵樣(화양)】: 준마의 형상 특징을 그림으로 그려 놓은 표본.
【經年(경년)】: 일 년이 지나서.
【乃(내)】: 곧, 바로.
【更(갱)】: 다시.

3 出見大蝦蟆, 謂父曰：「得一馬, 略與相同, 而不能具。」→ (어느 날 아들이) 나가서 큰 두꺼비

但蹄不如累趨爾。」[4] 伯樂曰：「此馬好跳躑, 不堪也。」子笑乃止。[5]

번역문

《마경(馬經)》을 가지고 말을 구하다

윤신동(尹神童)은 종종 백락(伯樂)이 자기 아들에게 《마경(馬經)》의 표본을 가지고 말을 구해오도록 했다고 말했다. 일 년이 지나도 비슷한 말이

를 보고 돌아와, 아버지에게 말했다 : 「말 한 필을 찾았는데, 대체로 《마경》의 표본과 같으나, (모든 조건을) 두루 다 갖추지는 못했습니다.」
【蝦蟆(하마)】: 두꺼비.
【得(득)】: 찾다.
【略(략)】: 대략, 대체로.
【與相同(여상동)】: …와 서로 같다. 여기서는 「《마경》의 표본과 같다」의 뜻.
【不能具(불능구)】: 두루 다 갖추지는 못하다. 〖具〗: 구비하다, 갖추다.

4 伯樂曰 : 「何也?」 對曰 : 「其隆顱、跌目、脊郁縮, 但蹄不如累趨爾。」→ 백락이 물었다 : 「어떻게 생겼느냐?」 아들이 대답했다 : 「머리는 돌출하고 두 눈은 처지고, 등은 오그렸으나, 다만 발굽이 지속적으로 달리는 보통 말보다 못할 뿐입니다.」
【隆顱(융로)】: 머리가 돌출하다.
【跌目(질목)】: 눈이 아래로 처지다.
【脊(척)】: 척추, 등뼈. 여기서는 「등」을 가리킨다.
【郁縮(욱축)】: 수축되다, 오그라들다.
【但(단)】: 다만.
【蹄(제)】: 발굽.
【不如累趨(불여누추)】: 지속적으로 달리는 것만 못하다. 즉 「지속적으로 달리는 보통 말보다 못하다」의 뜻. 〖不如〗: …만 못하다, …보다 못하다. 〖累〗: 지속적으로, 연속하여. 〖趨〗: 달리다.
【爾(이)】: 耳(이), …뿐.

5 伯樂曰 : 「此馬好跳躑, 不堪也。」 子笑乃止。→ 백락이 말했다 : 「이 말은 뛰고 나서 머뭇거리기를 좋아하니, 부리기가 쉽지 않다.」 아들은 웃으며 (말 구하는 일을) 즉시 그만두었다.
【好(호)】: [동사] 좋아하다.
【跳躑(도척)】: 뛰고 나서 머뭇거리다.
【不堪(불감)】: 난감하다. 즉 「부리기가 쉽지 않다」의 뜻.
【乃(내)】: 곧, 바로, 즉시.
【止(지)】: 중지하다, 멈추다, 그만두다.

없어, 집에 돌아와 아버지에게 고하면 (백락은) 곧 다시 가서 구해오라고 시켰다. (어느 날 아들이) 나가서 큰 두꺼비를 보고 돌아와 아버지에게 말했다.

「말 한 필을 찾았는데, 대체로 《마경》의 표본과 같으나 (모든 조건을) 두루 다 갖추지는 못했습니다.」

백락이 물었다.

「어떻게 생겼느냐?」

아들이 대답했다.

「머리는 돌출하고 두 눈은 처지고 등은 오그렸으나, 다만 발굽이 지속적으로 달리는 보통 말보다 못할 뿐입니다.」

백락이 말했다.

「이 말은 뛰고 나서 머뭇거리기를 좋아하니 부리기가 쉽지 않다.」

아들은 웃으며 (말 구하는 일을) 즉시 그만두었다.

해설

《마경(馬經)》에 열거한 준마의 요건은 이전 사람들의 무수한 탐방 과정을 거쳐 귀납해 낸 것이고, 《마경》에 수록된 말 그림의 표본은 다만 후인들이 말을 찾을 때 참고하도록 제공한 것에 불과할 뿐으로, 제대로 좋은 말을 찾으려면 여전히 실제의 상황을 보고 결정해야 하는 것이다. 이는 말을 찾는 데 국한되지 않고 인재(人才)를 찾는 데 있어서도 마찬가지다. 「길이 멀어야 말의 힘을 알고, 세월이 오래 흘러야 사람의 마음을 안다」고 했듯이, 오직 실제의 시험을 거쳐야 비로소 진정한 재목을 알 수 있는 것이다. 그런데 백락(伯樂)의 아들은 이를 망각하고 오직 《마경》에 수록된 말 그림과 똑같은 것을 찾으려 하니 성공할 까닭이 없다.

이 우언은 백락(伯樂)의 아들이 《마경》의 표본을 보고 준마를 찾는 행위를 통해, 구태의연(舊態依然)하게 낡은 틀에 얽매여 전혀 변통성이 없는 사람을 풍자한 것이다.

010 사왕여시(獅王與豺)

《朝野僉載 · 補遺》(《太平廣記 · 卷263 · 宋之愻》)

원문 및 주석

獅王與豺[1]

昔有獅子王, 於深山獲一豺, 將食之, 豺曰:「請爲王送二鹿以自贖。」[2] 獅子王喜。周年之後, 無可送。[3] 王曰:「汝殺衆生亦已多, 今次到汝, 汝其圖之。」豺默然無應, 遂齕殺之。[4]

1 獅王與豺 → 사자 왕과 승냥이
【豺(시)】: 승냥이.

2 昔有獅子王, 於深山獲一豺, 將食之, 豺曰:「請爲王送二鹿以自贖。」→ 옛날에 사자 왕이 깊은 산속에서 승냥이 한 마리를 포획하여, 잡아먹으려 하자, 승냥이가 말했다:「청컨대 제가 대왕을 위해 노루 두 마리를 보내드려 스스로 속죄하게 해주십시오.」
【獲(획)】: 잡다, 포획하다. ※판본에 따라서는「獲」을「得(득)」이라 했다.
【將(장)】: (곧) …하려 하다.
【食(식)】: [동사] 먹다.
【之(지)】: [대명사] 그것, 즉 승냥이.
【贖(속)】: 속죄하다, 재물을 제공하고 죄나 형벌을 면제받다.

3 獅子王喜。周年之後, 無可送。→ 사자 왕이 매우 좋아했다. 일 년이 지난 뒤에도, (승냥이는) 보낼 물건이 없었다.
【周年(주년)】: 만 일 년.

4 王曰:「汝殺衆生亦已多, 今次到汝, 汝其圖之。」豺默然無應, 遂齕殺之。→ 사자 왕이 말했다:「네가 여러 생명을 죽인 것도 이미 많다. 이제 네 차례가 되었으니, 너 스스로 생각해 보라.」승냥이가 묵묵히 대답이 없자, (사자 왕이) 바로 승냥이를 물어 죽였다.
【次到(차도)】: …차례가 되다.

번역문

사자 왕과 승냥이

옛날에 사자 왕이 깊은 산속에서 승냥이 한 마리를 포획하여 잡아먹으려 하자, 승냥이가 말했다.

「청컨대, 제가 대왕을 위해 노루 두 마리를 보내드려 스스로 속죄하게 해주십시오.」

사자 왕이 매우 좋아했다. 일 년이 지난 뒤에도 (승냥이는) 보낼 물건이 없었다.

사자 왕이 말했다.

「네가 여러 생명을 죽인 것도 이미 많다. 이제 네 차례가 되었으니 너 스스로 생각해 보라.」

승냥이가 묵묵히 대답이 없자 (사자 왕이) 바로 승냥이를 물어 죽였다.

해설

측천무후(則天武后)는 정권을 장악한 후 혹리 내준신(來俊臣)을 기용하여 자기를 반대하는 사람에 대해 밀고·연좌 등의 잔혹한 수단을 동원하여 왕실의 종친과 조정 대신들, 심지어 자기의 당파에 속하는 사람까지도 박해했는데 그 수가 무려 천여 가문에 달했다. 최후에는 내준신 본인도 측천무후에게 죄를 얻어 결국 처형을 당하는 처지가 되었다.

....

【圖(도)】: 도모하다. 여기서는 「고려해보다, 생각해보다」의 뜻.
【默然(묵연)】: 묵묵히 말이 없는 모양.
【遂(수)】: 곧, 즉시.
【齚殺(색살)】: 물어 죽이다.

이 우언은 내준신을 승냥이에 비유하고 사자왕을 측천무후에 비유하여 내준신이 측천무후를 도와 온갖 악랄한 행위를 벌이다가 결국 자신도 처형을 당한 상황을 꼬집어 풍자한 것이다.

011 설족법(齧鏃法)

《朝野僉載·補遺》

원문 및 주석

齧鏃法[1]

隋末有昝君謨善射, 閉目而射, 應口而中。云志其目則中目, 志其口則中口。[2] 有王靈智學射於謨, 以爲曲盡其妙, 欲射殺謨, 獨擅其美。[3] 謨執一短刀, 箭來輒截之。唯有一矢, 謨張口承之, 遂齧其

1 齧鏃法 → 날아오는 화살촉을 입으로 받아 무는 방법
【齧(설)】: (입에) 물다.
【鏃(족)】: 화살촉.

2 隋末有昝君謨善射, 閉目而射, 應口而中。云志其目則中目, 志其口則中口。→ 수(隋)나라 말기에 활을 잘 쏘는 잠군모(昝君謨)라는 사람이 있었다. 눈을 감고 활을 쏘는데, 말하는 대로 적중했다. 눈을 쏜다고 말하면 눈을 맞히고, 입을 쏜다고 말하면 입을 맞혔다.
【隋(수)】: [국명] 양견(楊堅)이 세운 나라. 37년(581-618) 만에 당(唐) 이세민(李世民)에게 멸망했다.
【昝君謨(잠군모)】: [인명].
【善射(선사)】: 활을 잘 쏘다.
【閉目(폐목)】: 눈을 감다.
【應口(응구)】: 입에 순응하다, 즉 「말에 순응하다, 말하는 대로 따르다.」의 뜻.
【志其目(지기목)】: 눈에 뜻을 두다. 즉 「눈을 쏘려고 하다」의 뜻.

3 有王靈智學射於謨, 以爲曲盡其妙, 欲射殺謨, 獨擅其美。→ 왕령지(王靈智)라는 자는 잠군모에게 활 쏘는 법을 배웠는데, 그의 오묘한 기교를 다 배웠다고 생각하여, 잠군모를 쏘아 죽이고, 그 빼어난 기예를 혼자서 독차지하려 했다.
【王靈智(왕령지)】: [인명].

鏑, 笑曰 :「學射三年, 未教汝齧鏃法。」4

번역문

날아오는 화살촉을 입으로 받아 무는 방법

수(隋)나라 말기에 활을 잘 쏘는 잠군모(昝君謨)라는 사람이 있었다. 눈을 감고 활을 쏘는데, 말하는 대로 적중했다. 눈을 쏜다고 말하면 눈을 맞히고, 입을 쏜다고 말하면 입을 맞혔다. 왕령지(王靈智)라는 자는 잠군모에게 활 쏘는 법을 배웠는데, 그의 오묘한 기교를 다 배웠다고 생각하여 잠군모를 쏘아 죽이고 그 빼어난 기예를 혼자서 독차지하려 했다. (그때) 잠군모는 단도(短刀) 하나를 손에 잡고 있다가, (왕령지의) 화살이 날아오자 곧

···············

【以爲(이위)】: …라고 여기다, …라고 생각하다, …라고 간주하다.
【曲盡其妙(곡진기묘)】: 오묘한 부분을 남김없이 자세히 표현해내다. 즉 「오묘한 기교를 다 배우다」의 뜻.
【欲(욕)】: …하고자 하다, …하려고 마음먹다.
【獨擅(독천)】: 독차지하다, 독점하다. 【擅】: 차지하다, 점유하다.
【美(미)】: 빼어난 기예.

4 謨執一短刀, 箭來輒截之。唯有一矢, 謨張口承之, 遂齧其鏑, 笑曰 :「學射三年, 未教汝齧鏃法。」→ (그때) 잠군모는 단도(短刀) 하나를 손에 잡고 있다가, (왕령지의) 화살이 날아오자 곧 그것을 잘라버렸다. 그리고 오직 (마지막 남은) 화살 하나가 날아오자, 잠군모가 입을 벌려 그것을 받아냈다. 그리하여 화살촉을 입에 물고 웃으며 말했다 :「(네가 나에게) 삼 년 동안 활쏘기를 배웠지만, 내가 너에게 입으로 화살촉 무는 방법을 가르쳐 주지 않았다.」
【執(집)】: 잡다, 쥐다, 들다.
【輒(첩)】: 곧, 바로, 즉시.
【截(절)】: 자르다, 끊다, 절단하다.
【之(지)】: [대명사] 그것, 즉 「왕령지가 쏜 화살」.
【唯(유)】: 오직, 다만.
【張口(장구)】: 입을 벌리다.
【承(승)】: 받다.
【遂(수)】: 그리하여.
【鏑(적)】: 화살촉.

그것을 잘라버렸다. 그리고 오직 (마지막 남은) 화살 하나가 날아오자, 잠군모가 입을 벌려 그것을 받아냈다. 그리하여 화살촉을 입에 물고 웃으며 말했다.

「(네가 나에게) 삼 년 동안 활쏘기를 배웠지만, 내가 너에게 입으로 화살촉 무는 방법을 가르쳐 주지 않았다.」

해설

왕령지(王靈智)는 스승에게 열심히 기예를 배워 스승을 능가하려는 생각보다는 스승의 기예를 모두 전수받은 후에 스승을 제거하고 자기 혼자 출중한 기예를 독차지하려는 불량한 마음을 먹었다. 그러나 왕령지는 스승이 자기에게 모든 기술을 다 전수하지 않고 남겨 둔 한 수에 자신이 제압당할 줄을 알지 못했다.

이 우언은 은혜를 원수로 갚는 배은망덕한 행위를 풍자하는 동시에, 「뛰는 놈 위에 나는 놈 있다」는 사실을 모른 채 자신의 재능을 믿고 오만방자하게 구는 무지몽매한 행위를 풍자한 것이다.

《기문紀聞》 우언

우숙(牛肅 : ?-?)은 회주(懷州) 하내현(河內縣)[지금의 하남성 심양(沁陽)] 사람으로, 측천무후(則天武后) 성력(聖曆 : 698-700) 전후에 출생하여 현종(玄宗)·숙종(肅宗)을 거쳐 대종(代宗 : 762-780) 연간에 사망한 것으로 알려져 있다.

그의 저서로 《기문(紀聞)》 10권이 《신당서(新唐書)·예문지(藝文志)》와 《송서(宋書)·예문지(藝文志)》에 저록되어 있으나 원서는 이미 일실되어 전하지 않고, 후인들이 《태평광기(太平廣記)》에 산견되는 일부 일문(佚文)을 모아 정리하여, 현재 여러 출판사들이 출간한 「당인전기소설집(唐人傳奇小說集)」에 수록되어 있다.

012 공작호미(孔雀護尾)

《紀聞 · 卷十》(《太平廣記 · 卷461 · 禽鳥二 · 羅州》)

원문 및 주석

孔雀護尾[1]

羅州山中多孔雀, 群飛者數十爲偶。[2] 雌者尾短無金翠; 雄者生三年有小尾, 五年成大尾。[3] 始春而生, 三四月後復凋, 與花萼相榮衰。[4]

1 孔雀護尾 → 공작(孔雀)이 꼬리를 보호하다

2 羅州山中多孔雀, 群飛者數十爲偶。→ 나주산(羅州山)에 공작이 매우 많은데, 수십 마리가 서로 짝을 지어 무리를 이루어 날아다닌다.
【羅州山(나주산)】: [산 이름].
【群飛(군비)】: 떼지어 날다, 무리를 이루어 날다.
【數十爲偶(수십위우)】: 수십 마리가 짝을 이루다. 【偶】: 짝.

3 雌者尾短無金翠; 雄者生三年有小尾, 五年成大尾。→ 암컷은 꼬리가 짧고 (수컷의 꼬리와 같은) 금색과 비취색이 없으며; 수컷은 생후 삼 년에 작은 꼬리가 나서, 오 년 동안 자라야 비로소 큰 꼬리가 된다.
【金翠(금취)】: 금색과 비취색.
【成(성)】: (…으로) 되다, (…으로) 변하다.

4 始春而生, 三四月後復凋, 與花萼相榮衰。→ (또한 꼬리는 한 번 자라 항상 그 상태를 유지하는 것이 아니라) 봄철에 처음 나서 자라고, 서너 달 후에는 다시 시들어, (대체로) 꽃과 함께 번영하고 쇠잔한다.
【始(시)】: 최초, 처음.
【凋(조)】: 시들다, 쇠하다.
【花萼(화악)】: 꽃받침. 여기서는 「꽃」을 가리킨다.
【榮衰(영쇠)】: 번영하고 쇠잔하다.

然自喜其尾而甚妬, 凡欲山棲, 必先擇有置尾之地, 然後止焉。[5] 南人生捕者, 候甚雨往擒之, 尾霑而重, 不能高翔; 人雖至, 且愛其尾, 恐人所傷, 不復騫翔也。[6]

번역문

공작(孔雀)이 꼬리를 보호하다

나주산(羅州山)에 공작이 매우 많은데, 수십 마리가 서로 짝을 지어 무리를 이루어 날아다닌다. 암컷은 꼬리가 짧고 (수컷의 꼬리와 같은) 금색과 비취색이 없으며, 수컷은 생후 삼 년에 작은 꼬리가 나서 오 년 동안 자라

5 然自喜其尾而甚妬, 凡欲山棲, 必先擇有置尾之地, 然後止焉。→ 그러나 수컷은 스스로 자기의 꼬리를 좋아하고 질투심이 매우 강하며, 무릇 산에 서식하고자 할 때는, 반드시 먼저 꼬리를 둘 자리를 고르고 난 연후에 비로소 머문다.
【甚妬(심투)】: 질투심이 매우 강하다.
【欲(욕)】: …하고자 하다, …하려고 하다, …하기를 바라다.
【棲(서)】: 서식하다, 깃들이다.
【止(지)】: 멈추다. 즉「머물다」의 뜻.

6 南人生捕者, 候甚雨往擒之, 尾霑而重, 不能高翔; 人雖至, 且愛其尾, 恐人所傷, 不復騫翔也。→(공작을 포획하는) 남방 사람들은, 폭우가 쏟아질 때를 기다려, (서식지에) 가서 공작을 잡는데, 공작은 꼬리가 젖어 무거우면, 높이 날 수가 없고; 비록 사람이 접근한다 해도, 또한 자기 꼬리를 소중히 여기기 때문에, (날다가) 사람에게 (꼬리를) 다칠까 두려워, 다시 날지를 않는다.
【候甚雨(후심우)】: 폭우가 쏟아질 때를 기다리다. 〖候〗: 기다리다. 〖甚雨〗: 폭우, 큰 비, 소나기.
【擒(금)】: 사로잡다.
【之(지)】: [대명사] 그것, 즉「공작」.
【霑(점)】: 젖다, 적시다.
【高翔(고상)】: 높이 날다.
【且(차)】: 또한.
【恐(공)】: 두려워하다, 겁내다.
【不復(불부)】: 다시 …하지 않다, 더는 …않다.
【騫翔(건상)】: 날다. 〖騫〗: 훨훨 날다.

야 비로소 큰 꼬리가 된다. (또한 꼬리는 한 번 자라 항상 그 상태를 유지하는 것이 아니라) 봄철에 처음 나서 자라고 서너 달 후에는 다시 시들어 (대체로) 꽃과 함께 번영하고 쇠잔한다.

그러나 수컷은 스스로 자기의 꼬리를 좋아하고 질투심이 매우 강하며, 무릇 산에 서식하고자 할 때는 반드시 먼저 꼬리를 둘 자리를 고르고 난 연후에 비로소 머문다.

(공작을 포획하는) 남방 사람들은 폭우가 쏟아질 때를 기다려 (서식지에) 가서 공작을 잡는데, 공작은 꼬리가 젖어 무거우면 높이 날 수가 없고, 비록 사람이 접근한다 해도 또한 자기 꼬리를 소중히 여기기 때문에, (날다가) 사람에게 (꼬리를) 다칠까 두려워 다시 날지를 않는다.

해설

아름다움을 소중히 여기는 마음은 전혀 비난할 일이 아니다. 공작이 자신의 꼬리를 소중히 여기는 것도 자신의 아름다움을 보존하고 과시하려는 동물의 본능 때문이다. 그러나 현실 생활은 매우 냉혹하여 간혹 아름다움을 추구하기보다 더욱 중요한 도리가 존재한다. 바로 꼬리보다 생명이 더욱 고귀하다는 것이다. 생명이 푸른 산이라면 꼬리는 땔감에 지나지 않는다. 따라서 일생의 영락(榮落)을 꼬리에 얽매어 놓을 수는 없다. 만일 모든 것을 고려하지 않고 오직 꼬리만을 보호하려 한다면 꼬리를 보존하지 못하는 것은 물론, 꼬리의 생장 기반인 몸체까지 잃게 된다.

이 우언은 일을 처리함에 있어서 근본을 버리고 말초를 추구함으로써 소탐대실(小貪大失)하는 어리석은 행위를 풍자한 것이다.

《원차산집元次山集》 우언

원결(元結 : 719 - 772)은 자가 차산(次山), 호는 원자(元子)·의우자(猗玗子)·만수(漫叟)·성수(聱叟) 등이 있으며, 여주(汝州) 노산(魯山)[지금의 하남성 노산(魯山)] 사람이다. 북위(北魏) 탁발씨(拓拔氏)의 후예로 당(唐) 현종(玄宗) 천보(天寶) 연간에 진사에 급제하여 산남도절도사참모(山南道節度使參謀)·감찰어사(監察御史)·저작랑(著作郎)·도주자사(道州刺史) 등을 지냈다. 그의 시는 민간의 질고를 반영한 작품이 많은데, 풍격이 예스럽고 소박하며 육조(六朝)의 변려문(騈儷文)을 반대하여 당대(唐代) 고문(古文)운동의 선도적 역할을 했다.
저서로 손망(孫望)이 명본(明本)과 기타 판본을 참고하여 편찬한 《원차산집(元次山集)》을 1960년 대만(臺灣) 중화서국(中華書局)에서 출간했다.

013 오원(惡圓)

《元次山集拾遺》

원문 및 주석

惡圓[1]

元子家有乳母爲圓轉之器以悅嬰兒, 嬰兒喜之。[2] 母使爲之聚孩孺助嬰兒之樂。[3] 友人公植者聞戲兒之器, 請見之, 及見之趍焚之。[4]

1 惡圓 → 둥근 것을 증오하다
【惡(오)】: 싫어하다, 증오하다.

2 元子家有乳母爲圓轉之器以悅嬰兒, 嬰兒喜之。→ 원결(元結)의 집 유모가 둥근 모양의 회전하는 완구를 만들어 아기를 즐겁게 해주자, 아기가 그것을 매우 좋아했다.
【元子(원자)】: 원결(元結)의 자.
【爲(위)】: 만들다.
【圓轉之器(원전지기)】: 둥근 모양의 회전하는 완구.
【悅(열)】: 즐겁게 하다.
【嬰兒(영아)】: 아기.

3 母使爲之聚孩孺助嬰兒之樂。→ 유모는 그것을 가지고 어린아이들을 불러 모아 아기가 즐거워하도록 도와주게 했다.
【使(사)】: …하도록 시키다, …하게 하다.
【聚(취)】: 모으다.
【孩孺(해유)】: 어린아이.
【助嬰兒之樂(조영아지락)】: 아기가 즐거워하도록 돕다.

4 友人公植者聞戲兒之器, 請見之, 及見之趍焚之。→ (원결의) 친구 공식(公植)이 아이를 희롱하는 완구가 있다는 말을 듣고, 그것을 보자고 청하더니, 보자마자 재빨리 그것을 불살라 버렸다.
【公植(공식)】: [인명].

責元子曰:「吾聞古之惡圓之士歌曰:『寧方爲皁, 不圓爲卿; 寧方爲汚辱, 不圓爲顯榮。』[5] 其甚者則終身不仰視, 曰:『吾惡天圓。』[6] 或有喻之以天大無窮, 人不能極遠視四垂, 因爲之圓, 天不圓也。[7] 對曰:『天縱不圓, 爲人稱之, 我亦惡焉。』次山奈何任造圓轉之器, 恣令悅媚嬰兒![8] 少喜之, 長必好之。教兒學圓且陷不義, 躬自戲圓又

【戲兒之器(희아지기)】: 아이를 희롱하는 완구. 【戲】: 놀리다, 희롱하다.
【及(급)】: …하더니, …하자마자.
【趍(추)】: [부사 용법] 趨(추), 재빨리. ※판본에 따라서는 「趍」를 「趨」라 했다.
【焚(분)】: 태우다, 불사르다.

5 責元子曰:「吾聞古之惡圓之士歌曰:『寧方爲皁, 不圓爲卿; 寧方爲汚辱, 不圓爲顯榮。』→ (그리고) 원결을 꾸짖어 말했다:「나는 옛날 둥근 것을 싫어하는 선비가:『차라리 모나게 노예가 될지언정, 두리뭉실하게 경(卿)이 되지 않고; 차라리 모나게 모욕을 당할지언정, 두리뭉실하게 부귀영달(富貴榮達)을 꾀하지 않는다.』라고 노래했다는 말을 들었네.
【責(책)】: 꾸짖다.
【寧(녕)…不(불)…】: 차라리 …할지언정 …하지 않다.
【方(방)】: 모나다.
【爲皁(위조)】: 노예가 되다. 【爲】: …을 하다, …이 되다. 【皁】: 노예. ※皁(조)·輿(여)·隷(예)·僚(료)·僕(복)·台(태)·圉(어)·牧(목)은 옛날 8가지 천역(賤役)이다.
【爲卿(위경)】: 경(卿)이 되다. 【卿】: 옛날 대부(大夫) 위의 고위 관리.
【汚辱(오욕)】: 모욕하다, 모독하다.
【顯榮(현영)】: 부귀영달(富貴榮達)하다.

6 其甚者則終身不仰視, 曰:『吾惡天圓。』→ 그중 어떤 과격한 사람은 평생 고개를 들어 하늘을 바라보지 않고, 말하길:『나는 하늘이 둥근 것을 증오한다.』라고 했다네.
【甚者(심자)】: 과격한 사람.
【仰視(앙시)】: 우러러보다. 여기서는 「쳐다보다, 바라보다」의 뜻.」

7 或有喻之以天大無窮, 人不能極遠視四垂, 因爲之圓, 天不圓也。→ (이에) 어떤 사람이 그에게 하늘은 한없이 커서, 사람이 아주 멀리 사방의 경계(境界)를 볼 수 없기 때문에, 그래서 그것을 둥글다고 한 것이지, 하늘은 둥글지 않다고 설명했네.
【喻(유)】: 설명하다, 해석하다.
【四垂(사수)】: 사방의 경계.
【因(인)】: 이로 인해, 그리하여, 그래서.

8 對曰:『天縱不圓, 爲人稱之, 我亦惡焉。』次山奈何任造圓轉之器, 恣令悅媚嬰兒! → (그러자) 그가 대답하길:『하늘이 설사 둥글지 않다 해도, 사람들이 그것을 둥글다고 말하면, 나 또한 그것을 싫어한다.』라고 했네. 차산(次山) 당신은 어찌 그러한 완구를 만들도록 내맡겨

失方正。[9] 嗟嗟! 次山入門愛嬰兒之樂圓, 出門當愛小人之趍圓, 吾安知次山異日不言圓、行圓、動圓、靜圓以終身乎! 吾豈次山之友也。」[10] 元子召季川謂曰:「吾自嬰兒戲圓, 公植尙辱我言絶忽乎, 吾

....

두어, 유모로 하여금 함부로 아기를 희롱하게 하는가!
【縱(종)】: 설사 …일지라도, 비록 …라 해도.
【次山(차산)】: 원결의 자.
【奈何(내하)】: 어찌, 어째서, 왜.
【任造(임조)】: 만들도록 내맡기다, 내맡겨 만들다.
【恣(자)】: 함부로.
【令(령)】: …로 하여금 …하게 하다.
【悅媚(열미)】: 희롱하다.

9 少喜之, 長必好之。敎兒學圓且陷不義, 躬自戲圓又失方正。→ 어려서 그런 것을 좋아하면, 자라서도 반드시 그런 것을 좋아하게 되네. 아이에게 둥근 것을 배우도록 가르치면 장차 불의(不義)에 빠지게 되고, 몸소 둥근 것을 가지고 놀면 또 방정한 도리를 잃게 되네.
【之(지)】: [대명사] 그것, 즉「둥근 모양의 회전하는 완구」.
【好(호)】: [동사] 좋아하다.
【且(차)】: 장차.
【陷(함)】: 빠지다.
【躬自(궁자)】: 스스로, 몸소.
【戲(희)】: 가지고 놀다.

10 嗟嗟! 次山入門愛嬰兒之樂圓, 出門當愛小人之趍圓, 吾安知次山異日不言圓、行圓、動圓、靜圓以終身乎? 吾豈次山之友也?」→ 아 아! 차산 당신이 집 안에 들어와 아기가 둥근 것을 즐기는 것을 좋아하다 보면, 집 밖에 나가서도 당연히 소인배들의 두리뭉실한 태도를 좋아하게 될 것이니, 내 어찌 훗날 차산의 언행이나 행동거지가 두리뭉실하지 않게 평생을 간다고 확신하겠으며, 내 어찌 다시 차산의 친구가 될 수 있겠는가?」
【嗟嗟(차차)!】: [감탄사] 아 아!
【愛(애)】: 좋아하다.
【樂(락)】: 즐기다.
【趍圓(추원)】: 두리뭉실한 방향으로 다가가다. 즉「두리뭉실하게 되다」.
【安(안)】: 어찌.
【知(지)】: 알다. 여기서는「확신하다, 단언하다?」의 뜻.
【異日(이일)】: 이후, 훗날.
【言圓(언원)、行圓(행원)】: 언행이 두리뭉실하다.
【動圓(동원)、靜圓(정원)】: 행동거지가 두리뭉실하다.
【以(이)】: [연사] 而(이).
【終身(종신)】: [동사 용법] 평생을 가다.

與汝圓以應物, 圓以趍時, 非圓不預, 非圓不爲, 公植其操矛戟刑我乎!」[11]

번역문

둥근 것을 증오하다

원결(元結)의 집 유모가 둥근 모양의 회전하는 완구를 만들어 아기를 즐겁게 해주자, 아기가 그것을 매우 좋아했다. 유모는 그것을 가지고 어린아이들을 불러 모아 아기가 즐거워하도록 도와주게 했다. (원결의) 친구 공식(公植)이 아이를 희롱하는 완구가 있다는 말을 듣고, 그것을 보자고 청하더니 보자마자 재빨리 그것을 불살라 버렸다. (그리고) 원결을 꾸짖어 말

11 元子召季川謂曰:「吾自嬰兒戲圓, 公植尙辱我言絶忽乎, 吾與汝圓以應物, 圓以趍時, 非圓不預, 非圓不爲, 公植其操矛戟刑我乎!」→(그리하여) 원결이 계천(季川)을 불러 말했다:「내가 아이에게 둥근 노리개를 가지고 놀게 한 것 때문에, 공식은 나를 욕하고 절교한다 말했는데, 만일 나와 자네가 두리뭉실한 태도로 사물을 대하고, 두리뭉실한 태도로 시류에 다가가고, 두리뭉실해야 참여하고, 두리뭉실해야 행한다면, 공식은 아마도 창을 들고 우리를 죽이려 할 것이네.」

【召(소)】: 부르다.

【季川(계천)】: [인명] 원계천(元季川). 원결의 사촌동생.

【自(자)】: 因(인), … 때문에, …로 말미암아.

【戲圓(희원)】: 둥근 것을 가지고 놀다.

【尙(상)】: 그래도, 또한.

【絶忽(절홀)】: 절교하고 소홀히 하다. 〖絶〗: 절교하다. 〖忽〗: 잊고 소홀히 하다.

【圓以應物(원이응물)】: 두리뭉실하게 사물을 대하다. 〖圓〗: 두리뭉실하다. 〖應物〗: 사물을 대하다.

【趍時(추시)】: 시류에 다가가다.

【預(예)】: 참여하다.

【不爲(불위)】: 하지 않다, 행하지 않다.

【其(기)】: 아마도, 혹은.

【操(조)】: 잡다, 들다.

【矛戟(모극)】: 창.

【刑(형)】: [동사 용법] 벌하다. 여기서는「죽이다」의 뜻.

했다.

「나는 옛날 둥근 것을 싫어하는 선비가 『차라리 모나게 노예가 될지언정 두리뭉실하게 경(卿)이 되지 않고, 차라리 모나게 모욕을 당할지언정 두리뭉실하게 부귀영달(富貴榮達)을 꾀하지 않는다.』라고 노래했다는 말을 들었네. 그중 어떤 과격한 사람은 평생 고개를 들어 하늘을 바라보지 않고 말하길 『나는 하늘이 둥근 것을 증오한다.』라고 했다네. (이에) 어떤 사람이 그에게, 하늘은 한없이 커서 사람이 아주 멀리 사방의 경계(境界)를 볼 수 없기 때문에, 그래서 그것을 둥글다고 한 것이지 하늘은 둥글지 않다고 설명했네. (그러자) 그가 대답하길 『하늘이 설사 둥글지 않다 해도, 사람들이 그것을 둥글다고 말하면 나 또한 그것을 싫어한다.』라고 했네. 차산(次山) 당신은 어찌 그러한 완구를 만들도록 내맡겨 두어, 유모로 하여금 함부로 아기를 희롱하게 하는가! 어려서 그런 것을 좋아하면 자라서도 반드시 그런 것을 좋아하게 되네. 아이에게 둥근 것을 배우도록 가르치면 장차 불의(不義)에 빠지게 되고, 몸소 둥근 것을 가지고 놀면 또 방정한 도리를 잃게 되네. 아 아! 차산 당신이 집 안에 들어와 아기가 둥근 것을 즐기는 것을 좋아하다 보면, 집 밖에 나가서도 당연히 소인배들의 두리뭉실한 태도를 좋아하게 될 것이니, 내 어찌 훗날 차산의 언행이나 행동거지가 두리뭉실하지 않게 평생을 간다고 확신하겠으며, 내 어찌 다시 차산의 친구가 될 수 있겠는가?」

(그리하여) 원결이 계천(季川)을 불러 말했다.

「내가 아이에게 둥근 노리개를 가지고 놀게 한 것 때문에, 공식은 나를 욕하고 절교한다 말했는데, 만일 나와 자네가 두리뭉실한 태도로 사물을 대하고, 두리뭉실한 태도로 시류에 다가가고, 두리뭉실해야 참여하고, 두리뭉실해야 행한다면, 공식은 아마도 창을 들고 우리를 죽이려 할 것이네.」

해설

원결(元結)은 정직하고 재능이 있는 관리였다. 그는 여러 지방의 자사(刺史)를 지낼 때 부랑자들을 선도하고, 이재민을 구제하고, 이민족을 위무하고, 혼란을 평정하여 두보(杜甫)의 추앙과 칭찬을 받았다. 백성을 대신하여 청원하고 정의를 위해 공정한 일을 할 것인가, 아니면 명철보신(明哲保身)하고 두리뭉실하게 처세할 것인가? 이는 원결이 관직 생활을 하면서 항상 직면했던 문제들인 동시에 관리 사회에서 현실적으로 존재하는 문제이기도 했다. 이로 인해 작자는 「오원(惡圓)」을 제기하여 현실을 대하며 느낀 바를 펴낸 것이다.

이 우언은 어린아이의 장난감을 끌어다 처세(處世) 철학을 비유한 것으로, 작자가 이를 구실로 세속을 풍자하고 비난하는 동시에 선비들의 두리뭉실한 처세 태도를 꾸짖은 것이다.

《당국사보唐國史補》 우언

이조(李肇 : ?-?)는 당(唐) 헌종(憲宗) 원화(元和 : 806-821) 연간에 중서사인(中書舍人)을 지냈고, 저서로 《당국사보(唐國史補)》 3권이 있다는 것 외에는 그의 생애사적에 관해 알려진 바가 없다.

《당국사보》는 현종(玄宗) 개원(開元)으로부터 목종(穆宗) 장경(長慶)에 이르기까지의 일문(逸聞)·전고(典故)·풍속 등을 기록했는데, 그중에는 일부 민간 전설과 고사를 채취하여 수록했다.

014 왕적신문기(王積薪聞棊)

《唐國史補 · 卷之上》

원문 및 주석

王積薪聞棊[1]

王積薪棊術功成, 自謂天下無敵。將遊京師, 宿于逆旅。[2] 旣滅燭, 聞主人媼隔壁呼其婦曰 :「良宵難遣, 可棊一局乎?」婦曰 :「諾。」[3] 媼

1 王積薪聞棊 → 왕적신(王積薪)이 바둑 두는 소리를 듣다
【王積薪(왕적신)】: [인명] 당대(唐代)에 바둑을 가장 잘 두던 사람. 개원(開元) 초기 한림원기대조(翰林院棊待詔)에 선출되었고, 천보(天寶) 말기까지 생존했다. 어려서부터 바둑을 배워 당시의 국수(國手)인 풍왕(馮汪)과 아홉 번을 대국하여 전승을 거두었다. 후에 한림(翰林)에 임명되었으며, 저서로《금곡원구국보(金谷園九局譜)》《봉지도(鳳池圖)》《기세도(棊勢圖)》등이 있다.
【棊(기)】: 棋(기), 碁(기), 바둑.

2 王積薪棊術功成, 自謂天下無敵。將遊京師, 宿于逆旅。→ 왕적신(王積薪)은 바둑 두는 기술이 탁월하여, 스스로 천하무적(天下無敵)이라고 말했다. (그가 어느 날) 장차 경성(京城)을 유람하려고, 여관에 투숙했다.
【功成(공성)】: 공을 이루다, 성공을 거두다. 여기서는「탁월하다」의 뜻.
【自謂(자위)】: 스스로 …라고 말하다.
【京師(경사)】: 경성(京城).
【宿于(숙우)…】: …에 투숙하다. 〖于〗: [개사] 於(어), …에.
【逆旅(역려)】: 여관, 여인숙.

3 旣滅燭, 聞主人媼隔壁呼其婦曰 :「良宵難遣, 可棊一局乎?」婦曰 :「諾。」→ 촛불을 끄고 나서, 주인 노파가 벽을 사이에 두고 며느리에게 하는 말을 들었다 :「좋은 밤을 보내기가 어려운데, 바둑 한 판 둘 수 있을까?」며느리가 대답했다 :「예, 좋아요.」
【旣(기)】: …이후, …하고 나서.

曰 :「第幾道下子矣。」婦曰 :「第幾道下子矣。」各言數十。[4] 媼曰 :「爾敗矣!」婦曰 :「伏局。」[5] 積薪暗記, 明日覆其勢, 意思皆所不及也。[6]

번역문

왕적신(王積薪)이 바둑 두는 소리를 듣다

왕적신(王積薪)은 바둑 두는 기술이 탁월하여 스스로 천하무적(天下無敵)이라고 말했다. (그가 어느 날) 장차 경성(京城)을 유람하려고 여관에 투숙했다. 촛불을 끄고 나서 주인 노파가 벽을 사이에 두고 며느리에게 하는

【滅燭(멸촉)】: 촛불을 끄다.
【媼(온)】: 노파.
【隔壁(격벽)】: 벽을 사이에 두다.
【婦(부)】: 부인. 여기서는 「며느리」를 가리킨다.
【良宵(양소)】: 좋은 밤.
【難遣(난견)】: 보내기 어렵다.
【諾(락)】: [대답하는 말] 예, 좋아요.

4 媼曰 :「第幾道下子矣。」婦曰 :「第幾道下子矣。」各言數十。→ 노파가 말했다 :「(나는) 몇째 줄 어디에 놓겠다.」 며느리가 말했다 :「(저는) 몇째 줄 어디에 놓겠어요.」 각기 수십 번의 말이 오고갔다.
【道(도)】: 바둑판 가로 19줄과 세로 19줄의 총칭.
【下子(하자)】: 바둑돌을 놓다. 〖子〗: 바둑돌.

5 媼曰 :「爾敗矣!」婦曰 :「伏局。」→ 노파가 말했다 :「네가 패했다.」 며느리가 말했다 :「제가 졌어요.」
【爾(이)】: 너, 당신.
【敗(패)】: 패하다, 지다.
【伏局(복국)】: (바둑에서 실패한 한 쪽이) 패배를 인정하다.

6 積薪暗記, 明日覆其勢, 意思皆所不及也。→ 왕적신이 이를 암기했다가, 다음날 복기(復棋)를 해보니, 바둑의 단수(段數)가 모두 자신이 미치지 못하는 높은 수준이었다.
【明日(명일)】: 다음날, 이튿날.
【覆其勢(복기세)】: 복기(復棋)하다.
【意思(의사)】: 생각, 의도. 여기서는 「바둑의 단수(段數)」를 가리킨다.
【所不及(소불급)】: 미치지 못하다.

말을 들었다.

「좋은 밤을 보내기가 어려운데 바둑 한 판 둘 수 있을까?」

며느리가 대답했다.

「예, 좋아요.」

노파가 말했다.

「(나는) 몇째 줄 어디에 놓겠다.」

며느리가 말했다.

「(저는) 몇째 줄 어디에 놓겠어요.」

각기 수십 번의 말이 오고갔다.

노파가 말했다.

「네가 패했다.」

며느리가 말했다.

「제가 졌어요.」

왕적신이 이를 암기했다가 다음날 복기(復棋)를 해보니, 바둑의 단수(段數)가 모두 자신이 미치지 못하는 높은 수준이었다.

해설

왕적신(王積薪)은 당대(唐代) 제일의 국수(國手)라 불리고 스스로도 천하무적(天下無敵)이라 생각했다. 그런데 예상치 않게 자신이 투숙한 여관의 주인 노파와 며느리가 벽을 사이에 두고 말로서 대국하는 소리를 들었다. 이튿날 복기를 통해 분석해 보니, 그들의 단수(段數)가 모두 자신이 미치지 못하는 높은 수준이었다.

이 우언은 세상에 절대적인 강자는 없으며, 어떤 성공한 사람도 스스로 자만해서는 안 된다는 도리를 설명한 것이다.

015 과연유인심(猓然有人心)

《唐國史補 · 卷之下》

원문 및 주석

猓然有人心[1]

劍南人之采猓然者, 獲一猓然, 則數十猓然 可盡得矣。[2] 何哉? 其猓然性仁, 不忍傷類, 見被獲者, 聚族而啼, 雖殺之, 終不去也。[3] 噫! 此乃獸之狀, 人之心也。[4] 樂羊食其子, 史牟殺其甥, 則人之狀, 獸之

---

1 猓然有人心 → 사람의 마음을 지닌 과연(猓然)

【猓然(과연)】: [짐승 이름] 원숭이와 비슷한 짐승이로 나무에 살며 몸의 색깔은 청적색을 띠고 무늬가 있다.

2 劍南人之采猓然者, 獲一猓然, 則數十猓然 可盡得矣。→ 검남(劍南)에 과연(猓然)을 잡는 사람이 있는데, 과연 한 마리를 포획하면, 곧 수십 마리의 과연을 모두 잡을 수 있다.

【劍南(검남)】: 당대(唐代)의 행정구역. 지금의 사천성 검각현(劍閣縣) 이남과 장강(長江) 이북·감숙성 파총산(嶓冢山) 이남 및 운남성 동북쪽 일대를 포함하는 지역.

【采(채)】: 採(채), 잡다, 포획하다.

【盡(진)】: 모두.

【得(득)】: 얻다. 여기서는 「잡다」의 뜻.

3 何哉? 其猓然性仁, 不忍傷類, 見被獲者, 聚族而啼, 雖殺之, 終不去也。→ 어째서 그런가? 과연은 성품이 인자하여, 차마 동료(同僚)를 해치지 못하고, 동료가 잡히는 것을 보면, 일족이 함께 모여 울며, 설사 그 무리들을 모두 죽인다 해도, 끝내 자리를 뜨지 않는다.

【不忍(불인)】: 차마 …하지 못하다.

【傷(상)】: 상해하다, 해치다.

【類(류)】: 동류, 같은 부류. 즉 「동료(同僚)」를 가리킨다.

【聚族而啼(취족이제)】: 일족이 함께 모여 울다.

心也。[5]

번역문

사람의 마음을 지닌 과연(猓燃)

검남(劍南)에 과연(猓㸐)을 잡는 사람이 있는데, 과연 한 마리를 포획하면 곧 수십 마리의 과연을 모두 잡을 수 있다.

어째서 그런가? 과연은 성품이 인자하여 차마 동료(同僚)를 해치지 못하고, 동료가 잡히는 것을 보면 일족이 함께 모여 울며, 설사 그 무리들을 모두 죽인다 해도 끝내 자리를 뜨지 않는다.

아! 이는 바로 짐승의 모습을 하고 있으나 사람의 마음을 지닌 것이다.

【終(종)】: 끝내, 끝까지.
【去(거)】: 떠나다, 자리를 뜨다.

4 噫! 此乃獸之狀, 人之心也。→아! 이는 바로 짐승의 모습을 하고 있으나, 사람의 마음을 지닌 것이다.
【噫(희)!】: [감탄사] 아!
【乃(내)】: 바로 …이다.

5 樂羊食其子, 史牟殺其甥, 則人之狀, 獸之心也。→악양(樂羊)은 자기의 아들을 삶은 국물을 먹었고, 사모(史牟)는 자기의 생질을 죽였으니, 이는 곧 사람의 모습을 하고 있으나, 짐승의 마음을 지닌 것이다.
【樂羊(악양)】: [인명] 전국시대 위(魏)나라의 장수. 《전국책(戰國策)·진책(秦策)》의 기록에 의하면, 위문후(魏文侯)가 악양으로 하여금 중산(中山)을 공격하도록 했는데, 그때 악양의 아들은 중산에 포로로 잡혀 있었다. 악양이 이를 고려하지 않고 더욱 공격을 감행하자 중산이 악양의 아들을 삶아 국물과 머리를 악양에게 보냈다. 악양은 울며 국물을 마시고 더욱 결심을 다져 마침내 중산을 점령했다.
【食(식)】: [동사] 먹다.
【史牟(사모)】: [인명] 해현(解縣)의 염관(鹽官: 염세를 관장하던 관직) 이름. 《태평광기(太平廣記)·269·혹폭삼(酷暴三)》의 기록에 의하면, 어느 날 사모가 자기의 생질과 함께 인부들을 조사했는데, 생질이 소금 한 알을 주워가지고 집에 돌아왔다. 사모가 이를 알자마자 즉시 몽둥이로 생질을 때려 죽였다.
【甥(생)】: 생질.

악양(樂羊)은 자기의 아들을 삶은 국물을 먹었고, 사모(史牟)는 자기의 생질을 죽였으니, 이는 곧 사람의 모습을 하고 있으나 짐승의 마음을 지닌 것이다.

해설

검남(劍南)의 사냥꾼은 동료를 버리고 떠나지 못하는 과연(猓𤢂)의 인자한 성품을 이용하여 일거에 여러 마리를 포획한다.

이 우언은 과연의 동족애를 빌려, 자기 아들을 삶은 국물을 먹은 악양(樂羊)과 자기 생질을 때려죽인 사모(史牟)의 악랄한 인면수심(人面獸心) 행위를 비난하고 질책한 것이다.

《한창려집 韓昌黎集》 우언

한유(韓愈 : 768-824)는 자가 퇴지(退之)이며, 등주(鄧州) 남양(南陽)[지금의 하남성 맹현(孟縣)] 사람이다. 후에 조상이 창려군(昌黎郡)[지금의 하북성 서수현(徐水縣) 서쪽]으로 이주하여 스스로 창려한유(昌黎韓愈)라 했고, 사람들은 그를 한창려(韓昌黎)라고 불렀다.

한유는 세 살 때 아버지를 여의고 맏형 한회(韓會)에게 의지했으나, 형이 중년의 나이로 세상을 떠나는 바람에 형수 정씨(鄭氏)의 보살핌을 받았다. 집안이 가난하여 어렵게 독학한 한유는 25세 때인 덕종(德宗) 정원(貞元) 8년(792)에 비로소 진사에 급제하여 선무절도사(宣武節度使)라는 하급 관리로 벼슬살이를 시작했다. 그 후 국자감 제주(國子監祭酒) · 이부시랑(吏部侍郎)을 지냈으나 여러 차례 폄적을 당하기도 했다.

한유는 평생 유학(儒學)을 숭상하고 불교와 도교를 배척했다. 문학에 있어서는 유종원(柳宗元)과 더불어 고문운동(古文運動)을 적극 제창하고 「문이재도(文以載道)」를 주장하며, 형식만을 추구하고 내용이 없는 육조(六朝) 이래의 변문(駢文)을 반대했다. 한유와 유종원은 자신들의 걸출한 산문으로 문단에 영향을 주는 한편 후진들에게 문장 쓰는 법을 열정적으로 지도하고 격려했다. 이들의 노력에 의해 당송(唐宋)시대의 산문은 마침내 변문의 그늘에서 벗어나 확고한 자리를 확립했고, 한유는 유종원과 더불어 후인들에 의해 「당송팔대가(唐宋八大家)」의 반열에 올라 문단의 추앙을 받았다. 저서로 《창려선생문집(昌黎先生文集)》이 있다.

016 천하무마(天下無馬)

《韓昌黎集·第一卷·雜說》

원문 및 주석

天下無馬[1]

世有伯樂, 然後有千里馬。千里馬常有, 而伯樂不常有。[2] 故雖有名馬, 祇辱於奴隸人之手, 駢死於槽櫪之間, 不以千里稱也。[3] 馬之千里者, 一食或盡粟一石。食馬者不知其能千里而食也。[4] 是馬也,

1 天下無馬 → 천하(天下)에 말이 없다

2 世有伯樂, 然後有千里馬。千里馬常有, 而伯樂不常有。→ 세상에는 (말을 볼 줄 아는) 백락(伯樂)과 같은 사람이 있어야, 그런 다음에 천리마도 있다. 천리마는 항상 있지만, 백락과 같은 사람은 항상 있지 않다.
【伯樂(백락)】: [인명] 성은 손(孫), 이름은 양(陽)이며, 자는 백락(伯樂)이다. 진목공(秦穆公) 때 사람으로 말의 우열을 가리는 능력이 뛰어나기로 이름이 났다.

3 故雖有名馬, 祇辱於奴隸人之手, 駢死於槽櫪之間, 不以千里稱也。→ 그래서 비록 명마가 있다 해도, 다만 하인의 손에서 굴욕을 당하다가, 마구간에서 보통 말들과 함께 죽어, 천리마로 불리지 못한다.
【祇(지)】: 다만.
【辱於(욕어)…】: …에서 욕을 보다, …에서 굴욕을 당하다. 〖於〗: [개사] …에서.
【奴隸人(노예인)】: 노예, 하인.
【駢死(병사)】: 보통 말들과 함께 죽다.
【槽櫪之間(조력지간)】: 구유와 마판 사이. 여기서는 「마구간」을 말한다.
【以(이)…稱(칭)】: …로 불리다.

4 馬之千里者, 一食或盡粟一石。食馬者不知其能千里而食也。→ 천 리를 달리는 말은, 한 끼에 한 섬의 곡식을 다 먹어치운다. 말을 먹이는 사람은 그 말이 천 리를 달릴 수 있는 말이라는 것을 모르고 사육한다.

雖有千里之能, 食不飽, 力不足, 才美不外見, 且欲與常馬等不可得, 安求其能千里也?[5] 策之不以其道, 食之不能盡其材, 鳴之而不能通其意, 執策而臨之曰 :「天下無馬。」[6] 嗚呼! 其眞無馬邪?[7] 其眞不知馬也![8]

【一食(일식)】: 한 끼.
【盡(진)】: 다 먹어치우다.
【粟(속)】: 곡식.
【一石(일석)】: 한 섬, 열 말.
【食馬者(사마자)】: 말을 사육하는 사람, 말을 먹이는 사람. 〖食〗: 飼(사), 먹이다, 사육하다.

5 是馬也, 雖有千里之能, 食不飽, 力不足, 才美不外見, 且欲與常馬等不可得, 安求其能千里也? → 이 말이, 설사 천 리를 달릴 수 있는 능력이 있다 해도, 배불리 먹지 못해, 힘이 부족하면, 뛰어난 재능을 표현해내지 못하고, 또한 보통 말들과 대등하고자 해도 그것마저 불가능하다. (그런데) 어찌 그 말이 능히 천리를 달리도록 요구할 수 있겠는가?
【才美(재미)】: 재능이 뛰어나다. 〖美〗: 뛰어나다, 훌륭하다.
【外見(외현)】: 표현해내다.
【且(차)】: 그리고, 또한.
【常馬(상마)】: 보통 말, 평범한 말.
【安(안)】: 어찌.

6 策之不以其道, 食之不能盡其材, 鳴之而不能通其意, 執策而臨之曰 :「天下無馬。」→ 말에게 채찍질을 해도 올바른 방법에 의하지 않고, 말을 먹여도 재능을 다 발휘할 수 있도록 배불리 먹이지 않으며, 말이 소리를 질러도 그 뜻을 이해하지 못하면서, (오히려) 채찍을 잡고 다가가 :「천하에 말이 없다」라고 말한다.
【策(책)】: [동사] 채찍질하다, 채찍을 가하다.
【之(지)】: [대명사] 그것, 즉「말」.
【不以(불이)】: …에 의하지 않다. 〖以〗: 依(의), …에 의하다, 의거하다.
【道(도)】: (천리마를 다루는) 올바른 방법.
【食(사)】: 飼(사), 먹이다.
【鳴(명)】: 울부짖다, 소리를 지르다.
【通(통)】: 알다, 이해하다.
【執(집)】: 잡다, 가지다.

7 嗚呼! 其眞無馬邪? → 아! 어찌 정말로 훌륭한 말이 없겠는가?
【嗚呼(오호)】: [감탄사] 아!
【其(기)】: 豈(기), 어찌.

8 其眞不知馬也! → 그는 정말 말을 알아보지 못하는 사람이로다!
【其(기)】: [대명사] 그, 그 사람. 즉「채찍을 잡고 다가가 천하에 말이 없다고 말한 사람」.

번역문

천하(天下)에 말이 없다

세상에는 (말을 볼 줄 아는) 백락(伯樂)과 같은 사람이 있어야 그런 다음에 천리마도 있다. 천리마는 항상 있지만 백락과 같은 사람은 항상 있지 않다. 그래서 비록 명마가 있다 해도, 다만 하인의 손에서 굴욕을 당하다가 마구간에서 보통 말들과 함께 죽어 천리마로 불리지 못한다.

천 리를 달리는 말은 한 끼에 한 섬의 곡식을 다 먹어치운다. 말을 먹이는 사람은 그 말이 천 리를 달릴 수 있는 말이라는 것을 모르고 사육한다. 이 말이 설사 천 리를 달릴 수 있는 능력이 있다 해도, 배불리 먹지 못해 힘이 부족하면 뛰어난 재능을 표현해내지 못하고, 또한 보통 말들과 대등하고자 해도 그것마저 불가능하다. (그런데) 어찌 그 말이 능히 천리를 달리도록 요구할 수 있겠는가? 말에게 채찍질을 해도 올바른 방법에 의하지 않고, 말을 먹여도 재능을 다 발휘할 수 있도록 배불리 먹이지 않으며, 말이 소리를 질러도 그 뜻을 이해하지 못하면서, (오히려) 채찍을 잡고 다가가 「천하에 말이 없다」라고 말한다. 아! 어찌 정말로 훌륭한 말이 없겠는가? 그는 정말 말을 알아보지 못하는 사람이로다!

해설

천리마로 하여금 천 리를 달리게 하려면 천리마에 상응하는 조건이 따라주어야 한다. 즉 양껏 배불리 먹여야 하고 동시에 천리마를 식별하는 사육사의 안목이 있어야 한다. 그렇지 않으면 천리마가 능력을 발휘하기는 커녕 보통 말보다도 못하게 된다.

이 우언은 당시 조정이 유능한 인재를 필요로 하는 중요한 시기에, 우매한 통치자들이 인재를 식별할 줄 모르고 오히려 인재를 능욕하는 풍조가 만연하자, 작자가 이에 대해 불만을 품고 당시의 통치자들을 말의 관찰 능력이 탁월한 백락(伯樂)과 대비시켜 그들의 무능하고 우매함을 폭로하고 풍자한 것이다.

017 모영전(毛穎傳)

《韓昌黎集 · 第八卷》

원문 및 주석

毛穎傳[1]

毛穎者, 中山人也。[2] 其先明眎, 佐禹治東方土, 養萬物有功, 因封於卯地, 死爲十二神。[3] 嘗曰 : 「吾子孫神明之後, 不可與物同, 當

1 毛穎傳 → 모영(毛穎)의 전기(傳記)

【毛穎(모영)】: 「붓, 모필」을 의인화 한 허구 인물. 〖毛〗: 토끼의 털. 〖穎〗: 가늘고 긴 물건의 뾰족한 끝을 가리키며, 「남보다 뛰어나다, 걸출하다」라는 의미를 지니고 있다.

※ 옛날의 붓은 토끼의 털로 만들었는데, 토끼의 털 가운데 목 부위의 긴 털이 붓의 재료로 뛰어나기 때문에 모영이라 했다.

2 毛穎者, 中山人也。→ 모영(毛穎)은, 중산(中山) 사람이다.

【中山(중산)】: [국명] 지금의 하북성 정현(定縣)에 있던 전국시대의 나라로 후에 조(趙)나라에 합병되었다. 이곳의 토끼털로 만든 붓이 가장 뛰어났기 때문에 작자가 본문의 주인공 모영의 원적을 중산으로 정한 것이다.

3 其先明眎, 佐禹治東方土, 養萬物有功, 因封於卯地, 死爲十二神。→ 그의 조상인 명시(明眎)는, 우왕(禹王)을 도와 동방(東方)의 땅을 다스렸는데, 만물을 기르는 데 공이 있었다. 이로 인해 묘지(卯地)에 봉해지고, 죽어서 십이신(十二神)의 하나가 되었다.

【明眎(명시)】: 토끼의 별칭. 〖眎〗: 「視」의 옛 글자. ※《예기(禮記) · 곡례(曲禮)》에 「兎曰明眎。(토끼를 명시라 한다)」라고 했다.

【佐(좌)】: 돕다, 보필하다, 보좌하다.

【禹(우)】: 상고시대 하(夏)의 군주.

【東方(동방)】: 동쪽 방향. ※고대에는 십이지(十二支)로서 방위를 나누었는데, 그중 「묘(卯)」는 동쪽에 위치하며, 사계절 중 봄의 위치 또한 동쪽 방향이다.

【因(인)】: 이로 인해, 이로 말미암아.

吐而生。」已而果然。[4] 明眎八世孫䨲, 世傳當殷時居中山, 得神仙之術, 能匿光使物, 竊姮娥, 騎蟾蜍入月, 其後代遂隱不仕云。[5] 居東

....

【十二神(십이신)】: 세모(歲暮)에 역귀를 쫓는 의식인 구나(驅儺) 때 십이지(十二支)를 나타내는 짐승[자(子, 쥐) · 축(丑, 소) · 인(寅, 범) · 묘(卯, 토끼) · 진(辰, 용) · 사(巳, 뱀) · 오(午, 말) · 미(未, 양) · 신(申, 잔나비) · 유(酉, 닭) · 술(戌, 개) · 해(亥, 돼지)]의 탈을 쓴 열두 나자(儺者).

4 嘗曰 : 「吾子孫神明之後, 不可與物同, 當吐而生。」 已而果然。→ (명시가) 일찍이 말하길 : 「나의 자손은 천지신명의 후예로서, 다른 동물들과 같을 수 없으니, 마땅히 입으로 토해서 낳아야 한다.」라고 했는데, 그 뒤로 과연 그러했다.

【神明(신명)】: 천지신명.

【物(물)】: 다른 동물들.

【當(당)】: 마땅히, 당연히.

【吐而生(토이생)】: 입으로 토해서 낳다. ※토끼가 입으로 새끼를 난다고 하는 설은 《논형(論衡) · 기괴편(奇怪篇)》에 「암토끼가 수토끼의 털을 핥으면 새끼를 배고, 그 새끼가 태어날 때가 되면, 입으로부터 나온다.(兎吮毫而懷子, 及其子生, 從口而出。)」라고 한 기록에서 비롯된다.

【已而(이이)】: 그 뒤.

5 明眎八世孫䨲, 世傳當殷時居中山, 得神仙之術, 能匿光使物, 竊姮娥, 騎蟾蜍入月, 其後代遂隱不仕云。→ 명시의 8대손인 누(䨲)는, 세상에 전하는 바에 의하면 은(殷)나라 때 중산(中山)에 살면서, 신선술을 터득하여, 밝은 곳에서 몸을 숨겨 눈에 보이지 않게 하고 만물(萬物)을 부릴 줄 알았는데, (후에) 항아(姮娥)를 훔쳐, 두꺼비를 타고 달나라로 도망쳤다. 그리하여 그 후손들이 (이때부터) 숨어살며 벼슬길에 나가지 않았다.

【䨲(누)】: 토끼 이름.

【世傳(세전)】: 세상에 전해 내려오다.

【當(당)…時(시)】: …때, …시절.

【殷(은)】: [국명] 중국의 고대 국가로 탕왕(湯王)이 하(夏)의 걸왕(桀王)을 물리치고 세운 나라. 본래 국호를 상(商)이라 했으나, 17대 왕인 반경(盤庚)이 도읍을 박(亳)으로 옮기고 국호를 은(殷)이라 고쳤다.

【匿光(닉광)】: 밝은 곳에서 몸을 숨기다. 즉 「밝은 곳에서 몸을 숨겨 보이지 않게 하다」의 뜻.

【使物(사물)】: 만물(萬物)을 부리다.

【竊(절)】: 훔치다, 도둑질하다.

【姮娥(항아)】: 전설에 나오는 하(夏)의 제후 후예(后羿)의 아내. ※《회남자(淮南子) · 남명훈(覽冥訓)》에 「하(夏)나라의 제후인 후예(后羿)가 서왕모(西王母)로부터 불사약(不死藥)을 얻었는데, 후예의 아내 항아(姮娥)가 이를 훔쳐 먹고 달나라로 달아났다.(羿請不死之藥於西王母, 姮娥竊之奔月宮。)」라고 했다.

【騎(기)】: 타다.

【蟾蜍(섬여)】: 두꺼비.

【遂(수)】: 그리하여, 그래서.

郭者曰㕙, 狡而善走, 與韓盧爭能, 盧不及。[6] 盧怒, 與宋鵲謀而殺之, 醢其家。[7]

秦始皇時, 蒙將軍恬南伐楚, 次中山, 將大獵以懼楚。[8] 召左右庶長與軍尉, 以《連山》筮之, 得天與人文之兆。[9] 筮者賀曰 :「今日之

【隱(은)】: 숨어살다.

【不仕(불사)】: 벼슬하지 않다.

6 居東郭者曰㕙, 狡而善走, 與韓盧爭能, 盧不及。→ (후예들 중에) 동곽(東郭)에 사는 준(㕙)이라는 자는, 건장하고 달리기를 잘하여, 한로(韓盧)와 재능을 겨루었는데, 한로가 그를 따르지 못했다.

【東郭(동곽)】: 동쪽의 성곽.

【㕙(준)】: 토끼 이름. ※《신서(新序)》의 기록에 의하면, 제(齊)나라에 「동곽준(東郭㕙)」이라는 토끼가 있는데 하루에 능히 500리를 달릴 수 있다고 했다.

【狡(교)】: 건장하다.

【韓盧(한로)】: 고대 전설 속에 나오는 한(韓)나라의 개 이름. 한국로(韓國盧) 또는 한자로(韓子盧)라고도 한다.

【爭能(쟁능)】: 재능을 겨루다, 능력을 겨루다.

【不及(불급)】: 미치지 못하다, 따르지 못하다, 이기지 못하다.

7 盧怒, 與宋鵲謀而殺之, 醢其家。→ (이에) 한로가 화가 나서, 송작(宋鵲)과 음모하여 준을 죽이고, 준의 가족을 잘게 썰어 젓갈을 담았다.

【宋鵲(송작)】: 전설에 나오는 송나라의 개 이름.

【之(지)】: [대명사] 그, 그것. 즉 「준(㕙)」.

【醢(해)】: 육장(肉醬), 젓갈, 장조림. 여기서는 동사 용법으로 「잘게 썰어 젓갈을 담다」의 뜻.

8 秦始皇時, 蒙將軍恬南伐楚, 次中山, 將大獵以懼楚。→ 진시황(秦始皇) 때, 몽염(蒙恬) 장군이 남쪽으로 초(楚)나라 정벌에 나서, 중산(中山)에 군대를 주둔하고, 장차 크게 사냥을 벌여 초나라를 위협하려 했다.

【秦始皇(진시황)】: 전국시대(戰國時代) 진(秦)나라의 군주로, 이름은 정(政). B.C. 221 전국을 통일하고 스스로 시황제라 칭했다.

【蒙將軍恬(몽장군염)】: [인명] 몽염(蒙恬). ※ 진시황 때의 장군으로 흉노를 정벌하고 만리장성을 쌓았으며, 최초로 붓을 만들었다고 전한다.

【楚(국명)】: [국명] 지금의 호남성·호북성과 강서성·절강성 및 하남성 남부에 걸쳐 있던 주대(周代)의 제후국.

【次(차)】: 군대를 주둔하다.

【獵(렵)】: 사냥하다.

【懼(구)】: 겁을 주다, 위협하다.

9 召左右庶長與軍尉, 以《連山》筮之, 得天與人文之兆。→ (몽염이) 좌서장(左庶長)·우서장(右

獲, 不角不牙, 衣褐之徒, 缺口而長鬚, 八竅而趺居, 獨取其髦, 簡牘是資。天下其同書, 秦其遂兼諸侯乎!」[10] 遂獵, 圍毛氏之族, 拔其

庶長)과 군위(軍尉)를 불러, 《주역(周易)》으로 점을 쳐서, 천문(天文)과 인문(人文)의 징조를 얻었다.

※《주역(周易)·분(賁)》에 「천문을 관찰하여 사시(四時)의 변화를 살피고, 인문을 관찰하여 천하를 화육(化育)한다.(觀乎天文以察時變, 觀乎人文以化成天下。)」라고 했다.

【左右庶長(좌우서장)】: [관직명] 진(秦)나라의 작위 명칭으로 좌서장(左庶長)과 우서장(右庶長)을 말한다.

【軍尉(군위)】: [관직명].

【《連山(연산)》】: 《주역(周易)》의 별칭. ※《주역》을 하(夏)나라 때는 《연산(連山)》, 은(殷)나라 때는 《귀장(歸藏)》이라 불렀다.

【筮(서)】: 점을 치다.

【天與人文之兆(천여인문지조)】: 천문(天文)과 인문(人文)의 징조. 〖天〗: 천문(天文), 천체 현상. 〖人文〗: 인정세태, 인간 세상이 되어 가는 형편. 〖兆〗: 징조.

10 筮者賀曰: 「今日之獲, 不角不牙, 衣褐之徒, 缺口而長鬚, 八竅而趺居, 獨取其髦, 簡牘是資。天下其同書, 秦其遂兼諸侯乎!」 → 복관(卜官)이 (몽염에게) 축하하며 말했다: 「오늘 포획하는 것은, 뿔도 이빨도 나지 않고, 털옷을 입은 무리들로, 언청이에다 긴 수염이 있고, 몸에 구멍이 여덟 개이며 책상다리를 하고 앉습니다. 다만 그 목 부위에 자란 긴 털을 취하면, 저술에 관한 일을 이에 의존할 수 있습니다. (그러면) 천하는 장차 문자를 통일하고, 진(秦)나라는 마침내 제후들을 합병하게 될 것입니다!」

【筮者(서자)】: [관직명] 복관(卜官). ※주대(周代)에 점치는 일을 관장했다.

【獲(획)】: 수확.

【衣褐之徒(의갈지도)】: 털옷을 입은 무리. ※온몸이 털로 덮인 토끼를 가리킨다. 〖衣〗: [동사] 입다, 착용하다. 〖褐〗: 털옷.

【缺口(결구)】: 언청이.

【鬚(수)】: 수염.

【八竅(팔규)】: 여덟 구멍. ※태생하는 동물은 귀·눈·입·코 일곱 구멍과 항문 및 음부를 합쳐 모두 아홉 구멍이나, 토끼는 입으로 토해 출생하기 때문에 음부를 제외하여 여덟 구멍이다.

【趺居(부거)】: 책상다리를 하고 앉다.

【獨(독)】: 다만, 오직.

【取其髦(취기모)】: 그 짐승의 목 부위에 자란 긴 털을 취하다. 〖髦〗: 몸의 털 가운데 목 부위에 자란 긴 털. ※이는 붓의 제작에 가장 좋은 재료이다.

【簡牘是資(간독시자)】: 저술에 관한 일을 이에 의존하다. ※붓으로 글을 쓰기 때문에 저술에 사용할 수 있음을 비유한 말이다. 〖簡牘〗: 서책. 여기서는 「모든 저술에 관한 일」을 가리킨다. ※옛날 종이를 사용하기 이전에 대나무 또는 나무를 얇게 깎아 엮어서 글을 쓰도록 만들었는데, 대나무를 깎아 만든 것을 「簡」이라 하고, 나무를 깎아 만든 것을

豪, 載穎而歸, 獻俘於章臺宮, 聚其族而加束縛焉。[11] 秦皇帝使恬賜之湯沐, 而封諸管城, 號曰管城子, 日見親寵任事。[12]

「牘」이라 했다. 〖是資〗: [資是의 도치형태] 이에 의존하다. 〖資〗: 의존하다, 기대다. 〖是〗: 이, 이것.

【其(기)】: 장차 …할 것이다.

【同書(동서)】: 같은 문자를 사용하여 글을 쓰다. 즉 「문자를 통일하다」의 뜻.

【遂(수)】: 드디어, 마침내.

【兼(겸)】: 합병하다, 통일하다.

11 遂獵, 圍毛氏之族, 拔其豪, 載穎而歸, 獻俘於章臺宮, 聚其族而加束縛焉。→ 그리하여 사냥을 벌여, 모씨(毛氏)의 족속들을 포위하고, 그중 걸출한 자를 뽑아, 모영(毛穎)을 수레에 싣고 돌아와, 장대궁(章臺宮)에서 (황제에게) 포획물을 바친 다음, 그 족속들을 함께 모아 결박하였다.

【遂(수)】: 그리하여.

【拔其豪(발기호)】: 그중 걸출한 자를 선발하다. 즉 「토끼 몸의 털 가운데 긴 것을 가려 뽑는 것」을 비유한 말. 〖拔〗: 선발하다, 뽑다. 〖豪〗: 준재, 걸출한 자. 즉 「몸의 털 가운데 긴 것」.

【載(재)】: (수레에) 싣다.

【穎(영)】: 모영(毛穎).

【獻(헌)】: 바치다.

【俘(부)】: 포로, 포획물.

【章臺宮(장대궁)】: 진(秦)나라의 궁 이름.

【聚其族而加束縛(취기족이가속박)】: 모씨의 족속들을 모아 결박하다. 즉 「붓을 만들 때 털을 모아 묶는 것」을 가리킨다.」 〖聚〗: 모으다. 〖束縛〗: 묶다, 결박하다.

12 秦皇帝使恬賜之湯沐, 而封諸管城, 號曰管城子, 日見親寵任事。→ 진시황(秦始皇)은 몽염을 파견하여 모영에게 봉지(封地)를 하사하고, 관성(管城)에 봉한 후, 호를 관성자(管城子)라 했다. 그는 날마다 황제의 총애를 받으며 중요한 일을 맡았다.

【秦皇帝(진황제)】: 진나라 황제. 여기서는 「진시황(秦始皇)」을 가리킨다.

【使(사)】: 보내다, 파견하다.

【之(지)】: [대명사] 그, 즉 모영.

【湯沐(탕목)】: ① 옛날 천자가 제후에게 하사한 토지. ② 목욕하다. ※ 여기에서 탕목(湯沐)은 붓을 만들 때 털을 세척하는 과정을 비유한 것이다.

【封諸管城(봉제관성)】: 그를 관성에 봉하다. ※ 붓의 모(毛) 부분인 필두(筆頭)를 만든 후, 이를 모관(毛管) 즉 붓대인 대나무 관에 끼우기 때문에, 모영(毛穎)을 관성(管城)에 봉한 것으로 비유했다. 〖諸〗: 之於(지어)의 합음. 〖管城〗: [지명] 본래는 주(周)나라 문왕(文王)의 아들인 관숙(管叔)의 봉지로, 지금의 하남성 정현(鄭縣)이란 곳이나, 여기서는 「대나무 관」을 가리킨다.

【管城子(관성자)】: 붓의 별칭.

穎爲人，强記而便敏，自結繩之代以及秦事，無不纂錄;[13] 陰陽、卜筮、占相、醫方、族氏、山經、地志、字書、圖畵、九流百家、天人之書，及至浮圖、老子、外國之說，皆所詳悉;[14] 又通於當代之務，官府簿書，市井貨錢注記，惟上所使。[15] 自秦皇帝及太子扶蘇、胡亥、

……………

【見親寵(견친총)】: 황제의 총애를 받다. ※見＋동사=피동형.
【任事(임사)】: 일을 맡기다.

13 穎爲人, 强記而便敏, 自結繩之代以及秦事, 無不纂錄; → 모영의 사람됨은, 기억력이 뛰어나고 행동이 민첩하여, 결승(結繩)시대로부터 진(秦)나라의 사적에 이르기까지, 편찬하여 기록하지 않은 것이 없고;
【爲人(위인)】: 사람됨, 사람의 됨됨이.
【强記(강기)】: 기억력이 뛰어나다.
【便敏(변민)】: 민첩하다.
【結繩(결승)】: 매듭. ※옛날 문자가 생겨나기 전에 새끼로 매듭을 묶어 일을 기록했다.
【纂錄(찬록)】: 편찬하여 기록하다.

14 陰陽、卜筮、占相、醫方、族氏、山經、地志、字書、圖畵、九流百家、天人之書, 及至浮圖、老子、外國之說, 皆所詳悉; → 음양(陰陽)·점복(占卜)·관상술·의술·족보와 성씨·《산해경(山海經)》·지리지(地理志)·서예·그림·제자백가(諸子百家)·자연과 인간에 관한 서적 및 불교·노자(老子)·외국의 학설에 이르기까지, 모두 상세히 알고 있다.
【占相(점상)】: 관상술.
【族氏(족씨)】: 족보와 성씨.
【山經(산경)】: [서명]《산해경(山海經)》.
【地志(지지)】: 지리지(地理志). 지리의 연혁을 기록한 책.
【字書(자서)】: 서예.
【九流百家(구류백가)】: 제자백가(諸子百家). ※《한서(漢書)·예문지(藝文志)·제자략(諸子略)》에 유가(儒家)·도가(道家)·음양가(陰陽家)·법가(法家)·명가(名家)·묵가(墨家)·종횡가(縱橫家)·잡가(雜家)·농가(農家)·소설가(小說家) 등 십가(十家)를 들고, 「諸子十家, 其可觀者九家而已。(제자 십가 중 볼만한 것은 구가뿐이다.)」라 했는데, 이는 소설을 천시한데서 비롯된 말일뿐이며, 본문의 「구류백가」는 실제로 「제자백가」를 의미한다.
【天人之書(천인지서)】: 자연과 인간 사회에 관한 서적.
【浮圖(부도)】: 「불타(佛陀)」라는 범문(梵文)의 음역. 여기서는 「불교」를 가리킨다.
【外國之說(외국지설)】: 외국의 학설.
【詳悉(상실)】: 상세히 알다.

15 又通於當代之務, 官府簿書, 市井貨錢注記, 惟上所使。→ (모영은) 또 당대(當代)의 제반 사무, 관청의 장부와 문서, 시정(市井)의 상품 금전 기록 등에 정통했는데, 오직 황제가 시키는 대로 했다.

丞相斯、中車府令高, 下及國人, 無不愛重。[16] 又善隨人意, 正直邪曲巧拙, 一隨其人, 雖見廢棄, 終默不泄。[17] 惟不喜武士, 然見請, 亦時往。[18]

【通於(통어)…】: …에 정통하다.
【簿書(부서)】: (인구나 세금·부역 등에 관한) 관청의 장부와 문서.
【市井(시정)】: 평민이 사는 지역.
【貨錢注記(화전주기)】: 상품 금전 기록.
【惟上所使(유상소사)】: 오직 황제가 시키는 대로 하다. 〖惟〗: 다만, 오직. 〖上〗: 황제. 〖使〗: 시키다, 부리다.

16 自秦皇帝及太子扶蘇、胡亥、丞相斯、中車府令高, 下及國人, 無不愛重。→ (그리하여) 진시황과 태자 부소(扶蘇)·왕자 호해(胡亥)·승상 이사(李斯)·중거부령(中車府令) 조고(趙高)로부터, 아래 평민에 이르기까지, (모영을) 아끼고 소중히 여기지 않는 사람이 없었다.
【扶蘇(부소)】: [인명] 진시황의 맏아들.
【胡亥(호해)】: [인명] 진시황의 막내아들, 진이세(秦二世).
【斯(사)】: [인명] 이사(李斯). 진시황 때의 재상(宰相).
【中車府令(중거부령)】: [관직명] 진(秦)나라 때 거마를 관장하던 관리.
【高(고)】: [인명] 조고(趙高).
【國人(국인)】: 평민, 백성.
【無不(무불)】: …하지 않음이 없다.

17 又善隨人意, 正直邪曲巧拙, 一隨其人, 雖見廢棄, 終默不泄。→ (모영은) 또 사람의 뜻에 잘 따르고, 바르거나 곧거나 사악하거나 비뚤어지거나 공교하거나 졸렬하거나 간에, 완전히 주인의 뜻에 따르며, 설사 버림을 받는다 해도, 끝까지 침묵하며 (비밀을) 누설하지 않았다.
【善隨(선수)】: 잘 따르다.
【邪曲(사곡)】: 사악하고 비뚤어지다.
【巧拙(교졸)】: 공교함과 졸렬함.
【一(일)】: 모두, 다, 완전히.
【見廢棄(견폐기)】: 폐기되다, 버림을 받다. ※ 見+동사=피동형.
【終(종)】: 끝내, 끝까지.
【默(묵)】: 침묵하다, 묵묵하다.
【泄(설)】: 발설하다, 누설하다.

18 惟不喜武士, 然見請, 亦時往。→ 오직 무사(武士)를 좋아하지 않지만, 그러나 초대를 받으면, 또한 항상 갔다.
【惟(유)】: 오직, 다만.
【然(연)】: 그러나.
【見請(견청)】: 초대받다. ※ 見+동사=피동형.

累拜中書令, 與上益狎, 上嘗呼爲中書君。[19] 上親決事, 以衡石自程, 雖宮人不得立左右, 獨穎與執燭者常侍, 上休方罷。[20] 穎與絳人陳玄、弘農陶泓及會稽褚先生友善, 相推致, 其出處必偕。[21] 上召

【時(시)】: 그때마다, 항상.

19 累拜中書令, 與上益狎, 上嘗呼爲中書君。→ (모영은) 여러 차례 승진을 거듭하여 중서령(中書令)에 임명되면서, 황제와 더욱 가까워져, 황제는 일찍이 그를 중서군(中書君)이라 부른 적이 있었다.

【累拜(누배)】: 여러 차례 관직을 배수 받다. 즉 「여러 차례 승진을 거듭하다」의 뜻. 〖累〗: 여러 차례, 누차. 〖拜〗: 관직을 배수 받다, 관직에 임명되다.

【中書令(중서령)】: 중서성(中書省)의 우두머리. 주요 업무는 국가기밀을 관리하고 황제의 조서를 기안하는 일. ※중서령은 본래 진대(秦代)의 제도에는 없으나, 여기서는 우언을 목적으로 하고 있기 때문에 사실 여부를 논하지 않는다.

【益(익)】: 더욱.

【狎(압)】: 사이가 가깝다, 친근하다.

【嘗(상)】: 일찍이.

【呼爲(호위)】: …이라 부르다.

20 上親決事, 以衡石自程, 雖宮人不得立左右, 獨穎與執燭者常侍, 上休方罷。→ 황제는 친히 모든 정사를 처리하는데, (하루에) 120근의 문서를 저울로 달아 스스로 한도(限度)를 정해 놓기 때문에, (이때는) 비록 궁내의 비첩(妃妾)이라 해도 (왕의) 옆에 서있지 못하고, 오직 모영과 등촉(燈燭)을 든 사람만이 항상 시중을 들다가, 황제가 쉬어야 비로소 그만두었다.

【上(상)】: 황제.

【親(친)】: 친히, 몸소, 직접.

【決事(결사)】: 일을 처리하다. 〖決〗: 처리하다. 결정하다.

【以衡石自程(이형석자정)】: 120근의 문서를 저울로 달아 스스로 한도를 정하다. 〖衡〗: [동사] 달다, 저울질하다. 〖石〗: [무게] 120근. 〖程〗: 정량(定量)으로 삼다, 한도로 정하다.

【宮人(궁인)】: 궁에 거처하는 사람. ※ 여기서는 비(妃)·첩(妾)을 가리킨다.

【不得(부득)】: …할 수가 없다, …하지 못하다.

【獨(독)】: 오직, 다만.

【執燭者(집촉자)】: 등촉을 든 사람. 〖執〗: 잡다, 들다.

【侍(시)】: 모시다, 시중들다.

【方(방)】: 비로소.

【罷(파)】: 그만두다, 중지하다.

21 穎與絳人陳玄、弘農陶泓及會稽褚先生友善, 相推致, 其出處必偕。→ 모영은 강주(絳州) 사람 진현(陳玄)·홍농(弘農)의 도홍(陶泓) 및 회계(會稽)의 저선생(褚先生)과 친하게 지내며, 서로 추천하고 끌어당겨, 자신들의 진퇴를 반드시 함께 했다.

穎, 三人者不待詔, 輒俱往, 上未嘗怪焉。[22]

後因進見, 上將有任使, 拂拭之, 因免冠謝。[23] 上見其髮禿, 又所

※ 붓이 먹·벼루·종이와 서로 호응하는 관계를 가리킨다.

【絳(강)】: [지명] 강주(降州). 지금의 산서성 강현(絳縣)으로, 「먹」의 명산지이다.

【陳玄(진현)】: 「오래된 먹」의 의인화. ※「陳」은 오래 묵은 것을 가리키고, 「玄」은 검은 「먹」을 가리킨다.

【弘農(홍농)】: [지명] 지금의 하남성 영보현(靈寶縣)으로, 「벼루」의 명산지이다.

【陶泓(도홍)】: 「벼루」의 의인화. ※「陶」는 질그릇, 「泓」은 물을 지칭하여, 벼루에 물을 담기 때문에 비유한 말.

【會稽(회계)】: [지명] 지금의 절강성 소흥현(紹興縣)으로, 종이의 명산지이다.

【褚先生(저선생)】: 「종이」의 의인화. ※종이는 저목(楮木), 즉 닥나무의 섬유로 만들기 때문에 「楮」의 해음(諧音)으로 「褚(저)」를 썼다.

【友善(우선)】: 친하게 지내다.

【相推致(상추치)】: 서로 추천하고 끌어당기다.

【出處(출처)】: 출사(出仕)와 은거(隱居), 진퇴.

【偕(해)】: 함께 하다, 같이 하다.

22 上召穎, 三人者不待詔, 輒俱往, 上未嘗怪焉。→ 황제가 모영을 부르면, 세 사람은 황제의 명령을 기다리지 않고, 항상 함께 가는데, 황제가 (한 번도) 꾸짖은 적이 없었다.
※ 붓으로 글씨를 쓸 때 반드시 먹·벼루·종이가 함께 있어야 하는 상황을 비유한 것이다.

【召(소)】: 부르다.

【詔(조)】: 황제의 명령.

【輒(첩)】: 늘, 항상.

【俱(구)】: 모두, 다, 함께.

【未嘗(미상)】: …한 적이 없다.

【怪(괴)】: 꾸짖다.

23 後因進見, 上將有任使, 拂拭之, 因免冠謝。→ 후에 (모영이) 알현한 기회를 이용하여, 황제가 장차 다른 임무를 맡기려고, 손으로 그를 가볍게 쓰다듬었다. 이에 (모영이) 즉시 관모를 벗고 감사의 뜻을 표했나.

【因(인)】: 앞의 「因」은 「(시간·기회 등을) 틈타다, 이용하다.」의 뜻이고, 뒤의 「因」은 「이에, 그리하여」의 뜻.

【進見(진현)】: 알현하다, 배알하다.

【將有任使(장유임사)】: 장차 다른 임무를 맡기려 하다. 〖任使〗: 임무를 맡기다.

【拂拭(불식)】: (먼지를) 털고 닦다. 여기서는 「가볍게 쓰다듬다」의 뜻.

【之(지)】: [대명사] 그, 즉 「모영」.

【免冠(면관)】: 관모를 벗다. ※ 여기서는 「붓 뚜껑이 벗겨지다.」의 비유.

摹畫不能稱上意。[24] 上嘻笑曰:「中書君老而禿, 不任吾用。吾嘗謂君中書, 君今不中書邪?」[25] 對曰:「臣所謂盡心者。」因不復召, 歸封邑, 終於管城。[26] 其子孫甚多, 散處中國夷狄, 皆冒管城, 惟居中山者能繼父祖業。[27]

---

24 上見其髮禿, 又所摹畫不能稱上意。→ 황제는 그의 머리가 빠져 대머리가 된 것을 보았다. 그리고 또 그가 (근자에) 쓴 글씨도 황제의 마음에 썩 들지 않았다.

【髮禿(발독)】: 머리가 벗어지다, 대머리가 되다. 〖禿〗: 털이 빠지다. ※붓의 털이 많이 빠져 있는 상태를 비유한 말.

【摹畫(모화)】: 묘사하다, 본떠 그리다. 여기서는 「글씨를 쓰다」의 뜻.

【稱上意(칭상의)】: 황제의 마음에 들다. 〖稱〗: 부합하다, 마음에 들다.

25 上嘻笑曰:「中書君老而禿, 不任吾用。吾嘗謂君中書, 君今不中書邪?」→ (그리하여) 황제가 히히 웃으며 말했다:「중서군(中書君)은 이제 늙고 머리가 빠져, 나의 직무를 감당하지 못하겠군. 내가 일찍이 그대를 중서(中書)라 불렀는데, 지금 그대는 중서(中書)가 못 되겠는걸?」

【嘻笑(희소)】: 히히거리며 웃다.

【不中書(부중서)】: 중서(中書)가 되지 못하다. 〖中書〗: [관직명] 궁중에서 문서를 관리하고 기초하는 일을 맡은 벼슬. ※여기서 「中」은 「적합하다」, 「書」는 「글을 쓰다」의 뜻으로, 「不中書」는 즉 「글을 쓰기에 적합하지 않다」는 것을 비유한 말.

【不任(불임)】: 감당하지 못하다.

【用(용)】: 일, 직무.

【君(군)】: 그대, 당신.

26 對曰:「臣所謂盡心者。」因不復召, 歸封邑, 終於管城。→ (모영이) 대답했다:「저는 이른바 마음을 다한 사람입니다.」(모영은 이후 황제가) 다시 부르지 않았기 때문에, 봉지(封地)로 돌아가, 관성(管城)에서 생을 마쳤다.

【盡心(진심)】: 마음을 다하다. 즉 「황제를 위해 충심(忠心)을 다하다」의 뜻. ※여기서 「盡」은 「다하다」, 「心」은 「붓의 중심」으로, 즉 「붓끝이 무디어 진 것」을 비유한 말이다.

【因(인)】: …로 인해, … 때문에.

【封邑(봉읍)】: 봉지(封地).

27 其子孫甚多, 散處中國夷狄, 皆冒管城, 惟居中山者能繼父祖業。→ 모영은 자손이 매우 많아, 중원(中原)과 변방 오랑캐 지역에 흩어져 살고 있는데, 모두 관성(管城)을 (본으로) 사칭(詐稱)하고 있지만, 오직 중산(中山)에 살고 있는 자들만이 능히 조상의 사업을 계승할 수 있을 뿐이다.

【散處(산처)】: 흩어져 살다.

【中國(중국)】: 중원(中原) 지역.

【夷狄(이적)】: 오랑캐. 여기서는 「변방의 오랑캐 지역」을 가리킨다.

太史公曰：毛氏有兩族，其一姬姓，文王之子封於毛，所謂魯、衛、毛、聃者也。[28] 戰國時有毛公、毛遂。獨中山之族，不知其本所出，子孫最爲蕃昌。[29]《春秋》之成，見絶於孔子，而非其罪。[30] 及蒙將

【冒(모)】: 사칭(詐稱)하다, 가탁(假託)하다.
【惟(유)】: 오직, 다만.
【居(거)】: 근거지로 하여 살다.
【能繼父祖業(능계부조업)】: 능히 조상의 사업을 계승할 수 있다. ※그 지방 토끼의 털이 좋아 계속 붓의 재료로 쓰인다는 것을 비유한 말.

28 太史公曰：毛氏有兩族，其一姬姓，文王之子封於毛，所謂魯、衛、毛、聃者也。→ 태사공(太史公)이 말했다 : 모씨(毛氏)는 두 씨족이 있다. 그중 하나는 본래 희(姬)씨 성으로, 주(周)나라 문왕(文王)의 아들이 모(毛) 지방에 봉해진 것인데, 이른바 노(魯)·위(衛)·모(毛)·담(聃) 중의 모(毛)가 바로 그것이다.
※ 사마천(司馬遷)은 《사기(史記)》의 기술 방법에 있어서 매 편마다 말미에 「태사공왈(太史公曰)」을 붙여 역사 사실을 보충하거나 평론을 첨가하였다. 본문은 작자 한유(韓愈)가 《사기》의 체제를 그대로 따르고, 「태사공왈」이라 의탁한 것이다.
【文王(문왕)】: 여기서는 주문왕(周文王)을 가리킨다.
【魯(노)、衛(위)、毛(모)、聃(담)】: 주문왕(周文王) 네 아들의 봉지. ※주공(周公) 단(旦)은 노(魯)[지금의 산동성 곡부(曲阜)], 강숙(康叔) 봉(封)은 위(衛)[지금의 하남성 기현(淇縣)], 모백(毛伯) 정(鄭)은 모(毛)[지금의 하남성 의양현(宜陽縣)], 담계(聃季) 재(載)는 담(聃)[지금의 하남성 개봉시(開封市)]에 각각 봉해졌는데, 이들은 모두 희(姬)씨 성이다.

29 戰國時有毛公、毛遂。獨中山之族，不知其本所出，子孫最爲蕃昌。→ (그리고) 전국(戰國)시대에 모공(毛公)과 모수(毛遂)가 있다. 다만 중산(中山)의 씨족은, 그 본(本)이 어디서 나왔는지 알지 못하는데, 자손은 가장 번창했다.
【毛公(모공)】: [인명] 전국시대 조(趙)나라 사람으로 민간에 파묻혀 살던 어진 선비.
【毛遂(모수)】: [인명] 전국시대 조(趙)나라 평원군(平原君)의 식객. 《사기(史記)·평원군우경열전(平原君虞卿列傳)》의 기록에 의하면, 평원군이 초(楚)나라의 도움을 청하기 위해 사절로 나갈 사람을 물색하던 중, 모수가 자천(自薦)하여 평원군을 따라 초나라에 가서 초나라를 설득하는 데 성공했다.
【獨(독)】: 다만, 오직.

30 《春秋》之成，見絶於孔子，而非其罪。→《춘추(春秋)》의 저술이, 공자(孔子)에서 단절되었으나, 그것은 모영의 죄가 아니다.
※《춘추》는 노(魯)나라의 사관이 은공(隱公) 원년(B.C. 722)에서 애공(哀公) 14년(B.C. 481)까지 모두 12대 242년간의 역사를 편년체로 서술한 역사책으로, 공자가 이를 윤리적 입장에서 정리했다고 한다. 《좌전(左傳)·애공(哀公)》 14년의 기록에 의하면 「숙손씨(叔孫氏)의 시종 자서상(子鉏商)이 기린(麒麟)을 잡아, 이를 불길하다 여겨 우인(虞人)에게 주었는데, 공자(孔子)가 보더니 『기린이로다!』라 말하고 거두어 갔다.」라는 기

軍拔中山之豪, 始皇封諸管城, 世遂有名, 而姬姓之毛無聞。[31] 穎始以俘見, 卒見任使, 秦之滅諸侯, 穎與有功, 賞不酬勞, 以老見疏, 秦眞少恩哉![32]

....

록이 있다. 이에 대해 진(晉) 두예(杜預)를 비롯한 여러 학자들의 견해는, 공자가 기린의 죽음을 보고 마음이 상해서 자신의 도(道)가 세상에 행해지지 않는 것을 한탄하며, 이때부터 《춘추》에 대한 정리를 그만두고 더 이상 이어나가지 않았다 한다. 따라서 「《춘추》의 저술이 공자에서 단절된 것이 모영의 죄가 아니다」라는 말은, 공자가 《춘추》의 정리를 중단한 것이 결코 모영[붓] 의 잘못 때문이 아니라는 뜻이다.

【成(성)】: 써서 이루는 일, 즉 「저술」을 가리킨다.

【見絶(견절)】: 단절되다, 끊어지다. ※見+동사=피동형.

【其(기)】: [대명사] 그, 그 사람. 여기서는 모영, 즉 「붓」을 가리킨다.

31 及蒙將軍拔中山之豪, 始皇封諸管城, 世遂有名, 而姬姓之毛無聞。→ (그후) 몽염 장군이 중산의 걸출한 자를 발탁하여, 진시황이 이를 관성에 봉하기에 이르러, (중산의 모씨가) 곧 세상에 이름이 알려졌다. 그러나 희씨(姬氏)에서 나온 모씨에 관해서는 듣지를 못했다.

【及(급)】: 至(지), …에 이르다.

【諸(제)】: 之於(지어)의 합음.

【遂(수)】: 곧, 바로.

【姬姓之毛(희성지모)】: 희(姬)씨 성에서 나온 모(毛)씨 일족.

32 穎始以俘見, 卒見任使, 秦之滅諸侯, 穎與有功, 賞不酬勞, 以老見疏, 秦眞少恩哉! → 모영이 처음 포로의 신분으로 황제를 알현하고, 마침내 기용되어, 진나라가 제후들을 멸할 때, 모영이 참여하여 공을 세웠는데, 포상이 노고(勞苦)를 보답하기에 미흡하고, 또 늙음으로 인해 소외당했으니, 진나라는 정말 은혜를 베푸는 일에 인색하도다!

【始(시)】: 비로소, 처음으로.

【以俘見(이부견)】: 포로의 신분으로 황제를 뵙다. 〖見〗: 뵙다, 알현하다.

【卒(졸)】: 마침내.

【見任使(견임사)】기용되다. 〖任使〗: 임용하다, 기용하다. ※見+동사=피동형.

【與(여)】: 참여하다.

【賞不酬勞(상불수로)】: 포상이 노고를 보답하기에 미흡하다. 〖酬勞〗: 노고(勞苦)에 보답하다.

【以(이)】: …로 인하여.

【見疏(견소)】: 소외당하다, 소홀히 대접받다. ※見+동사=피동형.

【少恩(소은)】: 은혜를 베푸는 일에 인색하다.

번역문

모영(毛穎)의 전기(傳記)

모영(毛穎)은 중산(中山) 사람이다. 그의 조상인 명시(明眎)는 우왕(禹王)을 도와 동방(東方)의 땅을 다스렸는데 만물을 기르는 데 공이 있었다. 이로 인해 묘지(卯地)에 봉해지고 죽어서 십이신(十二神)의 하나가 되었다. (명시가) 일찍이 말하길 「나의 자손은 천지신명의 후예로서 다른 동물들과 같을 수 없으니, 마땅히 입으로 토해서 낳아야 한다.」라고 했는데, 그 뒤로 과연 그러했다.

명시의 8대손인 누(䨲)는 세상에 전하는 바에 의하면, 은(殷)나라 때 중산(中山)에 살면서 신선술을 터득하여, 밝은 곳에서 몸을 숨겨 눈에 보이지 않게 하고 만물(萬物)을 부릴 줄 알았는데, (후에) 항아(姮娥)를 훔쳐 두꺼비를 타고 달나라로 도망쳤다. 그리하여 그 후손들이 (이때부터) 숨어살며 벼슬길에 나가지 않았다. (후예들 중에) 동곽(東郭)에 사는 준(㕙)이라는 자는 건장하고 달리기를 잘하여 한로(韓盧)와 재능을 겨루었는데, 한로가 그를 따르지 못했다. (이에) 한로가 화가 나서 송작(宋鵲)과 음모하여 준을 죽이고, 준의 가족을 잘게 썰어 젓갈을 담았다.

진시황(秦始皇) 때 몽염(蒙恬) 장군이 남쪽으로 초(楚)나라 정벌에 나서 중산(中山)에 군대를 주둔하고, 장차 크게 사냥을 벌여 초나라를 위협하려 했다. (몽염이) 좌서장(左庶長)·우서장(右庶長)과 군위(軍尉)를 불러 《주역(周易)》으로 점을 쳐서 천문(天文)과 인문(人文)의 징조를 얻었다.

복관(卜官)이 (몽염에게) 축하하며 말했다.

「오늘 포획하는 것은 뿔도 이빨도 나지 않고 털옷을 입은 무리들로, 언청이에다 긴 수염이 있고, 몸에 구멍이 여덟 개이며 책상다리를 하고 앉습니다. 다만 그 목 부위에 자란 긴 털을 취하면 저술에 관한 일을 이에 의존할 수 있습니다. (그러면) 천하는 장차 문자를 통일하고, 진(秦)나라는 마침내 제후들을 합병하게 될 것입니다!」

그리하여 사냥을 벌여 모씨(毛氏)의 족속들을 포위하고, 그중 걸출한 자를 뽑아 모영(毛穎)을 수레에 싣고 돌아와 장대궁(章臺宮)에서 (황제에게) 포획물을 바친 다음, 그 족속들을 함께 모아 결박하였다. 진시황(秦始皇)은 몽염을 파견하여 모영에게 봉지(封地)를 하사하고 관성(管城)에 봉한 후, 호를 관성자(管城子)라 했다. 그는 날마다 황제의 총애를 받으며 중요한 일을 맡았다.

모영의 사람됨은 기억력이 뛰어나고 행동이 민첩하여, 결성(結繩)시대로부터 진(秦)나라의 사적에 이르기까지 편찬하여 기록하지 않은 것이 없고, 음양(陰陽) · 점복(占卜) · 관상술 · 의술 · 족보와 성씨 · 《산해경(山海經)》 · 지리지(地理志) · 서예 · 그림 · 제자백가(諸子百家) · 자연과 인간에 관한 서적 및 불교 · 노자(老子) · 외국의 학설에 이르기까지 모두 상세히 알고 있다. (모영은) 또 당대(當代)의 제반 사무, 관청의 장부와 문서, 시정(市井)의 상품 금전 기록 등에 정통했는데, 오직 황제가 시키는 대로 했다. (그리하여) 진시황과 태자 부소(扶蘇) · 왕자 호해(胡亥) · 승상 이사(李斯) · 중거부령(中車府令) 조고(趙高)로부터 아래 평민에 이르기까지, (모영을) 아끼고 소중히 여기지 않는 사람이 없었다. (모영은) 또 사람의 뜻에 잘 따르고, 바르거나 곧거나 사악하거나 비뚤어지거나 공교하거나 졸렬하거나 간에 완전히 주인의 뜻에 따르며, 설사 버림을 받는다 해도 끝까지 침묵하며 (비밀을) 누설하지 않았다. 오직 무사(武士)를 좋아하지 않지만, 그러나 초대를 받으면 또한 항상 갔다.

(모영은) 여러 차례 승진을 거듭하여 중서령(中書令)에 임명되면서 황제

와 더욱 가까워져, 황제는 일찍이 그를 중서군(中書君)이라 부른 적이 있었다. 황제는 친히 모든 정사를 처리하는데, (하루에) 120근의 문서를 저울로 달아 스스로 한도(限度)를 정해 놓기 때문에, (이때는) 비록 궁내의 비첩(妃妾)이라 해도 (왕의) 옆에 서있지 못하고, 오직 모영과 등촉(燈燭)을 든 사람만이 항상 시중을 들다가 황제가 쉬어야 비로소 그만두었다.

모영은 강주(絳州) 사람 진현(陳玄)·홍농(弘農)의 도홍(陶泓) 및 회계(會稽)의 저선생(褚先生)과 친하게 지내며, 서로 추천하고 끌어당겨 자신들의 진퇴를 반드시 함께 했다. 황제가 모영을 부르면 세 사람은 황제의 명령을 기다리지 않고 항상 함께 가는데, 황제가 (한 번도) 꾸짖은 적이 없었다.

후에 (모영이) 알현한 기회를 이용하여, 황제가 장차 다른 임무를 맡기려고 손으로 그를 가볍게 쓰다듬었다. 이에 (모영이) 즉시 관모를 벗고 감사의 뜻을 표했다. 황제는 그의 머리가 빠져 대머리가 된 것을 보았다. 그리고 또 그가 (근자에) 쓴 글씨도 황제의 마음에 썩 들지 않았다. (그리하여) 황제가 히히 웃으며 말했다.

「중서군(中書君)은 이제 늙고 머리가 빠져 나의 직무를 감당하지 못하겠군. 내가 일찍이 그대를 중서(中書)라 불렀는데, 지금 그대는 중서(中書)가 못 되겠는걸?」

(모영이) 대답했다.

「저는 이른바 마음을 다한 사람입니다.」

(모영은 이후 황제가) 다시 부르지 않았기 때문에 봉지(封地)로 돌아가 관성(管城)에서 생을 마쳤다. 모영은 자손이 매우 많아 중원(中原)과 변방 오랑캐 지역에 흩어져 살고 있는데, 모두 관성(管城)을 (본으로) 사칭(詐稱)하고 있지만, 오직 중산(中山)에 살고 있는 자들만이 능히 조상의 사업을 계승할 수 있을 뿐이다.

태사공(太史公)이 말했다:

모씨(毛氏)는 두 씨족이 있다. 그중 하나는 본래 희(姬)씨 성으로, 주(周)나라 문왕(文王)의 아들이 모(毛) 지방에 봉해진 것인데, 이른바 노(魯)·위(衛)·모(毛)·담(聃) 중의 모(毛)가 바로 그것이다. (그리고) 전국(戰國)시대에 모공(毛公)과 모수(毛遂)가 있다. 다만 중산(中山)의 씨족은 그 본(本)이 어디서 나왔는지 알지 못하는데 자손은 가장 번창했다. 《춘추(春秋)》의 저술이 공자(孔子)에서 단절되었으나 그것은 모영의 죄가 아니다. (그후) 몽염 장군이 중산의 걸출한 자를 발탁하여 진시황이 이를 관성에 봉하기에 이르러, (중산의 모씨가) 곧 세상에 이름이 알려졌다. 그러나 희씨(姬氏)에서 나온 모씨에 관해서는 듣지를 못했다.

모영이 처음 포로의 신분으로 황제를 알현하고 마침내 기용되어, 진나라가 제후들을 멸할 때 모영이 참여하여 공을 세웠는데, 포상이 노고(勞苦)를 보답하기에 미흡하고 또 늙음으로 인해 소외당했으니, 진나라는 정말 은혜를 베푸는 일에 인색하도다!

해설

《모영전(毛穎傳)》은 한유(韓愈)가 붓을 의인화(擬人化)하여 붓의 발명·응용 및 전파에 대해 전기(傳記) 형식으로 쓴 글이다. 옛날의 붓은 토끼의 털로 만들고 붓끝이 뾰족했기 때문에 「모영(毛穎)」이라 불렀다.

작자는 먼저 모영의 가계(家系)를 서술하고, 이어서 모영이 포로가 되어 궁중에 들어와 봉사하며 황제의 두터운 신임을 받아 중서령(中書令)이란 직책에 올랐다가 몸이 늙어 쓸모없게 되자 버림을 받는 과정을 사사건건 붓과 관련을 지어 서술했다.

이 우언은 모영이 늙어 소홀히 취급당하는 결말을 붓끝이 점점 무디어져 못쓰게 되는 과정과 대비시켜, 벼슬길의 부침(浮沈)에 대한 허망함과 관료들의 우매함을 우회적으로 풍자한 것이다.

018 궁학자부(窮涸自負)

《韓昌黎集 · 第三卷 · 應科目時與人書》

원문 및 주석

窮涸自負[1]

天池之濱, 大江之濆, 曰有怪物焉, 蓋非常鱗凡介之品彙匹儔也。[2] 其得水, 變化風雨, 上下於天不難也; 其不及水, 蓋尋常尺寸之間耳。[3] 無高山大陵曠途絶險爲之關隔也, 然其窮涸, 不能自致乎水,

1 窮涸自負 → 궁지(窮地)에 처해서도 자존심을 내세우다

【窮涸自負(궁학자부)】: 물이 말라 궁지(窮地)에 처해서도 자부심을 가지다. 즉「궁지에 처해서도 자존심을 내세우다」의 뜻. 〖窮〗: 곤경에 처하다, 궁지에 빠지다. 〖涸〗: 물이 마르다. 〖自負〗: 자부하다, 스스로를 대단하게 여기다, 자존심을 내세우다.

2 天池之濱, 大江之濆, 曰有怪物焉, 蓋非常鱗凡介之品彙匹儔也。→ 대해(大海)의 물가, 큰 강의 물가에, 괴물이 있는데, 보통의 수족(水族)들이 견줄 바가 아니라고 합니다.

【天池(천지)】: 대해(大海).

【濱(빈)】: 물가.

【濆(분)】: 물가.

【怪物(괴물)】: 괴물. 여기서는「교룡(蛟龍)」을 가리킨다.

【蓋(개)】: [어기사].

【常鱗凡介之品彙(상린범개지품휘)】: 보통의 수족(水族)들. 〖常〗: 보통의, 일반적인. 〖鱗〗: 비늘. 즉 물고기를 가리킨다. 〖凡〗: 평범한, 보통의. 〖介〗: 갑각류(甲殼類), 개갑류(介甲類), 즉 거북 · 자라 등을 가리킨다. 〖品彙〗: 종류, 부류.

【匹儔(필주)】: 필적하다, 견주다.

3 其得水, 變化風雨, 上下於天不難也; 其不及水, 蓋尋常尺寸之間耳。→ 그 괴물은 물을 만나면, 바람을 일게 하고 비를 내리게 하며, 하늘을 오르내리는 데도 아무런 어려움이 없지만;

爲猵獺之笑者, 蓋十八九矣。[4] 如有力者, 哀其窮而運轉之, 蓋一擧手一投足之勞也。[5] 然是物也, 負其異於衆也, 且曰 :「爛死於沙泥, 吾寧樂之。若俛首帖耳, 搖尾而乞憐者, 非我之志也。」[6] 是以有力者

물을 떠나게 되면, 활동 범위가 다만 협소한 공간에 불과할 뿐입니다.
【其(기)】: [대명사] 그, 즉 「그 괴물」. ※「其」를 「만일, 만약」으로 풀이한 경우도 있다.
【得水(득수)】: 물을 얻다, 물을 만나다.
【變化風雨(변화풍우)】: 바람을 일게 하고 비를 내리게 하다.
【不及水(불급수)】: 물에 이르지 못하다, 즉 「물을 떠나다」의 뜻.
【尋常尺寸之間(심상척촌지간)】: 협소한 공간. 여기서는 「활동 범위가 협소한 공간」을 가리킨다. 〖尋常尺寸〗: 尋 · 常 · 尺 · 寸 네 가지는 모두 옛날 길이의 단위로, 1尋은 8척(尺 : 자), 1常은 2심(尋), 1尺은 1자, 1寸은 치. 여기서는 「협소한 공간」을 가리킨다.
【耳(이)】: …뿐.

4 無高山大陵曠途絶險爲之關隔也, 然其窮涸, 不能自致乎水, 爲猵獺之笑者, 蓋十八九矣。→ 설사 높은 산 · 큰 구릉 · 먼 길 · 험한 절벽 등 그에게 장애되는 것이 없다 해도, 그러나 물이 말라 궁지에 처하면, 자기 스스로 물에 이를 수 없기 때문에, 수달과 같은 작은 동물에게 비웃음을 당하는 경우가, 비일비재(非一非再)합니다.
【高山大陵(고산대릉)】: 높은 산과 큰 구릉.
【曠途絶險(광도절험)】: 먼 길과 절벽. 〖曠途〗: 먼 길. 〖絶險〗: 험한 절벽.
【爲之關隔(위지관격)】: 그에게 장애가 되다. 〖爲〗: …에게. 〖之〗: [대명사] 그것, 즉 「괴물」. 〖關隔〗: 가로막는 장애물.
【然(연)】: 그러나.
【自致乎水(자치호수)】: 스스로 물에 도달하다, 자기 힘으로 물에 이르다. 〖致〗: 至(지), 이르다, 도달하다. 〖乎〗: [개사] 於(어), …에.
【爲(위)…笑(소)】: …에게 비웃음을 당하다.
【猵獺(빈달)】: 수달.
【十八九(십팔구)】: 십중팔구. 즉 「허다하다, 매우 많다, 비일비재(非一非再)하다」의 뜻.

5 如有力者, 哀其窮而運轉之, 蓋一擧手一投足之勞也。→ 만일 힘 있는 사람이, 그 곤궁한 처지를 불쌍히 여겨 그를 (물이 있는 곳으로) 옮겨놓는다면, 손 한번 들고 발 한번 옮겨놓는 정노의 수고로 충분합니다.
【如(여)】: 만일, 만약.
【哀(애)】: 불쌍히 여기다.
【運轉(운전)】: 옮겨놓다.
【一擧手一投足之勞(일거수일투족지로)】: 손 한번 들고 발 한번 옮기는 정도의 수고. 〖勞〗: 수고, 노동, 노력.

6 然是物也, 負其異於衆也, 且曰 :「爛死於沙泥, 吾寧樂之。若俛首帖耳, 搖尾而乞憐者, 非我之志也。」→ 그러나 이 괴물은 자신이 보통의 수족들과 다르다고 자부하며, 또한 말하길 :「모

遇之, 熟視之若無覩也。其死其生, 固不可知也。[7]

번역문

궁지(窮地)에 처해서도 자존심을 내세우다

대해(大海)의 물가, 큰 강의 물가에 괴물이 있는데, 보통의 수족(水族)들이 견줄 바가 아니라고 합니다. 그 괴물은 물을 만나면 바람을 일게 하고 비를 내리게 하며, 하늘을 오르내리는 데도 아무런 어려움이 없지만, 물을 떠나게 되면 활동 범위가 다만 협소한 공간에 불과할 뿐입니다. 설사 높은 산·큰 구릉·먼 길·험한 절벽 등 그에게 장애되는 것이 없다 해도, 그러나

래와 진흙 속에서 문드러져 죽어도, 나는 차라리 그것을 즐긴다. 고개를 숙이고 귀를 늘어뜨리며 비굴하게 굽실거리고, 꼬리를 흔들며 불쌍히 여겨달라고 구걸하는 것은, 나의 뜻이 아니다.」라고 합니다.

【是(시)】: 此(차), 이.

【負(부)】: 자부하다.

【爛死(난사)】: 문드러져 죽다.

【沙泥(사니)】: 모래와 진흙.

【寧(녕)】: 차라리.

【樂之(낙지)】: 그것을 즐기다. 〖之〗: [대명사] 그것, 즉 「모래와 진흙 속에서 문드러져 죽는 것」.

【若(약)】: …과 같은 그러한.

【俛首帖耳(면수첩이)】: 고개를 숙이고 귀를 늘어뜨리다. 즉 「비굴하게 굽실거리다」의 뜻.

【搖尾(요미)】: 꼬리를 흔들다.

【乞憐(걸련)】: 불쌍히 여겨달라고 구걸하다.

7 是以有力者遇之, 熟視之若無覩也。其死其生, 固不可知也。→ 그래서 힘 있는 사람들이 그 괴물을 만나면, 보고도 못 본체합니다. 그가 죽었는지 살았는지도, 당연히 알 수가 없습니다.

【是以(시이)】: 그래서, 이로 인해.

【之(지)】: [대명사] 그것, 즉 「괴물」.

【熟視之若無覩(숙시지약무도)】: 본체만체하다, 보고도 못 본체하다. 〖熟視〗: 익히 보아오다. 〖若〗: 如(여), 마치 …같다. 〖覩〗: 보다, 목격하다.

【固(고)】: 물론, 당연히.

물이 말라 궁지에 처하면 자기 스스로 물에 이를 수 없기 때문에, 수달과 같은 작은 동물에게 비웃음을 당하는 경우가 비일비재(非一非再)합니다. 만일 힘 있는 사람이 그 곤궁한 처지를 불쌍히 여겨 그를 (물이 있는 곳으로) 옮겨놓는다면, 손 한번 들고 발 한번 옮겨놓는 정도의 수고로 충분합니다. 그러나 이 괴물은 자신이 보통의 수족들과 다르다고 자부하며, 또한 말하길 「모래와 진흙 속에서 문드러져 죽어도 나는 차라리 그것을 즐긴다. 고개를 숙이고 귀를 늘어뜨리며 비굴하게 굽실거리고 꼬리를 흔들며 불쌍히 여겨달라고 구걸하는 것은 나의 뜻이 아니다.」라고 합니다. 그래서 힘 있는 사람들이 그 괴물을 만나면 보고도 못 본체합니다. 그가 죽었는지 살았는지도 당연히 알 수가 없습니다.

해설

본문은 한유(韓愈)가 당(唐) 덕종(德宗) 정원(貞元) 9년(793)에 처음 박학굉사과(博學宏詞科) 시험에 응시할 때 위사인(韋舍人)에게 자신의 추천을 부탁하기 위해 보낸 편지이다.

한유는 서두에서 교룡(蛟龍)이 보통의 수족(水族)과 다르다는 것을 말하고, 교룡이 물을 만났을 때와 물을 만나지 못했을 때의 확연히 다른 상황을 설명한 다음, 때를 만나지 못한 자신을 물을 만나지 못한 교룡에 비유하면서, 스스로 물이 있는 곳에 이를 수 없는 교룡처럼 자신도 힘 있는 사람의 추천을 필요로 한다는 것을 말했다. 그러면서 교룡이 어느 누구에게도 불쌍히 여겨달라고 구걸하지 않는다는 말로 자존심을 굽히지 않으려는 자신의 입장을 대변하면서, 은근히 자신의 처지가 바로 소리를 지르고 있는 교룡과 같으므로 불쌍히 여겨 살펴주기를 바란다는 취지를 드러냈다.

이 우언은 스스로 자신의 능력을 과대평가하고, 자신이 궁지에 처하여 남의 도움을 필요로 하면서도 끝내 자존심을 중시하여 굽히기를 꺼려하는 작자의 성격을 비유한 것이다.

《이문공집李文公集》 우언

이고(李翶 : 772-836)는 자가 습지(習之)이며, 농서(隴西) 성기(成紀)[지금의 감숙성 진안현(秦安縣)] 사람으로 한유(韓愈)의 조카사위이다. 당(唐) 덕종(德宗) 정원(貞元) 연간에 진사에 급제한 후 헌종(憲宗) 원화(元和) 연간에 사관찬(史館撰) · 고공원외랑(考功員外郎)을 거쳐 여주자사(廬州刺史) · 산남동도절도사(山南東道節度使) · 검교호부상서(檢校戶部尙書) 등의 벼슬을 지냈다. 시호가 「문(文)」이기 때문에 세간에서는 그를 「이문공(李文公)」이라 불렀다.

이고는 한유에게서 고문을 배워 고문운동(古文運動)에 적극적으로 참여했으며, 문학 창작에 있어서 문이명도(文以明道)를 주장했다. 그의 《내남록(來南錄)》은 원화(元和) 3년 10월 장안(長安)으로부터 낙양(洛陽)을 거쳐 수로(水路)를 이용하여 광주(廣州)에 이르는 여정(旅程)을 기록했는데, 매우 간략하지만 일기 형식을 취하고 있어 이후 일기체 유기산문(遊記散文)의 창작에 선구적 역할을 했다. 저서로 《이문공집(李文公集)》이 있다.

019 절관웅계(截冠雄雞)

《李文公集 · 截冠雄雞志》

원문 및 주석

截冠雄雞[1]

翺至零口北, 有畜雞二十二者, 七其雄, 十五其雌, 且啄且飮, 而又狎乎人。[2] 翺甚樂之, 遂掏粟投于地而呼之。[3] 有一雄鷄, 人截其

1 截冠雄雞 → 벼슬 잘린 수탉
【截(절)】: 자르다, 절단하다. 여기서는 피동 용법으로 「잘리다」의 뜻.
【冠(관)】: 볏, 벼슬.

2 翺至零口北, 有畜雞二十二者, 七其雄, 十五其雌, 且啄且飮, 而又狎乎人。→ 내가 영구(零口)의 북쪽에 갔는데, 스물두 마리의 닭을 기르는 사람이 있었다. 그중 일곱 마리는 수컷이고, 열다섯 마리는 암컷인데, 모이를 쪼고 물을 마시기도 하며, 또 사람에게 스스럼없이 다가왔다.
【翺(고)】: 작자 이고(李翺)가 「나」라는 의미로 자신의 이름을 사용한 것.
【零口(영구)】: [지명] 지금의 섬서성 임동현(臨潼縣) 영구향(零口鄕).
【畜(휵)】: 기르다, 사육하다.
【且啄且飮(차탁차음)】: (모이를) 쪼아 먹기도 하고 (물을) 마시기도 하다. 〖且…且…〗: [고정 격식] …도 하고 …도 하다. 〖啄〗: 쪼다, 쪼아 먹다.
【狎乎(압호)…】: …에게 스스럼없이 다가오다. 〖乎〗: [개사] 於(어), …에, …에게, …에 대해.

3 翺甚樂之, 遂掏粟投于地而呼之。→ 나는 그것을 매우 즐거워하여, 곧 곡식을 꺼내 땅바닥에 던지며 닭들을 불렀다.
【遂(수)】: 곧, 바로.
【掏(도)】: 끄집어내다, 꺼내다.
【粟(속)】: 곡식.
【投于(투우)…】: …에 던지다. 〖于〗: [개사] …에.
【之(지)】: [대명사] 그들, 즉 「닭」.

冠, 貌若營羣, 望我而先來, 見粟而長鳴, 如命其衆雞。[4] 衆雞聞而曹奔於粟, 旣來而皆惡截冠雄雞而擊之, 曳而逐出之。[5] 已而競還啄其粟。日之暮, 又二十一其羣栖于楹之梁。[6] 截冠雄鷄又來, 如慕侶, 將登於梁且栖焉。[7] 而仰望焉, 而旋望焉, 而小鳴焉, 而大鳴焉, 而延

【呼(호)】: 부르다.

4 有一雄鷄, 人截其冠, 貌若營羣, 望我而先來, 見粟而長鳴, 如命其衆雞。→ 어느 수탉 한 마리는, 사람이 벼슬을 잘랐는데, 모양이 마치 무리들을 관리하는 리더(leader) 같았다. (그 닭이) 나를 향해 가장 먼저 다가오더니, (바닥의) 곡식을 보고, 길게 소리를 질렀다. 마치 여러 닭들에게 명령을 내리는 것 같았다.

【貌若營羣(모약영군)】: 모양이 마치 닭 무리의 리더(leader) 같다. 〖若〗: 마치 …같다. 〖營羣〗: 닭의 무리를 관리하는 리더.

【望(왕)】: 往(왕), …을 향해, …쪽으로.

【長鳴(장명)】: 길게 소리를 지르다.

【如(여)】: 마치 …같다.

5 衆雞聞而曹奔於粟, 旣來而皆惡截冠雄雞而擊之, 曳而逐出之。→ 여러 닭들이 소리를 듣고, 곡식을 향해 달려왔다. 그런데 오고 나서는 닭들 모두가 벼슬 잘린 수탉을 싫어하며 그 닭을 공격하고, 잡아끌어 내쫓아 버렸다.

【曹(조)】: [복수 형태] …들, 무리. 여기서는 「무리 지어, 떼를 지어」의 뜻.

【奔於(분어)】: …을 향해 달려가다. 〖於〗: [개사] …을 향해.

【旣(기)】: …한 이후, …하고 나서.

【惡(오)】: 싫어하다, 증오하다, 미워하다.

【擊(격)】: 공격하다.

【曳(예)】: 잡아끌다.

【逐出(축출)】: 몰아내다, 쫓아내다, 축출하다.

6 已而競還啄其粟。日之暮, 又二十一其羣栖于楹之梁。→ 그러고 나서 다투어 돌아와 곡식을 쪼아 먹었다. 날이 저물자, 또 스물한 마리가 무리를 지어 집 앞에 세운 두 기둥의 들보 위에 서숙(棲宿)했다.

【已而(이이)】: 그 뒤, 그러고 나서.

【競還(경환)】: 다투어 돌아오다.

【暮(모)】: 저물다.

【羣栖(군서)】: 무리지어 서숙(棲宿)하다.

【楹(영)】: 옛날 저택 앞에 세운 두 개의 큰 기둥. ※관습상 위엄을 나타내는 상징물로 여겼다.

【梁(량)】: 들보.

7 截冠雄鷄又來, 如慕侶, 將登於梁且栖焉。→ 벼슬 잘린 수탉이 또 찾아와, 마치 짝을 그리워하듯, 들보에 올라가 (무리들과 함께) 서숙하려 했다.

頸喔咿, 其聲甚悲焉, 而遂去焉。[8] 去于庭中, 直上有木三十餘尺, 鼓翅哀鳴, 飛而栖其樹顚。[9] 翺異之曰 : 「雞, 禽于家者也, 備五德者也。其一曰 : 見食命侶, 義也。[10] 截冠雄雞是也。彼衆雞得非幸其所呼而來耶?[11] 又奚爲旣來而共惡所呼者而迫之耶? 豈不食其利背其惠耶?[12] 豈不喪其見食命侶之一德耶? 且何衆栖而不使偶其羣

【慕侶(모려)】: 짝을 그리워하다. 〖慕(모)〗: 그리워하다. 〖侶〗: 짝, 동료.
【將(장)】: (장차) …하려고 하다.
【且(차)】: …하고 또 ….

8 而仰望焉, 而旋望焉, 而小鳴焉, 而大鳴焉, 而延頸喔咿, 其聲甚悲焉, 而遂去焉。→ 머리를 들고 바라보다가, 몸을 돌려 바라보기도 하고, 작은 소리로 울다가, 큰 소리로 울기도 했다. 목을 길게 빼고 꼬끼오 하고 소리를 지르는데, 그 소리가 매우 슬펐다. 그리고 곧 떠나버렸다.
【仰望(앙망)】: 머리를 들고 바라보다.
【旋望(선망)】: 몸을 돌려 바라보다.
【延頸(연경)】: 목을 길게 빼다.
【喔咿(악이)】: [닭 우는 소리] 꼬끼오.
【遂(수)】: 곧, 바로.
【去(거)】: 떠나다.

9 去于庭中, 直上有木三十餘尺, 鼓翅哀鳴, 飛而栖其樹顚。→ 정원에 이르자, 그곳에 높이가 삼십여 자 되는 나무가 있었다. 날개를 펴고 슬피 울며, 날아올라 그 나무 꼭대기에 서숙했다.
【鼓翅(고시)】: 날개를 펴다.
【哀鳴(애명)】: 슬피 울다.
【顚(전)】: 꼭대기.

10 翺異之曰 : 「雞, 禽于家者也, 備五德者也。其一曰 : 見食命侶, 義也。→ 내가 그것을 이상히 여겨 말했다 : 「닭은, 집에서 기르는 날짐승으로, 다섯 가지 덕을 구비하고 있다. 그중 하나는 : 먹이를 보면 동료를 불러 함께 먹는데, 이것이 바로 의(義)이다.
【異(이)】: 이상히 여기다.
【備(비)】: 갖추다, 구비하다.
【五德(오덕)】: 다섯 가지 덕행. ※《한시외전(韓詩外傳) · 권이(卷二)》에 「문(文) · 무(武) · 용(勇) · 인(仁) · 신(信)」을 「오덕」이라 했다.
【見食命侶(견식명려)】: 먹이를 보고 동료를 부르다. 〖命〗: 명하다. 여기서는 「부르다」의 뜻.

11 截冠雄雞是也。彼衆雞得非幸其所呼而來耶? → 벼슬 잘린 수탉이 바로 그렇다. 저 여러 닭들이 먹이를 얻은 것은 다행히 벼슬 잘린 닭이 불러 온 덕분이 아닌가?
【是(시)】: 바로 그렇다.

12 又奚爲旣來而共惡所呼者而迫之耶? 豈不食其利背其惠耶? → 또 어째서 오고 나서는 모두

耶?」[13] 或告曰:「截冠雄鷄, 客鷄也。予東里鄙夫曰陳氏之鷄也, 死其雌, 而陳氏寓之于我羣焉。[14] 勇且善鬪, 家之六雄鷄勿敢獨挍焉。[15] 是以曹惡之而不與同其食及栖焉。夫雖善鬪且勇, 亦不勝其衆, 而常孤遊焉。[16] 然見食未嘗先啄而不長鳴命侶焉, 彼衆雞雖賴其召,

함께 자기들을 불러준 닭을 미워하고 핍박하는가? 이 어찌 배은망덕(背恩忘德)한 행위가 아니겠는가?

【奚爲(해위)】: 왜, 어찌, 어째서.

【旣來(기래)】: 오고 나서, 온 이후. 【旣】: …한 이후, …하고 나서.

【共(공)】: 함께.

【惡(오)】: 미워하다, 증오하다.

【迫(박)】: 핍박하다, 구박하다.

【豈不(기불)…耶(야)?】: 어찌 …하지 않는가? 어찌 …이 아니겠는가?

【食其利背其惠(식기리배기혜)】: 이익을 따먹고 그 은혜를 저버리다. 즉 「배은망덕(背恩忘德)하다」의 뜻.

13 豈不喪其見食命侶之一德耶? 且何衆栖而不使偶其羣耶?」→ 어찌 먹이를 보고 동료를 부르는 덕을 잃은 것이 아니겠는가? 또한 어째서 많은 닭들이 함께 서숙하면서 무리들과 짝을 이루지 못하게 하는가?」

【且(차)】: 그리고, 또한.

【衆栖(중서)】: 여러 마리가 함께 서숙하다.

【使(사)】: …로 하여금 …하게 하다.

【偶(우)】: 배필, 짝. 여기서는 동사 용법으로 「짝을 짓다, 짝이 되다」의 뜻.

14 或告曰:「截冠雄鷄, 客鷄也。予東里鄙夫曰陳氏之鷄也, 死其雌, 而陳氏寓之于我羣焉。→ 닭을 기르는 사람이 나에게 말했다:「벼슬 잘린 수탉은, 밖에서 들어온 닭입니다. 우리 동쪽 마을의 진씨(陳氏)라는 촌부가 기르던 닭인데, (이 수탉과 함께 살던) 암탉이 죽자, 진씨가 그 수탉을 나의 닭 무리 속에 맡겨 기르고 있습니다.

【或(혹)】: 어떤 사람. 여기서는 「닭을 기르는 사람」을 가리킨다.

【客鷄(객계)】: 밖에서 들어온 닭.

【鄙夫(비부)】: 비천한 사람, 촌부(村夫).

【寓(우)】: 맡겨 기르다.

15 勇且善鬪, 家之六雄鷄勿敢獨挍焉。→ 그 수탉은 용맹하고 싸움을 잘해서, 우리 집 수탉 여섯 마리 모두 감히 단독으로 겨루지 못합니다.

【且(차)】: …하고도 또한.

【善鬪(선투)】: 싸움을 잘하다.

【勿敢(물감)】: 감히 …하지 못하다.

【挍(교)】: 校(교), 겨루다, 대결하다, 대적하다. ※판본에 따라서는 「挍」를 「校」라 했다.

16 是以曹惡之而不與同其食及栖焉。夫雖善鬪且勇, 亦不勝其衆, 而常孤遊焉。→ 그리하여 우

既至, 反逐之。[17] 昔日亦猶是焉, 截冠雄鷄雖不見答, 然而其迹未曾變移焉。」[18] 翱既聞之, 惘然感而遂傷曰 : 「禽鳥微物也, 其中亦有獨稟精氣, 義而介焉者。[19] 客雞義勇超乎羣, 羣皆妬而尙不與儔焉, 况在人乎哉? 况在朋友乎哉?[20]…由是觀天地間鬼神、禽獸、萬物變

……………

리 닭들이 그 닭을 싫어하고 그 닭과 함께 먹거나 서숙하지 않습니다. 그 닭이 비록 싸움을 잘하고 용감하지만, 역시 많은 닭을 이기지 못해, 항상 외톨이로 놀고 있습니다.
【是以(시이)】: 그리하여. ※판본에 따라서는 「是以」를 「且其(차기)」라 했다.
【曹(조)】: [복수 형태] …들, 무리. 여기서는 「여러 닭들」을 가리킨다.
【夫(부)】: [대명사] 그, 즉 진씨의 닭.
【孤遊(고유)】: 외롭게 노닐다, 외톨이로 놀다.

17 然見食未嘗先啄而不長鳴命侶焉, 彼衆雞雖賴其召, 既至, 反逐之。→ 그러나 먹이를 보면 길게 소리를 질러 동료들을 부르지 않고 자기 먼저 쪼아 먹는 적이 없습니다. 저 여러 닭들은 비록 그 닭이 부르는 소리에 의존하지만, 오고 나서는, 오히려 그 닭을 쫓아냅니다.
【然(연)】: 그러나.
【未嘗(미상)】: (일찍이) …한 적이 없다.
【賴(뢰)】: 의존하다, 의지하다, 기대다.
【反(반)】: 반대로, 오히려.
【逐(축)】: 쫓아내다, 몰아내다.

18 昔日亦猶是焉, 截冠雄鷄雖不見答, 然而其迹未曾變移焉。」→ 과거에도 역시 그러했는데, 벼슬 잘린 수탉은 비록 아무런 보답을 받지 못하지만, 그러나 그 행위는 바뀐 적이 없습니다.」
【猶是(유시)】: 이와 같다, 그러하다. ※판본에 따라서는 「猶是」를 「由是(유시)」라 했다.
【見答(견답)】: 보답을 받다. ※見＋동사＝피동형.
【然而(연이)】: 그러나.
【迹(적)】: 행적, 거동, 행위.
【未曾(미증)】: 일찍이 …한 적이 없다, 아직까지 …하지 않다.
【變移(변이)】: 바뀌다, 변하다.

19 翱既聞之, 惘然感而遂傷曰 : 「禽鳥微物也, 其中亦有獨稟精氣, 義而介焉者。→ 나는 그 말을 듣고 나서, 정신이 멍하고 슬픔을 느껴 말했다 : 「날짐승은 하찮은 동물이지만, 그중에는 또 유독 정기(精氣)를 부여받아, 의(義)를 중히 여기며 강직한 것들이 있다.
【惘然(망연)】: 멍하니 정신을 잃은 모양.
【獨(독)】: 유독, 홀로.
【稟精氣(품정기)】: 정기(精氣)를 받다. 〖稟〗: 받다, 부여받다.
【義而介(의이개)】: 의리를 중히 여겨 강직하다. 〖介〗: 바르고 곧다, 강직하다.

20 客雞義勇超乎羣, 羣皆妬而尙不與儔焉, 况在人乎哉? 况在朋友乎哉? → 밖에서 들어온 닭

動情狀, 其可以逃乎?」[21] 吾心旣傷之, 遂志之, 將用警予, 且可以作鑒于世之人。[22]

번역문

벼슬 잘린 수탉

내가 영구(零口)의 북쪽에 갔는데, 스물두 마리의 닭을 기르는 사람이 있었다. 그중 일곱 마리는 수컷이고 열다섯 마리는 암컷인데, 모이를 쪼고 물을 마시기도 하며 또 사람에게 스스럼없이 다가왔다. 나는 그것을 매우 즐거워하여 곧 곡식을 꺼내 땅바닥에 던지며 닭들을 불렀다. 어느 수탉 한

의 의리와 용기가 다른 여러 닭들을 능가해도, 여러 닭들이 모두 그 닭을 실투하여 여전히 그 닭과 동료가 되지 않는데, 하물며 사람 사이에 있어서는 어떠하며, 하물며 친구 사이에 있어서는 어떠하겠는가?
【超乎(초호)…】: …을 능가하다, …을 초월하다. 〖乎〗: [개사] 어(於).
【妬(투)】: 질투하다, 시기하다.
【尙(상)】: 여전히.
【儔(주)】: 짝, 친구, 동료.
【況(황)】: 하물며.

21 由是觀天地間鬼神、禽獸、萬物變動情狀, 其可以逃乎?」→ 이로 미루어 보건대 천지 간의 귀신·금수(禽獸)·만물이 변화하는 상황을, 어찌 피할 수 있겠는가?」
【由是觀(유시관)】: 이로 미루어 보건대.
【其(기)】: 기(豈), 어찌.
【逃(도)】: 피하다, 도피하다.

22 吾心旣傷之, 遂志之, 將用警予, 且可以作鑒于世之人。→ 나는 마음속으로 이를 매우 슬퍼한다. 그래서 그것을 글로 남겨 놓으면, 장차 이로써 나 자신을 경계하고, 또한 세상 사람들에게 귀감이 되도록 할 수 있을 것이다.
【遂(수)】: 그래서, 그리하여.
【志(지)】: [동사 용법] 문자로 기록하다, 글로 써서 남기다.
【用(용)】: 이로써, 이를 가지고.
【且(차)】: 또한.
【作鑒(작감)】: 귀감이 되다, 귀감으로 삼다.

마리는 사람이 벼슬을 잘렸는데, 모양이 마치 무리들을 관리하는 리더(leader) 같았다. (그 닭이) 나를 향해 가장 먼저 다가오더니 (바닥의) 곡식을 보고 길게 소리를 질렀다. 마치 여러 닭들에게 명령을 내리는 것 같았다. 여러 닭들이 소리를 듣고 곡식을 향해 달려왔다. 그런데 오고 나서는 닭들 모두가 벼슬 잘린 수탉을 싫어하며 그 닭을 공격하고 잡아끌어 내쫓아 버렸다. 그러고 나서 다투어 돌아와 곡식을 쪼아 먹었다.

날이 저물자 또 스물한 마리가 무리를 지어 집 앞에 세운 기둥의 들보 위에 서숙(棲宿)했다. 벼슬 잘린 수탉이 또 찾아와 마치 짝을 그리워하듯 들보에 올라가 (무리들과 함께) 서숙하려 했다. 머리를 들고 바라보다가 몸을 돌려 바라보기도 하고, 작은 소리로 울다가 큰 소리로 울기도 했다. 목을 길게 빼고 꼬끼오 하고 소리를 지르는데 그 소리가 매우 슬펐다. 그리고 곧 떠나버렸다.

정원에 이르자 그곳에 높이가 삼십여 자 되는 나무가 있었다. 날개를 펴고 슬피 울며 날아올라 그 나무 꼭대기에 서숙했다. 내가 그것을 이상히 여겨 말했다.

「닭은 집에서 기르는 날짐승으로, 다섯 가지 덕을 구비하고 있다. 그중 하나는, 먹이를 보면 동료를 불러 함께 먹는데, 이것이 바로 의(義)이다. 벼슬 잘린 수탉이 바로 그렇다. 저 여러 닭들이 먹이를 얻은 것은, 다행히 벼슬 잘린 닭이 불러 온 덕분이 아닌가? 또 어째서 오고 나서는 모두 함께 자기들을 불러준 닭을 미워하고 핍박하는가? 이 어찌 배은망덕(背恩忘德)한 행위가 아니겠는가? 어찌 먹이를 보고 동료를 부른 덕을 잃은 것이 아니겠는가? 또한 어째서 많은 닭들이 함께 서숙하면서 무리들과 짝을 이루지 못하게 하는가?」

닭을 기르는 사람이 나에게 말했다.

「벼슬 잘린 수탉은 밖에서 들어온 닭입니다. 우리 동쪽 마을의 진씨(陳氏)라는 촌부가 기르던 닭인데, (이 수탉과 함께 살던) 암탉이 죽자 진씨가 그 수탉을 나의 닭 무리 속에 맡겨 기르고 있습니다. 그 수탉은 용맹하고 싸움을 잘해서 우리 집 수탉 여섯 마리 모두 감히 단독으로 겨루지 못합니다. 그리하여 우리 닭들이 그 닭을 싫어하고 그 닭과 함께 먹거나 서숙하지 않습니다. 그 닭이 비록 싸움을 잘하고 용감하지만, 역시 많은 닭을 이기지 못해 항상 외톨이로 놀고 있습니다. 그러나 먹이를 보면 길게 소리를 질러 동료들을 부르지 않고 자기 먼저 쪼아 먹는 적이 없습니다. 저 여러 닭들은 비록 그 닭이 부르는 소리에 의존하지만, 오고 나서는 오히려 그 닭을 쫓아냅니다. 과거에도 역시 그러했는데, 벼슬 잘린 수탉은 비록 아무런 보답을 받지 못하지만, 그러나 그 행위는 바뀐 적이 없습니다.」

나는 그 말을 듣고 나서 정신이 멍하고 슬픔을 느껴 말했나.

「날짐승은 하찮은 동물이지만, 그중에는 또 유독 정기(精氣)를 부여받아 의(義)를 중히 여기며 강직한 것들이 있다. 밖에서 들어온 닭의 의리와 용기가 다른 여러 닭들을 능가해도, 여러 닭들이 모두 그 닭을 질투하여 여전히 그 닭과 동료가 되지 않는데, 하물며 사람 사이에 있어서는 어떠하며, 하물며 친구 사이에 있어서는 어떠하겠는가? 이로 미루어 보건대, 천지 간의 귀신·금수(禽獸)·만물이 변화하는 상황을 어찌 피할 수 있겠는가?」

나는 마음속으로 이를 매우 슬퍼한다. 그래서 그것을 글로 남겨 놓으면, 장차 이로써 나 사신을 경계하고 또한 세상 사람들에게 귀감이 되도록 할 수 있을 것이다.

해설

벼슬을 잘린 닭은 용기가 있고 싸움도 잘하는데다 먹이를 보면 동료들을 배려할 줄 아는 의리가 있어 다른 닭들보다 훌륭한 자질을 지니고 있다. 그럼에도 불구하고 오히려 다른 여러 닭들로부터 배척을 받아 항상 외톨이로 지낸다. 고금을 막론하고 어느 누가 재덕(才德)을 겸비하여 두각을 나타내면 질투와 공격을 당하여 어려움을 겪는 경우가 허다했다. 특히 봉건시대의 관리사회에서는 그러한 현상이 매우 두드러졌다. 백성을 위해 좋은 일을 하려 해도 시기와 원한을 불러오고, 설사 좋은 대책을 제시하여 쇠퇴해 가는 국가의 명운을 구하고자 해도 소인배들의 증오를 야기하여 살신(殺身)의 화를 당하기도 했다.

이 우언은 작자가 재덕(才德)을 겸비한 선비들이 때를 만나지 못하고 배척을 당하는 현상을 개탄하여, 여러 닭들의 배은망덕(背恩忘德)한 행위를 빌려 서로 작당하여 사리사욕을 꾀하는 관리사회의 추악한 행태를 풍자한 것이다.

《백씨장경집白氏長慶集》 우언

백거이(白居易 : 772-846)는 자가 낙천(樂天)이며, 하규(下邽)[지금의 섬서성 위양(渭陽)] 사람으로 당대(唐代)의 저명한 현실주의 시인이다. 27세 때 진사에 급제하여 비서성교서랑(秘書省校書郎) · 한림학사(翰林學士) · 좌습유(左拾遺) 등의 벼슬을 지내다가 강경한 간언(諫言)으로 인해 강주사마(江州司馬)로 좌천되면서 계속 충주(忠州) · 항주(杭州) · 소주(蘇州) · 동주(同州) 등의 자사를 지내며 지방을 떠돌았다. 그 후 부름을 받고 경사(京師)로 돌아와 태자소부(太子少傅) · 형부상서(刑部尚書)를 지냈으나 얼마 후 75세의 나이로 세상을 떠났다.

백거이는 중당(中唐)시대 신악부(新樂府) 운동의 영도자로서 시단(詩壇)을 이끌기도 했는데, 그의 악부시는 당시의 사회 문제를 폭넓게 반영했고, 시의 풍격이 통속적이며 이해하기가 쉽다.

《백씨장경집(白氏長慶集)》은 목종(穆宗) 장경(長慶) 연간에 백거이 자신이 편찬한 작품집으로 3천여 수의 시가 수록되어 있는데, 그중에 여러 편의 우언시(寓言詩)가 있다.

020 흑담룡(黑潭龍)

《白氏長慶集 · 卷四 · 諷諭四 · 黑潭龍》

원문 및 주석

黑潭龍[1]

黑潭水深色如墨, 傳有神龍人不識。[2] 潭上架屋官立祠, 龍不能神人神之。[3] 豐凶水旱與疾疫, 鄉里皆言龍所爲。[4] 家家養豚漉淸酒, 朝

1 黑潭龍 → 흑담(黑潭)의 용
【黑潭(흑담)】: [못 이름] 지금의 섬서성 장안현(長安縣) 남쪽 종남산(終南山) 아래에 있다.

2 黑潭水深色如墨, 傳有神龍人不識。→ 흑담(黑潭)은 물이 깊어 색깔이 마치 먹물과 같고, 신룡(神龍)이 있다고 전하지만 사람들은 알지 못한다.
【如墨(여묵)】: 먹물과 같다.
【不識(불식)】: 알아보지 못하다.

3 潭上架屋官立祠, 龍不能神人神之。→ 흑담 가에 지은 집은 관가(官家)에서 세운 사당으로, 용이 신령스럽지 못한데도 사람들은 그것을 신으로 모신다.
【架屋(가옥)】: 집을 짓다.
【立祠(입사)】: 사당을 세우다.
【不能神(불능신)】: 신령스럽지 못하다.
【神(신)】: 앞의 「神」은 형용사로 「신령스럽다」의 뜻이고, 뒤의 「神」은 동사로 「신으로 모시다」의 뜻.

4 豐凶水旱與疾疫, 鄉里皆言龍所爲。→ 풍년 · 흉년 · 수재 · 한재 · 질병을, 마을 사람들은 모두 용의 소행이라고 말한다.
【豐凶(풍흉)】: 풍년과 흉년. ※판본에 따라서는 「豐」을 「災(재)」라 했다.
【水旱(수한)】: 수재와 한재.
【疾疫(질역)】: 질병.
【所爲(소위)】: 소행.

祈暮賽依巫口。[5] 神之來兮風飄飄, 紙錢動兮錦傘搖;[6] 神之去兮風亦靜, 香火滅兮杯盤冷。[7] 肉堆潭岸石, 酒潑廟前草。[8] 不知神龍享幾多, 林鼠山狐長醉飽。[9] 狐何幸, 豚何辜? 年年殺豚將餧狐![10] 狐假神

---

5 家家養豚漉淸酒, 朝祈暮賽依巫口。→ 집집마다 돼지를 기르고 맑은 술을 걸러, 아침저녁으로 빌고 제사를 올리며 오로지 무당의 입에 의지한다.
【豚(돈)】: 돼지.
【漉(록)】: 거르다, 여과하다.
【朝祈暮賽(조기모새)】: 아침저녁으로 빌고 제사를 올리다.
【依巫口(의무구)】: 무당의 입에 의존하다. 〖依〗: 의존하다, 의지하다, 기대다.

6 神之來兮風飄飄, 紙錢動兮錦傘搖; → 신령이 오면 맑은 바람이 산들산들 불고, 지전(紙錢)이 날리며 금산(錦傘)이 요동치지만;
【飄飄(표표)】: 바람이 산들산들 부는 모양.
【紙錢(지전)】: 무당이 비손할 때 쓰는 종이로 만든 돈 모양의 물건.
【錦傘(금산)】: 신에게 바치는 의장용 비단 일산. ※판본에 따라서는 「傘」을 「繖(산)」이라 했다.

7 神之去兮風亦靜, 香火滅兮杯盤冷。→ 신령이 떠나면 바람도 잠잠해지고, 향불이 꺼지며 술잔과 접시가 썰렁하다.
【去(거)】: 떠나다.
【靜(정)】: 잦아들다.

8 肉堆潭岸石, 酒潑廟前草。→ 고기는 못 가의 돌 위에 쌓아 두고, 술은 사당 앞의 풀밭에 뿌린다.
【堆(퇴)】: 쌓다.
【潭岸(담안)】: 못 가.
【潑(발)】: 뿌리다.

9 不知神龍享幾多, 林鼠山狐長醉飽。→ 신룡(神龍)이 얼마나 누렸는지 알지 못하고, 산림 속의 쥐와 여우가 오랫동안 취하고 배불리 먹는 것을 알 뿐이다.
【享(향)】: 누리다.
【幾多(기다)】: 얼마, 얼마나. ※판본에 따라서는 「幾多」를 「多少(다소)」라 했다.
【長(장)】: 오래도록, 오랫동안. ※판본에 따라서는 「長」을 「常(상)」이라 했다.

10 狐何幸, 豚何辜? 年年殺豚將餧狐! → 여우는 무슨 복을 타고 났으며, 돼지는 무슨 잘못을 저질렀는가? 해마다 돼지를 잡아 그것으로 여우를 기르는구나!
【何(하)】: 무슨, 어떤.
【幸(행)】: 행운, 복.
【辜(고)】: 허물, 잘못, 죄.
【將(장)】: 그것으로, 그것을 가지고.

龍食豚盡, 九重泉底龍知無?[11]

번역문

흑담(黑潭)의 용

흑담(黑潭)은 물이 깊어 색깔이 마치 먹물과 같고,
신룡(神龍)이 있다고 전하지만 사람들은 알지 못한다.
흑담 가에 지은 집은 관가(官家)에서 세운 사당으로,
용이 신령스럽지 못한데도 사람들은 그것을 신으로 모신다.
풍년 · 흉년 · 수재 · 한재 · 질병을,
마을 사람들은 모두 용의 소행이라고 말한다.
집집마다 돼지를 기르고 맑은 술을 걸러,
아침저녁으로 빌고 제사를 올리며 오로지 무당의 입에 의지한다.
신령이 오면 맑은 바람이 산들산들 불고,
지전(紙錢)이 날리며 금산(錦傘)이 요동치지만,
신령이 떠나면 바람도 잠잠해지고,
향불이 꺼지며 술잔과 접시가 썰렁하다.
고기는 못 가의 돌 위에 쌓아 두고,
술은 사당 앞의 풀밭에 뿌린다.

················

【餧(위)】: 먹이다, 기르다, 사육하다. ※판본에 따라서는 「餧」를 「喂(위)」라 했다.

11 狐假神龍食豚盡, 九重泉底龍知無。→ 여우는 신룡의 위세를 빌려 돼지를 다 먹어버리는데, 깊은 물속 밑바닥의 진짜 용은 이를 아는가 모르는가?
【假(가)】: 빌리다.
【食豚盡(식돈진)】: 돼지를 다 먹어버리다. 〖食〗: [동사] 먹다. 〖盡〗: 모두, 다.
【九重泉(구중천)】: 아주 깊은 물.
【知無(지무)】: 아는가 모르는가? ※판본에 따라서는 「知無」를 「無知」라 했다.

신룡(神龍)이 얼마나 누렸는지 알지 못하고,

산림속의 쥐와 여우가 오랫동안 취하고 배불리 먹는 것을 알 뿐이다.

여우는 무슨 복을 타고 났으며, 돼지는 무슨 잘못을 저질렀는가?

해마다 돼지를 잡아 그것으로 여우를 기르는구나!

여우는 신룡의 위세를 빌려 돼지를 다 먹어버리는데,

깊은 물속 밑바닥의 진짜 용은 이를 아는가 모르는가?

해설

무당이 백성들로 하여금 가축을 잡고 술을 빚어 흑담(黑潭)의 신룡(神龍)에게 제사를 올리게 하지만, 백성들은 신룡이 이를 얼마나 누리는지 알지 못하고 다만 산림 속의 쥐와 여우가 오랫동안 취하고 배불리 먹는다는 것을 알 뿐이다.

봉건시대에는 황제를 진용천자(眞龍天子)라 했다. 얼핏 보기에 고사 내용이 마치 미신의 폐단을 묘사한 듯하지만, 작자는 이 시에 앞서 소서(小序)에서 「질탐리(疾貪吏 : 탐욕스런 관리를 증오한다)」라고 분명히 말하고 있다.

이 우언은 황제를 신룡에 비유하고, 탐관오리를 쥐와 여우에, 그리고 백성을 돼지에 비유하여 조정의 명의를 빌려 백성을 기만하고 착취하는 탐관오리의 부도덕한 행위와 봉건사회의 심각한 부조리를 폭로하고 풍자한 것이다.

021 진길료(秦吉了)

《白氏長慶集 · 卷四 · 諷諭四》

원문 및 주석

秦吉了[1]

秦吉了, 出南中, 彩毛青黑花頸紅。[2] 耳聰心慧舌端巧, 鳥語人言無不通。[3] 昨日長爪鳶, 今日大觜烏,[4] 鳶捎乳燕一窠覆, 烏啄母雞雙眼枯。[5] 雞號墮地燕驚去, 然後拾卵攫其雛。[6] 豈無鵰與鶚, 嗉中肉飽

1 秦吉了 → 구관조(九官鳥)
【秦吉了(진길료)】: [새 이름] 구관조(九官鳥).

2 秦吉了, 出南中, 彩毛青黑花頸紅。→ 구관조(九官鳥)는, 남쪽 지방에서 나는데, 깃털은 청흑색이고 목 부위는 붉은색이다.
【彩毛(채모)】: 깃털. ※「毛」 앞에 「彩」를 첨가하여 형용한 말. ※판본에 따라서는 「毛」를 「羽(우)」라 했다.
【花頸(화경)】: 목. ※「頸」 앞에 「花」를 첨가하여 형용한 말.

3 耳聰心慧舌端巧, 鳥語人言無不通。→ 귀가 밝고 영리하고 혀끝이 교묘하며, 새의 말과 사람의 말을 다 잘한다.
【耳聰(이총)】: 귀가 밝다.
【心慧(심혜)】: 영리하다.
【舌端巧(설단교)】: 혀끝이 교묘하다.
【無不通(무불통)】: 통하지 않음이 없다. 즉 「모두 통하다, 다 잘하다」의 뜻.

4 昨日長爪鳶, 今日大觜烏, → 어제는 긴 발톱 솔개가 오고, 오늘은 큰 부리 까마귀가 와서,
【長爪鳶(장조연)】: 긴 발톱 솔개. 〖鳶〗: [새 이름] 솔개.
【大觜烏(대취오)】: 큰 부리 까마귀. 〖觜〗: 嘴(취), 부리, 주둥이.

5 鳶捎乳燕一窠覆, 烏啄母雞雙眼枯。→ 솔개는 제비 새끼의 둥지를 쳐서 뒤엎고, 큰 부리 까

不肯搏;[7] 亦有鸞鶴羣, 閒立颺高如不聞![8] 秦吉了, 人云爾是能言鳥, 豈不見雞燕之冤苦。[9] 吾聞鳳凰百鳥主, 爾竟不爲鳳凰之前致一言,

················

마귀는 어미 닭의 두 눈을 쪼아 멀게 했다.
【捎(소)】: 치다, 때리다.
【乳燕(유연)】: 제비 새끼. ※판본에 따라서는 「乳燕」을 「拾卵(습란)」이라 했다.
【窠(과)】: 둥지, 보금자리.
【覆(복)】: 뒤집다, 뒤집어엎다, 뒤엎다.
【啄(탁)】: 쪼다.
【枯(고)】: 생기가 없다, 시들하다. 여기서는 「눈이 멀다」의 뜻.

6 雞號墮地燕驚去, 然後拾卵攫其雛。→ 닭이 소리를 지르며 땅에 떨어지고 제비가 놀라 떠나버리자, 그 다음에 제비의 알을 주워 가고 병아리를 잡아갔다.
【號(호)】: 소리를 지르다.
【墮地(타지)】: 땅에 떨어지다.
【驚去(경거)】: 놀라 떠나다.
【拾(습)】: 줍다, 집다.
【攫(확)】: 낚아채다, 잡아가다.
【雛(추)】: 병아리.

7 豈無鵰與鶚, 嗉中肉飽不肯搏; → 어찌 독수리와 물수리가 없을까마는, 모이주머니에 고기가 가득 차서 잡으려 하지 않고;
【鵰(조)】: [맹금류] 독수리. ※판본에 따라서는 「鵰」를 「雕(조)」라 했다.
【鶚(악)】: [맹금류] 물수리.
【嗉(소)】: 모이주머니.
【肉飽(육포)】: 고기가 가득 차다. ※판본에 따라서는 「肉」을 「食(식)」이라 했다.
【不肯(불긍)】: …하려고 하지 않다, …하려 들지 않다.
【搏(박)】: 잡다, 붙잡다.

8 亦有鸞鶴羣, 閒立颺高如不聞。→ 또 난새와 학의 무리가 있지만, 한가히 높이 날아 들리지 않는 듯하다.
【鸞(난)】: [새 이름] 난새.
【閒立颺高(한립양고)】: 한가히 높이 날다.
【如不聞(여불문)】: 들리지 않는 듯하다. 〖如〗: 마치 …같다, 마치 …듯하다.

9 秦吉了, 人云爾是能言鳥, 豈不見雞燕之冤苦? → 구관조야, 사람들은 네가 말을 잘하는 새라고 하던데, 어찌 닭과 제비의 원망과 고통을 보지 못하는가?
【爾(이)】: 너, 당신.
【能言鳥(능언조)】: 앵무새 · 구관조의 별칭. 여기서는 「말을 잘하는 새」의 뜻.
【豈不(기불)】: 어찌 …하지 않는가?
【冤苦(원고)】: 원망과 고통.

安用噪噪閒言語?[10]

번역문

구관조(九官鳥)

구관조(九官鳥)는 남쪽 지방에서 나는데, 깃털은 청흑색이고 목 부위는 붉은색이다.

귀가 밝고 영리하고 혀끝이 교묘하며, 새의 말과 사람의 말을 다 잘한다.

어제는 긴 발톱 솔개가 오고, 오늘은 큰 부리 까마귀가 와서,

솔개는 제비 새끼의 둥지를 쳐서 뒤엎고, 큰 부리 까마귀는 어미 닭의 두 눈을 쪼아 멀게 했다.

닭이 소리를 지르며 땅에 떨어지고 제비가 놀라 떠나버리자, 그 다음에 제비의 알을 주워 가고 병아리를 잡아갔다.

어찌 독수리와 물수리가 없을까마는, 모이주머니에 고기가 가득 차서 잡으려 하지 않고,

또 난새와 학의 무리가 있지만 한가히 높이 날아 들리지 않는 듯하다.

10 吾聞鳳凰百鳥主, 爾竟不爲鳳凰之前致一言, 安用噪噪閒言語?→나는 봉황이 조류의 왕이라고 들었다. 너는 끝내 봉황에게 말 한마디 고하지 않고, 어찌 재재거리며 한가로이 떠들고만 있는가?
【百鳥主(백조주)】: 조류의 왕.
【竟(경)】: 끝내.
【爲(위)】: …에게, …를 향해.
【致一言(치일언)】: 말 한마디를 고하다.
【安(안)】: 어찌.
【噪噪(조조)】: 시끄러운 모양.
【閒言語(한언어)】: 한가로이 떠들다.

구관조야, 사람들은 네가 말을 잘하는 새라고 하던데, 어찌 닭과 제비의 원망과 고통을 보지 못하는가?

나는 봉황이 조류의 왕이라고 들었다. 너는 끝내 봉황에게 말 한마디 고하지 않고, 어찌 재재거리며 한가로이 떠들고만 있는가?

해설

구관조(九官鳥)는 새의 언어에 능통하면서도 제비와 닭이 솔개와 큰 부리 까마귀에게 모진 시련을 겪은 상황을 조류의 왕인 봉황에게 고하지 않고 한가히 떠들고만 있다.

이 우언은 작자가 구관조를 조정의 간관(諫官)에 비유하여 자신의 직책을 충실히 이행해야 할 간관이 권력자들에게 능멸당하는 백성들의 참상을 보고도 군주에게 간하지 않아 백성들의 원한을 풀어주지 못하는 상황을 풍자한 것이다.

《유몽득문집》 우언
劉夢得文集

유우석(劉禹錫 : 772-842)은 자가 몽득(夢得)이며, 팽성(彭城)[지금의 강소성 서주시(徐州市)] 사람으로 관료 집안에서 출생했다. 덕종(德宗) 정원(貞元) 9년(793)에 진사에 급제한 후 승승장구하여 감찰어사(監察御史)·둔전원외랑(屯田員外郎)에까지 올랐으나 왕숙문(王叔文)과의 불화로 인해 낭주사마(朗州司馬)로 폄적되었다. 얼마 후 정원(貞元) 21년(805) 장안(長安)으로 불려왔으나 《현도관시(玄都觀詩)》를 지어 통치자를 비난하는 바람에 다시 파주자사(播州刺史)로 폄적되었다. 그 후 예부랑중(禮部郎中)·집현전학사(集賢殿學士)·양주자사(揚州刺史) 등을 지내다가 무종(武宗) 회창(會昌) 2년 71세의 나이로 세상을 떠났다.

유우석은 유종원(柳宗元)과 우의가 깊어 「유류(劉柳)」라 불리었으며, 또한 배도(裴度)·백거이(白居易) 등과 음주수창(飮酒酬唱)한 시가 매우 많아 「시호(詩豪)」라 불리기도 했다. 그의 시는 통속적이고 청신하며 비흥(比興)의 수법을 빌려 부패한 정치를 풍자함으로써 당시(唐詩)에서 새로운 형식을 창조했고, 그의 산문은 심오한 내용을 알기 쉽고 간결하게 표현하여 명쾌한 맛을 지니고 있다.

저서로 《유몽득문집(劉夢得文集)》[《유빈객문집(劉賓客文集)》] 40권이 전하는데, 문장 200여 편과 800여 수의 시가 수록되어 있다.

022 혼경사병인(昏鏡詞幷引)

《劉夢得文集·第二卷·古詩·昏鏡詞》

원문 및 주석

昏鏡詞幷引[1]

鏡之工, 列十鏡于賈區。發奩而視, 其一皎如, 其九霧如。或曰：「良苦之不侔甚矣!」[2] 工解頤謝曰：「非不能盡良也, 蓋賈之急, 唯售

1 昏鏡詞幷引 → 혼경사(昏鏡詞) 병인(幷引)
【昏鏡(혼경)】: 면이 흐려 얼굴을 뚜렷이 비추지 못하는 거울.
【詞(사)】: 중국 운문(韻文)의 일종으로 음악에 맞추어 부르던 시체(詩體)의 가사(歌詞).
【幷引(병인)】: 시(詩)·사(詞) 등의 운문에 서(序)나 인(引)을 병기(倂記)할 때, 「병서(幷序)」「병인(幷引)」이란 말을 사용한다. 이때 서론에 해당하는 서·인은 시·사의 앞에 두어 서두를 여는 역할을 하고, 운문인 시·사는 본론에 해당하여 서·인의 뒤에 위치한다. 〖引〗: 당(唐) 이후에 생겨난 문체의 일종으로, 서문(序文)과 비슷하나 편폭이 비교적 짧다.

2 鏡之工, 列十鏡于賈區。發奩而視, 其一皎如, 其九霧如。或曰：「良苦之不侔甚矣!」→ 거울을 만드는 장인(匠人)이, 열 개의 거울을 저자에 늘어놓았다. 화장 상자를 열고 보니, 한 개는 밝고 깨끗한데, 나머지 아홉 개는 안개가 낀 듯 흐리고 어두웠다. 어떤 사람이 말했다:「우열(優劣)의 차이가 심하군요!」
【鏡之工(경지공)】: 거울을 만드는 장인.
【列(열)】: 벌여놓다, 늘어놓다.
【賈區(고구)】: 저자, 시장.
【發奩(발렴)】: 화장 상자를 열다. 〖奩〗: 화장 상자.
【皎如(교여)】: 뚜렷하고 밝은 모양, 밝고 맑은 모양.
【霧如(무여)】: 안개가 낀 듯 흐리고 어두운 모양.
【良苦(양고)】: (품질이) 좋고 나쁨, (품질의) 우열(優劣).
【不侔(불모)】: 가지런하지 않음, 즉 「차이」를 말한다. 〖侔〗: 가지런하다, 같다, 대등하다, 걸맞다.

是念。[3] 今來市者, 必歷鑒周睐, 求與己宜。[4] 彼皎者, 不能隱芒杪之瑕, 非美容不合。是用什一其數也。」[5] 予感之, 作《昏鏡詞》:[6]

昏鏡非美金, 漠然喪其晶。[7] 陋容多自欺, 謂若他鏡明。[8] 瑕疵既不

················

3 工解頤謝曰 : 「非不能盡良也, 蓋賈之急, 唯售是念。→ 장인이 미소를 지으며 대답했다 : 「모두 다 좋은 거울로 만들 수 없어서가 아닙니다. 상인의 급선무는, 오직 (물건을) 파는 일에 전념하는 것입니다.

【解頤(해이)】: 미소를 짓다, 미소를 띠다.

【謝(사)】: 대답하다.

【非不能盡良(비불능진량)】: 모두 다 좋게 할 수 없는 것이 아니다. 즉 「모두 다 좋은 거울로 만들 수 없어서가 아니다.」의 뜻. 〖盡〗: 모두, 다.

【蓋(개)】: 구(句)의 첫머리에 놓여 어기를 표시하며, 대개 위에서 말한 것을 이어 받아 이유나 원인을 나타낸다. 번역할 필요가 없다.

【賈之急(고지급)】: 상인의 급선무. 〖賈〗: 상인, 장사. 〖急〗: 시급한 용무, 급선무. ※판본에 따라서는 「急」을 「意(의)」라 했다.

【唯售是念(유수시념)】: 오직 (물건을) 파는 일에 전념하다. 〖唯〗: 惟(유), 다만, 오직. 〖售〗: 賣(매), 팔다. 〖念〗: 전념하다, 생각하다. ※「唯…是…」의 격식에서 「是」는 「동사+목적어」의 구조를 「목적어+동사」 구조로 도치시켜 강조의 뜻을 나타낸다.

4 今來市者, 必歷鑒周睐, 求與己宜。→ 지금 (거울을 사러) 시장에 오는 사람들은, 반드시 거울 하나하나 모두 얼굴을 비춰 자세히 살펴보고, 자기와 맞는 것을 구합니다.

【歷鑒周睐(역감주래)】: 거울 하나하나 모두 얼굴을 비춰 자세히 살펴보다. 〖歷鑒〗: 하나하나 일일이 얼굴을 비추다. 〖周睐〗: 자세히 살펴보다.

【求與己宜(구여기의)】: 자기와 맞는 것을 찾다, 자기에게 적합한 것을 구하다. 〖宜〗: 알맞다, 적합하다.

5 彼皎者, 不能隱芒杪之瑕, 非美容不合。是用什一其數也。」→ 저 맑은 거울은, 얼굴의 미세한 흠을 감출 수 없어, 아름다운 얼굴이 아니면 적합하지 않습니다. 그래서 그 수가 열 개 중에 하나만 있는 것입니다.」

【彼(피)】: 그, 저.

【皎(교)】: 희고 밝다. 여기서는 「맑다」의 뜻.

【隱(은)】: 감추다.

【芒杪之瑕(망초지하)】: 미세한 흠.

【美容(미용)】: 미모, 아름다운 얼굴.

【是用(시용)】: 이로 인해, 그래서.

【什一(십일)】: 십분의 일, 열에 하나.

6 予感之, 作《昏鏡詞》: → 나는 이에 감동을 받아, 《혼경사(昏鏡詞)》를 지었다 :

7 昏鏡非美金, 漠然喪其晶。→ 혼경(昏鏡)은 질 좋은 금속으로 만든 것이 아니라, 흐릿하고 광택이 없다.

見, 姸態隨意生。[9] 一日四五照, 自言美傾城。[10] 飾帶以紋繡, 裝匣以瓊瑛。[11] 秦宮豈不重? 非適乃爲輕。[12]

················

【美金(미금)】: 질이 좋은 금속. ※ 옛날의 거울은 금속을 갈아서 만들었다.
【漠然(막연)】: 흐릿한 모양.
【喪其晶(상기정)】: 광택을 잃다. 즉「광택이 없다」의 뜻. 〖晶〗: 광택.

8 陋容多自欺, 謂若他鏡明。→ 얼굴이 못생긴 사람은 대부분 자신을 속이고, (혼경을) 다른 거울처럼 맑다고 여긴다.
【陋容(누용)】: 얼굴이 못생기다, 용모가 추하다.
【多(다)】: 대부분, 대체로, 대개.
【謂(위)】: …라고 여기다, …라고 생각하다.
【若(약)】: …처럼, …와 같이.

9 瑕疵旣不見, 姸態隨意生。→ (얼굴의) 흠이 보이지 않으니, 아름다운 자태가 자기의 뜻에 따라 생겨난다.
【瑕疵(하자)】: 흠, 결점, 단점, 결함.
【姸態(연태)】: 아름다운 자태.
【隨意(수의)】: 자기 뜻에 따라, 자기 마음대로.

10 一日四五照, 自言美傾城。→ 하루에 네댓 번 비추어보며, 스스로 자신의 미모를 일색(一色)이라고 말한다.
【照(조)】: (거울을) 비추어 보다.
【傾城(경성)】: 경성지색(傾城之色), 일색(一色). ※ 임금이 혹하여 나라가 기울어도 모를 만큼 매우 아름다운 여자를 경국지색(傾國之色)이라 하듯이, 나라 대신 성(城)을 비유한 말.

11 飾帶以紋繡, 裝匣以瓊瑛。→ (그리하여) 거울에 매는 장식용 끈은 오색 무늬의 수를 놓은 비단으로 만들고, 거울을 넣어두는 상자는 아름다운 옥으로 만든다.
【飾帶(식대)】: 거울에 매는 장식용 끈. 〖飾〗: 장식하다, 꾸미다. 〖帶〗: (거울의) 끈.
【以(이)】: …으로, …을 가지고.
【紋繡(문수)】: 오색 무늬의 수를 놓은 비단.
【裝匣(장갑)】: 거울을 넣어 두는 상자. 〖裝〗: (물건을) 담다, 넣어 두다. 〖匣〗: 갑, 작은 상자.
【瓊瑛(경영)】: 아름다운 옥.

12 秦宮豈不重? 非適乃爲輕。→ 진(秦)나라 궁전의 보경(寶鏡)이 어찌 귀중하지 않겠는가? (추녀에게) 적합하지 않기 때문에 오히려 천대를 받는 것이다.
【秦宮(진궁)】: 진(秦)나라 함양궁(咸陽宮). 여기서는「진나라 함양궁의 보경(寶鏡)」을 가리킨다.
【豈(기)】: 어찌.
【非適(비적)】: 적합하지 않다.
【乃(내)】: 도리어, 오히려.
【爲輕(위경)】: 경시되다, 천대를 받다.

번역문

혼경사(昏鏡詞) 병인(幷引)

거울을 만드는 장인(匠人)이 열 개의 거울을 저자에 늘어놓았다. 화장 상자를 열고 보니 한 개는 밝고 깨끗한데, 나머지 아홉 개는 안개가 낀 듯 흐리고 어두웠다.

어떤 사람이 말했다.

「우열(優劣)의 차이가 심하군요!」

장인이 미소를 지으며 대답했다.

「모두 다 좋은 거울로 만들 수 없어서가 아닙니다. 상인의 급선무는 오직 (물건을) 파는 일에 전념하는 것입니다. 지금 (거울을 사러) 시장에 오는 사람들은 반드시 거울 하나하나 모두 얼굴을 비춰 자세히 살펴보고 자기와 맞는 것을 구합니다. 저 밝은 거울은 얼굴의 미세한 흠을 감출 수 없어 아름다운 얼굴이 아니면 적합하지 않습니다. 그래서 그 수가 열 개 중에 하나만 있는 것입니다.」

나는 이에 감동을 받아 《혼경사(昏鏡詞)》를 지었다 :

혼경(昏鏡)은 질 좋은 금속으로 만든 것이 아니라 흐릿하고 광택이 없다.

얼굴이 못생긴 사람은 대부분 자신을 속이고 (혼경을) 다른 거울처럼 밝다고 여긴다.

(얼굴의) 흠이 보이지 않으니 아름다운 자태가 자기의 뜻에 따라 생겨난다.

하루에 네댓 번 비추어보며 스스로 자신의 미모를 일색(一色)이라고 말한다.

(그리하여) 거울에 매는 장식용 끈은 오색 무늬의 수를 놓은 비단으로

만들고, 거울을 넣어두는 상자는 아름다운 옥으로 만든다.

진(秦)나라 궁전의 보경(寶鏡)이 어찌 귀중하지 않겠는가? (추녀에게) 적합하지 않기 때문에 오히려 천대를 받는 것이다.

해설

장인(匠人)이 저자에서 파는 거울 가운데 질이 좋은 명경(明鏡)은 열 개 중에 하나뿐이고 나머지 아홉 개는 질이 떨어지는 혼경(昏鏡)이다. 그 까닭은 물건을 파는 상인의 입장에서 혼경을 찾는 사람이 많기 때문이다. 명경은 얼굴의 미세한 흠까지 환히 보여 미모가 출중한 사람에게 적합하고, 혼경은 자신의 흠이 보이지 않아 용모가 추악한 사람에게 적합하다. 혼경이 많다는 것은 바로 미녀보다 추녀가 많다는 것을 의미한다.

이 우언은 충직한 현량(賢良)을 명경에 비유하고, 권력자에 빌붙어 이익을 챙기는 하급 관리를 혼경에, 그리고 부패한 권력자를 용모가 추한 사람에 비유하여 자신의 결점을 감추고 남의 충고를 싫어하는 권력자들이 아첨하는 하급 관리들과 결탁하여 부정부패를 일삼는 당시 통치 계층의 비리를 폭로하고 풍자한 것이다.

023 양지사병인(養鷙詞并引)

《劉夢得文集 · 第二卷 · 古詩 · 養鷙詞》

원문 및 주석

養鷙詞并引[1]

途逢少年, 志在逐獸。方呼鷹隼, 以襲飛走。因縱觀之, 卒無所獲。[2] 行人有常從事於斯者曰:「夫鷙禽, 饑則爲用, 今哺之過篤, 故

1 養鷙詞并引 → 양지사(養鷙詞) 병인(并引)
【養鷙(양지)】: 맹금(猛禽)을 기르다. 〖鷙〗: (독수리 · 매 따위의) 사나운 새. 맹금(猛禽).
【詞(사)】: 중국 운문(韻文)의 일종으로 음악에 맞추어 부르던 시체(詩體)의 가사(歌詞).
【并引(병인)】: 시(詩) · 사(詞) 등의 운문에 서(序)나 인(引)을 병기(倂記)할 때, 「병서(并序)」 「并引」이란 말을 사용한다. 이때 서론에 해당하는 서 · 인은 시 · 사의 앞에 두어 서두를 여는 역할을 하고, 운문인 시 · 사는 본론에 해당하여 서 · 인의 뒤에 위치한다. 〖引〗: 당(唐) 이후에 생겨난 문체의 일종으로, 서문(序文)과 비슷하나 편폭이 비교적 짧다.

2 途逢少年, 志在逐獸。方呼鷹隼, 以襲飛走。因縱觀之, 卒無所獲。→ 길에서 한 소년을 만났는데, 그의 마음은 오직 사냥에 쏠려 있었다. 마침 (그가) 매를 불러, 날짐승과 들짐승을 습격하고 있었다. 그리하여 (나는) 처음부터 끝까지 그것을 구경했다. 그런데 그는 끝내 한 마리도 잡지 못했다.
【途(도)】: 길.
【逢(봉)】: 만나다.
【逐獸(축수)】: 짐승을 뒤쫓다, 즉 「사냥하다」의 뜻. ※판본에 따라서는 「獸」를 「禽獸(금수)」라 했다.
【方(방)】: 마침.
【鷹隼(응준)】: [맹금류] 매.
【襲(습)】: 습격하다.
【飛走(비주)】: 날짐승과 들짐승.
【因(인)】: 그리하여.

然也。」[3] 予感之, 作《養鷙詞》:[4]

養鷙非玩形, 所資擊鮮力。[5] 少年昧其理, 日日哺不息, 探雛網黃口, 旦暮有餘食。[6] 寧知下韝時, 翅重飛不得, 毰毸止林表, 狡兔自南

【縱觀(종관)】: 처음부터 끝까지 구경하다.

【卒(졸)】: 끝내.

【無所獲(무소획)】: 얻은 것이 없다. 즉 「한 마리도 잡지 못하다」의 뜻.

3 行人有常從事於斯者曰:「夫鷙禽, 饑則爲用, 今哺之過篤, 故然也。」→ 일찍이 사냥에 종사한 적이 있다는 어느 행인이 말했다:「무릇 맹금은, 굶주려야 사람에게 이용되는데, 지금은 매에게 너무 배불리 먹여서, 그렇습니다.」

【常(상)】: 嘗(상), 일찍이.

【斯(사)】: 이, 이 일, 즉 「사냥」.

【夫(부)】: [발어사] 대저, 무릇.

【鷙禽(지금)】: 맹금, 맹금류.

【饑(기)】: 주리다, 굶주리다.

【爲用(위용)】: 쓰이다, 이용되다.

【哺之過篤(포지과독)】: 매에게 너무 배불리 먹이다. 〖哺〗: (먹이, 음식 등을) 먹이다. 〖之〗: [대명사] 그것, 즉 「매」. 〖篤〗: 충실하다, 후하다. 여기서는 「배부르다」의 뜻.

【故然(고연)】: 그래서 그렇다.

4 予感之, 作《養鷙詞》: → 나는 이에 감동을 받아, 《양지사(養鷙詞)》를 지었다:

【予(여)】: 我(아), 나.

5 養鷙非玩形, 所資擊鮮力。→ 맹금을 기르는 것은 그 겉모양을 완상(玩賞)하기 위해서가 아니라, 맹금에 의존하여 사냥감을 잡기 위한 것이다.

【玩形(완형)】: 모양을 완상하다. 〖玩〗: 감상하다, 완상하다.

【資(자)】: 의지하다, 의존하다.

【擊(격)】: 공격하다. 여기서는 「잡다」의 뜻.

【鮮力(선력)】: 힘이 약한 동물, 즉 「사냥감」.

6 少年昧其理, 日日哺不息, 探雛網黃口, 旦暮有餘食。→ 소년은 그러한 이치를 모르고, 날마다 쉴 새 없이 먹이며, 갓 난 새끼를 뒤져 찾고 어린 새를 그물로 잡아 와, 아침부터 저녁까지 먹고도 남는다.

【昧(매)】: 어둡다. 즉 「모르다, 이해하지 못하다」의 뜻.

【日日(일일)】: 날마다. ※ 판본에 따라서는 「日日」을 「日夜(일야)」라 했다.

【不息(불식)】: 쉬지 않다, 멈추지 않다.

【探雛網黃口(탐추망황구)】: 갓 난 새끼를 뒤져 찾고 어린 새를 그물로 잡다. 〖探〗: 찾다, 뒤지다. 〖雛〗: 병아리. 〖網〗: [동사 용법] 그물로 잡다. 〖黃口〗: 노란 부리, 즉 「어린 새」를 가리킨다.

【旦暮(단모)】: 아침부터 저녁까지. ※ 판본에 따라서는 「旦暮」을 「旦莫(모막)」이라 했다.

北。[7] 飲啄旣已盈, 安能勞羽翼?[8]

번역문

양지사(養鷙詞) 병인(幷引)

길에서 한 소년을 만났는데 그의 마음은 오직 사냥에 쏠려 있었다. 마침 (그가) 매를 불러 날짐승과 들짐승을 습격하고 있었다. 그리하여 (나는) 처음부터 끝까지 그것을 구경했다. 그런데 그는 끝내 한 마리도 잡지 못했다. 일찍이 사냥에 종사한 적이 있다는 어느 행인이 말했다.

「무릇 맹금은 굶주려야 사람에게 이용되는데, 지금은 매에게 너무 배불리 먹여서 그렇습니다.」

나는 이에 감동을 받아 《양지사(養鷙詞)》를 지었다 :

---

7 寧知下韝時, 翅重飛不得, 毰毸止林表, 狡兔自南北。→ 매가 (사냥을 하기 위해) 활팔찌를 떠날 때, 날개가 무거워 날지 못할 줄을 어찌 알았으랴! (매는) 날개를 퍼덕이며 나뭇가지 끝에 머물러 있고, 교활한 토끼는 남북으로 자유롭게 뛰어다닌다.

【寧(녕)】: 어찌.

【下韝(하구)】: 활팔찌를 떠나다. 〖韝〗: 활팔찌. 활을 쏠 때 왼팔 소매에 착용하는 가죽으로 만든 띠. ※사냥할 때 매를 활팔찌 위에서 날려 보내고 올려놓는다.

【毰毸(배시)】: 날개를 치는 모양, 날개를 퍼덕이는 모양.

【林表(임표)】: 나뭇가지 끝.

【狡兔(교토)】: 교활한 토끼.

8 飲啄旣已盈, 安能勞羽翼? → 실컷 먹고 마셔 이미 배가 부른데, 어찌 날개를 지치게 할 수 있겠는가?

【飲啄(음탁)】: 마시고 쪼다. 즉 「먹고 마시다」의 뜻.

【旣已(기이)】: 이미.

【盈(영)】: 가득 차다, 즉 「배가 부르다」의 뜻.

【安能(안능)】: 어찌 …할 수 있는가?

【勞(로)】: [사동 용법] 피로하게 하다, 지치게 하다.

【羽翼(우익)】: 날개.

맹금을 기르는 것은 그 겉모양을 완상(玩賞)하기 위해서가 아니라, 맹금에 의존하여 사냥감을 잡기 위한 것이다. 소년은 그러한 이치를 모르고 날마다 쉴 새 없이 먹이며, 갓 난 새끼를 뒤져 찾고 어린 새를 그물로 잡아 와 아침부터 저녁까지 먹고도 남는다. 매가 (사냥을 하기 위해) 활팔찌를 떠날 때, 날개가 무거워 날지 못할 줄을 어찌 알았으랴! (매는) 날개를 퍼덕이며 나뭇가지 끝에 머물러 있고, 교활한 토끼는 남북으로 자유롭게 뛰어다닌다. 실컷 먹고 마셔 이미 배가 부른데, 어찌 날개를 지치게 할 수 있겠는가?

해설

매를 데리고 사냥에 나선 소년이 하루 종일 한 마리의 짐승도 잡지 못했다. 이 소년은 굶주려야 사냥을 하는 매의 속성을 모르고, 매를 잘 먹여 건실하게 만들면 사냥을 잘 하리라 여겨 매일같이 배불리 먹였다가 오히려 매가 살이 쪄서 몸이 무거워지는 바람에 제대로 날지 못하는 역효과를 초래한 것이다.

사람 또한 매와 마찬가지다. 일단 높은 지위를 얻어 부귀영화를 누리게 되면 현실에 안주하며 다시 애써 공명을 세우려는 노력을 하지 않는다. 당시 전국 각지에 할거(割據)하던 번진(藩鎭)들의 행태가 바로 그러했다.

이 우언은 당시 번진들의 할거로 인해 조정이 힘을 잃어 국가의 안위가 위협을 받는 상황에서, 작자가 번진을 배부른 매에 비유하고 소년을 조정에 비유하여 굶주려야 사냥을 한다는 매 사육의 논리를 가지고, 번진의 세력을 삭감해야 번진이 조정의 통제를 받아 나라가 안정될 수 있다는 정치 주장을 밝힌 것이다.

024 감약(鑒藥)

《劉夢得文集 · 第二十四卷 · 雜著 · 鑒藥》

원문 및 주석

鑒藥[1]

劉子閑居, 有負薪之憂, 食精良弗知其旨, 血氣交沴, 煬然焚如。[2] 客有謂予 :「子病, 病積日矣。乃今我里有方士淪迹於醫, 厲者造焉

1 鑒藥 → 약(藥)을 거울로 삼다
【鑒(감)】: 거울로 삼다, 본보기로 삼다.

2 劉子閑居, 有負薪之憂, 食精良弗知其旨, 血氣交沴, 煬然焚如。→ 내가 집에서 한거(閑居)할 때, 병이 들어, 맛 좋고 영양이 풍부한 음식을 먹어도 그 맛을 알지 못하고, 혈기가 잘 소통되지 않는 데다, 고열로 인해 몸이 펄펄 끓었다.
【劉子(유자)】: 작자가 자신의 이름을 「나」라는 의미로 사용한 말.
【閑居(한거)】: 한거하다, 관직에 나가지 않고 집에서 한가로이 지내다. ※판본에 따라서는 「閑」을 「閒(한)」 또는 「間(간)」이라 했다.
【負薪之憂(부신지우)】: 땔나무를 짊어지지 못하는 근심. 즉 「질병」의 완곡한 표현. ※옛사람들은 자기가 병이 있다는 것을 직접 말하면 공손하지 못하다고 여겨 에둘러서 「負薪之憂」 또는 「채신지우(採薪之憂 : 땔나무를 하지 못하는 근심)」라는 말로 표현했다.
【食(식)】: [동사] 먹다.
【精良(정량)】: 맛이 좋고 영양이 풍부한 음식.
【弗(불)】: 不(불).
【旨(지)】: 맛.
【交沴(교려)】: 운행이 고르지 못하다, 잘 소통되지 않다.
【煬然焚如(양연분여)】: 마치 불로 태우는 듯하다. 즉 「고열로 몸이 펄펄 끓다」의 뜻. 【煬然】: 화력이 왕성한 모양. 【焚】: 불사르다.

而美肥, 跛者造焉而善馳。矧常病邪, 將子詣諸?」[3] 予然之, 之醫所。切脈、觀色、聆聲, 參合而後言曰 :「子之病, 其興居之節舛, 衣食之齊乖所由致也。[4] 今夫藏鮮能安穀, 府鮮能母氣, 徒爲美疹之囊

3 客有謂予 :「子病, 病積日矣。乃今我里有方士淪迹於醫, 厲者造焉而美肥, 跛者造焉而善馳。矧常病邪, 將子詣諸?」→ 어느 손님이 나에게 말했다 :「당신의 병환은, 이미 오래 되었습니다. 지금 우리 마을에 자기 본래의 신분을 숨기고 의술로 살아가는 방사(方士)가 있습니다. 문둥이가 그를 찾아가 건장해지고, 절름발이가 그를 찾아가 잘 달리게 되었는데, 하물며 보통의 병이야 더욱 쉽지 않겠습니까? (제가) 당신을 부축하여 그 방사를 찾아가 보면 어떻겠습니까?」
【子(자)】: 너, 그대, 당신.
【積日(적일)】: 오래 되다, 여러 날이 경과하다.
【乃今(내금)】: 현재, 지금.
【方士(방사)】: 도사(道士), 방술에 능통한 사람.
【淪迹於醫(윤적어의)】: 자기의 본래 신분을 숨기고 의술(醫術)로 살아가다. 〖淪迹〗: 진면목을 숨기다. 즉「자기의 본래 신분을 숨기다」.
【厲者(여자)】: 문둥이.
【造(조)】: 방문하다, 찾아가다.
【美肥(미비)】: [동사 용법] 건장해지다.
【跛者(파자)】: 절뚝발이, 절름발이.
【善馳(선치)】: 잘 달리다.
【矧(신)】: 하물며.
【常病(상병)】: 일반적인 병.
【將(장)】: 부축하다, 돕다.
【詣(예)】: 방문하다. ※판본에 따라서는「詣」를「謁(알)」이라 했다.
【諸(제)】: [대명사] 그, 즉「방사」.

4 予然之, 之醫所。切脈、觀色、聆聲, 參合而後言曰 :「子之病, 其興居之節舛, 衣食之齊乖所由致也。→ 내가 그의 뜻을 받아들여, 방사가 진료하는 곳에 갔다. (방사가) 맥을 짚고 안색을 살피고 목소리를 듣더니, 이를 참고하여 종합한 후 말했다 :「당신의 병은, 일과 휴식의 규율이 어그러지고, 의식(衣食)의 조절이 고르지 못해서 빚어진 것입니다.
【然(연)】: 맞다, 그렇다. 여기서는「동의하다, 받아들이다」의 뜻.
【之醫所(지의소)】: 진료하는 곳에 가다. 〖之〗: 가다.
【切脈(절맥)】: 맥을 짚다, 진맥하다.
【觀色(관색)】: 안색을 살피다.
【聆聲(영성)】: 목소리를 듣다.
【參合(참합)】: 참고하여 종합하다.
【而後(이후)】: 이후.

橐耳! 我能攻之。」[5] 乃出藥一丸, 可兼方寸, 以授予曰:「服是足以瀹昏煩而鉏蘊結, 銷蠱慝而歸耗氣。[6] 然中有毒, 須其疾瘳而止。過

【興居(흥거)】: 일과 휴식. 【興】: 일어나다. 즉「일, 활동」을 가리킨다. 【居】: 집에 있다, 집에서 지내다. 즉「휴식」을 가리킨다.
【節舛(절천)】: 규율이 어그러지다. 【節】: 규율. 【舛】: 어그러지다, 틀리다.
【齊乖(제괴)】: 조절이 고르지 못하다. 【齊】: 劑(제), 조절, 안배. 【乖】: 어긋나다, 고르지 못하다.
【所由致(소유치)】: …으로 말미암아 빚어진 일.

5 今夫藏鮮能安穀, 府鮮能母氣, 徒爲美疹之囊橐耳! 我能攻之。」→ 지금 당신의 오장(五臟)은 음식물을 잘 소화시키지 못하고, 육부(六腑)는 원기를 잘 배양하지 못해, 다만 반진(斑疹)이 가득 돋아난 주머니에 불과할 뿐입니다. 나는 그것을 치료할 수 있습니다.」
【藏(장)】: 臟(장), 오장(五臟), 즉「심장, 간장, 비장, 폐장, 신장」.
【鮮能(선능)】: 잘 …할 수 없다.
【安穀(안곡)】: 음식물을 소화시키다. 【穀】: 곡식, 즉「음식물」.
【府(부)】: 腑(부), 육부(六腑), 즉「위, 큰창자, 작은창자, 쓸개, 방광, 삼초(三焦)」.
【母氣(모기)】: 원기를 배양하다, 기를 생산하다. 【母】: 배양하다, 생산하다.
【徒(도)】: 다만.
【美疹(미진)】: 반진(斑疹).
【囊橐(낭탁)】: 자루, 주머니.
【耳(이)】: …뿐.
【攻(공)】: 공격하다. 여기서는「치료하다」의 뜻.

6 乃出藥一丸, 可兼方寸, 以授予曰:「服是足以瀹昏煩而鉏蘊結, 銷蠱慝而歸耗氣。→ 그리하여 약 한 알을 꺼냈는데, (크기가) 대략 두 평방촌(平方寸)은 되어 보였다. 그가 약을 나에게 주며 말했다:「이 약을 복용하면 족히 정신이 혼미하고 마음이 답답한 것을 해소하여 울결(鬱結)을 세거할 수 있으며, 기생충으로 인한 위해(危害)를 제거하고 소모된 원기를 돌아오게 할 수 있습니다.
【乃(내)】: 이에, 그리하여.
【可(가)】: 대략.
【兼方寸(겸방촌)】: 평방촌(平方寸)의 두 배, 즉「두 평방촌」. 【兼】: 두 배. 【方寸】: 평방촌(平方寸), 평방치.
【授(수)】: 주다.
【服(복)】: 복용하다.
【是(시)】: [대명사] 이것, 즉「약」.
【足以(족이)】: 족히 …할 수 있다, …하기에 충분하다.
【瀹(약)】: 해소하다, 소통하다.
【昏煩(혼번)】: 정신이 혼미하고 마음이 답답하다.
【鉏(서)】: 鋤(서), 없애다, 제거하다. ※판본에 따라서는「鉏」를「鋤」라 했다.

當則傷和, 是以微其齊也。」[7] 予受藥以餌, 過信而腿能輕, 痺能和; 涉旬而苛癢絶焉, 抑搔罷焉;[8] 踰月而視分纖, 聽察微, 蹈危如平, 嗜糲如精。[9] 或聞而慶予, 且閧言曰 :「子之獲是藥, 幾神乎! 誠難遭

【蘊結(온결)】: 울결(鬱結). ※한의학에서 기혈이 한곳에 몰려 흩어지지 않는 것을 말한다.
【銷(소)】: 제거하다.
【蠱慝(고특)】: 기생충으로 인한 위해(危害). 〖蠱〗: 인체 내부의 기생충. 〖慝〗: 위해, 재해.
※혹자는「蠱慝」을「氣虛(기허 : 허해진 기)」라 풀이했다.
【歸耗氣(귀모기)】: 소모된 원기를 돌아오게 하다.

7 然中有毒, 須其疾瘳而止。過當則傷和, 是以微其齊也。」→ 그러나 이 약 속에는 독이 들어 있어, 병이 나은 후에는 반드시 (복용을) 멈추어야 합니다. 적당량을 초과하면 화기(和氣)를 손상하기 때문에, 그래서 조제 분량을 미약하게 합니다.」
【然(연)】: 그러나.
【中(중)】: 약의 속.
【須(수)】: 반드시 …해야 하다.
【疾瘳(질추)】: 병이 낫다. 〖瘳〗: 낫다, 치유되다.
【過當(과당)】: 적당량을 초과하다.
【傷和(상화)】: 화기(和氣)를 손상하다.
【是以(시이)】: 이로 인해, 그래서.
【微(미)】: 미약하게 하다, 경미하게 하다.
【齊(제)】: 劑(제), 조제하다. 여기서는「조제 분량」을 가리킨다.

8 予受藥以餌, 過信而腿能輕, 痺能和; 涉旬而苛癢絶焉, 抑搔罷焉; → 나는 그 약을 받아 복용한 후, 이틀 밤이 지나자 퉁퉁 부었던 다리가 가벼워지고, 마비 증세도 완화되었으며; 열흘이 지나서는 심했던 가려움증이 근절되어, 가려운 곳을 긁는 것도 멈추었다.
【受藥以餌(수약이이)】: 약을 받아 가지고 먹다. 〖餌〗: 먹다, 복용하다.
【過信(과신)】: 이틀 밤이 지나다. 〖信〗: 재숙(再宿)하다, 이틀 밤을 머물다.
【腿(추)】: 다리가 붓다.
【能輕(경)】: 가볍게 움직일 수 있다, 가벼워지다.
【痺(비)】: 마비되다, 저리다.
【能和(능화)】: 완화되다.
【涉旬(섭순)】: 열흘을 넘기다, 열흘이 지나다. 〖涉〗: 넘다, 경과하다. 〖旬〗: 열흘.
【苛癢(가양)】: 몹시 가렵다.
【絶(절)】: 근절되다.
【抑搔(억소)】: 가려운 곳을 긁다.
【罷(파)】: 그치다, 멈추다.

9 踰月而視分纖, 聽察微, 蹈危如平, 嗜糲如精。→ 한 달이 지나자 시력은 섬세한 것을 분별하고, 청력은 미세한 소리를 감지하였으며, 고지(高地)를 걸어도 마치 평지를 걷는 것과 같고,

已。[10] 顧醫之態多嗇術以自貴，遺患以要財。盍重求之，所至益深矣!」[11] 予昧者也，泥通方而狃旣效，猜至誠而惑勦說，卒行其言。[12]

거친 음식을 먹어도 입맛이 마치 산해진미(山海珍味)를 먹는 것과 같았다.
【踰月(유월)】: 한 달을 넘기다, 한 달이 지나다.
【視(시)】: 시력.
【分纖(분섬)】: 섬세한 것을 분별하다.
【聽(청)】: 청력.
【察微(찰미)】: 작은 소리를 살펴 알다. 즉 「작은 소리를 감지하다」의 뜻.
【蹈危如平(도위여평)】: 고지(高地)를 걸어도 평지를 걷는 것과 같다. 〖蹈危〗: 높은 곳을 밟다. 즉 「고지(高地)를 걷다」의 뜻.
【嗜糲如精(기려여정)】: 거친 음식을 먹어도 입맛이 마치 산해진미를 먹는 것과 같다. 〖嗜〗: 즐기다. 즉 「먹다」의 뜻. 〖糲〗: 거친 음식. 〖精〗: 훌륭한 음식, 산해진미, 고급 요리.

10 或聞而慶予，且鬨言曰:「子之獲是藥，幾神乎! 誠難遭已。→ 어떤 사람이 이 소식을 듣고 나의 치유를 축하하며, 또한 소란스럽게 말했다:「당신이 이 약을 얻은 것은, 거의 기적입니다! (이러한 기회는) 정말 만나기 어렵습니다.
【慶(경)】: 축하하다.
【且(차)】: 그리고, 또한.
【鬨(홍)】: 떠들어대다, 소란을 피우다. ※판본에 따라서는 「鬨」을 「關(관)」이라 했다.
【是(시)】: 此(차), 이.
【幾(기)】: 거의.
【神(신)】: 신비, 기적, 불가사의.
【誠(성)】: 실로, 정말.
【難遭(난조)】: 만나기 어렵다.

11 顧醫之態多嗇術以自貴，遺患以要財。盍重求之，所至益深矣!」→ 그러나 의사의 태도는 대체로 의술로써 자신을 고귀하게 만드는 일에 인색하고, (오히려 환자에게) 질병을 남겨 재물을 요구합니다. 어찌 그 약을 다시 더 요구하여, 효과가 더욱 증대되도록 하지 않습니까?」
【顧(고)】: 그러나.
【多(다)】: 대부분, 대체로.
【嗇(색)】: 인색하다.
【術以自貴(술이자귀)】: 의술로써 자신을 고귀하게 만들다.
【遺患以要財(유환이요재)】: 병환을 남겨 재물을 요구하다.
【盍(합)】: 어찌 …하지 않는가?
【重求(중구)】: 재차 요구하다. 〖重〗: 재차, 다시, 거듭.
【所至益深(소지익심)】: 효과가 더욱 증대하다.

12 予昧者也，泥通方而狃旣效，猜至誠而惑勦說，卒行其言。→ 나는 어리석은 사람이다. 통상 사용하는 처방에 얽매어 기왕의 효과를 탐한 나머지, (방사의) 지극 정성을 의심하고 남

逮再餌半旬, 厥毒果肆, 岑岑周體, 如痁作焉。[13] 悟而走諸醫, 醫大咤曰 :「吾固知夫子未達也。」[14] 促和蠲毒者投之, 濱於殆而有喜; 異日, 進和藥, 乃復初。[15]

의 허튼 소리에 현혹되어, 마침내 나의 치유를 축하한 사람의 말대로 시행했다.
【昧者(매자)】: 어리석은 사람, 우매한 사람.
【泥(니)】: 구애되다, 구속받다, 얽매이다.
【通方(통방)】: 통상 사용하는 처방.
【狃(뉴)】: 탐하다, 탐내다.
【旣效(기효)】: 기왕의 효과.
【猜(시)】: 의심하다.
【至誠(지성)】: 지극 정성.
【惑(혹)】: 미혹되다, 현혹되다.
【勦說(초설)】: 표절한 말. 여기서는 「거리에서 주워들은 말, 근거 없는 풍문, 허튼 소리」를 가리킨다.
【卒(졸)】: 마침내.
【其(기)】: [대명사] 그, 즉 「나의 치유를 축하한 사람」.

13 逮再餌半旬, 厥毒果肆, 岑岑周體, 如痁作焉。→ 다시 닷새를 복용하자, 과연 그 독성이 발작하여, 머리가 지끈거리고 온몸이 아파, 마치 학질에 걸린 것 같았다.
【逮(체)】: 及(급), …에 이르다.
【餌(이)】: 먹다, 복용하다.
【半旬(반순)】: 닷새. 〖旬〗: 열흘.
【厥(궐)】: 그, 그것.
【果(과)】: 과연.
【肆(사)】: 발작하다, 작용하다.
【岑岑(잠잠)】: 머리가 아픈 모양.
【周體(주체)】: 온몸, 전신(全身).
【如(여)】: 마치 …같다.
【痁作(점작)】: 학질에 걸리다. ※판본에 따라서는 「作」을 「瘧(학)」이라 했다. 〖痁〗: 학질.

14 悟而走諸醫, 醫大咤曰 :「吾固知夫子未達也。」→ (잘못을) 깨닫고 나서 (나시) 그 의사를 찾아가니, 의사가 크게 꾸짖으며 말했다 :「나는 본래 선생이 (내 말 뜻을) 이해하지 못하고 있다는 것을 알았습니다.」
【悟(오)】: 깨닫다.
【咤(타)】: 꾸짖다, 나무라다. ※판본에 따라서는 「咤」를 「吒(타)」라 했다.
【固(고)】: 본래.
【夫子(부자)】: [존칭] 선생.
【未達(미달)】: 이해하지 못하다.

15 促和蠲毒者投之, 濱於殆而有喜; 異日, 進和藥, 乃復初。→ 서둘러 해독약을 조제하여 투여

번역문

약(藥)을 거울로 삼다

내가 집에서 한거(閑居)할 때 병이 들어, 맛 좋고 영양이 풍부한 음식을 먹어도 그 맛을 알지 못하고, 혈기가 잘 소통되지 않는 데다 고열로 인해 몸이 펄펄 끓었다. 어느 손님이 나에게 말했다.

「당신의 병환은 이미 오래 되었습니다. 지금 우리 마을에 자기 본래의 신분을 숨기고 의술로 살아가는 방사(方士)가 있습니다. 문둥이가 그를 찾아가 건장해지고, 절름발이가 그를 찾아가 잘 달리게 되었는데, 하물며 보통의 병이야 더욱 쉽지 않겠습니까? (제가) 당신을 부축하여 그 방사를 찾아가 보면 어떻겠습니까?」

내가 그의 뜻을 받아들여 방사가 진료하는 곳에 갔다. (방사가) 맥을 짚고 안색을 살피고 목소리를 듣더니, 이를 참고하여 종합한 후 말했다.

「당신의 병은 일과 휴식의 규율이 어그러지고, 의식(衣食)의 조절이 고르지 못해서 빚어진 것입니다. 지금 당신의 오장(五臟)은 음식물을 잘 소화

....

하자, 죽음에 임박했던 사람이 희색이 돌아오고; 며칠 후, 다시 조화되게 하는 약을 복용하자, 마침내 원래의 건강한 상태로 돌아왔다.

【促(촉)】: 재촉하다, 서두르다.
【和(화)】: 섞다, 배합하다, 조제하다.
【蠲毒(견독)】: 해독하다, 독을 제거하다.
【投(투)】: 투여하다.
【瀕於殆(빈어태)】: 위기에 근접하다, 즉 「죽음에 임박하다」의 뜻. 〖瀕〗: 가까이 다가가다, 임박하다. 〖殆〗: 위태롭다, 위험하다.
【有喜(유희)】: 희색이 돌아오다.
【異日(이일)】: 훗날, 며칠 후.
【進(진)】: 복용하다.
【和藥(화약)】: 조화되게 하는 약.
【乃(내)】: 마침내.
【復初(복초)】: 처음의 상태로 돌아오다, 원상태를 회복하다.

시키지 못하고, 육부(六腑)는 원기를 잘 배양하지 못해 다만 반진(斑疹)이 가득 돋아난 주머니에 불과할 뿐입니다. 나는 그것을 치료할 수 있습니다.」

그리하여 약 한 알을 꺼냈는데 (크기가) 대략 두 평방촌(平方寸)은 되어 보였다. 그가 약을 나에게 주며 말했다.

「이 약을 복용하면 족히 정신이 혼미하고 마음이 답답한 것을 해소하여 울결(鬱結)을 제거할 수 있으며, 기생충으로 인한 위해(危害)를 제거하고 소모된 원기를 돌아오게 할 수 있습니다. 그러나 이 약 속에는 독이 들어 있어 병이 나은 후에는 반드시 (복용을) 멈추어야 합니다. 적당량을 초과하면 화기(和氣)를 손상하기 때문에, 그래서 조제 분량을 미약하게 합니다.」

나는 그 약을 받아 복용한 후, 이틀 밤이 지나자 퉁퉁 부었던 다리가 가벼워지고 마비 증세도 완화되었으며, 열흘이 지나서는 심했던 가려움증이 근절되어 가려운 곳을 긁는 것도 멈추었다. 한 달이 지나자 시력은 섬세한 것을 분별하고, 청력은 미세한 소리를 감지하였으며, 고지(高地)를 걸어도 마치 평지를 걷는 것과 같고, 거친 음식을 먹어도 입맛이 마치 산해진미(山海珍味)를 먹는 것과 같았다. 어떤 사람이 이 소식을 듣고 나의 치유를 축하하며, 또한 소란스럽게 말했다.

「당신이 이 약을 얻은 것은 거의 기적입니다! (이러한 기회는) 정말 만나기 어렵습니다. 그러나 의사의 태도는 대체로 의술로써 자신을 고귀하게 만드는 일에 인색하고, (오히려 환자에게) 질병을 남겨 재물을 요구합니다. 어찌 그 약을 다시 더 요구하여 효과가 더욱 증대되도록 하지 않습니까?」

나는 어리석은 사람이다. 통상 사용하는 처방에 얽매여 기왕의 효과를 탐한 나머지, (방사의) 지극 정성을 의심하고 남의 허튼 소리에 현혹되어 마침내 나의 치유를 축하한 사람의 말대로 시행했다. 다시 닷새를 복용하자 과연 그 독성이 발작하여 머리가 지끈거리고 온몸이 아파 마치 학질에 걸린 것 같았다. (잘못을) 깨닫고 나서 (다시) 그 의사를 찾아가니 의사가 크게 꾸짖으며 말했다.

「나는 본래 선생이 (내 말 뜻을) 이해하지 못하고 있다는 것을 알았습니다.」

서둘러 해독약을 조제하여 투여하자 죽음에 임박했던 사람이 희색이 돌아오고, 며칠 후 다시 조화되게 하는 약을 복용하자, 마침내 원래의 건강한 상태로 돌아왔다.

해설

과유불급(過猶不及)은 정도를 지나치면 미치지 못한 것과 같다는 뜻으로, 유가(儒家)에서 중용지도(中庸之道)의 중요성을 강조한 말이다.

한의(漢醫)에서는 십약구독(十藥九毒)이라 하여 약효가 강할수록 그만큼 독성도 강하다고 여긴다. 따라서 약을 처방할 때는 증상에 따라 용량을 신중히 해야 하며, 만일 이를 어기고 양을 초과하면 오히려 정반대의 결과를 초래할 수 있다. 따라서 환자는 마땅히 전문가인 의사의 지시에 따라야지 함부로 남의 의견을 받아들이거나 자기 임의로 통속적인 방법을 믿어서도 안 된다.

이 우언은 작자가 기주(夔州)로 폄적된 후, 당시 환관들이 권력을 휘두르고 번진(藩鎭) 세력이 창궐하여 통치 기강이 문란해진 것을 한탄하여 자신의 치병(治病) 경험에서 얻은 교훈을 빌려 나라의 정치도 이와 같아야 한다는 치국(治國)의 이치를 설명한 것이다.

025 설기(說驥)

《劉夢得文集 · 第二十四卷 · 雜著 · 說驥》

원문 및 주석

說驥[1]

伯氏佐戎于朔陲, 獲良馬以遺予。予不知其良也, 秣之稊秕, 飲之汚池。[2] 廐櫪也, 上痺而下蒸; 羈絡也, 綴索而續韋。其易之如此。[3]

1 說驥 → 천리마(千里馬)에 대해 말하다
【驥(기)】: 천리마(千里馬).

2 伯氏佐戎于朔陲, 獲良馬以遺予。予不知其良也, 秣之稊秕, 飲之汚池。→ 맏형이 북쪽 변경 지방에서 군대의 막료를 지내는데, 좋은 말을 얻어 나에게 보내주었다. 나는 그것이 좋은 말이라는 것을 모르고, 말에게 돌피와 쭉정이를 먹이고, 더러운 연못의 물을 먹였다.
【伯氏(백씨)】: 맏형, 장형. ※혹자는 「伯氏」를 「백아무개」라고 풀이했다.
【佐戎(좌융)】: 군대를 보좌하다, 군대의 막료를 지내다. 〖佐〗: 보좌하다. 〖戎〗: 군대, 군사.
【朔陲(삭수)】: 북쪽 변경 지방.
【獲(획)】: 얻다.
【遺(유)】: 주다, 선물하다.
【秣之稊秕(말지제비)】: 말에게 돌피와 쭉정이를 먹이다. 〖秣〗: [동사] 먹이다. 〖之〗: [대명사] 그것, 즉 「말」. 〖稊〗: 돌피. 〖秕〗: 쭉정이. ※판본에 따라서는 「秕」를 「粃(비)」라 했다.
【飮之汚池(음지오지)】: 말에게 더러운 연못의 물을 먹이다.

3 廐櫪也, 上痺而下蒸; 羈絡也, 綴索而續韋。其易之如此。→ 마구간의 위쪽은 통풍이 안 되고 아래쪽은 더운 김이 올라왔으며; 말의 고삐는, 새끼줄과 다룸가죽을 이어 만들었다. (내가) 그 말을 이처럼 얕보았다.
【廐櫪(구력)】: 마구간과 말구유. 여기서는 「마구간」을 가리킨다.
【痺(비)】: 통풍이 되지 않다, 바람이 통하지 않다.
【蒸(증)】: 더운 김이 오르다.

予方病且窶, 求沽于肆。肆之駔亦不知其良也, 評其價六十緡。[4] 將劑矣, 有裴氏子贏其二以求之, 謂善價也, 卒與裴氏。[5] 裴所善李生, 雅挾相術, 於馬也尤工。睹之周體, 眙然視, 欣然笑, 旣而抃隨之。[6]

【羈絡(기락)】: 말고삐.
【綴索續韋(철삭속위)】: 새끼줄과 가죽을 이어 만들다. 〖綴〗: 꿰매다, 얽어매다. 〖索〗: 새끼줄. 〖續〗: 잇다, 연결하다. 〖韋〗: 다룸가죽.
【易之如此(이지여차)】: 그 말을 이처럼 얕보다. 〖易〗: 경시하다, 얕보다, 깔보다. 〖之〗: [대명사] 그것, 즉 「말」. 〖如此〗: 이처럼, 이와 같이.

4 予方病且窶, 求沽于肆。肆之駔亦不知其良也, 評其價六十緡。→ 나는 마침 병을 앓고 있는데다 또한 생활이 빈곤하여, (말을) 시장에 내다 팔려고 생각했다. 시장의 거간꾼 역시 명마라는 것을 모르고, 그 값을 60민(緡)으로 평가했다.
【方(방)】: 마침.
【且(차)】: 또한.
【窶(구)】: 가난하다, 빈곤하다.
【求沽于肆(구고우사)】: 시장에 내다 팔려고 생각하다. 〖沽〗: 팔다. 〖肆〗: 시장.
【駔(장)】: 거간꾼, 중개상.
【評(평)】: 평가하다.
【緡(민)】: [화폐 단위] 엽전 1000문(文)을 꿰어 놓은 꾸러미를 1민(緡)이라 했다.

5 將劑矣, 有裴氏子贏其二以求之, 謂善價也, 卒與裴氏。→ 막 거래가 이루어지려는 순간, 어느 배씨(裴氏)라는 사람이 20민을 더해 그것을 요구하며, 값이 싸다고 말해, 결국 배씨에게 팔았다.
【將(장)】: 막 …하려고 하다.
【劑(자)】: 옛날의 매매 계약서. 여기서는 「거래가 이루어지다」의 뜻.
【裴氏子(배씨자)】: 배씨라는 사람.
【贏(영)】: 이익을 보다. 여기서는 「추가하다, 보태다, 더하다」의 뜻.
【二(이)】: 2민. ※ 이후에 「80민」이라는 말이 나온 것으로 보아 「20민」의 잘못으로 보인다.
【善價(선가)】: 싼값, 값이 싸다.
【卒(졸)】: 결국, 마침내, 마지막에.
【與(여)】: 주다. 여기서는 「팔다」의 뜻.

6 裴所善李生, 雅挾相術, 於馬也尤工。睹之周體, 眙然視, 欣然笑, 旣而抃隨之。→ 배씨가 친하게 지내는 이생(李生)은, 평소 상술(相術)에 자부심을 가지고 있었는데, 말에 대해 특히 뛰어났다. 그는 말의 전신(全身)을 훑어본 후, 다시 눈을 똑바로 뜨고 자세히 살피고 나서, 기쁜 표정으로 미소를 짓더니, 이윽고 손뼉을 쳤다.
【雅(아)】: 평소.
【挾(협)】: 긍지를 갖다, 자부하다.
【相術(상술)】: 관상을 보는 기술.

且曰：「久矣吾之不覯於是也, 是何柔心勁骨, 奇精妍態, 宛如鏘如, 曄如翔如之備耶![7] 今夫馬之德也全然矣, 顧其維駒藏銳于內, 且秣之乖方, 是用不說于常目。[8] 須其齒備而氣振, 則衆美灼見, 上可以

【尤(우)】: 더욱, 특히.
【工(공)】: 뛰어나다, 정통하다.
【覩(도)】: 보다.
【周體(주체)】: 몸 전체, 전신.
【眙然(치연)】: 눈을 똑바로 뜨는 모양.
【欣然(흔연)】: 기뻐하는 모양. ※ 판본에 따라서는 「欣」을 「听(은)」이라 했다.
【旣而(기이)】: 이윽고.
【抃(변)】: 손뼉을 치다.

7 且曰：「久矣吾之不覯於是也, 是何柔心勁骨, 奇精妍態, 宛如鏘如, 曄如翔如之備耶!→그리고 말했다: 「나는 오랫동안 이런 좋은 말을 만나지 못했습니다. 이 말은 얼마나 성질이 유순하고, 골격이 강건(强健)합니까? 범상을 초월하는 정기(精氣)와 아름다운 자태, 마치 금속이 서로 부딪는 듯한 발굽 소리, 광채를 발하는 듯한 눈과 나는 듯이 달리는 모습 등 (명마의 조건을) 두루 갖추고 있습니다!
【且(차)】: 또한, 그리고.
【覯(구)】: 만나다.
【是(시)】: [대명사] 이, 이것, 즉 「이 말」.
【柔心勁骨(유심경골)】: 유순한 성질과 강건(强健)한 골격.
【奇精妍態(기정연태)】: 범상을 초월하는 정기(精氣)와 아름다운 자태.
【宛如鏘如(완여장여)】: 마치 금속이 부딪치는 소리와 같다. 〖宛如〗: 마치 …와 같다. 〖鏘如〗: 금속이 부딪치는 소리.
【曄如翔如(엽여상여)】: 눈이 광채를 발하는 듯하고 마치 나는 듯이 달리다. 〖曄如〗: 광채를 발하는 모양. 〖翔如〗: 날아가는 모양. ※ 판본에 따라서는 「曄」을 「煜(욱)」이라 했다.

8 今夫馬之德也全然矣, 顧其維駒藏銳于內, 且秣之乖方, 是用不說于常目。→이렇듯 명마의 덕성(德性)을 완전히 갖추고 있지만, 다만 어린 말이라 예기(銳氣)가 속에 감추어져 있고, 또한 말을 사육하는 방법이 잘못되었기 때문에, 이로 인해 보통 사람들로부터 환심을 사지 못한 것입니다.
【今夫(금부)】: [연사] 구(句)의 앞에 놓여, 앞에서 말한 사실의 기초 위에서 곧 의론을 발표하거나 견해를 제시하려는 뒤의 말을 연결시킨다. 번역할 필요가 없다.
【德(덕)】: 덕망, 덕성. 여기서는 「구비 조건」을 가리킨다.
【全然(전연)】: 완전히 갖추다.
【顧(고)】: 다만, 그러나.
【維(유)】: …이다.
【駒(구)】: 어린 말, 망아지.

獻帝閑, 次可以鬻千金。」裴也聞言竦焉。[9] 遂儆其僕, 蠲其皂, 筐其惡, 蜃其溲, 稚以美薦, 秣以薌粒, 起之居之, 澡之抿之, 無分陰之怠。[10]

【藏銳于內(장예우내)】: 예기(銳氣)를 속에 감추고 드러내지 않다.
【且(차)】: 또한, 그리고.
【秣之乖方(말지괴방)】: 말을 사육하는 방법이 잘못되다. 〖秣〗: [동사] (여물을) 먹이다, 사육하다. 〖乖方〗: 도리에 어긋나다. 즉 「요령을 모르다, 방법이 잘못되다」의 뜻.
【是用(시용)】: 이로 인해, 그래서.
【不說于常目(불열우상목)】: 보통 사람의 눈에 들지 않다, 보통 사람들로부터 환심을 사지 못하다. 〖說〗: 좋아하다, 기뻐하다, 마음에 들다. 〖常目〗: 보통 사람의 안목.

9 須其齒備而氣振, 則衆美灼見, 上可以獻帝閑, 次可以鬻千金。」裴也聞言竦焉。→ 따라서 반드시 말의 이빨이 모두 완전히 자라고 기운이 진작되어야, 비로소 여러 장점이 명백히 드러나, 위로는 임금의 마구(馬廏)에 바칠 수도 있고, 다음에 천금을 받고 팔 수도 있습니다.」 배씨는 이 말을 듣고 경건한 마음이 들었다.
【須(수)】: 반드시 …해야 하다.
【齒備(치비)】: 이빨이 모두 완전히 자라다.
【氣振(기진)】: 기운이 진작되다.
【衆美灼見(중미작현)】: 여러 가지 장점이 명백히 드러나다.
【可以(가이)】: …할 수 있다.
【帝閑(제한)】: 임금의 마구(馬廏).
【次(차)】: 다음에.
【鬻(육)】: 매(賣), 팔다.
【竦(송)】: 경건한 마음이 들다.

10 遂儆其僕, 蠲其皂, 筐其惡, 蜃其溲, 稚以美薦, 秣以薌粒, 起之居之, 澡之抿之, 無分陰之怠。→ 그리하여 자기 하인에게 지시하여, 마구간을 깨끗이 청소하고, 말의 대변을 광주리에 담아 수거하고, 소변을 대합의 껍질을 태운 재로 덮고, 양질의 풀을 먹이고, 향초의 알곡을 먹이고, 일상생활을 살펴 돌봐주고, 목욕을 시켜 닦아주는 등, 잠시도 태만하지 않았다.
【遂(수)】: 그리하여.
【儆(경)】: 경고하다, 훈계하다. 여기서는 「지시하다」의 뜻.
【僕(복)】: 하인.
【蠲其皂(견기조)】: 마구간을 청결하게 하다. 〖蠲〗: [사동 용법] 청결하게 하다, 깨끗이 하다. 〖皂〗: 마구간. ※혹자는 「蠲」을 「면제하다, 제외하다」라 하고, 「皂」를 「노역, 차역」이라 하여 「노역을 면제하다」라고 풀이했다.
【筐其惡(광기악)】: 대변을 광주리에 담아 수거하다. 〖筐〗: 광주리. 여기서는 동사 용법으로 「광주리에 담아 수거하다」의 뜻. 〖惡〗: 더러운 것, 불결한 것, 오물. 여기서는 「대변」을 가리킨다.
【蜃其溲(신기수)】: 소변을 대합의 껍질을 태운 재로 덮다. 〖蜃〗: 무명조개, 대합. 여기서는 「대합 껍질을 태운 재」를 가리킨다. ※옛사람들은 대합 껍질을 태운 재로 분변을 덮

斯以馬養, 養馬之至分也。居無何, 果以驥德聞。[11] 客有唁予以喪其寶, 且譏其所貿也微, 予洒然曰 :「始予有是馬也, 予常馬畜之。[12] 今予易是馬也, 彼寶馬畜之。寶與常在所遇耳。[13] 且夫昔之翹陸也,

었다. 〖溲〗: 소변.
【秣以美薦(최이미천)】: 양질의 풀을 먹이다. 〖秣〗: 먹이다. 〖薦〗: 꼴, 풀.
【秣以薌粒(말이향립)】: 향초의 알곡을 먹이다. 〖秣〗: 먹이다. 〖薌〗: 향초의 일종. 〖粒〗: 낟알, 알곡.
【起之居之(기지거지)】: 일상 생활을 살펴 돌보아주다.
【澡之搌之(조지진지)】: 목욕을 시켜 닦아주다. 〖澡〗: 목욕을 시켜주다, 씻어주다. 〖搌〗: 닦다.
【分陰(분음)】: 잠시, 잠깐, 일순간.
【怠(태)】: 태만하다, 게으름 피다.

11 斯以馬養, 養馬之至分也。居無何, 果以驥德聞。→ 이러한 방법으로 말을 기르는 것은, 그야말로 말을 기르는 최고의 경지이다. 얼마 지나지 않아, 과연 천리마로 소문이 났다.
【斯(사)】: 이. 즉「이러한 방법」.
【至分(지분)】: 최고의 경지.
【居無何(거무하)】: 얼마 안 가서, 얼마 지나지 않아.
【果(과)】: 과연.
【以驥德聞(이기덕문)】: 천리마로 소문이 나다. 〖驥德〗: 천리마의 덕성, 즉「천리마」. 〖聞〗: 소문나다.

12 客有唁予以喪其寶, 且譏其所貿也微, 予洒然曰 :「始予有是馬也, 予常馬畜之。→ 어떤 손님이 내가 그 보배를 잃은 것을 위로하며, 또한 내가 싸게 판 것을 꾸짖었다. 나는 거리낌 없이 말했다 :「처음 내가 이 말을 가지고 있을 때, 나는 그것을 보통 말로 길렀습니다.
【唁(언)】: 위로하다.
【且(차)】: 또한, 그리고.
【譏(기)】: 비방하다, 비웃다, 꾸짖다.
【所貿也微(소무야미)】: 싸게 팔다. 〖貿〗: 교역, 거래, 매매. 여기서는「팔다」의 뜻. 〖微〗: 작다, 적다. 여기서는「값이 싸다」의 뜻.
【洒然(쇄연)】: 거리낌 없는 모양. ※판본에 따라서는「洒」를「灑(쇄)」라 했다.
【始(시)】: 처음, 최초.
【常馬畜之(상마휵지)】: 그것을 보통 말로 취급하여 기르다. 〖常馬〗: 보통 말, 평범한 말. 〖畜〗: 기르다, 사육하다.

13 今予易是馬也, 彼寶馬畜之。寶與常在所遇耳。→ 지금 내가 이 말을 팔자, (말을 산) 그 사람은 이 말을 고귀한 말로 기릅니다. 고귀한 말과 보통 말의 구별은 말이 어떤 사람을 만나느냐에 달려 있을 뿐입니다.
【易(역)】: 교역하다. 여기서는「팔다」의 뜻.

謂將蹄將齧, 抵以楇策, 不知其籋雲耳。[14] 昔之噓吸也, 謂爲疵爲癘, 投以藥石, 不知其噴玉耳。[15] 夫如是, 則雖曠日歷月, 將頓踣, 是以曾何寶之有焉?[16] 繇是而言, 方之於士, 則八十其縉也, 不猶踰於五羖皮乎?」 客謏而竦。[17] 予遂言曰 :「馬之德也, 存乎形者也,

【是(시)】: 此(차), 이.
【在所遇(재소우)】: 만나는 사람에 달려 있다. 즉 「어떤 사람을 만나느냐에 달려 있다」의 뜻.
【耳(이)】: …뿐. ※판본에 따라서는 「耳」를 「爾(이)」라 했다.

14 且夫昔之翹陸也, 謂將蹄將齧, 抵以楇策, 不知其籋雲耳。→ 그런데 과거에 이 말이 펄쩍 뛰어올랐을 때, 사람들은 이 말이 사람을 차기도 하고 물기도 한다고 여겨, 채찍으로 때리기만 했지, 이 말이 구름을 타고 하늘을 난다는 것을 알지 못했습니다.
【且夫(차부)】: [문맥을 다른 방향으로 돌릴 때 쓰는 발어사] 그런데, 한편.
【翹陸(교륙)】: 도약하다, 뛰어오르다.
【謂(위)】: …라고 생각하다, …라고 여기다.
【將蹄將齧(장제장설)】: 사람을 차기도 하고 물기도 하다. 【將…將…】: …도 하고 …도 하다.
【抵以楇策(저이과책)】: 채찍으로 때리다. 【抵】: 저항하다. 여기서는 「때리다」의 뜻. 【楇策】: 채찍. ※판본에 따라서는 「楇」를 「撻(달) 또는 撾(과)」라 했다.
【籋雲(섭운)】: 구름을 타고 하늘을 날다. 【籋】: 躡(섭), 밟다, 디디다.

15 昔之噓吸也, 謂爲疵爲癘, 投以藥石, 不知其噴玉耳。→ (그리고 또) 과거에 이 말이 천천히 숨을 들이쉬고 내쉬고 할 때, 사람들은 병이 났다고 여겨, 약을 먹이고 침을 놓으며, 그것이 바로 명마의 호흡이라는 것을 알지 못했습니다.
【噓吸(허흡)】: 천천히 숨을 들이쉬고 내쉬고 하다. 【噓】: 천천히 숨을 내쉬다.
【謂(위)】: …라고 여기다, …라고 생각하다.
【爲疵爲癘(위자위려)】: 병이 나다. 【疵】: 질병. 【癘】: 질병.
【投以藥石(투이약석)】: 약을 먹이고 침을 놓다.
【噴玉(분옥)】: [명마의 호흡을 형용한 말] 구슬을 내뿜다, 즉 「호흡하다, 숨을 쉬다」의 뜻.

16 夫如是, 則雖曠日歷月, 將頓踣, 是以曾何寶之有焉? → 무릇 이와 같이 다룬다면, 설사 오래 사육하려 해도, 곧 지쳐 쓰러지고 말 것입니다. 그러므로 무슨 명마가 있을 수 있겠습니까?
【夫(부)】: [발어사] 대저, 무릇.
【雖(수)】: 설사, 비록.
【曠日歷月(광일역월)】: 오랜 시간이 경과하다. 즉 「오래 사육하다」의 뜻.
【將(장)】: 곧 …할 것이다.
【頓踣(돈복, 돈보)】: 지쳐 쓰러지다.
【是以(시이)】: 그러므로, 그래서, 이로 인해.

17 繇是而言, 方之於士, 則八十其縉也, 不猶踰於五羖皮乎?」 客謏而竦。→ 이로 미루어 볼 때,

可以目取，然猶爲之若此。[18] 矧德蘊于心者乎？斯從古之嘆，予不敢嘆。」[19]

⋯⋯⋯⋯⋯⋯⋯⋯

그것을 (다섯 장의 양가죽으로 몸값을 치르고 찾아온) 백리해(百里奚)에 비하면, (내가 받은) 80민의 돈은, 그래도 다섯 마리의 양가죽보다 많지 않습니까?」 손님은 (이 말을 듣고) 자리에서 벌떡 일어나 경의(敬意)를 표했다.

【繇是而言(요시이언)】: 이로 미루어 볼 때. 〖繇〗: 由(유).

【方之於士(방지어사)】: 그것을 백리해(百里奚)에 비유하다. 〖方〗: 비교하다. 〖之〗: [대명사] 그것, 즉 「말을 헐값에 판 것」. 〖於〗: [개사] …에, …와(과). 〖士〗: 선비. 여기서는 「백리해(百里奚)」를 가리킨다. ※아래 주) 참조.

【猶(유)】: 그래도, 아직, 여전히.

【踰於五羖皮(유어오고피)】: 다섯 마리의 양가죽을 초월하다. 즉 「다섯 마리의 양가죽보다 많다」의 뜻. 〖踰〗: 넘다, 초과하다. 〖於〗: [개사] …보다, …에 비해. 〖羖〗: 검은 숫양.

※ 진목공(秦穆公)은 일찍이 초(楚)나라에 다섯 장의 검은 숫양 가죽으로 몸값을 치르고 백리해(百里奚)를 찾아와 국정을 맡겼다. 그래서 백리해를 「오고대부(五羖大夫)」라 칭했다

【謖(속)】: 일어나다. ※엄숙함을 표시하는 모양.

【竦(송)】: 공경하다, 경의를 표하다.

18 予遂言曰：「馬之德也，存乎形者也，可以目取，然猶爲之若此。→ 그리하여 내가 말했다: 「말의 덕성(德性)은, 겉으로 드러나서, 직접 눈으로 볼 수 있습니다. 그러나 여전히 그에게 이와 같이 대합니다.

【遂(수)】: 이에, 그리하여.

【存乎形(존호형)】: 겉모습에 존재하다. 즉 「겉으로 드러나다」의 뜻. 〖形〗: 외형, 겉모습. 〖乎〗: [개사] 於(어), …에.

【可以目取(가이목취)】: 눈으로 볼 수 있다.

【爲之若此(위지약차)】: 그에게 이와 같이 대하다. 〖爲〗: …에 대해, …을 향해, …에게. 〖若此〗: 如此(여차), 이와 같다.

19 矧德蘊于心者乎？斯從古之嘆，予不敢嘆。」→ 하물며 사람은 덕이 (겉으로 드러나지 않고) 마음속에 잠재해 있으니 어떻겠습니까? 이는 예로부터 탄식한 바이지만, 나는 탄식하지 않습니다.」

【矧(신)】: 하물며.

【蘊于心(온우심)】: 마음속에 잠재하다. 〖蘊〗: 내포하다, 잠재하다.

【斯(사)】: 이, 이것.

【從古(종고)】: 예로부터.

【不敢嘆(불감탄)】: 감히 …하지 않다. ※「不敢」은 다만 겸손을 표시한 것일 뿐, 실재로는 「…하지 않다」의 뜻이다.

번역문

천리마(千里馬)에 대해 말하다

만형이 북쪽 변경 지방에서 군대의 막료를 지내는데, 좋은 말을 얻어 나에게 보내주었다. 나는 그것이 좋은 말이라는 것을 모르고, 말에게 돌피와 쭉정이를 먹이고 더러운 연못의 물을 먹였다. 마구간의 위쪽은 통풍이 안 되고 아래쪽은 더운 김이 올라왔으며, 말의 고삐는 새끼줄과 다룸가죽을 이어 만들었다. (내가) 그 말을 이처럼 얕보았다.

나는 마침 병을 앓고 있는데다 또한 생활이 빈곤하여 (말을) 시장에 내다 팔려고 생각했다. 시장의 거간꾼 역시 명마라는 것을 모르고 그 값을 60민(緡)으로 평가했다. 막 거래가 이루어지려는 순간, 어느 배씨(裴氏)라는 사람이 20민을 더해 그것을 요구하며 값이 싸다고 말해 결국 배씨에게 팔았다.

배씨가 친하게 지내는 이생(李生)은 평소 상술(相術)에 자부심을 가지고 있었는데 말에 대해 특히 뛰어났다. 그는 말의 전신(全身)을 훑어본 후, 다시 눈을 똑바로 뜨고 자세히 살피고 나서 기쁜 표정으로 미소를 짓더니, 이윽고 손뼉을 쳤다. 그리고 말했다.

「나는 오랫동안 이런 좋은 말을 만나지 못했습니다. 이 말은 얼마나 성질이 유순하고 골격이 강건(强健)합니까? 범상을 초월하는 정기(精氣)와 아름다운 자태, 마치 금속이 서로 부딪는 듯한 발굽 소리, 광채를 발하는 듯한 눈과 나는 듯이 달리는 모습 등 (명마의 조건을) 두루 갖추고 있습니다! 이렇듯 명마의 덕성(德性)을 완전히 갖추고 있지만, 다만 어린 말이라 예기(銳氣)가 속에 감추어져 있고, 또한 말을 사육하는 방법이 잘못되었기 때문에 이로 인해 보통 사람들로부터 환심을 사지 못한 것입니다. 따라서 반드시 말의 이빨이 모두 완전히 자라고 기운이 진작되어야 비로소 여러 장점이 명백히 드러나, 위로는 임금의 마구(馬廐)에 바칠 수도 있고, 다음에 천금을 받고 팔 수도 있습니다.」

배씨는 이 말을 듣고 경건한 마음이 들었다. 그리하여 자기 하인에게 지시하여 마구간을 깨끗이 청소하고, 말의 대변을 광주리에 담아 수거하고, 소변을 대합의 껍질을 태운 재로 덮고, 양질의 풀을 먹이고, 향초의 알곡을 먹이고, 일상생활을 살펴 돌봐주고, 목욕을 시켜 닦아주는 등 잠시도 태만하지 않았다. 이러한 방법으로 말을 기르는 것은 그야말로 말을 기르는 최고의 경지이다.

얼마 지나지 않아 과연 천리마로 소문이 났다. 어떤 손님이 내가 그 보배를 잃은 것을 위로하며, 또한 내가 싸게 판 것을 꾸짖었다. 나는 거리낌없이 말했다.

「처음 내가 이 말을 가지고 있을 때, 나는 그것을 보통 말로 길렀습니다. 지금 내가 이 말을 팔자, (말을 산) 그 사람은 이 말을 고귀한 말로 기릅니다. 고귀한 말과 보통 말의 구별은 말이 어떤 사람을 만나느냐에 달려 있을 뿐입니다. 그런데 과거에 이 말이 펄쩍 뛰어올랐을 때, 사람들은 이 말이 사람을 차기도 하고 물기도 한다고 여겨 채찍으로 때리기만 했지, 이 말이 구름을 타고 하늘을 난다는 것을 알지 못했습니다. (그리고 또) 과거에 이 말이 천천히 숨을 들이쉬고 내쉬고 할 때, 사람들은 병이 났다고 여겨 약을 먹이고 침을 놓으며, 그것이 바로 명마의 호흡이라는 것을 알지 못했습니다. 무릇 이와 같이 다룬다면, 설사 오래 사육하려 해도 곧 지쳐 쓰러지고 말 것입니다. 그러므로 무슨 명마가 있을 수 있겠습니까? 이로 미루어 볼 때, 그것을 (다섯 장의 양가죽으로 몸값을 치르고 찾아온) 백리해(百里奚)에 비하면, (내가 받은) 80민의 돈은 그래도 다섯 마리의 양가죽보다 많지 않습니까?」

손님은 (이 말을 듣고) 자리에서 벌떡 일어나 경의(敬意)를 표했다. 그리하여 내가 말했다.

「말의 덕성(德性)은 겉으로 드러나서 직접 눈으로 볼 수 있습니다. 그러나 여전히 그에게 이와 같이 대합니다. 하물며 사람은 덕이 (겉으로 드러나지 않고) 마음속에 잠재해 있으니 어떻겠습니까? 이는 예로부터 탄식한 바이지만, 나는 탄식하지 않습니다.」

해설

천리마(千里馬)는 천리마를 아는 사람을 만났을 때 천리마의 대우를 받고 사육되어 천리마의 능력을 발휘하지만, 천리마를 모르는 사람을 만나 보통 말처럼 사육되다 보면 오히려 보통 말보다도 못한 천덕꾸러기로 전락할 수 있다. 그런데 천리마는 일반 사람들의 안목으로 쉽게 발견할 수 있는 바가 아니고, 특별한 혜안을 지닌 사람이라야 비로소 천리마와 보통 말의 차이를 식별할 수 있다.

이 우언은 명마의 발견과 관리 방법을 통해, 인재의 발탁과 양성의 중요성을 설명한 것이다.

《유하동집 柳河東集》 우언

유종원(柳宗元 : 773-819)은 자가 자후(子厚)이며, 하동(河東)[지금의 산서성 영제현(永濟縣)] 사람으로 당대(唐代)의 저명한 문학가인 동시에 철학자이다. 세간에서는 그가 하동(河東)사람이라 하여 「유하동(柳河東)」이라 부르기도 한다.

유종원은 덕종(德宗) 정원(貞元) 9년(793) 21세 때 진사에 급세하고, 26세 때 박학굉사과(博學宏詞科)에 합격하여 집현전서원정자(集賢殿書院正字)에 임명되었으며, 31세 때 감찰어사(監察御史)로 승진했다. 순종(順宗)이 즉위한 후 유우석(劉禹錫) 등과 더불어 혁신을 주장하는 왕숙문(王叔文) 집단에 참여하여 예부원외랑(禮部員外郎)이 되었는데, 순종이 즉위한지 7개월 만에 퇴위하고 왕숙문 또한 집정(執政)한지 7개월여 만에 환관(宦官)과 구관료들의 반격을 받아 물러나자 순종 영정(永貞) 원년(805) 유종원도 소주자사(邵州刺史)[지금의 호남성 소양(邵陽)]로 폄적되었다가, 도중에 다시 영주사마(永州司馬)[지금의 호남성 영릉(零陵)]로 폄적되었다. 그로부터 10년이 지난 헌종(憲宗) 원화(元和) 10년(815) 유주자사(柳州刺史)로 옮겨왔으나 얼마 후인 원화 14년(819) 47세의 젊은 나이로 세상을 떠났다.

유종원은 한유(韓愈)와 더불어 고문운동(古文運動)을 제창하여 「한유(韓柳)」라 불리었다. 그는 내용이 충실하고 형식이 생동적인 문장을 주장하고, 형식만을 추구하는 화려한 문풍을 반대했다. 그는 당송팔대가(唐宋八大家)의 한 사람으로 저술이 매우 다양하고 풍부하다. 정론문(政論文)으로 《봉건론(封建論)》·《육역론(六逆論)》 등은 그의 진보적인 정치사상을 발휘하여 논증과 설리(說理)가 치밀하며, 우언(寓言)과 산수유기(山水遊記)는 창의성이 매우 돋보인다. 그는 선진제자(先秦諸子)의 우언(寓言)을 발전시켜 독립적인 우언(寓言)을 이루었으며, 사회를 소재로 한 내용을 풍부하게 담고 있다. 문집으로 《유하동집(柳河東集)》 45권과 외집(外集) 2권이 있다.

026 대경(大鯨)

《柳河東集 · 第十四卷 · 設漁者對智伯》

원문 및 주석

大鯨[1]

大鯨驅羣鮫, 逐肥魚於渤澥之尾, 震動大海, 簸掉巨島, 一啜而食若舟者數十。[2] 勇而未已, 貪而不能止, 北蹙於碣石, 槁焉。[3] 嚮之

1 大鯨 → 큰 고래
【鯨(경)】: 고래.

2 大鯨驅羣鮫, 逐肥魚於渤澥之尾, 震動大海, 簸掉巨島, 一啜而食若舟者數十。→ 큰 고래가 상어 떼를 몰아, 발해(渤海)의 끝자락에서 살찐 물고기들을 좇는데, 바다가 진동하고, 큰 섬이 요동쳤다. 고래는 한 번 들이마셔 배 같이 큰 물고기 수십 마리를 먹었다.
【驅(구)】: 몰다.
【羣鮫(군교)】: 상어 떼. 〖鮫〗: 상어.
【逐(축)】: 좇다, 뒤쫓다.
【渤澥之尾(발해지미)】: 발해(渤海)의 끝자락. 〖渤澥〗: 발해(渤海)의 옛 이름.
【簸掉(파도)】: 요동치다.
【啜(철)】: 들이마시다.
【食若舟者數十(식약주자수십)】: 배 같이 큰 물고기 수십 마리를 먹다. 〖食〗: [동사] 먹다. 〖若〗: …와 같다.

3 勇而未已, 貪而不能止, 北蹙於碣石, 槁焉。→ (고래는) 용맹이 넘치고, 식탐을 억제하지 못해, 줄곧 북쪽을 향해 내닫다가 갈석(碣石)에서 곤경에 처해, 말라 죽고 말았다.
【勇而未已(용이미이)】: 용맹이 멈추지 않다, 즉 「용맹이 넘치다」의 뜻. 〖未已〗: 不已(불이), 그치지 않다, 계속 이어지다.
【貪(탐)】: 탐욕. 여기서는 「식탐」을 말한다.
【止(지)】: 억제하다.

以爲食者, 反相與食之。4

번역문

큰 고래

큰 고래가 상어 떼를 몰아 발해의 끝자락에서 살찐 물고기들을 쫓는데, 바다가 진동하고 큰 섬이 요동쳤다. 고래는 한 번 들이마셔 배 같이 큰 물고기 수십 마리를 먹었다. (고래는) 용맹이 넘치고 식탐을 억제하지 못해 줄곧 북쪽을 향해 내닫다가 갈석(碣石)에서 곤경에 처해 말라 죽고 말았다. (그리하여) 전에 고래의 먹이가 되었던 (뱃속의) 물고기들이 (이번에는) 반대로 함께 고래를 먹었다.

해설

큰 고래는 자신의 용맹을 과시하며 식탐을 억제하지 못해 먹잇감을 쫓아 기세등등하게 돌진하다가 갈석(碣石)의 모래 위로 튀어 올라 물로 돌아가지 못하고 말라 죽어, 오히려 자기가 삼켜 뱃속에 있던 물고기들의 먹잇

【北(북)】: [동사 용법] 북쪽을 향해 내닫다.

【蹙於碣石(축어갈석)】: 갈석(碣石)에서 곤경에 처하다. 〖蹙〗: 곤경에 처하다. 〖於〗: [개사] …에서. 〖碣石〗: 혹자는 「발해에 있는 돌섬」이라 했고, 혹자는 「하북성 창려(昌黎) 북쪽에 있는 산으로, 진시황(秦始皇)과 한무제(漢武帝)가 동쪽 지방을 순시할 때 이곳에 와서 돌에 새기고 바다를 보았다.」라고 했다.

※ 이는 즉, 고래가 돌진하다가 탄력을 받아 몸이 갈석 위로 올라와 다시 물로 돌아가지 못하게 된 것을 말한다.

【槁(고)】: 마르다. 여기서는 「말라죽다」의 뜻.

4 嚮之以爲食者, 反相與食之。→ (그리하여) 전에 고래의 먹이가 되었던 (뱃속의) 물고기들이, (이번에는) 반대로 함께 고래를 먹었다.

【嚮(향)】: 전, 이전, 종전.

【相與(상여)】: 서로, 함께.

감이 되어버렸다.

여기에서 큰 고래는 지백(智伯)을 영사(影射)한 것이다. 지백은 춘추시대 진(晉)나라 집정대신(執政大臣) 여섯 명 가운데 세력이 가장 큰 사람이다. 지백은 진출공(晉出公) 17년(B.C. 474) 조(趙)·위(魏)·한(韓) 삼가(三家)와 합세하여 범씨(范氏)와 중행씨(中行氏)를 멸한 후, 출공(出公)을 축출하고 애공(哀公)을 옹립하여 나라의 대권을 장악했다. 그 후 지백은 애공 4년(B.C. 453) 다시 조씨를 공략한 후 삼가를 제거하려다 오히려 이들의 연합 세력에 의해 죽음을 당했다.

이 우언은 작자가 번진(藩鎭)과 조정 대신들의 전횡으로 인해 나라가 혼란에 빠지고 백성들이 고통당하는 것을 우려하여, 역사의 교훈을 사례로 들어 그들도 언젠가는 지백처럼 멸망하는 날이 올 수 있다는 것을 경고한 것이다.

027 적룡설(謫龍說)

《柳河東集 · 第十六卷 · 謫龍說》

원문 및 주석

謫龍說[1]

扶風馬孺子言：年十五六時，在澤州，與羣兒戲郊亭上。[2] 頃然，有奇女墜地，有光曄然，被緅裘白紋之裏，首步搖之冠。[3] 貴游少年

1 謫龍說 → 인간 세계로 유배된 용 이야기

【謫龍(적룡)】: 인간 세계로 유배된 용. 〖謫〗: (신선이) 인간 세계로 유배되다, 속세로 폄적되다.

2 扶風馬孺子言 : 年十五六時, 在澤州, 與羣兒戲郊亭上。→ 부풍(扶風)에 사는 마씨(馬氏) 성의 젊은이가 이러한 이야기를 했다 : 나이 열대여섯 살 때, 택주(澤州)에서, 여러 아이들과 함께 교외(郊外)의 정자에서 놀았다.

【扶風(부풍)】: [지명] 지금의 섬서성 봉상현(鳳翔縣) 남쪽.

【馬孺子(마유자)】: 마씨 성의 젊은이. 〖孺子〗: 젊은이.

【澤州(택주)】: [지명] 지금의 산서성 진성현(晉城縣).

【戲(희)】: 놀다.

【郊亭(교정)】: 교외(郊外)의 정자.

3 頃然, 有奇女墜地, 有光曄然, 被緅裘白紋之裏, 首步搖之冠。→ 갑자기, 기이한 여자가 하늘에서 내려오고, 빛이 사방을 환하게 비추었다. 그녀는 바탕에 흰 무늬가 있는 청홍색 가죽옷을 입고, 머리에 봉관(鳳冠)을 쓰고 있었다.

【頃然(경연)】: 돌연, 갑자기.

【墜地(추지)】: 땅에 떨어지다. 즉 「하늘에서 내려오다」의 뜻.

【曄然(엽연)】: 빛나는 모양.

【被(피)】: 披(피), (옷을) 입다.

【緅裘(추구)】: 청홍색의 가죽옷.

駭且悅之, 稍狎焉。[4] 奇女頩爾怒曰 :「不可。吾故居鈞天帝宮, 下上星辰, 呼噓陰陽, 薄蓬萊, 羞崑崙, 而不卽者。[5] 帝以吾心侈大, 怒而謫來, 七日當復。今吾雖辱塵土中, 非若儷也。吾復, 且害若。」[6] 衆

【白紋之裏(백문지리)】: 흰 무늬의 바탕.
【首(수)】: [동사 용법] 머리에 쓰다.
【步搖之冠(보요지관)】: 봉관(鳳冠). ※ 옛날 금사(金絲)와 주옥으로 만든 모자의 일종으로 일명 「봉관(鳳冠)」이라 하는데, 걸음을 뗄 때마다 흔들리기 때문에 「步搖之冠」이라 했다.

4 貴游少年駭且悅之, 稍狎焉。→ 부잣집 자제(子弟)들이 그녀를 보자 놀라면서도 또 즐거워하며, 가까이 다가가 그녀를 희롱했다.
【貴游少年(귀유소년)】: 부잣집 자제(子弟).
【駭(해)】: 놀라다.
【且(차)】: …하고도 또 ….
【悅(열)】: 좋아하다, 기뻐하다, 즐거워하다.
【稍(초)】: 가까이 다가가다.
【狎(압)】: 희롱하다.

5 奇女頩爾怒曰 :「不可。吾故居鈞天帝宮, 下上星辰, 呼噓陰陽, 薄蓬萊, 羞崑崙, 而不卽者。→ 기이한 여자가 정색을 하고 화를 내며 말했다 :「함부로 굴면 안 돼. 나는 본래 천궁(天宮)에 살고 있는데, 여러 별들을 왕래하며, 음기와 양기를 호흡했다. 그리하여 봉래산(蓬萊山)을 경멸하고, 곤륜산(崑崙山)을 비웃으며, 그곳에 가서 의탁하지 않았다.
【頩爾(병이)】: 정색을 하다, 차가운 표정을 짓다.
【故(고)】: 본래, 원래.
【鈞天帝宮(균천제궁)】: 천궁, 천제가 사는 하늘나라의 궁전. 【鈞天】: 하늘의 중앙.
【下上(상하)】: 오르내리다, 왕래하다.
【呼噓(호허)】: 호흡하다.
【薄(박)】: 깔보다, 경시하다, 경멸하다.
【蓬萊(봉래)】: [산 이름] 전설에서 신선이 산다는 산.
【羞(수)】: 부끄럽게 하다, 무안하게 하다. 여기서는 「비웃다, 조소하다」의 뜻.
【崑崙(곤륜)】: [산 이름] 전설에서 신선이 산다는 산.
【卽(즉)】: 就(취), 가다, 접근하다.

6 帝以吾心侈大, 怒而謫來, 七日當復。今吾雖辱塵土中, 非若儷也。吾復, 且害若。」→ (이에) 천제께서는 나의 마음이 방자하고 오만하다고 여겨, 화를 내며 나를 인간 세계로 유배했다. 그러나 이레가 지나면 당연히 다시 천궁으로 돌아간다. 지금 내가 비록 속세에 폄적되어 욕을 당하고 있지만, 너희들과 같은 부류가 아니다. 내가 (천궁에) 돌아가면, 장차 너희들을 해칠 것이다.」
【以(이)】: 이위(以爲), …라고 여기다, …라고 생각하다.

恐而退。遂入居佛寺講室焉。及期, 進取杯水飮之, 噓成雲氣, 五色翛翛也。[7] 因取裘反之, 化爲白龍, 徊翔登天, 莫知其所終。亦怪甚矣。[8]

【侈大(치대)】: 방자하고 오만하다.
【當(당)】: 당연히.
【復(복)】: 돌아가다.
【辱塵土中(욕진토중)】: 속세에서 욕을 당하다.
【若(약)】: 너, 너희.
【儷(려)】: 짝, 무리, 부류.
【且(차)】: 장차 …할 것이다.

7 衆恐而退。遂入居佛寺講室焉。及期, 進取杯水飮之, 噓成雲氣, 五色翛翛也。→ 여러 부잣집 자제들이 두려워하며 뒤로 물러났다. 그리하여 (그녀는) 불사(佛寺)의 강당에 들어가 살았다. 이레가 되자, 그녀는 안으로 들어가 물 한 잔을 가져와 마시고, 입으로 불어 운기(雲氣)를 뿜어냈다. 그 빛깔이 오색찬란했다.
【衆(중)】: 여러 사람. 여기서는 「여러 부잣집 자제들」을 가리킨다.
【遂(수)】: 그리하여.
【入居(입거)】: 들어가 살다.
【佛寺(불사)】: 절.
【講室(강실)】: 강당.
【及期(급기)】: 기일이 되다. 〖及〗: …에 이르다, …이 되다. 〖期〗: 기일. 여기서는 기녀가 천궁으로 돌아간다고 말한 「일곱 날, 이레」를 가리킨다.
【噓(허)】: (입으로) 불다.
【翛翛(소소)】: 찬란하다, 화려하다.

8 因取裘反之, 化爲白龍, 徊翔登天, 莫知其所終。亦怪甚矣。→ 그리고 곧 가죽옷을 가져와 그것을 뒤집어 입고, 백룡(白龍)으로 변해, 빙빙 날아 하늘로 올라갔는데, 최후의 종적을 모른다. 정말 매우 괴이한 일이다.
【因(인)】: 곧, 바로.
【反之(반지)】: 뒤집어 입다.
【徊翔(회상)】: 빙빙 날다.
【莫知(막지)】: 모르다.
【所終(소종)】: 최후의 종적.
【亦(역)】: 정말, 확실히.
【怪甚(괴심)】: 매우 이상하다, 매우 괴이하다.

번역문

인간 세계로 유배된 용 이야기

부풍(扶風)에 사는 마씨(馬氏) 성의 젊은이가 이러한 이야기를 했다:

나이 열대여섯 살 때, 택주(澤州)에서 여러 아이들과 함께 교외(郊外)의 정자에서 놀았다. 갑자기 기이한 여자가 하늘에서 내려오고 빛이 사방을 환하게 비추었다. 그녀는 바탕에 흰 무늬가 있는 청홍색 가죽옷을 입고, 머리에 봉관(鳳冠)을 쓰고 있었다. 부잣집 자제(子弟)들이 그녀를 보자 놀라면서도 또 즐거워하며 가까이 다가가 그녀를 희롱했다. 기이한 여자가 정색을 하고 화를 내며 말했다.

「함부로 굴면 안 돼. 나는 본래 천궁(天宮)에 살고 있는데, 여러 별들을 왕래하며 음기와 양기를 호흡했다. 그리하여 봉래산(蓬萊山)을 경멸하고 곤륜산(崑崙山)을 비웃으며, 그곳에 가서 의탁하지 않았다. (이에) 천제께서는 나의 마음이 방자하고 오만하다고 여겨 화를 내며 나를 인간 세계로 유배했다. 그러나 이레가 지나면 당연히 다시 천궁으로 돌아간다. 지금 내가 비록 속세에 폄적되어 욕을 당하고 있지만 너희들과 같은 부류가 아니다. 내가 (천궁에) 돌아가면 장차 너희들을 해칠 것이다.」

여러 부잣집 자제들이 두려워하며 뒤로 물러났다. 그리하여 (그녀는) 불사(佛寺)의 강당에 들어가 살았다. 이레가 되자, 그녀는 안으로 들어가 물 한 잔을 가져와 마시고 입으로 불어 운기(雲氣)를 뿜어냈다. 그 빛깔이 오색찬란했다. 그리고 곧 가죽옷을 가져와 그것을 뒤집어 입고 백룡(白龍)으로 변해 빙빙 날아 하늘로 올라갔는데 최후의 종적을 모른다. 정말 매우 괴이한 일이다.

해설

유종원(柳宗元)은 왕숙문(王叔文)의 정치 개혁에 참여했다가 번진(藩鎭)들과 환관 및 귀족들의 반발로 개혁이 실패하여 왕숙문은 처형을 당하고, 기타 개혁에 참여했던 주요 인물들은 벽지의 사마(司馬)로 폄적되었다. 이에 유종원도 영주사마(永州司馬)로 폄적되고 10년 뒤에 다시 유주자사(柳州刺史)로 폄적되었다.

적룡(謫龍)은 천궁(天宮)에서 폄적되어 속세로 내려온 용을 가리킨다. 천궁(天宮)에 사는 기녀(奇女)는 봉래산(蓬萊山)을 깔보고 곤륜산(崑崙山)을 비웃을 정도로 오만방자했다가 천제(天帝)의 미움을 사서 속세로 폄적되어 역경에 처했으나 추호도 주눅이 들지 않고 지조를 지키며, 자신을 희롱하려는 속세의 무례한 행위를 결단코 용납하지 않았다. 그리고 최후에는 백룡으로 변해 하늘로 올라갔다.

이 우언은 유종원이 적룡을 자신에 비유하여 자신이 비록 폄적을 당했지만 여전히 고상한 품격을 잃지 않고, 비록 모욕을 당했지만 못된 무리들과 야합하지 않는다는 굳은 의지를 표명함과 동시에, 기녀(奇女)가 이레 만에 다시 천궁으로 돌아간 것을 들어 자신도 다시 조정으로 돌아가겠다는 다짐과 기대를 피력한 것이다. 그러나 그는 자신의 기대와 달리 끝내 꿈을 이루지 못하고 유주(柳州)에서 객사하고 말았다.

028 비설(羆說)

《柳河東集·第十六卷·羆說》

원문 및 주석

羆說[1]

鹿畏貙, 貙畏虎, 虎畏羆。羆之狀, 被髮人立, 絶有力而甚害人焉。[2] 楚之南有獵者, 能吹竹爲百獸之音。昔云持弓矢罌火, 而卽之山。[3] 爲鹿鳴以感其類, 伺其至, 發火而射之。貙聞其鹿也, 趨而至。[4]

1 羆說 → 큰곰 이야기
【羆(비)】: 큰곰.

2 鹿畏貙, 貙畏虎, 虎畏羆。羆之狀, 被髮人立, 絶有力而甚害人焉。→ 사슴은 스라소니를 두려워하고, 스라소니는 호랑이를 두려워하고, 호랑이는 큰곰을 두려워한다. 큰곰의 형상은, 머리를 풀어 헤치고 사람처럼 서서 다니며, 매우 힘이 세고 몹시 사람을 해친다.
【畏(외)】: 두려워하다.
【貙(추)】: [맹수] 스라소니.
【被髮(피발)】: 머리를 풀어 헤치다. 〖被〗: 披(피), 헝클다, 흩트리다, 풀어 헤치다.
【人立(인립)】: 사람처럼 서다.
【絶(절)】: 매우, 대단히.
【甚(심)】: 심히, 몹시.

3 楚之南有獵者, 能吹竹爲百獸之音。昔云持弓矢罌火, 而卽之山。→ 초(楚)나라 남쪽 지방의 어느 사냥꾼은, 죽관(竹管)을 불어 여러 짐승의 소리를 내는 재주가 있었다. 과거 어느 날 그가 활과 화살, 질그릇과 화승총을 가지고, (사냥을 하러) 산으로 올라갔다.
【楚(초)】: [국명] 지금의 호남성·호북성과 강서성·절강성 및 하남성 남부에 걸쳐 있던 주대(周代)의 제후국.
【爲百獸之音(위백수지음)】: 여러 짐승의 소리를 내다. 〖爲〗: (소리를) 내다, 흉내 내다.

其人恐, 因爲虎而駭之, 貙走而虎至。愈恐, 則又爲羆, 虎亦亡去。[5] 羆聞而求其類, 至則人也, 捽搏挽裂而食之。[6] 今夫不善內而恃外者, 未有不爲羆食之也。[7]

【吹竹(취죽)】: 죽관(竹管)을 불다.
【昔云(석운)】: 과거, 이전. ※판본에 따라서는 「昔云」을 「寂寂(적적)」이라 했다.
【持(지)】: 가지다, 잡다.
【罌火(앵화)】: 질항아리에 담은 불씨. 〖罌〗: 배가 부르고 목이 좁은 질항아리. 〖火〗: 불씨. ※혹자는 이를 「화승총」이라 풀이했다.
【卽之山(즉지산)】: 산으로 올라가다. 〖卽〗: 다가가다, 접근하다. 〖之〗: 가다.

4 爲鹿鳴以感其類, 伺其至, 發火而射之。貙聞其鹿也, 趨而至。→(그는) 사슴 우는 소리를 내서 사슴을 유인하고, 사슴이 오기를 기다렸다가, 불을 밝혀 사슴을 쏘아 잡았다. 스라소니가 사슴의 소리를 듣고, 재빨리 달려왔다.
【感(감)】: 유인하다.
【伺(사)】: 기다리다.
【發火(발화)】: 불을 붙여 밝히다.
【趨(추)】: 빨리 가다, 달리다.

5 其人恐, 因爲虎而駭之, 貙走而虎至。愈恐, 則又爲羆, 虎亦亡去。→사냥꾼은 두려웠다. 그리하여 호랑이 소리를 내어 스라소니를 놀라게 하니, 스라소니는 달아나고 호랑이가 왔다. (사냥꾼이) 더욱 두려워서 또 다시 큰곰 소리를 내자, 호랑이 역시 도망쳐 버렸다.
【其人(기인)】: 그 사람, 즉 「사냥꾼」.
【因(인)】: 그리하여, 이로 인해.
【駭(해)】: 놀라게 하다.
【之(지)】: [대명사] 그것, 즉 「스라소니」.
【愈(유)】: 더욱.
【亡(망)】: 도망치다, 달아나다.

6 羆聞而求其類, 至則人也, 捽搏挽裂而食之。→큰곰이 소리를 듣고 자기 동료를 찾으러 왔다. 와서 보니 사람이 있어, 즉시 그를 붙잡아 치고 당기고 찢어서 먹어버렸다.
【求(구)】: 찾다.
【捽(졸)】: 붙잡다, 거머잡다.
【搏(박)】: 치다, 때리다.
【挽(만)】: 끌다, 잡아당기다.
【裂(열)】: 찢다.
【食(식)】: [동사] 먹다.
【之(지)】: [대명사] 그것, 즉 「사람, 사냥꾼」.

7 今夫不善內而恃外者, 未有不爲羆食之也。→오늘날 자신의 내실을 기하지 않고 외부에 의

번역문

큰곰 이야기

사슴은 스라소니를 두려워하고, 스라소니는 호랑이를 두려워하고, 호랑이는 큰곰을 두려워한다. 큰곰의 형상은 머리를 풀어 헤치고 사람처럼 서서 다니며, 매우 힘이 세고 몹시 사람을 해친다.

초(楚)나라 남쪽 지방의 어느 사냥꾼은 죽관(竹管)을 불어 여러 짐승의 소리를 내는 재주가 있었다. 과거 어느 날 그가 활과 화살, 질그릇과 화승총을 가지고 (사냥을 하러) 산으로 올라갔다. (그는) 사슴 우는 소리를 내서 사슴을 유인하고, 사슴이 오기를 기다렸다가 불을 밝혀 사슴을 쏘아 잡았다. 스라소니가 사슴의 소리를 듣고 재빨리 달려왔다. 사냥꾼은 두려웠다. 그리하여 호랑이 소리를 내어 스라소니를 놀라게 하니 스라소니는 달아나고 호랑이가 왔다. (사냥꾼이) 더욱 두려워서 또 다시 큰곰 소리를 내자 호랑이 역시 도망쳐 버렸다. 큰곰이 소리를 듣고 자기 동료를 찾으러 왔다. 와서 보니 사람이 있어, 즉시 그를 붙잡아 치고 당기고 찢어서 먹어 버렸다.

오늘날 자신의 내실을 기하지 않고 외부에 의존하는 사람은 큰곰의 먹잇감이 되지 않는 경우가 없다.

해설

사냥꾼은 죽관(竹管)을 불어 여러 짐승의 소리를 흉내 내는 재주를 가지

존하는 사람은, 큰곰의 먹잇감이 되지 않는 경우가 없다.
【善內(선내)】: 내실을 기하다, 자신의 힘을 충분히 갖추다.
【恃外(시외)】: 외부에 의지하다. 〖恃〗: 기대다, 의지하다, 의존하다.
【未有不(미유불)】: …하지 않는 경우가 없다, …하지 않음이 없다.

고 몇 차례 맹수를 만나 위기를 모면했지만 결국에는 가장 힘이 센 짐승에게 잡혀먹고 말았다.

이 우언은 잔재주에 의존해서는 결정적인 순간에 자신의 안위를 보전할 수 없고, 자신의 역량을 충실히 갖추어야 어떤 험난한 상황에 처해서도 자력으로 위기를 극복할 수 있다는 이치를 설명한 것이다.

029 곽탁타종수(郭橐駝種樹)

《柳宗元集 · 第十七卷 · 種樹郭橐駝傳》

원문 및 주석

郭橐駝種樹[1]

郭橐駝, 不知始何名。[2] 病瘻, 隆然伏行, 有類橐駝者, 故鄕人號之駝。[3] 駝聞之曰 : 「甚善, 名我固當。」[4] 因捨其名, 亦自謂橐駝云。[5] 其

1 郭橐駝種樹 → 곽탁타(郭橐駝)가 나무를 심다
【郭橐駝(곽탁타)】: 성은 곽(郭), 별명은 탁타(橐駝). 〖橐駝〗: 낙타(駱駝).
【種(종)】: (나무를) 심다.

2 郭橐駝, 不知始何名。→ 곽탁타(郭橐駝)는, 원래 이름이 무엇인지 모른다.
【始(시)】: 처음부터, 애당초, 원래.

3 病瘻, 隆然伏行, 有類橐駝者, 故鄕人號之駝。→ (그는) 곱사병을 앓아, 등이 불룩 솟아 허리를 구부리고 다녀, 낙타와 비슷했기 때문에, 그래서 마을 사람들은 그를 「탁타(橐駝)」라 불렀다.
【病瘻(병루)】: 곱사병을 앓다. 〖病〗: (병을) 앓다. 〖瘻〗: 곱사등이. ※판본에 따라서는 「瘻」를 「僂(루)」라 했다.
【隆然(융연)】: 불룩 솟은 모양.
【伏行(복행)】: 허리를 구부리고 다니다.
【類(류)】: 비슷하다, 닮다.
【號(호)】: 호칭하다, 부르다.

4 駝聞之曰 : 「甚善, 名我固當。」→ 곽탁타가 그 말을 듣고, 말했다 : 「참 좋군요. 나에게 이러한 이름을 붙이니 정말 잘 어울려요.」
【名(명)】: [동사 용법] 이름을 붙이다.
【固(고)】: 확실히, 실로, 정말.
【當(당)】: 합당하다, 알맞다. 잘 어울리다.

鄕曰豐樂鄕, 在長安西。[6] 駝業種樹, 凡長安豪富人爲觀游及賣果者, 皆爭迎取養。[7] 視駝所種樹, 或移徙, 無不活, 且碩茂, 蚤實以蕃。[8] 他植者雖窺伺傚慕, 莫能如也。[9] 有問之, 對曰 :「槖駝非能使木壽

---

5 因捨其名, 亦自謂槖駝云。→ 그리하여 자기 본래의 이름을 버리고, 또한 스스로 탁타라 불렀다.
【因(인)】: 그리하여, 그래서, 이로 인해.
【捨(사)】: 버리다.
【自謂(자위)】: 스스로 …라고 부르다.
【云(운)】: [어조사].

6 其鄕曰豐樂鄕, 在長安西。→ 그가 사는 풍락향(豐樂鄕)이란 마을은, 장안(長安)의 서쪽에 있다.
【豐樂鄕(풍락향)】: [지명].
【長安(장안)】: [지명] 당(唐)의 도읍. 지금의 섬서성 서안시(西安市).

7 駝業種樹, 凡長安豪富人爲觀游及賣果者, 皆爭迎取養。→ 곽탁타는 나무 심는 일을 생업으로 살아가는데, 무릇 나무를 심어 감상하며 즐기려는 장안(長安)의 부호들과 과일을 파는 사람들이, 모두 서로 다투어 그를 데려가 고용하고자 했다.
【業(업)】: [동사] …을 생업으로 하다.
【凡(범)】: 무릇.
【豪富人(호부인)】: 호족, 지방의 권문세가.
【觀遊(관유)】: 감상하며 즐기다.
【爭迎取養(쟁영취양)】: 다투어 데려가 고용하려 하다. 【養】: 봉양하다. 여기서는 「고용하다」의 뜻.

8 視駝所種樹, 或移徙, 無不活, 且碩茂, 蚤實以蕃。→ 곽탁타가 심은 나무를 보면, 간혹 옮겨다 심어도, 살지 않는 것이 없고, 또한 크고 무성하게 자라서, 일찍 열매를 맺고 열매도 풍성했다.
【移徙(이사)】: 옮기다.
【且(차)】: 또한.
【碩茂(석무)】: 크고 무성하게 자라다.
【蚤(조)】: 早(조), 일찍, 빨리.
【以(이)】: [연사] 而(이).
【蕃(번)】: 풍성하다.

9 他植者雖窺伺傚慕, 莫能如也。→ 또 다른 식목인(植木人)들이 설사 몰래 엿보고 모방을 한다 해도, 결코 그를 따를 수가 없었다.
【他植者(타식자)】: 다른 식목인.
【窺伺(규사)】: 몰래 엿보다.

且孶也, 能順木之天, 以致其性焉爾。[10] 凡植木之性, 其本欲舒, 其培欲平, 其土欲故, 其築欲密。[11] 既然已, 勿動勿慮, 去不復顧。[12] 其

【傚慕(효모)】: 모방하다, 본뜨다.

【莫能如(막능여)】: 따를 수 없다, 능가할 수 없다. 〖莫能〗: …할 수 없다. 〖如〗: 따라가다, 더 낫다, 능가하다.

10 有問之, 對曰 : 「橐駝非能使木壽且孶也, 能順木之天, 以致其性焉爾。→ 어떤 사람이 곽탁타에게 묻자, 곽탁타가 대답했다 : 「내가 능히 나무를 오래 살고 또한 잘 자라게 할 수 있는 것이 아니라, 나무의 타고난 성질에 따라, 그 습성대로 자라게 할 수 있을 뿐입니다.

【橐駝(탁타)】: 곽탁타가 자기 이름을 「나」라는 의미로 사용했다.

【能使(능사)】: 능히 …하게 할 수 있다, …로 하여금 …할 수 있게 하다.

【壽(수)】: 장수하다, 오래 살다.

【且(차)】: 또한.

【孶(자)】: 성장하다, 자라다.

【順(순)】: 따르다, 순응하다.

【天(천)】: 천성, 타고난 성질.

【致其性(치기성)】: 그 습성에 이르다. 즉 「그 습성대로 자라게 하다」의 뜻. 〖致〗: 이르다, 도달하다. 〖性〗: 본성, 습성.

【焉爾(언이)】: …일(할) 뿐이다.

11 凡植木之性, 其本欲舒, 其培欲平, 其土欲故, 其築欲密。→ 무릇 식목(植木)의 본질은, 뿌리가 뻗어야 하고, 배토(培土)는 평탄해야 하며, 흙은 본래의 것을 많이 사용해야 하고, (심고 나서) 다지기를 잘 해야 합니다.

【性(성)】: 성질, 본질.

【本(본)】: 뿌리.

【舒(서)】: 뻗다.

【培(배)】: 배토(培土). 뿌리를 흙으로 덮어 주는 일.

【故(고)】: 고토(故土). 나무가 처음 뿌리를 내렸던 흙.

【築欲密(축욕밀)】: 다지기를 잘 해야 하다. 〖築〗: 흙을 다지다. 〖欲〗: …해야 하다. 〖密〗: 촘촘하다. 여기서는 「심고 나서 꼭꼭 잘 밟아주는 것」을 말한다.

12 既然已, 勿動勿慮, 去不復顧。→ 이미 그러한 일을 끝냈다면, 건드리지도 말고 걱정하지도 말며, (나무 곁을) 떠나 다시 돌보지 말아야 합니다.

【既然已(기연이)】: 이미 그러한 일을 끝내고 난 후. 〖已〗: 마치다, 끝내다.

【勿(물)】: …하지 말다, …하면 안 된다.

【動(동)】: 건드리다.

【慮(려)】: 걱정하다, 우려하다.

【去(거)】: 떠나다.

【顧(고)】: 돌보다.

蒔也若子, 其置也若棄, 則其天者全, 而其性得矣。[13] 故吾不害其長而已, 非有能碩茂之也; 不抑耗其實而已, 非有能蚤而蕃之也。[14] 他植者則不然 : 根拳而土易; 其培之也, 若不過焉則不及。[15] 苟有能反是者, 則又愛之太恩, 憂之太勤, 旦視而暮撫, 已去而復顧。[16] 甚者

13 其蒔也若子, 其置也若棄, 則其天者全, 而其性得矣。→ 나무를 옮겨 심을 때는 마치 자식을 돌보듯 해야 하지만, 심고 나서 놓아둘 때는 마치 그것을 버린 듯해야, 그 타고난 성질이 보전되고, 그 습성이 잘 발전 할 수 있습니다.

【蒔(시)】: 심다.

【若子(약자)】: 마치 자식 같다. 즉「자식을 돌보 듯하다」의 뜻. 【若】: 마치 …같다.

【置(치)】: 놓아두다.

【全(전)】: 보전하다.

【得(득)】: 얻다. 여기서는「발전할 수 있다」의 뜻.

14 故吾不害其長而已, 非有能碩而茂之也; 不抑耗其實而已, 非有能蚤而蕃之也。→ 그래서 나는 나무가 자라는 것을 방해하지 않을 뿐이지, 크고 무성하게 할 수 있는 것이 아니며; 나무의 열매를 손상하지 않을 뿐이지, 일찍 열매를 맺고 풍성하게 할 수 있는 것이 아닙니다.

【而已(이이)】: …뿐.

【碩而茂之(석이무지)】: [사동 용법] 크게 자라고 무성하게 하다.

【抑耗(억모)】: 손상하다.

【蚤(조)】: 早(조), 이르다. 여기서는「일찍 열매를 맺다」의 뜻.

【蕃(번)】: 무성하다, 우거지다, 풍성하다.

15 他植者則不然 : 根拳而土易; 其培之也, 若不過焉則不及。→ 다른 식목인들은 그렇지 않습니다. (나무를 심을 때) 뿌리는 구부러지고 흙은 새것으로 바꾸며; 흙을 돋울 때도, 지나치지 않으면 모자라게 합니다.

【拳(권)】: 굽다, 구불구불하다.

【土易(토이)】: 흙이 바뀌다.

【若不(약불)…則(즉)…】: 만일 …하지 않으면 …하다.

【焉(언)】: [어기사].

【不及(불급)】: 부족하다, 모자라다.

16 苟有能反是者, 則又愛之太恩, 憂之太勤, 旦視而暮撫, 已去而復顧。→ 설사 이렇게 하지 않는 사람이라 해도, 또 나무에 대한 사랑이 너무 도탑고, 나무에 대한 걱정이 너무 지나쳐서, 아침에 보고 저녁에 어루만지며, 이미 떠났다가도 다시 와서 돌봅니다.

【苟(구)】: 설사, 가령.

【反是者(반시자)】: 앞에서 말한 상황과 반대인 경우.

【之(지)】: [대명사] 그것, 즉「나무」.

【太(태)】: 너무, 몹시.

爪其膚以驗其生枯, 搖其本以觀其疏密, 而木之性日以離矣。[17] 雖曰愛之, 其實害之; 雖曰憂之, 其實讎之。故不我若也。吾又何能爲哉?」[18] 問者曰 :「以子之道, 移之官理, 可乎?[19]」 駝曰 :「我知種樹

....

【恩(은)】: 간절하다, 도탑다. ※판본에 따라서는 「恩」을 「殷(은)」이라 했다.
【勤(근)】: 많다, 지나치다.
【撫(무)】: 어루만지다.
【去(거)】: 떠나다.
【復(부)】: 다시.

17 甚者爪其膚以驗其生枯, 搖其本以觀其疏密, 而木之性日以離矣。→ 심지어 손톱으로 그 껍질을 긁어 생사여부를 검사하고, 그 뿌리를 흔들어서 그 다진 상태를 봅니다. 그래서 나무의 본성이 날로 부실해집니다.
【甚者(심자)】: 심지어, 심할 경우.
【爪(조)】: [동사 용법] 손톱으로 긁다.
【膚(부)】: 살갗, 피부. 여기서는 「나무의 껍질」을 가리킨다.
【驗(험)】: 검사하다, 검증하다.
【生枯(생고)】: 生死(생사). 〖枯〗: 말라 죽다.
【疏密(소밀)】: 엉성함과 견실함. 즉 나무를 심고 나서 흙으로 뿌리를 덮고 다진 정도가 엉성한지 견실한지의 여부.
【日以離(일이리)】: 날로 부실해지다.

18 雖曰愛之, 其實害之; 雖曰憂之, 其實讎之。故不我若也。吾又何能爲哉?」→ 비록 나무를 사랑한다고 말하지만, 실제로는 나무를 해치는 것이며; 비록 나무를 걱정한다고 말하지만, 실제로는 나무를 증오하는 것입니다. 그래서 (그들은) 나보다 못한 것입니다. 내가 또 무슨 특별한 능력이 있겠습니까?」
【之(지)】: [대명사] 그것, 즉 「나무」.
【讎(수)】: 증오하다, 적대시하다.
【不我若(불아약)】: 不若我의 도치 형태. 나보다 못하다. 〖不若〗: 不如(불여), …보다 못하다.
【爲(위)】: [어기사] 구(句)의 말미에 놓여 감탄·의문을 표시한다.

19 問者曰 :「以子之道, 移之官理, 可乎?」→ 질문한 사람이 물었다 :「당신의 방법을 가지고, 관치(官治)에 적용한다면, 가능하겠습니까?」
【以(이)】: …으로, …을 가지고.
【子(자)】: 너, 당신, 그대.
【道(도)】: 이치, 방법.
【移(이)】: 옮기다. 여기서는 「적용하다」의 뜻.
【官理(관리)】: 관치(官治), 관리의 정치. ※당(唐)의 관습에서 고종(高宗)의 이름이 이치(李治)이기 때문에 「治」를 기휘하여 「理(리)」를 썼다.

而已, 理, 非吾業也。[20] 然吾居鄕, 見長人者好煩其令, 若甚憐焉, 而卒以禍。[21] 旦暮, 吏來而呼曰 :『官命促爾耕, 勗爾植, 督爾穫。早繅而緖, 早織而縷, 字而幼孩, 遂而雞豚。』[22] 鳴鼓而聚之, 擊木而召

---

20 駝曰 :「我知種樹而已, 理, 非吾業也。→곽탁타가 대답했다 :「나는 나무 심는 것만 알뿐이지, 정치는 나의 본업이 아닙니다.
【而已(이이)】: …뿐.
【理(리)】: 治(치), 다스리는 것, 즉「정치」. ※판본에 따라서는「理」를「官理(관리)」라 했다.

21 然吾居鄕, 見長人者好煩其令, 若甚憐焉, 而卒以禍。→그러나 내가 마을에 살면서 관리들이 정령(政令)을 번거롭게 많이 반포하기를 좋아하는 걸 보면, 마치 백성을 가엽게 여기는 것 같지만, 결국은 재앙을 가져다줍니다.
【然(연)】: 그러나.
【長人者(장인자)】: 백성을 관리하는 자, 즉「관리(官吏)」를 가리킨다.
【好(호)】: [동사] 좋아하다.
【煩(번)】: [동사 용법] 번거롭다. 여기서는「번거롭게 많이 반포하다」의 뜻.
【若(약)】: 마치 …같다.
【憐(련)】: 가엽게 여기다.
【卒(졸)】: 결국, 끝내.
【禍(화)】: 재앙, 재난.

22 旦暮, 吏來而呼曰 :『官命促爾耕, 勗爾植, 督爾穫。早繅而緖, 早織而縷, 字而幼孩, 遂而雞豚。』→아침저녁으로, 관리가 와서 외쳐대길 :『관청에서는 당신들에게 밭을 갈도록 재촉하고, 당신들에게 나무를 심도록 독려하고, 당신들에게 수확을 하도록 독촉하라는 명을 내렸소. 속히 당신들의 실을 뽑고, 속히 당신들의 베를 짜고, 당신들의 어린 자식을 잘 키우고, 당신들의 닭·돼지를 기르시오.』라고 합니다.
【促(촉)】: 재촉하다.
【爾(이)】: 너, 당신.
【勗(욱)】: 독려하다.
【督(독)】: 독촉하다.
【穫(확)】: 수확하다.
【早(조)】: 일찍, 빨리. ※판본에 따라서는「早」를「蚤(조)」라 했다.
【繅(소)】: 누에고치에서 실을 뽑다. ※판본에 따라서는「繅」를「繰(소)」라 했다.
【而(이)】: 너, 당신.
【緖(서)】: 실.
【織(직)】: 짜다, 방직하다.
【縷(루)】: 실. 여기서는「포(布), 베」를 말한다.
【字(자)】: 기르다, 키우다, 양육하다.
【遂(수)】: 생장하다, 나서 자라다. 여기서는「기르다, 사육하다」의 뜻.
【豚(돈)】: 돼지.

之。[23] 吾小人輟飧饔以勞吏者, 且不得暇, 又何以蕃吾生而安吾性耶? 故病且怠。[24] 若是, 則與吾業者其亦有類乎?」[25] 問者曰 :「嘻, 不亦善夫! 吾問養樹, 得養人術。」[26] 傳其事以爲官戒也。[27]

---

23 鳴鼓而聚之, 擊木而召之。→ 북을 울려 사람들을 모으고, 딱따기를 쳐서 사람들을 불러냅니다.

【鳴鼓(명고)】: 북을 울리다. 〖鳴〗: 울리다, 치다.
【聚(취)】: 모으다, 모이게 하다.
【之(지)】: [대명사] 그들, 즉 「백성」.
【擊木(격목)】: 딱따기를 치다. 〖木〗: 딱따기. ※ 옛날 야경을 돌 때나 군중을 소집할 때 치던 나무로 만든 물건.
【召(소)】: 부르다, 소집하다.

24 吾小人輟飧饔以勞吏者, 且不得暇, 又何以蕃吾生而安吾性耶? 故病且怠。→ 우리 백성들은 아침저녁 식사까지 멈추고 관리들을 접대하는 일만으로도, 여전히 틈을 낼 수가 없는데, 또 무슨 방법으로 우리들의 생산을 늘리고, 우리들의 마음을 편하게 하겠습니까? 그리하여 고통스럽고 또한 피곤합니다.

【小人(소인)】: 백성.
【輟(철)】: 멈추다, 중단하다.
【飧饔(손옹)】: 저녁밥과 아침밥. 여기서는 동사 용법으로 「식사」의 뜻.
【勞(로)】: 위로하다, 접대하다.
【吏者(이자)】: 관리, 벼슬아치.
【且(차)】: 여전히, 아직.
【不得(부득)】: …할 수가 없다.
【暇(가)】: 틈, 겨를.
【何以(하이)】: 무슨 방법으로, 어떻게.
【蕃吾生(번오생)】: 우리의 생산을 늘리다. 〖蕃〗: 늘다, 빈창히다.
【安吾性(안오성)】: 우리의 마음을 편안하게 하다. 〖性〗: 심성, 마음.
【病(병)】: 고통스럽다, 괴롭다.
【怠(태)】: 권태롭다, 피곤하다.

25 若是, 則與吾業者其亦有類乎?」→ 이와 같으니, 내가 하는 일과 대체로 비슷하지 않습니까?」

【若是(약시)】: 이와 같다, 이렇다.
【吾業者(오업자)】: 우리 업자, 우리와 같은 직업을 가진 사람들.
【其亦有類乎(기역유류호)】: 대체로 서로 비슷하지 않겠는가? 〖其〗: 대체로, 아마도. 〖類〗: 유사하다, 비슷하다.

26 問者曰 :「嘻, 不亦善夫! 吾問養樹, 得養人術。」→ 질문한 사람이 말했다 :「아, 매우 훌륭하지 않습니까! 나는 나무 기르는 것을 묻다가, 백성을 다스리는 방법을 터득하였습니다.」

번역문

곽탁타(郭橐駝)가 나무를 심다

곽탁타(郭橐駝)는 원래 이름이 무엇인지 모른다. (그는) 곱사병을 앓아 등이 불룩 솟아 허리를 구부리고 다녀 낙타와 비슷했기 때문에, 그래서 마을 사람들은 그를 「탁타(橐駝)」라 불렀다. 곽탁타가 그 말을 듣고 말했다.

「참 좋군요. 나에게 이러한 이름을 붙이니 정말 잘 어울려요.」

그리하여 자기 본래의 이름을 버리고, 또한 스스로 탁타라 불렀다. 그가 사는 풍락향(豐樂鄕)이란 마을은 장안(長安)의 서쪽에 있다. 곽탁타는 나무 심는 일을 생업으로 살아가는데, 무릇 나무를 심어 감상하며 즐기려는 장안(長安)의 부호들과 과일을 파는 사람들이 모두 서로 다투어 그를 데려가 고용하고자 했다. 곽탁타가 심은 나무를 보면, 간혹 옮겨다 심어도 살지 않는 것이 없고, 또한 크고 무성하게 자라서 일찍 열매를 맺고 열매도 풍성했다. 또 다른 식목인(植木人)들이 설사 몰래 엿보고 모방을 한다 해도 결코 그를 따를 수가 없었다. 어떤 사람이 곽탁타에게 묻자, 곽탁타가 대답했다.

「내가 능히 나무를 오래 살고 또한 잘 자라게 할 수 있는 것이 아니라, 나무의 타고난 성질에 따라 그 습성대로 자라게 할 수 있을 뿐입니다. 무릇 식목(植木)의 본질은 뿌리가 뻗어야 하고, 배토(培土)는 평탄해야 하며,

---

【嘻(희)】: [감탄사] 아!
【不亦善夫(불역선부)】: 매우 좋지 않은가? 〖不亦…夫〗: 不亦…乎, …하지 않은가? 〖善〗: 좋다, 훌륭하다. 〖夫〗: [어조사].
【養人術(양인술)】: 백성을 다스리는 방법.

27 傳其事以爲官戒也。→ (이에) 그 일을 기록하여 관리의 계율(戒律)로 삼고자 한다.
【傳(전)】: 기록하다.
【以爲(이위)】: 以(之)爲…, 이로써 …를 삼다.
【官戒(관계)】: 관리의 계율(戒律).

흙은 본래의 것을 많이 사용해야 하고, (심고 나서) 다지기를 잘 해야 합니다. 이미 그러한 일을 끝냈다면, 건드리지도 말고 걱정하지도 말며, (나무 곁을) 떠나 다시 돌보지 말아야 합니다. 나무를 옮겨 심을 때는 마치 자식을 돌보듯 해야 하지만, 심고 나서 놓아둘 때는 마치 그것을 버린 듯해야 그 타고난 성질이 보전되고 그 습성이 잘 발전 할 수 있습니다. 그래서 나는 나무가 자라는 것을 방해하지 않을 뿐이지 크고 무성하게 할 수 있는 것이 아니며, 나무의 열매를 손상하지 않을 뿐이지 일찍 열매를 맺고 풍성하게 할 수 있는 것이 아닙니다.

다른 식목인들은 그렇지 않습니다. (나무를 심을 때) 뿌리는 구부러지고 흙은 새것으로 바꾸며, 흙을 돋울 때도 지나치지 않으면 모자라게 합니다. 설사 이렇게 하지 않는 사람이라 해도, 또 나무에 대한 사랑이 너무 도탑고 나무에 대한 걱정이 너무 지나쳐서 아침에 보고 저녁에 어루만지며, 이미 떠났다가도 다시 와서 돌봅니다. 심지어 손톱으로 그 껍질을 긁어 생사여부를 검사하고 그 뿌리를 흔들어서 그 다진 상태를 봅니다. 그래서 나무의 본성이 날로 부실해집니다. 비록 나무를 사랑한다고 말하지만 실제로는 나무를 해치는 것이며, 비록 나무를 걱정한다고 말하지만 실제로는 나무를 증오하는 것입니다. 그래서 (그들은) 나보다 못한 것입니다. 내가 또 무슨 특별한 능력이 있겠습니까?」

질문한 사람이 물었다.

「당신의 방법을 가지고 관치(官治)에 적용한다면 가능하겠습니까?」

곽탁타가 대답했다.

「나는 나무 심는 것만 알뿐이지, 정치는 나의 본업이 아닙니다. 그러나 내가 마을에 살면서 관리들이 정령(政令)을 번거롭게 많이 반포하기를 좋아하는 걸 보면, 마치 백성을 가엽게 여기는 것 같지만 결국은 재앙을 가져다줍니다. 아침저녁으로 관리가 와서 외쳐대길 『관청에서는 당신들에게 밭을 갈도록 재촉하고, 당신들에게 나무를 심도록 독려하고, 당신들에게 수확을 하도록 독촉하라는 명을 내렸소. 속히 당신들의 실을 뽑고, 속히 당신들의 베를 짜고, 당신들의 어린 자식을 잘 키우고, 당신들의 닭·돼지를 기르시오.』라고 합니다. 북을 울려 사람들을 모으고, 딱따기를 쳐서 사람들을 불러냅니다. 우리 백성들은 아침저녁 식사까지 멈추고 관리들을 접대하는 일만으로도 여전히 틈을 낼 수가 없는데, 또 무슨 방법으로 우리들의 생산을 늘리고, 우리들의 마음을 편하게 하겠습니까? 그리하여 고통스럽고 또한 피곤합니다. 이와 같으니, 내가 하는 일과 대체로 비슷하지 않습니까?」

질문한 사람이 말했다.

「아! 매우 훌륭하지 않습니까! 나는 나무 기르는 것을 묻다가 백성을 다스리는 방법을 터득하였습니다.」

(이에) 그 일을 기록하여 관리의 계율(戒律)로 삼고자 한다.

해설

곽탁타(郭橐駝)가 나무를 심어 성공하는 비결은, 오로지 나무의 타고난 성질에 순응하여 뿌리가 잘 뻗도록 하고, 배토(培土)를 평탄하게 하고, 원래의 흙을 많이 사용하고, 다지기를 견실하게 해야 하며, 이러한 과정을 끝낸 후에는 절대로 건드리지도 말고 걱정하지도 말며 다시 돌보지 말아야 한다는 것이다.

그러한 나무의 생장 원리를 모르고 나무에 대한 관심이 너무 지나쳐 아침저녁으로 어루만지고 심지어 손톱으로 껍질을 긁어 생사여부를 확인하는 것은, 얼핏 보기에 마치 나무를 매우 사랑하는 것 같지만 실제로는 나무의 본성을 거슬러 오히려 나무를 해치는 것이다.

따라서 관리들이 백성을 다스리는 것도 나무를 심는 것과 마찬가지로, 백성들을 가엽게 여긴다는 명분하에 정령(政令)을 많이 반포하여 오히려 백성들을 곤욕스럽게 하지 말고 백성들의 요구에 순응해야 하는 것이다.

이 우언은 곽탁타의 나무 심는 방법을 통해, 이른바 정치란 반드시 백성들의 요구에 순응하여야 올바른 관치(官治)가 시행되어 나라가 태평하고 백성이 편안할 수 있다는 국태민안(國泰民安)의 이치를 설명한 것이다.

030 재인전(梓人傳)

《柳河東集·第十七卷·梓人傳》

원문 및 주석

梓人傳[1]

裴封叔之第, 在光德里。有梓人款其門, 願傭隙宇而處焉。[2] 所職, 尋引、規矩、繩墨, 家不居礱斲之器。[3] 問其能, 曰:「吾善度材。視棟

1 梓人傳 → 재인(梓人) 이야기
【梓人(재인)】: 대목(大木), 건축사. ※《주례(周禮)·고공기(考工記)》의 기록에 의하면, 목공(木工)은 7종이 있는데 재인(梓人)이 그중 하나이다. 재인이 주로 하는 일은 가래나무를 가지고 악기·그릇·과녁 등을 만드는 일이다. 여기서는「대목(大木), 건축사」를 가리킨다.

2 裴封叔之第, 在光德里。有梓人款其門, 願傭隙宇而處焉。→ 배봉숙(裴封叔)의 집은, 광덕리(光德里)에 있다. 어느 재인(梓人)이 그 집 문을 두드리며, 빈 방에 세 들어 살기를 원했다.
【裴封叔(배봉숙)】: [인명] 성은 배(裴), 이름은 근(瑾)이며, 자는 봉숙(封叔)이다. 하동(河東) 문희(聞喜)[지금의 산서성 문희현(聞喜縣)] 사람으로 장안현(長安縣) 현령을 지냈으며, 유종원의 자형(姊兄)이다.
【第(제)】: 집, 주택.
【光德里(광덕리)】: [지명] 당(唐) 장안(長安)의 동네 이름. 지금의 섬서성 서안시(西安市) 서남쪽.
【款(관)】: 두드리다.
【傭(용)】: 품을 팔다, 고용되다. 여기서는「품값으로 방 세를 대신하는 방식으로 세를 들다」의 뜻.
【隙宇(극우)】: 빈 방. 〖隙〗: 隙(극), 빈 곳. ※판본에 따라서는「隙」을「隙」이라 했다.
【處(처)】: 살다, 거처하다.
【焉(언)】: [문미조사].

3 所職, 尋引、規矩、繩墨, 家不居礱斲之器。→ 그가 소지하고 있는 도구는, 긴 자와 짧은 자·그림쇠와 곱자·먹줄과 먹통 뿐, 집에 (숫돌·칼·도끼와 같은) 갈고 베고 깎는 도구는 없었다.

宇之制, 高深圓方短長之宜, 吾指使而群工役焉。[4] 捨我, 衆莫能就一宇。故食於官府, 吾受祿三倍; 作於私家, 吾收其直太半焉。」[5] 他日, 入其室, 其床闕足而不能理, 曰 :「將求他工。」[6] 余甚笑之, 謂其

【職(직)】: 관장하다, 맡아 다스리다. 여기서는 「소지하고 있는 도구」를 말한다.
【尋引(심인)】: 장척(長尺)과 단척(短尺). 〖引〗: [길이 단위] 8척(尺)을 심(尋)이라 하는데, 여기서는 길이를 재는 도구로 「장척(長尺 : 긴 자)」을 말한다. 〖引〗: 1장(丈)을 인(引)이라 하는데, 여기서는 길이를 재는 도구로 「단척(短尺 : 짧은 자)」을 말한다.
【規矩(규구)】: 그림쇠와 곱자. 〖規〗: 그림쇠, 원을 그리는 도구. 〖矩〗: 곱자. 네모를 그리는 도구.
【繩墨(승묵)】: 먹줄과 먹통. 직선을 그릴 때 사용하는 도구로 먹통에 먹줄이 말려 있다.
【不居(불거)】: 놓아두지 않다. 즉 「없다, 가지고 있지 않다」의 뜻.
【礱斲之器(농착지기)】: (숫돌 · 칼 · 도끼 등) 갈고 베고 깎는 도구. 〖礱〗: 磨(마), 갈다. 〖斲〗: 斫(작), 베다, 깎다.

4 問其能, 曰 :「吾善度材。視棟宇之制, 高深圓方短長之宜, 吾指使而群工役焉。→ 그의 특기를 물으니, 그가 대답했다 :「나는 목재를 측량하는 일에 능합니다. 집의 규모를 보아, 높고 깊고 둥글고 모나고 길고 짧은 모양에 알맞도록, 내가 지휘하고 여러 목공들이 일을 합니다.
【能(능)】: 특기, 재능.
【度材(탁재)】: 목재를 측량하다. 〖度〗: 재다, 측량하다. 〖材〗: 목재.
【棟宇(동우)】: 집, 건물.
【制(제)】: 규모, 규격.
【宜(의)】: 알맞은 정도.
【指使(지사)】: 지휘하다, 지시하다.
【役(역)】: 일하다.

5 捨我, 衆莫能就一宇。故食於官府, 吾受祿三倍; 作於私家, 吾收其直太半焉。」→ 내가 없으면, 그들은 한 채의 집도 지을 수가 없습니다. 그래서 관부에서 일을 하면, 내가 (다른 사람보다) 세 배의 임금을 받고, 개인의 집에서 일을 하면, 내가 전체 품삯의 절반을 거두어갑니다.」
【捨我(사아)】: 나를 버리다, 나를 포기하다. 즉 「내가 없으면」의 뜻.
【莫能(막능)】: …할 수 없다.
【就(취)】: 완성하다.
【食於官府(식어관부)】: 관부에서 녹을 먹다. 즉 「관부에서 일하다」의 뜻.
【祿(록)】: 임금, 급료.
【直(치)】: 值(치), 품삯, 임금.
【太半(대반)】: 절반. ※판본에 따라서는 「太」를 「大(대)」라 했다.

6 他日, 入其室, 其床闕足而不能理, 曰 :「將求他工。」→ 그 후 어느 날, 그의 침실에 들어가 보니, 그의 침대에 다리 하나가 없는데 수리를 하지 못하고, 나에게 말했다 :「다른 목공에게

無能而貪祿嗜貨者。[7] 其後, 京兆尹將飾官署, 余往過焉。委群材, 會衆工。[8] 或執斧斤, 或執刀鋸, 皆環立嚮之。梓人左持引, 右執杖, 而中處焉。[9] 量棟宇之任, 視木之能擧, 揮其杖曰 :「斧!」彼執斧者

부탁해서 고치려고 합니다.」
【他日(타일)】: 다른 날, 훗날, 어느 날.
【闕(궐)】: 缺(결), 부족하다, 모자라다.
【理(리)】: 수리하다.
【將(장)】: (장차) …하려 하다.
【求(구)】: 청하다, 부탁하다.

7 余甚笑之, 謂其無能而貪祿嗜貨者。→ 나는 그를 몹시 비웃으며, 능력도 없이 임금을 탐하고 재물을 좋아하는 사람이라고 여겼다.
【笑(소)】: 비웃다.
【謂(위)】: …라고 여기다, …라고 생각하다.
【貪祿嗜貨(탐록기화)】: 임금을 탐하고 재물을 좋아하다. 〖嗜〗: 즐기다, 좋아하다.

8 其後, 京兆尹將飾官署, 余往過焉。委群材, 會衆工。→ 그 후, 경조윤(京兆尹)이 관아(官衙)를 수리하려고 할 때, 내가 그곳을 지나갔다. 많은 목재가 쌓여 있고, 많은 공인들이 모여 있었다.
【將(장)】: (장차) …하려고 하다.
【京兆尹(경조윤)】: 경조부(京兆府)의 부윤(府尹). 오늘날의 서울시장. ※당대(唐代) 경조부의 소재지는 장안(長安)[지금의 섬서성 서안시(西安市)].
【飾(식)】: 보수하다, 수리하다.
【官署(관서)】: 관아, 관청.
【往過(왕과)】: 지나가다.
【委(위)】: 쌓이다.
【群材(군재)】: 많은 목재.
【會(회)】: 모이다.

9 或執斧斤, 或執刀鋸, 皆環立嚮之。梓人左持引, 右執杖, 而中處焉。→ 어떤 사람은 도끼를 들고, 어떤 사람은 칼과 톱을 들고, 모두 빙 둘러 서서 그를 향하고 있었다. 재인은 왼손에 짧은 자를 들고, 오른손에 지팡이를 잡고, 중앙에 서 있었다.
【或(혹)】: 어떤 사람.
【執(집)】: 잡다, 들다.
【斧斤(부근)】: 도끼.
【鋸(거)】: 톱.
【環立(환립)】: 빙 둘러 서다.
【嚮(향)】: 向(향), 향하다.
【杖(장)】: 지팡이.
【中處(중처)】: 중간에 처하다, 가운데에 서다.

奔而右。顧而指曰：「鋸!」彼執鋸者趨而左。[10] 俄而，斤者斲，刀者削，皆視其色，俟其言，莫敢自斷者。[11] 其不勝任者，怒而退之，亦莫敢慍焉。[12] 畫宮於堵，盈尺而曲盡其制，計其毫釐而構大廈，無進退焉。[13] 既成，書于上棟曰：「某年某月某日某建。」則其姓字也，凡執

10 量棟宇之任，視木之能擧，揮其杖曰：「斧!」彼執斧者奔而右。顧而指曰：「鋸!」彼執鋸者趨而左。→ 집의 하중(荷重)을 가늠하고, 목재가 능히 감당할 수 있는가를 보아, 지팡이를 휘두르며：「도끼!」라고 말하면, 그 도끼를 든 사람이 달려서 오른쪽으로 가고, 고개를 돌려 (다른 쪽을) 가리키며：「톱!」이라고 말하면, 톱을 든 사람이 달려서 왼쪽으로 갔다.
【量(량)】: 가늠하다, 헤아리다.
【任(임)】: 감내하다, 감당하다, 견디다. 여기서는 「하중, 부하」를 가리킨다.
【擧(거)】: 들어 올리다, 쳐들다. 여기서는 「감당하다, 견디다」의 뜻.
【揮(휘)】: 휘두르다, 흔들다.
【右(우)】: [동사 용법] 오른쪽으로 가다.
【趨(추)】: 달리다, 빨리 가다.
【左(좌)】: [동사 용법] 왼쪽으로 가다.

11 俄而，斤者斲，刀者削，皆視其色，俟其言，莫敢自斷者。→ 잠시 후, 도끼를 든 사람은 내리찍고, 칼을 든 사람은 깎는 일을 하는데, 모두 재인의 얼굴빛을 보며, 재인이 분부하는 말을 기다릴 뿐, 감히 자기주장을 하는 사람이 없었다.
【俄而(아이)】: 잠시 후, 조금 있다가.
【斤者(근자)】: 도끼를 든 사람.
【斲(착)】: 찍다, 패다.
【削(삭)】: 깎다.
【色(색)】: 낯빛, 안색, 얼굴빛.
【俟(사)】: 기다리다.
【其言(기언)】: 재인의 말. 즉 「재인이 분부하는 말」을 가리킨다. 【其】: [대명사] 그, 즉 「재인」.
【莫敢(막감)】: 감히 …하지 못하다.
【自斷(자단)】: 자기주장을 하다, 자기 의견을 내다.

12 其不勝任者，怒而退之，亦莫敢慍焉。→ (재인이) 일을 감당하지 못하는 사람에 대해, 화를 내며 그들을 해고해도, 또한 감히 화를 내지 못했다.
【勝任(승임)】: 감당하다, 잘해내다.
【退(퇴)】: [사동 용법] 물러나게 하다, 쫓아내다. 즉 「해고하다」의 뜻.
【莫敢(막감)】: 감히 …하지 못하다.
【慍(온)】: 화내다, 성내다.

13 畫宮於堵，盈尺而曲盡其制，計其毫釐而構大廈，無進退焉。→ 담장에 집의 설계 도면을 그

用之工不在列。[14] 余圜視大駭，然後知其術之工大矣。[15]

번역문

재인(梓人) 이야기

배봉숙(裴封叔)의 집은 광덕리(光德里)에 있다. 어느 재인(梓人)이 그 집 문을 두드리며 빈 방에 세 들어 살기를 원했다. 그가 소지하고 있는 도구는 긴 자와 짧은 자 · 그림쇠와 곱자 · 먹줄과 먹통 뿐, 집에 (숫돌 · 칼 · 도끼

……………

렸는데, 한 자 정도의 크기에 불과했지만 그 규모와 구조를 남김없이 그려냈고, 그 (도면의) 치수를 계산하여 큰 건물을 짓는데, 전혀 오차가 없었다.
【宮(궁)】: 집, 건물. 여기서는 「집의 설계 도면」을 말한다.
【堵(도)】: 담장, 벽.
【盈尺(영척)】: 한 자 정도의 크기.
【曲盡(곡진)】: 남김없이 그려내다, 상세히 묘사해내다.
【制(제)】: 규모와 구조.
【毫釐(호리)】: [길이 단위] 10毫는 1釐. 여기서는 「수치, 치수」를 말한다.
【構(구)】: (집을) 짓다.
【大廈(대하)】: 큰 건물.
【進退(진퇴)】: 오차, 차이.

14 旣成，書于上棟曰：「某年某月某日某建。」則其姓字也，凡執用之工不在列。→ 완공하고 나서, 마룻대에 :「모년 모월 모일 아무개가 짓다」라고 썼다. 그것은 바로 재인 자기의 성과 이름이고, 무릇 도구를 들고 직접 일을 한 공인들은 아무도 이름을 열거하지 않았다.
【旣成(기성)】: 완성한 후, 완공하고 나서. 〖旣〗: …후, …하고 나서.
【上棟(상동)】: 마룻대, 용마루.
【姓字(성자)】: 성명, 성과 이름. ※판본에 따라서는 「姓字」를 「姓氏(성씨)」라 했다.
【凡(범)】: 내서, 누릇.
【執用之工(집용지공)】: 도구를 들고 직접 일을 한 공인.
【不在列(부재열)】: 열거하지 않다, 올리지 않다.

15 余圜視大駭，然後知其術之工大矣。→ 나는 사방을 둘러보고 매우 놀랐다. 그리고 그의 기술이 정교하고 대단하다는 것을 알았다.
【圜視(원시)】: 사방을 둘러보다.
【大駭(대해)】: 매우 놀라다.
【工大(공대)】: 정교하고 대단하다.

와 같은) 갈고 베고 깎는 도구는 없었다. 그의 특기를 물으니 그가 대답했다.

「나는 목재를 측량하는 일에 능합니다. 집의 규모를 보아 높고, 깊고, 둥글고, 모나고, 길고, 짧은 모양에 알맞도록 내가 지휘하고 여러 목공들이 일을 합니다. 내가 없으면 그들은 한 채의 집도 지을 수가 없습니다. 그래서 관부에서 일을 하면 내가 (다른 사람보다) 세 배의 임금을 받고, 개인의 집에서 일을 하면 내가 전체 품삯의 절반을 거두어갑니다.」

그 후 어느 날 그의 침실에 들어가 보니 그의 침대에 다리 하나가 없는데 수리를 하지 못하고 나에게 말했다.

「다른 목공에게 부탁해서 고치려고 합니다.」

나는 그를 몹시 비웃으며 능력도 없이 임금을 탐하고 재물을 좋아하는 사람이라고 여겼다. 그 후 경조윤(京兆尹)이 관아(官衙)를 수리하려고 할 때 내가 그곳을 지나갔다. 많은 목재가 쌓여 있고, 많은 공인들이 모여 있었다. 어떤 사람은 도끼를 들고, 어떤 사람은 칼과 톱을 들고 모두 빙 둘러 서서 그를 향하고 있었다. 재인은 왼손에 짧은 자를 들고 오른손에 지팡이를 잡고 중앙에 서 있었다. 집의 하중(荷重)을 가늠하고 목재가 능히 감당할 수 있는가를 보아 지팡이를 휘두르며 「도끼!」라고 말하면 그 도끼를 든 사람이 달려서 오른쪽으로 가고, 고개를 돌려 (다른 쪽을) 가리키며 「톱!」이라고 말하면 톱을 든 사람이 달려서 왼쪽으로 갔다. 잠시 후 도끼를 든 사람은 내리찍고 칼을 든 사람은 깎는 일을 하는데, 모두 재인의 얼굴빛을 보며 재인이 분부하는 말을 기다릴 뿐, 감히 자기주장을 하는 사람이 없었다. (재인이) 일을 감당하지 못하는 사람에 대해 화를 내며 그들을 해고해도 또한 감히 화를 내지 못했다. 담장에 집의 설계 도면을 그렸는데, 한 자 정도의 크기에 불과했지만 그 규모와 구조를 남김없이 그려냈고, 그 (도면의) 치수를 계산하여 큰 건물을 짓는데 전혀 오차가 없었다. 완공하고 나서 마룻대에 「모년 모월 모일 아무개가 짓다」라고 썼다. 그것은 바로 재인 자기의 성과 이름이고, 무릇 도구를 들고 직접 일을 한 공인들은 아무도 이름을 열거하지 않았다. 나는 사방을 둘러보고 매우 놀랐다. 그리고 그의 기술이 정교하고 대단하다는 것을 알았다.

해설

작자는 재인(梓人)이 자신의 능력을 장황하게 늘어놓으며 자기가 없으면 어느 누구도 집을 지을 수 없다고 과찬한 것에 반해, 막상 자기 침대의 한쪽 다리가 없는 것을 고치지 못해 다른 목공을 청해 고치려 한다는 말을 듣고 마음속으로 그를 비웃었다. 그러나 어느 날 경조윤(京兆尹)의 관아를 수리하는 건축 현장을 목격하고 재인의 하는 일과 일반 목공의 하는 일이 엄연히 다르다는 것을 깊이 깨달았다.

재인은 건축물의 규모와 구조 및 자재의 선택 등 건축 전반에 관한 해박한 지식을 가지고, 나무를 깎고 톱질을 하는 등 직접 노역에 종사하는 목공들을 부리는 지휘자의 역할을 한다.

이 우언은 일반 목공을 능력에 따라 적재적소에 활용하여 추호의 오차 없이 건물을 짓는 재인의 역할을 찬양하고, 이를 정치와 결부시켜 재상의 역할도 마땅히 이와 같아야 한다는 치국지도(治國之道)의 기본 원칙을 제시한 것이다.

031 부판지사(蝜蝂之死)

《柳河東集 · 第十七卷 · 蝜蝂傳》

원문 및 주석

蝜蝂之死[1]

蝜蝂者, 善負小蟲也。[2] 行遇物, 輒持取, 卬其首負之。[3] 背愈重, 雖困劇不止也。[4] 其背甚澀, 物積因不散, 卒躓仆不能起。[5] 人或憐之,

1 蝜蝂之死 → 부판(蝜蝂)의 죽음
【蝜蝂(부판)】: [벌레 이름] 검은색의 작은 벌레.

2 蝜蝂者, 善負小蟲也。→ 부판(蝜蝂)은, 짐을 잘 짊어지는 작은 벌레이다.
【善負(선부)】: 짐을 잘 짊어지다. 〖負〗: (짐 따위를) 지다, 메다.

3 行遇物, 輒持取, 卬其首負之。→ 기어 가다가 물건을 만나면 곧 그것을 잡아, 머리를 쳐들고 등에 짊어진다.
【輒(첩)】: 곧, 바로, 즉시.
【持取(지취)】: 잡다, 쥐다.
【卬(앙)】: 昂(앙), (머리를) 쳐들다.

4 背愈重, 雖困劇不止也。→ 등에 진 물건이 갈수록 점점 더 무거워져, 비록 몸이 몹시 지친다 해도 결코 멈추지 않는다.
【愈(유)】: 더욱.
【雖(수)】 : 비록.
【困劇(곤극)】: 몹시 지치다, 매우 피곤하다. 〖劇〗: 심하다, 격렬하다.
【止(지)】: 멈추다, 그만두다.

5 其背甚澀, 物積因不散, 卒躓仆不能起。→ 부판의 등은 매우 껄끄러워, 물건이 쌓여도 흐트러지지 않기 때문에, 결국에는 (짐을 이기지 못하고) 넘어져 일어나지 못한다.
【澀(삽)】: 매끄럽지 않다, 껄끄럽다.
【積(적)】: 쌓이다.

爲去其負。苟能行，又持取如故。[6] 又好上高，極其力不已，至墜地死。[7] 今世之嗜取者，遇貨不避，以厚其室，不知爲己累也，唯恐其不積。[8] 及其怠而躓也，黜棄之，遷徙之，亦以病矣。苟能起，又不艾。[9]

【因(인)】: …로 인해, …때문에.
【卒(졸)】: 마침내, 드디어, 결국.
【躓仆(지부)】: 넘어지다, 쓰러지다.

6 人或憐之，爲去其負。苟能行，又持取如故。→ 어떤 사람이 이를 불쌍히 여겨, 부판을 위해 짐을 제거해 준다. 그러나 만일 걸을 수 있게 되면, 또 전과 같이 물건을 잡는다.
【憐(련)】: 불쌍히 여기다.
【之(지)】: [대명사] 그것, 즉 「부판」.
【去(거)】: 제거하다, 없애다.
【苟(구)】: 만약.
【如故(여고)】: 전과 같이, 이전처럼.

7 又好上高，極其力不已，至墜地死。→ 또 높이 오르기를 좋아하여, 힘이 다할 때까지 멈추지 않다가, 결국 땅으로 떨어져 죽기에 이른다.
【好(호)】: [동사] 좋아하다.
【極(극)】: 절정에 이르다, 다하다.
【不已(불이)】: 그치지 않다, 멈추지 않다.
【墜(추)】: 떨어지다, 추락하다.
【至(지)】: …에 이르다.

8 今世之嗜取者，遇貨不避，以厚其室，不知爲己累也，唯恐其不積。→ 오늘날 욕심이 많은 사람은, 재물을 만나면 피하지 않고, 이로써 자기 집을 부유하게 하는데, 그것이 자기에게 누가 된다는 사실을 모르고, 오직 재물이 더욱 쌓이지 않는 것을 두려워한다.
【嗜取者(기취자)】: 취하기를 좋아하는 사람. 즉 「욕심이 많은 사람」을 가리킨다. 〖嗜〗: 좋아하다, 즐기다.
【貨(화)】: 재물.
【厚(후)】: 부유하게 하다, 넉넉하게 하다.
【爲己累(위기루)】: 자기에게 누가 되다. 〖累〗: 누를 끼치다, 누가 되다.
【唯(유)】: 오직, 다만.
【恐(공)】: 두려워하다.

9 及其怠而躓也，黜棄之，遷徙之，亦以病矣。苟能起，又不艾。→ 그러다가 피로하여 쓰러지고, 파직당하고, 유배되기에 이르면, 또한 매우 고통스러워한다. 그러나 만일 다시 일어난다 해도, 또 (그 짓을) 멈추지 않는다.
【及(급)】: …에 이르러.
【怠(태)】: 피로하다, 지치다.

日思高其位, 大其祿, 而貪取滋甚, 以近於危墜, 觀前之死亡不知戒。[10] 雖其形魁然大者也, 其名人也, 而智則小蟲也。亦足哀夫![11]

번역문

부판(蝜蝂)의 죽음

부판(蝜蝂)은 짐을 잘 짊어지는 작은 벌레이다. 기어 가다가 물건을 만나면 곧 그것을 잡아 머리를 쳐들고 등에 짊어진다. 등에 진 물건이 갈수록

【躓(지)】: 쓰러지다, 넘어지다.
【黜棄(출기)】: 파면되다, 파직당하다.
【遷徙(천사)】: 유배되다.
【以(이)】: 已(이), 너무, 극히, 심히.
【病(병)】: 고달프다, 피곤하다, 고통스럽다.
【苟(구)】: 만약, 만일.
【艾(애)】: 멈추다, 그치다, 끝나다.

10 日思高其位, 大其祿, 而貪取滋甚, 以近於危墜, 觀前之死亡不知戒。→ 날마다 지위를 높이고, 봉록을 늘릴 생각을 하며, 재물을 탐하여 갈취하는 일이 더욱 심해져서, 위기의 나락으로 다가가고 있는데, 앞에서 (재물을 탐하다가) 죽은 사람을 보고도 여전히 경계할 줄을 모른다.
【大其祿(대기록)】: 봉록을 늘리다. 〖大〗: [동사] 늘리다.
【貪取(탐취)】: 탐하여 갈취하다.
【危墜(위추)】: 위기의 나락.
【滋甚(자심)】: 더욱 심해지다. 〖滋〗: 늘어나다, 증가하다. 여기서는 「더욱」의 뜻.
【戒(계)】: 경계하다.

11 雖其形魁然大者也, 其名人也, 而智則小蟲也。亦足哀夫! → 비록 몸집은 크고, 이름은 사람이라지만, 지혜는 부판과 다를 바 없다. 실로 매우 슬픈 일이다.
【形(형)】: 몸, 몸집, 체구.
【魁然(괴연)】: 매우 큰 모양. 〖魁〗: (몸집이) 크다. 〖然〗: 형용사나 부사의 뒤에 쓰여 상태나 모양을 나타낸다.
【智(지)】: 지혜.
【小蟲(소충)】: 작은 벌레. 여기서는 「부판」을 가리킨다.
【亦(역)】: 실로.

점점 더 무거워져, 비록 몸이 몹시 지친다 해도 결코 멈추지 않는다. 부판의 등은 매우 껄끄러워 물건이 쌓여도 흐트러지지 않기 때문에 결국에는 (짐을 이기지 못하고) 넘어져 일어나지 못한다. 어떤 사람이 이를 불쌍히 여겨 부판을 위해 짐을 제거해 준다. 그러나 만일 걸을 수 있게 되면, 또 전과 같이 물건을 잡는다. 또 높이 오르기를 좋아하여 힘이 다할 때까지 멈추지 않다가 결국 땅으로 떨어져 죽기에 이른다.

오늘날 욕심이 많은 사람은 재물을 만나면 피하지 않고, 이로써 자기 집을 부유하게 하는데, 그것이 자기에게 누가 된다는 사실을 모르고, 오직 재물이 더욱 쌓이지 않는 것을 두려워한다. 그러다가 피로하여 쓰러지고 파직당하고 유배되기에 이르면, 또한 매우 고통스러워한다. 그러나 만일 다시 일어난다 해도, 또 (그 짓을) 멈추지 않는다. 날마다 지위를 높이고 봉록을 늘릴 생각을 하며, 재물을 탐하여 살취하는 일이 더욱 심해져서 위기의 나락으로 다가가고 있는데, 앞에서 (재물을 탐하다가) 죽은 사람을 보고도 여전히 경계할 줄을 모른다. 비록 몸집은 크고 이름은 사람이라지만 지혜는 부판과 다를 바 없다. 실로 매우 슬픈 일이다.

해설

부판(蝜蝂)이란 벌레는 기어 가다가 물건을 만나면 곧 그것을 붙잡아 등에 짊어진다. 등에 진 물건은 갈수록 점점 더 무거워지고, 또 등이 껄끄러워 물건이 땅에 잘 떨어지지도 않는다. 짐을 너무 많이 짊어지다 보니 몸이 지칠 대로 지쳐 견디지 못하는데도 부판은 결코 그러한 행위를 멈추려 하지 않고, 또 더욱 높이 오르기를 좋아하여 최후에는 결국 땅에 추락하여 죽고 만다.

이 우언은 중당(中唐) 시기 관리들의 부정부패로 인해 나라가 점차 쇠퇴

일로를 걷는 상황을 목격한 작자가 부판의 행태를 빌려, 높은 직위와 재물을 탐하다가 패가망신하는 사람들의 어리석은 행위를 폭로하고 풍자한 것이다.

032 시충(尸蟲)

《柳河東集·第十八卷·罵尸蟲文》

원문 및 주석

尸蟲[1]

有道士言:「人皆有尸蟲三, 處腹中, 伺人隱微失誤, 輒籍記。[2] 日庚申, 幸其人之昏睡, 出讒於帝以求饗。以是人多謫過、疾癘、夭死。」[3]

1 尸蟲 → 시충(尸蟲)
【尸蟲(시충)】: 도가(道家)에서는 사람의 몸속에 해를 끼치는 신(神)을 일컬어 「삼시(三尸)」라 한다. 당(唐) 단성식(段成式)의 《유양잡조(酉陽雜俎)》에 「사람에게는 삼시(三尸)가 있는데, 상시(上尸)인 청고(淸姑)는 사람의 눈을 공격하고; 중시(中尸)인 백고(白姑)는 사람의 오장(五藏)을 공격하고; 하시(下尸)인 혈고(血姑)는 사람의 위(胃)를 공격한다.(人有三尸:上尸淸姑, 伐人眼; 中尸白姑, 伐人五藏; 下尸血姑, 伐人胃命。)」라고 했다.

2 有道士言:「人皆有尸蟲三, 處腹中, 伺人隱微失誤, 輒籍記。→ 어느 도사(道士)가 말했다: 「사람은 누구나 다 (몸속에) 세 가지 시충(尸蟲)을 지니고 있는데, 뱃속에 살면서, 사람의 미세한 잘못을 엿보아, 곧 장부에 기록한다.
【處(처)】: 살다, 거처하다.
【伺(사)】: (기회를) 엿보다, 정탐하다, 살피다.
【隱微(은미)】: 희미한, 어슴푸레한. 여기서는 「미세한, 조그만」의 뜻.
【失誤(실오)】: 실수, 과실, 잘못.
【輒(첩)】: 곧, 즉시.
【籍記(적기)】: 장부에 기록하다.

3 日庚申, 幸其人之昏睡, 出讒於帝以求饗。以是人多謫過、疾癘、夭死。」→ 매번 경신일(庚申日)이 되면, 그 사람이 깊이 잠이 든 틈을 타서, 몸에서 빠져나와 천제(天帝)에게 가서 그 사람을 고자질하고 (술과 음식 등) 향응(饗應)을 하사(下賜) 받는다. 이로 인해 사람들은 왕왕

번역문

시충(尸蟲)

어느 도사(道士)가 말했다.

「사람은 누구나 다 (몸속에) 세 가지 시충(尸蟲)을 지니고 있는데, 뱃속에 살면서 사람의 미세한 잘못을 엿보아 곧 장부에 기록한다. 매번 경신일(庚申日)이 되면, 그 사람이 깊이 잠이 든 틈을 타서 몸에서 빠져나와 천제(天帝)에게 가서 그 사람을 고자질하고 (술과 음식 등) 향응(饗應)을 하사(下賜) 받는다. 이로 인해 사람들은 왕왕 천제(天帝)의 벌을 받아 역병을 앓기도 하고 요절하기도 한다.

해설

천제(天帝)는 시충(尸蟲)이 사람을 헐뜯고 중상모략을 하면, 사실 여부를 규명하지 않고 오직 시충의 말에 따라 사람에게 벌을 내려 역병을 앓고 심

....

천제(天帝)의 벌을 받아 역병을 앓기도 하고 요절하기도 한다.

【日庚申(일경신)】: 경신일. ※ 옛날에는 천간(天干), 즉 갑(甲)·을(乙)·병(丙)·정(丁)·무(戊)·기(己)·경(庚)·신(辛)·임(壬)·계(癸)와 지지(地支), 즉 자(子)·축(丑)·인(寅)·묘(卯)·진(辰)·사(巳)·오(午)·미(未)·신(申)·유(酉)·술(戌)·해(亥)를 가지고 년(年)·월(月)·일(日)·시(時)를 기록했다.

【幸(행)】: 慶幸(경행), 여기서는 「기다리다, 틈타다」의 뜻.

【昏睡(혼수)】: 깊이 잠들다.

【出(출)】: 나오다. 여기서는 「몸에서 빠져나오다」의 뜻.

【讒(참)】: 험담하다, 헐뜯다, 나쁜 말로 고자질하다.

【求饗(구향)】: 향응(饗應)을 요구하다. 〖饗〗: 술과 음식을 대접하다, 향응(饗應)을 베풀다.

【以是(이시)】: 이로 인해, 그래서.

【多(다)】: 왕왕, 자주, 흔히.

【謫過(적과)】: 징벌하다, 견책하다.

【疾癘(질려)】: 역병을 앓다. 〖疾〗: 앓다, 병에 걸리다. 〖癘〗: 온역, 역병, 돌림병.

【夭死(요사)】: 요절하다, 젊은 나이에 죽다.

지어 요절하게 했다.

중당(中唐) 시기는 환관들과 악덕 관리들이 작당하여 각종 비리를 저질러 백성들의 생활이 갈수록 피폐해졌다. 그럼에도 불구하고 황제는 환관들을 비호하고 환관들은 황제와 충신들의 접촉을 차단하여 충직한 신하들이 간언할 수 있는 기회를 박탈했다.

이 우언은 환관과 악덕 관리들을 시충에 비유하고 황제를 천제에 비유하여 충직한 신하들을 모함하며 각종 비리를 저지르는 환관들 및 그러한 환관들을 비호하며 시비곡직을 변별하지 못하는 황제의 우매한 태도를 폭로하고 풍자한 것이다.

033 원여왕손(猨與王孫)

《柳河東集 · 第十八卷 · 憎王孫》

원문 및 주석

猨與王孫[1]

猨、王孫居異山, 德異性, 不能相容。猨之德靜以恒, 類仁讓孝慈。[2] 居相愛, 食相先, 行有列, 飲有序。不幸乖離, 則其鳴哀。[3] 有難,

1 猨與王孫 → 원(猨)과 왕손(王孫)
【猨(원)】: 猿(원), 원숭이.
【王孫(왕손)】: 원숭이의 일종.

2 猨、王孫居異山, 德異性, 不能相容。猨之德靜以恒, 類仁讓孝慈。→ 원(猨)과 왕손(王孫)은 (모두 원숭이의 일종인데) 각기 다른 산에 살고, 성품이 서로 다르며, 서로를 용납하지 않는다. 원의 성품은 차분하고 뜸직하며, 대체로 어질고 겸양하고 어른을 존경하고 약자를 사랑하는 마음을 지녔다.
【德(덕)】: 덕성. 여기서는 「성품」을 가리킨다.
【相容(상용)】: 서로 용납하다.
【靜以恒(정이항)】: 차분하고 뜸직하다. 〖靜〗: (행동이나 성격이) 조용하다, 차분하다. 〖恒〗: 꾸준하다. 여기서는 「뜸직하다」의 뜻.
【類(류)】: 대체로, 대개.
【仁讓(인양)】: 어질고 겸양하다.
【孝慈(효자)】: 어른을 존경하고 약자를 사랑하다.

3 居相愛, 食相先, 行有列, 飲有序。不幸乖離, 則其鳴哀。→ 함께 살면서 서로 사랑하고, 음식을 먹을 때 서로 양보하고, 길을 걸을 때 열을 짓고, 물을 마실 때 질서를 지킨다. 불행히 (무리가) 흩어지면, 슬프게 소리를 지른다.
【相先(상선)】: 서로 먼저 하도록 권하다. 즉 「서로 양보하다」의 뜻.
【乖離(괴리)】: 흩어지다, 분산되다.

則內其柔弱者。不踐稼蔬。[4] 木實未熟，相與視之謹；既熟，嘯呼群萃，然後食，衎衎焉。[5] 山之小草木，必環而行遂其植。故猨之居山恒鬱然。[6] 王孫之德躁以囂，勃諍號呶，唶唶彊彊，雖羣不相善也。[7]

【嗚哀(명애)】: 슬프게 소리를 지르다.

4 有難，則內其柔弱者。不踐稼蔬。→ 재난이 발생하면, 약자를 보호하고, 농작물과 채소를 밟지 않는다.
【內(납)】: 納(납), 받아들이다, 수용하다. 즉 「보호하다」의 뜻.
【踐(천)】: (발로) 밟다.
【稼蔬(가소)】: 농작물과 채소. 〖稼〗: 농작물. 〖蔬〗: 채소.

5 木實未熟，相與視之謹；既熟，嘯呼群萃，然後食，衎衎焉。→ 나무의 열매가 익기 전에는, 서로 함께 신중히 보살피고; 익은 후에는, 모두 불러 여럿이 한자리에 모인 다음에 함께 나누어 먹는데, 매우 화목하고 즐겁다.
【熟(숙)】: 익다.
【相與(상여)】: 서로 함께.
【視之謹(시지근)】: 신중히 보살피다. 〖謹〗: 조심하다, 신중히 하다.
【既(기)】: …한 후, …하고 나서.
【嘯呼(소호)】: 부르다.
【群萃(군췌)】: 여럿이 한 자리에 모이다.
【衎衎焉(간간언)】: 화목하고 즐거운 모양.

6 山之小草木，必環而行遂其植。故猨之居山恒鬱然。→ 산의 작은 초목은, (밟지 않고) 반드시 길을 돌아가 초목의 성장을 순조롭게 한다. 그래서 원이 살고 있는 산에는 항상 수목이 울창하다.
【環而行(환이행)】: 길을 돌아서 가다.
【遂其植(수기식)】: 초목의 성장을 순조롭게 하다. 〖遂〗: 이루다, 성취하다. 여기서는 「순조롭게 하다」의 뜻. 〖其〗: [대명사] 그것, 즉 초목. 〖植〗: 성장하다.
【恒(항)】: 늘, 항상.
【鬱然(울연)】: 수목이 울창한 모양.

7 王孫之德躁以囂，勃諍號呶，唶唶彊彊，雖羣不相善也。→ (이와 대조적으로) 왕손의 성품은 조급하고 방자하며, 말다툼을 잘하고 큰소리를 지르고, 찍찍대며 서로 세력을 다투어, 비록 무리를 지어 살고는 있지만 서로 사이가 좋지 않다.
【躁以囂(조이효)】: 조급하고 방자하다. 〖躁〗: 조급하다, 성급하다. 〖以〗: 而. 〖囂〗: 방자하다.
【勃諍(발쟁)】: 말다툼하다.
【號呶(호노)】: 큰소리로 외치다.
【唶唶(책책)】: [의성어] 찍찍대다.

食相噬齧, 行無列, 飮無序, 乖離而不思。[8] 有難, 推其柔弱者以免。好踐稼蔬, 所過狼籍披攘。[9] 木實未熟, 輒齕齩投注。竊取人食, 皆知自實其嗛。[10] 山之小草木, 必淩挫折挽, 使之瘁然後已。故王孫之居山恒蒿然。[11] 以是猨群衆則逐王孫, 王孫群衆亦齚猨。猨棄去, 終

【彊彊(강강)】: 좇고 좇기다, 서로 세력을 다투다.
【羣(군)】: [동사 용법] 무리 지어 살다.
【不相善(불상선)】: 서로 사이가 좋지 않다.

8 食相噬齧, 行無列, 飮無序, 乖離而不思。→ 음식을 먹을 때는 서로 물어뜯고, 길을 걸을 때는 열을 짓지 않으며, 물을 마실 때는 질서가 없고, (무리가) 흩어져도 아무런 관심이 없다.
【食(식)】: [동사] 먹다.
【噬齧(서설)】: 물다, 물어뜯다.
【不思(불사)】: 생각하지 않다. 즉 「관심이 없다」의 뜻.

9 有難, 推其柔弱者以免。好踐稼蔬, 所過狼籍披攘。→ 재난이 발생하면, 유약(柔弱)한 자를 앞으로 밀어내어 자기는 재난을 면하고, 농작물과 채소를 밟기 좋아하여, 그들이 지나간 자리는 쑥대밭이 되고 만다.
【推(추)】: 밀다.
【好(호)】: [동사] 좋아하다.
【所過(소과)】: 지나간 자리.
【狼籍披攘(낭적피양)】: 엉망진창이 되다, 쑥대밭이 되다. 〖狼籍〗: 어지럽게 흩어지다. 〖披攘〗: 쓰러지다, 넘어지다.

10 木實未熟, 輒齕齩投注。竊取人食, 皆知自實其嗛。→ 나무의 열매가 익기도 전에, 곧 씹고 깨물고 하여 내버리며, 사람들의 음식을 몰래 훔쳐, 자기의 협낭(頰囊)에 가득 채운다.
【輒(첩)】: 곧, 바로.
【齕齩(흘교)】: 씹다, 깨물다.
【投注(투주)】: 내버리다. 〖注〗: 버리다, 내버리다.
【竊取(절취)】: 몰래 훔치다.
【皆知自實其嗛(개지자실기겸)】: 모두 자기의 협낭(頰囊)에 가득 채우다. 〖實〗: 가득 채우다. 〖其〗: [대명사] 그, 즉 왕손 자기. 〖嗛〗: 협낭(頰囊). 즉 원숭이나 다람쥐의 양쪽 볼 안에 있는 음식물을 저장하는 주머니. ※판본에 따라서는 「知自」 두 글자가 없다.

11 山之小草木, 必淩挫折挽, 使之瘁然後已。故王孫之居山恒蒿然。→ 산의 작은 초목은, 반드시 짓밟고 꺾어, 초목을 시들게 한 연후에 비로소 멈춘다. 그래서 왕손이 살고 있는 산은 항상 매우 황폐해 있다.
【淩挫折挽(능좌절만)】: 짓밟고 꺾고 하여 손상을 입히다.
【使之瘁(사지췌)】: 초목을 시들게 하다. 〖使〗: …하게 하다. 〖之〗: [대명사] 그것, 즉 「초목」. 〖瘁〗: 마르다, 시들다.

不與抗。[12] 然則物之甚可憎, 莫王孫若也。余棄山間久, 見其趣如是, 作《憎王孫》云。[13]

번역문

원(猨)과 왕손(王孫)

원(猨)과 왕손(王孫)은 (모두 원숭이의 일종인데) 각기 다른 산에 살고 성품이 서로 다르며 서로를 용납하지 않는다.

원의 성품은 차분하고 뜸직하며, 대체로 어질고 겸양하고 어른을 존경하고 약자를 사랑하는 마음을 지녔다. 함께 살면서 서로 사랑하고, 음식을

....

【已(이)】: 그치다, 멈추다.

【蒿然(호연)】: 황폐한 모양.

12 以是猨群衆則逐王孫, 王孫群衆亦齚猨。猨棄去, 終不與抗。→ 이로 인해 원의 무리가 많으면 왕손을 몰아내고, 왕손의 무리가 많으면 또한 원을 물어버린다. (그러나 통상) 원이 포기하고 달아나며, 끝내 왕손과 대항하지 않는다.

【以是(이시)】: 이로 인해, 이 때문에, 그러므로, 그래서.

【衆(중)】: (수가) 많다.

【逐(축)】: 쫓아내다, 몰아내다.

【齚(색)】: 물다.

【棄去(기거)】: 포기하고 달아나다.

【終(종)】: 시종, 끝내.

13 然則物之甚可憎, 莫王孫若也。余棄山間久, 見其趣如是, 作《憎王孫》云。→ 그런즉 동물 가운데 특히 가증스럽기로는, 왕손을 능가하는 것이 없다. 내가 산간 지방에 폄적된 지 오래되었는데, 왕손의 취향이 이와 같은 것을 보고, 《증왕손(憎王孫)》을 지었다.

【然則(연즉)】: 그런즉, 그렇다면.

【甚可憎(심가증)】: 특히 가증스럽다, 매우 얄밉다. 〖甚〗: 특히, 심히.

【莫王孫若(막왕손약)】: [莫若王孫의 도치형태] 왕손과 같은 것이 없다, 즉「왕손을 능가하는 것이 없다」의 뜻. 〖莫…若〗: 莫若…, …만한 것이 없다, …와 같은 것이 없다, …을 능가하는 것이 없다.

【棄(기)】: [피동 용법] 버려지다. 여기서는「폄적되다」의 뜻.

【趣(취)】: 취향, 성향.

【如是(여시)】: 이와 같다, 이러하다.

먹을 때 서로 양보하고, 길을 걸을 때 열을 짓고, 물을 마실 때 질서를 지킨다. 불행히 (무리가) 흩어지면 슬프게 소리를 지른다. 재난이 발생하면 약자를 보호하고, 농작물과 채소를 밟지 않는다. 나무의 열매가 익기 전에는 서로 함께 신중히 보살피고, 익은 후에는 모두 불러 여럿이 한자리에 모인 다음에 함께 나누어 먹는데 매우 화목하고 즐겁다. 산의 작은 초목은 (밟지 않고) 반드시 길을 돌아가 초목의 성장을 순조롭게 한다. 그래서 원이 살고 있는 산에는 항상 수목이 울창하다.

(이와 대조적으로) 왕손의 성품은 조급하고 방자하며, 말다툼을 잘하고 큰소리를 지르고 찍찍대며 서로 세력을 다투어, 비록 무리를 지어 살고는 있지만 서로 사이가 좋지 않다. 음식을 먹을 때는 서로 물어뜯고, 길을 걸을 때는 열을 짓지 않으며, 물을 마실 때는 질서가 없고, (무리가) 흩어져도 아무런 관심이 없다. 재난이 발생하면 유약(柔弱)한 자를 앞으로 밀어내어 자기는 재난을 면하고, 농작물과 채소를 밟기 좋아하여 그들이 지나간 자리는 쑥대밭이 되고 만다. 나무의 열매가 익기도 전에 곧 씹고 깨물고 하여 내버리며, 사람들의 음식을 몰래 훔쳐 자기의 협낭(頰囊)에 가득 채운다. 산의 작은 초목은 반드시 짓밟고 꺾어 초목을 시들게 한 연후에 비로소 멈춘다. 그래서 왕손이 살고 있는 산은 항상 매우 황폐해 있다.

이로 인해 원의 무리가 많으면 왕손을 몰아내고, 왕손의 무리가 많으면 또한 원을 물어버린다. (그러나 통상) 원이 포기하고 달아나며 끝내 (왕손과) 대항하지 않는다. 그런즉 동물 가운데 특히 가증스럽기로는 왕손을 능가하는 것이 없다.

내가 산간 지방에 폄적된 지 오래되었는데, 왕손의 취향이 이와 같은 것을 보고 《증왕손(憎王孫)》을 지었다.

해설

원(猨)과 왕손(王孫)은 같은 원숭이 과의 동물이나 성질이 전혀 다르다. 원은 선행의 표본이고, 왕손은 악행의 표본이다.

이 우언은 작자가 품성이 서로 상반된 두 종류의 원숭이를 사람에 비유하는 수법으로 귀여운 원(猨)의 이미지를 통해 청렴하고 스스로 억제하며 나라를 이롭게 하고 백성을 편안하게 하는 인물을 찬양하는 한편, 얄미운 왕손(王孫)의 이미지를 통해 탐욕스럽고 흉악하며 나라를 해치고 백성에게 재앙을 가져다주는 권력자를 꾸짖고 풍자했다.

034 복신(伏神)

《柳河東集·第十八卷·辨伏神文》

원문 및 주석

伏神[1]

余病痞且悸，謁醫視之，曰：「惟伏神爲宜。」[2] 明日，買諸市，烹而餌之，病加甚。召醫而尤其故，醫求觀其滓。[3] 曰：「吁！盡老芋也。彼

1 伏神 → 복령(茯苓)의 뿌리
【伏神(복신)】: [한약제] 복신(茯神), 복령(茯苓)의 뿌리.

2 余病痞且悸，謁醫視之，曰：「惟伏神爲宜。」→ 내가 비장비대증(脾臟肥大症)을 앓아 오랫동안 가슴이 두근거려, 의사를 찾아가 보니, 의사가 말했다:「오직 복신(茯神)이 가장 적합합니다.」
【病(병)】: [동사] 병을 앓다.
【痞(비)】: 비장비대증(脾臟肥大症).
【且(차)】: 오랫동안, 한참동안.
【悸(계)】: 가슴이 두근거리다.
【謁(알)】: 배알하다, 찾아뵈다, 방문하다.
【惟(유)】: 오직, 다만.
【爲宜(위의)】: 알맞다, 적합하다.

3 明日，買諸市，烹而餌之，病加甚。召醫而尤其故，醫求觀其滓。→ 다음날, 시장에서 그것을 사다가, 삶아 먹었는데, 병이 더욱 심해졌다. 의사를 불러 그 까닭을 추궁하자, 의사가 그 찌꺼기를 보여 달라고 요구했다.
【明日(명일)】: 이튿날, 다음날.
【諸(제)】: 之於(지어)의 합음.
【餌(이)】: 먹다.
【加甚(가심)】: 더욱 심해지다.

鬻藥者欺子而獲售。子之懵也, 而反尤於余, 不以過乎?」[4] 余戍然慚, 愾然憂。推是類也以往, 則世之以芋自售而病乎人者衆矣, 又誰辨焉![5]

....

【尤(우)】: 원망하다, 탓하다. 여기서는 「추궁하다, 문책하다」의 뜻.
【故(고)】: 까닭, 연고, 이유.
【求觀(구관)】: 보여 달라고 요구하다.
【滓(재)】: 찌꺼기, 찌끼.

4 曰:「吁! 盡老芋也。彼鬻藥者欺子而獲售。子之懵也, 而反尤於余, 不以過乎?」→ 의사가 (찌꺼기를 보고 나서) 말했다:「허! 모두 늙은 토란입니다. 그 약을 파는 사람이 당신을 속여 판 것입니다. 당신이 어리석으면서, 오히려 나에게 책임을 추궁하면, 너무 지나치지 않습니까?」
【吁(우)!】: [탄식하는 소리] 허! 아! 아니!
【盡(진)】: 모두, 다.
【芋(우)】: 토란.
【鬻藥者(육약자)】: 약을 파는 사람, 약장사. 〖鬻〗: 賣(매), 팔다.
【欺(기)】: 속이다, 기만하다.
【子(자)】: 너, 그대, 당신.
【懵(몽)】: 사리에 어둡다, 어리석다.
【反(반)】: 반대로, 오히려.
【尤(우)】: 원망하다, 탓하다, 비난하다.
【不以過乎(불이과호)?】: 지나치지 않는가? 〖不…乎?〗: …하지 않는가? 〖過〗: 지나치다.

5 余戍然慚, 愾然憂。推是類也以往, 則世之以芋自售而病乎人者衆矣, 又誰辨焉! → 나는 부끄러워 쩔쩔매면서, 또 분개하고 걱정했다. 이러한 일로 미루어 보건대, 세상에는 토란을 (복신으로 속여) 팔아 사람에게 해를 끼치는 그러한 일이 매우 많다. 그러나 또 누가 그것을 변별해 내는가!
【戍然(수연)】: 부끄러운 모양. ※판본에 따라서는 「戍然」을 「戚然(척연)」이라 했다.
【慚(참)】: 부끄럽다. ※판본에 따라서는 「慚」을 「慙(참)」이라 했다.
【愾然(개연)】: 분노하다, 분개하다.
【憂(우)】: 근심하다, 우려하다, 걱정하다.
【推是類也以往(추시류야이왕)】: 이러한 일로 미루어 보건대. 〖是類〗: 이러한 일, 이와 같은 일.
【售(수)】: 팔다.
【病乎人(병호인)】: 사람에게 해를 끼치다. 〖病〗: 해를 끼치다. 〖乎〗: [개사] 於(어), …에게.
【辨(변)】: 분별하다, 가려내다.

번역문

복령(茯笭)의 뿌리

내가 비장비대증(脾臟肥大症)을 앓아 오랫동안 가슴이 두근거려 의사를 찾아가 보니 의사가 말했다.

「오직 복신(茯神)이 가장 적합합니다.」

다음날 시장에서 그것을 사다가 삶아 먹었는데 병이 더욱 심해졌다. 의사를 불러 그 까닭을 추궁하자 의사가 그 찌꺼기를 보여 달라고 요구했다. 의사가 (찌꺼기를 보고 나서) 말했다.

「허! 모두 늙은 토란입니다. 그 약을 파는 사람이 당신을 속여 판 것입니다. 당신이 어리석으면서 오히려 나에게 책임을 추궁하면, 너무 지나치지 않습니까?」

나는 부끄러워 쩔쩔매면서, 또 분개하고 걱정했다. 이러한 일로 미루어 보건대, 세상에는 토란을 (복신으로 속여) 팔아 사람에게 해를 끼치는 그러한 일이 매우 많다. 그러나 또 누가 그것을 변별해 내는가!

해설

비장비대증(脾臟肥大症)을 앓는 환자가 의사의 처방에 따라 시장에 가서 복신(茯神)을 사다가 삶아먹고 나서 병이 더욱 심해졌으나, 그것은 의사가 처방을 잘못한 것이 아니라 복신을 팔아야 할 장사가 복신과 비슷한 늙은 토란을 복신으로 속여 팔았기 때문이다.

당시 사회는 남의 건강을 해치거나 말거나 자신의 이익만을 취하면 된다는 생각으로 남을 곤경에 빠뜨리는 사기꾼이 많았다. 그러나 그들은 결코 사회의 폭로나 질책을 받는 일이 없었다.

이 우언은 작자가 당시의 비정상적인 사회 풍조를 폭로하는 동시에, 사기꾼의 속임수에 넘어가지 않으려면 부단한 학습을 통해 속임수를 식별하는 능력을 길러야 한다는 이치를 설명한 것이다.

035 애전망명(愛錢忘命)

《柳河東集 · 第十八卷 · 哀溺文》

원문 및 주석

愛錢忘命[1]

永之氓咸善游。一日, 水暴甚, 有五六氓乘小船絶湘水。[2] 中濟, 船破, 皆游。其一氓盡力而不能尋常。[3] 其侶曰 :「汝善游最也, 今何

1 愛錢忘命 → 돈을 좋아하여 목숨을 잃다

2 永之氓咸善游。一日, 水暴甚, 有五六氓乘小船絶湘水。→ 영주(永州)의 백성들은 모두 헤엄을 잘 친다. 어느 날, 물이 크게 불어나자, 대여섯 명의 백성들이 작은 배를 타고 상수(湘水)를 횡단하고 있었다.

【永(영)】: [지명] 영주(永州). 지금의 호남성 영릉현(零陵縣). 소수(瀟水)와 상수(湘水)가 합류하는 지점이다. 유종원은 순종(順宗) 원년(805) 혁신을 주장하는 왕숙문(王叔文) 집단에 참여했다가, 그해 순종이 죽자 왕숙문이 물러나고, 유종원도 영주사마(永州司馬)[지금의 호남성 영릉(零陵)]로 폄적되어 영주에서 10년을 지냈다.

【氓(맹)】: 백성.

【咸(함)】: 모두, 다.

【善游(선유)】: 헤엄을 잘 치다.

【水暴甚(수폭심)】: 물이 크게 불어나다.

【乘(승)】: (차 · 말 · 배 등을) 타다.

【絶(절)】: (강 · 바다 등을) 가로 건너다, 횡단하다.

【湘水(상수)】: [강 이름] 상강(湘江). 지금의 광서성 홍안현(興安縣)의 양해산(陽海山)에서 발원하여 동북쪽으로 흘러 호남성 영릉현(零陵縣) 서쪽에서 이수(灕水)와 만난다.

3 中濟, 船破, 皆游。其一氓盡力而不能尋常。→ 중간쯤 건넜을 때, 배가 부서져, 모두 헤엄을 쳤다. 그중 한 사람은 온힘을 다했으나 얼마 헤엄쳐 나가지 못했다.

【中濟(중제)】: 중간쯤 건너가다. 〖濟〗: 건너다.

後爲?」曰:「吾腰千錢, 重, 是以後。」[4] 曰:「何不去之?」不應, 搖其首。有頃, 益怠。[5] 已濟者立岸上, 呼且號曰:「汝愚之甚! 蔽之甚! 身且死, 何以貨爲?」又搖其首, 遂溺死。[6]

【不能尋常(불능심상)】: 얼마 헤엄쳐 나가지 못하다. 〖尋常〗: [길이 단위] 8척을 「尋」이라 하고, 2심을 「常」이라 했다. 여기서는 「짧은 거리, 가까운 거리」를 가리킨다.

4 其侶曰:「汝善游最也, 今何後爲?」曰:「吾腰千錢, 重, 是以後。」→ 그의 옆에서 함께 헤엄치던 사람이 말했다:「당신은 (본래) 헤엄을 가장 잘 쳤는데, 지금은 어째서 뒤처지지요?」(그 사람이) 대답했다:「내 허리에 동전 천 개를 차서, 너무 무겁소. 그래서 뒤처지는 것이오.」

【侶(려)】: 짝, 동반자, 동료. 여기서는 「옆에서 함께 헤엄치던 사람」을 가리킨다.

【汝(여)】: 너, 당신.

【善游最(선유최)】: [最善游의 도치형태] 헤엄을 가장 잘 치다.

【何後爲(하후위)】: 어째서 뒤처지는가? 〖何〗: 어째서. 〖後〗: 뒤처지다. 〖爲〗: [의문조사]. ※「何後爲」를 「爲何後」의 도치 형태로 풀이한 경우도 있다.

【腰(요)】: 허리.

【是以(시이)】: 그래서, 이로 인해.

5 曰:「何不去之?」不應, 搖其首。有頃, 益怠。→ (함께 헤엄치던 사람이) 말했다:「그러면 어째서 그것을 제거해 버리지 않소?」그는 대답하지 않고, 고개를 내저었다. 그리고 잠시 후에는, 더욱 지쳐버렸다.

【去(거)】: 없애다, 제거하다.

【之(지)】: [대명사] 그것, 즉 「천 개의 동전」.

【搖其首(요기수)】: 고개를 내젓다. 〖搖〗: 내젓다, 좌우로 흔들다.

【有頃(유경)】: 잠시 후, 조금 지나서.

【益(익)】: 더욱.

【怠(태)】: 피로하다, 지쳐버리다.

6 已濟者立岸上, 呼且號曰:「汝愚之甚! 蔽之甚! 身且死, 何以貨爲?」又搖其首, 遂溺死。→ 이미 건너간 사람들이 강기슭에 서서, 계속 외쳐대며 말했다:「당신은 너무 어리석어! 너무 꽉 막혔어! 사람이 곧 죽으려 하는데, 돈이 무슨 소용이 있소?」(그는) 또 고개를 내젓다가, 결국 익사하고 말았다.

【呼且號(호차호)】: 부르고 또한 외치다. 즉 「계속 외쳐대다」의 뜻. 〖且〗: 그리고, 또한.

【愚之甚(우지심)】: 매우 어리석다. 〖甚〗: 심히, 매우.

【蔽之甚(폐지심)】: 꽉 막히다. 〖蔽〗: [피동 용법] 막히다, 가리다.

【身且死(신차사)】: 몸이 곧 죽어가다. 즉 「사람이 곧 죽게 되다」 〖且〗: 곧 …하려 하다, 바야흐로 …하려 하다.

【何以貨爲(하이화위)?】: 돈을 가져 무엇 할 거야? 돈이 무슨 소용이 있어? ※「何以貨爲」를 「爲何以貨」의 도치 형태라고 풀이한 경우도 있다.

【遂(수)】: 마침내, 결국, 드디어.

번역문

돈을 좋아하여 목숨을 잃다

영주(永州)의 백성들은 모두 헤엄을 잘 친다. 어느 날, 물이 크게 불어나자 대여섯 명의 백성들이 작은 배를 타고 상수(湘水)를 횡단하고 있었다. 중간쯤 건넜을 때, 배가 부서져 모두 헤엄을 쳤다. 그중 한 사람은 온힘을 다했으나 얼마 헤엄쳐 나가지 못했다. 그의 옆에서 함께 헤엄치던 사람이 말했다.

「당신은 (본래) 헤엄을 가장 잘 쳤는데 지금은 어째서 뒤처지지요?」

(그 사람이) 대답했다.

「내 허리에 동전 천 개를 차서 너무 무겁소. 그래서 뒤처지는 것이오.」

(함께 헤엄치던 사람이) 말했다.

「그러면 어째서 그것을 제거해 버리지 않소?」

그는 대답하지 않고 고개를 내저었다. 그리고 잠시 후에는 더욱 지쳐버렸다. 이미 건너간 사람들이 강기슭에 서서 계속 외쳐대며 말했다.

「당신은 너무 어리석어! 너무 꽉 막혔어! 사람이 곧 죽으려 하는데 돈이 무슨 소용이 있소?」

(그는) 또 고개를 내젓다가 결국 익사하고 말았다.

해설

영주(永州)의 한 수전노는 평상시 수영을 매우 잘하던 사람이지만 허리에 맨 동전 천 개의 무게로 인해 앞으로 나아가지 못하고 기력이 소진되어 익사 위기에 처했다. 그와 함께 헤엄치던 사람들이 동전을 버리도록 외쳐대며 호소했지만 수전노는 돈을 포기하지 못하고 결국 목숨을 잃고 말았다. 살고 나서 돈이지 죽고 나면 돈이 무슨 소용이 있는가?

이 우언은 물에 빠져 죽을지언정 돈을 포기하지 못하는 수전노의 행위를 통해, 탐욕으로 인해 재물의 노예가 되어 죽어도 깨닫지 못하는 당시 관료 귀족들의 비행을 풍자한 것이다.

036 삼계(三戒)

《柳河東集 · 第十九卷 · 三戒》

원문 및 주석

三戒[1]

吾恒惡世之人, 不推己之本, 而乘物以逞。或依勢以干非其類, 出技以怒强, 竊時以肆暴, 然卒迨于禍。[2] 有客談麋、驢、鼠三物, 似

1 三戒 → 세 가지 경계해야 할 일
【戒(계)】: 경계하다, 삼가다.

2 吾恒惡世之人, 不推己之本, 而乘物以逞。或依勢以干非其類, 出技以怒强, 竊時以肆暴, 然卒迨于禍。→ 나는 항상 세상 사람들이, 자기의 근본을 추구하지 않고, 다른 사물에 의지하여 자기를 과시하는 것을 증오한다. 어떤 사람은 세력에 의지하여 자기와 동류가 아닌 사람을 업신여기고, 어떤 사람은 자기의 (하찮은) 본령(本領)을 드러내 보여 강자(强者)를 격노(激怒)하게 하고, 어떤 사람은 기회를 이용하여 함부로 나쁜 짓을 한다. 그러나 (그들은) 결국 재앙을 당하고 만다.
【恒(항)】: 항상, 언제나, 늘.
【惡(오)】: 증오하다, 싫어하다, 미워하다.
【推己之本(추기지본)】: 자기의 근본을 추구하다. 〖推〗: 추구하다, 탐구하다.
【乘物以逞(승물이령)】: 다른 사물에 의지하여 우쭐대다. 〖乘〗: …을 이용하다, …의지하다. 〖物〗: 다른 사물, 외부 조건. 〖逞〗: 뽐내다, 과시하다, 우쭐대다.
【或(혹)】: 어떤 사람.
【依勢以干非其類(의세이간비기류)】: 세력에 의지하여 자기와 동류가 아닌 사람을 업신여기다. ※ 이는 「임강지미(臨江之麋): 임강(臨江)의 고라니」를 가리킨다. 〖依勢〗: 세력에 의지하다. 〖干〗: 깔보다, 업신여기다, 괴롭히다. 〖非其類〗: 자기와 같은 부류가 아닌 사람. 즉, 자기와 지위나 인품이 다른 사람.
【出技以怒强(출기이노강)】: 자기의 (하찮은) 본령을 드러내 보여 강자(强者)를 격노(激怒)하

其事, 作《三戒》。[3]

번역문

세 가지 경계해야 할 일

나는 항상 세상 사람들이 자기의 근본을 추구하지 않고 다른 사물에 의지하여 자기를 과시하는 것을 증오한다. 어떤 사람은 세력에 의지하여 자기와 동류가 아닌 사람을 업신여기고, 어떤 사람은 자기의 (하찮은) 본령(本領)을 드러내 보여 강자(强者)를 격노(激怒)하게 하고, 어떤 사람은 기회를 이용하여 함부로 나쁜 짓을 한다. 그러나 (그들은) 결국 재앙을 당하고 만다. 어떤 손님이 고라니 · 당나귀 · 쥐 세 동물에 관해 이야기 했는데, 마치 그들의 일과 흡사하여《삼계(三戒)》를 지었다.

....

게 하다. ※이는 「검지려(黔之驢) : 검(黔) 지방의 당나귀」를 가리킨다. 【技】: 본령, 기능. 【怒】: [사동 용법] 격노(激怒)하게 하다, 분노를 야기하다.

【竊時以肆暴(절시이사폭)】: 기회를 이용하여 함부로 나쁜 짓을 하다. ※이는 「영모씨지서(永某氏之鼠) : 영주(永州) 모씨(某氏) 집의 쥐」를 가리킨다. 【竊】: 기회를 이용하다. 【肆暴】: 함부로 나쁜 짓을 하다.

【卒(졸)】: 마침내, 결국, 최후.

【迨于禍(태우화)】: 재앙에 이르다. 즉 「재앙을 당하다」의 뜻. 【迨】: 及(급), …이르다. 【于】: [개사] 於(어), …에.

3 有客談麋、驢、鼠三物, 似其事, 作《三戒》。→ 어떤 손님이 고라니 · 당나귀 · 쥐 세 동물에 관해 이야기 했는데, 마치 그들의 일과 흡사하여, 《삼계(三戒)》를 지었다.

【談(담)】: 이야기하다. ※판본에 따라서는 「談」을 「譚(담)」이라 했다.

【麋(미)】: 고라니.

【驢(려)】: 당나귀.

【似(사)】: 마치 …같다, 흡사하다.

(1) 임강지미(臨江之麋)

원문 및 주석

臨江之麋[1]

臨江之人, 畋得麋麑, 畜之。入門, 群犬垂涎, 揚尾皆來。其人怒, 怛之。[2] 自是, 日抱就犬, 習示之, 使勿動, 稍使與之戲。[3] 積久, 犬皆

1 臨江之麋 → 임강(臨江)의 고라니
【臨江(임강)】: [지명] 지금의 강서성 청강현(清江縣).
【麋(미)】: 고라니.

2 臨江之人, 畋得麋麑, 畜之。入門, 群犬垂涎, 揚尾皆來。其人怒, 怛之。→ 임강(臨江) 사람이, 사냥을 나가 고라니 새끼를 잡아와, 그것을 (집에서) 기르려 했다. 대문에 들어서자, 여러 마리의 개들이 군침을 흘리고, 꼬리를 흔들며 모두 (고라니 새끼에게) 다가왔다. 그가 화를 내며, 개들을 을렀다.
【畋(전)】: 사냥하다.
【麋麑(미예)】: 고라니 새끼. 〖麑〗: 사슴 새끼.
【畜(휵)】: 기르다.
【垂涎(수연)】: 침을 흘리다.
【揚尾(양미)】: 꼬리를 흔들다, 꼬리를 치다.
【怛(달)】: 으르다, 위협하다, 협박하다.

3 自是, 日抱就犬, 習示之, 使勿動, 稍使與之戲。→ 이때부터, 날마다 고라니 새끼를 끌어안고 개들에게 가까이 다가가, 항상 개들에게 보여주며, 함부로 건드리지 못하게 하고, 서서히 개들로 하여금 고라니 새끼와 함께 놀도록 했다.
【自是(자시)】: 이때부터.
【抱(포)】: 끌어안다.
【就(취)】: 접근하다, 가까이하다, 곁에 다가가다.

如人意。麋麑稍大，忘己之麋也，以爲犬良我友，抵觸偃仆，益狎。[4] 犬畏主人，與之俯仰甚善，然時啖其舌。[5] 三年，麋出門，見外犬在道甚衆，走欲與爲戲。[6] 外犬見而喜且怒，共殺食之，狼藉道上。麋至

……………

【習示之(습시지)】: 항상 고라니 새끼를 개들에게 보여주다. 〖習〗: 습관적으로, 항상. 〖之〗: [대명사] 그것, 즉 「개들」.

【使勿動(사물동)】: 함부로 건드리지 못하게 하다. 〖使勿〗: …하지 못하게 하다. 〖動〗: 건드리다, 집적대다.

【稍(초)】: 서서히, 점차.

【與之戲(여지희)】: 고라니 새끼와 함께 노닐도록 하다. 〖之〗: [대명사] 그, 그것, 즉 「고라니 새끼」. 〖戲〗: 놀다, 장난치다.

4 積久，犬皆如人意。麋麑稍大，忘己之麋也，以爲犬良我友，抵觸偃仆，益狎。→ 오랜 시간이 지나자, 개들이 모두 주인의 뜻에 따랐다. 고라니 새끼도 점점 자라면서, 자기가 고라니라는 것을 잊고, 개들을 확실히 자기의 친구라고 여겨, 서로 치대고 부딪고 드러눕고 엎어지고 하며, 더욱 친하게 지냈다.

【積久(적구)】: 오랜 시간이 쌓이다. 즉 「오랜 시간이 흐르다」의 뜻.

【如人意(여인의)】: 주인의 뜻에 따르다.

【大(대)】: [동사] 자라다, 성장하다.

【以爲(이위)】: …라고 여기다, …라고 생각하다.

【良(량)】: 확실히, 실로.

【我友(아우)】: 나의 친구, 즉 「자기의 친구」.

【抵觸偃仆(저촉언부)】: 서로 치대고 부딪고 드러눕고 엎어지고 하다. ※서로 친하게 장난하고 뒹굴며 노는 모습을 형용한 말.

【益(익)】: 더욱.

【狎(압)】: 친해지다.

5 犬畏主人，與之俯仰甚善，然時啖其舌。→ 개들이 주인을 두려워하여, 고라니 새끼와 매우 친하게 지내는 것처럼 보였지만, 그러나 때때로 (잡아먹고 싶은 생각에) 혀를 핥으며 입맛을 다셨다.

【畏(외)】: 두려워하다.

【俯仰(부앙)】: 서로 굽어보고 쳐다보다. 즉 「함께 지내다」의 뜻.

【啖其舌(담기설)】: 자기의 혀를 핥다. 즉 「잡아먹고 싶은 생각에 자기의 혀를 핥으며 입맛을 다시다」의 뜻. 〖啖〗: 먹다. 여기서는 「핥다」의 뜻.

6 三年，麋出門，見外犬在道甚衆，走欲與爲戲。→ 삼 년이 지난 후, 고라니가 (처음으로) 대문을 나섰다. 밖의 개들이 길에 매우 많은 것을 보고, 걸어가서 그 개들과 함께 어울려 놀고자 했다.

【甚衆(심중)】: 매우 많다.

【欲(욕)】: …하고자 하다, …하려고 하다.

死不悟。[7]

번역문

임강(臨江)의 고라니

임강(臨江) 사람이 사냥을 나가 고라니 새끼를 잡아와 그것을 (집에서) 기르려 했다. 대문에 들어서자 여러 마리의 개들이 군침을 흘리고 꼬리를 흔들며 모두 (고라니 새끼에게) 다가왔다. 그가 화를 내며 개들을 을렀다. 이때부터 날마다 고라니 새끼를 끌어안고 개들에게 가까이 다가가, 항상 개들에게 보여주며 함부로 건드리지 못하게 하고, 서서히 개들로 하여금 고라니 새끼와 함께 놀도록 했다.

오랜 시간이 지나자 개들이 모두 주인의 뜻에 따랐다. 고라니 새끼도 점점 자라면서 자기가 고라니라는 것을 잊고, 개들을 확실히 자기의 친구라고 여겨, 서로 치대고 부딪고 드러눕고 엎어지고 하며 더욱 친하게 지냈다. 개들이 주인을 두려워하여 고라니 새끼와 매우 친하게 지내는 것처럼 보였지만, 그러나 때때로 (잡아먹고 싶은 생각에) 혀를 핥으며 입맛을 다셨다.

삼 년이 지난 후 고라니가 (처음으로) 대문을 나섰다. 밖의 개들이 길에

....

7 外犬見而喜且怒, 共殺食之, 狼藉道上。麋至死不悟。→밖의 개들은 고라니를 보자 좋아하면서 또 화를 내더니, 함께 고라니를 죽여 나누어 먹었다. (고라니의 뼈와 피가) 길 위에 낭자했다. 고라니는 죽을 때까지 (자신이 죽는 이유를) 깨닫지 못했다.

【喜且怒(희차노)】: 좋아하며 또 화를 내다. 〖且〗: …하면서 또 …하다, 한편으로 …하고 한편으로 …하다.

【共(공)】: 함께.

【狼藉(낭자)】: 낭자하다, 여기저기 흩어져 어지럽다.

【悟(오)】: 깨닫다.

매우 많은 것을 보고, 걸어가서 그 개들과 함께 어울려 놀고자 했다. 밖의 개들은 고라니를 보자 좋아하면서 또 화를 내더니 함께 고라니를 죽여 나누어 먹었다. (고라니의 뼈와 피가) 길 위에 낭자했다. 고라니는 죽을 때까지 (자신이 죽는 이유를) 깨닫지 못했다.

해설

고라니는 주인의 비호 하에 집안의 개들과 친근하게 지내면서 개들이 자기의 친구라고 생각했지만, 개들은 주인을 두려워하여 마지못해 친근한 태도를 취했을 뿐, 속내는 여전히 고라니를 잡아먹고 싶은 생각에 왕왕 혀를 핥으며 입맛을 다셨다. 이처럼 순진한 고라니는 나중에 밖에 나가 여러 개들을 보자, 자신이 개가 아니라는 것을 모르고 집에서 하던 것처럼 밖의 개들에게 나가가 함께 어울리려다가 순식간에 잡혀먹고 말았다.

이 우언은 외부의 비호 세력에 의존하여 생존을 유지하던 사람이 자신의 본래 모습을 망각했다가 보호막을 잃고 재앙을 당한 어리석은 행위를 풍자한 것이다.

(2) 검지려(黔之驢)

원문 및 주석

黔之驢[1]

黔無驢, 有好事者船載以入。至則無可用, 放之山下。[2] 虎見之, 尨然大物也, 以爲神。蔽林間窺之, 稍出近之, 慭慭然莫相知。[3]

1 黔之驢 → 검(黔) 지방의 당나귀
【黔(검)】: [지명] 지금의 사천성 남부와 귀주성 북부 지역.
【驢(려)】: 당나귀.

2 黔無驢, 有好事者船載以入。至則無可用, 放之山下。→ 검(黔) 지방에는 (본래) 당나귀가 없었는데, 호사자(好事者)가 배에 실어 들여왔다. 막상 와서 보니 쓸 데가 없어, 그것을 산 아래에 풀어 놓았다.
【好事者(호사자)】: 일을 벌이기 좋아하는 사람.
【船載以入(선재이입)】: 배에 실어 들여오다. 〖載〗: 싣다, 적재하다. 〖以〗: 而(이).
【至(지)】: 이르다, 오다.
【則(즉)】: 오히려.
【無可用(무가용)】: 쓸 데가 없다.
【放(방)】: 풀어 놓다.
【之(지)】: [대명사] 그것, 즉 「당나귀」.

3 虎見之, 尨然大物也, 以爲神。蔽林間窺之, 稍出近之, 慭慭然莫相知。→ 호랑이는 당나귀를 보자, 몸집이 매우 커서, 신(神)이라 생각했다. (그리하여) 숲 속에 숨어 그것을 엿보다가, 서서히 나와 당나귀에 가까이 다가가, 조심조심 신중하게 살펴보았지만 (여전히 그 정체를) 알 수가 없었다.
【尨然(방연)】: 몸집이 큰 모양. ※판본에 따라서는 「尨」을 「龐(방)」이라 했다.
【以爲(이위)】: …라 여기다, …라고 생각하다.

他日, 驢一鳴, 虎大駭, 遠遁, 以爲且噬己也, 甚恐.[4] 然往來視之, 覺無異能者, 益習其聲。又近出前後, 終不敢搏。[5] 稍近, 益狎, 蕩倚衝冒。驢不勝怒, 蹄之。[6] 虎因喜, 計之曰 :「技止此耳!」因跳踉大㘎,

【蔽(폐)】: 숨다, 숨기다, 피하다.
【窺(규)】: 엿보다.
【稍(초)】: 서서히, 점점.
【慭慭然(은은연)】: 조심스럽고 신중한 모양. 즉「조심조심 신중하게 살펴보다」의 뜻.
【莫相知(막상지)】: 알지 못하다, 알 수가 없다.

4 他日, 驢一鳴, 虎大駭, 遠遁, 以爲且噬己也, 甚恐。→ 어느 날, 당나귀가 한 번 소리를 지르자, 호랑이가 크게 놀라, 멀리 달아나며, (당나귀가) 장차 자기를 물어버릴 것이라 여겨, 매우 두려워했다.
【他日(타일)】: 다른 날, 훗날, 어느 날.
【大駭(대해)】: 크게 놀라다, 매우 놀라다. 〖駭〗: 놀라다.
【遠遁(원둔)】: 멀리 달아나다. 〖遁〗: 달아나다.
【且(차)】: 장차 …할 것이다.
【噬(서)】: 물다.
【恐(공)】: 두려워하다.

5 然往來視之, 覺無異能者, 益習其聲。又近出前後, 終不敢搏。→ 그러나 왔다 갔다 하면서 당나귀를 관찰한 결과, 특이한 본령(本領)이 없다는 것을 깨달았고, 당나귀의 소리도 점점 더 익숙해졌다. 그리하여 또 당나귀에 가까이 다가가 앞뒤에서 서성대기도 했지만, 끝내 감히 당나귀를 공격하지는 못했다.
【覺(각)】: 깨닫다.
【異能(이능)】: 남다른 재능, 특이한 본령.
【益習(익습)】: 점점 더 익숙해지다. 〖益〗: 점점 더, 더욱. 〖習〗: 익숙해지다.
【近出前後(근출전후)】: 가까이 다가가 앞뒤에서 서성대다.
【終(종)】: 시종, 끝내.
【搏(박)】: 치다, 공격하다, 덮치다.

6 稍近, 益狎, 蕩倚衝冒。驢不勝怒, 蹄之。→ (그러다가) 점차 더 가까이 가서, (의도적으로) 너무 함부로 대하고, 무례한 짓을 하여 당나귀의 인내심을 시험했다. 당나귀는 분노를 참지 못하고, 발굽으로 호랑이를 걷어찼다.
【稍近(초근)】: 점차 가까이 다가가다. 〖稍〗: 점차, 점점, 서서히.
【狎(압)】: 희롱하다. 여기서는「함부로 대하다」의 뜻.
【蕩倚衝冒(탕의충모)】: 흔들고 기대고 부딪고 무례한 짓을 하여 인내심을 시험하다. 〖蕩〗: 흔들다. 〖倚〗: 기대다. 〖衝〗: 충돌하다, 부딪치다. 〖冒〗: 무례한 짓을 하다.
【不勝(불승)】: …을 이기지 못하다, …을 참지 못하다, …을 견디지 못하다.
【蹄之(제지)】: 호랑이를 발굽으로 차다. 〖蹄〗: [동사 용법] 발굽으로 차다. 〖之〗: [대명사]

斷其喉, 盡其肉, 乃去。[7]

번역문

검(黔) 지방의 당나귀

검(黔) 지방에는 (본래) 당나귀가 없었는데 호사자(好事者)가 배에 실어 들여왔다. 막상 와서 보니 쓸 데가 없어 그것을 산 아래에 풀어 놓았다. 호랑이는 당나귀를 보자 몸집이 매우 커서 신(神)이라 생각했다. (그리하여) 숲 속에 숨어 그것을 엿보다가 서서히 나와 당나귀에 가까이 다가가 조심조심 신중하게 살펴보았지만 (여전히 그 정체를) 알 수가 없었다.

어느 날, 당나귀가 한 번 소리를 지르자 호랑이가 크게 놀라 멀리 달아나며, (당나귀가) 장차 자기를 물어버릴 것이라 여겨 매우 두려워했다. 그러나 왔다 갔다 하면서 당나귀를 관찰한 결과, 특이한 본령(本領)이 없다는

....

그것, 즉 「호랑이」.

7 虎因喜, 計之曰 : 「技止此耳!」因跳踉大㘎, 斷其喉, 盡其肉, 乃去。→ 호랑이는 이로 인해 매우 기뻐하며, (마음속으로) 당나귀의 발굽에 차인 것을 헤아리고 말했다 : 「당나귀의 본령은 겨우 이 정도일 뿐이군!」 그리하여 펄쩍 뛰어오르며 으르렁하고 큰 소리를 내더니, 당나귀의 숨통을 물어 끊고, 고기를 다 먹은 후에, 비로소 그곳을 떠났다.

【因(인)】 : 이로 인해, 그리하여, 그래서.

【計之(계지)】 : (마음속으로) 당나귀의 발굽에 차인 것을 헤아리다. 〖計〗 : 헤아리다, 타산하다, 주판을 놓다. 〖之〗 : 그것, 즉 「당나귀의 발굽에 차인 것」.

【技(기)】 : 기예, 기능, 본령.

【止(지)】 : 只(지), 다만, 겨우.

【耳(이)】 : …뿐.

【跳踉(도량)】 : 펄쩍 뛰어오르다.

【㘎(함)】 : 으르렁대다.

【斷其喉(단기후)】 : 당나귀의 숨통을 물어 끊다. 〖其〗 : 그, 즉 「당나귀」.

【盡(진)】 : 다하다. 여기서는 「다 먹어치우다」의 뜻.

【乃(내)】 : 비로소.

【去(거)】 : 떠나다.

것을 깨달았고 당나귀의 소리도 점점 더 익숙해졌다. 그리하여 또 당나귀에 가까이 다가가 앞뒤에서 서성대기도 했지만, 끝내 감히 당나귀를 공격하지는 못했다.

(그러다가) 점차 더 가까이 가서 (의도적으로) 더욱 함부로 대하고 무례한 짓을 하여 당나귀의 인내심을 시험했다. 당나귀는 분노를 참지 못하고 발굽으로 호랑이를 걷어찼다. 호랑이는 이로 인해 매우 기뻐하며 (마음속으로) 당나귀의 발굽에 차인 것을 헤아리고 말했다.

「당나귀의 본령은 겨우 이 정도일 뿐이군!」

그리하여 펄쩍 뛰어오르며 으르렁하고 큰 소리를 내더니, 당나귀의 숨통을 물어 끊고 고기를 다 먹은 후에 비로소 그곳을 떠났다.

해설

호랑이가 당나귀를 처음 보았을 때는 몸집이 매우 커서 신(神)이라 여기며 함부로 대할 생각을 못했으나, 차츰 당나귀에 접근하여 귀찮게 굴며 능력을 시험해 보니 발길질 외에는 이렇다 할 본령(本領)이 없었다. 이를 간파한 호랑이는 즉시 당나귀의 숨통을 물어 끊어버렸다. 당나귀는 결국 호랑이의 먹이가 되고 말았다.

이 우언은 몸집만 크고 발길질이 유일한 무기인 당나귀가 호랑이에게 잡혀 먹힌 고사를 통해, 만일 적을 제압할 수 있는 본령을 갖추지 않고 허세를 부리다가는 반드시 치명적인 화를 부른다는 허장성세(虛張聲勢)의 위험성을 경계하고 풍자한 것이다.

(3) 영모씨지서(永某氏之鼠)

원문 및 주석

永某氏之鼠[1]

永有某氏者, 畏日, 拘忌異甚。以爲己生歲直子, 鼠, 子神也。[2] 因

1 永某氏之鼠 → 영주(永州) 모씨(某氏) 집의 쥐

【永(영)】: [지명] 영주(永州). 지금의 호남성 영릉현(零陵縣). 소수(瀟水)와 상수(湘水)가 합류하는 지점이다. 유종원은 순종(順宗) 원년(805) 혁신을 주장하는 왕숙문(王叔文) 집단에 참여했다가, 그해 순종이 죽자 왕숙문이 물러나고, 유종원도 영주사마(永州司馬)[지금의 호남성 영릉(零陵)]로 폄적되어 영주에서 10년을 지냈다.

2 永有某氏者, 畏日, 拘忌異甚。以爲己生歲直子, 鼠, 子神也。→ 영주(永州)에 사는 모씨(某氏)는, 기일(忌日)을 위반할까 두려워, 기피하는 것이 유난히 심했다. 그는 자신이 태어난 해가 쥐의 해에 해당했기 때문에, 쥐를 곧 자신(子神)이라 여겼다.

【畏日(외일)】: 기일(忌日)을 위반할까 두려워하다. 〖畏〗: 두려워하다. 〖日〗: 기일(忌日), 불길하다 하여 꺼리는 날.

【拘忌(구기)】: 꺼리다, 기피하다, 금기(禁忌)하다.

【異甚(이심)】: 유난히 심하다, 특히 심하다.

【以爲(이위)】: …라고 여기다, …라고 생각하다.

【生歲直子(생세직자)】: 태어난 해가 쥐의 해에 해당하다. 〖生歲〗: 태어난 해, 출생한 해. 〖直〗: 値(치), 만나다, 즈음하다. 여기서는 「해당하다」의 뜻. 〖子〗: 자년(子年), 쥐의 해.

※ 옛날 역법(曆法)은 열두 가지 동물을 가지고 십이지신(十二支神)을 삼았는데, 이는 방향과 시간을 맡아 지키고 보호하는 열두 가지 동물을 말한다. 즉, 자(子 : 쥐), 축(丑 : 소), 인(寅 : 범), 묘(卯 : 토끼), 진(辰 : 용), 사(巳 : 뱀), 오(午 : 말), 미(未 : 양), 신(申 : 원숭이), 유(酉 : 닭), 술(戌 : 개), 해(亥 : 돼지).

愛鼠, 不畜猫犬, 禁僮勿擊鼠, 倉廩庖廚, 悉以恣鼠不問。[3] 由是鼠相告, 皆來某氏, 飽食而無禍。[4] 某氏室無完器, 椸無完衣, 飮食大率鼠之餘也。[5] 晝累累與人兼行, 夜則竊齧鬬暴, 其聲萬狀, 不可以寢, 終不厭。[6] 數歲, 某氏徙居他州。後人來居, 鼠爲態如故。[7] 其人曰 :「是

3 因愛鼠, 不畜猫犬, 禁僮勿擊鼠, 倉廩庖廚, 悉以恣鼠不問。→ 그리하여 쥐를 사랑하고, 고양이나 개를 기르지 않았으며, 하인이 쥐를 때리지 못하도록 금지하는가 하면, 곡식 창고와 주방을, 모두 쥐에게 개방하여 마음대로 드나들며 먹도록 하고 전혀 간섭하지 않았다.
【因(인)】: 그리하여, 이로 인해, 그래서.
【畜(휵)】: 기르다, 사육하다.
【僮(동)】: 하인.
【勿(물)】: …하지 말라, …해서는 안 된다.
【擊(격)】: 치다, 때리다.
【倉廩(창름)】: 곡식 창고.
【庖廚(포주)】: 주방, 부엌.
【悉(실)】: 모두, 다.
【恣(자)】: 하고 싶은 대로 하나, 멋대로 하다. 여기서는 「멋대로 드나들며 먹게 하다, 마음대로 출입하며 먹게 하다」의 뜻.
【不問(불문)】: 불문에 붙이다, 간섭하지 않다, 관심을 갖지 않다.

4 由是鼠相告, 皆來某氏, 飽食而無禍。→ 이로 말미암아 쥐들끼리 (이러한 사실을) 서로 알려주어, 모두 모씨 집으로 몰려와, 배불리 먹었으나 아무런 재앙이 없었다.
【由是(유시)】: 그래서, 그리하여, 이로 말미암아.
【相告(상고)】: 서로 알리다.
【禍(화)】: 재앙, 재난.

5 某氏室無完器, 椸無完衣, 飮食大率鼠之餘也。→ 모씨의 집에는 온전한 기구(器具)가 없고, 옷걸이에도 온전한 의복이 없었으며, (그가 먹는) 음식은 대체로 쥐가 먹고 남은 것들이었다.
【完器(완기)】: 온전한 기구(器具).
【椸(이)】: 옷걸이.
【大率(대솔)】: 대부분, 대체로, 대개.
【鼠之餘(서지여)】: 쥐가 먹고 남은 것.

6 晝累累與人兼行, 夜則竊齧鬬暴, 其聲萬狀, 不可以寢, 終不厭。→ (쥐가) 낮에는 떼를 지어 사람들과 함께 길을 걸어 다니고, 밤이 되면 몰래 (이빨로) 물건을 갉고 격렬하게 싸우기도 하여, 그 소리가 너무 시끄러워서, (사람들이) 잠을 잘 수가 없었다. 그러나 (모씨는) 시종 (쥐들을) 미워하지 않았다.
【累累(누루)】: 새끼로 잇달아 꿴 모양. 여기서는 「무리를 이루어, 떼를 지어」의 뜻.
【兼行(겸행)】: 함께 길을 걸어 다니다.

陰類惡物也, 盜暴尤甚, 且何以至是乎哉?」[8] 假五六猫, 闔門撤瓦, 灌穴, 購僮羅捕之。[9] 殺鼠如丘, 棄之隱處, 臭數月乃已。[10]

················

【竊齧(절설)】: 몰래 (이빨로) 물건을 갉아놓다.
【鬪暴(투폭)】: 격렬하게 싸우다.
【萬狀(만상)】: 온갖 모양. 여기서는 「매우 시끄러운 모양」을 뜻한다.
【寢(침)】: 잠자다.
【終(종)】: 시종, 끝내.
【厭(염)】: 싫어하다, 미워하다.

7 數歲, 某氏徙居他州。後人來居, 鼠爲態如故。→ 몇 해가 지나, 모씨가 다른 주(州)로 이사를 갔다. 후에 다른 사람이 와서 사는데, 쥐들의 행태는 전과 다름이 없었다.
【數歲(수세)】: 몇 해, 몇 년.
【徙居(사거)】: 이사하다.
【爲態(위태)】: 행태, 행동, 하는 짓.
【如故(여고)】: 여전하다, 전과 다름이 없다.

8 其人曰:「是陰類惡物也, 盜暴尤甚, 且何以至是乎哉?」→ 새로 이사 온 사람이 말했다:「쥐는 음침한 곳에서 활동하는 몹쓸 동물로, 물건을 훔치고 소란을 피우는 일이 특히 심하다. 그런데 어째서 이러한 지경에 이르렀는가?」
【是(시)】: [대명사] 이, 이것, 즉「쥐」.
【陰類惡物(음류악물)】: 음침한 곳에서 활동하는 몹쓸 동물.
【盜暴(도폭)】: 물건을 훔치고 소란을 피우다.
【尤甚(우심)】: 특히 심하다. 【尤】: 특히, 더욱.
【且(차)】: 그런데.
【何以(하이)】: 어째서, 왜.
【至是(지시)】: 이러한 지경에 이르다.

9 假五六猫, 闔門撤瓦, 灌穴, 購僮羅捕之。→ (그리하여) 대여섯 마리의 고양이를 빌려와, 대문을 닫고 지붕의 기와를 걷어낸 후, 쥐구멍에 물을 붓고, 사람을 사서 사방으로 쥐를 수색하여 잡았다.
【假(가)】: 빌리다.
【闔門(합문)】: 문을 닫다. 【闔】: 닫다.
【撤瓦(철와)】: (지붕의) 기와를 걷어내다. 【撤】: 걷어내다, 제거하다, 철거하다.
【灌穴(관혈)】: 쥐구멍에 물을 붓다. 【灌】: 물을 주입하다, 물을 붓다. 【穴】: 굴, 구멍. 여기서는「쥐구멍」을 가리킨다.
【購僮(구동)】: 하인을 사다. 즉「사람을 고용하다, 사람을 사다」의 뜻.
【羅捕(나포)】: 사방으로 수색하여 잡다.
【之(지)】: [대명사] 그것, 즉「쥐들」.

10 殺鼠如丘, 棄之隱處, 臭數月乃已。→ 잡아 죽인 쥐가 산더미처럼 쌓여, 그것을 외진 곳에

번역문

영주(永州) 모씨(某氏) 집의 쥐

영주(永州)에 사는 모씨(某氏)는 기일(忌日)을 위반할까 두려워 기피하는 것이 유난히 심했다. 그는 자신이 태어난 해가 쥐의 해에 해당했기 때문에 쥐를 곧 자신(子神)이라 여겼다. 그리하여 쥐를 사랑하고 고양이나 개를 기르지 않았으며, 하인이 쥐를 때리지 못하도록 금지하는가 하면, 곡식 창고와 주방을 모두 쥐에게 개방하여 마음대로 드나들며 먹도록 하고 전혀 간섭하지 않았다. 이로 말미암아 쥐들끼리 (이러한 사실을) 서로 알려주어, 모두 모씨 집으로 몰려와 배불리 먹었으나 아무런 재앙이 없었다.

모씨의 집에는 온전한 기구(器具)가 없고, 옷걸이에도 온전한 의복이 없었으며, (그가 먹는) 음식은 대체로 쥐가 먹고 남은 것들이었다. (쥐가) 낮에는 떼를 지어 사람들과 함께 길을 걸어 다니고, 밤이 되면 몰래 (이빨로) 물건을 갉고 격렬하게 싸우기도 하여, 그 소리가 너무 시끄러워서 (사람들이) 잠을 잘 수가 없었다. 그러나 (모씨는) 시종 (쥐들을) 미워하지 않았다.

몇 해가 지나 모씨가 다른 주(州)로 이사를 갔다. 후에 다른 사람이 와서 사는데, 쥐들의 행태는 전과 다름이 없었다.

새로 이사 온 사람이 말했다.

「쥐는 음침한 곳에서 활동하는 몹쓸 동물로, 물건을 훔치고 소란을 피

....

내다 버렸는데, 악취가 수개월이 지나 비로소 멈추었다.
【如丘(여구)】: 산더미 같다, 산더미처럼 쌓이다.
【棄(기)】: 버리다.
【隱處(은처)】: 외진 곳, 은폐된 곳.
【臭(취)】: 악취.
【乃(내)】: 비로소.
【已(이)】: 멈추다, 그치다.

우는 일이 특히 심하다. 그런데 어째서 이러한 지경에 이르렀는가?」

(그리하여) 대여섯 마리의 고양이를 빌려와, 대문을 닫고 지붕의 기와를 걷어낸 후 쥐구멍에 물을 붓고, 사람을 사서 사방으로 쥐를 수색하여 잡았다. 잡아 죽인 쥐가 산더미처럼 쌓여 그것을 외진 곳에 내다 버렸는데 악취가 수개월이 지나 비로소 멈추었다.

해설

쥐띠 주인의 총애를 받아 방자하던 쥐들이, 집주인이 바뀐 후에도 여전히 이전 그대로 행동하다가 마침내 몰살을 당하고 말았다.

이 우언은 총애를 믿고 횡포를 부리며 잘못을 깨닫지 못하다가 멸망하기에 이른 세상물정 모르는 어리석은 사람을 풍자함과 동시에, 편안한 처지에 있을 때 위험할 때의 일을 생각하고 함부로 나대지 말도록 경계한 것이다.

037 매편상인(賣鞭商人)

《柳河東集 · 第二十卷 · 鞭賈》

원문 및 주석

賣鞭商人[1]

市之鬻鞭者, 人問之, 其賈宜五十, 必曰五萬。[2] 復之以五十, 則伏而笑; 以五百, 則小怒; 五千, 則大怒; 必五萬而後可。[3] 有富者子, 適市買鞭, 出五萬, 持以夸余。[4] 視其首, 則拳蹙而不遂; 視其握, 則

1 賣鞭商人 → 채찍 파는 상인
【鞭(편)】: 채찍.

2 市之鬻鞭者, 人問之, 其賈宜五十, 必曰五萬。→ 시장에 채찍을 파는 상인이 있어, 어떤 사람이 값을 물으니, 그 값이 오십 전이면 합당한데, (상인은) 반드시 오만 전을 달라고 했다.
【鬻(육)】: 賣(매), 팔다.
【賈(가)】: 값, 가격.
【宜(의)】: 합당하다, 적합하다.

3 復之以五十, 則伏而笑; 以五百, 則小怒; 五千, 則大怒; 必五萬而後可。→ 값을 깎아 오십 전을 주자, 허리를 굽히고 웃더니; 오백 전을 주자, 약간 화를 냈고; 오천 전을 주자, 매우 화를 내며, 반드시 오만 전을 받은 후에 팔 수 있다고 했다.
【復(복)】: 값을 깎다.
【伏而笑(복이소)】: 몸을 엎드려 웃다, 허리를 굽혀 웃다. ※ 매우 심하게 웃는 모양.
【小怒(소노)】: 조금 화를 내다.
【而後(이후)】: 이후, 연후.
【可(가)】: 되다, 가능하다. 즉 「팔 수 있다」의 뜻.

4 有富者子, 適市買鞭, 出五萬, 持以夸余。→ 어느 부자의 아들이, 채찍을 사러 시장에 갔는데, 오만 전을 주고, 사가지고 와서 나에게 자랑했다.

蹇仄而不植; 其行水者, 一去一來不相承;[5] 其節朽黑而無文, 掐之滅爪, 而不得其所窮; 擧之翲然若揮虛焉。[6] 余曰 :「子何取於是而

【富者子(부자자)】: 부자의 아들.
【適(적)】: 至(지), 가다.
【出(출)】: 내다, 주다.
【持(지)】: 들다, 잡다, 가지다.
【夸(과)】: 자랑하다, 과시하다.

5 視其首, 則拳蹙而不遂; 視其握, 則蹇仄而不植; 其行水者, 一去一來不相承; → 채찍의 끝부분을 보니, 오그라들어 펴지지 않았고; 채찍의 손잡이를 보니, 구부러져 곧지 않았으며; 채찍을 묶은 끈은, 이리저리 뒤엉켜 이어지지 않았다.
【首(수)】: 머리. 여기서는 「말채찍의 끝부분」을 가리킨다.
【拳蹙(권축)】: 오그라들다.
【遂(수)】: 펴다, 펴지다.
【握(악)】: 자루, 손잡이.
【蹇仄(건측)】: 굽다, 구부러지다.
【植(식)】: 直(직), 곧다.
【行水(행수)】: 확실한 뜻을 알 수 없으나 ①「나뭇결무늬」라고 풀이한 경우. ②「채찍을 묶은 부위」라고 풀이한 경우. ③「채찍에 감은 끈」이라 풀이한 경우 등이 있다. 여기서는 ③을 채택했다.
【一去一來(일거일래)】: 이리저리 뒤엉키다.
【承(승)】: 이어지다, 연결되다.

6 其節朽黑而無文, 掐之滅爪, 而不得其所窮; 擧之翲然若揮虛焉。→ 채찍의 마디는 부식되어 색깔이 까맣게 변해 무늬가 없었고, 그것을 손톱으로 꾹 찌르면 손톱이 다 들어가도, 아직 바닥이 닿지 않았다. 그리고 그것을 손으로 들어 시험해 보니, 가뿐하기가 마치 허깨비를 휘두르는 것 같았다.
【節(절)】: (채찍의) 마디.
【朽黑(후흑)】: 부식되어 색깔이 까맣다.
【文(문)】: 紋(문), 무늬.
【掐(겹)】: 손톱으로 꾹 찌르다.
【滅爪(멸조)】: 손톱이 다 들어가다.
【不得其所窮(부득기소궁)】: 바닥이 닿지 않다. 〖所窮〗: 다하는 곳, 즉 「바닥」.
【擧(거)】: (손으로) 들다, 들어 올리다. 여기서는 「손으로 들어 시험해 보다」의 뜻.
【翲然(표연)】: 날아오르는 모양. 여기서는 「가뿐한 모양」을 가리킨다.
【若(약)】: 마치 …같다.
【揮虛(휘허)】: 허깨비를 휘두르다.

不愛五萬?」曰:「吾愛其黃而澤。且賈者云。」[7] 余乃召僮爚湯以濯之, 則遫然枯, 蒼然白。嚮之黃者梔也, 澤者蠟也。[8] 富者不悅, 然猶持之三年。後出東郊, 爭道長樂坂下, 馬相踶。[9] 因大擊, 鞭折而爲

7 余曰:「子何取於是而不愛五萬?」曰:「吾愛其黃而澤。且賈者云。」→ 내가 물었다:「당신은 채찍에서 무엇을 취하려고 오만 전을 아까워하지 않았습니까?」 그가 대답했다:「나는 그 말채찍의 색깔이 누렇고 윤이 나는 것을 좋아합니다. 그리고 상인도 좋다고 말했습니다.」

【子(자)】: 너, 그대, 당신.
【是(시)】: [대명사] 이것, 즉「말채찍」.
【澤(택)】: 윤, 광택. 여기서는 동사 용법으로「윤이 나다, 광택이 나다」의 뜻.
【且(차)】: 그리고, 또한.
【賈者(고자)】: 상인.

8 余乃召僮爚湯以濯之, 則遫然枯, 蒼然白。嚮之黃者梔也, 澤者蠟也。→ 내가 곧 동복(僮僕)을 불러 뜨거운 물을 끓여가지고 채찍을 씻어내자, 금세 말라, 색깔이 창백하게 변했다. 이전의 누런색은 본래 치자(梔子)로 염색한 것이고, 윤기가 났던 것은 밀랍을 칠한 것이었다.

【乃(내)】: 곧, 바로.
【召(소)】: 부르다.
【僮(동)】: 하인.
【爚(약)】: 끓이다.
【湯(탕)】: 뜨거운 물.
【濯(탁)】: 씻다.
【之(지)】: [대명사] 그것, 즉「채찍」.
【遫然(속연)】: 금세, 금방, 바로.
【枯(고)】: 마르다.
【蒼然白(창연백)】: 색깔이 창백하게 변하다.
【嚮(향)】: 종전, 이전.
【梔(치)】: 치자(梔子). 여기서는 동사 용법으로「치자로 염색하다」의 뜻.
【蠟(랍)】: 밀랍. 여기서는 동사 용법으로「밀랍을 칠하다」의 뜻.

9 富者不悅, 然猶持之三年。後出東郊, 爭道長樂坂下, 馬相踶。→ 부자는 좋아하지 않았지만, 그러나 여전히 그것을 삼 년 동안 지니고 있었다. 후에 (말을 타고) 동쪽 교외에 나가, 장락판(長樂坂) 아래에서 (다른 사람과) 길을 다투는데, (두 필의 말이) 서로 발길질을 했다.

【悅(열)】: 기뻐하다, 좋아하다.
【猶(유)】: 여전히.
【持(지)】: 지니다, 소지하다.
【東郊(동교)】: 동쪽 교외.
【爭道(쟁도)】: 길을 다투다.
【長樂坂(장락판)】: [지명] 장안(長安)의 동네 이름.

五六, 馬踶不已, 墜於地, 傷焉。[10] 視其內則空空然, 其理若糞壤, 無所賴者。[11] 今之梔其貌, 蠟其言, 以求賈技於朝, 當其分則善。[12] 一誤而過其分則喜; 當其分則反怒曰 :「余曷不至於公卿?」 然而至焉者亦良多矣。[13] 居無事, 雖過三年不害; 當其有事, 驅之於陳力之列以

【踶(제)】: 차다, 발길질하다.

10 因大擊, 鞭折而爲五六, 馬踶不已, 墜於地, 傷焉。→ 그리하여 (채찍으로) 세게 치니, 채찍이 부러져 대여섯 토막이 나고, 말들이 발길질을 멈추지 않아, (부자가) 땅으로 떨어져, 부상을 당했다.
【因(인)】: 그리하여, 이로 인해.
【大擊(대격)】: 세게 치다, 힘주어 때리다.
【折(절)】: 부러지다.
【不已(불이)】: 멈추지 않다.
【墜(추)】: 떨어지다.

11 視其內則空空然, 其理若糞壤, 無所賴者。→ (이때) 부러진 채찍의 속을 보니 텅 비어있고, 재질이 마치 분토(糞土)와 같아, 전혀 지탱할 수가 없었다.
【其內(기내)】: 그 속, 즉 「부러진 채찍의 속」.
【空空然(공공연)】: 속이 텅 빈 모양.
【理(리)】: 품질, 재질, 바탕.
【若(약)】: 마치 …같다.
【糞壤(분양)】: 분토(糞土).
【無所賴者(무소뢰자)】: 전혀 지탱할 수가 없다. 【賴】: 의지하다, 의뢰하다. 여기서는 「지탱하다, 견뎌내다」의 뜻.

12 今之梔其貌, 蠟其言, 以求賈技於朝, 當其分則善。→ 오늘날 어떤 사람들이 자기의 외모를 분장하고, 자기의 언사를 돋보이게 미화하여, 조정에 관직을 요구하는데, (이때) 그의 분수에 알맞은 직책을 주면 잘된 것이다.
【梔其貌(치기모)】: 자신의 외모를 분장하다. 【梔】: 치자로 염색하다. 즉 「외모를 분장하다」의 뜻.
【蠟其言(납기언)】: 자기의 언사를 돋보이게 미화하다. 【蠟】: 밀랍을 칠하다. 즉 「돋보이게 미화하다」의 뜻.
【求賈技於朝(구고기어조)】: 조정에 자기의 재능을 팔고자 요청하다. 즉 「조정에 관직을 요구하다」의 뜻. 【賈】: 팔다. 【技】: 기능, 재능. ※판본에 따라서는 「求賈技於朝者」라 하여 「者(자)」가 있다.
【當其分(당기분)】: 분수에 알맞다. 여기서는 「분수에 적합한 직책을 주다」의 뜻. 【當】: 적합하다, 알맞다.

13 一誤而過其分則喜; 當其分則反怒曰 :「余曷不至於公卿?」然而至焉者亦良多矣。→ 그런데

御乎物, 以夫空空之內, 糞壤之理, 而責其大擊之效, 惡有不折其用, 而獲墜傷之患者乎?[14]

(조정의) 잘못 판단으로 그의 분수를 초월하여 직책을 주면 기뻐하고, 그의 분수에 알맞은 직책을 주면 오히려 화를 내며: 「내가 어째서 공경(公卿)의 지위에 이르지 못하는가?」 라고 말한다. 그러나 이러한 사람들이 고위직에 오르는 경우 또한 매우 많다.
【誤(오)】: 잘못하다, 실수하다, 착오를 일으키다. 여기서는 「잘못 판단하다」의 뜻.
【過(과)】: 넘다, 초월하다.
【反(반)】: 오히려, 반대로.
【曷(갈)】: 왜, 어째서.
【公卿(공경)】: 고위 관직. ※ 공(公) · 경(卿) · 대부(大夫) 모두 옛날 조정의 고위 관직.
【然而(연이)】: 그러나.
【至焉者(지언자)】: 이렇게 고위직에 오르는 사. 〖焉〗: 이, 여기.

14 居無事, 雖過三年不害; 當其有事, 驅之於陳力之列以御乎物, 以夫空空之內, 糞壤之理, 而責其大擊之效, 惡有不折其用, 而獲墜傷之患者乎? → (나라가) 무사태평할 때는, 비록 삼년이 지나도 (이렇다 할) 피해가 없지만; 유사시에는, 나라를 위해 힘을 쏟아야 할 자리에 그들을 파견하여 일을 처리해야 하는데, 그들의 텅 빈 속과 분토 같은 재질을 가지고, 뚜렷한 성과를 거두도록 요구한들, 어찌 좌절과 동시에, (부자의 아들처럼) 추락하여 상처를 입는 재앙을 당하지 않겠는가?
【居無事(거무사)】: 무사태평한 상황에 처하다. 즉 「무사태평할 때」. 〖居〗: …에 처하다.
【當(당)】: [바로 그 시간이나 장소를 가리킬 때] …때에, …적에.
【驅之於陳力之列(구지어진력지열)】: 그들을 힘을 써야 하는 대열에 파견하다. 〖驅〗: 파견하다, 내보내다. 〖陳力〗: 出力(출력), 힘을 쓰다.
【御乎物(어호물)】: 사물을 부리다. 즉 「일을 처리하다」의 뜻. 〖御〗: 몰다, 부리다.
【夫(부)】: 그, 그들.
【責其大擊之效(책기대격지효)】: 그들에게 세게 타격하는 효과를 요구하다. 즉 「그들에게 진력하여 성과를 거두도록 요구하다」의 뜻. 〖責〗: 책임지우다, 요구하다. 〖大擊之效〗: 세게 타격하는 효과. 즉 「뚜렷한 성과」의 뜻.
【惡有不折其用(오유부절기용)】: 어찌 좌절하지 않을 수 있겠는가? 〖折其用〗: 그 쓰임을 꺾다. 즉 「좌절하다」의 뜻.
【獲(획)】: 얻다, 획득하다. 여기서는 「(재앙을) 당하다」의 뜻.
【墜傷之患(추상지환)】: 추락하여 상처를 입는 재앙. 〖墜傷〗: 추락하여 상처를 입다. 〖患〗: 재앙, 재난, 재해.

번역문

채찍 파는 상인

시장에 채찍을 파는 상인이 있어 어떤 사람이 값을 물으니, 그 값이 오십 전이면 합당한데 (상인은) 반드시 오만 전을 달라고 했다. 값을 깎아 오십 전을 주자 허리를 굽히고 웃더니, 오백 전을 주자 약간 화를 냈고, 오천 전을 주자 매우 화를 내며 반드시 오만 전을 받은 후에 팔 수 있다고 했다.

어느 부자의 아들이 채찍을 사러 시장에 갔는데, 오만 전을 주고 사가지고 와서 나에게 자랑했다. 채찍의 끝부분을 보니 오그라들어 펴지지 않았고, 채찍의 손잡이를 보니 구부러져 곧지 않았으며, 채찍을 묶은 끈은 이리저리 뒤엉켜 이어지지 않았다. 채찍의 마디는 부식되어 색깔이 까맣게 변해 무늬가 없었고, 그것을 손톱으로 꾹 찌르면 손톱이 다 들어가도 아직 바닥이 닿지 않았다. 그리고 그것을 손으로 들어 시험해 보니 가뿐하기가 마치 허깨비를 휘두르는 것 같았다.

내가 물었다.

「당신은 채찍에서 무엇을 취하려고 오만 전을 아까워하지 않았습니까?」

그가 대답했다.

「나는 그 말채찍의 색깔이 누렇고 윤이 나는 것을 좋아합니다. 그리고 상인도 좋다고 말했습니다.」

내가 곧 동복(僮僕)을 불러 뜨거운 물을 끓여가지고 채찍을 씻어내자, 금세 말라 색깔이 창백하게 변했다. 이전의 누런색은 본래 치자(梔子)로 염색한 것이고, 윤기가 났던 것은 밀랍을 칠한 것이었다. 부자는 좋아하지 않았지만, 그러나 여전히 그것을 삼 년 동안 지니고 있었다.

후에 (말을 타고) 동쪽 교외에 나가 장락판(長樂坂) 아래에서 (다른 사람과) 길을 다투는데 (두 필의 말이) 서로 발길질을 했다. 그리하여 (채찍으로) 세게 치니 채찍이 부러져 대여섯 토막이 나고, 말들이 발길질을 멈추지 않아 (부자가) 땅으로 떨어져 부상을 당했다. (이때) 부러진 채찍의 속을 보니 텅 비어있고, 재질이 마치 분토(糞土)와 같아 전혀 지탱할 수가 없었다.

오늘날 어떤 사람들이 자기의 외모를 분장하고 자기의 언사를 돋보이게 미화하여 조정에 관직을 요구하는데, (이때) 그의 분수에 알맞은 직책을 주면 잘된 것이다. 그런데 (조정의) 잘못 판단으로 그의 분수를 초월하여 직책을 주면 기뻐하고, 그의 분수에 알맞은 직책을 주면 오히려 화를 내며 「내가 어째서 공경(公卿)의 지위에 이르지 못하는가?」라고 말한다. 그러나 이러한 사람들이 고위직에 오르는 경우 또한 매우 많다. (나라가) 무사태평할 때는 비록 삼 년이 지나도 (이렇다 할) 피해가 없지만, 유사시에는 나라를 위해 힘을 쏟아야 할 자리에 그들을 파견하여 일을 처리해야 하는데, 그들의 텅 빈 속과 분토 같은 재질을 가지고 뚜렷한 성과를 거두도록 요구한들, 어찌 좌절과 동시에 (부자의 아들처럼) 추락하여 상처를 입는 재앙을 당하지 않겠는가?

해설

상인은 채찍이 겉만 화려하고 실속이 없는데도 오히려 터무니없이 비싼 값을 불렀고, 부자의 아들은 물건이 좋고 나쁨을 구별하지 못해 비싼 값에 속아 사고서도 오히려 사람들에게 좋은 물건인 것처럼 과시했다.

이 우언은 남의 것을 거짓으로 속여 이익만을 꾀하는 모리배 상인을 관료에 비유하고, 물건의 진위(眞僞)조차 구별하지 못하는 부잣집 아들을 조정(朝廷)에 비유하여, 조정이 사람을 잘못 기용함으로써 무능한 관료들이 부정한 방법으로 백성을 착취하고 나라 일을 그르치는 부패하고 타락한 정치 현실을 꼬집어 풍자한 것이다.

038 촉견폐일(蜀犬吠日)

《柳河東集·第三十四卷·答韋中立論師道書》

원문 및 주석

蜀犬吠日[1]

僕往聞庸、蜀之南, 恒雨少日, 日出則犬吠, 余以爲過言。[2] 前六七年, 僕來南, 二年冬, 幸大雪, 踰嶺, 被南越中數州。[3] 數州之犬,

---

1 蜀犬吠日 → 촉(蜀) 지방의 개가 해를 보고 짖다
【蜀(촉)】: [국명] 지금의 사천성 성도(成都) 일대에 있던 춘추전국시대의 나라. 여기서는 「촉나라가 있던 지방」을 가리킨다.
【吠(폐)】: 짖다.

2 僕往聞庸、蜀之南, 恒雨少日, 日出則犬吠, 余以爲過言。→ 저는 이전에 용(庸)·촉(蜀) 지방의 남쪽에, 항상 비가 내리고 해 뜨는 날이 적어, 해가 나면 개가 짖는다고 들었습니다. (저는) 그것을 과장된 말이라고 여겼습니다.
【僕(복)】: [자신을 낮추어 부르는 말] 저.
【往(왕)】: 이전, 과거.
【庸(용)】: [국명] 지금의 호북성 죽산(竹山) 동남에 있던 춘추전국시대의 나라. 여기서는 「용나라가 있던 지방」을 가리킨다.
【恒雨少日(항우소일)】: 항상 비가 내리고 해 뜨는 날이 적다. 〖恒〗: 항상, 늘. 〖雨〗: [동사] 비가 내리다.
【以爲(이위)】: …라고 여기다, …라고 생각하다.
【過言(과언)】: 과장된 말.

3 前六七年, 僕來南, 二年冬, 幸大雪, 踰嶺, 被南越中數州。→ 육칠 년 전, 제가 남쪽 지방에 와서, 그 이듬해 겨울에, 마침 큰 눈이 내렸는데, 오령(五嶺)을 넘어, 남월(南越)의 여러 주(州)를 뒤덮었습니다.
【二年(이년)】: 이듬해. 여기서는 「당(唐) 헌종(獻宗) 원화(元和) 2년(807)」을 가리킨다.

皆蒼黃吠噬, 狂走者累日, 至無雪乃已。然後始信前所聞者。[4]

번역문

촉(蜀) 지방의 개가 해를 보고 짖다

저는 이전에 용(庸)·촉(蜀) 지방의 남쪽에 항상 비가 내리고 해 뜨는 날이 적어, 해가 나면 개가 짖는다고 들었습니다. (저는) 그것을 과장된 말이라고 여겼습니다. 육칠 년 전, 제가 남쪽 지방에 와서 그 이듬해 겨울에 마

【來南(내남)】: 남쪽 지방에 오다. ※유종원은 순종(順宗) 영정(永貞) 원년(805) 소주자사(邵州刺史)[지금의 호남성 소양(邵陽)]로 폄적되었다가 도중에 다시 영주사마(永州司馬)로 폄적되었다. 여기서 남(南)은 영주(永州)[지금의 호남성 영릉(零陵)]를 가리킨다.

【幸(행)】: 마침, 공교롭게, 예기치 않게.

【大雪(대설)】: [동사 용법] 큰 눈이 내리다.

【踰(유)】: 넘다.

【嶺(령)】: 재, 고개. 여기서는 「오령(五嶺)」을 가리킨다. 오령은 대유(大庾)·시안(始安)·임하(臨賀)·계양(桂陽)·게양(揭陽)이라는 설도 있고, 또 월성(越城)·도방(都龐)·맹저(萌渚)·기전(騎田)·대유령(大庾嶺)이란 설도 있다.

【被(피)】: 덮다, 뒤덮다.

【南越(남월)】: [국명] 지금의 광동성과 광서성에 있던 나라. 여기서는 「옛 남월이 있던 지방」을 가리킨다.

4 數州之犬, 皆蒼黃吠噬, 狂走者累日, 至無雪乃已。然後始信前所聞者。→ 여러 주의 개들이, 모두 놀라 허둥대며 어찌할 바를 몰라 마구 짖어대고 물고 하면서, 여러 날 동안 미친 듯이 날뛰다가, 눈이 녹아 없어지자 비로소 멈추었습니다. 그러고 나서 비로소 전에 들었던 말을 믿었습니다.

【蒼黃(창황)】: 놀라 허둥대며 어쩔 줄을 모르다.

【吠噬(폐서)】: 짖어대며 마구 물다. 【噬】: 물다, 씹다.

【狂走(광주)】: 미친 듯이 날뛰다.

【累日(누일)】: 여러 날.

【乃(내)】: 비로소.

【已(이)】: 멈추다, 그치다.

【始(시)】: 비로소, 처음으로.

【前所聞者(전소문자)】: 전에 들었던 말. 즉 「용(庸)·촉(蜀) 지방의 개들이 해가 나면 짖는다고 한 말」.

침 큰 눈이 내렸는데, 오령(五嶺)을 넘어 남월(南越)의 여러 주(州)를 뒤덮었습니다. 여러 주의 개들이 모두 놀라 허둥대며 어찌할 바를 몰라 마구 짖어대고 물고 하면서 여러 날 동안 미친 듯이 날뛰다가 눈이 녹아 없어지자 비로소 멈추었습니다. 그러고 나서 비로소 전에 들었던 말을 믿었습니다.

해설

본문은 유종원(柳宗元)의 《답위중립논사도서(答韋中立論師道書)》의 일부분으로, 위중립(韋中立)이 유종원에게 편지를 보내 자기의 스승이 되어달라고 청하자, 유종원이 회신을 통해 남의 스승이 되기를 거절하는 이유를 설명한 것이다.

당시 사회는 사도(師道 : 스승을 존중하고 도리를 중시하는 풍조)가 쇠퇴하여 세상 사람들은 남의 스승이 되는 것을 괴이한 일로 간주했다. 유종원은 이러한 현상을 「촉견폐일(蜀犬吠日)」과 「월견폐설(越犬吠雪)」을 예로 들어 비유했다. 실제로 해가 나오고 눈이 내리는 것은 다만 자연 현상으로 결코 이상한 일이 아니다. 그러나 촉(蜀) 지방의 개는 해를 보고 이상히 여겨 짖어댔고, 월(越) 지방의 개는 눈이 내리는 것을 괴이하게 여겨 미친 듯이 날뛰었다.

이 우언은 작자가 촉 지방의 개와 월 지방 개의 행위를 빌려, 사도(師道)를 이상하게 보는 세상 사람들의 태도가 마치 개들이 해를 보고 짖어대고, 눈을 보고 미친 듯 날뛰는 것과 같아 참으로 우스꽝스럽다는 것을 꼬집어 풍자한 것이다.

《인화록因話錄》 우언

조린(趙璘 : 803-?)은 자가 택장(澤章)이며 남양(南陽)[지금의 하남성 경내] 사람이다. 문종(文宗) 대화(大和) 8년(834)에 진사에 급제한 후 사부원외랑(祠部員外郞)·좌보궐(左補闕)·구주자사(衢州刺史) 등을 지냈다. 명문 귀족 출신으로 옛 성현의 언행과 조정(朝廷)의 전고(典故)를 많이 알았다.

《인화록(因話錄)》은 그가 지은 필기소설집(筆記小說集)으로, 내용은 당(唐) 현종(玄宗)·선종(宣宗) 연간의 인물들에 대한 사적(史跡)과 조정의 전고를 기록한 것이다.

039 변환치해(便換致害)

《因話錄·卷六》

원문 및 주석

便換致害[1]

有士鬻產於外, 得錢數百緡, 懼川途之難賫也, 祈所知納於公藏, 而持牒以歸。世所謂便換者, 寘之衣囊。[2] 一日醉, 指囊示人曰:「莫

1 便換致害 → 변환(便換)이 재앙을 불러오다

【便換(변환)】: 당(唐) 헌종(憲宗) 때부터 시행하던 일종의 태환(兌換) 제도로, 일명 「비전(飛錢)」이라고도 한다. 예를 들어 어느 상인이 경성(京城)에서 경성에 주재하는 지방의 기구나 대상인(大商人)의 점포에 돈을 맡기고 증서를 받으면, 상인이 직접 현금을 휴대하지 않고도 지방에서 이를 근거로 돈을 융통할 수 있다. 오늘날의 온라인 제도와 흡사하다.

【致害(치해)】: 재앙을 불러오다. 〖致〗: 초래하다, 불러오다, 야기하다. 〖害〗: 재앙, 재해.

2 有士鬻產於外, 得錢數百緡, 懼川途之難賫也, 祈所知納於公藏, 而持牒以歸。世所謂便換者, 寘之衣囊。→ 어느 선비가 밖에서 재산을 팔아, 수백 민(緡)의 돈을 마련했다. 길에서 (많은 돈을) 휴대하기가 쉽지 않은 것을 우려하여, 아는 사람에게 관가의 금고에 예탁해 달라고 부탁한 후, 증서를 가지고 돌아왔다. 세간에서 말하는 변환(便換)이라는 것인데, (선비는) 이것을 옷 보따리에 넣어 두었다.

【鬻(육)】: 賣(매), 팔다.

【緡(민)】: 끈에 꿴 1,000문(文)의 동전 꾸러미.

【懼(구)】: 두려워하다, 우려하다.

【川途(천도)】: 도로, 길.

【難賫(난재)】: 휴대하기 어렵다.

【祈(기)】: 청하다, 부탁하다.

【所知(소지)】: 아는 사람.

【納於公藏(납어공장)】: 관가의 금고에 맡기다. 〖納〗: 교부하다, 맡기다. 〖於〗: [개사] …에, …에게. 〖公藏〗: 관가의 금고.

輕此囊, 大有好物。」 盜在側聞之, 其夜殺而取其囊, 意其有金也。[3] 旣開無獲, 投牒於水。盜爲吏所捕, 得其狀。樞機之發, 豈容易哉? 此所謂不密而致害也。[4]

번역문

변환(便換)이 재앙을 불러오다

어느 선비가 밖에서 재산을 팔아 수백 민(緡)의 돈을 마련했다. 길에서

....

【持牒以歸(지첩이귀)】: 증서를 가지고 돌아오다. 【持】: 가지다, 지참하다. 【牒】: 증서, 공문서.
【寘(치)】: 두다.
【衣囊(의낭)】: 옷 보따리.

3 一日醉, 指囊示人曰: 「莫輕此囊, 大有好物。」 盜在側聞之, 其夜殺而取其囊, 意其有金也。→ 하루는 (선비가) 술이 취해, 옷 보따리를 가리켜 다른 사람에게 보여주며 말했다: 「이 보따리를 얕보지 마시오. 안에 좋은 물건이 많이 들어 있소.」 도둑이 옆에서 이 말을 듣고, 그날 밤 (선비를) 죽이고 보따리를 훔쳐 가면서, 보따리에 금이 들어 있다고 생각했다.
【醉(취)】: 술이 취하다.
【指(지)】: (손으로) 가리키다.
【莫(막)】: …하지 말라, …해서는 안 된다.
【輕(경)】: 얕보다, 깔보다, 경시하다.
【大有(대유)】: 많이 있다.
【意(의)】: …라고 생각하다, …라고 여기다.

4 旣開無獲, 投牒於水。盜爲吏所捕, 得其狀。樞機之發, 豈容易哉? 此所謂不密而致害也。→ (도둑은) 보따리를 열어본 후 얻을 것이 없자, 증서를 물에 내던져버렸다. 도둑이 관리에게 체포되고 나서, 사건의 진상이 밝혀졌다. 기밀의 발설을, 어찌 그리 경솔하게 하는가? 이것이 이른바 비밀을 지키지 않아 재앙을 불러온다는 것이다.
【旣(기)】: …하고 나서, …한 후에.
【爲(위)…所(소)…】: [피동 용법] …에게 …되다.
【得其狀(득기상)】: 사건의 진상이 밝혀지다. 【狀】: 상황, 정황. 즉 「사건의 진상」.
【樞機(추기)】: 사물의 관건, 매우 중요한 사물. 여기서는 「기밀」을 의미한다.
【發(발)】: 발설(하다).
【容易(용이)】: 경솔하다, 신중하지 못하다.
【不密(불밀)】: 비밀을 지키지 않다.

(많은 돈을) 휴대하기가 쉽지 않은 것을 우려하여, 아는 사람에게 관가의 금고에 예탁해 달라고 부탁한 후 증서를 가지고 돌아왔다. 세간에서 말하는 변환(便換)이라는 것인데, (선비는) 이것을 옷 보따리에 넣어 두었다. 하루는 (선비가) 술이 취해 옷 보따리를 가리켜 다른 사람에게 보여주며 말했다.

「이 보따리를 얕보지 마시오. 안에 좋은 물건이 많이 들어 있소.」

도둑이 옆에서 이 말을 듣고, 그날 밤 (선비를) 죽이고 보따리를 훔쳐 가면서 보따리에 금이 들어 있다고 생각했다. (도둑은) 보따리를 열어본 후 얻을 것이 없자 증서를 물에 내던져버렸다.

도둑이 관리에게 체포되고 나서 사건의 진상이 밝혀졌다. 기밀의 발설을 어찌 그리 경솔하게 하는가? 이것이 이른바 비밀을 지키지 않아 재앙을 불러온다는 것이다.

해설

속담에 이르길 「병(病)은 입을 통해서 들어오고, 화(禍)는 입을 통해서 나온다.」「낮말은 새가 듣고 밤 말은 쥐가 듣는다.」라는 말이 있다. 이는 바로 선비의 행동과 일치하는 말이다. 당초 선비는 증서를 옷 보따리에 숨겨 두며 용의주도하게 행동하였으나, 술이 취해 기밀을 누설했다가 목숨을 잃는 화를 당했다.

이 우언은 아무리 기밀의 단속을 잘 해도 새어 나갈 가능성이 있다는 것을 염두에 두고, 재삼 조심하고 신중하여 부주의로 인한 재해를 방지하도록 경계한 것이다.

《유한고취(幽閑鼓吹)》 우언

장고(張固 : ?-?)는 생애 사적을 알 수 없고, 다만 《전당시(全唐詩)》에 그의 시 두 수와 함께 당(唐) 선종(宣宗) 대중(大中 : 847-859) 연간에 계관관찰사(桂管觀察使)를 지냈다는 기록이 있을 뿐이다.

그의 저서로 《유한고취(幽閑鼓吹)》가 있는데 《신당서(新唐書) · 예문지(藝文志)》에 「소설가류」로 분류했다. 내용은 중당(中唐)의 유사(遺事)를 기술한 것으로, 주로 권계(勸戒)에 관한 것들이 많다.

040 전가통신(錢可通神)

《幽閑鼓吹》

원문 및 주석

錢可通神[1]

唐張延賞將判度支, 知一大獄頗有冤屈, 每甚扼腕。[2] 及判, 使召獄吏, 嚴誡之, 且曰 :「此獄已久, 旬日須了。」[3] 明旦視事, 案上有一

1 錢可通神 → 돈만 있으면 귀신도 부릴 수 있다
【通神(통신)】: 신과 통하다.

2 唐張延賞將判度支, 知一大獄頗有冤屈, 每甚扼腕。→ 당(唐)나라 때 장연상(張延賞)이 장차 탁지(度支)를 겸직하여 부임하려는데, 한 대형 범죄 사건에서 매우 억울한 사연이 있다는 것을 알고, 몹시 화가 나서 손목을 불끈 쥐었다.
【張延賞(장연상)】: [인명] 당(唐) 현종(玄宗) 때의 재상 장가정(張嘉貞)의 아들로, 덕종(德宗) 때 재상을 지냈다. ※판본에 따라서는 「장연상」을 「상국장연상(相國張延賞)」이라 하여 장연상이 재상임을 말했다.
【將(장)】: …하려 하다.
【判度支(판탁지)】: 탁지를 겸임하다. 〖判〗: 겸직하여 부임하다, 겸임하다. ※당대(唐代)에는 높은 관직의 관리가 낮은 관직을 겸임하는 제도가 있어, 이를 「판(判)」이라 했다. 〖度支〗: 탁지사(度支使). 나라의 재정(財政) 수지(受支)를 관장하는 관리로 권력이 막강했다. 당대 중기 이후에는 염철사(鹽鐵使)·호부(戶部)와 함께 삼사(三司)라 불리었다.
【大獄(대옥)】: 대형 범죄 사건. 〖獄〗: 범죄 사건, 소송사건.
【頗(파)】: 자못, 꽤, 상당히, 몹시.
【冤屈(원굴)】: 억울하다, 원통하다. ※판본에 따라서는 「屈」을 「濫(람)」이라 했다.
【每甚(매심)】: 매우, 몹시. ※「每」는 연자(衍字)로 보인다.
【扼腕(액완)】: (화가 나서) 손목을 불끈 쥐다.

3 及判, 使召獄吏, 嚴誡之, 且曰 :「此獄已久, 旬日須了。」→ (그 후) 부임하기에 이르자, 곧 사

小帖子, 曰 :「錢三萬貫, 乞不問此獄。」公大怒, 更促之。[4] 明日, 復見一帖子來, 曰 :「錢五萬貫。」公益怒, 令兩日須畢。[5] 明旦, 案上復見帖子, 曰 :「錢十萬貫。」公遂止不問。[6] 子弟承間偵之, 公曰 :「錢

....

람을 시켜 옥리를 불러와, 엄히 경고하며, 말했다 :「이 사건은 이미 오래 되어, 열흘 안에 반드시 결말을 내야 한다.」
【及(급)】: …에 이르다.
【使召(사소)…】: 사람을 시켜 …을 불러오다.
【嚴誡(엄계)】: 엄히 경고하다.
【之(지)】: [대명사] 그, 즉「옥리」.
【且(차)】: 또한, 그리고.
【旬日(순일)】: 열흘.
【須了(수료)】: 반드시 끝내다. 〖須〗: 반드시 …해야 한다. 〖了〗: 끝내다, 완료하다, 결말을 내다.

4 明旦視事, 案上有一小帖子, 曰 :「錢三萬貫, 乞不問此獄。」公大怒, 更促之。→ 이튿날 아침 사무를 보는데, 책상 위에 작은 쪽지가 하나가 놓여 있었다. 쪽지에는 :「동전 삼만 관을 올리니, 이 사건을 불문에 부쳐주기 바랍니다.」라고 적혀 있었다. 장연상이 매우 화가 나서, 더욱 (빨리 처리하도록) 재촉했다.
【明旦(명단)】: 이튿날 아침.
【視事(시사)】: 사무를 보다.
【案(안)】: 책상.
【帖子(첩자)】: 쪽지, 메모지.
【貫(관)】: [화폐 단위] 동전 천 개를 꿴 꾸러미.
【乞(걸)】: 빌다, 구걸하다. 여기서는「…해 주길 청하다, …해 주길 바라다」의 뜻.
【公(공)】: [남자에 대한 존칭] 여기서는「장연상」을 가리킨다.
【更(경)】: 더욱.

5 明日, 復見一帖子來曰 :「錢五萬貫。」公益怒, 令兩日須畢。→ 다음날, 또 쪽지가 와서 보니, 쪽지에 :「동전 오만 관을 올립니다.」라고 적혀 있었다. 장연상이 더욱 화가 나서, 이틀 안으로 반드시 끝내도록 명했다.
【復(부)】: 또, 다시.
【益(익)】: 더욱.
【令(령)】: 명령하다, 지시하다.
【畢(필)】: 마치다, 끝내다.

6 明旦, 案上復見帖子, 曰 :「錢十萬貫。」公遂止不問。→ 그 다음날 아침, 책상 위에 또 쪽지가 보였고, 쪽지에 :「동전 십만 관을 올립니다.」라고 적혀 있었다. 장연상은 즉시 사건의 심리를 멈추고 불문에 부쳤다.
【遂(수)】: 곧, 즉시.

至十萬貫, 通神矣。無不可回之事, 吾恐及禍, 不得不受也。」[7]

번역문

돈만 있으면 귀신도 부릴 수 있다

당(唐)나라 때 장연상(張延賞)이 장차 탁지(度支)를 겸직하여 부임하려는데, 한 대형 범죄 사건에서 매우 억울한 사연이 있다는 것을 알고 몹시 화가 나서 손목을 불끈 쥐었다. (그 후) 부임하기에 이르자, 곧 사람을 시켜 옥리를 불러와 엄히 경고하며 말했다.

「이 사건은 이미 오래 되어, 열흘 안에 반드시 결말을 내야 한다.」

이튿날 아침 사무를 보는데 책상 위에 작은 쪽지가 하나가 놓여 있었다. 쪽지에는 「동전 삼만 관을 올리니 이 사건을 불문에 부쳐주기 바랍니다.」라고 적혀 있었다. 장연상이 매우 화가 나서 더욱 (빨리 처리하도록) 재촉했다. 다음날 또 쪽지가 와서 보니 쪽지에 「동전 오만 관을 올립니다.」라

【止(지)】: 멈추다. 여기서는 「사건의 심리를 멈추다」의 뜻.

7 子弟承間偵之, 公曰 : 「錢至十萬貫, 通神矣。無不可回之事, 吾恐及禍, 不得不受也。」→ 그의 문인(門人)들이 기회를 틈타 심리를 멈춘 까닭을 묻자, 장연상이 말했다 : 「돈이 십만 관에 이르면, 귀신과도 통한다. (세상에) 바꿀 수 없는 일은 없다. 나는 화가 미칠까 두려워, 받지 않을 수가 없다.」

【子弟(자제)】: 문인(門人).

【承間(승간)】: 기회를 틈타다.

【偵之(정지)】: 심리를 멈춘 까닭을 묻다. 〖偵〗: 묻다. 〖之〗: [대명사] 그것, 즉 「사건의 심리를 멈춘 까닭」.

【通神(통신)】: 귀신과 통하다.

【不可回之事(불가회지사)】: 되돌릴 수 없는 일, 즉 「바꿀 수 없는 일」. 〖回〗: 돌이키다, 되돌리다. 여기서는 「바꾸다, 개변하다」의 뜻.

【恐(공)】: 두려워하다.

【及禍(급화)】: 화가 미치다, 화를 당하다.

【不得不(부득불)】: …하지 않으면 안 된다, …하지 않을 수 없다.

고 적혀 있었다. 장연상이 더욱 화가 나서 이틀 안으로 반드시 끝내도록 명했다. 그 다음날 아침 책상 위에 또 쪽지가 보였고, 쪽지에 「동전 십만 관을 올립니다.」라고 적혀 있었다.

장연상은 즉시 사건의 심리를 멈추고 불문에 부쳤다. 그의 문인(門人)들이 기회를 틈타 심리를 멈춘 까닭을 묻자 장연상이 말했다.

「돈이 십만 관에 이르면 귀신과도 통한다. (세상에) 바꿀 수 없는 일이 없다. 나는 화가 미칠까 두려워 받지 않을 수가 없다.」

해설

속담에 「돈만 있으면 귀신도 부릴 수 있다」라는 말이 있다. 장연상(張延賞)은 재정에 관한 심리에 들어가기 전에 억울한 소송사건이 있다는 사실을 알고 매우 화를 내며 사건을 엄정하게 처리하리라 다짐했지만, 뇌물 공세가 삼만 관·오만 관을 넘어 십만 관에 이르자 결국 마음을 바꿔 이를 받아들이기로 결심했다.

이 우언은 나라의 재정을 심의하는 요직에 있는 관리가 돈에 눈이 어두워 법의 공정성을 외면하고 뇌물 공세에 굴복한 행위를 통해, 당시 관리 사회의 부패한 모습과 아울러 법이나 규율 따위를 안중에 두지 않는 뇌물 공여자의 불법 행위를 폭로하고 풍자한 것이다.

※ 참고 : 이 우언은 《당오대필기소설대관(唐五代筆記小說大觀)》과 《태평광기(太平廣記)·243·탐(貪)》에도 수록되어 있는데 《태평광기》와 비교할 때 고사 줄거리는 대체로 일치하나 문자 출입이 매우 많다.

《역대명화기歷代名畫記》 우언

장언원(張彦遠 : 815? -875?)은 자가 애빈(愛賓)이며, 포주(蒲州) 의씨(猗氏)[지금의 산서성 임의(臨猗)] 사람이라는 설과, 하동(河東)[지금의 산서성 영제(永濟) 서쪽] 사람이라는 설이 있다. 당(唐) 희종(僖宗) 때 대리사경(大理寺卿)을 지낸 것 외에는 그에 대해 알려진 바가 없다.

저서로 《역대명화기(歷代名畫記)》 10권과 《법서요록(法書要錄)》 10권이 있는데, 《역대명화기》는 중국 서화사(書畫史)에서 중요한 저술로 평가받고 있다.

041 화룡점정(畫龍點睛)

《歷代名畫記 · 卷七》

원문 및 주석

畫龍點睛[1]

武帝崇飾佛寺, 多命僧繇畫之。[2] … 金陵安樂寺四白龍, 不點眼睛, 每云 : 「點睛卽飛去。」 人以爲妄誕, 固請點之。[3] 須臾, 雷電破壁,

1 畫龍點睛 → 용을 그리고 나서 마지막에 눈동자를 그려 넣다
【點(점)】 : 점을 찍다. 여기서는 「그려 넣다」의 뜻.
【睛(정)】 : 눈동자.

2 武帝崇飾佛寺, 多命僧繇畫之。→ 양무제(梁武帝)는 불사(佛寺)의 장식을 중시하여, 자주 장승요(張僧繇)에게 (불사에) 그림을 그리도록 명했다.
【武帝(무제)】 : 양무제(梁武帝). 남조(南朝) 시대 양(梁)나라의 군주 소연(蕭衍). 47년간(502-548) 재위했다.
【崇(숭)】 : 중시하다.
【飾(식)】 : 장식하다, 꾸미다.
【多(다)】 : 자주, 항상.
【僧繇(승요)】 : [인명] 장승요(張僧繇). 남조(南朝)시대 양(梁)나라의 이름난 화가. 오(吳)[지금의 강소성 소주(蘇州)] 사람으로 태수(太守)를 지냈으며, 인물화와 불교화에 능했는데, 특히 초상(肖像)과 용(龍)을 잘 그렸다.

3 金陵安樂寺四白龍, 不點眼睛, 每云 : 「點睛卽飛去。」 人以爲妄誕, 固請點之。→ (장승요가) 금릉(金陵)의 안락사(安樂寺)에 네 마리의 용을 그린 후, 눈동자를 남겨두고, 항상 사람들에게 말했다 : 「눈동자를 그려 넣으면 바로 날아가 버립니다.」 사람들은 황당한 말이라 여겨, 억지로 눈동자를 그려 넣도록 청했다.
【金陵(금릉)】 : [지명] 지금의 강소성 남경(南京).
【不點眼睛(부점안정)】 : 눈동자를 그려 넣지 않다. 즉 「눈동자를 남겨두다」의 뜻.

兩龍乘雲騰去上天, 二龍未點眼者見在。[4]

번역문

용을 그리고 나서 마지막에 눈동자를 그려 넣다

양무제(梁武帝)는 불사(佛寺)의 장식을 중시하여 자주 장승요(張僧繇)에게 (불사에) 그림을 그리도록 명했다. … (장승요가) 금릉(金陵)의 안락사(安樂寺)에 네 마리의 용을 그린 후, 눈동자를 남겨두고 항상 사람들에게 말했다.

「눈동자를 그려 넣으면 바로 날아가 버립니다.」

사람들은 황당한 말이라 여겨 억지로 눈동자를 그려 넣도록 청했다. (장승요가 두 마리의 용에 눈동자를 그려 넣자) 순간 천둥과 번개가 벽을 허물며, 두 마리의 용이 구름을 타고 하늘로 올라가고, 눈동자를 그려 넣지 않은 두 마리의 용은 그대로 남아 있었다.

【每(매)】: 늘, 항상.
【以爲(이위)】: …라고 여기다, …라고 생각하다.
【妄誕(망탄)】: 터무니없다, 황당하다.
【固請(고청)】: 억지로 청하다.

4 須臾, 雷電破壁, 兩龍乘雲騰去上天, 二龍未點眼者見在。→ (장승요가 두 마리의 용에 눈동자를 그려 넣자) 순간, 천둥과 번개가 벽을 허물며, 두 마리의 용이 구름을 타고 하늘로 올라가고, 눈동자를 그려 넣지 않은 두 마리의 용은 그대로 남아 있었다.
【須臾(수유)】: 잠시, 잠깐, 순간.
【雷電(뇌전)】: 천둥과 번개.
【乘雲騰去(승운등거)】: 구름을 타고 올라가다. 〖乘〗: 타다. 〖騰〗: 오르다, 올라가다.
【見在(현재)】: 상존하다, 아직 그대로 남아 있다.

해설

장승요(張僧繇)가 금릉(金陵) 안락사(安樂寺)의 벽에 그려 놓은 네 마리의 용은 모든 부분을 다 그리고 오직 눈동자만 남겨둔 미완성의 그림이었다. 그 이유는 장승요 스스로 만일 눈을 그려 넣을 경우 그림의 용이 실제의 용으로 변해 날아갈 것이라는 확신이 있었기 때문이었다. 그런데 이를 믿지 못하는 사람들의 요청이 끊이지 않자, 장승요가 마지못해 그중 두 마리에 눈을 그려 넣었다. 순간 그 두 마리가 실제로 용이 되어 날아가고, 눈을 그리지 않은 나머지 두 마리는 그대로 남아 있었다.

이 우언은 본래 장승요의 탁월한 그림 솜씨를 형용한 것이나 후세 사람들은 문장을 짓거나 말을 할 때 가장 중요한 관건이 되는 부분에서 간단한 몇 마디로 실질을 지적하여 밝힘으로써 내용을 생동적이고 두드러지게 하는 것을 비유하는 말로 사용했다.

《피자문수皮子文藪》 우언

피일휴(皮日休 : 834?-883?)는 자가 일소(逸少) 또는 습미(襲美)이고, 자호를 녹문자(鹿門子) · 한기포의(閑氣布衣) · 취음선생(醉吟先生)이라 했으며, 양양(襄陽) 경릉(竟陵)[지금의 호북성 천문(天門)] 사람으로 당대(唐代)의 저명한 문학가이다. 의종(懿宗) 함통(咸通) 8년(867)에 진사에 급제한 후 저작랑(著作郎) · 태상박사(太常博士)를 지냈다. 희종(僖宗) 광명(廣明) 원년(880)에 비릉(毗陵)[지금의 강소성 무진현(武進縣)]의 부사(副使)가 되어, 장안(長安)을 떠나 남쪽으로 내려가다가 황소(黃巢)와 만났다. 황소가 장안에 입성하여 칭제(稱帝)한 후 한림학사(翰林學士)에 임명되었으나, 후에 황소의 난이 실패하면서 피일휴는 행방불명이 되었다가 대략 중화(中和) 3년(883) 경에 죽었는데, 그의 사인(死因)에 대해서는 황소에게 피살되었다는 설과 당왕조(唐王朝)에 의해 피살되었다는 설, 또는 객지를 떠돌다가 죽었다는 설 등이 있다.

피일휴는 시문(詩文)에 능하여 육구몽(陸龜蒙)과 더불어 「피륙(皮陸)」이라 불리었다. 그는 문학이 마땅히 정치를 위해 봉사해야 한다고 주장하면서, 시는 통치계층의 모순을 폭로하는 작품을 많이 썼고, 산문은 대부분 옛것을 빌려 오늘날을 풍자하는 방식으로 비분(悲憤)을 토로하는 작품을 많이 썼다. 저서로 《피자문수(皮子文藪)》 10권이 있다.

042 침사균이폐(枕死麇而斃)

《皮子文藪 · 卷第七雜著 · 悲摯獸》

원문 및 주석

枕死麇而斃[1]

滙澤之場, 農夫持弓矢, 行其稼穡之側。[2] 有苕, 頃爲農夫息其傍, 未及, 苕花紛然, 不吹而飛, 若有物娭。[3] 視之, 虎也, 跳踉哮嚾。視

1 枕死麇而斃 → 죽은 노루를 베고 죽다
【枕(침)】: [동사] (베개 삼아) 베다.
【麇(균)】: 노루.
【斃(폐)】: 죽다.

2 滙澤之場, 農夫持弓矢, 行其稼穡之側。→ 하천이 합류하는 늪지대에서, 농부가 활과 화살을 가지고, 자기 농작물 근처를 순시하고 있었다.
【滙澤(회택)】: 하천이 합류하는 늪지대. 【滙】: 물이 한 곳으로 모이다.
【持(지)】: 가지다, 잡다.
【弓矢(궁시)】: 활과 화살.
【行(행)】: 걷다, 거닐다. 여기서는 「순시하다」의 뜻.
【稼穡(가색)】: 파종과 수확. 여기서는 「농작물」을 가리킨다.
【側(측)】: 옆, 근처, 부근.

3 有苕, 頃爲農夫息其傍, 未及, 苕花紛然, 不吹而飛, 若有物娭。→ (그곳에) 갈대숲이 있어, 농부가 막 그 옆에 앉아 쉬려는 참이었다. (이때) 건드리지도 않았는데, 갈대꽃이 바람도 없이 어지럽게 흩날리며, 마치 무엇이 (갈대숲 속에서) 장난을 치고 있는 것 같았다.
【苕(초)】: 갈대 이삭. 여기서는 「갈대숲」을 가리킨다.
【頃(경)】: 방금, 막.
【息(식)】: 쉬다, 휴식하다.
【傍(방)】: 옆.

其狀, 若有所獲負, 不勝其喜之態也。[4] 農夫謂虎見己, 將遇食而喜者, 乃挺矢匿形, 伺其重娭, 發, 貫其腋, 雷然而踣。[5] 及視之, 枕死麕而斃矣。[6]

……………

【及(급)】: 미치다. 여기서는 「접촉하다, 건드리다」의 뜻. ※판본에 따라서는 「未及」을 「未久(미구)」라 했다.

【紛然(분연)】: 어지럽고 어수선한 모양.

【若(약)】: 마치 …같다.

【不吹而飛(불취이비)】: 바람도 없이 흩날리다.

【娭(애)】: 장난치다.

4 視之, 虎也, 跳踉哮㘚。視其狀, 若有所獲負, 不勝其喜之態也。→ (농부가) 그것을 살펴보니, 호랑이가 펄쩍 펄쩍 뛰며 으르렁거리고 있었다. 그 모양을 보니, 마치 사냥감을 포획하여, 기쁨을 참지 못하는 자태를 드러내는 것 같았다.

【跳踉(도량)】: 도약하다, 뛰어오르다, 펄쩍 펄쩍 뛰다.

【哮㘚(효함)】: 으르렁거리다.

【狀(상)】: 모양.

【獲負(획부)】: 사냥감을 포획하다.

【不勝其喜之態(불승기희지태)】: 기쁨을 참지 못하는 자태. 〖不勝〗: …을 참을 수 없다, 참지 못하다. 〖態〗: 태도, 자태.

5 農夫謂虎見己, 將遇食而喜者, 乃挺矢匿形, 伺其重娭, 發, 貫其腋, 雷然而踣。→ 농부는 호랑이가 자기를 발견하고, 먹을 것을 만나 즐거워하는 것이라고 생각했다. 그리하여 화살을 시위에 메기고 몸을 숨긴 다음, 호랑이가 다시 장난치기를 기다렸다가, 화살을 쏘아 호랑이의 겨드랑이를 꿰뚫었다. 호랑이는 우레 같은 소리를 지르며 바닥에 넘어졌다.

【謂(위)】: …라고 생각하다, …라고 여기다.

【挺矢匿形(정시닉형)】: 화살을 시위에 메기고 자기의 몸을 숨기다. 〖挺矢〗: 화살을 시위에 메기다. 〖匿〗: 감추다, 은폐하다, 숨기다. 〖形〗: 몸.

【伺(사)】: 기다리다.

【重娭(중애)】: 다시 장난치는 것.

【發(발)】: (화살을) 쏘아 보내다, 발사하다.

【貫(관)】: 꿰뚫다, 관통하다.

【腋(액)】: 겨드랑이.

【雷然(뇌연)】: 우레가 치는 모양.

【踣(부)】: 넘어지다, 쓰러지다.

6 及視之, 枕死麕而斃矣。→ 가까이 다가가서 살펴보니, (호랑이가) 죽은 노루를 베고 죽어 있었다.

【及(급)】: 이르다, 도달하다. 여기서는 「가까이 다가가다」의 뜻.

【之(지)】: [대명사] 그것, 즉 「호랑이」.

번역문

죽은 노루를 베고 죽다

하천이 합류하는 늪지대에서 농부가 활과 화살을 가지고 자기 농작물 근처를 순시하고 있었다. (그곳에) 갈대숲이 있어 농부가 막 그 옆에 앉아 쉬려는 참이었다. (이때) 건드리지도 않았는데 갈대꽃이 바람도 없이 어지럽게 흩날리며, 마치 무엇이 (갈대숲 속에서) 장난을 치고 있는 것 같았다. (농부가) 그것을 살펴보니 호랑이가 펄쩍 펄쩍 뛰며 으르렁거리고 있었다. 그 모양을 보니, 마치 사냥감을 포획하여 기쁨을 참지 못하는 자태를 드러내는 것 같았다.농부는 호랑이가 자기를 발견하고 먹을 것을 만나 즐거워하는 것이라고 생각했다. 그리하여 화살을 시위에 메기고 몸을 숨긴 다음, 호랑이가 다시 장난치기를 기다렸다가 화살을 쏘아 호랑이의 겨드랑이를 꿰뚫었다. 호랑이는 우레 같은 소리를 지르며 바닥에 넘어졌다. 가까이 다가가서 살펴보니 (호랑이가) 죽은 노루를 베고 죽어 있었다.

해설

호랑이는 노루를 잡아 희희낙락(喜喜樂樂) 장난을 치며 즐겼으나 결국 농부의 화살에 맞아 죽었다.

이 우언은 호랑이가 노루를 잡아 득의양양(得意揚揚)하며 우쭐대다가 농부의 화살에 맞아 죽은 고사를 통해, 부귀와 권세를 얻고 나서 안하무인격(眼下無人格)으로 오만방자하게 굴다가 멸망한 자들의 비참한 말로를 풍자하는 동시에, 권세를 믿고 나쁜 짓을 하지 말도록 권계한 것이다.

《입택총서 笠澤叢書》 우언

육국몽(陸龜蒙 : ?-약 881)은 자가 노망(魯望)이며 장주(長洲)[지금의 강소성 오현(吳縣)] 사람으로, 만당(晚唐)의 저명한 문학가이자 시인이다. 일찍이 진사에 응시했으나 급제하지 못하고 오래도록 송강(松江) 보리(甫里)[강소성 오현(吳縣) 동남쪽 50리]에 은거하며 자호(自號)를 강호산인(江湖散人)·보리선생(甫里先生)이라 했다. 그는 시문(詩文)에 능하여 피일휴(皮日休)와 더불어 「피륙(皮陸)」이라 불리었는데, 초당(初唐) 및 성당(盛唐) 시문의 현실주의 전통을 계승하여 만당(晚唐) 사회의 추악한 현실을 폭로하는 작품을 많이 썼다.

저서로 《입택총서(笠澤叢書)》와 《보리집(甫里集)》이 있다.

043 두태(蠹蛻)

《笠澤叢書 · 卷二 · 蠹化》

원문 및 주석

蠹蛻[1]

橘之蠹, 大如小指, 首負特角, 身蹙蹙然, 類蝤蠐而青。[2] 翳葉仰齧, 如饑蠶之速, 不相上下。人或棖觸之, 輒奮角而怒, 氣色桀驁。[3]

1 蠹蛻 → 좀이 허물을 벗다
【蠹(두)】: [벌레] 좀, 좀벌레.
【蛻(태)】: [동사] 허물을 벗다.

2 橘之蠹, 大如小指, 首負特角, 身蹙蹙然, 類蝤蠐而青。→ 귤나무에 기생하는 좀벌레는, 크기가 마치 사람의 새끼손가락만 하다. 머리에는 한 개의 뿔이 자라고, 몸을 오그렸다 폈다 하며 꿈틀대는 모양이, 마치 뽕나무하늘소의 유충과 같으나 색깔이 푸르다.
【橘之蠹(귤지두)】: 귤나무에 기생하는 좀벌레. 여기서는 「나비의 유충」을 가리킨다.
【大如(대여)…】: 크기가 …만 하다.
【小指(소지)】: 새끼손가락.
【首負特角(수부특각)】: 머리에 한 개의 뿔이 자라다. 〖負〗: (짐 따위를) 지다, 메다. 여기서는 「자라다」의 뜻. 〖特〗: 한 개, 단 하나.
【蹙蹙然(축축연)】: 오그렸다 폈다 하며 꿈틀대는 모양.
【類(류)】: 마치 …같다.
【蝤蠐(추제)】: 뽕나무하늘소의 유충. 몸통은 길고 다리는 짧으며 다리의 색깔은 희다.

3 翳葉仰齧, 如饑蠶之速, 不相上下。人或棖觸之, 輒奮角而怒, 氣色桀驁。→ (좀벌레는) 나뭇잎 밑에 숨어서 머리를 들고 잎을 갉아 먹는데, 마치 굶주린 누에가 뽕잎을 신속하게 갉아 먹는 것과 같아, 서로 우열을 가릴 수가 없다. 사람이 어쩌다 그것을 건드리면, 즉시 뿔을 고추 세우고 화를 내며, 오만한 기색을 드러낸다.
【翳(예)】: 숨다.

一旦視之，凝然弗食弗動。明日復往，則蛻爲蝴蝶矣。[4] 力力拘拘，其翎未舒。襜黑鞲蒼，分朱間黃。腹塡而橢，緌纖且長。如醉方寤，羸枝不揚。[5] 又明日往，則倚薄風露，攀緣草樹，聳空翅輕，瞥然而

…………………

【仰齧(앙설)】: 머리를 들고 갉아 먹다.
【饑蠶(기잠)】: 굶주린 누에.
【不相上下(불상상하)】: 서로 우열을 가리지 못하다, 서로 막상막하하다.
【或(혹)】: 어쩌다, 간혹.
【棖觸(정촉)】: 건드리다.
【輒(첩)】: 곧, 즉시.
【奮角而怒(분각이노)】: 뿔을 고추 세우고 화를 내다. 〖奮角〗: 뿔을 고추 세우다, 뿔을 치켜세우다.
【桀驁(걸오)】: 오만한 기색을 드러내다.

4 一旦視之，凝然弗食弗動。明日復往，則蛻爲蝴蝶矣。→ 어느 날 그것을 보니, 뻣뻣하게 굳은 모습으로 먹지도 않고 움직이지도 않았다. 다음날 다시 가서 보니, 허물을 벗고 나비로 변해 있었다.
【一旦(일단)】: 어느 날.
【之(지)】: [대명사] 그것, 즉 「좀」
【凝然(응연)】: 굳은 모양, 응고된 모양.
【弗食弗動(불식부동)】: 먹지도 않고 움직이지도 않다. 〖弗〗: 不(불).
【蛻爲蝴蝶(태위호접)】: 허물을 벗고 나비로 변하다. 〖爲〗: …로 변하다, …이 되다.

5 力力拘拘，其翎未舒。襜黑鞲蒼，分朱間黃。腹塡而橢，緌纖且長。如醉方寤，羸枝不揚。→ (이때 나비의 몸은) 힘써 움직이려 해도 뜻대로 되지 않고, 날개도 아직은 활짝 펼치지 못했다. 등은 검고 양 날개는 푸르며, 간간이 붉고 노란색 반점이 섞여 있다. 배는 부르고 타원형에, 촉수(觸鬚)는 가늘고 길다. 마치 술에 취해 있다가 방금 깨어난 듯, 연약한 사지(四肢)는 아직 날지를 못한다.
【力力拘拘(역력구구)】: 힘써 움직이려 해도 부자연스럽다. 〖力力〗: 힘써 움직이려 하다. 〖拘拘〗: 방금 허물을 벗고 나온 나비가 날고자 해도 뜻대로 되지 않는 모양.
【翎(령)】: 깃. 여기서는 「나비의 날개」를 가리킨다.
【舒(서)】: (날개를) 펴다.
【襜黑鞲蒼(첨흑구창)】: 등은 검고 양 날개는 푸르다. 〖襜〗: 행주치마. 여기서는 나비의 「등」을 가리킨다. 〖鞲〗: 옷소매. 여기서는 나비의 「양 날개」를 가리킨다. 〖蒼〗: 푸른색.
【分朱間黃(분주간황)】: 붉은색과 노란색이 뒤섞인 반점.
【塡(전)】: 메우다, 채우다. 여기서는 「배가 부르다」의 뜻.
【橢(타)】: 타원형.
【緌(유)】: 갓끈. 여기서는 나비의 「촉수(觸鬚)」를 가리킨다.
【纖且長(섬차장)】: 가늘고도 길다. 〖纖〗: 가늘다. 〖且〗: [연사] …하고도 또 …, 또한.

去。[6] 或隱蕙隙, 或留篁端, 翩旋軒虛, 颺曳紛拂, 甚可愛也。[7] 須臾, 犯蝥網而膠之, 引絲環纏, 牢若拲梏, 人雖甚怜, 不可解而縱矣。[8]

……………

【如醉方寤(여취방오)】: 마치 술에 취해 있다가 방금 깨어난 듯하다. 〖如〗: 마치 …같다. 〖醉〗: 술 취하다. 〖方〗: 방금, 막. 〖寤〗: 깨다, 잠에서 깨다.

【羸枝(이지)】: 연약한 사지(四肢). 〖羸〗: 허약하다, 연약하다. 〖枝〗: 肢(지), 사지(四肢).

【揚(양)】: 날다.

6 又明日往, 則倚薄風露, 攀緣草樹, 聳空翅輕, 瞥然而去。→ 또 다음날 가서 보니, 나비는 이른 아침의 미풍과 이슬의 도움에 의존하여, 풀과 나무를 따라 기어 올라가더니, 가볍게 양 날개를 펼치고 하늘 높이 날아, 순식간에 멀리 사라져 버렸다.

【倚薄風露(의박풍로)】: 이른 아침의 미풍과 이슬의 도움에 의존하다. 〖倚〗: 의존하다, 의지하다.

【攀緣(반연)…】: …을 따라 기어오르다.

【聳空翅輕(용공시경)】: 가볍게 양 날개를 펼쳐 하늘 높이 날아오르다. 〖聳空〗: 공중으로 치솟다, 하늘 높이 오르다. 〖翅〗: [동사] 양 날개를 펼치다.

【瞥然(별연)】: 순식간, 눈 깜빡할 사이.

【去(거)】: 떠나다, 사라지다.

7 或隱蕙隙, 或留篁端, 翩旋軒虛, 颺曳紛拂, 甚可愛也。→ 혜란(蕙蘭)의 틈새에 숨기도 하고, 혹은 대나무 끝에 머물기도 하며, 밝고 넓은 허공을 훨훨 날아 선회하면서, 하늘하늘 가볍게 스쳐 지나가는 모습이, 매우 귀엽다.

【或(혹)…或(혹)】: …도 하고 혹은 …도 하다.

【隱(은)】: 숨다.

【蕙(혜)】: 혜란(蕙蘭). 난의 일종.

【隙(극)】: 틈, 틈새.

【留(류)】: 머물다.

【篁端(황단)】: 대나무 끝. 〖篁〗: 대나무. 〖端〗: 끝.

【翩旋(편선)】: 훨훨 날아 선회하다.

【軒虛(헌허)】: 밝고 넓은 허공.

【颺曳(양예)】: 하늘하늘 나부끼다.

【紛拂(분불)】: 가볍게 스쳐지나가다.

【可愛(가애)】: 귀엽다.

8 須臾, 犯蝥網而膠之, 引絲環纏, 牢若拲梏, 人雖甚怜, 不可解而縱矣。→ (그러다가) 잠깐 사이, 거미줄을 잘못 건드려 들러붙고 말았다. 거미가 실을 토해 둘둘 감아버리니, 견실하기가 마치 수갑을 채운 것 같다. 사람들은 비록 나비를 매우 불쌍하게 여겼지만, 거미줄을 풀어 놓아줄 수가 없었다.

【須臾(수유)】: 잠깐, 순간.

【犯(범)】: 건드리다.

번역문

좀이 허물을 벗다

귤나무에 기생하는 좀벌레는 크기가 마치 사람의 새끼손가락만 하다. 머리에는 한 개의 뿔이 자라고, 몸을 오그렸다 폈다 하며 꿈틀대는 모양이 마치 뽕나무하늘소의 유충과 같으나 색깔이 푸르다.

(좀벌레는) 나뭇잎 밑에 숨어서 머리를 들고 잎을 갉아 먹는데, 마치 굶주린 누에가 뽕잎을 신속하게 갉아 먹는 것과 같아 서로 우열을 가릴 수가 없다. 사람이 어쩌다 그것을 건드리면 즉시 뿔을 고추 세우고 화를 내며 오만한 기색을 드러낸다.

어느 날 그것을 보니 뻣뻣하게 굳은 모습으로 먹지도 않고 움직이지도 않았다. 다음날 다시 가서 보니 허물을 벗고 나비로 변해 있었다. (이때 나비의 몸은) 힘써 움직이려 해도 뜻대로 되지 않고, 날개도 아직은 활짝 펼치지 못했다. 등은 검고 양 날개는 푸르며 간간이 붉고 노란색 반점이 섞여 있다. 배는 부르고 타원형에 촉수(觸鬚)는 가늘고 길다. 마치 술에 취해 있다가 방금 깨어난 듯 연약한 사지(四肢)는 아직 날지를 못한다.

또 다음날 가서 보니 나비는 이른 아침의 미풍과 이슬의 도움에 의존하

················

【蝥網(모망)】: 거미줄. 【蝥】: 蜘蛛(지주), 거미. 「주모(蛛蝥)」라고도 하며 「蝥」는 약칭이다. 《여씨춘추(呂氏春秋) · 이용(異用)》에 : 「昔蛛蝥作網罟, 今之人學紓。(예전에 거미가 그물을 짰는데, 오늘날의 사람들이 짜는 법을 모방하여 배웠다.)」라 했다. 【網】: 그물, 망.
【膠(교)】: 들러붙다, 접착하다.
【引絲(인사)】: 실을 토해내다, 실을 뽑아내다.
【環纏(환전)】: 둘둘 감다, 휘감다.
【牢若(뇌약)…】: 견실하기가 마치 …같다. 【牢】: 견고하다, 견실하다. 【若】: 如(여), 마치 …같다.
【拲梏(공곡)】: 수갑. 여기서는 동사 용법으로 「손에 수갑을 채우다」의 뜻.
【怜(령)】: 불쌍히 여기다.
【縱(종)】: 석방하다, 자유롭게 놓아주다.

여 풀과 나무를 따라 기어 올라가더니, 가볍게 양 날개를 펼치고 하늘 높이 날아 순식간에 멀리 사라져 버렸다. 혜란(蕙蘭)의 틈새에 숨기도 하고 혹은 대나무 끝에 머물기도 하며, 밝고 넓은 허공을 훨훨 날아 선회하면서 하늘 하늘 가볍게 스쳐 지나가는 모습이 매우 귀엽다.

(그러다가) 잠깐 사이, 거미줄을 잘못 건드려 들러붙고 말았다. 거미가 실을 토해 둘둘 감아버리니 견실하기가 마치 수갑을 채운 것 같다. 사람들은 비록 나비를 매우 불쌍하게 여겼지만 거미줄을 풀어 놓아줄 수가 없었다.

해설

당초 귤나무에 기생하던 좀이 탈바꿈하여 한 마리의 아름다운 나비로 변해 하늘을 훨훨 날아다니며 일시적으로 즐거움을 만끽했지만, 한순간 거미줄에 걸려 꼼짝달싹 못하고 다시 비참한 나락으로 떨어졌다.

이 우언은 좀이 나비로 변하고 다시 거미줄에 걸려 나락으로 떨어지는 과정을 통해, 본래 비천한 신분의 무리들이 잠시 득세하여 허장성세(虛張聲勢)를 부리며 협잡질을 일삼다가 오래가지 못하고 나락으로 떨어지는 작태를 풍자한 것이다.

044 초야룡대(招野龍對)

《笠澤叢書·卷三·招野龍對》

원문 및 주석

招野龍對[1]

昔豢龍氏, 求龍之嗜欲, 幸而中焉, 得二龍而飮食之。[2] 龍之於人固類異, 以其若已之性也, 席其宮沼, 百川四溟之不足游; 甘其飮食, 洪流大鯨之不足味。[3] 䭲䭲然, 擾擾然, 其愛弗去。[4] 一旦, 値野

---

1 招野龍對 → 야생 용(龍)을 불러 대화(對話)를 나누다
【招(초)】: 부르다.
【野龍(야룡)】: 야생용. ※ 집에서 사육하여 길들여지지 않은 야생의 용.
【對(대)】: 대화하다, 이야기를 나누다.

2 昔豢龍氏, 求龍之嗜欲, 幸而中焉, 得二龍而飮食之。→ 예전에 환룡씨(豢龍氏)가, 용의 취미와 욕구를 탐구하여, 요행히 적중하자, 두 마리의 용을 구해 사육했다.
【豢龍氏(환룡씨)】: 용을 사육하는 사람. 〖豢〗: 가축을 기르다. ※《좌전(左傳)·소공 29년(昭公二十九年)》의 기록에 의하면, 우(虞)나라 순(舜)임금 시절에 동부(董父)라는 사람이 용을 잘 길러 순임금을 섬기도록 하자, 순임금이 그에게 「동(董)」이라는 성과 「환룡(豢龍)」이라는 씨(氏)를 하사했다.(《左傳·昭公二十九年》: 「昔有飂叔安, 有裔子曰董父, 實甚好龍, 能求其耆欲以飮食之, 龍多歸之。乃擾畜龍, 以服事帝舜。帝賜之姓曰董, 氏曰豢龍, 封諸鬷川。」
【求(구)】: 탐구하다.
【嗜欲(기욕)】: 취미와 욕구. 〖嗜〗: 기호, 취미.
【幸而(행이)】: 다행히, 요행히.
【中(중)】: 적중하다, 들어맞다.
【飮食(음식)】: 사육하다, 기르다.

3 龍之於人固類異, 以其若已之性也, 席其宮沼, 百川四溟之不足游; 甘其飮食, 洪流大鯨之不

龍奮然而招之曰：「爾奚爲者? 茫洋乎天地之間, 寒而蟄, 陽而昇, 能無勞乎? 誠從吾居而宴安乎?」[5] 野龍矯首而笑之, 曰：「若何齪齪

足味。→ 용은 사람에 대해 말하면 본래 다른 부류지만, 환룡씨가 용의 성질에 맞춰, 정원의 못에서 편히 살 수 있게 해주었기 때문에, 모든 하천이나 바다도 자신이 노닐기에 흡족하지 않다 여기고; 자신이 먹는 음식을 달게 느껴, 바다의 큰 고래도 자기의 입맛을 돋우기에 부족하다고 여겼다.

【固(고)】: 본래.

【類異(유이)】: 부류가 다르다, 같은 부류가 아니다.

【以(이)】: 因(인), …로 인해, …로 말미암아.

【其若己之性(기약기지성)】: 환룡씨가 용의 성질에 순응하다. 〖其〗: [대명사] 그, 즉 「환룡씨」. 〖若〗: 순응하다, 따르다, 맞추다. 〖己〗: 자기, 즉 「용」.

【席其宮沼(석기궁소)】: 정원의 못에서 편히 살 수 있게 해주다. 〖席〗: …에 의지하다, 기대다. ※ 여기서는 「편히 살 수 있게 해주다」의 뜻. 〖宮沼〗: 정원의 못.

【百川四溟(백천사명)】: 모든 하천과 사해. 〖四溟〗: 사해(四海).

【甘(감)】: [동사 용법] 달게 느끼다.

【洪流(홍류)】: 거센 흐름. 여기서는 「바다」를 가리킨다.

【不足味(부족미)】: 입맛을 돋우기에 부족하다.

4 弛弛然, 擾擾然, 其愛弗去。→ 눕고 싶으면 눕고, 활동하고 싶으면 활동하며, 이러한 환경을 좋아하여 다른 곳으로 떠나려 하지 않았다.

【弛弛然(이이연)】: 느긋한 모양, 느슨한 모양. 〖弛〗: 弛(이), 느슨해지다.

【擾擾然(요요연)】: 소란한 모양, 뒤숭숭한 모양, 번거로운 모양.

【弗(불)】: 不(불).

【去(거)】: 떠나다.

5 一旦, 值野龍奮然而招之曰：「爾奚爲者? 茫洋乎天地之間, 寒而蟄, 陽而昇, 能無勞乎? 誠從吾居而宴安乎?」→ 어느 날, (환룡씨의 용이) 야생 용을 만나자 흥분하며 그 용을 불러 말했다：「너는 무엇 하고 있는 거야? 한없이 넓은 천지에서 정처 없이 떠돌다가, 추우면 동굴에 들어가 겨울잠을 자야 하고, 날이 따뜻해지면 밖으로 나와 하늘을 날아야 하니, 피곤하지 않을 수 있겠어? 만일 우리와 함께 살면 편안할 텐데?」

【一旦(일단)】: 어느 날 아침. 여기서는 「어느 날」의 뜻.

【值(치)】: 만나다.

【奮然(분연)】: 흥분하는 모양.

【招(초)】: 부르다.

【爾(이)】: 너, 당신.

【奚爲(해위)】: 무엇하고 있는가?

【茫洋(망양)】: 끝없이 넓은 모양.

【蟄(칩)】: 겨울잠을 자다.

【陽(양)】: 햇볕. 여기서는 「날씨가 따뜻해지다」의 뜻.

乎如是耶? 賦吾之形, 冠角而被鱗;[6] 賦吾之德, 泉潛而天飛; 賦吾之靈, 噓雲而乘風; 賦吾之職, 抑驕而澤枯。[7] 觀乎無極之外, 息乎大荒之墟, 窮端倪而盡變化, 其樂不至耶?[8] 今爾苟容於蹄涔之間, 惟

【昇(승)】: 오르다. 즉 「하늘을 날아오르다」의 뜻.
【誠(성)】: 만일, 만약.
【從吾居(종오거)】: 나를 좇아 살다. 즉 「나와 함께 살다」의 뜻.
【宴安(연안)】: 편안하다.

6 野龍矯首而笑之, 曰 : 「若何齪齪乎如是耶? 賦吾之形, 冠角而被鱗; → 야생 용이 머리를 들고 환룡씨의 용을 비웃으며, 말했다 : 「너는 어찌 이다지도 도량이 좁으냐? (하늘이) 우리에게 부여한 형체는, 머리에 뿔이 나고 몸에는 인갑(鱗甲)을 입고;
【矯首(교수)】: 머리를 들다.
【笑(소)】: 비웃다.
【若(약)】: 너, 당신.
【齪齪乎(착착호)】: 옹졸하다, 소심하다, 도량이 좁다.
【如是(여시)】: 이처럼, 이와 같이, 이다지도.
【賦(부)】: 부여하다.
【形(형)】: 형체, 신체.
【冠角(관각)】: 뿔이 나다, 뿔이 자라다.
【被鱗(피린)】: 인갑(鱗甲)을 입다. 〖被〗: 披(피), 입다. 〖鱗〗: 인갑.

7 賦吾之德, 泉潛而天飛; 賦吾之靈, 噓雲而乘風; 賦吾之職, 抑驕而澤枯。→ 우리에게 부여한 덕성(德性)은, 물속 깊이 잠길 수 있고 하늘 높이 날 수 있으며; 우리에게 부여한 신통력은 구름을 불러오고 바람을 몰 수 있고; 우리에게 부여한 직책은, 뙤약볕을 억제하고 메마른 대지를 촉촉하게 적실 수 있다.
【泉潛(천잠)】: 물속에 잠기다.
【靈(영)】: 영험, 신통력.
【噓雲(허운)】: 구름을 불러오다.
【乘風(승풍)】: 바람을 몰다.
【抑驕(억교)】: 뙤약볕을 억제하다. 〖驕〗: 폭양, 뙤약볕.
【澤枯(택고)】: 메마른 대지를 적시다. 〖澤〗: [사동 용법] 적시다, 촉촉하게 하다.

8 觀乎無極之外, 息乎大荒之墟, 窮端倪而盡變化, 其樂不至耶? → 끝없는 우주 밖에서 마음껏 구경하고, 아득히 멀고 넓은 황야에서 휴식을 취하며, 천지 끝까지 두루 돌아다니며 만물의 변화를 모두 관람하니, 어찌 즐거움이 최고조에 이르지 않겠는가?
【觀乎(관호)…】: …에서 구경하다. 〖觀〗: 관찰하다, 구경하다. 〖乎〗: [개사] 於(어), …에서.
【無極之外(무극지외)】: 끝이 없는 우주 밖.
【息(식)】: 쉬다, 휴식하다.
【大荒之墟(대황지허)】: 지극히 멀고 넓은 황야(荒野).

沙泥之是拘, 惟蛭螾之與徒, 率乎嗜好以希飮食之餘, 是同吾之形, 異吾之樂者也。[9] 狎於人, 啗其利者, 扼其喉, 臟其肉, 可以立待。吾方哀而援之以手, 又何誘吾納之陷穽耶? 爾不免矣!」[10] 野龍行, 未

【窮端倪(궁단예)】: 천지의 끝까지 두루 돌아다니다. 〖窮〗: 두루 돌아다니다. 〖端倪〗: 단서, 실마리. 여기서는 「천지의 끝」을 가리킨다.
【盡變化(진변화)】: 일체의 변화를 모두 관람하다.
【其(기)】: 豈(기), 어찌.
【至(지)】: 최고조, 최상.

9 今爾苟容於蹄涔之間, 惟沙泥之是拘, 惟蛭螾之與徒, 率乎嗜好以希飮食之餘, 是同吾之形, 異吾之樂者也。→ 지금 너는 구차하게 발굽 자국에 고인 물처럼 작은 연못에 몸을 맡기고 있어, 오직 모래와 진흙에 속박당하고, 오직 거머리·지렁이 같은 것들만이 너와 짝을 이룬다. 기호(嗜好)에 따라 먹다 남은 음식이나 바란다면, 이는 겉모습만 나와 같고, 즐기는 것은 나와 전혀 다르다.
【爾(이)】: 너, 당신.
【苟容於(구용어)…】: 구차스럽게 …에 몸을 맡기다. 〖於〗: [개사] …에.
【蹄涔(제잠)】: 발굽 자국에 고인 물.
【惟沙泥之是拘(유사니지시구)】: 오직 모래와 진흙에 속박되다. 〖惟…是…〗: 이 격식에서 「是」는 「동사+목적어」의 구조를 「목적어+동사」 구조로 도치시켜 강조의 뜻을 나타낸다. 〖沙泥〗: 모래와 진흙. 〖拘〗: 속박당하다. ※판본에 따라서는 「拘」를 「據(거)」라 했다.
【惟蛭螾之與徒(유질인지여도)】: 오직 거머리·지렁이 같은 것들만이 너와 짝을 이루다. 〖蛭〗: 거머리. 〖螾〗: 지렁이. 〖與徒〗: …와 짝을 이루다.
【率乎(솔호)…】: …에 따르다. 〖率〗: 따르다. 〖乎〗: [개사] 於(어), …에.
【嗜好(기호)】: 취미, 기호. 여기서는 동사 용법으로 「취미로 삼다」의 뜻.
【希(희)】: 바라다.
【飮食之餘(음식지여)】: 먹다 남은 음식.
【是(시)】: 이, 이것.

10 狎於人, 啗其利者, 扼其喉, 臟其肉, 可以立待。吾方哀而援之以手, 又何誘吾納之陷穽耶? 爾不免矣!」→ 사람에게 희롱당하고, 사람에게 사육되면, (사람들이) 너의 목을 졸라, 너의 고기를 썰어 먹을 날이, 머지않아 곧 닥칠 것이다. 내가 이제 막 (너를) 불쌍히 여겨 손을 뻗어 구하려 하는데, 또 어찌 (오히려) 나를 유혹하여 함정에 끌어넣으려 하는가? 너는 (재난을) 면치 못할 것이다!」
【狎(압)】: [피동 용법] 놀림을 받다, 희롱당하다.
【啗其利(담기리)】: 사람의 음식을 먹다. 즉 「사람에게 사육되다」의 뜻. 〖啗〗: 食(식), 먹다. ※판본에 따라서는 「啗」을 「啖(담)」이라 했다.
【扼(액)】: 손으로 잡아 조르다, 억누르다.
【喉(후)】: 목.

幾, 果爲夏后氏之醢。[11]

번역문

야생 용(龍)을 불러 대화(對話)를 나누다

예전에 환룡씨(豢龍氏)가 용의 취미와 욕구를 탐구하여 요행히 적중하자, 두 마리의 용을 구해 사육했다. 용은 사람에 대해 말하면 본래 다른 부류지만, 환룡씨가 용의 성질에 맞춰 정원의 못에서 편히 살 수 있게 해주었기 때문에, 모든 하천이나 바다도 자신이 노닐기에 흡족하지 않다 여기고, 자신이 먹는 음식을 달게 느껴 바다의 큰 고래도 자기의 입맛을 돋우기에 부족하다고 여겼다. 눕고 싶으면 눕고 활동하고 싶으면 활동하며, 이러한 환경을 좋아하여 다른 곳으로 떠나려 하지 않았다.

어느 날, (환룡씨의 용이) 야생 용을 만나자 흥분하며 그 용을 불러 말했다.

【截(자)】: [동사 용법] 썰다.
【可以立待(가이립대)】: 서서 기다릴 수 있다. 즉 「멀지 않다, 곧 닥치다, 얼마 남지 않다」의 뜻.
【方(방)】: 이제 막.
【援之以手(원지이수)】: 손을 뻗어 구원하다, 구원의 손길을 뻗다.
【誘(유)】: 유혹하다.
【納(납)】: 넣다, 끌어넣다.

11 野龍行, 未幾, 果爲夏后氏之醢。→ 야생 용은 가버렸고, 얼마 지나지 않아, (사육되던 용은) 과연 하후씨(夏后氏)의 젓갈로 변해 버렸다.
【行(행)】: 가다, 떠나다.
【未幾(미기)】: 얼마 지나지 않다.
【果(과)】: 과연.
【爲(위)】: …이 되다, …으로 변하다.
【夏后氏(하후씨)】: 우(虞)의 순(舜)임금이 우(禹)에게 양위한 후, 국명을 하(夏)라고 했는데, 「하후씨」라고도 불렀다.
【醢(해)】: 젓갈.

「너는 무엇하고 있는 거야? 한없이 넓은 천지에서 정처 없이 떠돌다가 추우면 동굴에 들어가 겨울잠을 자야 하고, 날이 따뜻해지면 밖으로 나와 하늘을 날아야 하니 피곤하지 않을 수 있겠어? 만일 우리와 함께 살면 편안할 텐데?」

야생 용이 머리를 들고 환룡씨의 용을 비웃으며 말했다.

「너는 어찌 이다지도 도량이 좁으냐? (하늘이) 우리에게 부여한 형체는 머리에 뿔이 나고 몸에는 인갑(鱗甲)을 입고, 우리에게 부여한 덕성(德性)은 물속 깊이 잠길 수 있고 하늘 높이 날 수 있으며, 우리에게 부여한 신통력은 구름을 불러오고 바람을 몰 수 있고, 우리에게 부여한 직책은 뙤약볕을 억제하고 메마른 대지를 촉촉하게 적실 수 있다. 끝없는 우주 밖에서 마음껏 구경하고, 아득히 멀고 넓은 황야에서 휴식을 취하며, 천지 끝까지 두루 돌아다니며 만물의 변화를 모두 관람하니, 어찌 즐거움이 최고조에 이르지 않겠는가?

지금 너는 구차하게 발굽 자국에 고인 물처럼 작은 연못에 몸을 맡기고 있어 오직 모래와 진흙에 속박당하고, 오직 거머리 · 지렁이 같은 것들만이 너와 짝을 이룬다. 기호(嗜好)에 따라 먹다 남은 음식이나 바란다면, 이는 겉모습만 나와 같고 즐기는 것은 나와 전혀 다르다. 사람에게 희롱당하고 사람에게 사육되면, (사람들이) 너의 목을 졸라 너의 고기를 썰어 먹을 날이 머지않아 곧 닥칠 것이다. 내가 이제 막 (너를) 불쌍히 여겨 손을 뻗어 구하려 하는데, 또 어찌 (오히려) 나를 유혹하여 함정에 끌어넣으려 하는가? 너는 (재난을) 면치 못할 것이다!」

야생 용은 가버렸고, 얼마 지나지 않아 (사육되던 용은) 과연 하후씨(夏后氏)의 젓갈로 변해 버렸다.

해설

용이 사람에게 사육되어 길들여지면서 안일하고 쾌적한 환경을 탐하다가 본성을 잃어버리고 마침내 사람에게 도살되어 젓갈로 변했다.

이 우언은 남의 비호를 받는 사람이 자신의 처지를 속히 깨달아 남에게 피해를 당하지 않도록 경계한 것이다.

《무능자(无能子)》 우언

《무능자(无能子)》의 작자로 가탁한 무능자에 관해서는 성명과 생애사적을 알 수 없고, 다만 《무능자》의 서문을 통해, 만당(晩唐) 전란시기에 살았던 은사(隱士)로 희종(僖宗) 광계(光啓) 3년(887)에 좌보(左輔)[지금의 섬서성 위하(渭河) 북부와 경하(涇河) 동부 및 낙하(洛河) 하류]에 기거하며 생활이 매우 어려웠다는 것을 알 수 있을 뿐이다.

《무능자》의 목차를 보면 상권 10편, 중권 10편, 하권 14편 등 모두 34편으로 되어 있다. 그러나 매권마다 궐문(闕文)이 많아 실제로는 23편인 셈이다. 내용은 《장자(莊子)》《열자(列子)》의 도가(道家) 사상을 근간으로 하고 불교의 이론이 섞여 있는데, 상권은 주로 일부 도가의 이론을 추상적으로 기술했고, 중권은 주로 일부 역사 사건을 기록한 후 이 역사 사건을 가지고 도가 사상의 정확성을 설명했으며, 하권은 주로 작자 자신의 견문(見聞)과 감상 및 체험을 기술했다.

045 짐설(鴆說)

《无能子 · 卷下》

원문 및 주석

鴆說[1]

鴆與蛇相遇, 鴆前而啄之。[2] 蛇謂曰 :「世人皆毒子矣。毒者, 惡名也。子所以有惡名者, 以食我也。子不食我則無毒, 不毒則惡名亡矣。」[3] 鴆笑曰 :「汝豈不毒於世人哉? 指我爲毒, 是欺也。[4] 夫汝毒於

1 鴆說 → 짐새 이야기
【鴆(짐)】: [새 이름] 짐새. ※ 짐새는 뱀을 즐겨 먹는데, 짐새의 깃을 술에 담그면 독주로 변해 사람이 마실 경우 즉사한다.

2 鴆與蛇相遇, 鴆前而啄之。→ 짐새와 뱀이 만나자, 짐새가 앞으로 가서 뱀을 부리로 쪼았다.
【相遇(상우)】: 만나다, 마주치다.
【前(전)】: [동사] 앞으로 나아가다.
【啄(탁)】: 부리로 쪼다.
【之(지)】: [대명사] 그것, 즉 「뱀」.

3 蛇謂曰 :「世人皆毒子矣。毒者, 惡名也。子所以有惡名者, 以食我也。子不食我則無毒, 不毒則惡名亡矣。」→ 뱀이 짐새에게 말했다 :「세상 사람들은 모두 너를 독으로 여긴다. 독은, 악명(惡名)이다. 네가 악명을 지닌 까닭은, 나를 잡아먹기 때문이다. 네가 나를 잡아먹지 않으면 독이 있을 리 없고, 독이 없으면 악명도 없어진다.」
【毒(독)】: [동사 용법] 독으로 여기다.
【子(자)】: 너, 그대, 당신.
【所以(소이)…】: …한 까닭.
【以食我(이식아)】: 나를 잡아먹기 때문이다. 〖以〗: 인(因), …로 인해, …때문. 〖食〗: [동사] 먹다.
【亡(무)】: 無(무), 없어지다.

世人者, 有心囓人也。吾怨汝之囓人, 所以食汝示刑也。[5] 世人審吾之能刑汝, 故畜吾以防汝。又審汝之毒染吾毛羽肢體, 故用殺人。[6] 吾之毒, 汝之毒也。吾疾惡而蒙其名爾。然殺人者, 人也, 猶人持兵而殺人也。[7] 兵罪乎? 人罪乎? 則非吾之毒也, 明矣。世人所以畜吾

4 鴆笑曰 : 「汝豈不毒於世人哉? 指我爲毒, 是欺也。→ 짐새가 웃으며 말했다 : 「네가 어찌 세상 사람들에게 해독을 끼치지 않는가? (네가) 나더러 (세상 사람들에게) 해독을 끼쳤다고 비난하는 것은, 완전히 거짓말이다.
【指(지)】: 지적하다. 여기서는 「질책하다, 비난하다」의 뜻.
【爲毒(위독)】: 해를 끼치다, 해독을 끼치다.
【是(시)】: 이것, 그것, 즉 「짐새가 세상 사람들에게 해를 끼쳤다고 하는 것」.
【欺(기)】: 거짓, 거짓말.

5 夫汝毒於世人者, 有心囓人也。吾怨汝之囓人, 所以食汝示刑也。→ 무릇 네가 세상 사람들에게 해독을 끼치는 것은, 사람을 물겠다는 마음을 가지고 있기 때문이다. 나는 네가 사람을 무는 것을 증오한다. 그래서 너를 잡아먹어 형벌을 보여주는 것이다.
【夫(부)】: [발어사] 대저, 무릇.
【怨(원)】: 증오하다, 미워하다.
【囓(설)】: 물다, 깨물다.
【所以(소이)】: 그래서, 이로 인해.
【示刑(시형)】: 형벌을 보이다.

6 世人審吾之能刑汝, 故畜吾以防汝。又審汝之毒染吾毛羽肢體, 故用殺人。→ 세상 사람들은 내가 능히 너를 벌할 수 있다는 것을 잘 안다. 그래서 나를 길러 너를 막는 것이다. 또 너의 독이 나의 깃털과 몸에 옮아 있다는 것을 잘 알기 때문에, 그래서 나의 깃털을 이용하여 사람을 독살하는 것이다.
【審(심)】: 자세히 알다, 잘 알다.
【畜(휵)】: 기르다, 사육하다.
【防(방)】: 막다, 방어하다, 방비하다.
【染(염)】: 물들다, 감염되다, 옮다.
【肢體(지체)】: 몸, 신체, 사지.
【用(용)】: 이용하다, 사용하다.

7 吾之毒, 汝之毒也。吾疾惡而蒙其名爾。然殺人者, 人也, 猶人持兵而殺人也。→ 나의 독은, 본래 너의 독이다. 나는 (너의) 악행을 증오하다가 그러한 악명을 얻었다. 그러나 (나의 독을 가지고) 사람을 죽이는 것은 사람의 소행으로, 이는 마치 사람이 무기를 가지고 사람을 죽이는 것과 같다.
【疾惡(질악)】: 악행을 미워하다, 악행을 증오하다.
【蒙(몽)】: 받다, 입다. 여기서는 「얻다」의 뜻.

而不畜汝, 又明矣。[8] 吾無心毒人, 而疾惡得名, 爲人所用。吾所爲能後其身也。後身而甘惡名, 非惡名矣。[9] 汝以有心之毒, 盱睢於草莽之間, 伺人以自快。[10] 今遇我, 天也, 而欲詭辯苟免耶?」蛇不能答, 鴆食之。[11]

....

【爾(이)】: 耳(이), …뿐이다.

【猶(유)】: 마치 …같다.

【持兵(지병)】: 무기를 가지다. 〖持〗: 들다, 가지다, 지니다. 〖兵〗: 무기, 병기.

8 兵罪乎? 人罪乎? 則非吾之毒也, 明矣。世人所以畜吾而不畜汝, 又明矣。→ (그렇다면 그것이) 무기의 죄인가? 사람의 죄인가? 그런즉 내가 사람을 독해하지 않는다는 것은, 매우 분명하며, 세상 사람들이 나를 기르고 너를 기르지 않는 까닭 또한 매우 분명하다.

【則(즉)】: 그런즉, 그렇다면.

【非吾之毒(비오지독)】: 내가 사람을 독해한 것이 아니라는 것. 즉 「내가 사람을 독해하지 않았다는 것」.

【所以(소이)】: 까닭, 이유.

9 吾無心毒人, 而疾惡得名, 爲人所用。吾所爲能後其身也。後身而甘惡名, 非惡名矣。→ 나는 (본래) 사람을 독해할 마음이 없는데, 악행을 미워하다가 악명을 얻는 바람에, 사람들에게 이용을 당한 것이다. 나의 행위는 나 자신의 몸을 중시하지 않았기 때문이다. (그러므로) 자신의 몸을 중시하지 않고 악명을 달게 받는 것은, (결코) 악명이 아니다.

【爲(위)…所(소)…】: [피동형] …에 의해 …되다.

【所爲(소위)】: 행위, 행동.

【後其身(후기신)】: 자신의 몸을 다른 사람의 뒤에 두다. 즉 「자신의 몸을 중시하지 않다」의 뜻. ※ 판본에 따라서는 「後其身」을 「全身(전신)」이라 했다.

10 汝以有心之毒, 盱睢於草莽之間, 伺人以自快。→ 너는 사람을 독해하려는 마음을 지니고 있기 때문에, 풀숲에서 머리를 곧추들고 눈을 부릅뜬 채, 기회를 엿보다가 사람을 무는 것을 자기의 즐거움으로 삼고 있다.

【以(이)】: 因(인), …로 인해, …로 말미암아, …때문에.

【有心之毒(유심지독)】: 사람을 독해하려는 마음을 지니다.

【盱睢(우휴)】: 머리를 곧추들고 눈을 부릅뜨다. 〖盱〗: 눈을 크게 부릅뜨다. 〖睢〗: 쳐다보다, 위를 향해 올려보다.

【草莽(초망)】: 풀숲.

【伺人(사인)】: 사람을 엿보다. 여기서는 「기회를 엿보아 사람을 물다」의 뜻. 〖伺〗: (기회를) 엿보다, 살피다.

【自快(자쾌)】: 스스로 즐거워하다, 자기의 즐거움을 삼다.

11 今遇我, 天也, 而欲詭辯苟免耶?」蛇不能答, 鴆食之。→ 지금 네가 나를 만난 것은, 하늘의

번역문

짐새 이야기

짐새와 뱀이 만나자 짐새가 앞으로 가서 뱀을 부리로 쪼았다. 뱀이 짐새에게 말했다.

「세상 사람들은 모두 너를 독으로 여긴다. 독은 악명(惡名)이다. 네가 악명을 지닌 까닭은 나를 잡아먹기 때문이다. 네가 나를 잡아먹지 않으면 독이 있을 리 없고, 독이 없으면 악명도 없어진다.」

짐새가 웃으며 말했다.

「네가 어찌 세상 사람들에게 해독을 끼치지 않는가? 네가 나더러 (세상 사람들에게) 해독을 끼쳤다고 비난하는 것은 완전히 거짓말이다. 무릇 네가 세상 사람들에게 해독을 끼치는 것은 사람을 물겠다는 마음을 가지고 있기 때문이다. 나는 네가 사람을 무는 것을 증오한다. 그래서 너를 잡아먹어 형벌을 보여주는 것이다. 세상 사람들은 내가 능히 너를 벌할 수 있다는 것을 잘 안다. 그래서 나를 길러 너를 막는 것이다. 또 너의 독이 나의 깃털과 몸에 옮아 있다는 것을 잘 알기 때문에, 그래서 나의 깃털을 이용하여 사람을 독살하는 것이다. 나의 독은 본래 너의 독이다. 나는 (너의) 악행을 증오하다가 그러한 악명을 얻었다. 그러나 (나의 독을 가지고) 사람

················

뜻이다. 그런데 너는 궤변(詭辯)으로 (죽음을) 모면하고자 하는가?」 뱀이 대답을 못하자, 짐새가 뱀을 잡아먹었다.

【遇(우)】: 만나다.

【而(이)】: 너, 당신.

【欲(욕)】: …하고자 하다, …하길 바라다, …하려 하다.

【詭辯(궤변)】: 궤변을 늘어놓다.

【苟免(구면)】: (일시적으로) 모면을 꾀하다.

【食(식)】: [동사] 먹다.

【之(지)】: [대명사] 그것, 즉「뱀」.

을 죽이는 것은 사람의 소행으로, 이는 마치 사람이 무기를 가지고 사람을 죽이는 것과 같다. (그렇다면 그것이) 무기의 죄인가? 사람의 죄인가? 그런즉 내가 사람을 독해하지 않는다는 것은 매우 분명하며, 세상 사람들이 나를 기르고 너를 기르지 않는 까닭 또한 매우 분명하다. 나는 (본래) 사람을 독해할 마음이 없는데, 악행을 미워하다가 악명을 얻는 바람에 사람들에게 이용을 당한 것이다. 나의 행위는 나 자신의 몸을 중시하지 않았기 때문이다. (그러므로) 자신의 몸을 중시하지 않고 악명을 달게 받는 것은 (결코) 악명이 아니다. 너는 사람을 독해하려는 마음을 지니고 있기 때문에, 풀숲에서 머리를 곧추들고 눈을 부릅뜬 채 기회를 엿보다가 사람을 무는 것을 자기의 즐거움으로 삼고 있다. 지금 네가 나를 만난 것은 하늘의 뜻이다. 그런데 너는 궤변(詭辯)으로 (죽음을) 모면하고자 하는가?」

뱀이 대답을 못하자 짐새가 뱀을 잡아먹었다.

해설

짐새와 독사가 길에서 만나 짐새가 독사를 잡아먹으려 하자, 독사가 그럴싸한 궤변으로 짐새를 속여 위기를 모면하려 했다. 그러나 짐새는 독사의 말을 날카롭게 반박하여, 독사의 독은 사람을 물어 해치는 해로운 독이고, 짐새의 독은 사람이 요긴할 때 이용하는 필요한 독이기 때문에, 사람들이 짐새를 길러 독사를 방비한다는 논리를 전개하여 독사가 더 이상 반론을 제기하지 못하도록 하고 나서 독사를 잡아먹었다.

이 우언은 악인들의 중상모략에 대해서는 그들의 궤변이나 감언이설에 속지 말고 적극적으로 폭로하고 날카롭게 대응하여 화근을 철저히 제거해야 한다는 도리를 설명한 것이다.

《나소간집(羅昭諫集)》 우언

나은(羅隱 : 833-910)의 본명은 나횡(羅橫), 자는 소간(昭諫), 자호는 강동생(江東生)이며 신성(新城)[지금의 절강성 부양(富陽)] 사람으로 만당(晩唐) 시기의 문학가이다. 의종(懿宗) 함통(咸通) 원년(860)으로부터 함통 14년(873)까지 진사 시험에 열 번을 응시했으나 공경(公卿)들로부터 미움을 사서 계속 낙방하자 이름을 나은(羅隱)으로 바꾸었다. 광계(光啓) 3년 항주(杭州)자사 전류(錢鏐)에게 시를 바쳐 전류의 도움으로 벼슬길에 올라 전당령(錢塘令)·저작랑(著作郎)·사훈랑중(司勛郎中)·진해절도판관(鎭海節度判官)을 지냈고, 당(唐)이 망한 후 후량(後梁)에 들어와 태조(太祖) 개평(開平 : 907-910) 연간에 오월왕(吳越王) 전류의 추천으로 급사중(給事中)·염전발운부사(鹽錢發運副使) 등을 지내다가 77세의 나이로 세상을 떠났다.

나은의 저서는 《나은집(羅隱集)》·《강동후집(江東後集)》·《갑을집(甲乙集)》·《나은부(羅隱賦)》·《나은계사(羅隱啓事)》·《참서(讒書)》 등 많은 작품을 남겼으나 대부분 일실되고, 현재는 다만 《갑을집》과 《참서》를 포함하여 후인들이 그의 시문을 모아 편찬한 《나소간집(羅昭諫集)》이 있을 뿐이다.

그중 《참서(讒書)》는 나은의 문학적 성취를 대표하는 소품집(小品集)으로, 내용은 주로 당말(唐末) 통치자들이 무덕무능(無德無能)하여 참다운 인재를 기용하지 못하는 현실에 대해 폭로하고 불만을 기술한 것이다.

046 설천계(說天雞)

《羅昭諫集 · 讒書 · 卷二》

원문 및 주석

說天雞[1]

狙氏子不得父術, 而得雞之性焉。[2] 其畜養者, 冠距不擧, 毛羽不彰, 兀然若無飮啄意。洎見敵, 則他雞之雄也, 伺晨, 則他雞之先也, 故謂之天雞。[3] 狙氏死, 傳其術於子焉。乃反先人之道, 非毛羽彩錯

1 說天雞 → 천계(天鷄)에 대해 말하다
【天雞(천계)】: 하늘의 닭.

2 狙氏子不得父術, 而得雞之性焉。→ 저씨(狙氏)의 아들은 (원숭이를 길들이는) 아버지의 기술을 습득하지는 못했지만, 닭의 습성을 터득했다.
【狙氏(저씨)】: 원숭이를 기르는 사람. 〖狙〗: 원숭이.
【父術(부술)】: 아버지의 기술. 즉 「원숭이를 길들이는 아버지의 기술」. 〖術〗: 기술, 방법.
【性(성)】: 습성.

3 其畜養者, 冠距不擧, 毛羽不彰, 兀然若無飮啄意。洎見敵, 則他雞之雄也, 伺晨, 則他雞之先也, 故謂之天雞。→ 저씨의 아들이 기르는 닭은, 벼슬과 발톱이 튀어나오지 않고, 깃털의 색상도 선명하지 못하며, 멍청한 모습이 마치 물을 마시고 먹이를 쪼아 먹으려는 욕망이 전혀 없는 듯했다. 그러나 적수(敵手)를 만나게 되면, 닭 중의 강자로 변하고, 새벽을 알릴 때가 되면, 다른 닭보다 먼저 운다. 그래서 이를 일러 「천계(天鷄)」라 했다.
【畜養(휵양)】: 기르다, 사육하다.
【冠(관)】: 벼슬.
【距(거)】: 닭의 발바닥 뒤에 발가락처럼 돌출한 부분. 여기서는 닭의 「발톱」을 가리킨다.
【不擧(불거)】: 튀어나오지 않다, 돌출하지 않다.
【不彰(불창)】: 선명하지 못하다, 광채가 없다.

觜距銛利者, 不與其棲。[4] 無復向時伺晨之儔, 見敵之勇; 峨冠高步, 飮啄而已。吁! 道之壞也有是夫![5]

【兀然(올연)】: 멍청한 모양.
【若(약)】: 마치 …같다.
【無飮啄意(무음탁의)】: 마시고 먹으려는 욕망이 없다.
【洎見敵(계견적)】: 적을 만나기에 이르면, 즉 「적수를 만나게 되면」. 〖洎〗: 及(급), 이르다.
【雄(웅)】: 강자, 호걸.
【伺晨(사신)】: 새벽을 알리다.

4 狙氏死, 傳其術於子焉。乃反先人之道, 非毛羽彩錯觜距銛利者, 不與其棲。→ 저씨의 아들은 임종할 때, 그 기술을 자기 아들에게 전수해 주었다. 그런데 그의 아들은 오히려 아버지의 방법을 거스르고, 깃털이 화려하고 부리와 발톱이 날카로운 놈이 아니면, 기르는 대상에서 제외했다.
【狙氏(저씨)】: ※ 여기서 「狙氏」는 「狙氏子 : 저씨의 아들」의 잘못으로 보인다.
【乃(내)】: 오히려, 반대로. ※판본에 따라서는 「乃」를 「且(차)」라 했다.
【反(반)】: 위반하다, 거스르다.
【先人之道(선인지도)】: 아버지의 방법. 〖先人〗: 돌아가신 아버지.
【彩錯(채착)】: 색깔이 화려하다.
【觜(취)】: 嘴(취), 부리.
【銛利(섬리)】: 날카롭다, 예리하다.
【不與其棲(불여기서)】: 서식하는 무리 속에 참여시키지 않다. 즉 「기르는 대상에서 제외하다」의 뜻.

5 無復向時伺晨之儔, 見敵之勇; 峨冠高步, 飮啄而已。吁! 道之壞也有是夫! → (그리하여) 다시는 이전처럼 새벽을 알리고, 적을 보면 용감하게 싸우는 천계가 없고; 다만 우뚝한 벼슬에 머리를 들고 활보하며, 마시고 쪼아 먹고 하는 관상용 닭들뿐이었다. 아! 도(道)가 망가지니 이러한 상황이 벌어지는구나!
【無復(무부)】: 다시는 …가 없다.
【向時(향시)】: 이전, 종전.
【儔(주)】: 짝, 부류.
【峨冠高步(아관고보)】: 우뚝한 벼슬에 머리를 들고 활보하다. ※판본에 따라서는 「高」를 「俯(부)」라 했다.
【而已(이이)】: …뿐.
【吁(우)】: [감탄사] 아!
【壞(괴)】: 망가지다, 무너지다.
【夫(부)】: [어조사]. ※문미에 놓여 감탄을 표시한다.

번역문

천계(天鷄)에 대해 말하다

저씨(狙氏)의 아들은 (원숭이를 길들이는) 아버지의 기술을 습득하지는 못했지만 닭의 습성을 터득했다. 저씨의 아들이 기르는 닭은 벼슬과 발톱이 튀어나오지 않고, 깃털의 색깔도 선명하지 못하며, 멍청한 모습이 마치 물을 마시고 먹이를 쪼아 먹으려는 욕망이 전혀 없는 듯했다. 그러나 적수(敵手)를 만나게 되면 닭 중의 강자로 변하고, 새벽을 알릴 때가 되면 다른 닭보다 먼저 운다. 그래서 이를 일러 「천계(天鷄)」라 했다.

저씨의 아들은 임종할 때 그 기술을 자기 아들에게 전수해 주었다. 그런데 그의 아들은 오히려 아버지의 방법을 거스르고, 깃털이 화려하고 부리와 발톱이 날카로운 놈이 아니면 기르는 대상에서 제외했다. (그리하여) 다시는 이전처럼 새벽을 알리고 적을 보면 용감하게 싸우는 천계가 없고, 다만 우뚝한 벼슬에 머리를 들고 활보하며 마시고 쪼아 먹고 하는 관상용 닭들뿐이었다. 아! 도(道)가 망가지니 이러한 상황이 벌어지는구나!

해설

저씨(狙氏)의 아들은 원숭이를 기르는 아버지의 기술을 습득하지 못했으나 닭을 기르는 기술을 터득하여 싸움도 잘하고 가장 먼저 새벽을 알리는 천계(天鷄)를 길러냈다. 그러나 저씨의 손자는 천계를 기르는 기술조차 전수 받지 않고, 아무런 재능 없이 머리를 들고 활보하며 거드름만 피우는 관상용 닭을 길렀다.

이 우언은 원숭이를 기르는 기술로부터 닭을 기르는 기술로 퇴보하고 다시 닭을 기르는 기술로부터 닭을 기를 줄 모르는 상황으로 퇴보한 사실을 통해, 만당(晩唐)의 권력자들이 용모를 가지고 인재를 선발하여 선발된 관료들이 덕과 재능을 갖추지 못하고 거드름만 피우며 향락을 탐함으로써 만당의 정치 현실이 갈수록 악화한 상황을 풍자한 것이다.

047 형무(荊巫)

《羅昭諫集 · 讒書 · 卷三》

원문 및 주석

荊巫[1]

楚荊人淫祀者舊矣。有巫頗聞於鄉閭。其初爲人祀也, 筵席尋常, 歌迎舞將, 祈疾者健起, 祈歲者豐穰。[2] 其後爲人祈也, 羊豬鮮肥, 淸

....

1 荊巫 → 초(楚)나라의 무속인

【荊(형)】: 초(楚)나라의 다른 이름. 초나라는 지금의 호남성·호북성과 강서성·절강성 및 하남성 남부에 걸쳐 있던 주대(周代)의 제후국.

【巫(무)】: 무속인. 통상 남자를 「박수」라 하고, 여자를 「무당」이라 한다.

2 楚荊人淫祀者舊矣。有巫頗聞於鄉閭。其初爲人祀也, 筵席尋常, 歌迎舞將, 祈疾者健起, 祈歲者豐穰。→ 초(楚)나라 사람들이 사신(邪神)에게 제사하는 풍조는 오래된 일이다. 어느 무속인은 향리에서 매우 이름이 났다. 그가 처음 사람들을 위해 제사를 지내던 때는, 제사상도 조촐하고, 가무(歌舞)만으로 귀신을 영접해도, 병을 낫게 해달라고 비는 사람은 건강을 회복하고, 작황이 잘되기를 비는 사람은 풍작을 이루었다.

【楚荊(초형)】: 초(楚)나라.

【淫祀(음사)】: 사신(邪神)에게 제사지내다.

【頗聞(파문)】: 매우 유명하다. 〖頗〗: 매우, 꽤. 〖聞〗: 유명하다, 저명하다.

【鄉閭(향려)】: 향리, 마을.

【筵席(연석)】: 제사상.

【尋常(심상)】: 보통이다, 평범하다. 여기서는 「조촐하다」의 뜻.

【歌迎舞將(가영무장)】: 가무(歌舞)로써 귀신을 영접하다.

【祈疾者(기질자)】: 병을 낫게 해달라고 비는 사람.

【健起(건기)】: 건강을 회복하다.

【祈歲(기세)】: 작황이 잘되기를 빌다.

酤滿卮，祈疾者得死，祈歲者得饑。里人忿焉，而思之未得。[3] 適有言者曰：「吾昔游其家也，其家無甚累，故爲人祀，誠必罄乎中，而福亦應乎外，其胙必散之。[4] 其後男女蕃息焉，衣食廣大焉，故爲人祀，誠不得罄於中，而神亦不歆乎其外，其胙且入其家。[5] 是人非前

....

【豐穰(풍양)】：풍작을 이루다.

3 其後爲人祈也，羊豬鮮肥，淸酤滿卮，祈疾者得死，祈歲者得饑。里人忿焉，而思之未得。→ 그런데 그가 후에 사람들을 위해 제사를 지낼 때는, 신선하고 살찐 양·돼지고기에, 맛좋은 술을 잔에 가득 따라 올려도, 병을 낫게 해달라고 비는 사람은 병에 걸려 죽고, 작황이 잘되기를 비는 사람은, 굶주림에 시달렸다. (그리하여) 마을 사람들이 모두 분개했지만, 아무리 생각해도 그 까닭을 알 수가 없었다.

【羊豬鮮肥(양저선비)】：신선하고 살찐 양·돼지고기. 〖豬〗：돼지. 〖鮮肥〗：신선하고 살찌다.

【淸酤(청고)】：맛좋은 술.

【滿卮(만치)】：잔에 가득 차다. 〖卮〗：잔.

【饑(기)】：굶주리다.

【忿(분)】：분노하다, 분개하다.

【思之未得(사지미득)】：아무리 생각해도 그 까닭을 알지 못하다.

4 適有言者曰：「吾昔游其家也，其家無甚累，故爲人祀，誠必罄乎中，而福亦應乎外，其胙必散之。→ 마침 어떤 사람이 이에 대해 말했다：「내가 이전에 그 무속인의 집에 놀러 갔는데, 그 집에는 어떤 재물도 없었습니다. 그래서 (그가) 사람들을 위해 제사를 지낼 때는, 반드시 마음속에서 정성을 다했고, (귀신의) 축복 또한 비는 사람에게 상응하여 내려졌으며, 제사에 올린 제물은 (제사를 마치고 나서) 반드시 여러 사람에게 나누어 주었습니다.

【適(적)】：마침.

【甚(심)】：무슨, 어떤.

【累(루)】：재물.

【誠必罄乎中(성필경호중)】：반드시 마음속에서 정성을 다하다. 〖誠〗：정성. 〖罄〗：다하다. 〖乎〗：[개사] 於(어), …에서. 〖中〗：마음, 마음속.

【應乎外(응호외)】：비는 사람에게 상응하여 내려지다. 〖外〗：겉, 외부. 여기서는 「복을 비는 사람」을 가리킨다.

【胙(조)】：본래 제사에 올리는 고기이나 여기서는 「제물(祭物)」을 가리킨다.

【散(산)】：나누어 주다.

5 其後男女蕃息焉，衣食廣大焉，故爲人祀，誠不得罄於中，而神亦不歆乎其外，其胙且入其家。→ 그 후 (무속인의 집은) 자녀가 늘어나, 의복과 양식의 수요가 증가했습니다. 그래서 (무속인은) 사람들을 위해 제사를 지낼 때, 마음속에서 정성을 다하지 않았고, 귀신도 제사음식에 대해 마음이 동하지 않았으며, 제사에 올린 제물 또한 (사람들에게 나누어 주지 않고) 모두 무속인의 집으로 들어갔습니다.

聖而後愚, 蓋牽於心, 不暇及人耳。」[6] 以一巫用心尙爾, 況異於是者乎?[7]

번역문

초(楚)나라의 무속인

초(楚)나라 사람들이 사신(邪神)에게 제사하는 풍조는 오래된 일이다. 어느 무속인은 향리에서 매우 이름이 났다. 그가 처음 사람들을 위해 제사를 지내던 때는, 제사상도 조촐하고 가무(歌舞)만으로 귀신을 영접해도, 병을 낫게 해달라고 비는 사람은 건강을 회복하고, 작황이 잘되기를 비는 사람

【男女(남녀)】: 자녀.
【蕃息(번식)】: 번식하다, 수가 늘어나다.
【廣大(광대)】: 증가하다.
【不歆乎其外(불흠호기외)】: 제물에 대해 감동을 느끼지 않다. 즉 「제물에 대해 마음이 동하지 않다」의 뜻. 【歆】: 감동하다, 흠모하다. 【外】: 겉, 외부. 여기서는 「제물」을 가리킨다.
【且(차)】: 또한.

6 是人非前聖而後愚, 蓋牽於心, 不暇及人耳。」→ 이 무속인은 전에 현명했다가 후에 우둔해진 것이 아니라, 사심(私心)에 이끌려, 남들을 보살필 겨를이 없었을 뿐입니다.」
【是人(시인)】: 이 사람, 즉 「무속인」.
【蓋(개)】: [어기사]. ※구의 첫머리에 놓여, 앞에서 한 말을 이어받아 이유나 원인을 표시한다. 번역할 필요가 없다.
【牽於心(견어심)】: 사심(私心)에 이끌리다. 【於】: [개사] …에.
【不暇(불가)】: 틈이 없다, 여유가 없다, 겨를이 없다.
【及人(급인)】: 다른 사람에게까지 미치다. 즉 「다른 사람을 보살피다」의 뜻.
【耳(이)】: …뿐.

7 以一巫用心尙爾, 況異於是者乎? → 무속인의 마음 씀씀이조차도 이러할진대, 하물며 일반 사람들이야 어떠하겠는가?
【尙(상)】: …조차도, …또한.
【爾(이)】: 이러하다, 이와 같다.
【況(황)】: 하물며.
【異於是者(이어시자)】: 이와 다른 사람, 즉 「무속인과 다른 사람, 일반 사람」. 【於】: [개사] …과(와).

은 풍작을 이루었다. 그런데 그가 후에 사람들을 위해 제사를 지낼 때는, 신선하고 살찐 양·돼지고기에 맛좋은 술을 잔에 가득 따라 올려도, 병을 낫게 해달라고 비는 사람은 병에 걸려 죽고, 작황이 잘되기를 비는 사람은 굶주림에 시달렸다. (그리하여) 마을 사람들이 모두 분개했지만, 아무리 생각해도 그 까닭을 알 수가 없었다. 마침 어떤 사람이 이에 대해 말했다.

「내가 이전에 그 무속인의 집에 놀러 갔는데, 그 집에는 어떤 재물도 없었습니다. 그래서 (그가) 사람들을 위해 제사를 지낼 때는, 반드시 마음속에서 정성을 다했고, (귀신의) 축복 또한 비는 사람에게 상응하여 내려졌으며, 제사에 올린 제물은 (제사를 마치고 나서) 반드시 여러 사람에게 나누어 주었습니다. 그 후 (무속인의 집은) 자녀가 늘어나 의복과 양식의 수요가 증가했습니다. 그래서 (무속인은) 사람들을 위해 제사를 지낼 때, 마음속에서 정성을 다하지 않았고, 귀신도 제사음식에 대해 마음이 동하지 않았으며, 제사에 올린 제물 또한 (사람들에게 나누어 주지 않고) 모두 무속인의 집으로 들어갔습니다. 이 무속인은 전에 현명했다가 후에 우둔해진 것이 아니라, 사심(私心)에 이끌려 남들을 보살필 겨를이 없었을 뿐입니다.」

무속인의 마음 씀씀이조차도 이러할진대, 하물며 일반 사람들이야 어떠하겠는가?

해설

초(楚)나라 무속인(巫俗人)이 처음에 정성을 쏟아 신에게 제사지낼 때는 비록 제사상이 조촐하고 가무(歌舞)만으로 신을 영접해도 신이 소원을 들어주었다. 그러나 무속인의 마음에 사심(私心)이 발동하여 정성을 쏟지 않자, 살찐 양·돼지와 맛좋은 술을 올리고 빌어도 신은 그들의 소원을 들어

주지 않았다.

이 우언은 초나라 무속인의 전후 표현을 통해, 당시의 관리들이 과거 지위가 낮고 집안 형편이 보잘 것 없던 시절에는 나라와 백성을 위해 심혈을 기울이다가 출세하여 요직에 오르고 집안이 홍성한 후 개인의 사리사욕을 고려할 뿐 나라와 백성을 돌보지 않는 부도덕한 행위를 풍자한 것이다.

《당척언唐摭言》 우언

왕정보(王定保 : 870-941?)는 홍주(洪州) 남창(南昌)[지금의 강서성] 사람으로, 당(唐) 소종(昭宗) 광화(光化) 3년(900)에 진사에 급제하여 당이 망한 후 오대(五代) 후한(後漢)에서 영원절도사(영원절도사) · 중서시랑(中書侍郞) 등의 벼슬을 지냈다.

《당척언(唐摭言)》은 왕정보가 지은 필기소설집(筆記小說集)으로 내용은 당대(唐代)의 과거제도와 문인 학사들의 유문일사(遺聞逸事)를 상세히 기술했는데, 그중 일부는 역사의 결손을 보완할 수 있는 중요한 자료로 평가받고 있다.

048 일자사(一字師)

《唐摭言 · 卷五 · 切磋》

원문 및 주석

一字師[1]

大居守李相讀《春秋》, 誤呼叔孫婼[敕略]爲婼[敕晷], 日讀一卷, 有小吏侍側, 常有不懌之色。[2] 公怪問曰:「爾常讀此書耶?」曰:

1 一字師 → 한 글자 스승

2 大居守李相讀《春秋》, 誤呼叔孫婼[敕略]爲婼[敕晷], 日讀一卷, 有小吏侍側, 常有不懌之色。→ 대거태수(大居太守) 이상(李相)은 《춘추(春秋)》를 읽는데, 숙손착(叔孫婼)의 착(婼)을 칙략절(敕略切 chuò)로 읽어야 하는데 칙귀절(敕晷切 chuǐ)로 잘못 읽으며, 매일 한 권을 읽었다. 하급 관리가 옆에서 모시며, 항상 즐겁지 않은 표정을 지었다.

【大居(대거)】: [지명].

【守(수)】: [관직] 태수(太守).

【李相(이상)】: [인명]. 생애사적 미상.

【《春秋(춘추)》】: 중국 노(魯)나라 사관(史官)이 노나라 은공(隱公) 원년(B.C. 722)부터 애공(哀公) 14년(B.C. 481)까지 12대 242년간의 사적(事跡)을 편년체로 기록한 역사책인데, 후에 공자(孔子)가 윤리적 입장에서 스스로의 역사의식과 가치관에 따라 수정을 가하여 새롭게 정리했다고 전한다.

【誤呼(오호)】: 잘못 부르다, 틀리게 부르다. 여기서는 「잘못 읽다, 틀리게 읽다」의 뜻.

【叔孫婼(숙손착)】: [인명] 춘추시대 노(魯)나라의 대부.

【敕略(칙략)】: [반절법] 敕略切(칙략절). 즉 「敕 chì」자의 자음 「ch」와 「略 luò」자의 모음 「uò」를 합쳐 「chuǐ」라는 발음을 표기하는 방법. ※고대의 발음과 현대의 발음은 서로 다를 수 있다.

【敕晷(칙귀)】: [반절법] 敕略切(칙략절). 즉 「敕 chì」자의 자음 「ch」와 「晷 guǐ」자의 모음 「uǐ」를 합쳐 「chuǐ」라는 발음을 표기하는 방법. ※고대의 발음과 현대의 발음은 서로 다를

「然」。[3]「胡爲聞我讀至此而數色沮耶?」[4] 吏再拜, 言曰 :「像某師授, 誤呼文字, 今聞相公呼婼[敕略]爲婼[敕晷]方悟耳。」[5] 公曰 :「不然。

……………

수 있다.

※반절법(半切法) : 반절(反切)은 「반어(反語)」라고도 하며, 「주음자모(注音字母)」·「한어병음방안(漢語拼音方案)」이 사용되기 이전에 발음을 표기했던 전통적인 주음(注音) 방법의 하나이다. 즉, 두 글자의 음을 병렬하여 다른 글자의 발음을 표기하는 것인데, 「反」이나 「切」은 모두 병음(拼音) 즉 두 가지 음소(音素)를 결합하여 발음을 표시한다는 뜻이다. 주음(注音)에 사용되는 두 글자는 앞의 글자를 「반절상자(反切上字)」라 하고 뒤의 글자를 「반절하자(反切下字)」라고 한다. 주음의 방법은 반절상자의 성모(聲母 : 자음)과 반절하자의 운모(韻母 : 모음) 부분을 취해 병열하고, 여기에 반절하자의 성조(聲調)를 취하하는 방식이다. 예를 들어 「토(土)」자에 대한 주음은 「타로절(他魯切)」이다. [당대(唐代) 이전에는 「모모반(某某反)」, 당대 이후에는 「모모절(某某切)」이라 했다.] 즉 반절상자인 「他 tā」의 성모 「t」와 반절하자 「魯 lǔ」의 운모 「u」를 결합한 후, 여기에 다시 반절하자 「魯」의 성조인 상성(上聲 : 제3성)을 취하면 「土」의 발음은 「tǔ」가 된다.

【侍側(시측)】: 옆에서 모시다. 〖侍〗: 모시다.

【不懌之色(불역지색)】: 즐겁지 않은 표정을 짓다. 〖懌〗: 즐거워하다, 기뻐하다. 〖色〗: 표정, 안색, 기색.

3 公怪問曰 :「爾常讀此書耶?」 曰 :「然」。→ 태수가 이상하게 여겨 물었다 :「자네는 항상 이 책을 읽는가?」 하급 관리가 대답했다 :「예, 그렇습니다.」

【公(공)】: [남자에 대한 존칭] 여기서는 「태수 이상」을 가리킨다.

【怪(괴)】: 이상히 여기다.

【爾(이)】: 너, 당신, 자네.

【然(연)】: 맞다, 그렇다. 여기서는 「예, 그렇습니다」의 뜻.

4「胡爲聞我讀至此而數色沮耶?」→ (태수가 물었다) :「(그런데) 어째서 내가 여기까지 읽는 것을 듣고 여러 번 실망한 표정을 지었는가?」

【胡爲(호위)】: 왜, 어째서.

【數(삭)】: 누차, 여러 번, 자주, 빈번히.

【色沮(색저)】: 실망한 표정을 짓다. 〖沮〗: 낙담하다, 실망하다.

5 吏再拜, 言曰 :「像某師授, 誤呼文字, 今聞相公呼婼[敕略]爲婼[敕晷]方悟耳。」→ 관리가 두 번 절하고, 말했다 :「저의 스승이 저를 가르칠 때, 글자를 잘못 읽은 것 같습니다. 지금 상공(相公)께서 婼[칙략절(敕略切 chuò)]을 婼[칙귀절(敕晷切 chuǐ)]로 읽는 것을 듣고 비로소 깨달았을 뿐입니다.」

【再拜(재배)】: 재배하다, 두 번 절하다. ※중국인의 관습에서 아랫사람이 윗사람에게 표하는 예절 방법.

【像(상)】: …같다. ※판본에 따라서는 「像」을 「緣(연)」이라 했다.

【授(수)】: 가르치다, 전수하다.

吾未之師也。自檢《釋文》而讀, 必誤在我, 非在爾也。」[6] 因以《釋文》示之[蓋書 '略' 字以 '田' 加 '各' 首, 久而成 '曰' 配 '咎' 爲 '晷'], 小吏因委曲言之。[7] 公大慚愧, 命小吏受北面之禮, 號爲「一字師。」[8]

【誤呼(오호)】: 잘못 부르다. 여기서는 「잘못 읽다」의 뜻.

【相公(상공)】: ① 재상에 대한 높임 말. ② 지체 있는 사람에 대한 높임 말. 여기서는 후자를 가리킨다.

【方(방)】: 비로소.

【悟(오)】: 깨닫다, 이해하다.

【耳(이)】: …뿐이다.

6 公曰:「不然。吾未之師也。自檢《釋文》而讀, 必誤在我, 非在爾也。」→ 태수가 말했다:「그렇지 않네. 나는 그것을 스승에게서 배우지 않았네. 내 스스로 《경전석문(經典釋文)》을 찾아보고 읽은 것이니, 잘못은 틀림없이 나에게 있지, 자네한테 있는 것이 아니네.」

【未之師(미지사)】: 그것을 스승에게서 배우지 않다. 〖師〗: [동사용법] 스승에게서 배우다.

【檢(검)】: 검색하다, 찾아보다, 조사하다.

【《釋文(석문)》】: [서명] 《경전석문(經典釋文)》. 당(唐) 육덕명(陸德明)이 경전의 음의(音義)와 문자의 이동(異同)을 모아 고증한 책.

7 因以《釋文》示之[蓋書 '略' 字以 '田' 加 '各' 首, 久而成 '曰' 配 '咎' 爲 '晷'], 小吏因委曲言之。→ 그리하여 (태수가) 《경전석문》을 하급 관리에게 보여주었다. [책에는 略(략)자를 各(각)자 위에 田(전)자가 있는 畧(략)으로 썼는데 오랜 시간이 흘러 마치 曰(왈)자와 咎(구)자를 결합한 晷(귀)자처럼 변했다] 이에 하급 관리가 일의 자초지종(自初至終)을 태수에게 설명해주었다.

【因(인)】: 그리하여.

【以(이)】: …을, …을 가지고.

【委曲(위곡)】: (일의) 경위, 본말, 자초지종.

8 公大慚愧, 命小吏受北面之禮, 號爲「一字師。」→ 태수는 매우 부끄러워하며, 하급 관리에게 스승에 대한 제자의 예를 받아들이도록 청하고, 이름하여 「한 글자 스승」이라 했다.

【大慚愧(대참괴)】: 매우 부끄러워하다.

【命(명)】: 명하다. 여기서는 「청하다」의 뜻.

【北面之禮(북면지례)】: 제자의 스승에 대한 예절.

【號爲(호위)…】: 이름하여 …라 하다, …라 호칭하다.

번역문

한 글자 스승

대거태수(大居太守) 이상(李相)은 《춘추(春秋)》를 읽으면서, 숙손착(叔孫婼)의 착(婼)을 칙략절(敕略切 chuò)로 읽어야 하는데 칙귀절(敕晷切 chuǐ)로 잘못 읽으며, 매일 한 권을 읽었다. 하급 관리가 옆에서 모시며 항상 즐겁지 않은 표정을 지었다.

태수가 이상하게 여겨 물었다.

「자네는 항상 이 책을 읽는가?」

하급관리가 대답했다.

「그렇습니다.」

(태수가 물었다.)

「(그런데) 어째서 내가 여기까지 읽는 것을 듣고 여러 번 실망한 표정을 지었는가?」

관리가 두 번 절하고 말했다.

「저의 스승이 저를 가르칠 때 글자를 잘못 읽은 것 같습니다. 지금 상공(相公)께서 婼[칙략절(敕略切 chuò)]을 婼[칙귀절(敕晷切 chuǐ)]로 읽는 것을 듣고 비로소 깨달았을 뿐입니다.」

태수가 말했다.

「그렇지 않네. 나는 그것을 스승에게서 배우지 않았네. 내 스스로 《경전석문(經典釋文)》을 찾아보고 읽은 것이니, 잘못은 틀림없이 나에게 있지 자네한테 있는 것이 아니네.」

그리하여 (태수가) 《경전석문》을 하급 관리에게 보여주었다. [책에는 略(략)자를 各(각)자 위에 田(전)자가 있는 畧(략)으로 썼는데 오랜 시간이 흘러 마치 曰(왈)자와 咎(구)자를 결합한 晷(귀)자처럼 변했다] 이에 하급 관리가 일의 자초지종(自初至終)을 태수에게 설명해주었다. 태수는 매우 부끄러워하며 하급 관리에게 스승에 대한 제자의 예를 받아들이도록 청하고, 이름하여「한 글자 스승」이라 했다.

해설

이상(李相)은 자기가 잘못 읽은 글자를 자기 수하의 하급 관리가 바로잡아 주자, 하급 관리를 존경하여 일자사(一字師 : 한 글자 스승)라 호칭했다. 참된 지식 앞에서는 존비(尊卑)의 구별이 있을 수 없다.

이 우언은 아랫사람에게 묻기를 부끄러워하지 않는 이상의 겸허한 성품을 찬양하는 동시에, 상급자에 대해 기회주의적 태도를 취하지 않고 소신을 견지한 하급 관리의 올곧은 성품을 찬양한 것이다.

《개원천보유사(開元天寶遺事)》 우언

왕인유(王仁裕 : 880-956)는 자가 덕련(德輦)이며, 천수(天水)[지금의 감숙성 천수현(天水縣) 서남쪽] 사람으로 오대(五代)의 시인이다. 그는 어려서 독서를 싫어하고 활쏘기를 즐겨하다가 25세가 되어 비로소 학문을 시작했다. 사람됨이 준수하고 문장을 잘 쓰기로 이름이 났다. 당말(唐末) 진주절도판관(秦州節度判官)을 지낸 후, 오대(五代)로 들어와 전촉(前蜀)에서 중서사인(中書舍人)과 한림학사(翰林學士), 후당(後唐)에서 한림학사(翰林學士), 후진(後晉)에서 사봉(司封)·좌사랑중(左司郎中)·우간한대부(右諫漢大夫), 후한(後漢)에서 호부시랑(戶部侍郎)·병부상서(兵部尙書), 후주(後周)에서 태자소보(太子少保) 등의 벼슬을 지냈다.

왕인유는 시문(詩文)에 두루 능하여 평생 만 수의 시를 남겼고 음률에도 조예가 깊었다. 저서로 《개원천보유사(開元天寶遺事)》·《옥당한화(玉堂閑話)》·《자각집(紫閣集)》·《승초집(乘軺集)》·《왕씨견문록(王氏見聞錄)》·《입락기(入洛記)》 등의 필기류(筆記類)와 시집으로 《서강집(西江集)》 등 많은 작품을 남겼다.

《개원천보유사》는 필기소설(筆記小說)로 민간에서 수집한 당명황(唐明皇) 시기의 잡사(雜事)를 기록한 것이다.

049 앵무고사(鸚鵡告事)

《開元天寶遺事·卷上·鸚鵡告事》

원문 및 주석

鸚鵡告事[1]

長安城中有豪民楊崇義者, 家富數世, 服玩之屬, 僭於王公。[2] 崇義妻劉氏, 有國色, 與隣舍兒李弇私通, 情甚於夫, 遂有意欲害崇義。[3] 忽一日, 醉歸寢於室中, 劉氏與李弇同謀而害之, 埋於枯井

1 鸚鵡告事 → 앵무새가 사실을 알리다
【告(고)】: 고하다, 알리다, 말하다.

2 長安城中有豪民楊崇義者, 家富數世, 服玩之屬, 僭於王公。→ 장안(長安) 성내의 양숭의(楊崇義)라는 부자(富者)는, 집안이 여러 대에 걸쳐 부를 누리며, 복식(服飾)과 완상(玩賞)하는 물건들이, 왕공(王公)을 능가했다.
【長安(장안)】: [지명] 당(唐)나라의 도읍. 지금의 섬서성 서안시(西安市).
【豪民(호민)】: 부자(富者), 재산이나 세력이 있는 백성.
【楊崇義(양숭의)】: [인명].
【家富數世(가부수세)】: 집안이 여러 대에 걸쳐 부를 누리다. 〖富〗: [동사] 부(富)를 누리다. 〖數世〗: 여러 대.
【服玩之屬(복완지속)】: 복식(服飾)과 완상하는 물건. 〖服〗: 복식(服飾), 의복 장신구. 〖玩〗: 완상(玩賞)하다. 〖屬〗: 물건.
【僭(참)】: 분수에 넘치다. 여기서는 「초월하다, 능가하다」의 뜻.
【王公(왕공)】: 왕과 귀족.

3 崇義妻劉氏, 有國色, 與隣舍兒李弇私通, 情甚於夫, 遂有意欲害崇義。→ 숭의의 아내 유씨(劉氏)는, 나라에서 손꼽히는 미인인데, 이웃집 아들 이엄(李弇)과 사통하며, 애정이 자기 남편보다 더욱 깊었다. 그래서 숭의를 해치려는 생각을 품고 있었다.

中。[4] 其時僕妾輩幷無所覺, 惟有鸚鵡一隻在堂前架上。[5] 洎殺崇義之後, 其妻却令童僕四散尋覔其夫, 遂經府陳詞, 言其夫不歸, 竊慮爲人所害。[6] 府縣官吏, 日夜捕賊, 涉疑之人及童僕輩, 經拷捶者數

【國色(국색)】: 나라에서 손꼽히는 미인.
【隣舍兒(인사아)】: 이웃집 아들.
【李弇(이엄)】: [인명].
【情甚於夫(정심어부)】: 애정이 자기 남편보다 깊다. 〖於〗: [개사] …보다, …에 비해.
【遂(수)】: 그래서, 그리하여.
【欲(욕)】: …하고자 하다, …하려고 마음먹다.

4 忽一日, 醉歸寢於室中, 劉氏與李弇同謀而害之, 埋於枯井中。→ 어느 날 갑자기, (숭의가) 술이 취해 돌아와 침실에서 잠을 자는데, 유씨와 이엄이 공모하여 그를 살해한 후, 마른 우물 속에 매장했다.
【忽一日(홀일일)】: 어느 날 갑자기. 〖忽〗: 갑자기, 문득, 돌연.
【醉歸(취귀)】: 술이 취해 돌아오다.
【寢(침)】: 잠자다, 취침하다.
【同謀(동모)】: 공모하다.
【害(해)】: 해치다. 여기서는 「살해하다」의 뜻.
【埋(매)】: 매장하다, 묻다.
【枯井(고정)】: 마른 우물.

5 其時僕妾輩幷無所覺, 惟有鸚鵡一隻在堂前架上。→ 그때 노복과 비첩들은 전혀 알아차리지 못하고, 오로지 앵무새 한 마리만 대청 앞의 선반 위에 앉아 있었다.
【僕妾輩(복첩배)】: 노복과 비첩들. 즉 「하인들」을 가리킨다. 〖輩〗: …들, 무리.
【幷無所覺(병무소각)】: 전혀 알아차리지 못하다. 〖幷無…〗: 결코 …없다, 전혀 …하지 못하다.
【惟(유)】: 오직, 다만.
【隻(척)】: [양사] 마리. ※판본에 따라서는 「隻」을 「雙(쌍)」이라 했다.
【架(가)】: 선반.

6 洎殺崇義之後, 其妻却令童僕四散尋覔其夫, 遂經府陳詞, 言其夫不歸, 竊慮爲人所害。→ 숭의를 죽인 후, 숭의의 아내는 오히려 동복(童僕)으로 하여금 사방으로 자기 남편을 찾아 나서게 하고, 곧바로 관부(官府)에 가서 진술하길, 자기 남편이 돌아오지 않아, 다른 사람에게 해를 당하지 않았을까 마음속으로 걱정하고 있다고 말했다.
【洎(계)】: 及(급), …에 이르러.
【却(각)】: 오히려.
【令(령)】: …로 하여금 …하게 하다, …에게 …하도록 시키다.
【童僕(동복)】: 사내아이 종.
【四散尋覔(사산심멱)】: 사방으로 찾아 나서다.
【遂(수)】: 곧, 바로.

百人, 莫究其弊。[7] 後來縣官等, 再詣崇義家檢校, 其架上鸚鵡, 忽然聲屈。縣官遂取於臂上, 因問其故。[8] 鸚鵡曰:「殺家主者, 劉氏、李弇也。」官吏等遂執縛劉氏, 及捕李弇下獄, 備招情款。[9] 府尹具事案

....

【經府陳詞(경부진사)】: 관부(官府)에 가서 진술하다. 〖陳詞〗: 진술하다, 설명하다.

【竊(절)】: 남몰래, 마음속으로.

【慮(려)】: 걱정하다.

【爲人所害(위인소해)】: 다른 사람에게 해를 당하다. 〖爲…所…〗: [피동형] …에게 …당하다, …에 의해 …되다.

7 府縣官吏, 日夜捕賊, 涉疑之人及童僕輩, 經拷捶者數百人, 莫究其弊。→ 부현(府縣)의 관리들이, 밤낮으로 범인을 잡느라, 혐의가 있는 사람과 (집안의) 동복들은, 고문을 당한 자가 수백 명에 이르렀지만, 끝내 범인을 잡지 못했다.

【府縣(부현)】: [행정 단위] 부(府)와 현(縣).

【捕(포)】: 잡다, 체포하다.

【賊(적)】: 도둑. 여기서는 「범인」을 가리킨다.

【涉疑(섭의)】: 혐의가 있다.

【及(급)】: 와(과), 및.

【輩(배)】: [복수형] …들.

【經拷捶者(경고추자)】: 고문을 거친 자, 즉 「고문을 당한 자」.

【數百(수백)】: ※판본에 따라서는 「數百」를 「百數」라 했다.

【莫究其弊(막구기폐)】: 그 폐해를 구명하지 못하다. 즉 「끝내 범인을 잡지 못하다」의 뜻. 〖究〗: 구명(究明)하다. 〖弊〗: 폐해.

8 後來縣官等, 再詣崇義家檢校, 其架上鸚鵡, 忽然聲屈。縣官遂取於臂上, 因問其故。→ 후에 현(縣)의 관리들이, 다시 숭의의 집을 방문하여 낱낱이 검사를 하는데, 선반 위의 앵무새가, 갑자기 억울함을 하소연하는 소리를 냈다. 그리하여 현(縣)의 관리가 (앵무새를) 팔 위에 앉혀 놓고, 곧 그 까닭을 물었다.

【詣(예)】: 방문하다, 찾아가다.

【檢校(검교)】: 검사하여 대조하다, 낱낱이 검사하다.

【忽然(홀연)】: 갑자기, 돌연.

【聲屈(성굴)】: 억울함을 하소연하는 소리를 내다. ※판본에 따라서는 「屈」을 「鳴(명)」이라 했다.

【遂(수)】: 이에, 그리하여.

【取於臂上(취어비상)】: 팔 위에 앉혀 놓다. 〖於〗: [개사] …에. 〖臂〗: 팔.

【因(인)】: 곧, 바로.

【故(고)】: 까닭, 연유.

9 鸚鵡曰:「殺家主者, 劉氏、李弇也。」官吏等遂執縛劉氏, 及捕李弇下獄, 備招情款。→ 앵무새가 말했다:「집주인을 살해한 사람은, 유씨와 이엄이오.」 그리하여 관리들이 유씨를 붙잡아

奏聞, 明皇歎訝久之。其劉氏、李弇依刑處死, 封鸚鵡爲綠衣使者, 付後宮養喂。[10] 張說後爲《綠衣使者傳》, 好事者傳之。[11]

번역문

앵무새가 사실을 알리다

장안(長安) 성내의 양숭의(楊崇義)라는 부자(富者)는 집안이 여러 대에 걸

....

포박하고, 또 이엄을 붙잡아 하옥(下獄)하기에 이르자, (마침내) 사실을 상세히 자백했다.
【遂(수)】: 그래서, 그리하여.
【執縛(집박)】: 붙잡아 포박하다.
【及(급)】: …에 이르다.
【備招(비초)】: 상세히 자백하다.
【情款(정관)】: 진실한 상황, 사실.

10 府尹具事案奏聞, 明皇歎訝久之。其劉氏、李弇依刑處死, 封鸚鵡爲綠衣使者, 付後宮養喂。→부윤(府尹)이 사안(事案)을 갖추어 임금에게 상주하니, 명황(明皇)이 한참 동안 몹시 놀라며 감탄했다. (후에) 유씨와 이엄은 법에 따라 사형에 처하고, 앵무새는 녹의사자(綠衣使者)로 봉한 후 후궁(後宮)에 넘겨 사육하도록 했다.
【府尹(부윤)】: [관직] 부(府)의 우두머리. 지금의 서울시장에 해당.
【具(구)】: 갖추다, 구비하다.
【事案(사안)】: 사건. 법률상에서 문제가 되는 일.
【奏聞(주문)】: 상주하다, 임금에게 알리다.
【明皇(명황)】: 당명황(唐明皇). 당(唐) 현종(玄宗)의 시호.
【歎訝(탄아)】: 경탄(驚歎)하다, 몹시 놀라며 감탄하다.
【依刑處死(의형처사)】: 법에 따라 사형에 처하다. 〖依〗: 따르다, 의거하다. 〖刑〗: 법, 법률.
【封(봉)…爲(위)…】: …을 …로 봉하다.
【綠衣使者(녹의사자)】: 푸른 옷을 입은 사자(使者)라는 뜻으로, 앵무새의 다른 이름.
【付(부)】: 건네주다, 넘겨주다.
【養喂(양위)】: 사육하다, 기르다. ※판본에 따라서는 「喂」를 「餵(위)」라 했다.

11 張說後爲《綠衣使者傳》, 好事者傳之。→장열(張說)이 후에 《녹의사자전(綠衣使者傳)》을 지었는데, 호사자(好事者)들이 이를 후세에 전했다.
【張說(장열)】: 당대(唐代)의 대신. 낙양(洛陽) 사람으로, 자는 도제(道濟) 또는 열지(說之)이며, 저서로 《장연공집(張燕公集)》이 있다.
【爲(위)】: 짓다, 쓰다.
【好事者(호사자)】: 호사가. 남의 일에 흥미를 가지고 말하기 좋아하는 사람.

쳐 부를 누리며, 복식(服飾)과 완상(玩賞)하는 물건들이 왕공(王公)을 능가했다. 숭의의 아내 유씨(劉氏)는 나라에서 손꼽히는 미인인데, 이웃집 아들 이엄(李弇)과 사통하며 애정이 자기 남편보다 더욱 깊었다. 그래서 숭의를 해치려는 생각을 품고 있었다. 어느 날 갑자기 (숭의가) 술이 취해 돌아와 침실에서 잠을 자는데, 유씨와 이엄이 공모하여 그를 살해한 후 마른 우물 속에 매장했다. 그때 노복과 비첩들은 전혀 알아차리지 못하고, 오로지 앵무새 한 마리만 대청 앞의 선반 위에 앉아 있었다.

숭의를 죽인 후, 숭의의 아내는 오히려 동복(童僕)으로 하여금 사방으로 자기 남편을 찾아 나서게 하고, 곧바로 관부(官府)에 가서 진술하길, 자기 남편이 돌아오지 않아 다른 사람에게 해를 당하지 않았을까 마음속으로 걱정하고 있다고 말했다.

부현(府縣)의 관리들이 밤낮으로 범인을 잡느라 혐의가 있는 사람과 (집안의) 동복들은, 고문을 당한 자가 수백 명에 이르렀지만 끝내 범인을 잡지 못했다. 후에 현(縣)의 관리들이 다시 숭의의 집을 방문하여 낱낱이 검사를 하는데, 선반 위의 앵무새가 갑자기 억울함을 하소연하는 소리를 냈다. 그리하여 현(縣)의 관리가 (앵무새를) 팔 위에 앉혀 놓고 곧 그 까닭을 물었다.

앵무새가 말했다.

「집주인을 살해한 사람은 유씨와 이엄이오.」

그리하여 관리들이 유씨를 붙잡아 포박하고 또 이엄을 붙잡아 하옥(下獄)하기에 이르자, (마침내) 사실을 상세히 자백했다.

부윤(府尹)이 사안(事案)을 갖추어 임금에게 상주하니, 명황(明皇)이 한참 동안 몹시 놀라며 감탄했다. (후에) 유씨와 이엄은 법에 따라 사형에 처하고, 앵무새는 녹의사자(綠衣使者)로 봉한 후 후궁(後宮)에 넘겨 사육하도록 했다.

장열(張說)이 후에 《녹의사자전(綠衣使者傳)》을 지었는데, 호사자(好事者)들이 이를 후세에 전했다.

해설

양숭의(楊崇義)의 아내는 이엄(李弇)과 사통하면서 이엄과 공모하여 남편을 살해한 후, 시체를 몰래 마른 우물에 묻고 관가에 실종 신고를 내는 등 완전 범죄를 꾀했다. 중국의 속담에 「천망회회, 소이불루(天網恢恢, 疏而不漏 : 하늘의 그물은 눈이 넓어서, 성긴듯하지만 결코 빠뜨리지 않는다.)」라는 말이 있다. 남이 모르게 하려면 스스로 일을 저지르지 않는 것 말고는 다른 방법이 없다.

이 우언은 앵무새의 고발로 인해 마각(馬脚)이 드러난 양숭의 아내와 이엄의 불의를 통해, 범죄를 저지를 경우 언젠가는 반드시 드러나 상응하는 대가를 치르게 된다는 것과 아울러 인면수심(人面獸心)의 악랄한 행위를 풍자한 것이다.

《유빈객가화록劉賓客嘉話錄》 우언

위순(韋絢 : ?-?)은 자가 문명(文明)이며 경조(京兆)[지금의 섬서성 서안(西安)] 사람이다. 당(唐) 목종(穆宗) 장경(長慶 : 821-824) 연간에 기주자사(夔州刺史)로 폄적된 유우석(劉禹錫)을 스승으로 삼아 학문을 배웠고, 후에 강릉소호(江陵少尹)·서천절도사(西川節度使) 이덕유(李德裕)의 순관(巡官)을 지냈다.

저서로 《유빈객가화록(劉賓客嘉話錄)》과 《융막한담(戎幕閑談)》이 있는데, 전자는 그가 강릉소호를 지낼 때 지난날 유우석이 한 말을 모아 엮은 것이고, 후자는 이덕유의 순관을 지낼 때 지난날 이덕유가 한 말을 모아 엮은 것이다.

050 종향경명(鐘響磬鳴)

《劉賓客嘉話錄》

원문 및 주석

鐘響磬鳴[1]

洛陽有僧, 房中磬子日夜輒自鳴。僧以爲怪, 懼而成疾。[2] 求術士百方禁之, 終不能已。曹紹夔素與僧善。夔來問疾, 僧具以告。俄擊齋鐘, 磬復作聲。[3] 紹夔笑曰 :「明日設盛饌, 余當爲除之。」[4] 僧雖不

1 鐘響磬鳴 → 종이 울리자 경쇠가 공명(共鳴)하다
【響(향)】: 울리다.
【磬(경)】: 경쇠. 옛날 옥석으로 만든 악기의 일종.

2 洛陽有僧, 房中磬子日夜輒自鳴。僧以爲怪, 懼而成疾。→ 낙양(洛陽)에 한 승려가 있었는데, 그의 방 안에 있는 경쇠가 밤이나 낮이나 항상 저절로 울렸다. 승려가 이를 괴이하게 여겨, 두려워하다가 병이 났다.
【洛陽(낙양)】: [지명] 지금의 하남성 낙양시(洛陽市).
【磬子(경자)】: 경쇠.
【輒(첩)】: 늘, 항상, 언제나.
【自鳴(자명)】: 저절로 울리다.
【以爲(이위)】: …라고 여기다, …라고 생각하다.
【懼(구)】: 두려워하다.
【成疾(성질)】: 병이 되다, 병이 나다.

3 求術士百方禁之, 終不能已。曹紹夔素與僧善。夔來問疾, 僧具以告。俄擊齋鐘, 磬復作聲。→ (그리하여) 술사(術士)를 청해 백방으로 소리를 멎게 하려 해도, 끝내 멎게 할 수가 없었다. 조소기(曹紹夔)는 평소에 승려와 친하게 지냈다. 조소기가 병문안을 오자, 승려가 (자초지종을) 모두 말했다. 잠시 후 재당(齋堂)의 종을 치니, 경쇠가 또 소리를 냈다.

信紹夔言, 冀或有效, 乃力置饌以待。[5] 紹夔食訖, 出懷中錯, 鑢磬數處而去, 其聲遂絶。[6] 僧問其所以, 紹夔曰 : 「此磬與鐘律合, 故擊彼

【求(구)】: 구하다, 청하다.
【術士(술사)】: 술수에 능한 사람.
【禁之(금지)】: 소리를 멎게 하다. 〖禁〗: 금하다, 금지하다. 즉 「멎게 하다」의 뜻. 〖之〗: [대명사] 그것, 즉 「경쇠 소리」.
【終(종)】: 끝내, 결국.
【已(이)】: 그치다, 멎다, 멈추다.
【曹紹夔(조소기)】: [인명].
【素(소)】: 평소.
【善(선)】: 사이가 좋다, 친하다.
【問疾(문질)】: 병문안하다.
【具以告(구이고)】: 낱낱이 말하다. 〖具〗: 모두, 낱낱이.
【俄(아)】: 이윽고, 잠시 후, 얼마 있다가.
【擊(격)】: 치다, 때리다.
【齋鐘(재종)】: 재당(齋堂)의 종. ※ 절의 식당 또는 승려들이 독경(讀經)하는 방을 재당이라 한다.
【復(부)】: 또, 다시.
【作聲(작성)】: 소리를 내다.

4 紹夔笑曰 : 「明日設盛饌, 余當爲除之。」 → 조소기가 웃으며 말했다 : 「내일 성찬(盛饌)을 차려 내면, 내가 마땅히 당신을 위해 그 소리를 제거해 드리겠습니다.」
【設(설)】: 차리다, 마련하다.
【盛饌(성찬)】: 풍성한 음식.
【當(당)】: 마땅히, 당연히.
【除(제)】: 없애다, 제거하다.
【之(지)】: [대명사] 그것, 즉 「저절로 울리는 경쇠 소리」.

5 僧雖不信紹夔言, 冀或有效, 乃力置饌以待。 → 승려는 비록 조소기의 말을 믿지 않았으나, 혹시 효과가 있기를 바라는 마음에, 곧 힘을 다해 음식을 준비해 놓고 기다렸다.
【冀(기)】: 바라다, 희망하다.
【乃(내)】: 곧, 바로.
【力置(역치)】: 힘을 다해 준비하다.
【待(대)】: 기다리다.

6 紹夔食訖, 出懷中錯, 鑢磬數處而去, 其聲遂絶。 → 조소기가 식사를 끝내고 나서, 품속에서 줄칼을 꺼내더니, 경쇠 몇 군데를 갈고 떠났다. 그러자 곧 그 소리가 멎었다.
【食訖(식흘)】: 식사를 끝내다. 〖訖〗: 끝내다, 마치다, 완료하다.
【懷中(회중)】: 품속.

應此。」 僧大喜, 其疾便愈。[7]

번역문

종이 울리자 경쇠가 공명(共鳴)하다

낙양(洛陽)에 한 승려가 있었는데, 그의 방 안에 있는 경쇠가 밤이나 낮이나 항상 저절로 울렸다. 승려가 이를 괴이하게 여겨 두려워하다가 병이 났다. (그리하여) 술사(術士)를 청해 백방으로 소리를 멎게 하려 해도 끝내 멎게 할 수가 없었다.

조소기(曹紹夔)는 평소에 승려와 친하게 지냈다. 조소기가 병문안을 오자 승려가 (자초지종을) 모두 말했다. 잠시 후 재당(齋堂)의 종을 치니 경쇠가 또 소리를 냈다.

조소기가 웃으며 말했다.

「내일 성찬(盛饌)을 차려 내면, 내가 마땅히 당신을 위해 그 소리를 제거

【錯(착)】: 銼(좌), 좌도(銼刀), 줄, 줄칼.
【鑢(려)】: (줄로) 갈다, 쓸다.
【聲(성)】: 경쇠 소리. ※판본에 따라서는 「聲」을 「響(향)」이라 했다.
【遂(수)】: 곧, 즉시.

7 僧問其所以, 紹夔曰 : 「此磬與鐘律合, 故擊彼應此。」 僧大喜, 其疾便愈。→ 승려가 그 까닭을 물으니, 조소기가 말했다 : 「이 경쇠는 (사원의) 종과 음률이 서로 같습니다. 그래서 종을 치면 (경쇠가) 이에 공명(共鳴)하는 것입니다.」 승려는 매우 기뻐했고, 그의 병도 곧 나아버렸다.
【所以(소이)】: 이유, 까닭.
【律合(율합)】: 음률이 같다. 〖律〗: 음률, 선률, 주파수. 〖合〗: 서로 같다.
【擊彼應此(격피응차)】: 종을 치면 경쇠가 이에 공명(共鳴)하다. 〖彼〗: 그것, 즉 「종」. 〖應〗: 호응하다, 공명(共鳴)하다. 〖此〗: 이것, 즉 「종소리」.
【大喜(대희)】: 매우 기뻐하다.
【便(편)】: 곧, 바로.
【愈(유)】: (병이) 낫다, 치유되다.

해 드리겠습니다.」

승려는 비록 조소기의 말을 믿지 않았으나, 혹시 효과가 있기를 바라는 마음에 곧 힘을 다해 음식을 준비해 놓고 기다렸다. 조소기가 식사를 끝내고 나서, 품속에서 줄칼을 꺼내더니 경쇠 몇 군데를 갈고 떠났다. 그러자 바로 그 소리가 멎었다. 승려가 그 까닭을 물으니 조소기가 말했다.

「이 경쇠는 (사원의) 종과 음률이 서로 같습니다. 그래서 종을 치면 (경쇠가) 이에 공명(共鳴)하는 것입니다.」

승려는 매우 기뻐했고 그의 병도 곧 나아버렸다.

해설

경쇠가 저절로 울리는 것은 반드시 물리적인 원인이 있다. 그러나 승려는 이처럼 기괴한 현상을 만나자 원인을 조사하여 밝히려 하지 않고, 먼저 놀라고 당황하여 어찌할 바를 몰라 쩔쩔매다가 병이 나버렸다. 경쇠가 저절로 소리를 낸 것은 사원의 종과 경쇠의 음률이 서로 같기 때문에, 매번 종을 칠 때마다 항상 경쇠가 공명을 일으켰던 것이다. 그리하여 조소기(曹紹夔)가 줄칼로 경쇠 몇 군데를 갈아 종과 경쇠의 음률을 바꿔 놓자, 이 순간부터 종을 쳐도 경쇠가 소리를 내지 않았다.

이 우언은 무지(無知)하여 스스로 놀라 소란을 떨고 남을 어지럽게 하는 용인(庸人)의 어리석은 행위를 풍자한 것이다.

《남당근사南唐近事》 우언

정문보(鄭文寶 : ?-?)는 자가 중현(仲賢)이며 영화(寧化)[지금의 복건성 영화현(寧化縣)] 사람이다. 오대(五代) 십국(十國)의 하나인 남당(南唐 : 937-975)에서 교서랑(校書郞)을 지냈고, 남당이 멸망한 후, 송(宋)에서 병부원외랑(兵部員外郞)을 지냈다. 시(詩)와 전서(篆書)에 능하고 거문고를 잘 탔으며, 문집으로 《강표지(江表志)》·《남당근사(南唐近事)》·《강남여제(江南餘載)》 등이 있다.

《남당근사》는 남당(南唐)의 일화(逸話)를 모아 필기(筆記) 형식으로 기록한 책으로, 남당의 많은 사료를 보존하고 있다.

051 타초경사(打草驚蛇)

《南唐近事·類說》

원문 및 주석

打草驚蛇[1]

王魯爲當塗宰, 頗以資産爲務。會部民連狀訴主簿貪賄于縣尹。[2]

1 打草驚蛇 → 풀을 베어 뱀을 놀라게 하다
【打草(타초)】: 풀을 베다.
【驚(경)】: 놀라게 하다.

2 王魯爲當塗宰, 頗以資産爲務。會部民連狀訴主簿貪賄于縣尹。→ 왕로(王魯)는 당도현(當塗縣)의 현령을 지내면서, 몹시 재물을 탐했다. 그때 마침 (자신의) 관할 구역 백성들이 연명으로 고소장을 내어 주부(主簿)가 뇌물을 탐했다고 현령에게 고발했다.
※ 판본에 따라서는 「賄于縣尹」 네 글자가 없다.
【王魯(왕로)】: [인명].
【爲(위)】: 지내다
【當塗宰(당도재)】: 당도의 현령. 〖當塗〗: [지명] 지금의 안휘성 당도현(當塗縣). 〖宰〗: 현령(縣令).
【頗(파)】: 몹시, 매우.
【以資産爲務(이자산위무)】: 자산 모으는 일을 업무로 삼다. 즉 「재물을 탐하다」의 뜻. ※ 판본에 따라서는 「頗以資産」을 「瀆物(독물)」이라 했다. 〖以…爲…〗: …을 …으로 삼다. 〖務〗: 일, 업무.
【會(회)】: 마침.
【部(부)】: 관할 구역.
【連狀訴(연장소)】: 연명(聯名)으로 고소장을 올려 고발하다. 〖狀〗: 고소장. 〖訴〗: 고발하다.
【主簿(주부)】: [관직] 문서 · 장부와 인감을 관리하는 직책.
【貪賄(탐회)】: 뇌물을 탐하다.
【于(우)】: [개사] 於(어), …에게.
【縣尹(현윤)】: 현령. 여기서는 「당도현 현령 왕로」를 가리킨다.

魯乃判曰 :「汝雖打草, 吾已驚蛇。」[3]

번역문

풀을 베어 뱀을 놀라게 하다

왕로(王魯)는 당도현(當塗縣)의 현령을 지내면서 몹시 재물을 탐했다. 그때 마침 (자신의) 관할 구역 백성들이 연명으로 고소장을 내어 주부(主簿)가 뇌물을 탐했다고 현령에게 고발했다. 그리하여 왕로가 소장(訴狀)에 서면으로 의견을 표시하길 「당신들은 비록 풀을 베었지만, 나는 이미 풀숲에 있다가 놀란 뱀과 같았소.」라고 했다.

해설

당도현(當塗縣)의 현령 왕로(王魯)는 자기 수하의 주부(主簿)가 비리를 저질러 관할 지역의 백성들로부터 고발을 당하자, 자신도 전전긍긍하며 매우 두려워했다.

이 우언은 본래 갑(甲)이라는 탐관오리가 고발을 당하자 을(乙)이라는 탐관오리가 스스로 오금이 저려 두려워하는 모습을 풍자한 것이다. 그러나 후세 사람들은 이를 은밀히 행동해야 할 때 신중하지 못하여 비밀이 누설됨으로써 오히려 상대방으로 하여금 경계심을 촉발하도록 하는 경솔한 행위를 비유하는 말로 사용했다.

3 魯乃判曰 :「汝雖打草, 吾已驚蛇。」→ 그리하여 왕로가 소장(訴狀)에 서면으로 의견을 표시하길 :「당신들은 비록 풀을 베었지만, 나는 이미 풀숲에 있다가 놀란 뱀과 같았소.」라고 했다.
【乃(내)】: 이에, 그리하여.
【判(판)】: (상급기관이 하급기관에서 올린 공문서에) 서면으로 의견을 표시하다.
【汝(여)】: 너, 당신, 당신들. 여기서는 「왕로의 관할 구역 백성들」을 가리킨다.

#《상산야록(湘山野錄)》 우언

문영(文瑩 : ?-?)은 북송(北宋)의 승려로 자는 도온(道溫), 호는 옥호(玉壺)이며, 전당(錢塘)[지금의 절강성 항주(杭州)] 사람이다. 명확한 생졸연대를 알 수 없으나 대략 진종(眞宗)으로부터 신종(神宗) 연간(998-1078)에 활동한 기록이 보인다. 저서로《옥호야사(玉壺野史)》 10권과《상산야록(湘山野錄)》 3권 및 속록(續錄) 1권이 있다. 《상산야록》은 신종(神宗) 희녕(熙寧) 연간에 형주(荊州)의 금란사(金鑾寺)에서 집필하여 「상산(湘山)」을 제목으로 붙였으며, 내용은 모두 북송시대의 잡사(雜事)를 기록한 것이다.

052 자래구례(自來舊例)

《湘山野錄》

원문 및 주석

自來舊例[1]

楊叔賢郎中, 眉州人。言頃有太守初視事, 大排樂。[2] 樂人口號云:「爲報吏民須慶賀, 災星移去福星來!」[3] 守大喜, 問:「口號誰撰?」

1 自來舊例 → 예로부터 전해오는 관례
【自來(자래)】: 원래부터, 본래부터, 예로부터.
【舊例(구례)】: 선례, 전례, 관례.

2 楊叔賢郎中, 眉州人。言頃有太守初視事, 大排樂。→ 낭중(郎中) 양숙현(楊叔賢)은, 미주(眉州) 사람이다. 그는 곧 태수(太守)가 새로 부임한다고 말하고, (신임 태수를 환영하기 위해) 악대(樂隊)를 성대하게 배치했다.
【楊叔賢(양숙현)】: [인명].
【郎中(낭중)】: [관직].
【眉州(미주)】: [지명] 지금의 사천성 미산현(眉山縣).
【頃(경)】: 머지않아, 곧.
【初視事(초시사)】: 새로 부임하다. 〖視事〗: 부임하다.
【大排樂(대배악)】: 악대를 성대하게 배치하다.

3 樂人口號云:「爲報吏民須慶賀, 災星移去福星來!」→ (태수가 도착하자) 악인(樂人)들이 구호(口號)를 외쳤다:「(태수의 부임에) 보답하기 위해 백성들은 반드시 액운의 별이 떠나가고 행운의 별이 왕림한 것을 경축해야 합니다!」
【樂人(악인)】: 가무(歌舞)를 연주하는 예인(藝人).
【報(보)】: 보답하다.
【吏民(이민)】: 하급 관리와 백성. 여기서는「백성들」을 가리킨다.
【須(수)】: 반드시 …해야 하다.

優人答曰 :「本州自來舊例, 止此一首。」[4]

번역문

예로부터 전해오는 관례

낭중(郎中) 양숙현(楊叔賢)은 미주(眉州) 사람이다. 그는 곧 태수(太守)가 새로 부임한다고 말하고 (신임 태수를 환영하기 위해) 악대(樂隊)를 성대하게 배치했다. (태수가 도착하자) 악인(樂人)들이 구호(口號)를 외쳤다.

「(태수의 부임에) 보답하기 위해 백성들은 반드시 액운의 별이 떠나가고 행운의 별이 왕림한 것을 경축해야 합니다!」

태수가 (이 구호를 듣고) 매우 기뻐하며 물었다.

「구호는 누가 지었는가?」

악인이 대답했다 :「우리 주(州)에서 예로부터 전해오는 관례(慣例)로, 오직 이 한마디뿐입니다.」

【災星(재성)】: 액운의 별. ※ 옛날 사람들은 천체 현상을 사람의 일에 관련지어, 어떤 별이 출현하면 사람에게 재난을 가져온다고 여겼다. 따라서 재성은 곧 「액운」을 가리키기도 한다.
【移去(이거)】: 다른 곳으로 옮겨 가다, 이동해 가다.
【福星(복성)】: 행운의 별. ※ 옛날 사람들은 천체 현상을 사람의 일에 관련지어, 어떤 별이 출현하면 사람에게 행운을 가져온다고 여겼다. 따라서 복성은 곧 「행운」을 가리키기도 한다.

4 守大喜, 問 :「口號誰撰?」 優人答曰 :「本州自來舊例, 止此一首。」→ 태수가 (이 구호를 듣고) 매우 기뻐하며, 물었다 :「구호는 누가 지었는가?」 악인이 대답했다 :「우리 주(州)에서 예로부터 전해오는 관례(慣例)로, 오직 이 한 마디뿐입니다.」
【守(수)】: 태수.
【撰(찬)】: 짓다.
【優人(우인)】: 가무(歌舞)를 연주하는 예인(藝人). 여기서는 「악인」을 가리킨다.
【止(지)】: 只(지), 다만, 오직.
【一首(일수)】: 한 수. 여기서는 「한 마디」를 의미한다.

해설

미주(眉州) 낭중(郎中) 양숙현(楊叔賢)이 신임 태수가 부임한다는 말을 듣고 악대를 성대하게 배치하여 환영하면서 악인(樂人)들로 하여금 「액운의 별이 떠나가고 행운의 별이 왕림하다.(災星移去福星來)」라는 구호를 외치도록 했다. 신임 태수는 이 말을 듣고 매우 기뻐하며 그 구호의 출처를 물었는데, 신임 태수가 부임할 때마다 예로부터 전해오는 관례라는 말을 들었다.

이 우언은 신임 태수의 부임을 환영하는 구호가 예로부터 전해오는 형식적인 관례라는 것을 들어, 백성들 위에 군림하며 변하지 않는 봉건사회의 통치 관행을 풍자한 것이다.

053 계호문(戒虎文)

《湘山野錄》

원문 및 주석

戒虎文[1]

楊叔賢爲荊州幕時, 虎傷人, 楊就穴磨崖, 刻《戒虎文》。[2] 其略曰 : 「咄乎, 爾彪! 出境潛游。」[3] 後知郁林, 致書知事趙定基, 托拓《戒虎

1 戒虎文 → 호랑이에게 경고하는 글
【戒(계)】: 誡(계), 경고하다, 권고하다.

2 楊叔賢爲荊州幕時, 虎傷人, 楊就穴磨崖, 刻《戒虎文》。→ 양숙현(楊叔賢)이 형주(荊州)에서 막료를 지낼 때, 호랑이가 사람을 해쳐, 양숙현이 호랑이 굴에 다가가 절벽을 (평탄하게) 갈고, 《계호문(戒虎文)》을 새겼다.
【楊叔賢(양숙현)】: [인명].
【爲荊州幕(위형주막)】: 형주(荊州)에서 막료를 지내다. 〖爲〗: 맡다, 지내다. 〖荊州〗: [지명] 지금의 호북성 강릉(江陵). 〖幕〗: 막료, 보좌역.
【傷(상)】: 상해하다, 해치다.
【就穴(취혈)】: (호랑이) 굴에 다가가다. 〖就〗: 가까이 가다, 접근하다, 다가가다.
【磨崖(마애)】: 절벽을 갈다. 〖磨〗: 갈다.
【刻(각)】: 새기다.

3 其略曰 : 「咄乎, 爾彪! 出境潛游。」→ 그 글은 대략 : 「야, 호랑이 너 이놈! 빨리 이곳을 떠나 다른 곳에 숨어 지내라.」라는 것이었다.
【略(략)】: 대략.
【咄(돌)】: 꾸짖는 소리.
【爾(이)】: 너, 당신.
【彪(표)】: 호랑이 몸의 무늬. 여기서는 「호랑이」를 가리킨다.
【出境潛游(출경잠유)】: 이 지역을 떠나 다른 곳에 숨어 살다.

文》數本, 云 :「嶺南俗庸獷, 欲以此化之。」趙遣人打碑。[4] 次日, 本耆申 :「磨崖下, 大蟲咬殺打碑匠二人。」趙乃以狀寄答。[5]

4 後知郁林, 致書知事趙定基, 托拓《戒虎文》數本, 云 :「嶺南俗庸獷, 欲以此化之。」趙遣人打碑。→ 후에 (양숙현이) 욱림(郁林)의 지주(知州)로 부임하여, 형주 지주(知州) 조정기(趙定基)에게 편지를 보내, 《계호문》 몇 부를 탁본해 달라고 부탁하며, 말했다 :「영남(嶺南) 지방의 풍속은 용렬(庸劣)하고 사나워서, 이를 가지고 그들을 교화하고자 합니다.」(이에) 조정기가 《계호문》을 탁본할 사람을 보냈다.

【知郁林(지욱림)】: 욱림(郁林)의 지주로 부임하다. 〖知〗: 지주(知州)로 부임하다. 〖郁林〗: 주(州) 이름. 지금의 광서성 장족(壯族) 자치구 경내 소수민족 거주지로 문화가 비교적 낙후했다.

【致書(치서)】: 편지를 보내다.

【知事(지사)】: 지주(知州).

【趙定基(조정기)】: [인명].

【托(탁)】: 부탁하다.

【拓(탁)】: 탁본하다.

【嶺南(영남)】: 오령(五嶺) 남쪽 일대. 즉 지금의 광동성·광서성 일대를 가리킨다.

【俗(속)】: 풍속.

【庸獷(용광)】: 용렬(庸劣)하고 사납다.

【欲(욕)】: …하고자 하다, …하려고 생각하다.

【以此(이차)】: 이것으로써, 이것을 가지고. 〖此〗: [대명사] 이것, 즉「《계호문》」.

【化之(화지)】: 그들을 교화하다. 〖化〗: 교화하다, 교육하여 감화시키다. 〖之〗: [대명사] 그들, 즉「영남 지방 사람들」.

【遣(견)】: 보내다, 파견하다.

【打碑(타비)】: 拓碑(탁비), 비문(碑文)을 탁본하다, 즉「《계호문》을 탁본하다」의 뜻.

5 次日, 本耆申 :「磨崖下, 大蟲咬殺打碑匠二人。」趙乃以狀寄答。→ 다음 날, 당지(當地)의 노인이 (조정기에게) 보고했다 :「절벽 아래에서, 호랑이가 《계호문》을 탁본하던 장인 두 사람을 물어 죽였습니다.」그래서 조정기는 (노인의) 보고서로 (양숙현에게) 답신을 보냈다.

【本(본)】: 현지(現地), 당지, 그곳.

【耆(기)】: 노인.

【申(신)】: 보고하다. ※아랫사람이 윗사람에게 진술하는 것을 말한다.

【大蟲(대충)】: 호랑이.

【咬殺(교살)】: 물어 죽이다.

【打碑匠(타비장)】: 비문을 탁본하는 장인. 〖碑〗: 비문. 여기서는「《계호문(戒虎文)》」을 가리킨다.

【乃(내)】: 이에, 그래서, 그리하여.

【以狀寄答(이상기답)】: 보고서로 답신을 보내다. 〖狀〗: 보고서. 〖寄〗: 부치다, 보내다.

번역문

호랑이에게 경고하는 글

양숙현(楊叔賢)이 형주(荊州)에서 막료를 지낼 때 호랑이가 사람을 해쳐, 양숙현이 호랑이 굴에 다가가 절벽을 (평평하게) 갈고 《계호문(戒虎文)》을 새겼다. 그 글은 대략 「야, 호랑이 너 이놈! 빨리 이곳을 떠나 다른 곳에 숨어 지내라.」라는 것이었다.

후에 (양숙현이) 욱림(郁林)의 지주(知州)로 부임하여 형주 지주(知州) 조정기(趙定基)에게 편지를 보내 《계호문》 몇 부를 탁본해 달라고 부탁하며 말했다.

「영남(嶺南) 지방의 풍속은 용렬(庸劣)하고 사나워서, 이를 가지고 그들을 교화하고자 합니다.」

(이에) 조정기가 《계호문》을 탁본할 사람을 보냈다. 다음 날, 당지(當地)의 노인이 (조정기에게) 보고했다.

「절벽 아래에서 호랑이가 《계호문》을 탁본하던 장인 두 사람을 물어 죽였습니다.」

그래서 조정기는 (노인의) 보고서로 (양숙현에게) 답신을 보냈다.

해설

글로써 호랑이를 축출한다는 것은 마치 소 귀에 경을 읽는 것과 같다. 그러나 양숙현(楊叔賢)은 아직도 자신을 고명하다고 여기는가 하면, 더욱이 《계호문(戒虎文)》을 가지고 영남 지방의 완고한 백성들을 교화하겠다는 생각을 했다. 이는 세상일에 어두운 사람이 자꾸 우매한 일을 함으로써, 결과적으로 백성들을 위해 재해를 없애기는커녕 오히려 재해를 끼쳐 수습할 수 없는 나쁜 결과를 초래하는 것과 같다.

이 우언은 전혀 현실에 부합하지 않은 일을 하고도, 그러한 사실을 모르고 효과가 있을 것이라 여기는 무지몽매(無知蒙昧)한 사람을 풍자한 것이다.

《경문집景文集》 우언

송기(宋祁 : 998-1061)는 자가 자경(子京)이며 호북(湖北) 안륙(安陸)[지금의 호북성 안륙현(安陸縣)] 사람으로, 후에 개봉(開封) 옹구(雍丘)[지금의 하남성 기현(杞縣)]로 이주했다. 천성(天聖) 2년(1024) 친형 송상(宋庠)과 함께 진사에 급제하여 「이송(二宋)」이라 불리었다. 상서원외랑(尙書員外郞)·용도학사(龍圖學士)·사관수찬(史館修撰) 등의 벼슬을 지냈으며, 구양수(歐陽修)와 더불어 《신당서(新唐書)》 편찬에 참여하기도 했다. 문집으로 《경문집(景文集)》이 전한다.

054 안노삼규(雁奴三叫)

《景文集·卷四十八·說·雁奴後說》

원문 및 주석

雁奴三叫[1]

雁奴, 雁之最小者, 性尤機警。每羣雁宿, 雁奴獨不瞑, 爲之伺察。[2] 或微聞人聲, 必先號鳴, 羣雁則雜然相呼引去。[3] 後鄕人蓋巧設

1 雁奴三叫 → 안노(雁奴)가 세 번 경고음을 내다
【雁奴(안노)】: 기러기가 무리지어 잠을 잘 때, 잠을 자지 않고 경계를 맡는 한 마리의 기러기. 〖雁〗: 기러기.
【叫(규)】: 지저귀다. 여기서는 「경보(警報)를 발하다, 경고음을 내다」의 뜻.

2 雁奴, 雁之最小者, 性尤機警。每羣雁宿, 雁奴獨不瞑, 爲之伺察。→ 안노(雁奴)는, 기러기 중에서 가장 작은 놈으로, 성질이 특히 기민하다. 매번 기러기 무리가 밤에 잠을 잘 때마다, 안노는 홀로 잠을 자지 않고, 무리를 위해 주위를 살핀다.
【尤(우)】: 특히, 특별히.
【機警(기경)】: 기민하다, 눈치가 빠르다, 날쌔고 재치 있다.
【宿(숙)】: 잠을 자다, 밤을 지내다. ※판본에 따라서는 「宿」을 「夜宿(야숙)」이라 했다.
【瞑(명)】: 눈을 감다. 즉 「잠을 자다」의 뜻.
【爲之伺察(위지사찰)】: 기러기 무리를 위해 주위를 살피다. 〖之〗: [대명사] 그것들, 즉 「기러기 무리」. 〖伺察〗: 정찰하다, 주위를 살피다.

3 或微聞人聲, 必先號鳴, 羣雁則雜然相呼引去。→ 어쩌다가 사람 소리를 조금만 들어도, 반드시 먼저 경계하는 울음소리를 낸다. 그러면 여러 기러기들은 곧 소란스레 서로 불러 이끌고 날아간다.
【或(혹)】: 간혹, 어쩌다가.
【微(미)】: 조금, 약간.
【號鳴(호명)】: 소리 내어 울다. 즉 「경계하는 울음소리를 내다, 경고음을 내다」의 뜻.
【雜然(잡연)】: 뒤섞여 어수선한 모양, 소란스러운 모양.

詭計, 以中雁奴之欲。[4]于是先視陂藪雁所常處者, 陰布大網, 多穿土穴于其傍。[5] 日未入, 人各持束緼幷匿穴中, 須其夜艾, 則燎火穴外, 雁奴先警, 因急滅其火。[6] 羣雁驚視無見, 復就棲焉。[7] 如是三燎

【相呼引去(상호인거)】: 서로 불러서 이끌고 날아가다. 〖引去〗: 이끌고 떠나다.

4 後鄕人蓋巧設詭計, 以中雁奴之欲。→ 후에 마을 사람들은 교묘하게 계책을 꾸며, 안노의 취향에 맞게 했다.

【蓋(개)】: ※판본에 따라서는 「蓋」를 「益(익)」이라 했다.
【巧設詭計(교설궤계)】: 교묘하게 속이는 계책을 꾸미다. 〖設〗: 세우다, 꾸미다. 〖詭計〗: 남을 속이는 꾀.
【中(중)】: 맞다, 부합하다, 적합하다.
【欲(욕)】: 욕구. 여기서는 「취향」을 가리킨다.

5 于是先視陂藪雁所常處者, 陰布大網, 多穿土穴于其傍。→ 그리하여 먼저 제방과 늪가 등 기러기가 자주 머무는 곳을 살펴, 몰래 큰 그물을 쳐놓고, 그 주변에 여러 개의 토굴을 팠다.

【于是(우시)】: 그리하여.
【視(시)】: 살피다.
【陂(피)】: 제방(堤防).
【藪(수)】: 늪, 호수.
【雁所常處者(안소상처자)】: 기러기가 자주 머무는 곳. 〖常處〗: 자주 머물다, 항상 머물다.
【陰(음)】: 몰래.
【布(포)】: (그물을) 치다.
【多穿土穴(다천토혈)】: 여러 개의 토굴을 파다. 〖穿〗: 뚫다, 파다. 〖土穴〗: 토굴.
【于(우)】: [개사] 於(어), …에.
【傍(방)】: 곁, 옆, 주변.

6 日未入, 人各持束緼幷匿穴中, 須其夜艾, 則燎火穴外, 雁奴先警, 因急滅其火。→ 해가 지기 전에, 사람들은 각기 삼노끈을 지참하고 파놓은 굴속에 들어가 숨어 있다가, 날이 밝기를 기다려, 굴 밖에서 불을 붙이고, (이때) 안노가 먼저 경고음을 내면, 이를 틈타 급히 불을 껐다.

【日未入(일미입)】: 해가 지기 전.
【持(지)】: 잡다, 가지다, 지참하다.
【束緼(속온)】: 삼노끈, 삼밧줄.
【幷(병)】: 그리고, 또.
【匿(닉)】: 숨다.
【須(수)】: 기다리다.
【夜艾(야애)】: 밤이 끝날 무렵. 즉 「날이 밝을 무렵」. 〖艾〗: 다하다, 멈추다, 끝나다.
【燎火(요화)】: 불을 붙이다.
【警(경)】: 경고음을 내다, 경보를 발하다.
【因(인)】: 틈타다. ※판본에 따라서는 「因」을 생략했다.

三滅, 雁奴三叫, 衆雁三驚;[8] 已而無所見, 則衆雁謂奴之無驗也, 互唼迭擊之, 又就棲焉。[9] 少選, 火復擧, 雁奴畏衆擊, 不敢鳴。鄕人聞其無聲, 乃擧網張之, 率十獲五。[10]

……………

【滅(멸)】: (불을) 끄다.

7 羣雁驚視無見, 復就棲焉。→ 기러기들은 놀라 잠을 깼다가 아무런 동정이 없는 것을 보고, 다시 휴식에 들어갔다.

【驚視無見(경시무견)】: 놀라 잠을 깼다가 아무런 동정이 없는 것을 보다. 〖無見〗: 아무런 동정이 없다.

【復(부)】: 다시.

【就棲(취서)】: 휴식에 들어가다.

【焉(언)】: [어조사].

8 如是三燎三滅, 雁奴三叫, 衆雁三驚; → (마을 사람들이) 이처럼 세 번 불을 붙였다가 세 번을 끄면서, 안노는 세 번 경보를 발하고, 기러기들은 세 번을 놀랐다.

【如是(여시)】: 이처럼, 이와 같이. ※판본에 따라서는「如是」를「于是(우시)」라 했다.

9 已而無所見, 則衆雁謂奴之無驗也, 互唼迭擊之, 又就棲焉。→ 그 뒤로 아무런 동정이 없자, 기러기들은 안노의 경고음이 효과가 없다고 여겨, 서로 안노를 부리로 쪼고 번갈아 공격한 후, 또다시 휴식에 들어갔다.

【已而(이이)】: 그 뒤.

【謂(위)】: …라고 생각하다, …라 여기다.

【無驗(무험)】: 효과가 없다.

【互唼迭擊(호삽질격)】: 서로 부리로 쪼고 번갈아 공격하다. 〖唼〗: (부리로) 쪼다. 〖迭〗: 번갈다, 교대하다.

10 少選, 火復擧, 雁奴畏衆擊, 不敢鳴。鄕人聞其無聲, 乃擧網張之, 率十獲五。→ 잠시 후, (사람들이) 다시 불을 붙여도, 안노는 기러기들이 (자기를) 공격할까 두려워, 감히 다시 소리를 내지 못했다. 마을 사람들은 안노의 경보 소리가 없는 것을 감지하고, 곧 그물을 들어 펼쳐, 약 열 마리 가운데 다섯 마리를 잡았다.

【少選(소선)】: 잠시 후, 조금 있다가.

【擧(거)】: 擧火(거화), 불을 붙이다.

【畏(외)】: 두려워하다.

【聞其無聲(문기무성)】: 안노의 경보 소리가 없는 것을 감지하다. 〖聞〗: 듣다. 여기서는「감지하다, 보다」의 뜻. 〖其〗: [대명사] 그, 즉「안노」.

【乃(내)】: 곧, 바로, 즉시.

【擧網張之(거망장지)】: 그물을 들어 그것을 펼치다. 즉「그물을 들어 펼치다」. 〖張〗: 펼치다. 〖之〗: [대명사] 그것, 즉「그물」.

【率(솔)】: 약, 대략.

【十獲五(십획오)】: 열 마리 중에 다섯 마리를 잡다.

번역문

안노(雁奴)가 세 번 경고음을 내다

안노(雁奴)는 기러기 중에서 가장 작은 놈으로 성질이 특히 기민하다. 매번 기러기 무리가 밤에 잠을 잘 때마다, 안노는 홀로 잠을 자지 않고 무리를 위해 주위를 살핀다. 어쩌다가 사람 소리를 조금만 들어도, 반드시 먼저 경계하는 울음소리를 낸다. 그러면 여러 기러기들은 곧 소란스레 서로 불러 이끌고 날아간다.

후에 마을 사람들은 교묘하게 계책을 꾸며 안노의 취향에 맞게 했다. 그리하여 먼저 제방과 늪가 등 기러기가 자주 머무는 곳을 살펴, 몰래 큰 그물을 쳐놓고 그 주변에 여러 개의 토굴을 팠다. 해가 지기 전에, 사람들은 각기 삼노끈을 지참하고 파놓은 굴속에 들어가 숨어 있다가 날이 밝기를 기다려 굴 밖에서 불을 붙이고, (이때) 안노가 먼저 경고음을 내면 이를 틈타 급히 불을 껐다. 기러기들은 놀라 잠을 깼다가 아무런 동정이 없는 것을 보고 다시 휴식에 들어갔다. (마을 사람들이) 이처럼 세 번 불을 붙였다가 세 번을 끄면서, 안노는 세 번 경보를 발하고 기러기들은 세 번을 놀랐다.

그 뒤로 아무런 동정이 없자, 기러기들은 안노의 경고음이 효과가 없다고 여겨, 서로 안노를 부리로 쪼고 번갈아 공격한 후 또다시 휴식에 들어갔다. 잠시 후 (사람들이) 다시 불을 붙여도, 안노는 기러기들이 (자기를) 공격할까 두려워 감히 다시 소리를 내지 못했다. 마을 사람들은 안노의 경보소리가 없는 것을 감지하고, 곧 그물을 들어 펼쳐 약 열 마리 가운데 다섯 마리를 잡았다.

해설

《이솝우화(Aesop寓話)》의 양치기 소년은 세 번 거짓말을 했다가 사람들로부터 신뢰를 잃고 늑대에게 많은 양을 잃었지만, 안노는 자기가 발한 세 번의 경고음이 모두 정확했음에도 불구하고 사람들의 간계에 넘어가 무리로부터 신임을 잃어 무리의 절반이 사람들에게 포획당하는 결과를 초래했다.

이 우언은 안노와 기러기들의 사례를 통해, 적의 기만 술책에 미혹되어 동료 간에 믿음을 잃지 않도록 일치단결하고, 각별히 경계를 강화하여 유사시에 대비해야 한다는 유비무환(有備無患)의 교훈을 제시한 것이다.

《구양문충공집(歐陽文忠公集)》 우언

구양수(歐陽脩 : 1007 - 1072)는 자가 영숙(永叔), 호는 취옹(醉翁), 만년의 호를 육일거사(六一居士)라 했으며, 길수(吉水)[지금의 강서성 길안시(吉安市)] 사람으로 북송(北宋)시대의 정치가이자 문인이며 사학자이다. 4살 때 아버지를 잃고, 홀어머니의 교육을 받고 자라 각고의 노력 끝에 24세에 진사에 급제한 후, 여러 차례의 지방 관리를 거쳐 노년에는 추밀부사(樞密副使)·참지정사(參知政事 : 재상)에까지 올랐다.

구양수는 학문에 뛰어났을 뿐만 아니라 높은 지위에 있었으므로 소순(蘇洵)·소식(蘇軾)·소철(蘇轍) 등 소씨 삼부자를 비롯하여 왕안석(王安石)·증공(曾鞏)과 같은 당시의 수많은 인재를 문하에 끌어들일 수 있었다. 그는 북송(北宋) 시문(詩文) 혁신운동의 영도자로 문장의 명도(明道)·치용(致用)을 주장하며 당대(唐代)의 한유(韓愈)·유종원(柳宗元)의 고문운동을 계승하여 송대의 고문운동을 성공적으로 이끌고, 북송의 문학발전에 지대한 영향을 주었다.

구양수는 당송팔대가(唐宋八大家)의 한 사람으로 문학에 가장 뛰어났지만, 역사와 고고학 분야에도 상당한 조예가 있었다. 그의 저술을 보면, 시문집으로 《구양문충집(歐陽文忠集)》·《육일사(六一詞)》·《육일시화(六一詩話)》·《모시본의(毛詩本義)》 등이 있고, 역사서로 《신당서(新唐書)》·《신오대사(新五代史)》가 있으며, 고고학서로 《집고록(集古錄)》과 같은 거작을 남겼다. 시호를 문충(文忠)이라 했다.

055 종정설(鍾莛說)

《歐陽文忠公集·卷五·筆說》

원문 및 주석

鍾莛說[1]

甲問於乙曰:「鑄銅爲鍾, 削木爲莛, 以莛叩鍾, 則鏗然而鳴。然則聲在木乎? 在銅乎?」[2] 乙曰:「以莛叩垣墻, 則不鳴; 叩鍾則鳴, 是聲在銅。」[3] 甲曰:「以莛叩錢積, 則不鳴, 聲果在銅乎?」[4] 乙曰:「錢

1 鍾莛說 → 종(鍾)과 목봉(木棒)에 관한 이야기
【莛(정)】: 梃(정), 몽둥이, 방망이, 목봉(木棒).

2 甲問於乙曰:「鑄銅爲鍾, 削木爲莛, 以莛叩鍾, 則鏗然而鳴。然則聲在木乎? 在銅乎?」→ 갑(甲)이 을(乙)에게 물었다:「구리를 주조하여 종을 만들고, 나무를 깎아 목봉(木棒)을 만드는데, 목봉으로 종을 치면, 쨍하고 소리가 납니다. 그렇다면 소리는 나무에서 나는 것입니까? 구리에서 나는 것입니까?」
【問於(문어)…】: …에게 묻다. 〖於〗: [개사] …에게.
【鑄(주)】: 주조하다.
【爲(위)】: 만들다.
【削(삭)】: 깎다.
【叩(고)】: 치다, 두드리다.
【鏗然(갱연)】: [의성어] 소리가 '쨍' 하고 나는 모양.
【鳴(명)】: 소리가 나다, 소리를 내다.
【然則(연즉)】: 그렇다면.

3 乙曰:「以莛叩垣墻, 則不鳴; 叩鍾則鳴, 是聲在銅。」→ 을이 말했다:「목봉으로 담장을 두드리면, 소리가 나지 않고; 종을 치면 소리가 나니, 이 소리는 구리에서 나는 것입니다.」
【垣墻(원장)】: 담, 담장.

積實, 鍾虛中, 是聲在虛器之中。」[5] 甲曰 : 「以木若泥爲鍾, 則無聲, 聲果在虛器之中乎?」[6]

번역문

종(鍾)과 목봉(木棒)에 관한 이야기

갑(甲)이 을(乙)에게 물었다.

「구리를 주조하여 종을 만들고, 나무를 깎아 목봉(木棒)을 만드는데, 목봉으로 종을 치면 쨍하고 소리가 납니다. 그렇다면 소리는 나무에서 나는 것입니까? 구리에서 나는 것입니까?」

을이 말했다.

「목봉으로 담장을 두드리면 소리가 나지 않고 종을 치면 소리가 나니, 이 소리는 구리에서 나는 것입니다.」

갑이 말했다.

【是(시)】: 此(차), 이.

4 甲曰 : 「以莛叩錢積, 則不鳴, 聲果在銅乎?」 → 갑이 말했다 : 「목봉으로 동전(銅錢) 더미를 두드리면, 소리가 나지 않는데, 소리가 과연 구리에서 나는 것입니까?」
【錢積(전적)】: 동전 더미. 여기서는 「구리로 만든 동전 더미」를 가리킨다.
【果(과)】: 과연.

5 乙曰 : 「錢積實, 鍾虛中, 是聲在虛器之中。」 → 을이 말했다 : 「동전 더미는 속이 꽉 차 있고, 종은 속이 비어 있으니, 이 소리는 속이 빈 기물(器物)에서 나는 것입니다.」
【實(실)】: 속이 가득 차다, 속이 꽉 차다.
【虛中(허중)】: 속이 비다.

6 甲曰 : 「以木若泥爲鍾, 則無聲, 聲果在虛器之中乎?」 → 갑이 말했다 : 「나무와 진흙으로 종을 만들면, 소리가 나지 않는데, 소리가 과연 속이 빈 기물에서 나는 것입니까?」
【以(이)…爲(위)…】: …으로(을 가지고) …을 만들다.
【若(약)】: …와(과).
【泥(니)】: 진흙.
【果(과)】: 과연, 정말.

「목봉으로 동전(銅錢) 더미를 두드리면 소리가 나지 않는데, 소리가 과연 구리에서 나는 것입니까?」

을이 말했다.

「동전 더미는 속이 꽉 차 있고 종은 속이 비어 있으니, 이 소리는 속이 빈 기물(器物)에서 나는 것입니다.」

갑이 말했다.

「나무와 진흙으로 종을 만들면 소리가 나지 않는데, 소리가 과연 속이 빈 기물에서 나는 것입니까?」

해설

갑(甲)과 을(乙)이 물건을 두드려 나는 소리의 출처를 가지고, 치는 물건에서 나는 소리인가? 아니면 맞는 물건에서 나는 소리인가를 구명하는 논쟁을 벌였다. 서로가 나름대로 논리를 전개하고 있지만 과학적인 논거가 결여된 궤변에 가깝다.

이 우언은 사물을 관찰함에 있어서 과학적인 지식에 근거하지 않고, 편협한 자기의 생각에 의존하여 견강부회(牽强附會)하는 사람의 몰지각(沒知覺)한 행위를 풍자한 것이다.

056 매유옹(賣油翁)

《歐陽文忠公集·卷五·歸田錄》

원문 및 주석

賣油翁[1]

陳康肅公善射, 當世無雙, 公亦以此自矜。[2] 嘗射於家圃, 有賣油翁釋擔而立睨之, 久而不去。[3] 見其發矢十中八九, 但微頷之。[4] 康肅

1 賣油翁 → 기름 파는 노인
【翁(옹)】: 남자 노인을 높여 부르는 말.

2 陳康肅公善射, 當世無雙, 公亦以此自矜。→ 진강숙(陳康肅)은 활쏘기에 능하여, 당시에 견줄 사람이 없었고, 강숙 역시 이를 가지고 스스로 자랑했다.
【陳康肅公(진강숙공)】: [인명] 북송(北宋) 사람으로 성은 진(陳), 이름은 요자(堯咨), 자는 가모(嘉謨), 자호(自號)를 소유기(小由基)라 했으며, 시호는 강숙(康叔)이다. 예서(隸書)와 활쏘기에 능했다. 〖公〗: 남자에 대한 존칭.
【善射(선사)】: 활을 잘 쏘다, 활쏘기에 능하다.
【當世(당세)】: 당시.
【無雙(무쌍)】: 견줄 사람이 없다.
【自矜(자긍)】: 스스로 자랑하다.

3 嘗射於家圃, 有賣油翁釋擔而立睨之, 久而不去。→ (강숙이) 일찍이 집안의 정원에서 활을 쏘고 있는데, 어느 기름 파는 노인이 짐을 내려놓고 서서 강숙의 활 쏘는 모습을 흘겨보며, 한참동안 떠나지 않았다.
【嘗(상)】: 일찍이.
【家圃(가포)】: 집안의 정원. 〖圃〗: 정원, 화원.
【釋擔(석담)】: 짐을 내려놓다.
【立睨(입예)】: 서서 흘겨보다. 〖睨〗: 흘겨보다, 쏘아보다.
【之(지)】: [대명사] 그것, 즉 「진강숙의 활 쏘는 모습」.

問曰:「汝亦知射乎? 吾射不亦精乎?」翁曰:「無他, 但手熟爾。」[5] 康肅忿然曰:「爾安敢輕吾射!」翁曰:「以我酌油知之。」[6] 乃取一葫蘆置於地, 以錢覆其口, 徐以杓酌油瀝之, 自錢孔入, 而錢不濕。[7] 因

【久而不去(구이불거)】: 한참동안 떠나지 않다. 〖去〗: 떠나다.

4 見其發矢十中八九, 但微頷之。→강숙이 화살 열 개를 쏘아 여덟아홉 개가 적중하는 것을 보고도, (노인은) 다만 고개를 약간 끄덕일 뿐이었다.
【發矢(발시)】: 화살을 쏘다.
【但(단)】: 단지, 다만.
【微(미)】: 약간, 조금, 살짝.
【頷(함)】: 고개를 끄덕이다.

5 康肅問曰:「汝亦知射乎? 吾射不亦精乎?」翁曰:「無他, 但手熟爾。」→강숙이 물었다:「당신도 활 쏘는 법을 아시오? 나의 활 쏘는 기술이 매우 뛰어나지 않소?」노인이 대답했다:「별 것 아니고, 다만 손에 익었을 뿐이오.」
【汝(여)】: 너, 당신.
【不亦精乎(불역정호)】: 매우 뛰어나지 않는가? 〖不亦…乎〗: 매우 …하지 않은가? 〖精〗: 뛰어나다, 훌륭하다.
【無他(무타)】: 별 것 아니다, 대단할 것이 없다.
【手熟(수숙)】: 손에 익다.
【爾(이)】: 이(耳), …뿐이다.

6 康肅忿然曰:「爾安敢輕吾射!」翁曰:「以我酌油知之。」→강숙이 화를 내며 말했다:「당신이 어찌 감히 나의 활솜씨를 얕보시오!」노인이 말했다:「나는 기름 따르는 경험을 근거로 그 이치를 알고 있소.」
【忿然(분연)】: 분노한 모양, 성내는 모양.
【爾(이)】: 너, 당신.
【安(안)】: 어찌.
【輕(경)】: 경시하다, 깔보다, 얕보다.
【以(이)】: …을 근거로, …으로, …에 의거하여.
【酌油(작유)】: 기름을 따르다.

7 乃取一葫蘆置於地, 以錢覆其口, 徐以杓酌油瀝之, 自錢孔入, 而錢不濕。→(노인이) 곧 호롱박 하나를 꺼내 땅바닥에 놓고, 동전으로 그 입구를 덮은 다음, 국자를 가지고 천천히 기름을 따라 한 방울 한 방울 떨어뜨려, 동전 구멍으로 들어가게 하는데, 동전이 (전혀) 젖지 않았다.
【乃(내)】: 곧, 바로.
【取(취)】: 취하다, 꺼내다.
【葫蘆(호로)】: 조롱박, 표주박.

曰：「我亦無他，惟手熟爾。」康肅笑而遣之。[8]

번역문

기름 파는 노인

진강숙(陳康肅)은 활쏘기에 능하여 당시에 견줄 사람이 없었고, 강숙 역시 이를 가지고 스스로 자랑했다. (강숙이) 일찍이 집안의 정원에서 활을 쏘고 있는데, 어느 기름 파는 노인이 짐을 내려놓고 서서 강숙의 활 쏘는 모습을 흘겨보며 한참동안 떠나지 않았다. 강숙이 화살 열 개를 쏘아 여덟 아홉 개가 적중하는 것을 보고도, (노인은) 다만 약간 고개를 약간 끄덕일 뿐이었다.

강숙이 물었다.

「당신도 활 쏘는 법을 아시오? 나의 활 쏘는 기술이 매우 뛰어나지 않소?」

노인이 대답했다.

「별 것 아니고, 다만 손에 익었을 뿐이오.」

················

【置於(치어)…】: …에 놓다. 〖於〗: [개사] …에.
【覆(복)】: 덮다, 덮어 가리다.
【徐(서)】: 서서히, 천천히.
【杓(작)】: 勺(작), 국자.
【瀝(력)】: 한 방울 한 방울 떨어뜨리다.
【錢孔(전공)】: 동전 구멍.
【濕(습)】: 젖다, 적시다.

8 因曰：「我亦無他，惟手熟爾。」康肅笑而遣之。→ 그리하여 노인이 말했다：「나 역시 별것 아니고, 다만 손에 익었을 뿐이오.」 강숙이 웃으며 노인을 보내주었다.
【因(인)】: 그리하여.
【惟(유)】: 오직, 다만.
【遣(견)】: 보내다, 보내주다.

강숙이 화를 내며 말했다.

「당신이 어찌 감히 나의 활솜씨를 얕보시오!」

노인이 말했다.

「나는 기름 따르는 경험을 근거로 그 이치를 알고 있소.」

(노인이) 곧 호롱박 하나를 꺼내 땅바닥에 놓고 동전으로 그 입구를 덮은 다음, 국자를 가지고 천천히 기름을 따라 한 방울 한 방울 떨어뜨려 동전 구멍으로 들어가게 하는데, 동전이 (전혀) 젖지 않았다.

그리하여 노인이 말했다.

「나 역시 별것 아니고, 다만 손에 익었을 뿐이오.」

강숙이 웃으며 노인을 보내주었다.

해설

진강숙(陳康肅)은 활쏘기에 능하여 당시에 자기와 겨룰만한 사람이 없는 자신을 대수롭지 않게 보는 기름 장수 노인에게 화를 냈지만, 기름 장수 노인이 조롱박에 기름을 따르는 묘기를 보고 나서 비로소 노인이 한 말의 의미를 깨달았다.

이 우언은 어떤 일을 막론하고 오로지 많은 연습과 착실한 실천을 거쳐야 비로소 익숙해지고 교묘한 기능이 생겨 정통한 경지에 도달할 수 있다는 이치를 설명한 것이다.

《전가집 傳家集》 우언

사마광(司馬光 : 1019-1086)은 북송(北宋)의 저명한 정치가이자 사학가이며 문학가로, 자는 군실(君實), 호는 우부(迂夫), 만년의 호는 천수(遷叟)이며, 섬주(陝州) 하현(夏縣) 속수향(涑水鄕) [지금의 산서성 경내] 사람이다. 세간에서는 그를 「속수선생(涑水先生)」이라 불렀다.

그는 인종(仁宗) 보원(寶元 : 1038-1040) 연간에 진사에 급제한 후, 인종 말년에 천장각대제겸시강지간원(天章閣待制兼侍講知諫院)에 임명되었다. 그 후 신종(神宗)이 희녕(熙寧) 2년(1069) 왕안석(王安石)을 재상에 임명하여 신법정치(新法政治)를 시행하자, 사마광이 이를 적극 반대하며 황제의 면전에서 왕안석과 논쟁을 벌이기도 했다. 그러나 신종이 사마광의 의견을 받아들이지 않고 오히려 사마광을 추밀부사(樞密副使)로 임명했다. 이에 불만을 품은 사마광이 그만 고사하고 물러나 오로지 《자치통감(資治通鑒)》의 편찬에 전념하여 신종(神宗) 원풍(元豊) 7년(1084) 마침내 《자치통감》을 완성했다.

그 이듬해 철종(哲宗)이 즉위하고 황태후가 섭정하면서 사마광을 불러 상서좌부사(尙書左仆射) 겸 문하시랑(門下侍郞 : 재상)에 임명했다. 그는 재상이 되자마자 즉시 신법(新法)을 폐지하고 새로운 개혁을 시도했으나 불행하게도 8개월 만에 그만 병으로 세상을 떠나고 말았다. 온국공(溫國公)에 봉해지고 시호를 문정(文正)이라 했다.

저서로 《자치통감》을 비롯하여 《사마문정공전가집(司馬文正公傳家集)》〔약칭 : 《전가집(傳家集)》〕·《계고록(稽古錄)》·《절운지장도(切韻指掌圖)》 등이 있다.

《우서(迂書)》는 필기고사집(筆記故事集)으로 41편의 고사가 실려 있는데, 모두가 사마광의 자호(自號)인 우부(迂夫)를 주인공으로 삼아 고사를 전개하고 있다. 그래서 서명을 《우서(迂書)》라 했다.

057 양채미지독(攘蠆尾之毒)

《司馬文正公傳家集·卷第七十四·迂書·蠆祝》

원문 및 주석

攘蠆尾之毒[1]

迂夫夜立於庭, 拊樹而蠆螫其手, 捧手吟呼, 痛徹於心。家人呼祝師祝之。[2] 祝師曰:「子姑勿以蠆爲慘烈, 以爲凡蟲而藐之曰『是惡能苦我哉』, 則痛已矣。」從之。[3] 少選而痛息, 迺謝祝師曰:「爾何

1 攘蠆尾之毒 → 전갈 꼬리의 독을 제거하다
【攘(양)】: 제거하다.
【蠆(채)】: 전갈.

2 迂夫夜立於庭, 拊樹而蠆螫其手, 捧手吟呼, 痛徹於心。家人呼祝師祝之。→ 우부(迂夫)가 밤중에 정원에 서서, (손으로) 나무를 툭툭 치는데 전갈이 그의 손을 쏘았다. 손을 움켜잡고 소리를 지르며, 통증이 심장까지 스며드는 것을 느꼈다. 집안사람들이 급히 축사(祝師)를 불러와 (치유를) 빌었다.
【迂夫(우부)】: 사마광(司馬光)의 호.
【拊(부)】: 치다, 두드리다.
【螫(석)】: (벌레가) 쏘다.
【捧手吟呼(봉수음호)】: 손을 움켜잡고 아프다고 소리치다. 〖捧〗: 움켜잡다. 〖吟呼〗: 외치다, 소리 지르다.
【痛徹於心(통철어심)】: 통증이 심장에 스며들다. 〖徹〗: 꿰뚫다, 관통하다. 즉 「스며들다」의 뜻. 〖於〗: [개사] …에. 〖心〗: 심장.
【呼祝師祝(호축사축)】: 축사를 불러와 빌다. 〖呼〗: 부르다, 불러오다. 〖祝師〗: 옛날 축도(祝禱)를 직업으로 하던 사람. 〖祝〗: 빌다, 기도하다.

3 祝師曰:「子姑勿以蠆爲慘烈, 以爲凡蟲而藐之曰『是惡能苦我哉』, 則痛已矣。」從之。→ 축사

術而能攘蠆之毒如是其速也?」[4] 祝師曰 :「蠆不汝毒也, 汝自召之; 余不汝攘也, 汝自攘之。[5] 夫召與攘者, 非我術之所能及也, 子自爲之也。」[6] 於是迂夫歎曰 :「嘻! 利害憂樂之毒人也, 豈直蠆尾而已哉!

가 말했다 :「당신은 잠시 전갈을 끔찍하다 여기지 말고, 보통의 벌레라고 여겨 경시하며 『이놈이 어찌 나를 고통스럽게 할 수 있는가?』라고 말하십시오. 그러면 통증이 곧 멈출 것입니다.」(우부가) 축사가 말한대로 따라 했다.

【子(자)】: 너, 그대, 당신.
【姑(고)】: 잠시, 잠깐.
【勿(물)】: …하지 말라, …해서는 안 된다.
【以(이)…爲(위)…】: …을 …라고 여기다.
【慘烈(참렬)】: 지독하다, 끔찍하다.
【以爲(이위)】: …라 여기다, …라고 생각하다.
【凡蟲(범충)】: 보통의 벌레.
【藐(막)】: 깔보다, 경시하다.
【是惡能苦我哉(시오능고아재)】: 이놈이 어찌 나를 고통스럽게 할 수 있는가? 〖是〗: [대명사] 이것, 즉「전갈」. 〖惡〗: 어찌. 〖苦〗: 고통스럽게 하다, 괴롭히다.
【已(이)】: 그치다, 멈추다, 가라앉다.
【從(종)】: 따르다, 좇다.

4 少選而痛息, 迺謝祝師曰 :「爾何術而能攘蠆之毒如是其速也?」→ 잠시 후 통증이 멎었다. 그리하여 축사에게 사의를 표하고 물었다 :「당신은 어떤 술법으로 전갈의 독을 이처럼 속히 제거할 수 있습니까?」

【少選(소선)】: 조금 있다가, 잠시 후.
【息(식)】: 멎다, 멈추다, 그치다.
【迺(내)】: 乃(내), 이에, 그리하여.
【爾(이)】: 너, 당신.
【何術(하술)】: 어떤 술법, 무슨 방법. 〖術〗: 술법, 방법.
【攘(양)】: 제거하다.
【如是(여시)】: 이처럼, 이와 같이.

5 祝師曰 :「蠆不汝毒也, 汝自召之; 余不汝攘也, 汝自攘之。→ 축사가 말했다 :「전갈이 당신에게 해독을 끼친 것이 아니라, 당신 스스로 불러들인 것이고; 내가 당신에게 (독을) 제거해 준 것이 아니라, 당신 스스로 제거한 것입니다.

【毒(독)】: [사동 용법] 해독을 끼치다.
【汝(여)】: 너, 당신.
【自召(자소)】: 스스로 불러들이다, 자초(自招)하다
【余(여)】: 나.

6 夫召與攘者, 非我術之所能及也, 子自爲之也。」→ 대저 (독을) 불러들이는 것과 제거하는 것

人自召之, 人自攘之, 亦若是而已矣。」[7]

번역문

전갈 꼬리의 독을 제거하다

우부(迂夫)가 밤중에 정원에 서서 (손으로) 나무를 툭툭 치는데 전갈이 그의 손을 쏘았다. 손을 움켜잡고 소리를 지르며 통증이 심장까지 스며드는 것을 느꼈다. 집안사람들이 급히 축사(祝師)를 불러와 (치유를) 빌었다.

축사가 말했다.

「당신은 잠시 전갈을 끔찍하다 여기지 말고, 보통의 벌레라고 여겨 경시하며 『이놈이 어찌 나를 고통스럽게 할 수 있는가?』라고 말하십시오. 그러면 통증이 곧 멈출 것입니다.」

은, 저의 술법이 미칠 수 있는 바가 아니고, 당신 스스로 행한 것입니다.」
【夫(부)】: [발어사] 대저, 무릇.
【術(술)】: 술법.
【所能及(소능급)】: 미칠 수 있는 바.
【子(자)】: 너, 그대, 당신.
【自爲(자위)】: 스스로 행하다.

7 於是迂夫歎曰 : 「噫! 利害憂樂之毒人也, 豈直蠆尾而已哉! 人自召之, 人自攘之, 亦若是而已矣。」→ 그리하여 우부가 탄식하며 말했다 : 「아! 이익과 재해와 근심과 쾌락이 사람에게 끼치는 독해가, 어찌 다만 전갈의 꼬리뿐이겠는가! 사람이 스스로 그것을 불러들이고, 또 사람이 스스로 그것을 제거한다. 다만 이와 같을 뿐이다.」
【於是(어시)】: 이에, 그리하여, 그래서.
【噫(희)!】: [감탄사] 아!
【利害憂樂(이해우락)】: 이익과 손해와 근심과 즐거움.
【豈(기)】: 어찌.
【直(직)】: 只(지), 다만.
【而已(이이)】: …뿐이다.
【亦(역)】: 다만.
【若是(약시)】: 이와 같다.

(우부가) 축사가 말한대로 따라 했다. 잠시 후 통증이 멎었다. 그리하여 축사에게 사의를 표하고 물었다.

「당신은 어떤 술법으로 전갈의 독을 이처럼 속히 제거할 수 있습니까?」

축사가 말했다.

「전갈이 당신에게 해독을 끼친 것이 아니라 당신 스스로 불러들인 것이고, 내가 당신에게 (독을) 제거해준 것이 아니라 당신 스스로 제거한 것입니다. 대저 (독을) 불러들이는 것과 제거하는 것은, 저의 술법이 미칠 수 있는 바가 아니고 당신 스스로 행한 것입니다.」

그리하여 우부가 탄식하며 말했다.

「아! 이익과 재해와 근심과 쾌락이 사람에게 끼치는 독해가, 어찌 다만 전갈의 꼬리뿐이겠는가! 사람이 스스로 그것을 불러들이고, 또 사람이 스스로 그것을 제거한다. 다만 이와 같을 뿐이다.」

해설

우부(迂夫)가 전갈에 쏘여 통증이 심해지자, 집안사람들이 축사(祝師)를 청해 통증을 해소하려 했다. 그러나 축사는 통증을 해소하는 술법을 쓰지 않고, 우부로 하여금 전갈을 보통 벌레로 경시(輕視)하는 편법을 써서 통증을 멈추도록 했다. 우부가 축사에게 사의(謝意)를 표하고 축사의 기묘한 술법이 무엇인가를 묻자, 축사는 오히려 「전갈이 당신에게 해독을 끼친 것이 아니라 당신이 독을 자초(自招)한 것이며, 내가 당신에게 독을 제거해준 것이 아니라 당신 스스로 독을 제거한 것.」이라고 했다. 축사의 논리가 해괴한 것 같지만 실은 심오한 철리(哲理)를 함축하고 있다.

희로애락(喜怒哀樂)은 본래 인간 심리의 주관적인 느낌이 강하다. 따라서 생각 여하에 따라 고통이 경감될 수도 있고 심지어 고통이 사라질 수도 있다.

이 우언은 《맹자(孟子)·공손추상(公孫丑上)》에 「화(禍)와 복(福)은 자기 스스로 구하지 않는 것이 없다.(禍福無不自己求之者也。)」라고 말한 것처럼, 스스로 생각을 전환할 수 있다면 화가 복으로 바뀌어 난관을 극복할 수 있다는 이치를 설명한 것이다.

058 습초쟁개(拾樵爭芥)

《司馬文正公傳家集·卷第七十四·迂書·拾樵》

원문 및 주석

拾樵爭芥[1]

迂夫見童子拾樵於道, 約曰:「見樵, 先呼者得之, 後毋得爭也。」皆曰:「諾!」[2] 旣而行, 相與笑語戲狎, 至驩也。[3] 瞲然見橫芥於道,

1 拾樵爭芥 → 땔감을 줍다가 겨자 줄기 하나를 다투다
【拾樵(습초)】: 땔감을 줍다. 〖拾〗: 줍다. 〖樵〗: 땔감, 땔나무.
【芥(개)】: [식물] 겨자. 여기서는 「겨자 줄기」를 가리킨다.

2 迂夫見童子拾樵於道, 約曰:「見樵, 先呼者得之, 後毋得爭也。」皆曰:「諾!」→ 우부(迂夫)는 아이들이 길에서 땔감을 주우며 서로 약속하는 것을 보았다. 「땔감을 발견하여, 먼저 소리치는 사람이 그것을 가져가고, 뒤 사람은 다투지 말기로 하자.」 모두가 말했다:「그래 좋아.」
【迂夫(우부)】: 사마광(司馬光)의 호.
【先呼者(선호자)】: 먼저 외치는 사람.
【毋(무)】: 勿(물), …하지 말라, …해서는 안 된다.
【諾(락)】: [동의를 표하여 대답하는 소리] 그래 좋아.

3 旣而行, 相與笑語戲狎, 至驩也。→ 잠시 후 걸어가면서, 함께 우스갯소리도 하고 장난도 치며, 매우 즐거워했다.
【旣而(기이)】: 잠시 후, 이윽고, 곧이어.
【相與(상여)】: 서로, 함께.
【笑語(소어)】: 우스갯소리하다.
【戲狎(희압)】: 장난치다.
【至驩(지환)】: 매우 즐거워하다. 〖至〗: 지극히, 매우. 〖驩〗: 즐거워하다. ※판본에 따라서는 「驩」을 「歡(환)」이라 했다.

其一先呼, 而衆童子爭之。遂相撻擊有傷者。[4]

번역문

땔감을 줍다가 겨자 줄기 하나를 다투다

우부(迂夫)는 아이들이 길에서 땔감을 주우며 서로 약속하는 것을 보았다.

「땔감을 발견하여 먼저 소리치는 사람이 그것을 가져가고, 뒤 사람은 다투지 말기로 하자.」

모두가 말했다.

「그래 좋아.」

잠시 후 걸어가면서 함께 우스갯소리도 하고 장난도 치며 매우 즐거워했다. (그러다가) 갑자기 겨자 줄기 하나가 길에 가로 누워 있는 것을 발견하고 그중 한 아이가 소리쳤다. 그러나 여러 아이들은 (약속을 아랑곳하지 않고) 서로 그것을 (차지하려고) 다투었다. 그리하여 치고 때리고 싸워 아이가 다치는 일이 일어났다.

4 瞲然見橫芥於道, 其一先呼, 而衆童子爭之。遂相撻擊有傷者。→ (그러다가) 갑자기 겨자 줄기 하나가 길에 가로 누워 있는 것을 발견하고, 그중 한 아이가 소리쳤다. 그러나 여러 아이들은 (약속을 아랑곳하지 않고) 서로 그것을 (차지하려고) 다투었다. 그리하여 치고 때리고 싸워 아이가 다치는 일이 일어났다.
【瞲然(휼연)】: 갑자기 놀라 바라보는 모양.
【橫(횡)】: 가로로 눕다.
【遂(수)】: 그리하여.
【撻擊(달격)】: 치고 때리다.

해설

이해관계가 없는 상황에서는 서로 웃고 즐기며 그지없이 친하다가, 일단 작은 이해관계에 직면하면 선약(先約)은 아랑곳하지 않고 서로 반목하며, 심지어 치고받고 싸움을 벌려 급기야 원수지간으로 변한다.

이 우언은 아이들의 어리석은 행위를 빌려, 말에 신용이 없고 조그만 이익을 위해 아귀다툼하는 인정세태(人情世態)를 풍자한 것이다.

《자치통감資治通鑑》 우언

작자 사마광(司馬光) : 《전가집(傳家集)》 우언 참조.

《자치통감(資治通鑑)》은 약칭 《통감(通鑑)》이라고도 한다. 사마광(司馬光)이 영종(英宗)의 명에 따라 편찬한 편년체의 통사(通史)로 총 294권이며, 영종(英宗) 치평(治平) 2년(1065)으로부터 신종(神宗) 원풍(元豐) 7년(1084)까지 19년에 걸쳐 완성했다. 주위왕(周威王) 23년(B.C. 403)부터 오대(五代)의 후주(後周) 세종(世宗) 현덕(顯德) 6년(A.D. 959)에 이르기까지, 전국(戰國)시대의 여러 제후국을 비롯하여 진(秦) · 한(漢) · 삼국(三國) · 진(晉) · 오호십육국(五胡十六國) · 남북조(南北朝) · 수(隋) · 당(唐) · 오대십국(五代十國) 등 1362년간 역대 군신(君臣)에 관한 사적(史跡)을 상세히 기록했는데, 정사(正史) 이외의 풍부한 자료를 보유하고 있어 중국의 사서(史書) 가운데 매우 중요한 자료로 평가받고 있다.

059 청군입옹(請君入甕)

《資治通鑑·唐紀·則天順聖皇后上之下·天授二年》

원문 및 주석

請君入甕[1]

或告文昌右丞周興與丘神勣通謀, 太后命來俊臣鞫之。[2] 俊臣與

1 請君入甕 → 당신이 독 안에 들어가십시오
【請君入甕(청군입옹)】: 당신이 독 안에 들어가십시오. ※이는 자신이 정한 엄격한 규칙에 자신이 걸려드는 것을 비유하는 말로,「제 도끼에 제 발등을 찍히다, 자기가 쳐 놓은 덫에 자기가 걸려들다.」라는 뜻이며, 어원은 이 고사에서 유래되었다. 〖君〗: 그대, 당신, 귀하. 〖甕〗: 독, 항아리.

2 或告文昌右丞周興與丘神勣通謀, 太后命來俊臣鞫之。→ 어떤 사람이 문창우승(文昌右丞) 주홍(周興)과 구신적(丘神勣)이 결탁하여 모반했다고 밀고하자, 태후(太后)가 내준신(來俊臣)에게 명해 그들을 국문(鞫問)하도록 했다.
【或告(혹고)】: 어떤 사람이 밀고하다. 〖或〗: 어떤 사람.
【文昌右丞(문창우승)】: [관직] 상서우승(尙書右丞)이라고도 한다. 승(丞)은 보좌역으로 당대(唐代)의 상서성복야(尙書省僕射) 밑에 좌승(左丞)과 우승(右丞)이 있었다.
【周興(주홍)】: [인명] 측천무후(則天武后) 시절의 혹리(酷吏).
【丘神勣(구신적)】: [인명] 당대의 명장 구행공(丘行恭)의 아들로 좌금오대장군(左金吾大將軍)을 지냈으며, 측천무후의 심복(心腹)이다.
【通謀(통모)】: 결탁하여 공모하다.
【太后(태후)】: 태후. 여기서는 측천무후(624-705)를 가리킨다. 측천무후는 본래 당태종(唐太宗) 이세민(李世民)의 재인(才人)이었는데, 태종이 죽은 후 비구니가 되었다가, 고종(高宗)이 즉위한 후 불러들여 소의(昭儀)를 삼았고, 그후 영휘(永徽) 6년(655) 황후(皇后)가 되어 조정(朝政)에 간여하며, 천후(天后)라 불리었다. 홍도(弘道) 원년(683) 고종이 죽고 중종(中宗)이 즉위하자 측천무후가 섭정을 했다. 그 이듬해 중종을 폐하고 예종(睿宗)을 세웠다가 재초(載初) 원년(690) 예종을 폐하고 스스로 성신황제(聖神皇帝)라 칭하며 국호를 주(周)로

興方推事對食, 謂興曰 :「囚多不承, 當爲何法?」[3] 興曰 :「此甚易耳。取大甕, 以炭四周炙之, 令囚入中, 何事不承?」俊臣乃索大甕, 火圍如興法。[4] 因起謂興曰 :「有內狀推兄, 請兄入此甕!」興惶恐叩頭伏罪。[5]

················

고치고 연호를 천수(天授)라 했다. 장손무기(長孫無忌)와 저수량(褚遂良) 등 원로 대신들을 축출하고 혹리(酷吏)를 임용하여 여러 차례 옥사(獄事)를 일으키는 바람에 이씨 왕조 종실과 조정 대신들이 관련되어 억울하게 죽음을 당한 자들이 수천 명에 달했다. 신룡(神龍) 원년(705) 장간지(張柬之)·환언범(桓彦範)·원서기(袁恕己) 등은 측천무후가 병을 앓고 있는 틈을 타 정변을 일으켜 중종(中宗)을 복위시켰다. 측천무후는 이해 겨울 82세를 일기로 병사했다.

【來俊臣(내준신)】: [인명] 측천무후 시절의 혹리(酷吏).

【鞫(국)】: 국문하다, 심문하다, 취조하다.

3 俊臣與興方推事對食, 謂興曰 :「囚多不承, 當爲何法?」→ (그때) 내준신과 주흥이 마침 소송 사건을 심의하고, 함께 식사를 하면서, (내준신이) 주흥에게 물었다 :「죄수들이 대부분 죄를 인정하지 않으니, 마땅히 어떤 방법을 취해야 되겠습니까?」

【方(방)】: 마침.

【推事(추사)】: 사건을 심의하다, 사건을 취조하다. 〖推〗: 취조하다, 심문하다.

【對食(대식)】: 함께 식사하다.

【囚(수)】: 죄수.

【多(다)】: 대부분, 대체로.

【承(승)】: 승복하다, 죄를 인정하다.

4 興曰 :「此甚易耳。取大甕, 以炭四周炙之, 令囚入中, 何事不承?」俊臣乃索大甕, 火圍如興法。→ 주홍이 대답했다 :「이것은 매우 쉽습니다. 큰 독을 가져와, 탄불로 그것을 사방에서 달구고, 죄수를 그 안에 들어가도록 명령하면, 무슨 일이든 자백하지 않겠습니까?」 내준신이 곧 (수하를 시켜) 큰 독을 구해다가, 주홍이 말한 방법대로 사방을 불로 달구었다.

【甕(옹)】: 독, 단지.

【四周(사주)】: 사방.

【炙(적)】: 불에 굽다, 불을 때서 달구다.

【令(령)】: 명령하다.

【乃(내)】: 곧, 즉시.

【索(색)】: 찾다, 구해오다.

【火圍(화위)】: 주위를 불로 달구다.

【如興法(여홍법)】: 주홍(周興)이 제시한 방법대로. 〖如〗: …와 같이, …대로.

5 因起謂興曰 :「有內狀推兄, 請兄入此甕!」興惶恐叩頭伏罪。→ 그리고 일어나서 주홍에게 말했다 :「당신을 (역모 죄로) 심문하라는 황제(皇帝)의 밀지(密旨)가 있었소. 당신이 이 독 안

번역문

당신이 독 안에 들어가십시오

어떤 사람이 문창우승(文昌右丞) 주홍(周興)과 구신적(丘神勣)이 결탁하여 모반했다고 밀고하자, 태후(太后)가 내준신(來俊臣)에게 명해 그들을 국문(鞫問)하도록 했다. (그때) 내준신과 주홍이 마침 소송 사건을 심의하고 함께 식사를 하면서 (내준신이) 주홍에게 물었다.

「죄수들이 대부분 죄를 인정하지 않으니 마땅히 어떤 방법을 취해야 되겠습니까?」

주홍이 대답했다.

「이것은 매우 쉽습니다. 큰 독을 가져와 탄불로 그것을 사방에서 달구고 죄수를 그 안에 들어가도록 명령하면, 무슨 일이든 자백하지 않겠습니까?」

내준신이 곧 (수하를 시켜) 큰 독을 구해다가 주홍이 말한 방법대로 사방을 불로 달구었다. 그리고 일어나서 주홍에게 말했다.

「당신을 (역모 죄로) 심문하라는 황제(皇帝)의 밀지(密旨)가 있었소. 당신이 이 독 안에 들어가십시오!」

주홍은 당황하고 두려워하며 머리를 조아리고 죄를 인정했다.

....

에 들어가십시오!」 주홍은 당황하고 두려워하며 머리를 조아리고 죄를 인정했다.

【內狀(내장)】: 황제(皇帝)의 밀지(密旨). 여기서는 「측천무후(則天武后)가 처리하라고 명한 안건」을 가리킨다.

【惶恐(황공)】: 당황하고 두려워하다.

【叩頭(고두)】: 머리를 조아리다.

【伏罪(복죄)】: 복죄(服罪)하다, 죄를 인정하다.

해설

고사에 나오는 인물과 사건은 모두 역사의 사실을 기록한 것이다. 내준신(來俊臣)과 주홍(周興)이 죄인을 심문하면서 죄인들이 자백을 하지 않자 내준신이 주홍에게 방법을 물었고, 주홍이 독을 불로 달구어 죄인을 그 속에 가두어 심문하는 방법을 제시했다. 내준신은 주홍을 역모죄로 심문하라는 측천무후(則天武后)의 밀지를 미리 받고 숨겼다가 바로 이 순간 주홍에게 알리고, 주홍이 제시한 방법을 가지고 주홍을 심문하려 하니 주홍이 놀라 두려워하며 죄를 자백했다.

이 우언은 자신이 정한 엄격한 규칙에 자신이 걸려드는 것을 비유하는 말로, 어원은 바로 이 고사에서 유래되었다.

《임천선생문집 臨川先生文集》 우언

왕안석(王安石 : 1021 - 1086)은 자가 개포(介甫), 호는 반산(半山)이며, 무주(撫州) 임천(臨川)[지금의 강서성 무주시(撫州市)] 사람으로, 북송(北宋)의 정치가 · 사상가인 동시에 당송팔대가(唐宋八大家)의 한 사람이다. 인종(仁宗) 경력(慶歷) 2년(1042) 진사에 급제한 후, 회남판관(淮南判官) · 은현지현(鄞縣知縣) 등 여러 지방관을 거쳐 가우(嘉祐) 3년(1058) 삼사탁지판관(三司度支判官)을 지낼 때 《상인종황제언사서(上仁宗皇帝言事書)》를 올려 신법(新法)을 제기했는데, 신종(神宗)이 즉위한 후 그의 주장을 받아들여 두 차례에 걸쳐 재상을 지내며 신법(新法)을 강력히 추진했다. 그러나 관료지주와 호상(豪商) 등 보수파의 격렬한 반대에 부딪쳐 성공을 거두지 못하고, 후에 사마광(司馬光)이 재상이 되어 신법을 폐기하자, 얼마 후 병이 들어 65세의 나이로 세상을 떠났다.

저서로 《임천선생문집(臨川先生文集)》 100권이 전하며, 현재의 판본으로 대만 하락도서출판사(河洛圖書出版社)가 간행한 《왕안석전집(王安石全集)》이 있다.

060 노마여기기(駑馬與騏驥)

《王安石全集(上)·卷三十九·論說·材論》

원문 및 주석

駑馬與騏驥[1]

駑驥雜處, 飮水食芻, 嘶鳴蹄齧, 求其所以異者蔑矣。[2] 及其引重車, 取夷路, 不屢策, 不煩御, 一頓其轡而千里已至矣。[3] 當是之時,

1 駑馬與騏驥 → 노마(駑馬)와 준마(駿馬)
【駑馬(노마)】: 느리고 둔한 말, 열등한 말.
【騏驥(기기)】: 천리마, 준마(駿馬).

2 駑驥雜處, 飮水食芻, 嘶鳴蹄齧, 求其所以異者蔑矣。→ 노마(駑馬)와 준마(駿馬)가 한 데 섞여, 물을 마시고 꼴을 먹고, 큰 소리로 울고 발로 차고 물고할 때는, (노마와 준마의) 다른 점을 찾는 것이 불가능하다.
【雜處(잡처)】: 혼재하다, 한 데 섞이다.
【食芻(식추)】: 꼴을 먹다. 〖食〗: [동사] 먹다. 〖芻〗: 꼴, 가축에게 먹이는 풀.
【嘶鳴(시명)】: (말이 큰 소리로) 울다.
【蹄(제)】: [동사 용법] (발굽으로) 차다.
【齧(설)】: 물다.
【所以異者(소이이자)】: 다른 점.
【蔑(멸)】: 없다. 여기서는 「불가능하다」의 뜻. ※판본에 따라서는 「蔑」을 「蓋寡(개과)」라 했다.

3 及其引重車, 取夷路, 不屢策, 不煩御, 一頓其轡而千里已至矣。→ 그러나 무거운 수레를 끌고, 평탄한 길을 달리면, (준마는) 자주 채찍질을 하거나, 몰면서 별로 조심을 하지 않고, 한 번만 고삐를 당겨도 이미 천 리에 도달한다.
【及(급)】: …하게 되면, …할 때는, …할 때에 이르면.
【取夷路(취이로)】: 평탄한 길을 달리다. 〖夷〗: 평평하다, 평탄하다.

使駑馬幷驅, 則雖傾輪絶勒, 敗筋傷骨, 不舍晝夜而追之, 遼乎其不可以及也。夫然後騏驥騕褭與駑駘別矣。[4] 古之人君知其如此, 故不以天下無材, 盡其道以求而試之, 試之之道, 在當其所能而已。[5]

【屢策(누책)】: 자주 채찍질을 하다.
【煩御(번어)】: 조심하다.
【頓(돈)】: 拉(랍), 당기다.
【轡(비)】: 고삐.
【已(이)】: 이미, 벌써.

4 當是之時, 使駑馬幷驅, 則雖傾輪絶勒, 敗筋傷骨, 不舍晝夜而追之, 遼乎其不可以及也。夫然後騏驥騕褭與駑駘別矣。→ 이때, 노마로 하여금 (준마와) 나란히 수레를 몰게 하면, 비록 바퀴가 기울고 재갈이 끊어지고, 근육이 파열되고 뼈를 다치며, 밤낮으로 쉬지 않고 쫓아간다 해도, 멀리 뒤처져 (도저히 준마를) 따를 수가 없다. 그러고 나면 준마와 노마가 확연히 구별된다.
【當是之時(당시지시)】: 이때.
【使(사)】: …로 하여금 …하게 하다.
【幷驅(병구)】: 나란히 함께 몰다. ※판본에 따라서는 「幷驅」에 이어 「方駕(방가)」를 추가했다.
【傾輪(경륜)】: 차바퀴가 기울다.
【絶勒(절륵)】: 굴레가 끊어지다.
【敗筋傷骨(패근상골)】: 근육이 파열되고 뼈를 다치다.
【不舍晝夜(불사주야)】: 밤낮으로 쉬지 않다.
【追(추)】: 쫓아가다, 뒤쫓다.
【遼乎(요호)】: 멀리 뒤처지다.
【不可以及(불가이급)】: 미칠 수가 없다, 따를 수가 없다.
【騏驥騕褭(기기요뇨)】: 준마. 〖騕褭〗: 준마 이름. 여기서는 「준마」를 가리킨다.
【駑駘(노태)】: 노마, 열등한 말.

5 古之人君知其如此, 故不以天下無材, 盡其道以求而試之, 試之之道, 在當其所能而已。→ 옛날의 군주는 이러한 도리를 잘 알았다. 그래서 천하에 인재(人材)가 없다고 여기지 않고, 수단 방법을 다 동원하여 그들을 찾아 시험했으며, 시험하는 방법도 자기 스스로 능히 할 수 있는 일을 담당토록 하는 것뿐이었다.
【如此(여차)】: 이와 같다.
【以(이)】: 以爲(이위), …라고 여기다, …라고 생각하다. ※판본에 따라서는 「以」를 「이위(以爲)」라 했다.
【無材(무재)】: 인재(人材)가 없다.
【盡其道(진기도)】: 수단 방법을 다 동원하다. 〖盡〗: 다하다, 모두 동원하다. 〖道〗: 수단, 방법, 길.
【求而試之(구이시지)】: 찾아 시험하다. 〖求〗: 찾다, 구하다.

번역문

노마(駑馬)와 준마(駿馬)

노마(駑馬)와 준마(駿馬)가 한 데 섞여 물을 마시고 꼴을 먹고 큰 소리로 울고 발로 차고 물고할 때는 (노마와 준마의) 다른 점을 찾는 것이 불가능하다. 그러나 무거운 수레를 끌고 평탄한 길을 달리면, (준마는) 자주 채찍질을 하거나 몰면서 별로 조심을 하지 않고 한 번만 고삐를 당겨도 이미 천리에 도달한다. 이때 노마로 하여금 (준마와) 나란히 수레를 몰게 하면, 비록 바퀴가 기울고 재갈이 끊어지고 근육이 파열되고 뼈를 다치며 밤낮으로 쉬지 않고 쫓아간다 해도 멀리 뒤처져 (도저히 준마를) 따를 수가 없다. 그러고 나면 준마와 노마가 확연히 구별된다.

옛날의 군주는 이러한 도리를 잘 알았다. 그래서 천하에 인재(人材)가 없다고 여기지 않고, 수단 방법을 다 동원하여 그들을 찾아 시험했으며, 시험하는 방법도 자기 스스로 능히 할 수 있는 일을 담당토록 하는 것뿐이었다.

해설

노마(駑馬)와 준마(駿馬)가 한 데 섞여 우리에서 물을 마시고 꼴을 먹는 등 일상적인 활동을 할 때는 우열을 가릴 수 없다. 그러나 무거운 수레를 끌고 길을 갈 때는 능력의 차이가 확연히 드러난다. 옛날의 군주는 이러한 이치를 알고, 그 원리를 인재를 기용할 때 적용하여 먼저 그 능력을 시험한

【試之之道(시지지도)】: 그들을 시험하는 방법.
【當(당)】: 맡다, 담당하다.
【其所能(기소능)】: 자기 스스로 능히 할 수 있는 일.
【而已(이이)】: …뿐이다.

후 기용했다.

이 우언은 노마와 준마를 구별하는 방법을 통해, 인재를 변별하고 기용하는 올바른 방법을 제시한 것이다.

061 남월수간(南越修簳)

《王安石全集(上)·卷三十九·論說·材論》

원문 및 주석

南越修簳[1]

夫南越之修簳, 簇以百鍊之精金, 羽以秋鶚之勁翮, 加强弩之上而彍之千步之外,[2] 雖有犀兕之捍, 無不立穿而死者, 此天下之利器, 而決勝覿武之所寶也。[3] 然用以敲扑, 則無以異於朽槁之梃。[4] 是

1 南越修簳 → 남월(南越)의 가늘고 긴 조릿대
【南越(남월)】: [국명] 지금의 광동성과 광서성 일대에 있던 옛 국가.
【修簳(수간)】: 가늘고 긴 조릿대. ※판본에 따라서는 「簳」을 「竿(간)」이라 했다.

2 夫南越之修簳, 簇以百鍊之精金, 羽以秋鶚之勁翮, 加强弩之上而彍之千步之外, → 남월(南越) 지역의 가늘고 긴 조릿대는, 여러 번 정련(精鍊)을 거친 순수한 금속으로 화살촉을 만들고, 가을철 물수리의 실(實)한 깃촉으로 살깃을 만들어, 강한 활에 장착하여 활시위를 당기면 천 걸음 밖에까지 쏠 수가 있으며,
【夫(부)】: [발어사].
【簇(족)】: 화살촉. ※판본에 따라서는 「簇」을 「鏃(족)」이라 했다.
【百鍊(백련)】: 여러 차례 정련(精鍊)하다. ※판본에 따라서는 「鍊」을 「煉(련)」이라 했다.
【精金(정금)】: 정련한 순수한 금속.
【羽(우)】: 깃. 여기서는 화살의 뒤 끝에 붙인 새의 깃, 즉 「궁깃, 살깃」을 가리킨다.
【秋鶚(추악)】: 가을철의 물수리.
【勁翮(경핵)】: 실(實)한 깃촉.
【加(가)】: 장착하다.
【强弩(강노)】: 강한 활.
【彍(확)】: 활시위를 당기다.

3 雖有犀兕之捍, 無不立穿而死者, 此天下之利器, 而決勝覿武之所寶也。→ 비록 무소 가죽으

知雖得天下之瑰材桀智，而用之不得其方，亦若此矣。[5]

번역문

남월(南越)의 가늘고 긴 조릿대

남월(南越) 지역의 가늘고 긴 조릿대는 여러 번 정련(精鍊)을 거친 순수한 금속으로 화살촉을 만들고, 가을철 물수리의 실(實)한 깃촉으로 살깃을 만들어, 강한 활에 장착하여 활시위를 당기면 천 걸음 밖에까지 쏠 수가 있으며, 비록 무소 가죽으로 만든 보호막이 있다 해도 즉시 관통하여 죽지 않

……………

로 만든 보호막이 있다 해도, 즉시 관통하여 죽지 않는 사람이 없다. 이는 천하의 예리한 무기로서, 전쟁에서 승리를 거두는 소중한 보물이다.

【犀兕之捍(서시지한)】: 무소가죽으로 만든 보호막. 〖犀兕〗: 무소. ※「兕」는 무소의 암컷. 〖捍〗: 막다, 보호하다. 여기서는 「보호막」을 가리킨다.

【立(립)】: 즉시.

【穿(천)】: 꿰뚫다, 관통하다.

【利器(이기)】: 예리한 무기, 날카로운 병기.

【決勝(결승)】: 승리를 거두다.

【覿武(적무)】: 무기를 만나다. 즉 「전쟁(하다)」의 뜻. 〖覿〗: 만나다, 대면하다.

4 然用以敲扑，則無以異於朽槁之梃。→ 그러나 그것을 가지고 (다만) 물건을 두드리는 데 사용한다면, 그것은 썩고 마른 막대와 다를 바가 없다.

【然(연)】: 그러나. ※ 판본에 따라서는 「然」을 「然而(연이)」라 했다.

【用以敲扑(용이고복)】: 이것을 가지고 물건을 두드리는 데 사용하다. 〖敲扑〗: 치다, 두드리다.

【無以異於(무이이어)…】: …와 다를 바 없다.

【朽槁之梃(후고지정)】: 썩고 마른 막대. 〖朽槁〗: 썩고 마르다. 〖梃〗: 막대, 막대기.

5 是知雖得天下之瑰材桀智，而用之不得其方，亦若此矣。→ 이로 미루어 볼 때, 비록 천하의 걸출한 재능을 지닌 인재를 얻었다 해도, 기용하는 방법을 찾지 못한다면, 다만 남월의 조릿대를 가지고 물건을 두드리는 데 사용하는 것과 다를 바 없다는 것을 알 수 있다.

【是(시)】: 이로 미루어 볼 때.

【瑰材桀智(괴재걸지)】: 걸출한 재능을 지닌 인재.

【亦(역)】: 다만 …뿐.

【若此(약차)】: 如此(여차), 이와 같다. 즉 「남월의 조릿대로 물건을 두드리는 데 사용하는 것과 다를 바 없다.」의 뜻. 〖此〗: 이것, 즉 「남월의 조릿대로 물건을 두드리는 것」.

는 사람이 없다. 이는 천하의 예리한 무기로서, 전쟁에서 승리를 거두는 소중한 보물이다. 그러나 그것을 가지고 (다만) 물건을 두드리는 데 사용한다면, 그것은 썩고 마른 막대와 다를 바가 없다. 이로 미루어 볼 때, 비록 천하의 걸출한 재능을 지닌 인재를 얻었다 해도 기용하는 방법을 찾지 못한다면, 다만 남월의 조릿대를 가지고 물건을 두드리는 데 사용하는 것과 다를 바 없다는 것을 알 수 있다.

해설

남월(南越) 지역에서 자라는 가늘고 긴 조릿대는 예리한 화살대를 만들 수도 있고 썩은 막대로 변할 수도 있다. 관건은 그것을 식별하고 활용할 줄 아는 혜안이 있어야 한다. 혜안을 가진 사람은 조릿대를 활용하여 양질의 화살을 만들 수 있지만, 혜안이 없는 사람은 이를 가지고 다만 물건을 두드리는 데 사용하여 썩은 막대와 다를 바 없는 무용지물이 되고 만다.

이 우언은 남월의 조릿대를 인재(人才)에 비유하여, 통치자가 인재를 식별할 줄 알고 아울러 인재를 활용할 줄 아는 혜안을 가져야 비로소 인재가 인재로서의 역할을 할 수 있다는 이치를 설명한 것이다.

062 상중영(傷仲永)

《王安石全集(上)·卷四十六·雜著·傷仲永》

원문 및 주석

傷仲永[1]

金溪民方仲永，世隸耕。仲永生五年，未嘗識書具，忽啼求之。[2] 父異焉，借旁近與之，卽書詩四句，并自爲其名。[3] 其詩以養父母、

1 傷仲永 → 중영(仲永)을 애석해하다
【傷(상)】: 애석해하다, 비통해 하다, 개탄하다.
【仲永(중영)】: [인명].

2 金溪民方仲永, 世隸耕。仲永生五年, 未嘗識書具, 忽啼求之。→ 금계(金溪)의 백성 방중영(方仲永)은, 대를 이어 농사를 생업으로 하고 있다. 중영은 다섯 살 때까지, 아직 필기도구를 알지 못했는데, (어느 날) 갑자기 울면서 그것을 요구했다.
【金溪(금계)】: [지명] 지금의 강서성 금계현(金溪縣).
【世(세)】: 대대로, 대를 이어.
【隸耕(예경)】: 농경(農耕)에 속하다. 즉 「농사를 생업으로 하다」의 뜻. 〖隸〗: 예속하다, …에 속하다.
【生五年(생오년)】: 생후 5년, 다섯 살.
【未嘗(미상)】: …한 적이 없다, 아직 …하지 못하다.
【識(식)】: 알다, 식별하다, 인식하다.
【書具(서구)】: (붓·먹·종이·벼루 등의) 필기도구.
【忽(홀)】: 갑자기.
【啼(제)】: 울다.
【之(지)】: [대명사] 그것, 즉 「필기도구」.

3 父異焉, 借旁近與之, 卽書詩四句, 并自爲其名。→ 아버지가 이에 대해 기이하게 생각하여, 이웃에서 빌려다가 중영에게 주자, 즉시 시(詩) 4구(句)를 쓰고, 또한 스스로 자기의 이름을

收族爲意, 傳一鄕秀才觀之。[4] 自是, 指物作詩立就, 其文理皆有可觀者。[5] 邑人奇之, 稍稍賓客其父, 或以錢幣乞之。[6] 父利其然也, 日扳仲永環謁於邑人, 不使學。余聞之也久。[7] 明道中, 從先人還家,

써넣었다.

【異焉(이언)】: 이에 대해 기이하게 생각하다. 〖焉〗: [於之(어지)의 합음] 이에 대해, 그것에 대해.

【借旁近與之(차방근여지)】: 이웃에서 빌려다가 중영에게 주다. 〖旁近〗: 이웃. 〖與〗: 주다. 〖之〗: [대명사] 그, 즉 「중영」.

【卽(즉)】: 바로, 곧.

【書(서)】: 쓰다.

【幷(병)】: 그리고, 또한.

【自爲其名(자위기명)】: 스스로 자기 이름을 써넣다. 〖爲〗: [동사] 적다, 쓰다.

4 其詩以養父母、收族爲意, 傳一鄕秀才觀之。→ 그 시는 부모의 공양·동족의 단결을 취지로 하고 있어, 그것을 온 마을 수재(秀才)들에게 전해 읽어 보도록 했다.

【以(이)…爲(위)…】: …을 …로 하다, …으로 …을 삼다.

【收族(수족)】: 동족을 단결시키다.

【意(의)】: 내용, 취지.

【一鄕(일향)】: 마을 전체, 온 마을.

【之(지)】: [대명사] 그것, 즉 「중영의 시」.

5 自是, 指物作詩立就, 其文理皆有可觀者。→ 이때부터, 어떤 사물을 지적하여 시를 짓도록 해도 즉시 완성했고, 그 문사(文辭)와 내용 모두 매우 볼만한 곳이 있었다.

【自是(자시)】: 이때부터, 이로부터.

【指物作詩(지물작시)】: 사물을 지적하여 시를 짓게 하다. 〖指〗: 지적하다, 가리키다.

【立就(입취)】: 즉시 완성하다, 즉시 지어내다. 〖立〗: 즉시. 〖就〗: 완성하다.

【文理(문리)】: 문사(文辭)와 내용.

6 邑人奇之, 稍稍賓客其父, 或以錢幣乞之。→ 마을 사람들은 그를 기이하게 여겨, 점차 그의 아버지를 빈객으로 청해 가기도 하고, 혹은 돈을 가지고 중영의 시를 간곡히 요구하기도 했다.

【奇之(기지)】: 그를 기이하게 여기다. 〖之〗: [대명사] 그, 즉 「중영」.

【稍稍(초초)】: 점차, 차츰.

【賓客(빈객)】: [동사 용법] 빈객으로 청해 가다.

【錢幣(전폐)】: 돈, 화폐.

【乞之(걸지)】: 중영의 시를 간곡히 요구하다. 〖乞〗: 간곡히 요구하다. 〖之〗: [대명사] 그것, 즉 「중영의 시」.

7 父利其然也, 日扳仲永環謁於邑人, 不使學。余聞之也久。→ 중영의 아버지는 그러한 상황을

於舅家見之, 十二三矣; 令作詩, 不能稱前時之聞。[8] 又七年, 還自揚州, 復到舅家問焉, 曰:「泯然衆人矣!」[9] 王子曰:「仲永之通悟, 受之天也。[10] 其受之天也, 賢於材人遠矣。卒之爲衆人, 則其受於人者

잇속으로 여겨, 날마다 중영을 데리고 마을 사람들을 두루 찾아다니며, (중영으로 하여금) 공부를 할 수 없게 했다. 내가 그것을 들은 지도 이미 오래되었다.

【利(리)】: 잇속으로 여기다, 잇속으로 생각하다.

【其然(기연)】: 그러한 상황. 즉「마을 사람들이 중영으로부터 시를 얻기 위해 돈을 준 일」을 가리킨다.

【扳(반)】: 잡아당기다. 여기서는「이끌다, 데리다」의 뜻.

【環謁(환알)】: 두루두루 찾아보다.

【不使學(불사학)】: 공부를 할 수 없도록 만들다.

8 明道中, 從先人還家, 於舅家見之, 十二三矣; 令作詩, 不能稱前時之聞。→ 인종(仁宗) 명도(明道) 연간에, (내가) 선친을 따라 고향집에 돌아와, 외삼촌댁에서 중영을 보았을 때, 그는 이미 열두 세 살이 되어 있었다. 그에게 시를 짓게 하니, 이전에 듣던 바와 전혀 달랐다.

【明道(명도)】: 송(宋) 인종(仁宗)의 연호.

【從(종)】: 따르다, 뒤쫓다.

【先人(선인)】: 조상, 선친. ※본문에서는「왕안석의 작고한 부친」을 가리킨다.

【還家(환가)】: 집에 돌아오다. 〖還〗: 돌아오다.

【於舅家見之(어구가견지)】: 외삼촌 집에서 중영을 보다. 〖於〗: [개사] …에서. 〖舅〗: 외삼촌. 〖之〗: [대명사] 그, 즉「중영」.

【令(령)】: …로 하여금 …하게 하다, …에게 …하게 하다.

【不能稱(불능칭)】: …와 전혀 부합하지 않다. 즉「…와 전혀 다르다」의 뜻. 〖稱〗: 걸맞다, 부합하다, 잘 어울리다.

【前時之聞(전시지문)】: 이전에 듣던 바.

9 又七年, 還自揚州, 復到舅家問焉, 曰:「泯然衆人矣!」→ 또 7년이 지난 후, 양주(揚州)에서 돌아와, 다시 외삼촌댁에 가서 중영에 대해 물어보니, 모두 말하길:「재능이 소멸되어 보통 사람으로 변해 버렸어!」라고 했다.

【還自(환자)】: …로부터 돌아오다, …에서 돌아오다. 〖自〗: …로부터, …에서.

【揚州(양주)】: [지명] 지금의 강소성 양주시(揚州市).

【復(부)】: 다시.

【問焉(문언)】: 그에 대해 묻다. 〖焉〗: [於之(어지)의 합음] 그에 대해, 즉「중영에 대해」.

【泯然(민연)】: 소멸된 모양. 여기서는「재능이 소멸된 것」을 가리킨다.

【衆人(중인)】: 보통사람, 평범한 사람.

10 王子曰:「仲永之通悟, 受之天也。→ 왕자(王子)가 말했다:「중영이 통달하고 총명한 것은, 하늘로부터 받은 것이다.

【王子(왕자)】: 작자 왕안석 자신에 대한 호칭.

不至也。[11] 彼其受之天也, 如此其賢也, 不受之人, 且爲衆人。[12] 今夫不受之天, 固衆人, 又不受之人, 得爲衆人而已耶?[13]」

【通悟(통오)】: 통달하고 총명함.

【受之天(수지천)】: 受之於天(수지어천), 하늘로부터 받다, 천부적(天賦的)이다.

11 其受之天也, 賢於材人遠矣。卒之爲衆人, 則其受於人者不至也。→ 그가 하늘로부터 받은 지혜는, 교육을 받은 인재(人材)보다 월등히 뛰어났다. (그런데) 끝내 보통사람이 된 것은, 그가 사람에게서 받은 교육이 부족했기 때문이다.

【其(기)】: [대명사] 그 사람, 즉 「중영」.

【賢(현)】: 현명하다, 뛰어나다, 훌륭하다.

【於(어)】: [개사] …보다, …에 비해.

【材人(재인)】: 재능 있는 사람, 교육을 받은 인재(人材).

【遠(원)】: 월등하다.

【卒之(졸지)】: 끝내, 마침내, 결국.

【爲衆人(위중인)】: 보통사람으로 변하다. 〖爲〗: …이 되다, …으로 변하다. 〖衆人〗: 보통사람, 평범한 사람.

【則(즉)】: 바로, 곧.

【受於人者(수어인자)】: 사람에게서 받은 것. ※ 이는 앞의 「受之天」 즉 「하늘에서 받은 것, 천부적인 것」과 대칭으로, 「사람에게서 받은 교육, 후천적 교육」을 말한다.

【不至(부지)】: 부족하다.

12 彼其受之天也, 如此其賢也, 不受之人, 且爲衆人。→ 그가 하늘로부터 받은 재능이, 이와 같이 뛰어났다 해도, 사람에게서 교육을 받지 않으면, 또한 보통사람이 되고 만다.

【彼其(피기)】: [복합대명사] 그(들), 그것(들).

【且(차)】: 역시, 또한.

13 今夫不受之天, 固衆人, 又不受之人, 得爲衆人而已耶?」→ 천부적 재능을 다고나지 못한 사람은, 본래 보통사람인데, 다시 사람에게서 교육을 받지 않으면, 보통사람이라도 될 수 있겠는가?」

【今夫(부)】: [연사] 구(句)의 첫머리에 쓰여 사실을 전술한 기초 위에서 바로 다음 문구를 이어주는 역할을 한다. 번역할 필요가 없다.

【固(고)】: 본래.

【得爲(득위)】: …이 될 수 있다.

【而已(이이)】: …뿐, …만.

【耶(야)】: [의문·반문을 나타내는 어조사].

번역문

중영(仲永)을 애석해하다

금계(金溪)의 백성 방중영(方仲永)은 대를 이어 농사를 생업으로 하고 있다. 중영은 다섯 살 때까지 아직 필기도구를 알지 못했는데, (어느 날) 갑자기 울면서 그것을 요구했다. 아버지가 이에 대해 기이하게 생각하여 이웃에서 빌려다가 중영에게 주자, 즉시 시(詩) 4구(句)를 쓰고 또한 스스로 자기의 이름을 써넣었다. 그 시는 부모의 공양·동족의 단결을 취지로 하고 있어, 그것을 온 마을 수재(秀才)들에게 전해 읽어 보도록 했다. 이때부터, 어떤 사물을 지적하여 시를 짓도록 해도 즉시 완성했고, 그 문사(文辭)와 내용 모두 매우 볼만한 곳이 있었다.

마을 사람들은 그를 기이하게 여겨, 점차 그의 아버지를 빈객으로 청해 가기도 하고, 혹은 돈을 가지고 중영의 시를 간곡히 요구하기도 했다. 중영의 아버지는 그러한 상황을 잇속으로 여겨, 날마다 중영을 데리고 마을 사람들을 두루 찾아다니며 (중영으로 하여금) 공부를 할 수 없게 했다. 내가 그것을 들은 지도 이미 오래되었다.

인종(仁宗) 명도(明道) 연간에, (내가) 선친을 따라 고향집에 돌아와 외삼촌댁에서 중영을 보았을 때, 그는 이미 열두 세 살이 되어 있었다. 그에게 시를 짓게 하니 이전에 듣던 바와 전혀 달랐다. 또 7년이 지난 후 양주(揚州)에서 돌아와 다시 외삼촌댁에 가서 중영에 대해 물어보니, 모두 말하길 「재능이 소멸되어 보통사람으로 변해 버렸어!」라고 했다.

왕자(王子)가 말했다.

「중영이 통달하고 총명한 것은 하늘로부터 받은 것이다. 그가 하늘로부터 받은 지혜는 교육을 받은 인재(人材)보다 월등히 뛰어났다. (그런데) 끝내 보통사람이 된 것은, 그가 사람에게서 받은 교육이 부족했기 때문이다.

그가 하늘로부터 받은 재능이 이와 같이 뛰어났다 해도, 사람에게서 교육을 받지 않으면 또한 보통사람이 되고 만다. 천부적 재능을 타고나지 못한 사람은 본래 보통사람인데, 다시 사람에게서 교육을 받지 않으면 보통사람이라도 될 수 있겠는가?」

해설

방중영(方仲永)은 어려서 매우 총명하여 신동(神童)으로 이름이 났지만, 중영의 아버지가 중영의 그러한 자질을 잇속을 차리는 데 이용하며 중영으로 하여금 공부를 할 수 없도록 했다. 본래 아이는 아무리 천부적인 소질을 타고난 신동이라 해도 영재로 성장하기 위해서는 후천적인 교육이 뒷받침되어야 한다. 결국 중영은 후천적인 교육의 부재로 인해 점차 퇴보하여 평범한 아이로 변해 버렸다.

이 우언은 신동이던 중영이 평범한 아이로 변해버린 사례를 통해, 후천적인 학습의 중요성을 강조하는 동시에, 아들의 장래를 생각하지 않고 자기 잇속만을 위해 아들을 이용한 아버지의 탐욕 행위를 질책하고 풍자한 것이다.

《몽계필담 夢溪筆談》 우언

심괄(沈括 : 1031 - 1095)은 자가 존중(存中)이며 전당(錢塘)[지금의 절강성 항주시(杭州市)] 사람으로 북송(北宋)의 과학자이자 정치가이다. 인종(仁宗) 가우(嘉祐) 연간에 진사에 급제하여 신종(神宗) 때 왕안석(王安石)의 변법(變法) 운동에 참여했다. 한림학사(翰林學士) · 권삼사사(權三司使) · 연주지주(延州知州) 등의 벼슬을 지낸 후, 만년에는 윤주(潤州)[지금의 강소성 진강현(鎭江縣)]에 살면서 몽계원(夢溪園)을 축조하여 그곳에서 《몽계필담(夢溪筆談)》을 집필했다.

《몽계필담》은 심괄이 자신의 평생 견문을 토대로 기록한 필기 형식의 잡저(雜著)로, 필담(筆談) 26권 이외에 보필담(補筆談) 3권 및 속필담(續筆談) 1권 등 총 30권으로 구성되어 있다. 내용이 매우 광범하고 풍부하며, 천문(天文) · 수학(數學) · 물리(物理) · 지질(地質) · 약물(藥物) 등 중요한 과학지식을 많이 보존하고 있다.

063 승극(乘隙)

《夢溪筆談·卷十三·權智·詐術》

원문 및 주석

乘隙[1]

濠州定遠縣一弓手善用矛, 遠近皆伏其能。[2] 有一偸亦善擊刺, 常蔑視官軍, 唯與此弓手不相下, 曰:「見必與之決生死。」[3] 一日, 弓

1 乘隙 → 틈을 이용하다
【乘隙(승극)】: 틈을 타다, 기회를 이용하다. 〖乘〗: (틈, 기회를) 타다, 이용하다. 〖隙〗: 틈, 기회.

2 濠州定遠縣一弓手善用矛, 遠近皆伏其能。→ 호주(濠州) 정원현(定遠縣)의 한 궁수(弓手)가 창을 잘 써서, 주변 사람들이 모두 그의 능력에 감복했다.
【濠州定遠縣(호주정원현)】: [지명] 지금의 안휘성 정원현(定遠縣) 동쪽.
【善用(선용)】: 잘 쓰다, 사용하는 데 능하다.
【遠近(원근)】: 주위, 주변.
【伏(복)】: 服(복), 감복(感服)하다, 경복(敬服)하다.

3 有一偸亦善擊刺, 常蔑視官軍, 唯與此弓手不相下, 曰:「見必與之決生死。」→ 어느 한 도둑 역시 창과 몽둥이를 잘 써서, 항상 관군(官軍)을 멸시했는데, 오직 이 궁수와 서로 실력이 엇비슷했다. 그리하여 말하길:「궁수를 만나면 반드시 생사를 걸고 승부를 겨룰 것이다.」라고 했다
【偸(투)】: 도둑.
【善擊刺(선격자)】: 치고 찌르는 데 능하다. 즉「몽둥이와 창을 잘 쓰다」의 뜻. 〖善〗: 잘하다, 능하다. 〖擊〗: 치다. 〖刺〗: 찌르다.
【常(상)】: 항상.
【唯(유)】: 오직, 다만.
【不相下(불상하)】: 서로 엇비슷하다, 막상막하이다.

手者因事至村步, 適値偸在市飮酒, 勢不可避, 遂曳矛而鬥。觀者如堵牆。[4] 久之, 各未能進, 弓手者忽謂偸曰 : 「尉至矣。我與爾皆健者, 汝敢與我尉馬前決生死乎?」[5] 偸日 : 「喏!」 弓手應聲刺之, 一擧而斃, 蓋乘其隙也。[6]

【與之決生死(여지결생사)】 : 그와 생사를 걸고 승부를 겨룰 것이다. 〖與〗 : …와. 〖之〗 : [대명사] 그, 즉 「궁수」. 〖決生死〗 : 생사를 걸고 승부를 겨루다, 사생결단하다.

4 一日, 弓手者因事至村步, 適値偸在市飮酒, 勢不可避, 遂曳矛而鬥。觀者如堵牆。→ 하루는, 궁수가 일로 인해 마을 근처의 부두에 갔다. 마침 도둑이 저자에서 술을 마시고 있어, 피하려고 해도 피할 수가 없었다. 그리하여 (두 사람은) 창을 잡고 싸우기 시작했다. 구경하는 사람들이 (주위를 빙 둘러 싸) 마치 담장과 같았다.

【因事(인사)】 : 일로 인해, 일 때문에.

【至(지)】 : 이르다, 가다.

【村步(촌보)】 : 마을 근처의 부두. 〖步〗 : 埠(부), 선창, 부두.

【適値(적치)】 : 마침, 공교롭게도.

【勢不可避(세불가피)】 : 피하려 해도 이미 피할 수가 없다.

【遂(수)】 : 그리하여.

【曳(예)】 : 끌다, 끌어당기다. 여기서는 「잡다, 들다」의 뜻.

【如堵牆(여도장)】 : 마치 담장과 같다. 〖如〗 : 마치 …같다. 〖堵牆〗 : 담장.

5 久之, 各未能進, 弓手者忽謂偸曰 : 「尉至矣。我與爾皆健者, 汝敢與我尉馬前決生死乎?」→ (싸움이) 오래 계속되어도, 승부가 나지 않자, 궁수가 갑자기 도둑에게 말했다 : 「현위(縣尉)가 왔소. 나와 당신 모두 건장(健壯)한 사람이오. 당신 감히 나와 현위의 말 앞에서 생사를 걸고 승부를 겨룰 수 있소?」

【久之(구지)】 : 오래되다.

【各未能進(각미능진)】 : 각기 앞으로 나가지 못하다. 즉 「승부가 나지 않다」의 뜻. 〖未能〗 : …하지 못하다.

【忽(홀)】 : 돌연, 갑자기.

【尉(위)】 : [관직] 현위(縣尉). ※ 현(縣)에서 도둑을 잡는 일이나 사법(司法) 등을 관장했다.

【爾(이)】 : 너, 당신.

【健者(건자)】 : 건장(健壯)한 사람.

【汝(여)】 : 너, 당신.

6 偸日 : 「喏!」 弓手應聲刺之, 一擧而斃, 蓋乘其隙也。→ 도둑이 말했다 : 「그렇소!」 궁수는 대답과 동시에 도둑을 찔러, 단번에 죽여 버렸다. 이는 기회를 틈타 그의 허를 찌른 것이다.

【喏(야)】 : [대답하는 소리] 그래, 좋아.

【應聲(응성)】 : 소리가 나자마자, 대답과 동시에.

【一擧(일거)】 : 일거에, 단숨에.

번역문

틈을 이용하다

호주(濠州) 정원현(定遠縣)의 한 궁수(弓手)가 창을 잘 써서 주변 사람들이 모두 그의 능력에 감복했다. 어느 한 도둑 역시 창과 몽둥이를 잘 써서 항상 관군(官軍)을 멸시했는데, 오직 이 궁수와 서로 실력이 엇비슷했다. 그리하여 말하길 「궁수를 만나면 반드시 생사를 걸고 승부를 겨룰 것이다.」라고 했다.

하루는 궁수가 일로 인해 마을 근처의 부두에 갔다. 마침 도둑이 저자에서 술을 마시고 있어 피하려고 해도 피할 수가 없었다. 그리하여 (두 사람은) 창을 잡고 싸우기 시작했다. 구경하는 사람들이 (주위를 빙 둘러 싸) 마치 담장과 같았다. (싸움이) 오래 계속되어도 승부가 나지 않자 궁수가 갑자기 도둑에게 말했다.

「현위(縣尉)가 왔소. 나와 당신 모두 건장(健壯)한 사람이오. 당신 감히 나와 현위의 말 앞에서 생사를 걸고 승부를 겨룰 수 있소?」

도둑이 말했다.

「그렇소!」

궁수는 대답과 동시에 도둑을 찔러 단번에 죽여 버렸다. 이는 기회를 틈타 그의 허를 찌른 것이다.

················

【斃(폐)】: 죽이다.
【蓋(개)】: [어기사] ※위의 문장을 이어받아 이유나 원인을 표시한다.
【乘其隙(승기극)】: 그 틈을 타다, 그 기회를 타다. 즉 「기회를 틈타 허를 찌르다」의 뜻.

해설

고도의 무예 실력을 지닌 궁수(弓手)와 도둑 두 사람이 만나 사생결단의 승부를 겨루면서 오래도록 승부가 나지 않자, 궁수가 엉뚱한 제안을 하여 도둑이 정신을 집중하지 못한 틈을 타 일거(一擧)에 도둑을 찔러 죽였다. 쌍방이 서로 싸우면 용감한 사람이 승리하고, 쌍방 모두 용감하면 지혜로운 사람이 승리한다.

이 우언은 적과 전쟁을 할 경우, 뜻하지 않게 상대방의 허를 찌르는 지혜가 있어야 적을 제압하고 승리할 수 있다는 이치를 설명한 것이다.

064 시승실비(恃勝失備)

《夢溪筆談·卷十三·權智·詐術》

원문 및 주석

恃勝失備[1]

有人曾遇强寇, 鬥。矛刃方接, 寇先含水滿口, 忽噀其面, 其人愕然, 刃已揕胸。[2] 後有一壯士, 復與寇遇, 已先知噀水之事。寇復用

1 恃勝失備 → 승리할 것을 믿고 방비를 소홀히 하다
【恃(시)】: 믿다.
【失備(실비)】: 방비를 소홀히 하다. 〖失〗: 잃다, 잃어버리다. 여기서는「소홀히 하다」의 뜻.

2 有人曾遇强寇, 鬥。矛刃方接, 寇先含水滿口, 忽噀其面, 其人愕然, 刃已揕胸。→ 어떤 사람이 일찍이 강도를 만나, 싸움을 벌였다. 창과 칼이 막 맞닿자마자, 강도가 먼저 입에 물을 가득 머금고 있다가, 갑자기 그의 얼굴에 내뿜었다. 그가 놀라는 순간, 강도의 칼이 이미 그의 가슴을 찔렀다.
【曾(증)】: 일찍이, 이전에.
【遇(우)】: 만나다.
【强寇(강구)】: 강도.
【矛(모)】: 창.
【刃(인)】: 칼.
【方(방)】: 방금, 이제 막.
【接(접)】: 맞닿다, 접촉하다.
【含水滿口(함수만구)】: 물을 입에 가득 머금다.
【忽(홀)】: 돌연, 갑자기.
【噀(손)】: (물을) 내뿜다.
【愕然(악연)】: 놀라는 모양.
【揕胸(침흉)】: 가슴을 찌르다. 〖揕〗: 찌르다.

之, 水才出口, 矛已洞頸。[3] 蓋已陳芻狗, 其機已泄。恃勝失備, 反受其害。[4]

번역문

승리할 것이라 믿고 방비를 소홀히 하다

어떤 사람이 일찍이 강도를 만나 싸움을 벌였다. 창과 칼이 막 맞닿자마

3 後有一壯士, 復與寇遇, 已先知噀水之事。寇復用之, 水才出口, 矛已洞頸。→ 그 후 어떤 장사(壯士)가, 또 그 강도와 만났는데, (장사는) 사전(事前)에 이미 (그 강도의) 물 뿜는 수법을 알고 있었다. 강도가 다시 그 방법을 써서, 물이 막 입 밖으로 나올 때, (장사의) 창은 이미 (강도의) 목을 꿰뚫었다.
【復(부)】: 또, 다시.
【已先(이선)】: 이미 먼저, 사전에 이미.
【噀水之事(손수지사)】: 물 뿜는 수법.
【才(재)】: 방금, 막.
【洞頸(동경)】: 목을 찔러서 꿰뚫다. 〖洞〗: 찔러서 꿰뚫다.

4 蓋已陳芻狗, 其機已泄。恃勝失備, 反受其害。→ 이미 써먹은 계략은, 그 기밀이 이미 누설되었다. (그런데 강도는 여전히) 승리할 것을 믿고 방비를 소홀히 했다가, 오히려 살해를 당했다.
【蓋(개)】: [어기사] ※ 앞에서 한 말을 이어받아 이유나 원인을 나타낸다.
【已陳芻狗(이진추구)】: 이미 진열했던 짚으로 만든 개. 즉 「이미 써먹은 계략」을 말한다. 〖芻狗〗: 짚으로 엮어 만든 개. ※ 옛날 무축(巫祝)이 제사에 쓰던 물건으로, 제사를 지내기 이전에는 매우 소중하게 여겨 명주 수건에 싸서 상자에 넣어 두었다가, 사용하고 난 후에는 길가에 내버려 사람이 밟게 하거나 혹은 불쏘시개로 썼다. 이는 즉, 필요할 때 이용하고 일이 끝나면 내버리는 물건으로 「이미 써먹은 계략」을 비유하는 말이다. 《장자(莊子)·천운(天運)》에 이르길: 「무당이 쓰는 추구(芻狗)는 귀신 앞에 진열되기 전에는 상자에 담겨지고 무늬를 수놓은 보자기에 싸서 둡니다. 시동(尸童)과 축관(祝官)은 재계하고 나서 그것을 신에게 바칩니다. 그러나 그것을 바치고 난 다음에는 버려져서 길 가는 사람들이 그 머리와 등을 짓밟고, 꼴 베는 사람들이 가져다가 그것을 불에 태울 뿐입니다.(夫芻狗之未陳也, 盛以篋衍, 巾以文繡, 尸祝齊戒以將之。及其已陳也, 行者踐其首脊, 蘇者取而爨之而已。)」라고 했다.
【其機已泄(기기이설)】: 그 기밀이 이미 누설되다.
【反(반)】: 오히려, 도리어.
【受害(수해)】: 살해를 당하다.

자, 강도가 먼저 입에 물을 가득 머금고 있다가 갑자기 그의 얼굴에 내뿜었다. 그가 놀라는 순간 강도의 칼이 이미 그의 가슴을 찔렀다. 그 후 어떤 장사(壯士)가 또 그 강도와 만났는데, (장사는) 사전(事前)에 이미 (그 강도의) 물 뿜는 수법을 알고 있었다. 강도가 다시 그 방법을 써서, 물이 막 입 밖으로 나올 때, (장사의) 창은 이미 (강도의) 목을 꿰뚫었다. 이미 써먹은 계략은 그 기밀이 이미 누설되었다. (그런데 강도는 여전히) 승리할 것을 믿고 방비를 소홀히 했다가 오히려 살해를 당했다.

해설

강도는 입에 물을 머금고 있다가 상대방의 얼굴을 향해 내뿜어 상대방이 당황한 틈을 타서 공격하는 방법으로 상대방을 제압하자, 이것이 적을 제압하는 만능의 수단이라 여겨 두 번째 상대를 향해서도 같은 방법을 시도했다. 그러나 강도의 그러한 계략은 이미 누설되었고, 이를 간파한 상대방에게 일격을 당해 죽고 말았다.

이 우언은 이미 사용하여 기밀이 누설된 계략은 아무 쓸모없는 무용지물로 변한다는 점과 아울러, 한 번 승리를 거두었다고 자만하여 경계심을 늦추면 반드시 실패한다는 교훈을 제시한 것이다.

065 공종유성(恐鐘有聲)

《夢溪筆談 · 卷十三 · 權智 · 陳述古破案》

원문 및 주석

恐鐘有聲[1]

陳述古密直知建州浦城縣日, 有人失物, 捕得莫知的爲盜者。[2] 述古乃紿之曰 :「某廟有一鐘, 能辨盜, 至靈。」[3] 使人迎置後閣祠之,

1 恐鐘有聲 → 종(鍾)이 소리를 낼까 두려워하다
【恐(공)】: 두려워하다.

2 陳述古密直知建州浦城縣日, 有人失物, 捕得莫知的爲盜者。→ 추밀원직학사(樞密院直學士) 진술고(陳述古)가 건주(建州) 포성현(浦城縣)의 현령을 지낼 때, 어떤 사람이 물건을 잃어버려, 도둑의 혐의가 있는 몇 사람을 붙잡았다.
【陳述古(진술고)】: [인명] 진양(陳襄). 자는 술고(述古). 송(宋) 신종(神宗) 때 시어사(侍御史)를 지냈다.
【密直(밀직)】: 추밀원직학사(樞密院直學士)의 약칭.
【知建州浦城縣(지건주포성현)】: 건주(建州) 포성현(浦城縣)의 현령을 지내다. 〖知〗: 주관하다, 관장하다. 즉 「지현(知縣)을 지내다, 현령(縣令)을 지내다」의 뜻. 〖建州浦城縣〗: 지금의 복건성 포성현(浦城縣).
【日(일)】: 때, 시절.
【捕得(포득)】: 체포하다, 붙잡다.
【莫知的爲盜者(막지적위도자)】: 도둑이라는 것을 확실히 알지 못하다. 즉 「도둑의 혐의가 있는 자」를 가리킨다. 〖莫知〗: 모르다, 알지 못하다. 〖的〗: 확실히, 정말로. 〖爲盜者〗: 도둑질한 자.

3 述古乃紿之曰 :「某廟有一鐘, 能辨盜, 至靈。」→ 진술고가 곧 그들을 속여 말했다 :「어떤 사당에 종 하나가 있는데, 능히 도둑을 변별할 수 있고, 매우 영험하다.」
【乃(내)】: 이에, 그리하여.

引群囚立鐘前，自陳：「不爲盜者，摸之則無聲，爲盜者，摸之則有聲。」[4] 述古自率同職，禱鐘甚肅。祭訖，以帷圍之，乃陰使人以墨塗鐘。[5] 良久，引囚逐一令引手入帷摸之。[6] 出乃驗其手，皆有墨；唯有

……………

【紿(태)】：속이다, 기만하다.

【某廟(모묘)】：어느 사당. 〖某〗：어느, 어떤. 〖廟〗：사당.

【能辨(능변)】：변별하다, 분별하다.

【至靈(지령)】：매우 영험하다. 〖至〗：매우, 지극히.

4 使人迎置後閣祠之，引群囚立鐘前，自陳：「不爲盜者，摸之則無聲，爲盜者，摸之則有聲。」→ (말하고 나서) 사람을 시켜 (종을) 옮겨다가 관청의 후원에 안치하고 제사를 지냈다. 그리고 혐의자들을 끌어와 종 앞에 세워놓고, 자신이 직접 설명했다：「도둑질을 하지 않은 사람이, 종을 만지면 소리가 나지 않고, 도둑질을 한 사람이, 종을 만지면 소리가 난다.」

【使(사)】：…으로 하여금 …하게 하다.

【迎(영)】：영접하다, 맞이하다. 여기서는 「옮겨오다」의 뜻.

【置(치)】：두다, 놓다, 안치하다.

【後閣(후각)】：관청의 후원(後院).

【祠(사)】：제사지내다.

【引(인)】：이끌다.

【囚(수)】：죄수, 죄인. 여기서는 「용의자, 혐의자」를 가리킨다.

【立(립)】：세우다.

【自陳(자진)】：친히 설명하다, 자신이 직접 설명하다.

【摸(모)】：(손으로) 만지다, 어루만지다, 쓰다듬다.

5 述古自率同職，禱鐘甚肅。祭訖，以帷圍之，乃陰使人以墨塗鐘。→ 진술고가 직접 동료를 인솔하고, 종을 향해 매우 엄숙하게 기도했다. 제사를 마친 후, 휘장으로 종을 둘러싸 가려놓고, 곧 몰래 사람을 시켜 먹물을 종에 칠하도록 했다.

【率(솔)】：이끌다, 인솔하다.

【同職(동직)】：동료.

【禱鐘甚肅(도종심숙)】：종을 향해 매우 엄숙하게 기도하다. 〖禱〗：빌다, 기도하다. 〖甚〗：매우. 〖肅〗：엄숙하다.

【訖(흘)】：마치다, 끝나다.

【以帷圍之(이유위지)】：장막으로 종을 둘러 싸서 가리다. 〖帷〗：휘장, 장막. 〖圍〗：두르다, 둘러싸다. 〖之〗：[대명사] 그것, 즉「종」.

【乃(내)】：곧, 바로.

【陰(음)】：몰래.

【使(사)】：…로 하여금 …하도록 하다. …을 시켜 …하게 하다.

【塗(도)】：칠하다, 바르다.

6 良久，引囚逐一令引手入帷摸之。→ 한참을 지나, 혐의자들을 이끌고 하나하나 손을 끌어당

一囚無墨, 訊之, 遂承爲盜。蓋恐鐘有聲, 不敢摸也。[7]

번역문

종(鍾)이 소리를 낼까 두려워하다

추밀원직학사(樞密院直學士) 진술고(陳述古)가 건주(建州) 포성현(浦城縣)의 현령을 지낼 때, 어떤 사람이 물건을 잃어버려 도둑의 혐의가 있는 몇 사람을 붙잡았다. 진술고가 곧 그들을 속여 말했다.

「어떤 사당에 종 하나가 있는데, 능히 도둑을 변별할 수 있고 매우 영험하다.」

(말하고 나서) 사람을 시켜 (종을) 옮겨다가 관청의 후원에 안치하고 제사를 지냈다. 그리고 혐의자들을 끌어와 종 앞에 세워놓고 자신이 직접 설

겨 장막으로 들어가 종을 만지게 했다.
【良久(양구)】: 오래되다, 한참 지나다.
【逐一(축일)】: 하나하나, 일일이.
【令(령)】: …하게 하다.
【引手(인수)】: 손을 끌어당기다.
【之(지)】: [대명사] 그것, 즉 「종」.

7 出乃驗其手, 皆有墨; 唯有一囚無墨, 訊之, 遂承爲盜。蓋恐鐘有聲, 不敢摸也。→ (잠시 후 혐의자들이) 나오자마자 곧 그들의 손을 검사해 보니, 모두 먹이 묻었는데; 다만 어느 한 혐의자만 먹이 묻지 않았다. 그를 심문하자, 마침내 (자기가) 도둑질을 했다고 자인했다. 종이 소리를 낼까봐 두려워서, 감히 만지지 못한 것이다.
【乃(내)】: 곧, 바로.
【驗(험)】: 조사하다, 검사하다.
【有墨(유묵)】: 먹이 묻다.
【唯(유)】: 다만, 오직.
【訊(신)】: 취조하다, 심문하다.
【遂(수)】: 마침내.
【承爲盜(승위도)】: 도둑질을 했다고 자인하다. 【承】: 인정하다, 자인하다.
【蓋(개)】: [조사] 앞에서 말한 것을 이어 받아 이유나 원인을 나타낸다.

명했다.

「도둑질을 하지 않은 사람이 종을 만지면 소리가 나지 않고, 도둑질을 한 사람이 종을 만지면 소리가 난다.」

진술고가 직접 동료를 인솔하고 종을 향해 매우 엄숙하게 기도했다. 제사를 마친 후 휘장으로 종을 둘러싸 가려놓고, 곧 몰래 사람을 시켜 먹물을 종에 칠하도록 했다. 한참을 지나 혐의자들을 이끌고 하나하나 손을 끌어당겨 장막으로 들어가 종을 만지게 했다. (잠시 후 혐의자들이) 나오자마자 곧 그들의 손을 검사해 보니, 모두 먹이 묻었는데 다만 어느 한 혐의자만 먹이 묻지 않았다. 그를 심문하자 마침내 (자기가) 도둑질을 했다고 자인했다. 종이 소리를 낼까봐 두려워서 감히 만지지 못한 것이다.

해설

진술고(陳述古)는 현명하고 유능한 관리이다. 그는 혐의자들 가운데 죄인을 가려내는 과정에서 혐의자를 윽박지르거나 고문하는 등 강압적인 방법을 사용하지 않고, 죄인의 심리 형태를 교묘히 이용하는 과학적인 방법으로 범인을 색출하여 사건을 통쾌하게 해결했다.

이 우언은 진술고의 범인 색출 과정을 통해, 지혜와 덕목(德目)을 겸비한 유능한 관리 형상을 찬양한 것이다.

《소식문집(蘇軾文集)》 우언

소식(蘇軾 : 1037-1101)은 자가 자첨(子瞻), 호는 동파거사(東坡居士)이며 미주(眉州) 미산(眉山)[지금의 사천성 미산현(眉山縣)] 사람으로 북송(北宋)의 저명한 사상가이자 문학가이다. 인종(仁宗) 가우(嘉祐) 2년(1057) 21세의 나이로 진사에 급제하여 주부(主簿)·판관(判官)·중승(中丞) 등을 지냈으나 왕안석(王安石)의 신법(新法)을 반대했다가 항주통판(杭州通判)으로 폄적되었고, 지방 관리 생활을 하던 중 또 신법(新法)을 풍자하는 시를 썼다가 간관(諫官)으로부터 탄핵을 받아 옥살이를 했다. 이른바 「오태시안(烏台詩案)」 사건이다.

그 후 소식은 사마광(司馬光)을 우두머리로 하는 구당파(舊黨派)가 득세하자 다시 부름을 받아 중서사인(中書舍人)·한림학사겸시독(翰林學士兼侍讀)을 지냈는데, 이때는 왕안석의 신법을 반대하던 과거의 입장을 바꿔 부분적인 장점은 채택해야 한다는 주장을 폈다가 오히려 구당파의 배척을 받아 다시 항주(杭州)·영주(穎州) 등지의 지주(知州)로 좌천되었다. 줄곧 이러한 생활을 거듭하다가 휘종(徽宗)이 즉위하여 대사면을 베풀어 경사(京師)로 귀환하던 중 강소(江蘇) 상주(常州)에서 세상을 떠났다.

그는 부친 소순(蘇洵), 동생 소철(蘇轍)과 더불어 당송팔대가(唐宋八大家)의 한 사람으로 많은 저술을 남겼는데, 현재 《소동파전집(蘇東坡全集)》 115권이 전한다.

066 힐서(黠鼠)

《蘇軾文集·卷一·賦·黠鼠賦》

원문 및 주석

黠鼠[1]

蘇子夜坐, 有鼠方齧。拊床而止之, 旣止復作。[2] 使童子燭之, 有橐中空, 嘐嘐聱聱, 聲在橐中。[3] 曰 :「嘻! 此鼠之見閉而不得去者

....

1 黠鼠 → 교활한 쥐
【黠(힐)】: 교활하다.

2 蘇子夜坐, 有鼠方齧。拊床而止之, 旣止復作。→ 소자(蘇子)가 밤중에 조용히 앉아 있는데, 쥐 한 마리가 마침 물건을 갉고 있었다. (소자가) 침상을 두들겨 그것을 멈추게 하자, (잠시) 멈추었다가 다시 갉았다.
【蘇子(소자)】: 소식(蘇軾)의 자칭.
【方(방)】: 마침.
【齧(설)】: (쥐 · 토끼 따위가) 갉다, 쏠다, 깨물다, 갉아먹다.
【拊(부)】: 치다, 두드리다.
【止(지)】: 멈추다.
【旣(기)】: …하고 나서, …한 후.
【復作(부작)】: 다시 하다. 즉 「다시 갉다」의 뜻. 〖復〗: 다시, 또.

3 使童子燭之, 有橐中空, 嘐嘐聱聱, 聲在橐中。→ (소자가) 동자로 하여금 촛불을 밝혀 소리나는 곳을 비추어 보게 하니, 속이 빈 자루 하나가 있고, 갉작갉작하는, 소리가 자루 속에서 났다.
【使(사)】: …로 하여금 …하게 하다.
【燭(촉)】: 촛불을 밝혀 비추어 보다.
【橐(탁)】: 자루, 주머니.
【中空(중공)】: 속이 비다.

也。」發而視之, 寂無所有, 擧燭而索, 中有死鼠。[4] 童子驚曰 :「是方嚙也, 而遽死耶? 向爲何聲, 豈其鬼耶?」[5] 覆而出之, 墮地乃走。雖有敏者, 莫措其手。[6]

【嘐嘐聱聱(교교오오)】: [의성어] 갉작갉작.

4 曰 :「嘻! 此鼠之見閉而不得去者也。」發而視之, 寂無所有, 擧燭而索, 中有死鼠。→ 소자가 말했다 :「아! 이 쥐가 (자루 속에) 갇혀 달아날 수가 없구나.」(자루를) 열어 살펴보니, 조용하고 아무것도 없어, (다시) 촛불을 들고 찾아보니, 안에 죽은 쥐가 들어 있었다.
【嘻(희)】: [감탄사] 아!
【見閉(견폐)】: 갇히다. ※ 見+동사=피동형.
【不得(부득)】: …할 수 없다, …하지 못하다.
【去(거)】: 달아나다.
【發(발)】: 열다.
【寂(적)】: 고요하다, 조용하다.
【擧燭而索(거촉이색)】: 촛불을 들고 찾아보다. 〖擧〗: 들다. 〖索〗: 찾다, 수색하다.

5 童子驚曰 :「是方嚙也, 而遽死耶? 向爲何聲, 豈其鬼耶?」→ 동자가 깜짝 놀라 말했다 :「이 쥐는 방금 물건을 갉고 있었는데, 갑자기 죽다니? 방금 그게 무슨 소리인가? 그래 귀신이란 말인가?」
【驚(경)】: 놀라다.
【是(시)】: [대명사] 이, 이것. 즉「쥐」.
【方(방)】: 방금.
【遽(거)】: 갑자기, 돌연.
【向(향)】: 방금.
【豈其(기기)…耶(야)?】: [복합 허사] 설마 …은 아니겠지? 그래 …란 말인가?

6 覆而出之, 墮地乃走。雖有敏者, 莫措其手。→ (자루를) 거꾸로 뒤집어 죽은 쥐를 쏟아내자, 땅에 떨어지는 순간 잽싸게 달아나 버렸다. 비록 민첩한 사람이라 해도, 미처 손을 쓸 새가 없었다.
【覆而出之(복이출지)】: 거꾸로 뒤집어 죽은 쥐를 쏟아내다. 〖覆〗: 거꾸로 뒤집다. 〖出〗: 쏟아내다. 〖之〗: [대명사] 그것, 즉「죽은 쥐」.
【墮地(타지)】: 땅에 떨어지다. 〖墮〗: 떨어지다.
【乃(내)】: 곧, 바로, 즉시.
【走(주)】: 달아나다.
【敏者(민자)】: 민첩한 손.
【莫措其手(막조기수)】: 미처 손을 쓸 새가 없다.

번역문

교활한 쥐

소자(蘇子)가 밤중에 조용히 앉아 있는데, 쥐 한 마리가 마침 물건을 갉고 있었다. (소자가) 침상을 두들겨 그것을 멈추게 하자 (잠시) 멈추었다가 다시 갉았다. (소자가) 동자로 하여금 촛불을 밝혀 소리나는 곳을 비추어 보게 하니 속이 빈 자루 하나가 있고, 갉작갉작하는 소리가 자루 속에서 났다.

소자가 말했다.

「아! 이 쥐가 (자루 속에) 갇혀 달아날 수가 없구나.」

(자루를) 열어 살펴보니 조용하고 아무것도 없어, (다시) 촛불을 들고 찾아보니 안에 죽은 쥐가 들어 있었다.

동자가 깜짝 놀라 말했다.

「이 쥐는 방금 물건을 갉고 있었는데 갑자기 죽다니? 방금 그게 무슨 소리인가? 그래 귀신이란 말인가?」

(자루를) 거꾸로 뒤집어 죽은 쥐를 쏟아내자, 땅에 떨어지는 순간 잽싸게 달아나 버렸다. 비록 민첩한 사람이라 해도 미처 손을 쓸 새가 없었다.

해설

소식(蘇軾)은 쥐가 물건을 갉는 소리를 듣고 동자로 하여금 확인한 결과 분명 빈 자루 속에서 나는 소리였는데, 자루를 열고 촛불을 밝혀 살펴보니 죽은 쥐 한 마리가 있을 뿐이었다. 그러나 자루를 뒤집어 쏟아버리려는 순간, 죽은 줄 알았던 쥐가 살아서 재빨리 달아나 버렸다. 이는 사람이 교활한 쥐에게 속아 넘어간 것이다.

이 우언은 사람이 쥐를 하찮게 여기다가 속아 넘어간 사례를 통해, 문제를 볼 때는 겉으로 나타난 현상에 미혹되지 말고, 반드시 예리한 안광을 가지고 현상으로부터 본질을 포착하여, 그에 상응하는 과감한 대책을 취해야 비로소 그들의 갖가지 속임수를 간파하고 능히 그들을 제압할 수 있다는 교훈을 제시한 것이다.

067 거영이사(去癭而死)

《蘇軾文集·卷四·大臣論二首·大臣論上》

원문 및 주석

去癭而死[1]

國之有小人, 猶人之有癭。人之癭, 必生於頸而附於咽, 是以不可去。[2] 有賤丈夫者, 不勝其忿而決去之, 夫是以去疾而得死。[3]

1 去癭而死 → 혹을 제거하고 죽다
【去(거)】: 없애다, 제거하다.
【癭(영)】: 혹.

2 國之有小人, 猶人之有癭。人之癭, 必生於頸而附於咽, 是以不可去。→ 나라에 소인배가 있는 것은, 마치 사람의 몸에 혹이 있는 것과 같다. 사람의 혹은, 반드시 목덜미에서 생겨나 목구멍에 달라붙는다. 그래서 제거할 수가 없다.
【小人(소인)】: 소인배.
【猶(유)】: 마치 …와 같다.
【生於頸(생어경)】: 목덜미에서 생겨나다. 〖於〗: [개사] …에. 〖頸〗: 목, 목덜미.
【附於咽(부어인)】: 목구멍에 부착하다. 〖附〗: 부착하다, 달라붙다. 〖咽〗: 인후, 목구멍.
【是以(시이)】: 그래서, 이로 인해.
【不可(불가)】: …할 수 없다.

3 有賤丈夫者, 不勝其忿而決去之, 夫是以去疾而得死。→ 어느 안목이 좁은 사람이, 분(忿)을 참지 못해 그것을 제거하고자 결심했다. 그리하여 그는 혹을 제거하고 죽어버렸다.
【賤丈夫(천장부)】: 안목이 좁고 사리를 탐하는 사람. 여기서는 「안목이 좁은 사람」을 가리킨다.
【不勝(불승)】: …을 참을 수 없다, …을 견디지 못하다, …을 이기지 못하다.
【忿(분)】: 분한 마음.
【決(결)】: 결심하다, 결정하다.

번역문

혹을 제거하고 죽다

나라에 소인배가 있는 것은 마치 사람의 몸에 혹이 있는 것과 같다. 사람의 혹은 반드시 목덜미에서 생겨나 목구멍에 달라붙는다. 그래서 제거할 수가 없다. 어느 안목이 짧은 사람이 분(忿)을 참지 못해 그것을 제거하고자 결심했다. 그리하여 그는 혹을 제거하고 죽어버렸다.

해설

사람의 목구멍에 자라난 혹을 제거하면 생명을 잃는다. 그런데 안목이 짧은 사람이 자기 목구멍에 자란 혹으로 인해 통증이 심해지자, 울분을 참지 못하고 그것을 제거했다가 결국 목숨을 잃고 말았다.

군주의 총애를 받는 환관·외척·권신 등의 소인배가 바로 목구멍의 혹과 같은 나라의 암적인 존재이다. 그들은 군주의 비호 아래 권력을 휘두르며 자기들 멋대로 국정을 농단하여 나라에 해를 끼친다. 만일 그들을 잘못 제거하려 하다가는 국가 사직이 위태로워질 수 있다. 그러므로 주요한 것은 군주가 안목을 가지고 그러한 사태가 일어나지 않도록 철저히 단속하여 미연에 방지하는 것뿐이다.

이 우언은 작자가 혹을 제거하고 죽은 사람의 사례를 빌려, 군주가 국가 안위에 대한 안목을 가지고 소인배를 멀리하여 나라의 위기를 미연에 방지해야 한다는 소망을 제기한 것이다.

【夫(부)】: 그, 그 사람.
【疾(질)】: 질환. 여기서는 「혹」을 가리킨다.

068 천균지우(千鈞之牛)

《蘇軾文集 · 卷九 · 策斷一》

원문 및 주석

千鈞之牛[1]

千鈞之牛, 制於三尺之童, 弭耳而下之, 曾不如狙猿之奮擲於山林, 此其何故也? 權在人也。[2]

1 千鈞之牛 → 거대한 몸집의 소
【千鈞(천균)】: 삼만 근. 여기서는 「거대한 몸집」을 가리킨다. 〖鈞〗: [무게 단위] 1균은 30근(斤).

2 千鈞之牛, 制於三尺之童, 弭耳而下之, 曾不如狙猿之奮擲於山林, 此其何故也? 權在人也。
→ 거대한 몸집의 소가, 삼척동자에게 제압되어, 순종하는 것은, 오히려 (작은) 원숭이가 산림에서 분발하여 뛰어오르는 것만 못하다. 이는 무엇 때문인가? 권력이 사람의 손에 있기 때문이다.
【制於(제어)…】: …에게 제압되다. 〖於〗: [개사] …에, …에게.
【弭耳而下(미이이하)】: 귀를 드리우고 자세를 낮추다. 즉 「순종하다, 복종하다」의 뜻. 〖弭耳〗: 귀를 드리우다. 〖下〗: 자세를 낮추다.
【之(지)】: [대명사] 그, 즉 「삼척동자」.
【曾不如(증불여)…】: 오히려 …만 못하다.
【狙猿(저원)】: 원숭이.
【奮擲(분척)】: 분발하여 뛰어오르다.
【何故(하고)】: 무엇 때문, 무슨 까닭. ※판본에 따라서는 「何故」를 「故何」라 했다.

번역문

거대한 몸집의 소

거대한 몸집의 소가 삼척동자에게 제압되어 순종하는 것은, 오히려 (작은) 원숭이가 산림 속에서 분발하여 뛰어오르는 것만 못하다. 이는 무엇 때문인가? 권력이 사람에게 있기 때문이다.

해설

소는 몸집이 크고 힘이 세도 주도권이 없어 삼척동자도 부릴 수 있지만, 원숭이는 소보다 훨씬 작고 힘이 세지 않아도 산림에서 자유롭게 행동하며 어느 누구의 구속도 받지 않는다.

이 우언은 작자가 북송(北宋)의 국방 외교정책을 논하는 과정에서 용병(用兵)에 관해 인용한 고사로, 공격을 하던 방어를 하던 자기가 주도권을 쥐고 있어야 승리할 수 있다는 이치를 강조한 것이다.

069 사의각약(謝醫却藥)

《蘇軾文集·卷十一·記·蓋公堂記》

원문 및 주석

謝醫却藥[1]

有病寒而欬者, 問諸醫, 醫以爲蠱, 不治且殺人。[2] 取其百金而治之, 飮以蠱藥, 攻伐其腎腸, 燒灼其體膚, 禁切其飮食之美者。[3] 朞月

1 謝醫却藥 → 의사의 진료를 거부하고 약을 복용하지 않다
【謝醫(사의)】: 의사의 진료를 거부하다. 【謝】: 사절하다, 사양하다, 거절하다, 거부하다.
【却藥(각약)】: 약을 사절하다. 【却】: 사절하다, 거절하다, 거부하다.

2 有病寒而欬者, 問諸醫, 醫以爲蠱, 不治且殺人。→ 어떤 사람이 감기를 앓아 기침을 하여, 이를 의사에게 물으니, 의사는 기생충병이라 여겨, 치료하지 않으면 곧 죽을 것이라 했다.
【病寒(병한)】: 감기를 앓다. 【病】: [동사] 병나다, 앓다. 【寒】: 풍한(風寒), 감기.
【欬(해)】: 기침하다.
【諸(제)】: 之於(지어)의 합음.
【以爲(이위)】: …라 여기다, …라고 생각하다.
【蠱(고)】: 뱃속의 기생충으로 인해 생기는 병. 기생충병.
【治(치)】: 다스리다, 치료하다.
【且(차)】: 곧 …할 것이다.

3 取其百金而治之, 飮以蠱藥, 攻伐其腎腸, 燒灼其體膚, 禁切其飮食之美者。→ (의사는) 그에게서 돈 백금(百金)을 받고 그의 병을 치료하면서, 구충약을 마시게 하여, 그의 신장(腎臟)과 창자를 해치고, 몸과 피부를 열이 펄펄 끓게 하고, 맛있는 음식을 먹지 못하도록 금지했다.
【取(취)】: 받다, 취하다.
【飮以蠱藥(음이고약)】: 구충약을 마시게 하다. 【蠱藥】: 구충약, 구충제.
【攻伐(공벌)】: 공격하다. 여기서는 「위해하다, 해치다」의 뜻.
【腎腸(신장)】: 신장과 창자.

而百疾作, 內熱惡寒, 而欬不已, 纍然眞蠱者也。[4] 又求於醫, 醫以爲熱, 授之以寒藥, 旦朝吐之, 暮夜下之, 於是始不能食。[5] 懼而反之, 則鍾乳、烏喙雜然並進, 而瘭疽癰疥眩瞀之狀, 無所不至。三易醫而疾愈甚。[6] 里老父敎之曰 :「是醫之罪, 藥之過也。子何疾之有? 人

....

【燒灼(소작)】: 불사르다. 여기서는 「열이 펄펄 끓게 하다」의 뜻.
【體膚(체부)】: 몸과 피부.
【禁切(금절)】: 금하다, 금지하다.

4 朞月而百疾作, 內熱惡寒, 而欬不已, 纍然眞蠱者也。→ 한 달이 지나자 온갖 병이 발작하여, 내열과 오한이 나고, 기침이 멈추지 않아, 수척하고 지친 모양이 정말로 기생충병 환자 같았다.
【朞月(기월)】: 한 달.
【百疾作(백질작)】: 온갖 병이 발작하다. 〖百疾〗: 온갖 병. 〖作〗: 발작하다, 나다.
【內熱惡寒(내열오한)】: 내열과 오한.
【不已(불이)】: 멈추다, 그치다.
【纍然(누연)】: 수척하고 지친 모양.
【蠱者(고자)】: 기생충병 환자.

5 又求於醫, 醫以爲熱, 授之以寒藥, 旦朝吐之, 暮夜下之, 於是始不能食。→ 또 다른 의사에게 진료를 청하니, 의사는 이를 열병(熱病)으로 여겨, 그에게 한약(寒藥)을 처방해 주었다. 그러자 아침에는 구토를 하고, 저녁에는 설사를 했다. 그리하여 (아예) 음식을 먹을 수 없게 되었다.
【求於醫(구어의)】: 다른 의사에게 진료를 청하다. 〖於〗: [개사] …에게.
【以爲(이위)】: …라 여기다, …라고 생각하다.
【授(수)】: 주다, 처방해 주다.
【寒藥(한약)】: 열을 식히는 약.
【旦朝(단조)】: 아침.
【吐(토)】: 구토하다.
【暮夜(모야)】: 저녁.
【下(하)】: 설사하다.
【於是(어시)】: 이에, 그리하여.
【始不能食(시불능식)】: 음식을 못 먹기 시작하다. 즉 「음식을 먹을 수 없게 되다」의 뜻. 〖食〗: [동사] (음식을) 먹다.

6 懼而反之, 則鍾乳、烏喙雜然並進, 而瘭疽癰疥眩瞀之狀, 無所不至。三易醫而疾愈甚。→ 그는 두려운 나머지 처방을 반대로 하여, 열약(熱藥)인 종유석(鐘乳石) · 오훼(烏喙) 등을 뒤섞어 함께 복용했다. 그 결과 생인손과 각종 악성 피부질환에 머리가 어지럽고 눈이 침침해지는 등, 모든 증상이 다 나타났다. 의사를 세 번 바꾸었으나 병은 갈수록 더욱 심해졌다.

之生也, 以氣爲主, 食爲輔。[7] 今子終日藥不釋口, 臭味亂于外, 而百毒戰于內, 勞其主, 隔其輔, 是以病也。[8] 子退而休之, 謝醫却藥而進

【懼(구)】: 두려워하다.
【反之(반지)】: 처방을 반대로 하다. 즉, 한약(寒藥)을 열약(熱藥)으로 바꾸어 처방하는 것을 가리킨다.
【鍾乳(종유)】: 종유석. ※약재로 쓸 수 있다.
【烏喙(오훼)】: [한약재] 토부자(土附子) 또는 초오두(草烏頭)라고 하며, 온경(溫經 : 경맥을 따뜻하게 하여 기혈의 흐름을 원활하게 하여 주는 치료법)·해열·진통 등의 치료에 쓰인다.
【雜然並進(잡연병진)】: 뒤섞어 함께 복용하다.
【瘭疽(표저)】: 생인손, 생손. ※손가락 끝에 종기가 나서 곪는 병.
【癰疥(옹개)】: 악창·옴 등의 악성 피부질환.
【眩瞀(현무)】: 머리가 어지럽고 눈이 침침하다.
【狀(상)】: 증상.
【無所不至(무소부지)】: 이르지 않은 곳이 없다. 여기서는 「모두 다 나타나다」의 뜻.
【三易(삼역)】: 세 번을 바꾸다.
【疾愈甚(질유심)】: 병이 갈수록 더욱 심해지다. 〖愈〗: 갈수록 더욱.

7 里老父教之曰 : 「是醫之罪, 藥之過也。子何疾之有? 人之生也, 以氣爲主, 食爲輔。→ 마을의 노인이 그에게 가르쳐주며 말했다 : 「이것은 의사의 실수로, 약을 잘못 쓴 것이오. 당신이 무슨 병이 있겠소? 사람이 생존하는 것은, 원기(元氣)가 주(主)이고, 음식은 (원기를) 돕는 것이오.
【老父(노부)】: 노인.
【是(시)】: 이, 이것.
【罪(죄)】: 실수, 과실.
【過(과)】: 과실, 잘못.
【子(자)】: 너, 그대, 당신.
【以(이)…爲(위)…】: …을 …으로 삼다, …을 …으로 여기다.
【輔(보)】: 돕다, 보조하다.

8 今子終日藥不釋口, 臭味亂于外, 而百毒戰于內, 勞其主, 隔其輔, 是以病也。→ 지금 당신은 하루 종일 약을 입에서 떼지 못해, 약의 악취(惡臭)가 몸 밖에서 진동하고, 온갖 독성이 몸 안에서 싸움을 벌려, 원기를 피로하게 하는데, (원기를 돕는) 음식마저 단절했소. 그래서 병이 난 것이오.
【藥不釋口(약불석구)】: 약을 입에서 떼지 못하다. 즉 「입에 약을 달고 살다」의 뜻. 〖釋〗: 놓다, 떼다.
【臭味(취미)】: 악취(惡臭). 여기서는 「약의 악취(惡臭)」를 가리킨다.
【亂于外(난우외)】: 몸 밖에서 진동하다. 〖亂〗: 혼란스럽다, 진동하다. 〖于〗: [개사] 於(어), …에서. 〖外〗: 몸 밖.

所嗜, 氣完而食美矣。則夫藥之良者, 可以一飮而效。」[9] 從之, 朞月而病良已。[10]

번역문

의사의 진료를 거부하고 약을 복용하지 않다

어떤 사람이 감기를 앓아 기침을 하여 이를 의사에게 물으니, 의사는 기생충병이라 여겨 치료하지 않으면 곧 죽을 것이라 했다. (의사는) 그에게서 돈 백금(百金)을 받고 그의 병을 치료하면서, 구충약을 마시게 하여 그의 신장(腎臟)과 창자를 해치고, 몸과 피부를 열이 펄펄 끓게 하고, 맛있는

……………

【百毒(백독)】: 온갖 독성.
【內(내)】: 몸 안.
【勞(로)】: 피로하게 하다, 지치게 하다.
【主(주)】: 「원기(元氣)」를 가리킨다.
【隔(격)】: 격리하다, 단절시키다, 차단하다.
【輔(보)】: 「음식」을 가리킨다.
【是以(시이)】: 그래서, 이로 인해.

9 子退而休之, 謝醫却藥而進所嗜, 氣完而食美矣。則夫藥之良者, 可以一飮而效。」→ 당신은 물러나 휴식을 취하면서, 의사의 진료와 약의 복용을 중단하고 좋아하는 음식을 먹어야, 원기가 회복되고 음식을 먹어도 맛이 있을 것이오. 그것이 바로 가장 좋은 약이고, 한 번 복용으로 즉시 효과를 볼 수 있을 것이오.」
【進所嗜(진소기)】: 좋아하는 음식을 먹다. 〖嗜〗: 즐기다, 좋아하다.
【氣完(기완)】: 원기가 회복되다.
【食美(식미)】: 음식 맛이 좋다.
【則(즉)】: 곧, 바로.
【可以(가이)】: …할 수 있다.
【一飮而效(일음이효)】: 한 번 복용으로 효과를 보다.

10 從之, 朞月而病良已。→ 노인의 말을 따라하자, 한 달이 지나 병이 완전히 나았다.
【從之(종지)】: 노인의 말을 따르다. 〖從〗: 좇다, 따르다. 〖之〗: [대명사] 그것, 즉 「노인의 말」.
【良已(양이)】: 완쾌하다, 완전히 낫다.

음식을 먹지 못하도록 금지했다. 한 달이 지나자 온갖 병이 발작하여 내열과 오한이 나고 기침이 멈추지 않아, 수척하고 지친 모양이 정말로 기생충 병 환자 같았다.

또 다른 의사에게 진료를 청하니, 의사는 이를 열병(熱病)으로 여겨 그에게 한약(寒藥)을 처방해 주었다. 그러자 아침에는 구토를 하고 저녁에는 설사를 했다. 그리하여 (아예) 음식을 먹을 수 없게 되었다.

그는 두려운 나머지 처방을 반대로 하여, 열약(熱藥)인 종유석(鐘乳石)·오훼(烏喙) 등을 뒤섞어 함께 복용했다. 그 결과 생인손과 각종 악성 피부 질환에 머리가 어지럽고 눈이 침침해지는 등 모든 증상이 다 나타났다. 의사를 세 번 바꾸었으나 병은 갈수록 더욱 심해졌다.

마을의 노인이 그에게 가르쳐주며 말했다.

「이것은 의사의 실수로 약을 잘못 쓴 것이오. 당신이 무슨 병이 있겠소? 사람이 생존하는 것은 원기(元氣)가 주(主)이고 음식은 (원기를) 돕는 것이오. 지금 당신은 하루 종일 약을 입에서 떼지 못해 약의 악취(惡臭)가 몸 밖에서 진동하고, 온갖 독성이 몸 안에서 싸움을 벌려 원기를 피로하게 하는데, (원기를 돕는) 음식마저 단절했소. 그래서 병이 난 것이오. 당신은 물러나 휴식을 취하면서, 의사의 진료와 약의 복용을 중단하고 좋아하는 음식을 먹어야 원기가 회복되고 음식을 먹어도 맛이 있을 것이오. 그것이 바로 가장 좋은 약이고, 한 번 복용으로 즉시 효과를 볼 수 있을 것이오.」

노인의 말을 따라 하자, 한 달이 지나 병이 완전히 나았다.

해설

감기에 걸린 사람이 간단한 양생(養生)의 이치를 모르고, 무작정 의사를 찾아가 의사의 잘못된 처방으로 인해 온몸에 병이 들어 죽을 곤욕을 치르다가, 마을 노인의 권고로 의사와 약을 사절하고 휴식과 섭생의 방법으로 겨우 건강을 회복했다.

이 우언은 감기에 걸려 의사를 찾아갔다가 처방을 잘못하여 곤욕을 치른 사람의 사례를 통해, 작은 일을 스스로 제어하여 해결할 줄 모르고 큰일이 난 것처럼 야단법석을 떨며 긁어 부스럼 내는 우매한 사람을 풍자한 것이다.

070 구반문촉(扣盤捫燭)

《蘇軾文集 · 卷六十四 · 雜著 · 日喩》

원문 및 주석

扣盤捫燭[1]

生而眇者不識日, 問之有目者。[2] 或告之曰 :「日之狀如銅盤。」扣盤而得其聲。他日聞鍾, 以爲日也。[3] 或告之曰 :「日之光如燭。」捫

1 扣盤捫燭 → 쟁반을 두드리고 초를 어루만지다
【扣(구)】: 치다, 두드리다.
【捫(문)】: 어루만지다.
【燭(촉)】: 촛불. 여기서는「초」를 가리킨다.

2 生而眇者不識日, 問之有目者。→ 태어날 때부터 눈이 먼 사람이 해를 알지 못해, 그것을 정상적인 눈을 가진 사람에게 물었다.
【生而眇者(생이묘자)】: 태어날 때부터 눈이 먼 사람, 선천적 맹인. 〖眇者〗: 눈 먼 사람, 맹인, 봉사.
【不識(불식)】: 알지 못하다, 모르다.
【之(지)】: [대명사] 그것, 즉「해, 태양」.
【有目者(유목자)】: 정상적인 눈을 가진 사람.

3 或告之曰 :「日之狀如銅盤。」扣盤而得其聲。他日聞鍾, 以爲日也。→ 어떤 사람이 그에게 알려 주었다 :「해의 모양은 마치 구리 쟁반과 같습니다.」(눈 먼 사람은) 쟁반을 두드려 그 소리를 기억했다. 그 후 어느 날 종소리를 듣고, 그것을 해라고 여겼다.
【或(혹)】: 어떤 사람.
【告(고)】: 말하다, 알리다.
【狀(상)】: 모양, 형상.
【如(여)】: 마치 …과 같다.
【盤(반)】: 쟁반.

燭而得其形。他日揣籥，以爲日也。[4] 日之與鍾、籥亦遠矣，而眇者不知其異，以其未嘗見而求之人也。[5]

번역문

쟁반을 두드리고 초를 어루만지다

태어날 때부터 눈이 먼 사람이 해를 알지 못해, 그것을 정상적인 눈을 가진 사람에게 물었다. 어떤 사람이 그에게 알려 주었다.

「해의 모양은 마치 구리 쟁반과 같습니다.」

(눈 먼 사람은) 쟁반을 두드려 그 소리를 기억했다. 그 후 어느 날 종소리를 듣고 그것을 해라고 여겼다.

또 어떤 사람이 그에게 알려 주었다.

「해의 광채는 마치 촛불과 같습니다.」

그는 초를 어루만져보고 그 모양을 기억했다. 그 후 어느 날 피리를 만지더니 그것을 해라고 여겼다. 해와 종·피리는 실로 거리가 멀다. 그런데

....

【得其聲(득기성)】: 그 소리를 기억하다. 【得】: 알다, 기억하다.
【以爲(이위)】: …라고 여기다, …라고 생각하다.

4 或告之曰:「日之光如燭。」捫燭而得其形。他日揣籥，以爲日也。→ 또 어떤 사람이 그에게 알려 주었다:「해의 광채는 마치 촛불과 같습니다.」 그는 초를 어루만져보고 그 모양을 기억했다. 그 후 어느 날 피리를 만지더니, 그것을 해라고 여겼다.
【他日(타일)】: 훗날, 그 후 어느 날.
【揣(췌)】: 만지다, 어루만지다.
【籥(약)】: [악기] 피리와 비슷하지만 길이가 약간 짧다.

5 日之與鍾、籥亦遠矣，而眇者不知其異，以其未嘗見而求之人也。→ 해와 종·피리는 실로 거리가 멀다. 그런데 눈 먼 사람이 그 다름을 알지 못하는 것은, (자기가 직접) 해를 본 적이 없이 다른 사람에게서 들었기 때문이다.
【以(이)】: 因(인), …로 말미암다, … 때문이다.
【未嘗(미상)】: …한 적이 없다.
【求之人(구지인)】: 다른 사람에게서 구하다. 여기서는 「다른 사람에게서 듣다」의 뜻.

눈 먼 사람이 그 다름을 알지 못하는 것은 (자기가 직접) 해를 본 적이 없이 다른 사람에게서 들었기 때문이다.

해설

선천적으로 눈이 먼 사람은 자기가 직접 물건을 보고 느낄 수가 없기 때문에, 부득이 남의 말을 듣고 나서 임의로 판단하는 경우가 많다. 그래서 해의 모양이 쟁반 같다는 말을 듣고 쟁반을 두드려 나는 소리를 해라고 여기는가 하면, 해의 광채가 촛불과 같다는 말을 듣고 피리를 더듬어 그것을 해라고 여겼다.

이 우언은 사물에 대한 인식에 있어서, 타인의 전달을 거치지 않고 자신의 직접적인 관찰과 분석을 통해 사물의 기본 특징을 파악할 수 있어야, 부분을 가지고 전체를 개괄하거나 단편적으로 이해하는 오류를 방지하고 정확한 해답을 얻을 수 있다는 실천의 중요성을 강조한 것이다.

071 북인학몰(北人學沒)

《蘇軾文集 · 卷六十四 · 雜著 · 日喩》

원문 및 주석

北人學沒[1]

南方多沒人, 日與水居也, 七歲而能涉, 十歲而能浮, 十五而能浮沒矣。[2] 夫沒者, 豈苟然哉? 必將有得於水之道者。[3] 日與水居, 則

1 北人學沒 → 북쪽 지방 사람이 잠수(潛水)를 배우다
【沒(몰)】: 잠수(潛水)하다.

2 南方多沒人, 日與水居也, 七歲而能涉, 十歲而能浮, 十五而能浮沒矣。→ 남쪽 지방에는 잠수(潛水)할 줄 아는 사람이 많다. (그들은) 날마다 물과 함께 생활하여, 일곱 살이 되면 (걸어서) 물을 건널 수 있고, 열 살이 되면 물 위에서 뜰 수 있고, 열다섯 살이 되면 물 위에 뜨기도 하고 잠수도 할 수 있다.
【沒人(몰인)】: 잠수할 줄 아는 사람.
【日與水居(일여수거)】: 날마다 물과 함께 생활하다.
【涉(섭)】: 물을 건너다.
【浮(부)】: (물 위에) 뜨다.

3 夫沒者, 豈苟然哉? 必將有得於水之道者。→ 대저 잠수라는 것이, 어찌 대충 아무렇게나 해서 배울 수 있는 일이겠는가? 반드시 물의 속성(屬性)을 통해 습득해야 한다.
【夫(부)】: [발어사] 대저, 무릇.
【豈(기)】: 어찌.
【苟然(구연)】: 대충 아무렇게나 하는 모양.
【必將(필장)】: 반드시.
【得於水之道(득어수지도)】: 물의 속성(屬性)으로부터 습득하다. 즉「물의 속성을 통해 습득하다」의 뜻. 【道】: 속성, 특성, 법칙.

十五而得其道; 生不識水, 則雖壯, 見舟而畏之。[4] 故北方之勇者, 問於沒人, 而求其所以沒, 以其言試之河, 未有不溺者也。[5]

번역문

북쪽 지방 사람이 잠수(潛水)를 배우다

남쪽 지방에는 잠수(潛水)할 줄 아는 사람이 많다. (그들은) 날마다 물과 함께 생활하여 일곱 살이 되면 (걸어서) 물을 건널 수 있고, 열 살이 되면 물 위에서 뜰 수 있고, 열다섯 살이 되면 물 위에 뜨기도 하고 잠수도 할 수 있다.

대저 잠수라는 것이 어찌 대충 아무렇게나 해서 배울 수 있는 일이겠는가? 반드시 물의 속성(屬性)을 통해 습득해야 한다. 날마다 물과 함께 생활하면 열다섯 살에 물의 속성을 습득할 수 있지만, (만일) 태어나서 물을 알

4 日與水居, 則十五而得其道; 生不識水, 則雖壯, 見舟而畏之。→ 날마다 물과 함께 생활하면, 열다섯 살에 물의 속성을 습득할 수 있지만; (만일) 태어나서 물을 알지 못하면, 비록 장년(壯年)이 되어서도, 배를 보고 두려워한다.
【識水(식수)】: 물을 알다. 〖識〗: 알다, 인식하다.
【壯(장)】: 장년(壯年)이 되다.
【畏(외)】: 두려워하다, 겁내다.

5 故北方之勇者, 問於沒人, 而求其所以沒, 以其言試之河, 未有不溺者也。→ 그래서 북쪽 지방의 용감한 사람들이, 잠수할 줄 아는 (남쪽 지방) 사람에게 물어, 잠수하는 방법을 숙지(熟知)한 다음, 그의 말대로 강물에 가서 시도했으나, 익사하지 않는 사람이 없었다.
【故(고)】: 그래서.
【問於(문어)…】: …에게 묻다. 〖於〗: [개사] …에게.
【求(구)】: 구하다. 여기서는 「숙지(熟知)하다」의 뜻.
【所以(소이)…】: …하는 방법.
【以其言(이기언)】: 그의 말에 따르다, 그의 말대로 하다. 〖以〗: …대로, …에 따라, …을 근거로.
【未有不(미유불)】: …하지 않음이 없다.
【溺(익)】: 익사하다, 빠져 죽다.

지 못하면 비록 장년(壯年)이 되어서도 배를 보고 두려워한다. 그래서 북쪽 지방의 용감한 사람들이 잠수할 줄 아는 (남쪽 지방) 사람에게 물어 잠수하는 방법을 숙지(熟知)한 다음, 그의 말대로 강에 가서 시도했으나 익사하지 않는 사람이 없었다.

해설

남쪽 지방 사람들은 태어나서부터 항상 물과 함께 생활한다. 그래서 물을 겁내지 않고 열 살만 되어도 헤엄을 칠 수 있고, 열다섯 살이 되면 잠수까지도 할 수 있다. 그러나 북쪽 지방 사람들은 전혀 물에 대한 경험이 없이, 다만 남쪽 지방 사람에게 잠수하는 방법을 말로만 듣고 실행에 옮겼다가 모두 익사하는 비극을 초래했다.

이 우언은 물을 접한 적이 없는 북쪽 지방 사람들이 말로만 듣고 잠수를 시도했다가 생명을 잃은 행위를 통해, 모든 일은 실제의 학습과 체험을 통하지 않고 공허한 말에 의존하여 시도한다면 반드시 실패한다는 이치를 설명한 것이다.

072 하돈어설(河豚魚說)

《蘇軾文集 · 卷六十四 · 雜著 · 二魚說》

원문 및 주석

河豚魚說[1]

河之魚, 有豚其名者。[2] 游於橋間, 而觸其柱, 不知遠去, 怒其柱之觸己也, 則張頰植鬣, 怒腹而浮於水, 久之莫動。[3] 飛鳶過而攫之, 磔

1 河豚魚說 → 복어(鰒魚) 이야기
【河豚魚(하돈어)】: [물고기] 복어(鰒魚).

2 河之魚, 有豚其名者。→ 하천의 물고기로, 이름을 복어(鰒魚)라고 하는 놈이 있다.
【豚其名者(돈기명자)】: 이름을 복어(鰒魚)라고 하는 놈.

3 游於橋間, 而觸其柱, 不知遠去, 怒其柱之觸己也, 則張頰植鬣, 怒腹而浮於水, 久之莫動。→ 교각(橋脚) 사이에서 헤엄쳐 다니는데, (자주) 교각에 부딪치면서도, 멀찌감치 떨어져 다닐 줄 모르고, (오히려) 교각이 자기를 부딪쳤다고 화를 내며, 아가미를 딱 벌리고 턱 옆의 지느러미를 고추 세운 채, 배를 쭉 내밀고 물 위에 떠서, 한참 동안 움직이질 않는다.
【游於(유어)】: …에서 헤엄치다. 〖游〗: 헤엄치다. 〖於〗: [개사] …에서.
【橋間(교간)】: 다리 사이. 여기서는 「교각 사이」를 가리킨다.
【觸(촉)】: 부딪다, 부딪치다.
【柱(주)】: 기둥, 즉 「교각(橋脚)」.
【遠去(원거)】: 멀찌감치 떨어지다.
【怒(노)】: 화내다, 성내다.
【張頰植鬣(장협식렵)】: 아가미를 딱 벌리고 턱 옆의 지느러미를 고추 세우다. 〖張〗: 열다, 벌리다. 〖頰〗: 腮(시), 아가미. 〖植〗: 고추 세우다. 〖鬣〗: (동물의) 갈기. 여기서는 「물고기 턱 옆의 지느러미」를 가리킨다.
【怒腹(노복)】: 배를 내밀다.
【浮(부)】: (물에) 뜨다.

其腹而食之。[4] 好游而不知止，因游以觸物，而不知罪己，乃妄肆其忿，至以磔腹而死，可悲也夫![5]

번역문

복어(鰒魚) 이야기

하천의 물고기로, 이름을 복어(鰒魚)라고 하는 놈이 있다. 교각(橋脚) 사이에서 헤엄쳐 다니는데, (자주) 교각에 부딪치면서도 멀찌감치 떨어져 다닐 줄 모르고, (오히려) 교각이 자기를 부딪쳤다고 화를 내며 아가미를 딱 벌리고 턱 옆의 지느러미를 고추 세운 채, 배를 쭉 내밀고 물 위에 떠서 한참 동안 움직이질 않는다.

....

【莫動(막동)】: 움직이지 않다.

4 飛鳶過而攫之，磔其腹而食之。→ (이때) 솔개 한 마리가 날아와 복어를 낚아채, 배를 찢어발겨 먹어 버렸다.
【鳶(연)】: 솔개.
【攫(확)】: 낚아채다, 움켜잡다.
【磔(책)】: 찢다, 찢어발기다.
【食(식)】: [동사] 먹다.

5 好游而不知止，因游以觸物，而不知罪己，乃妄肆其忿，至以磔腹而死，可悲也夫! → 헤임치기를 좋아하여 멈출 줄 모르고, 헤엄으로 말미암아 교각을 부딪쳤는데도, 자기를 책망할 줄 모르고, 오히려 방자하게 굴며 화를 내다가, 배를 찢겨 죽는 운명에 이르렀으니, 가히 슬픈 일이로다!
【好(호)】: [동사] 좋아하다, 즐거워하다.
【止(지)】: 멈추다.
【因(인)】: …로 인해, …로 말미암아.
【物(물)】: 물건. 여기서는 「교각」을 가리킨다.
【罪己(죄기)】: 자기를 책망하다, 자신을 탓하다. 【罪】: 책망하다, 탓하다.
【乃(내)】: 오히려, 도리어, 반대로.
【妄肆(망사)】: 함부로 굴다, 방자하게 굴다.
【忿(분)】: 성내다, 화내다.

(이때) 솔개 한 마리가 날아와 복어를 낚아채 배를 찢어발겨 먹어 버렸다. 헤엄치기를 좋아하여 멈출 줄 모르고, 헤엄으로 말미암아 교각을 부딪쳤는데도 자기를 책망할 줄 모르고, 오히려 방자하게 굴며 화를 내다가 배를 찢겨 죽는 운명에 이르렀으니, 가히 슬픈 일이로다!

해설

복어(鰒魚)는 다리 밑에서 교각 사이를 헤엄쳐 다니다가 자기의 부주의로 인해 교각을 부딪쳐놓고 오히려 교각이 자기를 부딪쳤다고 화를 내며 방자하게 굴다가 솔개에게 잡혀먹는 비운을 맞았다.

이 우언은 작자 소식(蘇軾)이 당(唐) 유종원(柳宗元)의 「삼계(三戒)」를 읽고 나서 자신이 경험한 관리 사회의 부침을 교훈으로 삼아 쓴 「이어설(二魚說)」 중의 하나로, 자신의 잘못을 성찰하지 못하고 오히려 남을 책망하다가는 왕왕 만회할 수 없는 손실을 초래한다는 이치를 설명한 것이다.

073 오적어설(烏賊魚說)

《蘇軾文集 · 卷六十四 · 雜著 · 二魚說》

원문 및 주석

烏賊魚說[1]

海之魚, 有烏賊其名者, 呴水而水烏。戱於岸間, 懼物之窺己也, 則呴水以自蔽。[2] 海鳥視之而疑, 知其魚也而攫之。[3] 嗚呼! 徒知自蔽

1 烏賊魚說 → 오징어 이야기
【烏賊魚(오적어)】: 오징어.

2 海之魚, 有烏賊其名者, 呴水而水烏。戱於岸間, 懼物之窺己也, 則呴水以自蔽。→ 바다의 물고기로, 이름을 오징어라고 하는 놈이 있는데, 먹물을 토해내면 물이 까맣게 변한다. (어느 날) 해변에서 노닐며, 다른 동물이 자기를 엿볼까 두려워, 먹물을 토해 자기 몸을 가렸다.
【呴水(구수)】: 물을 토하다. 여기서는 「먹물을 토해내다」의 뜻.
【水烏(수오)】: 물이 검게 변하다. 【烏】: 검게 물들이다.
【戱於岸間(희어안간)】: 해안가에서 장난치며 노닐다. 【戱】: 놀다, 장난치다. 【於】: [개사] …에서. 【岸間】: 해안가.
【懼(구)】: 두려워하다.
【窺(규)】: 엿보다.
【自蔽(자폐)】: 스스로 가리다, 자신을 가리다. 【蔽】: 덮다, 가리다, 막다. ※판본에 따라서는 「自蔽」를 「蔽物(폐물)」이라 했다.

3 海鳥視之而疑, 知其魚也而攫之。→ 바닷새가 그것을 보고 의아하게 생각하다가, 곧 물고기라는 것을 알고 그것을 낚아채 버렸다.
【海鳥(해조)】: 바닷새. ※판본에 따라서는 「海鳥」를 「海烏(해오)」라 했다.
【視之而疑(시지이의)】: 그것을 보고 의아하게 생각하다. ※판본에 따라서는 「視之而疑」를 「疑而視之(의이시지)」라 했다.
【攫(확)】: 낚아채다, 움켜잡다.

以求全, 不知滅迹以杜疑, 爲窺者之所窺, 哀哉![4]

번역문

오징어 이야기

바다의 물고기로 이름을 오징어라고 하는 놈이 있는데, 먹물을 토해내면 물이 까맣게 변한다. (어느 날) 해변에서 노닐며 다른 동물이 자기를 엿볼까 두려워, 먹물을 토해 자기 몸을 가렸다. 바닷새가 그것을 보고 의아하게 생각하다가 곧 물고기라는 것을 알고 그것을 낚아채 버렸다.

아! 겨우 자기 몸을 가려 안전을 추구할 줄만 알고, 흔적을 없애 남의 의심을 차단할 줄 몰라, (결국) 엿보고 있던 바닷새에게 발견되었으니 슬픈 일이로다!

해설

오징어는 다른 동물이 자기를 엿볼까봐 먹물을 토해 자기 몸을 가렸지만, 먹물로 흔적을 남기는 바람에 결국 바닷새에게 잡혀먹고 말았다.

4 嗚呼! 徒知自蔽以求全, 不知滅迹以杜疑, 爲窺者之所窺, 哀哉!→아! 겨우 자기 몸을 가려 안전을 추구할 줄만 알고, 흔적을 없애 남의 의심을 차단할 줄 몰라, (결국) 엿보고 있던 바닷새에게 발견되었으니, 슬픈 일이로다!
【嗚呼(오호)!】: [감탄사] 아!
【徒(도)】: 다만, 겨우.
【自蔽(자폐)】: 자기 몸을 가리다.
【求全(구전)】: 안전을 추구하다.
【滅迹(멸적)】: 흔적을 없애다.
【杜疑(두의)】: 남의 의심을 막다. 〖杜〗: 막다, 근절하다, 차단하다.
【爲窺者之所窺(위규자지소규)】: 엿보던 바닷새에게 발견되다. 〖爲…所…〗: [피동형] …에 의해 …되다, …에게 …되다. 〖窺者〗: 엿보던 자. 여기서는 「바닷새」를 가리킨다. ※ 판본에 따라서는 「窺」를 「識(식)」이라 했다.

이 우언은 소식(蘇軾)이 당(唐) 유종원(柳宗元)의 「삼계(三戒)」를 읽고 나서 쓴 「이어설(二魚說)」 중의 하나로, 일을 처리하는 과정에서 사물의 양면성을 고려하지 않으면, 진실을 감추려다 오히려 마각이 드러나 만회할 수 없는 위험을 초래할 수 있다는 교훈을 제시한 것이다.

074 소아불외호(小兒不畏虎)

《蘇軾文集 · 卷六十六 · 題跋雜文 · 書孟德傳後》

원문 및 주석

小兒不畏虎[1]

有婦人晝日置二小兒沙上而浣衣於水者。[2] 虎自山上馳來, 婦人倉皇沉水避之, 二小兒戲沙上自若。[3] 虎熟視久之, 至以首觝觸, 庶幾其一懼, 而兒癡, 竟不知怪, 虎亦卒去。[4] 意虎之食人, 必先被之以

1 小兒不畏虎 → 어린아이가 호랑이를 두려워하지 않다
【畏(외)】: 두려워하다.

2 有婦人晝日置二小兒沙上而浣衣於水者。→ 어느 부인이 대낮에 두 어린아이를 모래사장에 두고 물가에서 옷을 빨고 있었다.
【晝日(주일)】: 낮, 대낮.
【置(치)】: 놓다, 두다.
【浣衣(완의)】: 옷을 빨다.

3 虎自山上馳來, 婦人倉皇沉水避之, 二小兒戲沙上自若。→ (이때) 호랑이가 산으로부터 달려왔다. 부인은 황급히 물속으로 들어가 호랑이를 피했으나, 두 아이는 모래사장에서 장난을 치며 태연했다.
【自(자)】: …에서, …로부터.
【馳來(치래)】: 달려오다, 질주해 오다.
【倉皇(창황)】: 황급히, 어찌할 겨를 없이 급하게.
【沉水避之(침수피지)】: 물속으로 들어가 호랑이를 피하다. 〖沉〗: 가라앉다, 잠기다, 빠지다. 여기서는 「들어가다」의 뜻. 〖之〗: [대명사] 그것, 즉 「호랑이」.
【戲(희)】: 놀다, 장난치다.
【自若(자약)】: 태연하다, 태연자약하다.

4 虎熟視久之, 至以首觝觸, 庶幾其一懼, 而兒癡, 竟不知怪, 虎亦卒去。→ 호랑이는 한참 동안

威, 而不懼之人, 威無所從施歟![5]

번역문

어린아이가 호랑이를 두려워하지 않다

어느 부인이 대낮에 두 어린아이를 모래사장에 두고 물가에서 옷을 빨고 있었다. (이때) 호랑이가 산으로부터 달려왔다. 부인은 황급히 물속으로 들어가 호랑이를 피했으나 두 아이는 모래사장에서 장난을 치며 태연했다. 호랑이는 한참 동안 눈여겨 자세히 보더니, (아이에게로) 다가가 머

눈여겨 자세히 보더니, (아이에게로) 다가가 머리로 툭툭 건드리며, 아이들이 두려워하기를 기대했다. 그러나 아이들은 철이 없어, 끝내 괴이하다는 것을 알지 못했다. 호랑이는 결국 떠나고 말았다.
【熟視(숙시)】: 눈여겨 자세히 보다.
【至(지)】: 이르다. 여기서는 「다가가다」의 뜻.
【觝觸(저촉)】: 툭툭 건드리다, 부딪치다. ※판본에 따라서는 「觝」를 「抵(저)」라 했다.
【庶幾(서기)】: 바라다, 희망하다, 기대하다.
【其(기)】: [대명사] 그들, 즉 「아이들」.
【懼(구)】: 두려워하다, 무서워하다, 겁내다.
【癡(치)】: 어리석다, 분별없다. 여기서는 「철이 없다」의 뜻.
【竟(경)】: 결국, 끝내.
【怪(괴)】: 괴이하다, 괴상하다.
【卒(졸)】: 결국, 마침내.
【去(거)】: 떠나다.

5 意虎之食人, 必先被之以威, 而不懼之人, 威無所從施歟! → 생각건대 호랑이가 사람을 잡아먹을 때는, 반드시 먼저 위협을 가한다. 그러나 두려워하지 않는 사람에 대해서는, 그 위력을 행사할 방법이 없다.
【意(의)】: 생각해 보면, 생각건대.
【食(식)】: [동사] 먹다.
【被(피)】: 加(가), 가하다.
【無所從(무소종)】: …할 곳이 없다.
【施(시)】: 시행하다, 행사하다.
【歟(여)】: [어조사] ※문미(文尾)에 쓰여 의문이나 반문(反問)을 나타낸다.

리로 툭툭 건드리며, 아이들이 두려워하기를 기대했다. 그러나 아이들은 철이 없어 끝내 괴이하다는 것을 알지 못했다. 호랑이는 결국 떠나고 말았다.

생각건대, 호랑이가 사람을 잡아먹을 때는 반드시 먼저 위협을 가한다. 그러나 두려워하지 않는 사람에 대해서는 그 위력을 행사할 방법이 없다.

해설

호랑이가 어린아이들을 위협하려고 집적대다가 철모르는 아이들이 두려워하는 기색을 보이지 않자 그냥 가버렸다. 이는 사람이 호랑이에게 두려워하는 기색을 보이면 잡아먹으려고 달려들지만, 두려워하지 않으면 함부로 대들지 못한다는 것을 의미한다.

사물은 모두 양면성을 지니고 있기 때문에 설사 강한 사람이라 해도 한편 허약한 일면이 있다. 따라서 강한 상대를 맞아 강하게 맞서는 것은, 자신의 사기를 진작시키고 상대방의 위세를 꺾어 상대방으로 하여금 위력을 행사하지 못하게 하는 최선의 방어 방법이 될 수 있다.

이 우언은 강한 상대를 만났을 때 두려워하거나 물러서지 말고 과감히 맞서야 오히려 자신에게 유리한 국면을 조성할 수 있다는 이치를 비유적으로 설명한 것이다.

075 대숭화우(戴嵩畫牛)

《蘇軾文集·卷七十·題跋 畫》

원문 및 주석

戴嵩畫牛[1]

蜀中有杜處士, 好書畫, 所寶以百數。有戴嵩牛一軸, 尤所愛, 錦囊玉軸, 常以自隨。[2] 一日曝書畫, 有一牧童見之, 拊掌大笑, 曰:「此畫鬪牛也。[3] 牛鬪, 力在角, 尾搐入兩股間, 今乃掉尾而鬪, 謬

1 戴嵩畫牛 → 대숭(戴嵩)이 소를 그리다
【戴嵩(대숭)】: [인명] 당대(唐代)의 저명한 화가로, 소를 잘 그렸다.

2 蜀中有杜處士, 好書畫, 所寶以百數。有戴嵩牛一軸, 尤所愛, 錦囊玉軸, 常以自隨。→ 촉(蜀) 지방에 사는 두씨(杜氏) 성의 처사(處士)는, 서화(書畫)를 좋아하여, 보배로 여기며 소장하고 있는 작품이 백 점을 헤아렸다. 그중 대숭(戴嵩)의 소 그림 한 점이 있는데, 특히 그것을 좋아하고 아껴서, 옥축(玉軸)으로 장식하고 비단 자루에 넣어, 항상 몸에 지니고 있었다.
【蜀(촉)】: [지명] 지금의 사천성 일대.
【處士(처사)】: 벼슬을 하지 않고 초야에 은거하는 선비.
【好(호)】: [동사] 좋아하다.
【所寶以百數(소보이백수)】: 보배로 여겨 소장한 작품이 백 점을 헤아리다. 〖數〗: 헤아리다.
【一軸(일축)】: [양사] 한 점, 한 두루마리.
【尤(우)】: 특히, 더욱.
【錦囊(금낭)】: 비단 자루.
【玉軸(옥축)】: 옥으로 만든 축. 〖軸〗: 그림이나 글씨를 표구하여 족자를 만들 때 걸거나 감을 수 있도록 양 끝에 대는 원추형의 가름대.
【常以自隨(상이자수)】: 항상 몸에 지니다. 〖常〗: 항상. 〖自隨〗: 몸에 지니다.

3 一日曝書畫, 有一牧童見之, 拊掌大笑, 曰:「此畫鬪牛也。→ 하루는 서화를 햇볕에 쬐어 말

矣!」處士笑而然之。[4] 古語有云:「耕當問奴, 織當問婢。」不可改也。[5]

번역문

대숭(戴嵩)이 소를 그리다

촉(蜀) 지방에 사는 두씨(杜氏) 성의 처사(處士)는 서화(書畫)를 좋아하여 보배로 여기며 소장하고 있는 작품이 백 점을 헤아렸다. 그중 대숭(戴嵩)의 소 그림 한 점이 있는데, 특히 그것을 좋아하고 아껴서, 옥축(玉軸)으로 장식하고 비단 자루에 넣어 항상 몸에 지니고 있었다. 하루는 서화를 햇볕에 쬐어 말리고 있는데, 한 목동이 그것을 보고 박장대소(拍掌大笑)하며 말했다.

리고 있는데, 한 목동(牧童)이 그것을 보고, 박장대소(拍掌大笑)하며, 말했다:「이는 투우(鬪牛)를 그린 것입니다.

【曝(폭)】: 햇볕을 쬐다, 햇볕에 쬐어 말리다.

【拊掌大笑(부장대소)】: 박장대소(拍掌大笑)하다, 손뼉을 치며 크게 웃다. 〖拊掌〗: 손뼉을 치다.

4 牛鬪, 力在角, 尾搐入兩股間, 今乃掉尾而鬪, 謬矣!」處士笑而然之。→ 투우는, 힘이 뿔에 있고, 꼬리가 양 넓적다리 사이에 움츠러들어야 하는데, 지금 (이 소는) 오히려 꼬리를 흔들며 싸우고 있으니, 잘못된 것입니다.」 처사는 웃으며 목동의 말을 옳다고 생각했다.

【搐(휵)】: 움츠러들다.

【股(고)】: 넓적다리.

【乃(내)】: 오히려.

【掉尾(도미)】: 꼬리를 흔들다.

【謬(류)】: 틀리다, 잘못되다, 사리에 맞지 않다.

【然(연)】: 맞다, 그렇다. 여기서는 「그렇다고 여기다, 옳다고 생각하다」의 뜻.

5 古語有云:「耕當問奴, 織當問婢。」不可改也。→ 옛말에 이르길:「밭을 가는 일은 마땅히 사내종에게 묻고, 베를 짜는 일은 마땅히 계집종에게 물어야 한다.」라고 했으니, 이 도리는 고칠 수 없는 것이다.

【耕(경)】: [명사 용법] 밭을 가는 일.

【當(당)】: 마땅히, 당연히.

【織(직)】: [명사 용법] 베를 짜는 일.

【改(개)】: 바뀌다, 변하다, 달라지다.

「이는 투우(鬪牛)를 그린 것입니다. 투우는 힘이 뿔에 있고 꼬리가 양 넓적다리 사이에 움츠러들어야 하는데, 지금 (이 소는) 오히려 꼬리를 흔들며 싸우고 있으니 잘못된 것입니다.」

처사는 웃으며 목동의 말을 옳다고 생각했다.

옛말에 이르길 「밭을 가는 일은 마땅히 사내종에게 묻고, 베를 짜는 일은 마땅히 계집종에게 물어야 한다.」라고 했으니, 이 도리는 고칠 수 없는 것이다.

해설

두처사(杜處士)는 당대(唐代)의 이름난 화가 대숭(戴嵩)의 투우(鬪牛) 그림을 특히 좋아하여 옥축(玉軸)으로 장식하고 비단 자루에 넣어 항상 몸에 지니고 있었다. 어느 날 그림을 햇볕에 쬐어 말리고 있는데, 한 목동이 다가와 그 그림을 보고 박장대소하며 잘못된 부분을 신랄하게 지적했다. 이에 두처사는 목동의 말을 옳다고 여기며 찬탄해 마지않았다.

이 우언은 두처사와 목동의 대화를 통해, 모든 일은 마땅히 실천 경험이 있는 전문가에게 물어야 한다는 도리를 설명한 것이다.

076 구목상어(口目相語)

《蘇軾文集·卷七十三·雜記 書事·口目相語》

원문 및 주석

口目相語[1]

子瞻患赤目, 或言不可食膾。[2] 子瞻欲聽之, 而口不可, 曰:「我與子爲口, 彼與子爲眼, 彼何厚, 我何薄? 以彼患而廢我食, 不可。」子瞻不能決。[3] 口謂眼曰:「他日我瘖, 汝視物, 吾不禁也。」[4]

1 口目相語 → 입과 눈이 서로 이야기를 주고받다
【相語(상어)】: 서로 이야기하다.

2 子瞻患赤目, 或言不可食膾。→ 자첨(子瞻)이 홍안병(紅眼病)을 앓자, 어떤 사람이 (자첨에게) 생선회를 먹으면 안 된다고 말했다.
【子瞻(자첨)】: 소식(蘇軾)의 자.
【患(환)】: (병을) 앓다.
【赤目(적목)】: [결막염의 일종] 홍안병(紅眼病).
【或(혹)】: 어떤 사람.
【不可(불가)】: …해서는 안 된다, …할 수 없다.
【食(식)】: [동사] 먹다.
【膾(회)】: 생선회, 얇게 썬 생선.

3 子瞻欲聽之, 而口不可, 曰:「我與子爲口, 彼與子爲眼, 彼何厚, 我何薄? 以彼患而廢我食, 不可。」子瞻不能決。→ 자첨이 그의 말을 따르려 하자, 입이 반대하며, 말했다:「나는 당신에게 입이 되어 주고, 저것은 당신에게 눈이 되어 주었는데, 눈은 왜 후대하고, 나는 왜 박대합니까? 눈이 병을 앓는 것으로 인해 내가 먹는 것을 폐기해야 한다면, 그것은 절대 안 됩니다.」 자첨은 결정을 할 수가 없었다.
【欲(욕)】: …하려고 하다, …하고자 하다.

번역문

입과 눈이 서로 이야기를 주고받다

자첨(子瞻)이 홍안병(紅眼病)을 앓자, 어떤 사람이 (자첨에게) 생선회를 먹으면 안 된다고 말했다. 자첨이 그의 말을 따르려 하자 입이 반대하며 말했다.

「나는 당신에게 입이 되어 주고, 저것은 당신에게 눈이 되어 주었는데, 눈은 왜 후대하고 나는 왜 박대합니까? 눈이 병을 앓는 것으로 인해 내가 먹는 것을 폐기해야 한다면, 그것은 절대 안 됩니다.」

자첨은 결정을 할 수가 없었다.

(이에) 입이 눈에게 말했다.

「훗날 내가 벙어리가 되면, 네가 물건을 보아도 내가 가로막지 않을 거야.」

【聽(청)】: (남의 의견이나 권고를) 듣다, 받아들이다, 따르다.
【不可(불가)】: …해서는 안 된다. 즉 「동의하지 않다, 반대하다, 불응하다」의 뜻.
【與(여)…爲(위)…】: …에게 …되어 주다.
【子(자)】: 너, 그대, 당신.
【何(하)】: 왜, 어째서.
【厚(후)】: 후대하다.
【薄(박)】: 박대하다.
【以(이)】: 因(인), …로 인해, … 때문에.

4 口謂眼曰 : 「他日我瘖, 汝視物, 吾不禁也。」 → (이에) 입이 눈에게 말했다 : 「훗날 내가 벙어리가 되면, 네가 물건을 보아도, 내가 가로막지 않을 거야.」
【他日(타일)】: 훗날, 이후에.
【瘖(음)】: 벙어리가 되다, 말을 못하다. ※판본에 따라서는 「瘖」을 「喑(음)」이라 했다.
【汝(여)】: 너, 당신.
【禁(금)】: 금지하다, 가로막다, 저지하다.

해설

어떤 사람이 눈병에 걸린 소식(蘇軾)에게 생선회를 먹지 말라고 권고하여 소식이 그 말에 따르려 하자, 입이 단호하게 거절하며 눈으로 인해 자기가 먹는 것을 포기할 수 없다고 했다. 이에 소식이 주저하며 결정을 내리지 못했다.

이 우언은 작자가 자기의 입과 눈의 대화를 통해, 자기 마음속의 모순을 표현함과 동시에, 전체를 구성하는 각 부분은 개별적인 행동을 자제하고 서로 협조해야 전체에 이익이 된다는 이른바 조화(調和)의 중요성을 강조한 것이다.

077 의곤수중(蟻困水中)

《蘇軾文集 · 蘇軾佚文彙編 · 卷五 · 題跋雜文 · 試筆自書》

원문 및 주석

蟻困水中[1]

覆盆水於地, 芥浮於水, 蟻附於芥, 茫然不知所濟。少焉, 水涸, 蟻卽徑去。[2] 見其類, 出涕曰 : 「幾不復與子相見! 豈知俯仰之間有

1 蟻困水中 → 개미가 물속에서 곤경에 처하다
【蟻(의)】: [곤충] 개미.
【困(곤)】: 곤경에 처하다.

2 覆盆水於地, 芥浮於水, 蟻附於芥, 茫然不知所濟。少焉, 水涸, 蟻卽徑去。→ 대야의 물을 땅에 엎어, 지푸라기가 물에 뜨니, 개미는 지푸라기에 달라붙어, 멍하니 어디로 건너가야 할지를 몰랐다. 잠시 후, 물이 마르자, 개미는 즉시 그곳을 떠났다.
【覆(복)】: 엎다, 뒤엎다, 뒤집다.
【盆(분)】: 대야.
【於(어)】: [개사] …에, …에다.
【芥(개)】: 작은 풀잎, 지푸라기, 검불, 초개(草芥). ※《장자(莊子) · 소요유(逍遙遊)》에 「한 잔의 물을 웅덩이에 엎어 쏟으면, 지푸라기는 배가 되어 뜨지만, 잔을 거기에 놓으면 땅에 붙어버릴 것이다.(覆杯水於坳堂之上, 則芥爲之舟, 置杯焉則膠。)」라고 한 말이 있다.
【浮(부)】: (물에) 뜨다.
【附(부)】: 붙다, 달라붙다.
【茫然(망연)】: 멍한 모습.
【不知所濟(부지소제)】: 어디로 건너가야 할지를 모르다. 〖濟〗: (물을) 건너다.
【少焉(소언)】: 잠깐, 잠시.
【涸(학)】: (물이) 마르다.
【卽徑(즉경)】: 곧장, 곧바로, 즉시.

方軌八達之路乎?」念此可以一笑。[3]

번역문

개미가 물속에서 곤경에 처하다

대야의 물을 땅에 엎어 지푸라기가 물에 뜨니, 개미는 지푸라기에 달라붙어 멍하니 어디로 건너가야 할지를 몰랐다. 잠시 후 물이 마르자 개미는 즉시 그곳을 떠났다. (개미는) 자기 동료들을 보고 눈물을 흘리며 말했다.

「하마터면 너희들과 만나지 못할 뻔했어! 어찌 순식간에 두 대의 큰 수레가 나란히 다닐 수 있고 사방팔방으로 통하는 넓은 길이 나타날 줄을 알았겠어?」

이를 생각하면 한바탕 웃음이 나올 만하다.

【去(거)】: 떠나다.

3 見其類, 出涕曰:「幾不復與子相見! 豈知俯仰之間有方軌八達之路乎?」念此可以一笑。→ (개미는) 자기 동료들을 보고, 눈물을 흘리며 말했다:「하마터면 너희들과 만나지 못할 뻔했어! 어찌 순식간에 두 대의 큰 수레가 나란히 다닐 수 있고 사방팔방으로 통하는 넓은 길이 나타날 줄을 알았겠어?」이를 생각하면 한바탕 웃음이 나올 만하다.

【其類(기류)】: 자기 동료들.

【出涕(출체)】: 눈물을 흘리다.

【幾(기)】: 하마터면.

【子(자)】: 너, 그대, 당신.

【相見(상견)】: 만나다.

【豈(기)…乎(호)?】: 어찌 …하겠는가?

【俯仰之間(부앙지간)】: 매우 짧은 동안, 순식간, 눈 깜빡할 사이.

【方軌八達之路(방궤팔달지로)】: 두 대의 큰 수레가 함께 나란히 다닐 수 있고 사방팔방으로 통하는 길. 〖方軌〗: 두 대의 큰 수레가 나란히 다닐 수 있는 넓은 도로.

【念(념)】: 생각하다.

【可以一笑(가이일소)】: 한바탕 웃을 만하다.

해설

소식(蘇軾)은 만년(晚年)에 중국에서 가장 황량한 오지 중의 하나인 해남도(海南島)로 유배되어 사기가 매우 침체해 있었다. 그러나 성격이 호방하고 활달한 소식은 그러한 고민에서 해탈하고자 스스로 전향적인 생각을 했다. 즉 천지란 고인 물속에 있는 것으로, 중국 구주(九州)도 바다 안에 있고, 중원(中原)도 바다에 있기 때문에, 누구나 태어나서 섬에 살지 않는 사람이 없다는 것이다. 그리하여 해남도라는 작은 섬에 있는 자신의 처지를 고민으로 여기지 않고 처한 환경에 안주하며 현실에 만족하는 생활 태도를 견지했다.

이 우언은 개미가 물에 빠져 곤경에 처했다가 순식간에 물이 말라 사통팔달(四通八達)하는 큰 길로 나와 동료들과 해후한 사례를 통해, 비록 어려운 환경에 처해 있다 해도 긍정적으로 적응하며 신념을 갖고 견디어나가면 밝은 미래가 있을 수 있다는 작자 자신의 미래 지향적인 관점을 제시한 것이다.

《동파지림東坡志林》 우언

작자 소식(蘇軾) : 《소식문집(蘇軾文集)》 우언 참조.

《동파지림(東坡志林)》은 소식(蘇軾)이 생활상의 견문(見聞)과 독서에서 심득(心得)한 바를 기록한 수필집으로, 현재 1권본(一卷本)·5권본·12권본 등 3종의 판본이 전한다. 1권본은 사론(史論)만 있고 잡설(雜說)이 없어 《지림(志林)》의 전모(全貌)가 아니라고 하며, 12권본은 잡설만 있고 사론이 없는데다 수록한 자료는 많으나 매우 난잡하고 오류가 많아 세간의 중시를 받지 못하고 있다. 현재 가장 많이 인용되고 있는 5권본은 잡설과 사론을 포함하고 있을 뿐만 아니라 자료의 취사선택(取捨選擇) 또한 비교적 정밀하다.

078 이조대언지(二措大言志)

《東坡志林·卷一·夢寐》

원문 및 주석

二措大言志[1]

有二措大相與言志, 一云:「我平生不足, 惟飯與睡耳。他日得志, 當飽喫飯了便睡, 睡了又喫飯。」[2] 一云:「我則異於是。當喫了又喫, 何暇復睡耶?」[3]

1 二措大言志 → 두 가난뱅이 선비가 자기의 포부를 말하다
【措大(조대)】: 가난뱅이 선비.
【言志(언지)】: 포부를 말하다. 〖志〗: 뜻, 포부.

2 有二措大相與言志, 一云:「我平生不足, 惟飯與睡耳。他日得志, 當飽喫飯了便睡, 睡了又喫飯。」→ 가난뱅이 선비 두 사람이 서로 자기의 포부를 이야기 하는데, 그중 하나가 말했다:「나는 평생 (생활이) 넉넉하지 못해서, 오직 밥 먹는 일과 잠자는 일만 생각할 뿐이오. 훗날 뜻을 이루게 되면, 반드시 밥을 배불리 먹고 나서 바로 잠을 자고, 잠자고 나서 또 밥을 먹을 거요.」
【相與(상여)】: 서로, 함께.
【不足(부족)】: (생활이) 풍족하지 못하다, 넉넉하지 못하다.
【惟(유)】: 생각하다, 사고하다.
【睡(수)】: 잠자다.
【耳(이)】: …뿐.
【他日(타일)】: 훗날, 이후.
【得志(득지)】: 뜻을 이루다, 성공하다.
【當(당)】: 당연히 …할 것이다, 반드시 …할 것이다.
【飽喫(포끽)】: 배불리 먹다. 〖飽〗: 배부르다. 〖喫〗: 먹다.
【便(편)】: 곧, 바로.

3 一云:「我則異於是。當喫了又喫, 何暇復睡耶。」→ 다른 하나가 말했다:「그러나 나는 당신

번역문

두 가난뱅이 선비가 자기의 포부를 말하다

가난뱅이 선비 두 사람이 서로 자기의 포부를 이야기하는데, 그중 하나가 말했다.

「나는 평생 (생활이) 넉넉하지 못해서 오직 밥 먹는 일과 잠자는 일만 생각할 뿐이오. 훗날 뜻을 이루게 되면 반드시 밥을 배불리 먹고 나서 바로 잠을 자고, 잠자고 나서 또 밥을 먹을 거요.」

다른 하나가 말했다.

「그러나 나는 당신과 다르오. 반드시 먹고 또 먹어야지, 어디 다시 잠을 잘 겨를이 있겠소?」

해설

가난한 선비 두 사람의 포부는 오직 밥을 먹고 잠을 자는 것 외에 아무것도 없다. 선비의 포부라 말하기에 초라하기 이를 데 없다.

이 우언은 안목이 짧고 무기력한 두 선비의 심리를 통해, 북송(北宋)의 부패한 유가(儒家)집단에 기생하며 무위도식(無爲徒食)하는 용인(庸人)들의 추악한 근성을 풍자한 것이다.

....

과 다르오. 반드시 먹고 또 먹어야지, 어디 다시 잠을 잘 겨를이 있겠소?」

【則(즉)】: [연사] 오히려, 그러나.

【異於是(이어시)】: 이와 다르다. 즉 「당신과 다르다」의 뜻. 〖是〗: [대명사] 이, 이것, 즉 「앞 선비의 포부」.

【何暇(하가)…耶(야)?】: 어디 …할 겨를이 있겠는가? 〖何〗: 어디, 무슨. 〖暇〗: 틈, 겨를, 여유, 시간. 〖耶〗: [어조사].

【復(부)】: 또, 다시.

079 삼노인쟁년(三老人爭年)

《東坡志林 · 卷二 · 異事上 · 三老語》

원문 및 주석

三老人爭年[1]

嘗有三老人相遇, 或問之年。一人曰 :「吾年不可記, 但憶少年時與盤古有舊。」[2] 一人曰 :「海水變桑田時, 吾輒下一籌, 爾來吾籌已滿十間屋。」[3] 一人曰 :「吾所食蟠桃, 棄其核於崑崙山下, 今已與崑

....

1 三老人爭年 → 세 노인이 나이를 다투다
【爭年(쟁년)】: 나이를 다투다.

2 嘗有三老人相遇, 或問之年。一人曰 :「吾年不可記, 但憶少年時與盤古有舊。」→ 일찍이 노인 셋이 함께 만났는데, 어떤 사람이 노인들에게 나이를 물었다. 한 노인이 말했다 :「내 나이는 기억할 수 없고, 다만 어린 시절에 반고(盤古)와 친교(親交)가 있었던 것을 기억하고 있네.」
【嘗(상)】: 일찍이.
【相遇(상우)】: 만나다, 마주치다.
【或(혹)】: 어떤 사람.
【之(지)】: [대명사] 그들, 즉「세 노인」.
【記(기)】: 기억하다.
【但(단)】: 다만.
【憶(억)】: 기억하다.
【與盤古有舊(여반고유구)】: 반고와 친교(親交)가 있다. 〖與〗: 와(과). 〖盤古〗: 중국의 신화에서 천지개벽(天地開闢)의 시조로 불리는 인물. 〖有舊〗: 친교(親交)가 있다.

3 一人曰 :「海水變桑田時, 吾輒下一籌, 爾來吾籌已滿十間屋。」→ (다른) 한 노인이 말했다 :「바다가 뽕나무 밭으로 변할 때마다, 나는 곧 산가지 하나를 남겨놓았는데, 그 뒤로 나의

崙齊矣。」[4] 以余觀之, 三子者與蜉蝣朝菌何以異哉?[5]

번역문

세 노인이 나이를 다투다

일찍이 노인 셋이 함께 만났는데 어떤 사람이 노인들에게 나이를 물었다.

산가지가 이미 열 칸의 방 안에 가득 찼네.」

【海水變桑田(해수변상전)】: 바다가 뽕나무 밭으로 변하다. 즉, 오랜 세월을 거치면서 세상의 변천이 심한 것을 비유한 말. ※신화 전설에 의하면, 선녀인 마고(麻姑)는 바다가 뽕나무 밭으로 변하고, 뽕나무 밭이 바다로 변하는 상전벽해(桑田碧海) 현상을 여러 번 보았다고 했다.

【輒(첩)】: 곧, 바로.

【下(하)】: 남겨놓다.

【籌(주)】: 산가지. ※대·나무 등으로 만들어 수를 세는 데 사용하던 막대.

【爾來(이래)】: 그 이래, 그 뒤로.

【已滿(이만)】: 이미 가득 차다.

4 一人曰:「吾所食蟠桃, 棄其核於崑崙山下, 今已與崑崙齊矣。」→(마지막) 한 노인이 말했다:「내가 선도(仙桃)를 먹고, 그 씨를 곤륜산(崑崙山) 아래에 버렸는데, 지금 이미 곤륜산과 높이가 같아졌네.」

【蟠桃(반도)】: 옛날 신화에 나오는 선도(仙桃)로, 삼천 년에 한 번 열매를 맺는다고 한다.

【棄(기)】: 버리다.

【核(해)】: 씨, 씨앗.

【與崑崙齊(여곤륜제)】: 곤륜산(崑崙山)과 가지런하다. 즉「곤륜산과 높이가 같다」의 뜻. 【崑崙山】: [산 이름] 중국 전설상의 높은 산으로 중국의 서쪽에 있으며 옥(玉)이 난다고 한다. 전국(戰國) 시대 말기부터는 서왕모(西王母)가 살며 불사(不死)의 물이 흐른다고 믿어졌다. 【齊】: 가지런하다. 즉「높이가 같다」의 뜻.

5 以余觀之, 三子者與蜉蝣朝菌何以異哉?→나의 관점에서 보면, 이 세 노인이 하루살이·조균(朝菌)과 무슨 차이가 있겠는가?

【以余觀之(이여관지)】: 내가 보건대, 내가 보기에, 나의 관점에서 보면.

【蜉蝣(부유)】: [곤충] 하루살이. ※지극히 짧은 생명을 비유한 말.

【朝菌(조균)】: [식물] 아침에 돋아났다가 저녁에 시들어 죽는다는 버섯. ※지극히 짧은 생명을 비유한 말.

【何以異(하이이)】: 무엇이 다른가? 무슨 차이가 있는가?

한 노인이 말했다.

「내 나이는 기억할 수 없고, 다만 어린 시절에 반고(盤古)와 친교(親交)가 있었던 것을 기억하고 있네.」

(다른) 한 노인이 말했다.

「바다가 뽕나무 밭으로 변할 때마다 나는 곧 산가지 하나를 남겨놓았는데, 그 뒤로 나의 산가지가 이미 열 칸의 방 안에 가득 찼네.」

(마지막) 한 노인이 말했다.

「내가 선도(仙桃)를 먹고 그 씨를 곤륜산(崑崙山) 아래에 버렸는데, 지금 이미 곤륜산과 높이가 같아졌네.」

나의 관점에서 보면, 이 세 노인이 하루살이나 조균(朝菌)과 무슨 차이가 있겠는가?

해설

어떤 사람이 세 노인에게 나이를 물어 세 노인이 크게 허풍을 떨자, 소식(蘇軾)은 「이 세 노인이 하루살이 · 조균(朝菌)과 무슨 차이가 있겠는가?」라고 의문을 제기했다.

이 우언은 본래 크게 허풍 떠는 사람을 풍자한 것이다. 그러나 후세 사람들은 이 고사에서 「해옥첨주(海屋添籌)」라는 성어(成語)를 만들어 고사의 본뜻과 달리 「노인의 장수(長壽)를 축원하는 말」로 사용했다.

080 도부여애인(桃符與艾人)

《東坡志林 · 卷十二》

원문 및 주석

桃符與艾人[1]

桃符仰視艾人而罵曰 :「汝何等草芥, 輒居我上?」[2] 艾人俯而應曰 :「汝已半截入土, 猶爭高下乎?」 桃符怒, 往復紛然不已。[3] 門神

……………

1 桃符與艾人 → 도부(桃符)와 애용(艾俑)

【桃符(도부)】: 옛날 풍습으로, 복숭아나무를 켜서 만든 두 장의 판자에 「신도(神荼)」와 「울루(鬱壘)」 두 문신(門神)을 각각 그려 가지고 대문의 양쪽 문짝에 붙여 악귀를 쫓는 부적. 한 해 동안 붙여 두었다가, 이듬해 정월 초하루 날 다시 새것으로 바꿔 붙인다.

【艾人(애인)】: 애용(艾俑). 쑥으로 만든 인형. ※단오절에 쑥으로 엮어 만든 인형을 문짝에 걸어 두어 액을 쫓았다.

2 桃符仰視艾人而罵曰 :「汝何等草芥, 輒居我上?」 → 도부(桃符)가 위를 향해 애용(艾俑)을 바라보고 욕을 하며 말했다 :「너 어떤 하찮은 놈이, 항상 내 위에 있는 거야?」

【仰視(앙시)】: 올려보다, 위를 향해 바라보다.

【罵(매)】: 욕하다.

【汝(여)】: 너, 당신.

【何等(하등)】: 어떤, 무슨.

【草芥(초개)】: 지푸라기. 즉 「하찮은 것」을 비유적으로 이르는 말.

【輒(첩)】: 항상, 늘, 언제나.

【居(거)】: …에 있다.

3 艾人俯而應曰 :「汝已半截入土, 猶爭高下乎?」 桃符怒, 往復紛然不已。→ 애용이 아래를 향해 몸을 구부리고 대답했다 :「너는 이미 나이가 많아 수명이 얼마 남지 않았는데, 아직도 나와 위아래를 다투겠다는 거야?」 도부가 화가 나서, (애용과) 욕설을 주고받으며 다툼이 멈추지 않았다.

解之曰：「吾輩不肖，方傍人門戶，何暇爭閒氣耶?」[4]

번역문

도부(桃符)와 애용(艾俑)

도부(桃符)가 위를 향해 애용(艾俑)을 바라보고 욕을 하며 말했다.

「너 어떤 하찮은 놈이 항상 내 위에 있는 거야?」

애용이 아래를 향해 몸을 구부리고 대답했다.

「너는 이미 나이가 많아 수명이 얼마 남지 않았는데 아직도 나와 위아

....

【俯(부)】: 구부리다, 숙이다.
【應(응)】: 응답하다, 대답하다.
【半截入土(반절입토)】: 몸의 절반이 땅속에 묻히다. 즉 「나이가 많아 죽을 날이 멀지 않다, 수명이 얼마 남지 않다」의 뜻. ※애용은 오월의 단오절 날 문짝에 걸고 도부는 정월 초하루 날 붙이기 때문에, 시간적으로 볼 때 도부는 이미 한 해의 절반이 지나, 수명이 얼마 남지 않았음을 비유한 것이다.
【猶(유)】: 아직, 여전히.
【往復(왕복)】: 오고가다, 주고받다.
【紛然(분연)】: 다투는 모양, 분쟁을 벌이는 모양.
【不已(불이)】: 멈추다, 그치다.

4 門神解之曰：「吾輩不肖, 方傍人門戶, 何暇爭閒氣耶?」→ 문신(門神)이 그들에게 화해를 중재하며 말했다：「우리 모두 변변치 못해서, 지금 남의 집 대문에 의지하고 사는데, 어디 쓸데 없는 논쟁을 벌일 겨를이 있는가?」
【門神(문신)】: 수문신(守門神). 문을 지켜서 불행이 들어오지 못하게 막아 주는 귀신.
【解(해)】: 화해를 중재하다.
【之(지)】: [대명사] 그들, 즉 「도부와 애용」.
【吾輩(오배)】: 우리들. 〖輩〗: [복수형] …들.
【不肖(불초)】: 변변치 못하다, 못나고 어리석다, 현명하지 못하다.
【方(방)】: 지금, 현재.
【傍人門戶(방인문호)】: (자립하지 못하고) 남의 집 대문에 의지하여 살다. 〖傍〗: 의지하다, 기대다. 〖門戶〗: 문, 대문.
【何暇(하가)…耶(야)?】: 어디 …할 겨를이 있겠는가? 〖何〗: 어디, 무슨. 〖暇〗: 틈, 겨를, 여유, 시간. 〖耶〗: [어조사].
【爭閒氣(쟁한기)】: 쓸 데 없는 논쟁을 벌이다.

래를 다투겠다는 거야?」

도부가 화가 나서 (애용과) 욕설을 주고받으며 다툼이 멈추지 않았다.

문신(門神)이 그들에게 화해를 중재하며 말했다.

「우리 모두 변변치 못해서, 지금 남의 집 대문에 의지하고 사는데, 어디 쓸 데 없는 논쟁을 벌일 겨를이 있는가?」

해설

도부(桃符)는 복숭아나무를 켜서 두 장의 판자에 「신도(神荼)」와「울루(鬱壘)」 두 문신(門神)을 각각 그려 가지고 대문의 양쪽 문짝에 붙여 악귀를 쫓는 부적이고, 애용(艾俑)은 단오절에 액운을 쫓기 위해 쑥으로 엮어 만들어 문짝에 걸어 두는 인형이다. 그런데 이들이 서로 위아래 자리를 다투며 계속 논쟁을 벌였다. 이에 문신(門神)이 중재에 나서, 우리 모두 변변치 못해 남의 집 대문에 의지하고 살면서 쓸 데 없이 논쟁을 벌이고 있다며 도부와 애용을 싸잡아 힐난했다.

이 우언은 작자가 도부와 애용에 대한 문신의 관점을 통해, 당시 사회에서 무학무재(無學無才)한 사람들이 원칙도 없이 분쟁을 일으키며 명리(名利)를 다투는 볼꼴 사나운 현상을 풍자한 것이다.

《애자잡설 艾子雜說》 우언

작자 소식(蘇軾) : 《소식문집(蘇軾文集)》 우언 참조.

《애자잡설(艾子雜說)》은 명(明) 도종의(陶宗儀)의 《설부(說郛)》에 집록한 한위(漢魏) 이하 송원(宋元)에 이르는 작품 600여 종 가운데 《동파거사애자잡설(東坡居士艾子雜說)》이란 명칭으로 40편이 수록되어 있다. 모두가 잡기(雜記) · 우언(寓言) · 소화(笑話) 등의 짤막한 고사로 엮어져 있으며, 내용은 전국(戰國)시대 제(齊)나라 선왕(宣王)의 측근 신하를 가탁한 애자(艾子)라는 인물을 전편(全篇)에 등장시켜, 당시 사회의 잔혹하고 어리석은 통치자의 황당한 현상을 신랄하게 풍자했다. 일설에는 《애자잡설》을 위작으로 의심하기도 하나 여기서는 우언(寓言)의 관점에서 다루고 진위(眞僞) 문제를 논하지 않는다.

081 일해불여일해(一蟹不如一蟹)

《艾子雜說》

원문 및 주석

一蟹不如一蟹[1]

艾子行於海上, 見一物圓而褊, 且多足, 問居人曰:「此何物也?」曰:「蝤蛑也。」[2] 既又見一物圓褊多足而差小, 問居人曰:「此何物也?」曰:「螃蟹也。」[3] 又於後得一物, 狀貌皆如前所見而極小, 問居

1 一蟹不如一蟹 → 게가 갈수록 점점 더 못하다
【蟹(해)】: [동물] 게.
【一…不如一…】:「一…」가 不如의 앞뒤에 중복 사용되면 정도의 누진을 나타내어「…가 갈수록 점점 더 못하다」의 뜻이 된다.

2 艾子行於海上, 見一物圓而褊, 且多足, 問居人曰:「此何物也?」曰:「蝤蛑也。」→ 애자(艾子)가 해변에서 거닐다가, 생김새가 둥글넓적하고, 또 여러 개의 다리가 달린 동물 하나를 보고, 거주민에게 물었다:「이것이 무슨 동물이오?」 거주민이 대답했다:「유모(蝤蛑 : 꽃게)요.」
【艾子(애자)】: [인명] 소식이 전국(戰國)시대 제(齊)나라 선왕(宣王)의 측근 신하로 가탁한 인물.
【行於海上(행어해상)】: 해변에서 거닐다. 〖於〗: [개사] …에서.
【圓而褊(원이편)】: 둥글넓적하다, 둥글면서 넓적하다. 〖褊〗: 扁(편), 넓적하다.
【且(차)】: 또, 또한, 그리고.
【居人(거인)】: 거주민. 지역에 거주하는 사람.
【蝤蛑(유모)】: 꽃게. 사자해(梭子蟹) 또는 심(蟳)이라고도 하며, 일반 게보다 크다.

3 既又見一物圓褊多足而差小, 問居人曰:「此何物也?」曰:「螃蟹也。」→ 잠시 후 또 생김새가 둥글넓적하고 여러 개의 다리가 달린 데다 몸집이 약간 작은 동물 하나를 보고, 거주민에게 물었다:「이것은 무슨 동물이오?」 거주민이 대답했다:「방해(螃蟹 : 방게)요.」

人曰：「此何物也?」曰：「彭越也。」[4] 艾子喟然嘆曰：「何一蟹不如一蟹也?」[5]

번역문

게가 갈수록 점점 더 못하다

애자(艾子)가 해변에서 거닐다가 생김새가 둥글넓적하고 또 여러 개의 다리가 달린 동물 하나를 보고 거주민에게 물었다.

「이것이 무슨 동물이오?」

거주민이 대답했다.

「유모(蝤蛑 : 꽃게)요.」

잠시 후 또 생김새가 둥글넓적하고 여러 개의 다리가 달린 데다 몸집이 약간 작은 동물 하나를 보고 거주민에게 물었다.

....

【旣(기)】: 그 뒤, 그 후, 잠시 후.
【螃蟹(방해)】: 방게. 팽기(蟛蜞)라고도 한다.
【多足而差小(다족이차소)】: ※ 판본에 따라서는 「而差小」 세 글자가 없다.

4 又於後得一物狀貌皆如前所見而極小, 問居人曰：「此何物也?」曰：「彭越也。」→ 또 잠시 후에 생김새가 모두 앞에서 보았던 바와 같으나 몸집이 지극히 작은 동물 하나를 보고, 거주민에게 물었다：「이것은 무슨 동물이오?」거주민이 대답했다：「팽월(蟛蝟 : 팽활)이오.」
【於後(어후)】: 뒤에. 【於】: [개사] …에.
【得(득)】: 얻다. 여기서는 「발견하다」의 뜻.
【狀貌(상모)】: 모양, 생김새.
【如(여)】: …과 같다. ※판본에 따라서는 「如」를 「若(약)」이라 했다.
【彭越(팽월)】: 팽활(蟛蝟). 팽월(蟛蚏)이라고 하며, 모양은 꽃게 · 방게와 비슷하나 몸집이 방게보다도 작다.

5 艾子喟然嘆曰：「何一蟹不如一蟹也?」→ 애자가 탄식하며 말했다：「어째서 게가 갈수록 점점 더 못한가?」
【喟然(위연)】: 탄식하는 모양.
【何(하)】: 어찌, 어째서.

「이것은 무슨 동물이오?」

거주민이 대답했다.

「방해(蟧蟹 : 방게)요.」

또 잠시 후에 생김새가 모두 앞에서 보았던 바와 같으나 몸집이 지극히 작은 동물 하나를 보고 거주민에게 물었다.

「이것은 무슨 동물이오?」

거주민이 대답했다.

「팽월(蟛蝟 : 팽활)이오.」

애자가 탄식하며 말했다.

「어째서 게가 갈수록 점점 더 못한가?」

해설

애자(艾子)는 바닷가를 거닐다가 꽃게 · 방게 · 팽활 등을 보고, 생김새는 모두 비슷한데 몸집의 크기가 점점 작아지자, 이를 점점 나빠지는 것으로 인식하고 「어째 게가 갈수록 점점 더 못한가?」라며 탄식을 자아냈다.

이 우언은 작자가 꽃게보다 방게가 못하고 방게보다 팽활이 못한 것을 빌려, 당시 사회의 풍조와 관료들의 행태가 개선되지 못하고 오히려 갈수록 점점 더 나빠지는 현상을 풍자한 것이다.

이로부터 후세 사람들은 「일해불여일해(一蟹不如一蟹)」를 「갈수록 점점 더 못하다」라는 의미의 성어(成語)로 사용했다.

082 제왕축성(齊王築城)

《艾子雜說》

원문 및 주석

齊王築城[1]

齊王一日臨朝, 顧謂侍臣曰 :「吾國介於數强國間, 歲苦支備, 今欲調丁壯, 築大城,[2] 自東海起, 連卽墨, 經大行, 接轘轅, 下武關, 逶迤四千里, 與諸國隔絶,[3] 使秦不得窺吾西, 楚不得竊吾南, 韓、魏

1 齊王築城 → 제왕(齊王)이 성(城)을 쌓으려 하다
【齊(제)】: [국명] 지금의 산동성 북부와 하북성 남부 일대에 걸쳐 있던 주대(周代)의 제후국.

2 齊王一日臨朝, 顧謂侍臣曰 :「吾國介於數强國間, 歲苦支備, 今欲調丁壯, 築大城, → 제왕(齊王)이 하루는 조정에 나와 정무를 처리하다가, 신하들을 바라보며 말했다 :「우리나라는 여러 강대국 사이에 끼어 있어, 해마다 전쟁 준비를 위한 비용을 지불하기에 고통스러워, 지금 장정들을 소집하여, 큰 성을 쌓으려 하오.
【臨朝(임조)】: 조정에 나와 정무를 처리하다.
【顧(고)】: 뒤돌아보다, 바라보다.
【侍臣(시신)】: 임금 가까이서 모시는 신하.
【介於(개어)…】: …사이에 끼다. 〖於〗: [개사] …에.
【歲苦支備(세고지비)】: 해마다 전쟁 준비를 위한 비용을 조달하기에 힘이 들다. 〖支〗: 지불하다, 조달하다. 〖備〗: 전쟁 준비. 여기서는 「전쟁 준비를 위해 들어가는 비용」을 가리킨다.
【欲(욕)】: …하고자 하다, …하려고 생각하다.
【調(조)】: 소집하다, 뽑아 모으다.
【丁壯(정장)】: 장정. 나이가 젊고 힘 있는 남자.
【築(축)】: 쌓다, 축조하다.

3 自東海起, 連卽墨, 經大行, 接轘轅, 下武關, 逶迤四千里, 與諸國隔絶, → 동해(東海)로부터

不得持吾之左右, 豈不大利耶?[4] 今百姓築城, 雖有少勞, 而異日不

쌓기 시작하여, 즉묵(卽墨)을 연결한 후, 태행산(太行山)을 거쳐, 환원산(轘轅山)과 접하고, 다시 무관(武關)으로 쌓아 내려가, 꾸불꾸불 길게 사천 리를 이어서, 여러 나라와 단절시키면,

【自(자)…起(기)】: …로부터 시작하여.

【連(련)】: 연결하다.

【卽墨(즉묵)】: [지명] 지금의 산서성 진성현(晋城縣) 남쪽. ※판본에 따라서는 「卽墨」을 「卽目(즉목)」이라 했다.

【經(경)】: 거치다, 경유하다.

【大行(태행)】: [산 이름] 태행산(太行山). 산서성 고원(高原)과 하북성 평원(平原) 사이에 있는 큰 산. 〖大〗: 太(태).

【接(접)】: 닿다, 잇다, 연결하다.

【轘轅(환원)】: [산 이름] 환원산(轘轅山). 지금의 하남성 언사시(偃師市) 동남쪽.

【下(하)】: 내려가다.

【武關(무관)】: [지명] 지금의 섬서성 단봉현(丹鳳縣) 동쪽.

【逶迤(위이)】: 꾸불꾸불 길게 이어지다.

【隔絕(격절)】: 단절되다, 사이가 끊어지다.

4 使秦不得窺吾西, 楚不得竊吾南, 韓、魏不得持吾之左右, 豈不大利耶? → 진(秦)나라로 하여금 우리의 서쪽을 엿보지 못하게 하고, 초(楚)나라로 하여금 우리 남쪽을 훔치지 못하게 하고, 한(韓)·위(魏)로 하여금 우리의 좌우 양쪽을 견제하지 못하게 할 수 있으니, 어찌 크게 이롭지 않겠소?

【使(사)】: …로 하여금 …하게 하다.

【秦(진)】: [국명] 지금의 섬서성과 감숙성 일대에 있던 주대(周代)의 제후국이었으나, B.C. 221년 진시황(秦始皇)이 전국을 통일하고 진왕조를 건립했다.

【不得(부득)】: …할 수 없다, …하지 못하다.

【窺(규)】: 엿보다.

【楚(초)】: [국명] 지금의 호남성·호북성과 강서성·절강성 및 하남성 남부에 걸쳐 있던 주대(周代)의 제후국.

【竊(절)】: 훔치다, 도둑질하다.

【韓(한)】: [국명] 지금의 하남성 중부와 산서성 동남부에 있던 주대(周代)의 제후국. 본래 진(晉)나라에 속했으나 B.C. 375년 조씨(趙氏)·한씨(韓氏)·위씨(魏氏)가 진(晉)의 영토를 삼분하여 각기 조(趙)·한(韓)·위(魏) 세 나라로 독립했다.

【魏(위)】: [국명] 지금의 하남성 북부·섬서성 동부·산서성 서남부 및 하북성 남부에 걸쳐 있던 주대(周代)의 제후국. 본래 진(晉)나라에 속했으나 B.C. 375년 조씨(趙氏)·한씨(韓氏)·위씨(魏氏)가 진(晉)의 영토를 삼분하여 각기 조(趙)·한(韓)·위(魏) 세 나라로 독립했다. 개국 초기 안읍(安邑)에 도읍을 정했다가 혜왕(惠王) 때 대량(大梁)으로 천도하고 국호를 양(梁)이라 했다.

【持(지)】: 협박하다, 견제하다.

【豈不(기불)…耶(야)?】: 어찌 …하지 않겠는가?

復有征戍侵虞之患, 可以永逸矣。聞吾下令, 孰不欣躍而來耶?」[5] 艾子對曰 : 「今旦大雪, 臣趨朝, 見路側有民, 裸露僵踣, 望天而歌。[6] 臣怪之, 問其故, 答曰 : 『大雪應候, 且喜明年人食賤麥, 我卽今年凍死矣。』[7] 正如今日築城, 百姓不知享永逸者在何人也。」[8]

5 今百姓築城, 雖有少勞, 而異日不復有征戍侵虞之患, 可以永逸矣。聞吾下令, 孰不欣躍而來耶?」→ 지금 백성들이 성을 쌓자면, 비록 다소 지치겠지만, 그러나 이후에는 다시 출정(出征)하여 변방을 지키고 (적으로부터) 침략을 당하는 재앙이 없어, 한 번의 노고로 영원히 편안할 수 있으니, 내가 하달한 명령을 들으면, 어느 누가 기뻐 뛰며 달려오지 않겠소?」

【少勞(소로)】: 다소 지치다, 조금 피로하다.

【異日(이일)】: 다른 날, 이후, 훗날.

【不復有(불부유)…】: 다시 …하지 않다, 다시 …이 없다.

【征戍侵虞之患(정수침우지환)】: 출정하여 변방을 지키고 침략을 당하는 재앙. 〖征戍〗: 출정하여 변방을 지키다. 〖侵虞〗: 침범의 위험. 〖患〗: 재난, 재앙, 우환.

【永逸(영일)】: 영원히 편안하다.

【孰不(숙불)…耶(야)?】: 어느 누가 …하지 않겠는가?

【欣躍而來(흔약이래)】: 기뻐 뛰며 달려오다.

6 艾子對曰 : 「今旦大雪, 臣趨朝, 見路側有民, 裸露僵踣, 望天而歌。→ 애자(艾子)가 대답했다 : 「오늘 아침에 큰 눈이 내려, 제가 서둘러 조회에 나가는데, 길옆에서 어떤 백성이, 알몸을 드러내고 뻣뻣하게 굳어 쓰러진 채, 하늘을 바라보며 노래 부르고 있는 것을 보았습니다.

【旦(단)】: 아침.

【大雪(대설)】: [동사 용법] 큰 눈이 내리다.

【趨朝(추조)】: 서둘러 조회(朝會)에 나가다. 〖趨〗: 빨리 가다.

【裸露(나로)】: 알몸을 드러내다.

【僵踣(강부)】: 뻣뻣하게 굳어 쓰러지다. 〖僵〗: 뻣뻣하나. 〖踣〗: 넘어지다, 쓰러지다.

【望天而歌(망천이가)】: 하늘을 바라보며 노래를 부르다.

7 臣怪之, 問其故, 答曰 : 『大雪應候, 且喜明年人食賤麥, 我卽今年凍死矣。』→ 제가 그것을 이상히 여겨, 그 까닭을 물어보니, 그가 대답하길 : 『큰 눈이 계절에 맞추어 내려, 내년에 사람들이 싼값의 보리를 먹을 수 있는 것을 마땅히 기뻐해야 하지만, 그러나 나는 금년에 곧 얼어 죽을 것이오.』라고 했습니다.

【怪(괴)】: 이상히 여기다.

【故(고)】: 연고, 까닭.

【應候(응후)】: 절기에 순응하다. 즉 「계절에 맞추어 내리다」의 뜻. 〖候〗: 절후, 계절, 철, 절기.

【且(차)】: 마땅히, 응당.

【喜(희)】: 기뻐하다, 즐거워하다.

번역문

제왕(齊王)이 성(城)을 쌓으려 하다

제왕(齊王)이 하루는 조정에 나와 정무를 처리하다가 신하들을 바라보며 말했다.

「우리나라는 여러 강대국 사이에 끼어 있어, 해마다 전쟁 준비를 위한 비용을 지불하기에 고통스러워 지금 장정들을 소집하여 큰 성을 쌓으려 하오. 동해(東海)로부터 쌓기 시작하여 즉묵(卽墨)을 연결한 후, 태행산(太行山)을 거쳐 환원산(轘轅山)과 접하고, 다시 무관(武關)으로 쌓아 내려가 꾸불꾸불 길게 사천 리를 이어서 여러 나라와 단절시키면, 진(秦)나라로 하여금 우리의 서쪽을 엿보지 못하게 하고, 초(楚)나라로 하여금 우리 남쪽을 훔치지 못하게 하고, 한(韓)·위(魏)로 하여금 우리의 좌우 양쪽을 견제하지 못하게 할 수 있으니, 어찌 크게 이롭지 않겠소? 지금 백성들이 성을 쌓자면 비록 다소 지치겠지만, 그러나 이후에는 다시 출정(出征)하여 변방을 지키고 (적으로부터) 침략을 당하는 재앙이 없어 한 번의 노고로 영원히 편안할 수 있으니, 내가 하달한 명령을 들으면 어느 누가 기뻐 뛰며 달려오지 않겠소?」

애자(艾子)가 대답했다.

················

【明年人食賤麥(명년인식전맥)】: 내년에 사람들이 싼값의 보리를 먹다. ※금년 겨울에 큰 눈이 내리면 내년에 풍년이 들어 보리 수확이 많아질 것임으로 백성들이 싼값의 보리를 먹을 수 있다는 것을 뜻한다. 〖食〗: [동사] 먹다. 〖賤麥〗: 값이 싼 보리, 싼값의 보리.

8 正如今日築城, 百姓不知享永逸者在何人也。」→(이는) 마치 오늘 성을 쌓기 시작하면, (성이 완성된 후) 어떤 사람들이 영원히 편안함을 누리게 될지 백성들이 알지 못하는 것과 같습니다.」

【正如(정여)】: 마치 …와 같다, 바로 …과 같다.

【享永逸者(향영일자)】: 영원히 편안함을 누릴 사람. 〖享〗: 누리다, 향유하다.

「오늘 아침에 큰 눈이 내려 제가 서둘러 조회에 나가는데, 길옆에서 어떤 백성이 알몸을 드러내고 뻣뻣하게 굳어 쓰러진 채 하늘을 바라보며 노래 부르고 있는 것을 보았습니다. 제가 그것을 이상히 여겨 그 까닭을 물어보니, 그가 대답하길『큰 눈이 계절에 맞추어 내려, 내년에 사람들이 싼 값의 보리를 먹을 수 있는 것을 마땅히 기뻐해야 하지만, 그러나 나는 금년에 곧 얼어 죽을 것이오.』라고 했습니다. 이는 마치 오늘 성을 쌓기 시작하면, (성이 완성된 후) 어떤 사람들이 영원히 편안함을 누리게 될지 백성들이 알지 못하는 것과 같습니다.」

해설

제왕(齊王)은 제나라가 강대국 사이에 끼어 있어 해마다 전비(戰備)를 위해 많은 비용이 들어가는 것을 고통스럽게 여겨, 백성들을 동원하여 4천 리에 달하는 장성(長城)을 쌓아 강대국들의 접근을 차단하고자 했다. 그러면서 성을 쌓자면 당장은 다소 지치겠지만 다 쌓고 나면, 잦은 출정(出征)으로 인한 백성들의 노고를 덜고 나라의 안정을 꾀할 수 있어 영원히 편안할 수 있다고 했다.

이에 애자(艾子)는, 큰 눈이 내린 혹한 속에서 알몸으로 쓰러져 하늘을 바라보며 노래하던 백성이 한 말을 제왕의 성 쌓는 일에 비유하며, 제왕으로 하여금 성 쌓는 일을 그만두도록 우회적으로 충간했다.

이 우언은 어떤 큰일을 계획하고 시행하기 위해서는 반드시 장기적인 이익과 당장의 이익 양자를 모두 고려하여 어느 일방으로 하여금 심대한 손실을 초래하지 않도록 해야 한다는 이른바 형평의 기본 원칙을 제시한 것이다.

083 공손룡설대화(公孫龍說大話)

《艾子雜說》

원문 및 주석

公孫龍說大話[1]

公孫龍見趙文王, 將以夸事眩之。因爲王陳大鵬九萬里、釣連鰲之說。[2] 文王曰 :「南海之鰲, 吾所未見也, 獨以吾趙地所有之事報

1 公孫龍說大話 → 공손룡(公孫龍)이 허풍을 떨다

【公孫龍(공손룡)】: [인명] 전국시대(戰國時代) 조(趙)나라 출신의 철학가로 명가(名家)의 대표적 인물이며, 궤변을 좋아했다.

【說大話(설대화)】: 허풍을 떨다.

2 公孫龍見趙文王, 將以夸事眩之。因爲王陳大鵬九萬里、釣連鰲之說。→ 공손룡(公孫龍)이 조(趙)나라 문왕(文王)을 알현하여, 과장된 일을 가지고 문왕에게 과시하려 했다. 그리하여 문왕에게 대붕(大鵬)이 구만 리를 날고, 거인(巨人)이 연거푸 큰 자라를 낚은 이야기를 늘어놓았다.

【趙文王(조문왕)】: 여기서는 조나라의 혜문왕(惠文王)을 가리킨다. 〖趙〗: [국명] 지금의 산서성 북부와 중부 및 하북성 서부와 남부 지역에 있던 주대(周代)의 제후국. 본래 진(晉)나라에 속했으나 B.C. 375년 조씨(趙氏)·한씨(韓氏)·위씨(魏氏)가 진(晉)의 영토를 삼분하여 각기 조(趙)·한(韓)·위(魏) 세 나라로 독립했다.

【將(장)】: (장차) …하려고 하다.

【夸事(과사)】: 과장된 일.

【眩(현)】: 炫(현), 자랑하다, 뽐내다, 과시하다.

【因(인)】: 그리하여, 그래서.

【爲(위)】: …에게, …을 향해.

【陳(진)】: 늘어놓다, 벌여 놓다.

【大鵬九萬里(대붕구만리)】: 대붕(大鵬)이 구만 리를 날다. 〖鵬〗: 붕새. ※ 전설에 나오는 새

子。[3] 寡人之鎭陽, 有二小兒, 曰東里, 曰左伯, 共戲於渤海之上, 須臾有所謂鵬者, 羣翔於水上。[4] 東里遽入海以捕之, 一攫而得, 渤海之深, 才及東里之脛。[5] 顧何以貯也, 於是挽左伯之巾以囊焉。左伯

이름. ※《장자(莊子)·소요유(逍遙遊)》:「그곳에는 또 새가 있는데, 이름을 붕(鵬)이라 한다. (붕의) 등은 태산(泰山)과 같고, 날개는 하늘에 드리운 구름과 같다. 날갯짓으로 회오리바람을 치고 위로 구만 리까지 올라, 구름층을 훨씬 벗어난 높은 곳에서, 푸른 하늘을 등진 연후에 남쪽으로 날아가고자 시도하는데, 장차 남극 바다로 가려는 것이다.(有鳥焉, 其名爲鵬, 背若太山, 翼若垂天之雲, 摶扶搖羊角而上者九萬里, 絶雲氣, 負青天, 然後圖南, 且適南冥也。)」

【釣連鰲(조련오)】: 연거푸 큰 자라를 낚다. 〖釣〗: 낚다. 〖連〗: 연거푸, 연달아. 〖鰲〗: 전설상의 바다에 사는 큰 자라. ※《열자(列子)·탕문(湯問)》에 의하면, 발해(渤海)의 동쪽에 큰 산 다섯이 있어, 항상 파도에 떠다녔는데, 천제(天帝)가 열다섯 마리의 큰 자라에게 명해 머리로 산을 떠받쳐 움직이지 않도록 했다. 이때「용백국(龍伯國)의 거인(巨人)이 발걸음을 떼어 몇 걸음 가지 않아 곧 다섯 산이 있는 곳에 이르더니, 한 번에 여섯 마리의 큰 자라를 낚아 버렸다.(而龍伯之國有大人, 擧足不盈數步而暨五山之所, 一釣而連六鰲。)」

3 文王曰:「南海之鰲, 吾所未見也, 獨以吾趙地所有之事報子。→ 문왕이 말했다:「남해(南海)의 자라는, 내가 보지 못한 것이고, 오직 우리 조나라에 있는 일을 가지고 그대에게 답하겠소.

【獨(독)】: 오직, 다만, 유독.
【報(보)】: 답하다, 회답하다, 응답하다.
【子(자)】: 너, 그대, 당신.

4 寡人之鎭陽, 有二小兒, 曰東里, 曰左伯, 共戲於渤海之上, 須臾有所謂鵬者, 羣翔於水上。→ 과인(寡人)의 속지(屬地)인 진양(鎭陽)에, 동리(東里)와 좌백(左伯)이라는 두 어린아이가 있었소. 이들이 함께 발해(渤海)에서 장난을 치고 있는데, 잠시 후 붕(鵬)이라는 새가, 무리를 지어 물 위에서 날고 있었소.

【寡人(과인)】: 과덕지인(寡德之人)이란 의미로 임금이 자신을 낮추어 부르는 말.
【鎭陽(진양)】: [지명].
【共(공)】: 함께.
【戲於(희어)…】: 에서 장난하다. 〖於〗: [개사] …에서.
【渤海(발해)】: 중국 요동(遼東) 반도와 산동(山東) 반도 사이의 바다. 황화(黃河)와 요하(遼河)가 흘러들어간다.
【須臾(수유)】: 잠시, 잠깐.
【所謂鵬者(소위붕자)】: 붕(鵬)이라는 새. 〖所謂〗: …라 이르는 바의, 이른바.
【羣翔(군상)】: 무리 지어 날다. 〖羣〗: 무리를 짓다. 〖翔〗: 날다.

5 東里遽入海以捕之, 一攫而得, 渤海之深, 才及東里之脛。→ 동리가 급히 붕새를 잡으러 바다로 들어가, 단번에 (한 마리를) 잡았소. 발해는 수심이 깊었지만, 겨우 동리의 정강이에 닿

怒, 相與鬭之, 久之不已。[6] 東里之母乃拽東里回。左伯擧太行山擲之, 誤中東里之母, 一目眯焉。[7] 母以爪剔出, 向西北彈之。故太行中斷, 而所彈之石, 今爲恒山也。子亦見之乎?」[8] 公孫龍逡巡喪氣,

……………

았소.

【遽(거)】: 재빨리, 황급히, 서둘러.

【捕(포)】: 잡다.

【一攫而得(일확이득)】: 단번에 잡다, 단숨에 잡다. 〖攫〗: 잡다.

【才(재)】: 겨우.

【及(급)】: …에 이르다. 여기서는 「(물이) …에 닿다」의 뜻.

【脛(경)】: 정강이.

6 顧何以貯也, 於是挽左伯之巾以囊焉。左伯怒, 相與鬭之, 久之不已。→ (동리는 잡은 봉새를) 어떻게 담을까 고개를 돌려 둘러보더니, 곧 좌백의 두건을 끌어다가 담아버렸소. 좌백이 화가 나서, 동리와 서로 싸우며, 한참 동안 멈추지 않았소.

【顧何以貯(고하이저)】: 어떻게 담을까 고개를 돌려 둘러보다. 〖顧〗: 고개를 돌려 둘러보다. 〖何以〗: 무엇으로, 어떻게. 〖貯〗: 담다.

【挽(만)】: 끌어당기다.

【巾(건)】: 두건.

【囊(낭)】: [동사] 넣다, 담다.

【焉(언)】: [어조사].

【相與(상여)】: 서로, 함께.

【不已(불이)】: 멈추지 않다, 그치지 않다.

7 東里之母乃拽東里回。左伯擧太行山擲之, 誤中東里之母, 一目眯焉。→ 동리의 어머니가 곧 동리를 잡아끌고 집으로 돌아갔소. (화가 난) 좌백이 태행산(太行山)을 번쩍 들어 (동리를 향해) 내던졌는데, 동리의 어머니를 잘못 맞혀, 한 쪽 눈을 뜰 수가 없었소.

【乃(내)】: 곧, 바로.

【拽(예)】: 끌다, 질질 끌다, 끌어당기다.

【擧(거)】: (손으로) 들다.

【太行山(태행산)】: [산 이름] 산서성의 고원(高原)과 하북성 평원(平原) 사이에 있는 큰 산

【擲(척)】: 던지다.

【誤中(오중)】: 잘못 맞히다.

【眯(미)】: (눈에 티가 들어가) 눈을 뜰 수 없다. ※판본에 따라서는 「眯」를 「昧(매)」라 했다.

8 母以爪剔出, 向西北彈之。故太行中斷, 而所彈之石, 今爲恒山也。子亦見之乎?」→ (동리) 어머니는 손톱으로 그것을 후벼내어, 서북쪽을 향해 튕겨버렸소. 그래서 (이때부터) 태행산은 중간이 끊어지고, 튕겨나간 돌은, 바로 지금의 항산(恒山)이 되었소. 그대도 이러한 일을 본 적이 있소?」

【爪(조)】: 손톱.

揖而退。弟子曰：「嘻！先生持大說以夸眩人，宜其困也。」[9]

번역문

공손룡(公孫龍)이 허풍을 떨다

공손룡(公孫龍)이 조(趙)나라 문왕(文王)을 알현하여 과장된 일을 가지고 문왕에게 과시하려 했다. 그리하여 문왕에게 대붕(大鵬)이 구만 리를 날고, 거인(巨人)이 연거푸 큰 자라를 낚은 이야기를 늘어놓았다.

문왕이 말했다.

「남해(南海)의 자라는 내가 보지 못한 것이고, 오직 우리 조나라에 있는 일을 가지고 그대에게 답하겠소. 과인(寡人)의 속지(屬地)인 진양(鎭陽)에 동리(東里)와 좌백(左伯)이라는 두 어린아이가 있었소. (이들이) 함께 발해

【剔出(척출)】: 후벼내다.

【彈(탄)】: 튕기다.

【故(고)】: 그래서.

【恒山(항산)】: 산서성 동북쪽에 있는 산으로 중국 오악(五嶽)의 하나. ※오악은 동악(東嶽)·서악(西嶽)·남악(南嶽)·북악(北嶽)·중악(中嶽)으로 산동성의 태산(泰山 : 동악), 섬서성의 화산(華山 : 서악), 호남성의 형산(衡山 : 남악), 산서성의 항산(恒山 : 북악), 하남성의 숭산(嵩山 : 중악).

9 公孫龍逡巡喪氣，揖而退。弟子曰：「嘻！先生持大說以夸眩人，宜其困也。」→ 공손룡은 (이 말을 듣자) 풀이 죽고 기가 꺾여, 읍(揖)을 하고 물러갔다. 공손룡의 제자가 말했다 : 「아! 선생님은 줄곧 황당한 말을 가지고 남들에게 과시하였으니, 마땅히 곤욕을 당하는 것입니다.」

【逡巡喪氣(준순상기)】: 풀이 죽고 기가 꺾이다. 의기소침하다.

【揖(읍)】: 읍하다. ※양손을 맞잡아 얼굴 앞으로 들고 허리를 앞으로 공손히 구부렸다가 펴면서 손을 내리는 중국인의 인사 방법.

【嘻(희)!】: [감탄사] 아!

【持大說以夸眩人(지대설이과현인)】: 황당한 말을 가지고 사람들에게 과시하다. 〖持〗: 가지다, 잡다. 〖大說〗: 황당한 말. 〖眩〗: 뽐내다, 과시하다, 자랑하다.

【宜(의)】: 마땅히, 당연히.

【困(곤)】: 곤욕을 당하다.

(渤海)에서 장난을 치고 있는데, 잠시 후 붕(鵬)이라는 새가 무리를 지어 물 위에서 날고 있었소. 동리가 급히 붕새를 잡으러 바다로 들어가 단번에 (한 마리를) 잡았소. 발해는 수심이 깊었지만 겨우 동리의 정강이에 닿았소. (동리는 잡은 붕새를) 어떻게 담을까 고개를 돌려 둘러보더니, 곧 좌백의 두건을 끌어다가 담아버렸소. 좌백이 화가 나서 동리와 서로 싸우며 한참 동안 멈추지 않았소. 동리의 어머니가 곧 동리를 잡아끌고 집으로 돌아갔소. (화가 난) 좌백이 태행산(太行山)을 번쩍 들어 (동리를 향해) 내던졌는데, 동리의 어머니를 잘못 맞혀 한 쪽 눈을 뜰 수가 없었소. (동리) 어머니는 손톱으로 그것을 후벼내어 서북쪽을 향해 튕겨버렸소. 그래서 (이때부터) 태행산은 중간이 끊어지고, 튕겨나간 돌은 바로 지금의 항산(恒山)이 되었소. 그대도 이러한 일을 본 적이 있소?」

공손룡은 (이 말을 듣자) 풀이 죽고 기가 꺾여 읍(揖)을 하고 물러섰다.

공손룡의 제자가 말했다.

「아! 선생님은 줄곧 황당한 말을 가지고 남들에게 과시하였으니, 마땅히 곤욕을 당하는 것입니다.」

해설

공손룡(公孫龍)은 허풍(虛風)과 호언장담(豪言壯談)을 과시하다가 결국 조문왕(趙文王)을 만나 벽에 부딪혀 기가 꺾인 후 제자들로부터 야유를 받았다.

이 우언은 허풍을 잘 떠는 사람을 풍자하는 동시에, 허풍은 허풍으로 다스려야 한다는 이열치열(以熱治熱)의 이치를 설명한 것이다.

084 영구서생(營丘書生)

《艾子雜說》

원문 및 주석

營丘書生[1]

營丘士, 性不通慧, 每多事, 好折難而不中理。[2] 一日, 造艾子, 問曰:「凡大車之下, 與橐駝之項, 多綴鈴鐸, 其故何也?」[3] 艾子曰:

1 營丘書生 → 영구(營丘)의 서생(書生)
【營丘(영구)】: [지명] 지금의 산동성 임치(臨淄) 북쪽.
【書生(서생)】: 선비, 서생.

2 營丘士, 性不通慧, 每多事, 好折難而不中理。→ 영구(營丘)의 한 서생(書生)은, 타고난 성품이 고지식하고 지혜롭지 못하면서도, 항상 하는 일이 많고, 또 남을 힐난하길 좋아했으나, 사리에 들어맞지 않았다.
【士(사)】: 선비, 서생.
【性(성)】: 타고난 성품, 본성.
【不通慧(불통혜)】: 고지식하고 지혜롭지 못하다.
【好(호)】: [동사] 좋아하다.
【折難(절난)】: 난처하게 하다, 힐난하다.
【中理(중리)】: 사리에 부합하다, 이치에 들어맞다.

3 一日, 造艾子, 問曰:「凡大車之下, 與橐駝之項, 多綴鈴鐸, 其故何也?」→ 하루는, (그가) 애자(艾子)를 찾아가, 물었다:「무릇 큰 수레의 아래와 낙타의 목에는, 대부분 방울을 달았는데, 그 까닭이 무엇입니까?」
【造(조)】: 방문하다, 찾아가다.
【凡(범)】: 무릇.
【橐駝(탁타)】: 낙타.
【項(항)】: 목.

「車、駝之爲物甚大, 且多夜行, 忽狹路相逢, 則難於迴避, 憑藉鳴聲相聞, 使預得迴避爾。」[4] 營丘士曰:「佛塔之上, 亦設鈴鐸, 豈謂塔亦夜行而行使相避耶?」[5] 艾子曰:「君不通事理, 乃至如此! 凡鳥鵲多托高以巢, 糞穢狼藉, 故塔之有鈴, 所以警鳥鵲也, 豈以車、駝比耶?」[6] 營丘士曰:「鷹鶻之尾, 亦設小鈴, 安有鳥鵲巢於鷹鶻之尾

....

【多(다)】: 대부분, 대체로.
【綴(철)】: 꿰매다, 얽어매다. 여기서는 「매달다」의 뜻.
【鈴鐸(영탁)】: 처마 끝에 다는 풍경. 여기서는 「방울」을 가리킨다.
【故(고)】: 연고, 까닭.

4 艾子曰:「車、駝之爲物甚大, 且多夜行, 忽狹路相逢, 則難於迴避, 憑藉鳴聲相聞, 使預得迴避爾。」→ 애자가 대답했다:「수레나 낙타 같은 물체는 매우 크고, 또 대부분 밤에 다니기 때문에, 갑자기 좁은 길에서 마주치면, 피하기가 어렵다네. 그래서 방울 소리를 통해 (상대방으로 하여금) 듣고, 미리 피할 수 있게 하는 것이라네.」
【爲物(위물)】: 물체, 물건.
【甚(심)】: 매우.
【且(차)】: 또, 또한, 그리고.
【多(다)】: 대부분, 대개.
【忽(홀)】: 갑자기, 홀연히.
【狹路相逢(협로상봉)】: 좁은 길에서 마주치다. 〖相逢〗: 만나다, 마주치다.
【難於(난어)…】: …하기 어렵다.
【迴避(회피)】: 피하다, 회피하다.
【憑藉(빙자)】: …에 의지하다, …을 통하다. ※판본에 따라서는 「憑」을 「以(이)」라 했다.
【鳴聲(명성)】: 딸랑딸랑 울리는 소리.
【相聞(상문)】: (상대방에게) 알려주다.
【使預得(사예득)…】: 미리 …할 수 있게 하다. 〖使〗: …하게 하다. 〖得〗: 能(능), …할 수 있다.
【爾(이)】: [어조사].

5 營丘士曰:「佛塔之上, 亦設鈴鐸, 豈謂塔亦夜行而行使相避耶?」→ 영구의 서생이 물었다:「불탑(佛塔) 위에도, 역시 방울을 달아 놓았는데, 그래 탑도 밤에 다니기 때문에 (상대방으로 하여금 듣고) 피하도록 한 것이란 말입니까?」
【設(설)】: 설치하다, 달다.
【豈謂(기위)…耶(야)?】: 그래 …란 말인가? 어찌 …라 하겠는가?
【行使(행사)】: …하도록 하다, …하게 하다.
【相避(상피)】: 피하다.

6 艾子曰:「君不通事理, 乃至如此! 凡鳥鵲多托高以巢, 糞穢狼藉, 故塔之有鈴, 所以警鳥鵲也,

乎?」[7] 艾子大笑曰:「怪哉, 君之不通也! 夫鷹隼擊物, 或入林中, 而絆足絛線, 偶爲木之所絓, 則振羽之際, 鈴聲可尋而索也, 豈謂防鳥鵲之巢乎?」[8] 營丘士曰:「吾嘗見挽郎秉鐸而歌, 雖不究其理, 今

豈以車、駝比耶?」→ 애자가 대답했다:「그대는 사리에 통하지 않음이, 마침내 이러한 지경에 이르렀군! 대저 새와 까치는 대체로 높은 곳에 의탁하여 둥지를 트는데, 배설물이 여기저기 흩어져 지저분하다네. 그래서 탑에 방울을 달아, 이로써 새와 까치를 경계(警戒)하는 것이네. 그런데 어찌 수레와 낙타를 가지고 이를 비유하는가?」

【君(군)】: 그대, 당신, 귀하.
【乃(내)】: 마침내, 결국.
【凡(범)】: [발어사] 대저, 무릇.
【鳥鵲(조작)】: 새와 까치.
【多(다)】: 대개, 대체로, 대부분.
【托高以巢(탁고이소)】: 높은 곳에 의탁하여 둥지를 틀다. 〖巢〗: [동사 용법] 둥지를 틀다
【糞穢(분예)】: 배설물, 똥오줌.
【狼藉(낭자)】: 난잡하게 흩어지다, 여기저기 흩어져 지저분하다.
【故(고)】: 그래서.
【所以(소이)】: 이로써, 이것으로, 이러한 방법으로.
【警(경)】: 경계(警戒)하다, 단속하다.
【豈(기)…耶(야)?】: 어찌 …하는가?

7 營丘士曰:「鷹鷂之尾, 亦設小鈴, 安有鳥鵲巢於鷹鷂之尾乎?」→ 영구의 서생이 물었다:「매와 새매의 꼬리에도, 역시 작은 방울을 달았는데, 어찌 새와 까치가 매와 새매의 꼬리에 둥지를 트는 일이 있겠습니까?」

【鷹鷂(응요)】: 매와 새매.
【安有(안유)…乎(호)?】: 어찌 …이 있겠는가? 〖安〗: 어찌.

8 艾子大笑曰:「怪哉, 君之不通也! 夫鷹隼擊物, 或入林中, 而絆足絛線, 偶爲木之所絓, 則振羽之際, 鈴聲可尋而索也, 豈謂防鳥鵲之巢乎?」→ 애자가 큰소리로 웃으며 말했다:「정말 이상하구먼, 자네 통하지 않는 것 말이야! 매와 새매가 먹잇감을 공격하다 보면, 간혹 산림 속으로 들어가, 발에 잡아맨 끈이, 우연히 나뭇가지에 얽히는 경우가 있는데, 날개를 퍼덕거릴 때, 방울 소리가 나면 (사람들이) 그것을 찾아낼 수가 있네. 어찌 새와 까치가 (매와 새매의 꼬리에) 둥지 트는 것을 방지하는 것이라 말하는가?」

【夫(부)】: [발어사].
【隼(준)】: 새매.
【擊物(격물)】: 물건을 공격하다. 여기서는 「먹잇감을 공격하다, 먹잇감을 잡다」의 뜻.
【或(혹)】: 간혹, 어쩌다.
【絆足絛線(반족도선)】: 발에 잡아 맨 끈. 〖絆〗: 묶다, 잡아매다. 〖絛〗: 絛(조), 실로 짠 줄.
※판본에 따라서는 「絛」를 「絛(조)」라 했다.

乃知恐爲木枝所綰, 而便於尋索也。抑不知綰郞之足者, 用皮乎? 用線乎?」[9] 艾子慍而答曰 :「挽郞乃死者之導也, 爲死人生前好詰難, 故鼓鐸以樂其尸耳。」[10]

【偶(우)】: 어쩌다, 우연히.
【爲(위)…所(소)…】: [피동형] …에 의해 …되다.
【綰(관)】: 얽다, 감다, 매다.
【振羽(진우)】: 날개를 퍼덕거리다. 〖振〗: 떨다, 흔들다. 여기서는 「퍼덕거리다, 퍼덕이다」의 뜻.
【…之際(지제)】: …할 때, …할 즈음에.
【可尋而索(가심이색)】: 찾아낼 수 있다.
【豈謂(기위)…乎(호)?】: 어찌 …라 말하는가?

9 營丘士曰 :「吾嘗見挽郞秉鐸而歌, 雖不究其理, 今乃知恐爲木枝所綰, 而便於尋索也。抑不知綰郞之足者, 用皮乎? 用線乎?」→ 영구의 서생이 말했다 :「제가 일찍이 출상(出喪) 때 앞에서 길을 인도(引導)하는 선소리꾼이 요령(搖鈴)을 잡고 만가(挽歌)를 부르는 것을 보았습니다. (그때는) 비록 그 이치를 규명하지 못했지만, 이제 비로소 나뭇가지에 얽힐 것을 두려워하여, 찾기에 편리하도록 했다는 것을 알았습니나. 그러나 선소리꾼의 발에 맨 끈이, 가죽으로 만든 것인지, 실로 엮은 것인지 모르겠습니다.」
【嘗(상)】: 일찍이.
【挽郞(만랑)】: 출상(出喪) 할 때 영구(靈柩)를 끌며 만가(挽歌)를 부르는 사람. 여기서는 영구의 맨 앞에서 길을 인도하는 「선소리꾼, 요령잡이」를 가리킨다.
【秉鐸而歌(병탁이가)】: 요령(搖鈴)을 잡고 만가(挽歌)를 부르다. 〖秉〗: 잡다, 들다. 〖鐸〗: 방울, 풍경. 여기서는 「요령(搖鈴)」을 가리킨다. 〖歌〗: 노래를 부르다. 여기서는 「만가를 부르다」의 뜻.
【雖(수)】: 비록.
【究(구)】: 규명하다.
【乃(내)】: 비로소.
【恐(공)】: 두려워하다, 겁내다.
【爲(위)…所(소)…】: [피동형] …에게 …되다.
【便於尋索(편어심색)】: 찾기에 편리하다. 〖於〗: [개사] …에. 〖尋索〗: 찾다.
【抑(억)】: 그러나.
【線(선)】: 실.

10 艾子慍而答曰 :「挽郞乃死者之導也, 爲死人生前好詰難, 故鼓鐸以樂其尸耳。」→ 애자가 화를 내며 대답했다 :「선소리꾼은 바로 사자(死者)에게 길을 안내하는 사람이야. 죽은 사람이 생전에 남을 힐난하길 좋아했기 때문에, 그래서 요령을 딸랑딸랑 흔들어 그의 시신(尸身)을 즐겁게 해주려는 것이야.」
【慍(온)】: 성내다, 화내다, 원망하다.

번역문

영구(營丘)의 서생(書生)

영구(營丘)의 한 서생(書生)은 타고난 성품이 고지식하고 지혜롭지 못하면서도 항상 하는 일이 많고, 또 남을 힐난하길 좋아했으나 사리에 들어맞지 않았다. 하루는 (그가) 애자(艾子)를 찾아가 물었다.

「무릇 큰 수레의 아래와 낙타의 목에는 대부분 방울을 달았는데, 그 까닭이 무엇입니까?」

애자가 대답했다.

「수레나 낙타 같은 물체는 매우 크고 또 대부분 밤에 다니기 때문에, 갑자기 좁은 길에서 마주치면 피하기가 어렵다네. 그래서 방울 소리를 통해 (상대방으로 하여금) 듣고 미리 피할 수 있게 하는 것이라네.」

영구의 서생이 물었다.

「불탑(佛塔) 위에도 역시 방울을 달아 놓았는데, 그래 탑도 밤에 다니기 때문에 (상대방으로 하여금 듣고) 피하도록 한 것이란 말입니까?」

애자가 대답했다.

「그대는 사리에 통하지 않음이 마침내 이러한 지경에 이르렀군! 대저 새와 까치는 대체로 높은 곳에 의탁하여 둥지를 트는데, 배설물이 여기저

....

【乃(내)】: 바로 …이다.
【死者之導(사자지도)】: 사자(死者)에게 길을 인도(引導)하는 사람.
【爲(위)】: 因(인), …로 인해, … 때문에.
【好(호)】: [동사] 좋아하다.
【詰難(힐난)】: 힐난하다, 트집을 잡아 비난하다.
【故(고)】: 그래서.
【鼓鐸(고탁)】: 요령을 딸랑딸랑 흔들다. 〖鼓〗: 치다, 두드리다. 여기서는 「딸랑딸랑 흔들다」의 뜻.
【樂(락)】: [사동 용법] 즐겁게 하다.

기 흩어져 지저분하다네. 그래서 탑에 방울을 달아, 이로써 새와 까치를 경계(警戒)하는 것이네. 그런데 어찌 수레와 낙타를 가지고 이를 비유하는가?」

영구의 서생이 물었다.

「매와 새매의 꼬리에도 역시 작은 방울을 달았는데, 어찌 새와 까치가 매와 새매의 꼬리에 둥지를 트는 일이 있겠습니까?」

애자가 큰소리로 웃으며 말했다.

「정말 이상하구먼, 자네 통하지 않는 것 말이야! 매와 새매가 먹잇감을 공격하다 보면, 간혹 산림 속으로 들어가, 발에 잡아맨 끈이 우연히 나뭇가지에 얽히는 경우가 있는데, 날개를 퍼덕거릴 때 방울 소리가 나면 (사람들이) 그것을 찾아낼 수가 있네. 어찌 새와 까치가 (매와 새매의 꼬리에) 둥지 트는 것을 방지하는 것이라 말하는가?」

영구의 서생이 말했다.

「제가 일찍이 출상(出喪) 때 앞에서 길을 인도(引導)하는 선소리꾼이 요령(搖鈴)을 잡고 만가(挽歌)를 부르는 것을 보았습니다. (그때는) 비록 그 이치를 규명하지 못했지만, 이제 비로소 나뭇가지에 얽힐 것을 두려워하여 찾기에 편리하도록 했다는 것을 알았습니다. 그러나 선소리꾼의 발에 맨 끈이 가죽으로 만든 것인지 실로 엮은 것인지 모르겠습니다.」

애자가 화를 내며 대답했다.

「선소리꾼은 바로 사자(死者)에게 길을 안내하는 사람이야. 죽은 사람이 생전에 남을 힐난하길 좋아했기 때문에, 그래서 요령을 딸랑딸랑 흔들어 그의 시신(尸身)을 즐겁게 해주려는 것이야.」

해설

영구(營丘)의 서생(書生)은 애자(艾子)에게 큰 수레의 아래와 낙타의 목에 방울을 단 까닭에 대해 가르침을 청하면서, 일부러 불탑(佛塔) 위와 새매의 꼬리에 단 방울, 출상(出喪) 때 선소리꾼이 들고 있는 요령(搖鈴) 등을 큰 수레 아래와 낙타의 목에 매단 방울과 같은 논리로 엮어 애자에게 딴죽을 걸었다. 그리하여 화가 난 애자가 영구 서생을 가리켜 생전에 남을 힐난하기 좋아했던 시신(尸身)에 빗대어 폄하함으로서 상대방의 말문을 막아버렸다.

이 우언은 영구 서생의 깐죽거리는 형상을 통해, 사리에 들어맞지 않는 논리를 가지고 남을 힐난하기 좋아하는 사람의 악랄한 행위를 풍자한 것이다.

085 이부위골(以鳧爲鶻)

《艾子雜說》

원문 및 주석

以鳧爲鶻[1]

昔人將獵而不識鶻, 買一鳧而去。原上兔起, 颺之使擊, 鳧不能飛, 投於地, 又颺之, 投於地, 至三四。[2] 鳧忽蹣跚而人語曰:「我鴨也, 殺而食之, 乃其分, 奈何加我以提擲之苦乎?」[3] 其人曰:「我謂

1 以鳧爲鶻 → 오리를 사냥매로 여기다
【以(이)…爲(위)…】: …을 …으로 여기다, …으로 …을 삼다.
【鳧(부)】: 오리.
【鶻(골)】: 매, 송골매.

2 昔人將獵而不識鶻, 買一鳧而去。原上兔起, 颺之使擊, 鳧不能飛, 投於地, 又颺之, 投於地, 至三四。→ 옛날에 어떤 사람이 사냥을 나가려는데 매를 알지 못해, 오리 한 마리를 사가지고 갔다. 들판에서 토끼가 놀라 일어나자, 오리를 날려 보내 토끼를 잡게 했다. 그러나 오리는 날지를 못하고, 땅에 나동그라졌다. 또다시 날려 보냈으나, 또 땅에 나동그라졌다. 이렇게 서너 번을 반복했다.
【將(장)】: 장차 …하려 하나.
【獵(렵)】: 사냥하다.
【識(식)】: 알다, 알아보다.
【颺(양)】: 날려 보내다. ※ 판본에 따라서는 「颺」을 모두 「擲(척)」이라 했다.
【使擊(사격)】: 공격하게 하다. 즉 「잡게 하다, 잡도록 하다」의 뜻.
【投於(투어)…】: …에 던지다. 여기서는 「…에 나동그라지다」의 뜻. 【於】: [개사] …에.
【颺之(양지)】: ※ 판본에 따라서는 「颺之」를 「再擲(재척)」이라 했다.

3 鳧忽蹣跚而人語曰:「我鴨也, 殺而食之, 乃其分, 奈何加我以提擲之苦乎?」→ 오리가 갑자

爾爲鶻, 可以獵兔耳, 乃鴨耶?」[4] 鳧擧掌而示, 笑以言曰 :「看我這脚手, 可以搦得他兔否?」[5]

번역문

오리를 사냥매로 여기다

옛날에 어떤 사람이 사냥을 나가려는데 매를 알지 못해 오리 한 마리를 사가지고 갔다. 들판에서 토끼가 놀라 일어나자 오리를 날려 보내 토끼를

기 비틀거리며 사람의 언어로 말했다 :「나는 오리입니다. 잡혀 먹히는 것이, 바로 나의 본분인데, 왜 나에게 내던져지는 고통을 안겨 줍니까?」
【忽(홀)】: 돌연, 갑자기.
【蹣跚(반산)】: 비틀거리며 걷는 모양.
【食(식)】: [동사] 먹다.
【乃(내)】: 바로 …이다.
【分(분)】: 본분, 직분.
【奈何(내하)】: 왜, 어째서, 어찌.
【加(가)】: 가하다, 주다.
【提擲之苦(제척지고)】: 내던져지는 고통. ※판본에 따라서는「提擲之苦」를「擲之苦(척지고)」라 했다.

4 其人曰 :「我謂爾爲鶻, 可以獵兔耳, 乃鴨耶?」→ 그가 말했다 :「나는 너를 매로 여겨, 토끼를 사냥할 수 있다고 생각했는데, 뜻밖에도 오리라니?」
【謂(위)】: …라고 생각하다.
【爾(이)】: 너, 당신.
【爲鶻(위골)】: 매로 여기다.
【可以(가이)】: …할 수 있다.
【乃(내)】: 竟(경), 의외로, 뜻밖에도.

5 鳧擧掌而示, 笑以言曰 :「看我這脚手, 可以搦得他兔否?」→ 오리는 발바닥을 들어 보여주더니, 웃으며 말했다 :「나의 이 손과 발을 보십시오, 토끼를 잡을 수 있는지 없는지?」
【擧(거)】: 들다.
【掌(장)】: 손바닥, 발바닥.
【這(저)】: [지시대명사] 이, 이것.
【可以(가이)…否(부)?】: …할 수 있는지 없는지? 즉「…할 수 있겠는가?」의 뜻.
【搦(닉)】: 捉(착), 잡다.

잡게 했다. 그러나 오리는 날지를 못하고 땅에 나동그라졌다. 또다시 날려 보냈으나 또 땅에 나동그라졌다. 이렇게 서너 번을 반복했다. 오리가 갑자기 비틀거리며 사람의 언어로 말했다.

「나는 오리입니다. 잡혀 먹히는 것이 바로 나의 본분인데, 왜 나에게 내던져지는 고통을 안겨 줍니까?」

그가 말했다.

「나는 너를 매로 여겨 토끼를 사냥할 수 있다고 생각했는데, 뜻밖에도 오리라니?」

오리는 발바닥을 들어 보여주더니 웃으며 말했다.

「나의 이 손과 발을 보십시오, 토끼를 잡을 수 있는지 없는지?」

해설

사냥을 나간다는 사람이 매를 몰라 오리를 사가지고 사냥을 나갔다는 것은 사냥에 대한 기본도 모르는 어처구니없는 일이다.

무슨 일에 착수하려면 무엇보다도 먼저 사물의 본질을 깊이 이해해야 하고, 일부 겉으로 드러난 현상에 미혹되지 말아야 한다. 그런데 우리 현실 생활에서 보면 오리를 매라고 하는 엉뚱한 사람이 분명히 있다. 그들은 객관적인 규칙을 위반하고, 다만 상상에 의지해 일을 처리하기 때문에 왕왕 실패를 자초한다.

이 우언은 단순히 자기의 주관적인 생각만 가지고 일을 처리하는 융통성 없는 사람을 풍자한 것이다.

086 합마야곡(蛤蟆夜哭)

《艾子雜說》

원문 및 주석

蛤蟆夜哭[1]

艾子浮於海, 夜泊島嶼, 中夜, 聞水下有人哭聲, 復若人言, 遂聽之。[2] 其言曰 :「昨日龍王有令, 應水族有尾者斬。吾鼉也, 故懼誅而哭, 汝蝦蟆無尾, 何哭?」[3] 復聞有言曰 :「吾今幸無尾, 但恐更理會

---

1 蛤蟆夜哭 → 두꺼비가 밤중에 울다
【蛤蟆(합마)】: 두꺼비.

2 艾子浮於海, 夜泊島嶼, 中夜, 聞水下有人哭聲, 復若人言, 遂聽之。→ 애자(艾子)가 (배를 타고) 바다에서 떠다니다가, 밤이 되어 섬에 정박했는데, 한밤중에 물밑에서 사람 우는 소리가 들리고, 또 마치 사람이 말을 하고 있는 것 같아, 귀를 기울여 들었다.
【浮於海(부어해)】: 바다에서 항행(航行)하다. 〖浮〗: (물에) 뜨다, 떠나니다. 〖於〗: [개사] …에, …에서.
【泊(박)】: 정박하다.
【島嶼(도서)】: 섬. ※판본에 따라서는 「島嶼」를 「島峙(도치)」라 했다.
【復(부)】: 又(우), 또, 또한.
【若(약)】: 마치 …같다.
【遂(수)】: 그리하여.

3 其言曰 :「昨日龍王有令, 應水族有尾者斬。吾鼉也, 故懼誅而哭, 汝蝦蟆無尾, 何哭?」→ 그중 하나가 말했다 :「어제 용왕(龍王)이 명을 내려, 수족(水族) 중에 꼬리가 달린 자는 마땅히 참수(斬首)해야 한다고 했어. 나는 악어이니까, 죽는 것이 두려워서 울지만, 너는 두꺼비이고 꼬리가 없는데, 왜 우는 거야?」
【斬(참)】: 베다, 참수(斬首)하다.

科斗時事也。」[4]

번역문

두꺼비가 밤중에 울다

애자(艾子)가 (배를 타고) 바다에서 떠다니다가 밤이 되어 섬에 정박했는데, 한밤중에 물밑에서 사람 우는 소리가 들리고, 또 마치 사람이 말을 하고 있는 것 같아 귀를 기울여 들었다.

그중 하나가 말했다.

「어제 용왕(龍王)이 명을 내려 수족(水族) 중에 꼬리가 달린 자는 마땅히 참수(斬首)해야 한다고 했어. 나는 악어이니까 죽는 것이 두려워서 울지만, 너는 두꺼비이고 꼬리가 없는데 왜 우는 거야?」

또 다른 하나의 말소리가 들렸다.

「내가 지금은 다행히 꼬리가 없지만, 그러나 다시 올챙이 시절의 일을

【鼉(타)】: 악어.
【懼誅而哭(구주이곡)】: 죽는 것을 두려워하여 울다, 죽는 것이 두려워서 울다. 〖懼〗: 두려워하다. 〖誅〗: 죽이다.
【故(고)】: 그래서.
【汝(여)】: 너, 당신.
【蝦蟆(하마)】: 두꺼비. ※판본에 따라서는 「蝦蟆」를 「蝦蟆(하마)」라 했다.

4 復聞有言曰: 「吾今幸無尾, 但恐更理會科斗時事也。」 → 또 다른 하나의 말소리가 들렸다: 「내가 지금은 다행히 꼬리가 없지만, 그러나 다시 올챙이 시절의 일을 추궁할까 두려워서 그래.」
【復(부)】: 또, 다시.
【但(단)】: 그러나, 다만.
【恐(공)】: 두려워하다, 겁내다.
【更(갱)】: 다시, 재차.
【理會(이회)】: 추궁하다, 추적하여 조사하다.
【科斗(과두)】: 蝌蚪(과두), 올챙이.

추궁할까 두려워서 그래.」

해설

악어는 수족(水族) 중에 꼬리가 달린 자들을 참수하라고 한 용왕(龍王)의 명령을 듣고 죽을까 두려워 울었고, 두꺼비는 현재 꼬리가 없지만 올챙이 시절에 꼬리가 있었다는 것을 추궁하여 화를 당할까 걱정하여 울었다.

이 우언은 작자가 악어와 두꺼비의 대화를 빌려, 당시 봉건사회의 권력자들이 자신들과 정치 주장을 달리하는 정적(政敵)에 대해 과거의 일을 소급 적용하여 박해를 가한 잔혹한 상황을 풍자한 것이다.

087 용왕봉와(龍王逢蛙)

《艾子雜說》

원문 및 주석

龍王逢蛙[1]

龍王逢一蛙於海濱, 相問訊後, 蛙問龍王曰 :「王之居處何如?」王曰 :「珠宮貝闕, 翬飛璇題。」[2] 龍復問 :「汝之居處何若?」蛙曰 :「綠苔碧草, 淸泉白石。」[3] 復問曰 :「王之喜怒如何?」[4] 龍曰 :「吾喜

1 龍王逢蛙 → 용왕(龍王)이 개구리를 만나다
【逢(봉)】: 만나다.
【蛙(와)】: 개구리.

2 龍王逢一蛙於海濱, 相問訊後, 蛙問龍王曰 :「王之居處何如?」王曰 :「珠宮貝闕, 翬飛璇題。」→ 용왕(龍王)이 해변에서 개구리 한 마리를 만났다. 서로 안부를 물은 후, 개구리가 용왕에게 물었다 :「왕의 거처는 어떠합니까?」용왕이 대답했다 :「궁궐은 진주 보배로 장식하고, 위를 향해 높이 들린 비첨(飛檐)은 서까래 끝을 옥으로 장식했지.」
【問訊(문신)】: 안부를 묻다.
【何如(하여)】: 如何(여하), 어떤가?
【珠宮貝闕(주궁패궐)】: 진수 보배로 장식한 궁궐.
【翬飛(휘비)】: 위를 향해 높이 들린 비첨(飛檐). 【翬】: 훨훨 나는 모양. 【飛】: 여기서는「비첨(飛檐)」을 가리킨다.
【璇題(선제)】: 아름다운 옥으로 장식한 서까래의 끝. 【璇】: 아름다운 옥. 【題】: 서까래의 끝.

3 龍復問 :「汝之居處何若?」蛙曰 :「綠苔碧草, 淸泉白石。」→ 용왕이 다시 (개구리에게) 물었다 :「너의 거처는 어떠냐?」개구리가 대답했다 :「초록빛 이끼와 푸른 풀이 있고, 맑은 샘과 하얀 돌이 있습니다.」
【復(부)】: 또, 다시.

則時降膏澤, 使五穀豐稔; 怒則先之以暴風, 次之以震霆, 繼之以飛電, 使千里之內, 寸草不留。」[5] 龍問蛙曰 : 「汝之喜怒何如?」[6] 曰 : 「吾之喜則淸風明月, 一部鼓吹; 怒則先之以努眼, 次之以腹脹, 然後至於脹過而休。」[7]

....

【汝(여)】: 너, 당신.
【何若(하약)】: 如何(여하), 어떤가?
【綠苔碧草(녹태벽초)】: 초록빛 이끼와 푸른 풀. 〖苔〗: 이끼. 〖碧〗: 푸르다.
【淸泉白石(청천백석)】: 맑은 샘과 하얀 돌.

4 復問曰 : 「王之喜怒如何?」→(개구리가) 다시 (용왕에게) 물었다 : 「왕께서는 기쁘거나 화가 날 때 어떻게 하십니까?」

5 龍曰 : 「吾喜則時降膏澤, 使五穀豐稔; 怒則先之以暴風, 次之以震霆, 繼之以飛電, 使千里之內, 寸草不留。」→용왕이 대답했다 : 「내가 기쁠 때는 제때에 단비를 내려, 오곡이 풍성하게 무르익도록 하고; 화가 날 때는 먼저 폭풍을 일으키고, 다음에 벼락을 내리고, 뒤이어 번개를 쳐서, 천 리 이내에 풀 한 포기도 남지 않게 하지.」
【時降膏澤(시강고택)】: 제때에 단비를 내리다. 〖時〗: 제때, 알맞은 때, 적시. 〖降〗: 내리다. 〖膏澤〗: 단비.
【使(사)】: …하게 하다, …하도록 하다.
【豐稔(풍임)】: 풍성하게 무르익다. 〖稔〗: 익다, 여물다.
【先之(선지)】: 먼저, 우선.
【次之(차지)】: 다음, 그 다음.
【震霆(진정)】: 천둥(벼락)을 치다. 〖震〗: 진동하다, 울리다. 〖霆〗: 천둥, 벼락.
【繼之(계지)】: 이어서, 뒤이어.
【飛電(비전)】: 번개.
【寸草不留(촌초불류)】: 풀 한 포기도 남지 않다.

6 龍問蛙曰 : 「汝之喜怒何如?」→용왕이 개구리에게 물었다 : 「너는 기쁘거나 화가 날 때 어떻게 하느냐?」

7 曰 : 「吾之喜則淸風明月, 一部鼓吹; 怒則先之以努眼, 次之以腹脹, 然後至於脹過而休。」→(개구리가) 대답했다 : 「제가 기쁠 때는 맑은 바람과 밝은 달 아래서, 고취악(鼓吹樂) 한 곡을 연주하고; 화가 날 때는 먼저 눈알이 돌출하고, 다음에 배가 부풀어 오르고, 그런 다음에 부풀기가 지나친 정도에 이르면 멈춥니다.」
【淸風明月(청풍명월)】: 맑은 바람과 밝은 달.
【一部鼓吹(일부고취)】: 한 곡의 고취악(鼓吹樂)을 합주하다. 〖鼓吹〗: 옛날 일종의 기악 합주. 즉 「고취악」. 여기서는 「개구리 소리」를 가리킨다.
【努眼(노안)】: 눈을 부릅뜨고 눈알이 튀어나오다.
【腹脹(복창)】: 배가 부풀어 오르다. 〖脹〗: 팽창하다, 부풀다.

번역문

용왕(龍王)이 개구리를 만나다

용왕(龍王)이 해변에서 개구리 한 마리를 만났다. 서로 안부를 물은 후 개구리가 용왕에게 물었다.

「왕의 거처는 어떠합니까?」

용왕이 대답했다.

「궁궐은 진주 보배로 장식하고, 위를 향해 높이 들린 비첨(飛檐)은 서까래 끝을 옥으로 장식했지.」

용왕이 다시 (개구리에게) 물었다.

「너의 거처는 어떠냐?」

개구리가 대답했다.

「초록빛 이끼와 푸른 풀이 있고, 맑은 샘과 하얀 돌이 있습니다.」

(개구리가) 다시 (용왕에게) 물었다.

「왕께서는 기쁘거나 화가 날 때 어떻게 하십니까?」

용왕이 대답했다.

「내가 기쁠 때는 제때에 단비를 내려 오곡이 풍성하게 무르익도록 하고, 화가 날 때는 먼저 폭풍을 일으키고, 다음에 벼락을 내리고, 뒤이어 번개를 쳐서 천 리 이내에 풀 한 포기도 남지 않게 하지.」

용왕이 개구리에게 물었다.

「너는 기쁘거나 화가 날 때 어떻게 하느냐?」

(개구리가) 대답했다.

【至於(지어)…】: …에 이르다. 【於】: [개사] …에.
【脹過(창과)】: 지나치게 부풀다.
【休(휴)】: 멈추다, 중지하다.

「제가 기쁠 때는 맑은 바람과 밝은 달 아래서 고취악(鼓吹樂) 한 곡을 연주하고, 화가 날 때는 먼저 눈알이 돌출하고, 다음에 배가 부풀어 오르고, 그런 다음에 부풀기가 지나친 정도에 이르면 멈춥니다.」

해설

애자(艾子)가 연(燕)나라에 사신으로 갔을 때 연왕(燕王)이 강대국인 진(秦)나라에 의해 괴롭힘을 당하는 것을 하소연하며 애자에게 좋은 방안을 모색해 달라고 청했다. 이에 애자가 연왕에게 용왕과 개구리의 이야기를 들려주는 방법으로 은근히 진나라와 연왕의 관계를 비유했다. 연왕은 애자의 이야기를 듣고 나서 그만 부끄러운 기색을 감추지 못했다.

이 우언은 애자가 용왕과 개구리의 관계를 진나라와 연왕의 관계에 비유하여, 능력과 환경 여건이 서로 다른 상황에서 주워진 환경에 억지로 거역하려 하지 말고, 적절히 대응하며 인내하는 것을 최상이라 여겨 스스로 번민을 해소해야 한다는 자아치유(自我治癒)의 해법을 권고한 것이다.

088 비기부불생기자(非其父不生其子)

《艾子雜說》

원문 및 주석

非其父不生其子[1]

齊有富人, 家累千金, 其二子甚愚, 其父又不教之。[2] 一日, 艾子謂其父曰 :「君之子雖美, 而不通世務, 他日曷能克其家?」[3] 父怒曰 :

1 非其父不生其子 → 그 아비에 그 아들
【非其父不生其子(비기부불생기자)】: 그러한 아비가 아니면 그러한 아들을 낳지 않는다. 즉「그 아비에 그 아들」의 뜻.

2 齊有富人, 家累千金, 其二子甚愚, 其父又不教之。→ 제(齊)나라에 부자가 있는데, 집에 많은 재산을 축적하고 있으나, 자기의 두 아들이 매우 우둔한데도, 아버지는 자식들을 가르치지 않았다.
【齊(제)】: [국명] 지금의 산동성 북부와 하북성 남부에 걸쳐 있던 주대(周代)의 제후국.
【家累千金(가루천금)】: 집에 많은 재산을 축적하다. 〖累〗: 모으다, 쌓다, 축적하다. 〖千金〗: 천금. 여기서는「많은 재산」을 가리킨다.
【甚(심)】: 매우, 몹시.
【愚(우)】: 어리석다, 우둔하다.
【之(지)】: [대명사] 그, 즉「아들」.

3 一日, 艾子謂其父曰 :「君之子雖美, 而不通世務, 他日曷能克其家?」→ 하루는, 애자(艾子)가 그 아버지에게 물었다 :「당신의 아들은 비록 잘생겼지만, 세상물정을 모르니, 훗날 어찌 집안을 다스릴 수 있겠습니까?」
【君(군)】: 그대, 당신.
【雖(수)】: 비록.
【美(미)】: 잘생기다.
【不通世務(불통세무)】: 세상물정을 모르다. 〖通〗: 통하다. 즉「알다, 이해하다」의 뜻. 〖世

「吾之子敏, 而且恃多能, 豈有不通世務耶?」[4] 艾子曰 :「不須試之他, 但問君之子所食者米從何來? 若知之, 吾當妄言之罪。」[5] 父遂呼其子問之, 其子嘻然笑曰 :「吾豈不知此也, 每以布囊取來。」[6] 其父愀然而改容曰 :「子之愚甚也, 彼米不是田中來?」 艾子曰 :「非

務】: 세상물정.
【他日(타일)】: 훗날.
【曷能(갈능)】: 어찌 …할 수 있는가? 〖曷〗: 어찌.
【克(극)】: 다스리다, 관리하다.

4 父怒曰 :「吾之子敏, 而且恃多能, 豈有不通世務耶?」→그 아버지가 화를 내며 말했다 :「나의 아들은 총명하고, 또한 다재다능하다고 자부하는데, 어찌 세상물정을 모를 리가 있겠소?」
【怒(노)】: 화를 내다.
【敏(민)】: 민첩하다. 여기서는 「총민하다, 영리하다, 총명하다」의 뜻.
【而且(이차)】: 그리고, 또한.
【恃(시)】: 믿다, 자부하다.
【多能(다능)】: 다재다능하다.
【豈有(기유)…耶(야)?】: 어찌 …이(가) 있겠는가? 〖豈〗: 어찌.

5 艾子曰 :「不須試之他, 但問君之子所食者米從何來? 若知之, 吾當妄言之罪。」→애자가 말했다 :「아들에게 다른 것을 시험할 필요 없이, 다만 당신의 아들이 먹는 쌀이 어디서 오는 것인지 물어보십시오. 만일 그것을 알고 있다면, 나는 망언(妄言)한 죄를 감수할 것입니다.」
【不須(불수)】: …할 필요가 없다.
【但(단)】: 단지, 다만.
【從何來(종하래)?】: 어디에서 오는지?, 이디에서 오는 것인지?
【若(약)】: 만약, 만일.
【當(당)】: 감당하다, 감수하다, 받아들이다.
【妄言(망언)】: 허튼소리, 터무니없는 말.

6 父遂呼其子問之, 其子嘻然笑曰 :「吾豈不知此也, 每以布囊取來。」→그리하여 아버지가 자기 아들을 불러 그것을 물으니, 아들이 히히 웃으며 말했다 :「내가 어찌 이런 것을 모르겠어요? 매번 자루를 가지고 담아 와요.」
【遂(수)】: 그리하여.
【呼(호)】: 부르다.
【嘻然(희연)】: 히히거리는 모양.
【豈(기)】: 어찌.
【以布囊取來(이포낭취래)】: 자루를 가지고 담아 오다. 〖以〗: …으로, …을 가지고, …사용하

其父不生其子。」[7]

번역문

그 아비에 그 아들

제(齊)나라에 부자가 있는데, 집에 많은 재산을 축적하고 있으나 자기의 두 아들이 매우 우둔한데도 아버지는 자식들을 가르치지 않았다. 하루는 애자(艾子)가 그 아버지에게 물었다.

「당신의 아들은 비록 잘생겼지만 세상물정을 모르니 훗날 어찌 집안을 다스릴 수 있겠습니까?」

그 아버지가 화를 내며 말했다.

「나의 아들은 총명하고 또한 다재다능하다고 자부하는데, 어찌 세상물정을 모를 리가 있겠소?」

애자가 말했다.

「아들에게 다른 것을 시험할 필요 없이, 다만 당신의 아들이 먹는 쌀이 어디서 오는 것인지 물어보십시오. 만일 그것을 알고 있다면, 나는 망언(妄言)한 죄를 감수할 것입니다.」

(그리하여) 아버지가 자기 아들을 불러 그것을 물으니, 아들이 히히 웃으며 말했다.

여. 〖布囊〗: 자루, 포대.

7 其父愀然而改容曰:「子之愚甚也, 彼米不是田中來?」艾子曰:「非其父不生其子。」→그 아버지가 정색을 하고 낯빛을 바꾸며 말했다:「너 참으로 아둔하구나! 그 쌀은 밭에서 오는 것이 아니냐?」애자가 말했다:「그 아비에 그 아들이군!」
【愀然(초연)】: 정색을 하는 모양, 얼굴빛이 변하는 모양.
【改容(개용)】: 낯빛을 바꾸다.
【愚甚(우심)】: 참으로 아둔하다, 몹시 우둔하다. 〖甚〗: 참으로, 몹시, 매우.

「내가 어찌 이런 것을 모르겠어요? 매번 자루를 가지고 담아 와요.」

그 아버지가 정색을 하고 낯빛을 바꾸며 말했다.

「너 참으로 아둔하구나! 그 쌀은 밭에서 오는 것이 아니냐?」

애자가 말했다.

「그 아비에 그 아들이군!」

해설

애자(艾子)가 부자의 아들이 세상물정에 어두워 장차 집안을 관리할 수가 없을 것이라 지적하자, 부자는 이를 매우 불쾌하게 생각하며 자기 아들이 매우 총명하다고 했다. 이에 애자가 부자에게 「쌀이 어디에서 오는가?」라는 문제로 시험하여, 만일 아들이 그것을 알고 있다면 애자 자신이 허튼소리를 한 죄를 감수하겠다고 했다. 시험한 결과 아들은 쌀을 「자루를 가지고 담아 온다」고 대답했고, 아들의 엉뚱한 대답에 화가 난 부자는 또 아들을 아둔하다고 꾸짖으며 쌀이 밭에서 온 것이라 했다.

부자와 아들은 풍요롭게 안일한 생활을 하며 전혀 일을 해보지 않아 쌀이 어떠한 과정을 거쳐 생산된 것인지 조차 알지 못했다.

이 우언은 배우지 않고 가르치지 않은 폐단을 풍자하는 동시에, 교육은 반드시 실천과 결합해야 올바른 성과를 거둘 수 있다는 교육 방법의 중요성을 설명한 것이다.

089 귀파악인(鬼怕惡人)

《艾子雜說》

원문 및 주석

鬼怕惡人[1]

艾子行於塗, 見一廟, 矮小而裝飾甚嚴。[2] 前有一小溝, 有人行至水, 不可涉, 顧廟中, 而輒取大王像, 橫於溝上, 履之而去。[3] 復有一

1 鬼怕惡人 → 귀신은 악한 사람을 두려워한다
【怕(파)】: 겁내다, 두려워하다, 무서워하다.

2 艾子行於塗, 見一廟, 矮小而裝飾甚嚴。→ 애자(艾子)가 길을 가다가, 한 사당을 보았는데, (규모는) 왜소하지만 장식은 매우 위엄이 있었다.
【行於塗(행어도)】: 길에서 걸어가다, 길을 가다. ※판본에 따라서는 「行於塗」를 「行水塗(행수도)」라 했다.
【廟(묘)】: (조상이나 신 등을 모신) 사당.
【矮小(왜소)】: 작다, 왜소하다.
【甚(심)】: 심하다.
【嚴(엄)】: 위엄이 있다.

3 前有一小溝, 有人行至水, 不可涉, 顧廟中, 而輒取大王像, 橫於溝上, 履之而去。→ 사당 앞에는 작은 도랑 하나가 있었다. 어떤 사람이 도랑까지 걸어와서, 건널 수가 없자, 사당 안을 돌아보더니, 곧 대왕의 신상(神像)을 가져와, 도랑에 가로로 걸쳐 놓고, 그것을 밟고 건너갔다.
【溝(구)】: 도랑.
【行至(행지)…】: 걸어서 …에 이르다, …까지 걸어오다.
【涉(섭)】: 건너다.
【顧(고)】: 바라보다, 돌아보다.
【輒(첩)】: 곧, 바로, 즉시.

人至, 見之, 再三嘆之曰 : 「神像直有如此褻慢!」[4] 乃自扶起, 以衣拂飾, 捧至坐上, 再拜而去。[5] 須臾, 艾子聞廟中小鬼曰 : 「大王居此爲神, 享里人祭祀, 反爲愚民之辱, 何不施禍以譴之?」[6] 王曰 : 「然則禍當行於後來者。」[7] 小鬼又曰 : 「前人以履大王, 辱莫甚焉, 而不

【大王像(대왕상)】: 대왕(大王)의 신상(神像).
【橫於(횡어)…】: …에 가로로 놓다. 〖於〗: [개사] …에.
【履(리)】: 밟다.

4 復有一人至, 見之, 再三嘆之曰 : 「神像直有如此褻慢!」→ 또 어떤 사람이 와서, 그것을 보더니, 두세 번 탄식을 하고 말했다 : 「신상(神像)을 이처럼 모독하다니!」
【復(부)】: 또, 다시.
【直(직)】: 다만. ※판본에 따라서는 「直」을 「至(지)」라 했다.
【如此(여차)】: 이처럼, 이와 같이.
【褻慢(설만)】: 경시하다, 얕보다, 모독하다.

5 乃自扶起, 以衣拂飾, 捧至坐上, 再拜而去。→ 그리하여 친히 (신상을) 부축해 일으켜, 옷으로 깨끗이 털고 닦아, 다시 신좌(神座) 위에 받들어 놓은 다음, 재배(再拜)하고 떠났다.
【乃(내)】: 그리하여.
【扶起(부기)】: 부축하여 일으키다.
【拂飾(불식)】: 깨끗이 털고 닦다.
【捧(봉)】: 받들다.

6 須臾, 艾子聞廟中小鬼曰 : 「大王居此爲神, 享里人祭祀, 反爲愚民之辱, 何不施禍以譴之?」→ 잠시 후, 애자는 사당 안의 저승사자가 하는 말을 들었다 : 「대왕께서는 이곳에 거주하며 신이 되어, 마을 사람들의 제사를 누리고 있는데, 오히려 어리석은 백성에게 모욕을 당하셨습니다. 그런데 어째서 재앙을 내려 그를 꾸짖지 않으십니까?」
【須臾(수유)】: 잠시 후, 조금 있다가.
【享(향)】: 누리다, 받다.
【反(반)】: 오히려, 반대로.
【何不(하불)】: 어찌 …하지 않는가?
【施禍(시화)】: 재앙을 내리다, 재앙을 가하다.
【譴(견)】: 꾸짖다, 질책하다.

7 王曰 : 「然則禍當行於後來者。」→ 대왕이 말했다 : 「그렇다면 재앙은 마땅히 뒤에 온 사람에게 내려야 한다.」
【然則(연즉)】: 그렇다면.
【當(당)】: 마땅히.
【行於(행어)…】: …에게 집행하다, …에게 행사(行使)하다. 즉 「…에게 내리다」의 뜻. 〖於〗: [개사] …에게, …에 대해.

行禍; 後來之人, 敬大王者, 反禍之, 何也?」[8] 王曰:「前人已不信矣, 又安禍之?」艾子曰:「眞是鬼怕惡人也。」[9]

번역문

귀신은 악한 사람을 두려워한다

애자(艾子)가 길을 가다가 한 사당을 보았는데, (규모는) 왜소하지만 장식은 매우 위엄이 있었다. 사당 앞에는 작은 도랑 하나가 있었다. 어떤 사람이 도랑까지 걸어와서 건널 수가 없자 사당 안을 돌아보더니, 곧 대왕의 신상(神像)을 가져와 도랑에 가로로 걸쳐 놓고, 그것을 밟고 건너갔다. 또 어떤 사람이 와서 그것을 보더니, 두세 번 탄식을 하고 말했다.

「신상(神像)을 이처럼 모독하다니!」

그리하여 친히 (신상을) 부축해 일으켜 옷으로 깨끗이 털고 닦아, 다시 신좌(神座) 위에 받들어 놓은 다음 재배(再拜)하고 떠났다. 잠시 후 애자는 사당 안의 저승사자가 하는 말을 들었다.

8 小鬼又曰:「前人以履大王, 辱莫甚焉, 而不行禍; 後來之人, 敬大王者, 反禍之, 何也?」→ 저승사자가 또 말했다:「앞사람은 대왕을 밟았기 때문에, 모욕이 더할 나위 없이 심한데도, 재앙을 내리지 않고; 뒤에 온 사람은, 대왕을 존경했는데, 오히려 재앙을 내리는 것은, 무슨 까닭입니까?」
【以(이)】: 因(인), …로 인해, … 때문에.
【莫甚(막심)】: 막심하다, 극심하다, 더할 나위 없이 심하다.
【行禍(행화)】: 재앙을 내리다, 재앙을 가하다, 재앙을 집행하다.
【敬(경)】: 존경하다, 존중하다.

9 王曰:「前人已不信矣, 又安禍之?」艾子曰:「眞是鬼怕惡人也。」→ 대왕이 말했다:「앞사람은 이미 (귀신을) 믿지 않았는데, 또 어찌 그에게 재앙을 내리겠느냐?」애자가 말했다:「귀신은 정말로 악한 사람을 두려워하는군!」
【不信(불신)】: 귀신을 믿지 않다.
【安(안)】: 어찌.
【眞是(진시)】: 정말로.

「대왕께서는 이곳에 거주하며 신이 되어 마을 사람들의 제사를 누리고 있는데, 오히려 어리석은 백성에게 모욕을 당하셨습니다. 그런데 어째서 재앙을 내려 그를 꾸짖지 않으십니까?」

대왕이 말했다.

「그렇다면 재앙은 마땅히 뒤에 온 사람에게 내려야 한다.」

저승사자가 또 말했다.

「앞사람은 대왕을 밟았기 때문에 모욕이 더할 나위 없이 심한데도 재앙을 내리지 않고, 뒤에 온 사람은 대왕을 존경했는데 오히려 재앙을 내리는 것은 무슨 까닭입니까?」

대왕이 말했다.

「앞사람은 이미 (귀신을) 믿지 않았는데, 또 어찌 그에게 재앙을 내리겠느냐?」

애자가 말했다.

「귀신은 정말로 악한 사람을 두려워하는군!」

해설

앞사람은 사당에 있는 대왕(大王)의 신상(神像)을 가져다가 도랑에 걸쳐 놓고 그것을 다리로 삼아 도랑을 건넜고, 뒤에 온 사람은 그 신상을 부축해 일으켜 자기 옷으로 깨끗이 닦아 제자리에 모셔놓고 재배한 후 떠났다. 이에 사당의 저승사자가 대왕에게 신상을 모독한 자에 대해 재앙을 내려 징계하도록 요구하자, 대왕의 대답은 만일 재앙을 내린다면 앞사람보다 뒷사람에게 내려야 한다고 했다. 이유인즉, 앞사람은 귀신을 믿지 않아 재앙을 내릴 방법이 없다는 것이다.

귀신은 본래 사람이 만들어 낸 것이다. 사람들은 귀신의 존재를 만들어

사람들의 길흉화복(吉凶禍福) 일체를 귀신이 관장한다고 여겼다. 그리하여 교활한 자들이 이를 이용하여 사람들을 속이며 어리석은 사람들을 착취했다.

일반적으로 사람이 귀신을 두려워하면 귀신을 믿게 되고, 귀신의 통제를 받아 귀신이 내리는 재앙을 받는다. 그러나 아예 귀신의 존재를 무시하고 두려워하지 않으면 귀신이 비록 신통력이 있다 해도 믿지 않는 사람을 해치지 못한다.

이 우언은 일반 백성들을 속여 착취하는 악인(惡人)을 귀신에 비유하여, 귀신이란 자기를 두려워하는 사람에 대해 작용을 하고, 자기를 두려워하지 않는 사람에 대해서는 작용을 하지 못하기 때문에, 사람이 무슨 일을 하던 먼저 주관을 가지고 신심(信心)을 확고히 해야 미신의 피해를 방지할 수 있다는 이치를 설명한 것이다.

090 자도아시(自道我是)

《艾子雜說》

원문 및 주석

自道我是[1]

艾子有從禽之僻, 畜一獵犬, 甚能搏兎。艾子每出, 必牽犬以自隨。[2] 凡獲兎, 必出其心肝以與之食, 莫不飫足。[3] 故凡獲一兎, 犬必

1 自道我是 → 스스로 자기의 행위를 옳다고 여기다
【道(도)】: 말하다.
【是(시)】: 옳다.

2 艾子有從禽之僻, 畜一獵犬, 甚能搏兎。艾子每出, 必牽犬以自隨。→ 애자(艾子)는 금수(禽獸)를 좇아 사냥하는 취미가 있어, 사냥개 한 마리를 길렀는데, 토끼를 매우 잘 잡았다. 애자는 매번 사냥에 나갈 때마다, 반드시 이 사냥개를 끌고 자기를 따르게 했다.
【從禽之僻(종금지벽)】: 금수를 좇아 사냥하는 버릇. 〖僻〗: 취미, 버릇.
【畜(휵)】: 기르다.
【獵犬(엽견)】: 사냥개.
【甚能(심능)】: …에 매우 능하다, …을 매우 잘하다.
【搏(박)】: 잡다.
【牽(견)】: 끌다, 이끌다.
【自隨(자수)】: 자기를 따르게 하다.

3 凡獲兎, 必出其心肝以與之食, 莫不飫足。→ 매번 토끼를 잡을 때면, 반드시 그 심장과 간을 꺼내 사냥개에게 주어 먹도록 하여, 배가 부르지 않은 적이 없었다.
【凡(범)】: 무릇. 여기서는 「매번」의 뜻.
【獲(획)】: 잡다.
【心肝(심간)】: 심장과 간.
【與之食(여지식)】: 개가 먹도록 주다, 개에게 먹이다. 〖與〗: 주다. 〖之〗: [대명사] 그, 즉 「사

搖尾以視艾子, 自喜而待其飼也。[4] 一日出獵, 偶兎少, 而犬饑已甚。望草中二兎躍出, 鷹翔而擊之。[5] 兎狡, 翻覆之際, 而犬已至, 乃誤中其鷹, 斃焉, 而兎已走矣。[6] 艾子匆遽將死膺在手, 嘆恨之次, 犬亦如

……………

냥개」. 〖食〗: [동사] 먹다.
【莫不(막불)】: …하지 않음이 없다, 모두 …하다.
【飫足(어족)】: 충분히 배부르다. 〖飫〗: 飽(포), 배부르다.

4 故凡獲一兎, 犬必搖尾以視艾子, 自喜而待其飼也。→ 그래서 매번 토끼 한 마리를 잡으면, 사냥개는 반드시 꼬리를 흔들며 애자를 바라보고, 스스로 즐거워하며 자기에게 먹여주기를 기다렸다.
【故(고)】: 그래서.
【搖(요)】: 흔들다.
【自喜(자희)】: 스스로 기쁨에 젖다.
【待(대)】: 기다리다.
【其(기)】: [대명사] 그, 즉 「애자」.
【飼(사)】: 먹이다.

5 一日出獵, 偶兎少, 而犬饑已甚。望草中二兎躍出, 鷹翔而擊之。→ 하루는 사냥을 나갔는데, (그날따라) 우연히 토끼가 매우 적어, 개가 몹시 굶주렸다. (이때) 풀숲에서 두 마리의 토끼가 뛰어나오는 것을 보고, 매가 날아가 토끼를 공격했다.
【出獵(출렵)】: 사냥을 나가다.
【偶(우)】: 우연히.
【饑已甚(기이심)】: 몹시 굶주리다, 매우 허기지다. 〖饑〗: 굶주리다, 배고프다, 허기지다. 〖已甚〗: 지나치다, 너무 심하다.
【望(망)】: 바라보다.
【躍出(약출)】: 뛰어나오다.
【鷹(응)】: 매.
【翔(상)】: 날다.
【之(지)】: [대명사] 그것, 즉 「토끼」.

6 兎狡, 翻覆之際, 而犬已至, 乃誤中其鷹, 斃焉, 而兎已走矣。→ 토끼가 교활하여, 몸을 뒤집고 엎어지고 하는 사이, 사냥개가 이미 달려 왔으나, 오히려 매를 잘못 물어, 매가 죽고, 토끼는 이미 달아나버렸다.
【狡(교)】: 교활하다, 약삭빠르다.
【翻覆之際(번복지제)】: 몸을 뒤집고 엎어지고 하는 사이. 〖…之際〗: …하는 사이.
【乃(내)】: 오히려.
【誤中(오중)】: 잘못 물다.
【斃(폐)】: 죽다.
【焉(언)】: [어조사].

前搖尾而自喜, 顧艾子以待食。[7] 艾子乃顧犬而罵曰 :「這神狗猶自道我是裏!」[8]

번역문

스스로 자기의 행위를 옳다고 여기다

애자(艾子)는 금수(禽獸)를 쫓아 사냥하는 취미가 있어 사냥개 한 마리를 길렀는데, 토끼를 매우 잘 잡았다. 애자는 매번 사냥에 나갈 때마다 반드시 이 사냥개를 끌고 자기를 따르게 했다. 매번 토끼를 잡을 때면 반드시 그 심장과 간을 꺼내 사냥개에게 주어 먹도록 하여 배가 부르지 않은 적이 없었다. 그래서 매번 토끼 한 마리를 잡으면 사냥개는 반드시 꼬리를 흔들며 애자를 바라보고, 스스로 즐거워하며 자기에게 먹여주기를 기다렸다.

하루는 사냥을 나갔는데, (그날따라) 우연히 토끼가 매우 적어 개가 몹시 굶주렸다. (이때) 풀숲에서 두 마리의 토끼가 뛰어나오는 것을 보고 매

【走(주)】: 달아나다.

7 艾子匆遽將死膺在手, 嘆恨之次, 犬亦如前搖尾而自喜, 顧艾子以待食。→ 애자가 급히 가서 죽은 매를 손에 들고, 한탄하고 있는데, 개는 또 전과 같이 꼬리를 흔들며 스스로 기쁨에 젖어, 애자를 바라보면서 먹여주기를 기다렸다.
【匆遽(총거)】: 급히.
【將(장)】: …을.
【嘆恨之次(탄한지차)】: 한탄하는 중에. 〖次〗: …중, …가운데.
【顧(고)】: 돌아보다, 바라보다. 여기서는 「노려보다」의 뜻.

8 艾子乃顧犬而罵曰 :「這神狗猶自道我是裏!」→ 이에 애자가 개를 노려보며 꾸짖었다 :「이 얼빠진 개가 아직도 스스로 자기의 행위를 옳다고 여기고 있군!」
【乃(내)】: 이에, 그리하여.
【罵(매)】: 꾸짖다, 욕하다.
【神狗(신구)】: 얼빠진 개, 정신 나간 개. 〖神〗: 비방하고, 헐뜯는 의미.
【猶(유)】: 아직도, 여전히.
【裏(리)】: [어조사].

가 날아가 토끼를 공격했다. 토끼가 교활하여 몸을 뒤집고 엎어지고 하는 사이 사냥개가 이미 달려 왔으나, 오히려 매를 잘못 물어 매가 죽고 토끼는 이미 달아나버렸다. 애자가 급히 가서 죽은 매를 손에 들고 한탄하고 있는데, 개는 또 전과 같이 꼬리를 흔들며 스스로 기쁨에 젖어, 애자를 바라보면서 먹여주기를 기다렸다. 이에 애자가 개를 노려보며 꾸짖었다.

「이 얼빠진 개가 아직도 스스로 자기의 행위를 옳다고 여기고 있군!」

해설

애자(艾子)는 사냥을 나가 토끼를 잡으면 반드시 토끼의 심장과 간을 꺼내 사냥개에게 먹였다. 그러자 사냥개는 매번 토끼를 잡을 때마다 애자를 보고 꼬리를 흔들며 으레 먹여 주기를 기다렸다. 하루는 갑자기 풀숲에서 달아나는 토끼를 보고 매를 날려 토끼를 공격하다가 사냥개가 잘못하여 매를 물어 죽이고 토끼가 달아났다. 그런데 사냥개는 죽은 매를 손에 들고 마음 아파하는 애자를 보고도, 여전히 꼬리를 흔들고 기뻐하며 애자가 먹여주기를 기다렸다. 그리하여 애자가 화를 내며 매를 물어 죽이고도 스스로 잘했다고 여기는 개를 꾸짖었다.

이 우언은 사냥개의 행위를 빌려, 식견이 천박한 사람이 잘못을 저지르고도 잘못을 회개하기는커녕 아무 일이 없다는 듯이 즐거워하며 잘못을 덮어 감추려 하는 몰염치한 행위를 풍자한 것이다.

091 육식자지지(肉食者之智)

《艾子雜說》

원문 및 주석

肉食者之智[1]

艾子之鄰, 皆齊之鄙人也。[2] 聞一人相謂曰 : 「吾與齊之公卿, 皆人, 而稟三才之靈者, 何彼有智而我無智?」[3] 一曰 : 「彼日食肉, 所以有智, 我平日食粗糲, 故少智也。」[4] 其問者曰 : 「吾適有糶粟錢數

1 肉食者之智 → 육식(肉食)하는 사람의 지혜

2 艾子之鄰, 皆齊之鄙人也。 → 애자(艾子)의 이웃은, 모두가 제(齊)나라의 시골 사람들이다.
【鄰(린)】: 이웃.
【齊(제)】: [국명] 지금의 산동성 북부와 하북성 남부 일대에 걸쳐 있던 주대(周代)의 제후국.
【鄙人(비인)】: 시골 사람, 시골뜨기, 촌사람.

3 聞一人相謂曰 : 「吾與齊之公卿, 皆人, 而稟三才之靈者, 何彼有智而我無智?」 → (어느 날) 한 사람이 다른 사람과 서로 대화하는 것을 들었다 : 「나와 제나라의 공경대부(公卿大夫)들은, 모두 (같은) 사람이고, 천(天) · 지(地) · 인(人) 삼재(三才)의 총명한 지혜를 받았는데, 어째서 저들은 지혜가 있고 나는 지혜가 없습니까?」
【一人相謂(일인상위)】: 한 사람이 다른 사람과 서로 대화하다.
【公卿(공경)】: 공경대부. 고관대작. ※본래 공경은 조정의 삼공(三公)과 구경(九卿)을 가리켰으나, 후에는 조정의 고위 관직을 가리키는 일반 명사로도 사용했다.
【稟三才之靈(품삼재지령)】: 천지인의 총명한 지혜를 받다. 〖稟〗: 받다. 〖三才〗: 천(天) · 지(地) · 인(人). 〖靈〗: 신령. 여기서는 「총명한 지혜」를 가리킨다.
【何(하)】: 어찌, 어째서.

4 一曰 : 「彼日食肉, 所以有智, 我平日食粗糲, 故少智也。」 → 다른 하나가 말했다 : 「그들은 날마다 고기를 먹어서, 지혜가 있고, 우리는 평소에 거친 곡식을 먹어서, 지혜가 부족한 것입

千, 姑與汝日食肉試之。」[5] 數日, 復又聞彼二人相謂曰 :「吾自食肉後, 心識明達, 觸事有智, 不徒有智, 又能窮理。」[6] 其一曰 :「吾觀人脚面, 前出甚便, 若後出, 豈不爲繼來者所踐?」[7] 其一曰 :「吾亦見

……………

니다.」
【食(식)】: [동사] 먹다.
【所以(소이)】: 그래서.
【粗糲(조려)】: 거친 곡식.
【故(고)】: 그래서.
【少智(소지)】: 지혜가 부족하다, 지혜가 모자라다.

5 其問者曰 :「吾適有糶粟錢數千, 姑與汝日食肉試之。」→ 질문한 사람이 말했다 :「내가 마침 곡식을 판 돈 수천이 있는데, 잠시 당신과 함께 날마다 고기를 먹고 그것을 시험해 보기로 하지요.」
【適(적)】: 마침.
【糶粟錢(조속전)】: 곡식을 판 돈. 〖粟〗: 곡식, 곡물. 〖糶〗: (곡식을) 팔다.
【姑(고)】: 잠시, 잠깐.
【與(여)】: …과(와).
【汝(여)】: 너, 당신.
【食(식)】: [동사] 먹다.
【試(시)】: 시험해 보다.

6 數日, 復又聞彼二人相謂曰 :「吾自食肉後, 心識明達, 觸事有智, 不徒有智, 又能窮理。」→ 며칠이 지나, 다시 또 그 두 사람이 대화하는 것을 들었다 :「나는 고기를 먹은 뒤부터, 머리가 총명하여 사리에 통달하고, 일을 만나면 지혜가 생기는데, 비단 지혜가 생길 뿐만 아니라, 또한 사물의 이치를 깊이 탐구할 수가 있습니다.」
【復(부)】: 또, 다시.
【自(자)…後(후)】: …한 뒤부터.
【心識明達(심지명달)】: 머리가 총명하여 사리에 통달하다. 〖心識〗: 심지(心智). 머리가 총명하다. 〖明達〗: 통달하다, 사리에 밝다.
【觸事有智(촉사유지)】: 일을 만나면 지혜가 생기다.
【不徒(부도)】: 다만 …뿐 아니라.
【窮理(궁리)】: 사물의 이치를 탐구하다.

7 其一曰 :「吾觀人脚面, 前出甚便, 若後出, 豈不爲繼來者所踐?」→ 그중 한 사람이 말했다 :「내가 사람의 발등을 보니, 앞쪽으로 나온 것이 매우 편리합니다. 만일 뒤쪽으로 나왔다면, 어찌 뒤따라 오는 사람에게 밟히지 않겠습니까?」
【脚面(각면)】: 발등.
【前出(전출)】: 앞으로 튀어나오다.

人鼻竅, 向下甚利, 若向上, 豈不爲天雨注之乎?」[8] 二人相稱其智, 艾子嘆曰 : 「肉食者其智若此!」[9]

번역문

육식(肉食)하는 사람의 지혜

애자(艾子)의 이웃은 모두가 제(齊)나라의 시골 사람들이다. (어느 날) 한 사람이 다른 사람과 서로 대화하는 것을 들었다.

「나와 제나라의 공경대부(公卿大夫)들은 모두 (같은) 사람이고 천(天)·지(地)·인(人) 삼재(三才)의 총명한 지혜를 받았는데, 어째서 저들은 지혜가 있고 나는 지혜가 없습니까?」

다른 하나가 말했다.

....

【甚便(심편)】: 매우 편리하다.
【若(약)】: 만일, 만약.
【豈不(기불)】: 어찌 …하지 않겠는가?
【爲(위)…所(소)…】: [피동형] …의해 …되다, …에게 …당하다.
【繼來者(계래자)】: 뒤따라 오는 사람.
【踐(천)】: 밟다.

8 其一曰 : 「吾亦見人鼻竅, 向下甚利, 若向上, 豈不爲天雨注之乎?」→ 그중 다른 한 사람이 말했다 : 「나도 사람의 콧구멍을 보니, 아래로 향한 것이 매우 편리합니다. 만일 위로 향했다면, 어찌 하늘에서 내리는 비가 코로 들어가지 않겠습니까?」
【鼻竅(비규)】: 콧구멍.
【甚利(심리)】: 매우 편리하다.
【注(주)】: 붓다, 주입하다. 여기서는 「들어가다」의 뜻.
【之(지)】: [대명사] 그것, 즉 「코」.

9 二人相稱其智, 艾子嘆曰 : 「肉食者其智若此!」→ 두 사람이 서로 자기의 지혜를 칭찬하자, 애자가 탄식하면 말했다 : 「고기 먹는 사람의 지혜가 바로 이런 것이로군!」
【相稱其智(상칭기지)】: 서로 자기의 지혜를 칭찬하다. 【稱】: 칭찬하다.
【若此(약차)】: 如此(여차), 이와 같다, 이렇다.

「그들은 날마다 고기를 먹어서 지혜가 있고, 우리는 평소에 거친 곡식을 먹어서 지혜가 부족한 것입니다.」

질문한 사람이 말했다.

「내가 마침 곡식을 판 돈 수천이 있는데, 잠시 당신과 함께 날마다 고기를 먹고 그것을 시험해 보기로 하지요.」

며칠이 지나 다시 또 그 두 사람이 대화하는 것을 들었다.

「나는 고기를 먹은 뒤부터 머리가 총명하여 사리에 통달하고, 일을 만나면 지혜가 생기는데, 비단 지혜가 생길 뿐만 아니라, 또한 사물의 이치를 깊이 탐구할 수가 있습니다.」

그중 한 사람이 말했다.

「내가 사람의 발등을 보니 앞쪽으로 나온 것이 매우 편리합니다. 만일 뒤쪽으로 나왔다면 어찌 뒤따라 오는 사람에게 밟히지 않겠습니까?」

그중 다른 한 사람이 말했다.

「나도 사람의 콧구멍을 보니 아래로 향한 것이 매우 편리합니다. 만일 위로 향했다면 어찌 하늘에서 내리는 비가 코로 들어가지 않겠습니까?」

두 사람이 서로 자기의 지혜를 칭찬하자, 애자가 탄식하면 말했다.

「고기 먹는 사람의 지혜가 바로 이런 것이로군!」

해설

봉건시대에 항상 고기를 먹을 수 있는 사람은 백성들을 착취하는 악랄한 통치 계층뿐이다. 이들은 아무 일에도 관심을 두지 않고 종일 무위도식(無爲徒食)하며 머리를 쓸 일이 없기 때문에 지혜로울 수가 없다. 왜냐하면 사람의 지혜는 주관적인 노력에 의지하여 이론 학습과 실천 경험을 통해 점차 배양되는 것이기 때문이다.

이 우언은 두 시골 사람의 대화를 빌려, 백성들을 착취하고 종일 포식하며 전혀 머리를 쓰지 않아 식견이 천박하고 우매한 통치 계층을 풍자한 것이다.

092 총재기화(冢宰奇畫)

《艾子雜說》

원문 및 주석

冢宰奇畫[1]

齊有二老臣, 皆累朝宿儒大老, 社稷倚重。[2] 一曰冢相, 一曰亞相, 凡國之重事乃關預焉。[3] 一日, 齊王下令遷都, 有一寶鐘, 重五千斤,

1 冢宰奇畫 → 재상(宰相)의 기묘한 계책
【冢宰(총재)】: 재상(宰相).
【奇畫(기화)】: 기묘한 계책. 〖畫〗: 劃(획), 계획. 여기서는 「계책」을 가리킨다.

2 齊有二老臣, 皆累朝宿儒大老, 社稷倚重。→ 제(齊)나라에 두 사람의 연로한 신하가 있다. 이들은 모두 여러 대의 임금을 섬긴 학식과 덕망이 높은 원로 선비로, 국가가 믿고 의지하며 중히 여기는 사람들이다.
【齊(제)】: [국명] 지금의 산동성 북부와 하북성 남부에 걸쳐 있던 주대(周代)의 제후국.
【累朝(누조)】: 여러 조정(朝廷). 여기서는 「여러 대의 임금」을 가리킨다.
【宿儒大老(숙유대로)】: 학식과 덕망이 높은 원로 선비. 〖宿儒〗: 경험이 많고 학문이 뛰어난 선비. 〖大老〗: 원로.
【社稷(사직)】: 국가, 조정. ※ 본래 천자나 제후가 나라를 세운 후 제사를 지내던 지신(地神)과 곡신(穀神)을 가리키나, 후에는 국가를 상징하는 말로 사용했다. 〖社〗: 지신. 〖稷〗: 곡신.
【倚重(의중)】: 믿고 의지하며 중히 여기다.

3 一曰冢相, 一曰亞相, 凡國之重事乃關預焉。→ 한 사람은 재상(宰相)이고, 또 한 사람은 아상(亞相)인데, 무릇 국가의 중대한 일이 있으면 그들이 곧 관심을 가지고 참여한다.
【亞相(아상)】: 한(漢)나라의 제도에서 재상(宰相)의 궐위 시에 어사대부(御史大夫)가 권한을 대행했는데, 재상에 버금간다는 뜻으로 어사대부를 아상(亞相)이라 했다.
【凡(범)】: 무릇.
【重事(중사)】: 중대한 일.
【乃(내)】: 곧, 바로.

計人力須五百人可扛。[4] 時齊無人, 有司計無所出, 乃白亞相, 久亦無語。[5] 徐曰:「嘻, 此事亞相何不能了也?」[6] 於是令有司曰:「一鐘之重, 五百人可扛。今總均鑿作五百段, 用一人五百日扛之。」有司欣然承命。[7] 艾子適見之, 乃曰:「冢宰奇畫, 人固不及。只是般到彼,

【關預(관예)】: 관심을 가지고 참여하다.
【焉(언)】: [어조사].

4 一日, 齊王下令遷都, 有一寶鐘, 重五千斤, 計人力須五百人可扛。→ 하루는, 제왕(齊王)이 도읍을 옮기라는 명령을 내렸다. 무게가 오천 근이 나가는 진귀한 종(鐘)이 있어, 인력을 헤아려 보니 반드시 오백 명이 있어야 들어 옮길 수 있었다.
【寶鐘(보종)】: 진귀한 종, 보물로 여기는 종.
【計(계)】: 헤아리다.
【須(수)】: 반드시 …하여야 한다.
【扛(강)】: 들다.

5 時齊無人, 有司計無所出, 乃白亞相, 久亦無語。→ 당시 제나라에는 그만한 인력이 없어, 전담 부서의 관리가 대책을 내 놓지 못하고, 곧 아상에게 보고했다. 그러나 아상 역시 한참 동안 말이 없었다.
【時(시)】: 당시, 그때.
【有司(유사)】: 전담부서의 관리, 담당관.
【計無所出(계무소출)】: 손쓸 길이 없다, 대책을 내놓지 못하다.
【乃(내)】: 곧, 바로.
【白(백)】: 알리다, 보고하다.

6 徐曰:「嘻, 此事亞相何不能了也?」→ (재상이) 천천히 말했다:「어허, 이런 일을 아상이 어찌 해결하지 못합니까?」
【嘻(희)】: [감탄사] 이하, 어허.
【何不能(하불능)】: 어찌 …할 수 없는가? 어찌 …하지 못하는가?
【了(료)】: 해결하다, 처리하다.

7 於是令有司曰:「一鐘之重, 五百人可扛。今總均鑿作五百段, 用一人五百日扛之。」有司欣然承命。→ 그리하여 (재상이) 전담부서 관리에게 명했다:「이 종의 무게는, 오백 사람이 있어야 들어 옮길 수 있네. 지금 (그 종) 전체를 오백 조각으로 갈라 균등하게 나눈 다음, 한 사람을 고용하여 오백 일 동안 들어 옮기면 되네.」전담부서 관리가 흔쾌히 명을 받들었다.
【於是(어시)】: 그리하여.
【總(총)】: 모두, 전체.
【均(균)】: 고르게 하다, 균등하게 하다.
【鑿作五百段(착작오백단)】: 오백 조각으로 갈라 만들다. 〖鑿作〗: 갈라 만들다. 〖段〗: 조각, 토막.
【欣然(흔연)】: 기꺼이, 흔쾌히.

莫却費錮鏴也無。」[8]

번역문

재상(宰相)의 기묘한 계책

제(齊)나라에 두 사람의 연로한 신하가 있다. 이들은 모두 여러 대의 임금을 섬긴 학식과 덕망이 높은 원로 선비로, 국가가 믿고 의지하며 중히 여기는 사람들이다. 한 사람은 재상(宰相)이고 또 한 사람은 아상(亞相)인데, 무릇 국가의 중대한 일이 있으면 그들이 곧 관심을 가지고 참여한다.

하루는 제왕(齊王)이 도읍을 옮기라는 명령을 내렸다. 무게가 오천 근이 나가는 진귀한 종(鐘)이 있어, 인력을 헤아려 보니 반드시 오백 명이 있어야 들어 옮길 수 있었다. 당시 제나라에는 그만한 인력이 없어 전담 부서의 관리가 대책을 내 놓지 못하고, 곧 아상에게 보고했다. 그러나 아상 역시 한참 동안 말이 없었다.

(재상이) 천천히 말했다.

【承命(승명)】: 명령을 받들다.

8 艾子適見之, 乃曰:「冢宰奇畫, 人固不及。只是般到彼, 莫却費錮鏴也無。」→ 애자(艾子)가 마침 그것을 보고, 곧 말했다:「재상의 기묘한 계책은, 당연히 보통 사람들이 미치지 못한다. 다만 그곳까지 옮기고 난 뒤에는, 오히려 (조각난 종을) 용접하는 일에 많은 시간을 소비하지 않을 수 없을 것이다.」

【適(적)】: 마침.

【乃(내)】: 곧, 바로.

【固(고)】: 물론, 당연히.

【不及(불급)】: 미치지 못하다, 따르지 못하다.

【只是(지시)】: 다만.

【般到(반도)…】: …까지 옮기다. 【般】: 搬(반), 옮기다.

【彼(피)】: 그, 저. 여기서는 「그곳」을 말한다.

【莫(막)…無(무)】: …하지 않을 수 없다.

【却(각)】: 오히려.

【費(비)】: 소비하다, 들이다, 쓰다.

【錮鏴(고로)】: 용접하다.

「어허, 이런 일을 아상이 어찌 해결하지 못합니까?」

그리하여 (재상이) 전담부서 관리에게 명했다.

「이 종의 무게는 오백 사람이 있어야 들어 옮길 수 있네. 지금 (그 종) 전체를 오백 조각으로 갈라 균등하게 나눈 다음, 한 사람을 고용하여 오백 일 동안 들어 옮기면 되네.」

전담부서 관리가 흔쾌히 명을 받들었다. 애자(艾子)가 마침 그것을 보고 곧 말했다.

「재상의 기묘한 계책은 당연히 보통 사람들이 미치지 못한다. 다만 그곳까지 옮기고 난 뒤에는, 오히려 (조각난 종을) 용접하는 일에 많은 시간을 소비하지 않을 수 없을 것이다.」

해설

제(齊)나라에는 학식과 덕망이 높은 원로 선비로 재상(宰相)과 아상(亞相)이 있어 모든 국가 대사를 이들에게 의존했다. 어느 날 제나라 왕이 천도(遷都) 명령을 내려, 나라의 보물인 무게 오천 근의 종을 옮겨야 하는데, 무려 오백 명의 인력이 필요했다. 제나라에 그만큼 남는 인력이 없어, 전담부서 관리가 대책을 내놓지 못하고 이를 아상에게 보고했다. 그러나 아상 역시 아무런 방법을 내놓지 못했다. 이에 재상이 아상을 힐난하며 「종을 오백 조각으로 나눈 다음, 한 사람을 고용하여 그것을 오백 일 동안 들어 옮기면 된다.」라는 묘책을 내놓았다. 만일 재상의 말대로 실행한다면 운송 문제는 일단 해결이 되겠지만, 나라의 귀중한 보물이 무용지물(無用之物)로 변하는 것은 어찌할 것인가?

이 우언은 높은 직책을 절취(竊取)하여 헛된 명성만 있을 뿐, 전혀 실속을 갖추지 못한 무능한 관리를 풍자한 것이다.

《계륵집 雞肋集》 우언

조보지(晁補之 : 1053-1110)는 자가 무구(無咎), 호는 귀래자(歸來子)이며 제주(濟州) 기야(鉅野)[지금의 산동성 거야현(巨野縣)] 사람으로, 북송(北宋)의 문학가이다. 신종(神宗) 원풍(元豐) 2년(1079) 진사에 급제한 후, 이부원외랑(吏部員外郎)·예부랑중(禮部郎中) 겸 국사편수(國史編修)·실록검토관(實錄檢討官) 등을 지냈다. 청년 시절 소식(蘇軾)의 눈에 들어 후에 소문사학사(蘇門四學士)의 하나가 되었다.

시(詩)·고문(古文)·사(詞) 등에 모두 뛰어났으며 시문집(詩文集)으로 《계륵집(雞肋集)》 70권이 있다.

093 오계(烏戒)

《雞肋集·卷二十七》

원문 및 주석

烏戒[1]

烏於禽甚黠, 伺人音色小異, 輒去不留, 非彈射所能得也。[2] 關中民狃烏黠, 以爲物無不以其黠見得, 則之野, 設餠食楮錢哭冢間, 若祭者然。[3] 哭竟, 裂錢棄餠而去。烏則爭下啄, 啄且盡, 哭者已立

1 烏戒 → 까마귀의 경계(警戒)
【烏(오)】: 까마귀.
【戒(계)】: 경계하다, 삼가다.

2 烏於禽甚黠, 伺人音色小異, 輒去不留, 非彈射所能得也。→ 까마귀는 날짐승 가운데 매우 교활하여, 사람의 소리를 살펴 조금만 달라져도, 즉시 날아가 버리기 때문에, 탄궁(彈弓)으로 쏘아 잡을 수 있는 대상이 아니다.
【於禽(어금)】: 날짐승 중에서, 날짐승 가운데.
【甚(심)】: 매우, 대단히.
【黠(힐)】: 약다, 교활하다.
【伺(사)】: 살피다, 정찰하다.
【輒(첩)】: 곧, 바로, 즉시.
【去不留(거불류)】: 머물지 않고 날아가다. 【去】: 떠나다. 여기서는 「날아가다」의 뜻.
【非(비)…所能(소능)…】: …로써 …할 수 있는 바가 아니다.
【彈射(탄사)】: 탄궁(彈弓)으로 쏘다.
【得(득)】: 얻다. 여기서는 「잡다」의 뜻.

3 關中民狃烏黠, 以爲物無不以其黠見得, 則之野, 設餠食楮錢哭冢間, 若祭者然。→ 관중(關中)의 백성들은 까마귀의 교활함에 익숙해져서, 모든 사물은 자기의 지혜를 짜내야 비로소 얻

他冢，裂錢棄餠如初。[4] 烏雖黠，不疑其誘也，益鳴搏爭食。至三四，皆飛從之，益狎。迫於網，因擧而獲焉。[5] 今夫世之人，自謂智足以

을 수 있다고 생각했다. 그리하여 그들은 들에 나가, 전병(煎餠)과 지전(紙錢)을 무덤에 차려 놓고 곡(哭)을 하며, 마치 제사를 지내는 것처럼 위장했다.

【關中(관중)】: [지명] 지금의 섬서성 위하(渭河) 유역 일대.

【狃(뉴)】: 익숙해지다, 습관이 되다.

【以爲(이위)】: …라고 생각하다, …라고 여기다.

【無不以其黠見得(무불이기힐견득)】: 자기의 지혜에 의하지 않고 얻어지는 것은 없다. 즉 「자기의 지혜를 짜내야 얻을 수 있다」의 뜻. 〖黠〗: 영리함, 즉 「지혜」. 〖見得〗: 얻어지다. ※ 見＋동사＝피동형.

【之野(지야)】: 들에 가다. 〖之〗: 가다.

【設(설)】: 차리다, 차려놓다.

【餠食(병식)】: 전병(煎餠).

【楮錢(저전)】: 지전(紙錢). 돈 모양으로 오린 종이. ※ 옛날 죽은 사람에게 제사지낼 때 지전을 태운다.

【冢(총)】: 무덤. ※판본에 따라서는 「冢」을 「塚(총)」이라 했다.

【若祭者然(약제자연)】: 마치 제사를 지내는 것처럼 하다. 〖若〗: 마치 …같다.

4 哭竟，裂錢棄餠而去。烏則爭下啄，啄且盡，哭者已立他冢，裂錢棄餠如初。→ 그리고 곡을 마치고 나서, 지전을 찢어 흩뿌리고 전병을 내버린 다음 곧장 자리를 떠났다. (그러자) 까마귀들은 곧 다투어 날아와 쪼아 먹었다. 다 쪼아 먹어 갈 즈음, 곡을 하던 사람들은 이미 다른 무덤 앞에 서서, 지전을 찢어 흩뿌리고 전병을 내버리며 처음과 같이 행동했다.

【竟(경)】: 마치다, 끝내다.

【裂(열)】: 찢다. 여기서는 「찢어 흩뿌리다」의 뜻.

【棄(기)】: 버리다, 내버리다.

【去(거)】: 떠나다.

【爭下啄(쟁하탁)】: 다투어 날아 내려와 쪼아 먹다.

【啄且盡(탁차진)】: 다 쪼아 먹어 갈 즈음. 〖且〗: 곧 …하려 하다.

【如初(여초)】: 처음과 같이 행동하다.

5 烏雖黠，不疑其誘也，益鳴搏爭食。至三四，皆飛從之，益狎。迫於網，因擧而獲焉。→ 까마귀들이 비록 교활하지만, 사람들의 유혹을 의심하지 않고, 더욱 깍깍대고 싸우며 먹이를 다투었다. (이렇게) 서너 번을 반복하기에 이르자, 모두 날아 내려와 그 사람들을 따르며, 더욱 스스럼이 없어졌다. (그리하여) 그물에 바싹 접근했을 때, 이를 틈타 일거에 포획해 버렸다.

【益(익)】: 더욱.

【鳴(명)】: 소리를 내다. 여기서는 「깍깍거리다」의 뜻.

【搏爭食(박쟁식)】: 싸우며 먹을 것을 다투다. 〖搏〗: 치다, 싸우다.

【益狎(익압)】: 더욱 스스럼이 없다. ※판본에 따라서는 「益狎」를 「稍狎(초압)」이라 했다.

周身, 而不知禍藏於所伏者, 幾何其不見賣於哭者哉![6]

번역문

까마귀의 경계(警戒)

까마귀는 날짐승 가운데 매우 교활하여, 사람의 소리를 살펴 조금만 달라져도 즉시 날아가 버리기 때문에, 탄궁(彈弓)으로 쏘아 잡을 수 있는 대상이 아니다.

관중(關中)의 백성들은 까마귀의 교활함에 익숙해져서, 모든 사물은 자기의 지혜를 짜내야 비로소 얻을 수 있다고 생각했다. 그리하여 그들은 들에 나가 전병(煎餠)과 지전(紙錢)을 무덤에 차려 놓고 곡(哭)을 하며, 마치 제사를 지내는 것처럼 위장했다. 그리고 곡을 마치고 나서 지전을 찢어 흩뿌리고 전병을 내버린 다음 곧장 자리를 떠났다. (그러자) 까마귀들은 곧 다투어 날아와 쪼아 먹었다. 다 쪼아 먹어 갈 즈음 곡을 하던 사람들은 이

【狎】: 스스럼없다, 거리낌이 없다, 꺼려하지 않다.
【迫於(박어)…】: …에 가까이 다가가다, 바싹 접근하다. 【於】: [개사] …에.
【因(인)】: 틈타다.
【獲(획)】: 잡다, 포획하다.

6 今夫世之人, 自謂智足以周身, 而不知禍藏於所伏者, 幾何其不見賣於哭者哉! → 오늘날 세상 사람들은, 스스로 지혜가 족히 생명을 보전할 수 있다고 여기며, 재앙이 그 속에 숨겨져 있는 것을 알지 못하니, 곡하는 자들에게 속아 넘어가지 않을 사람이 몇이나 되겠는가!
【謂(위)】: …라고 여기다, …라고 생각하다.
【足以(족이)】: 족히 …할 수 있다, …하기에 충분하다.
【周身(주신)】: 생명을 보전하다.
【禍(화)】: 재앙.
【藏於(장어)…】: …에 숨다, …에 숨겨지다. 【於】: [개사] …에.
【伏(복)】: 숨다, 잠복하다.
【幾何(기하)】: 얼마, 몇.
【見賣(견매)】: 기만을 당하다, 속아 넘어가다. 【賣】: 속이다, 기만하다. ※ 見+동사=피동형

미 다른 무덤 앞에 서서, 지전을 찢어 흩뿌리고 전병을 내버리며 처음과 같이 행동했다. 까마귀들이 비록 교활하지만 사람들의 유혹을 의심하지 않고 더욱 깍깍대고 싸우며 먹이를 다투었다.

(이렇게) 서너 번을 반복하기에 이르자, 모두 날아 내려와 그 사람들을 따르며 더욱 스스럼이 없어졌다. (그리하여) 그물에 바싹 접근했을 때, 이를 틈타 일거에 포획해 버렸다.

오늘날 세상 사람들은 스스로 지혜가 족히 생명을 보전할 수 있다고 여기며, 재앙이 그 속에 숨겨져 있는 것을 알지 못하니, 곡하는 자들에게 속아 넘어가지 않을 사람이 몇이나 되겠는가!

해설

까마귀가 비록 총명하다 해도 결국은 전병 몇 개의 유혹에 넘어가 사람의 그물에 걸려든다. 잔재주는 맛있는 음식을 얻을 수는 있어도, 맛있는 음식 뒤에 위험이 감추어져 있다는 것을 알지 못한다.

세상에는 자기가 옳다고 여기는 사람이 많은데, 그들은 자기의 잔재주에 의지하여 일생 동안 태평스런 삶을 보전할 수 있다고 생각한다. 그러나 함정이 도처에 잠복해 있기 때문에 조금만 부주의해도 바로 재난의 늪에 빠질 수 있고, 특히 이익 앞에서는 더욱 신중을 요한다.

이 우언은 교활한 까마귀가 전병의 유혹에 빠져 자멸한 고사를 통해, 이익이 있는 곳에 동시에 위험 잠복해 있다는 위험성을 경계한 것이다.

《냉재야화冷齋夜話》 우언

혜홍(惠洪 : 1071-1128)은 균주(筠州)[지금의 강서성 고안(高安)] 사람으로 본래 성은 팽(彭), 이름은 덕홍(德洪)이나 후에 출가하여 승려가 된 후, 법명을 혜홍이라 했다. 그는 휘종(徽宗) 때 승상(丞相)을 지낸 장상영(張商英)과 무정절도사(武定節度使) 곽천신(郭天信) 등 권세가들과 오래 교유했으나, 정화(政和) 원년(1111) 장·곽 두 사람이 죄를 얻어 폄적되자, 혜홍도 이에 연루되어 주애(朱崖)[지금의 해남도(海南島) 경산현(瓊山縣)]로 유배되었다.

혜홍은 시(詩) 문장(文章)에 능하여 《석문문자선(石文文字禪)》·《승보전(僧寶傳)》·《냉재야화(冷齋夜話)》·《임제종지(臨濟宗旨)》 등 많은 저술을 남겼는데, 《냉재야화》는 모두 10권으로 작자 자신의 견문(見聞)과 시화(詩話)를 기술한 것이다.

094 장승상초서(張丞相草書)

《冷齋夜話 · 卷九 · 草書亦自不識》

원문 및 주석

張丞相草書[1]

張丞相好草書而不工, 當時流輩皆譏笑之, 丞相自若也。[2] 一日得句, 索筆疾書, 滿紙龍蛇飛動。使侄錄之, 當波險處。侄罔然而止, 執所書問曰:「此何字也?」[3] 丞相熟視久之, 亦自不識, 詬其侄曰:

1 張丞相草書 → 장승상(張丞相)의 초서(草書)
【丞相(승상)】: 임금을 보필하는 최고 직위의 대신. 재상(宰相).
【草書(초서)】: 서체의 하나.

2 張丞相好草書而不工, 當時流輩皆譏笑之, 丞相自若也。→ 장승상(張丞相)은 초서(草書)를 좋아했으나 능숙하지 못해, 당시 동배(同輩)들 모두가 그를 비웃었다. 그러나 장승상은 태연했다.
【好(호)】: [동사] 좋아하다.
【工(공)】: 잘하다, 능숙하다.
【流輩(유배)】: 동배(同輩), 동년배, 또래, 동류.
【譏笑(기소)】: 비웃다.
【之(지)】: [대명사] 그, 즉 「장승상」.
【自若(자약)】: 태연하다, 태연자약하다.

3 一日得句, 索筆疾書, 滿紙龍蛇飛動。使侄錄之, 當波險處。侄罔然而止, 執所書問曰:「此何字也?」→ 하루는 (장승상이) 글귀 하나가 떠올라, 붓을 달래서 급히 써내려가니, 온 종이에 용과 뱀이 날아 움직이는 듯했다. (장승상이) 조카로 하여금 그것을 베끼도록 했는데, (조카가 베끼다가) 필획이 삐쳐 이상한 곳을 만났다. 조카는 정신이 멍하여 붓을 멈추고, 베낀 것을 들고 가서 (장승상에게) 물었다:「이것이 무슨 글자입니까?」

「胡不早問, 致余忘之?」[4]

번역문

장승상(張丞相)의 초서(草書)

장승상(張丞相)은 초서(草書)를 좋아했으나 능숙하지 못해 당시 동배(同輩)들 모두가 그를 비웃었다. 그러나 장승상은 태연했다. 하루는 (장승상이) 글귀 하나가 떠올라 붓을 달래서 급히 써내려가니 온 종이에 용과 뱀이 날아 움직이는 듯했다. (장승상이) 조카로 하여금 그것을 베끼도록 했는데, (조카가 베끼다가) 필획이 삐쳐 이상한 곳을 만났다. 조카는 정신이 멍하여 붓을 멈추고, 베낀 것을 들고 가서 (장승상에게) 물었다

....

【得句(득구)】: 글귀를 얻다. 즉 「글귀가 떠오르다」의 뜻.
【索(색)】: 요구하다, 달라고 하다.
【疾書(질서)】: 급히 쓰다.
【使(사)】: …로 하여금 …하도록 하다, …에게 …하게 하다.
【侄(질)】: 조카. ※판본에 따라서는 「侄」을 「姪(질)」이라 했다.
【錄(록)】: 베끼다.
【當(당)】: …을 마주 대하다. 여기서는 「만나다」의 뜻.
【波(파)】: [서예 용어] (필획의) 삐침.
【險處(험처)】: 기이한 곳.
【罔然(망연)】: 망연(惘然), 실의하여 정신이 멍한 모양.
【執(집)】: 잡다, 쥐다, 들다.

4 丞相熟視久之, 亦自不識, 詬其侄曰:「胡不早問, 致余忘之?」→ 장승상은 한참동안 자세히 살펴보다가, 자기도 알아보지 못하자, 조카를 꾸짖으며 말했다:「왜 좀 더 일찍 묻지 않아, 내가 그것을 잊어먹게 했느냐?」
【熟視久之(숙시구지)】: 한참동안 자세히 살펴보다. 〖熟視〗: 자세히 보다.
【不識(불식)】: 알아보지 못하다.
【詬(후)】: 꾸짖다.
【胡(호)】: 왜, 어째서.
【致(치)…】: [사동 용법] …에 이르게 하다.
【余(여)】: 我(아), 나. ※판본에 따라서는 「余」를 「予(여)」라 했다.

「이것이 무슨 글자입니까?」

장승상은 한참동안 자세히 살펴보다가, 자기도 알아보지 못하자, 조카를 꾸짖으며 말했다.

「왜 좀 더 일찍 묻지 않아 내가 그것을 잊어먹게 했느냐?」

해설

장승상(張丞相)은 자기가 쓴 글귀를 조카에게 베끼도록 하여, 조카가 베끼다가 필획이 삐친 글자를 몰라 장승상에게 가져와 묻자, 조카에게 화를 내며 왜 일찍 묻지 않아 잊어먹게 했느냐고 꾸짖었다. 자기가 쓴 글씨를 자기가 알아보지 못하는 원인을, 마치 자신의 무능이 아닌 남의 잘못으로 돌려 자신을 피해자로 간주한 것이다.

이 우언은 자기가 옳다고 여기며 자기의 잘못을 인정하지 않고, 오히려 사리에 맞지 않는 말을 하며 억지를 쓰는 부도덕하고 몰염치한 사람을 풍자한 것이다.

095 학역패도(鶴亦敗道)

《冷齋夜話 · 卷九 · 劉淵材迂濶好怪》

원문 및 주석

鶴亦敗道[1]

淵材迂濶好怪, 嘗畜兩鶴, 客至, 指以誇曰 :「此仙禽也。凡禽卵生, 而此胎生。」[2] 語未卒, 園丁報曰 :「此鶴夜産一卵, 大如梨!」淵材面發赤, 訶曰 :「敢謗鶴也!」[3] 卒去, 鶴輒兩展其脛, 伏地。淵材訝

1 鶴亦敗道 → 선학(仙鶴) 역시 도(道)를 파괴한다
【敗道(패도)】: 도(道)를 파괴하다.

2 淵材迂濶好怪, 嘗畜兩鶴, 客至, 指以誇曰 :「此仙禽也。凡禽卵生, 而此胎生。」→ 유연재(劉淵材)는 세상 물정에 어둡고 괴이한 것을 좋아했다. 일찍이 두 마리의 학을 길렀는데, 손님이 찾아오자, 학을 가리키며 자랑했다 :「이것은 선학(仙鶴)입니다. 보통의 새는 알에서 태어나지만, 이 새는 모태(母胎)에서 태어납니다.」
【淵材(연재)】: [인명] 성은 유(劉), 이름은 연재(淵材).
【迂濶(우활)】: 세상 물정에 어둡다, 현실에 맞지 않다.
【好怪(호괴)】: 괴상한 것을 좋아하다. 〖好〗: [동사] 좋아하다.
【嘗(상)】: 일찍이.
【畜(휵)】: 기르다, 사육하다.
【指(지)】: (손으로) 가리키다.
【誇(과)】: 자랑하다, 과시하다.
【仙禽(선금)】: 선학(仙鶴).
【凡(범)】: 일반의, 보통의.

3 語未卒, 園丁報曰 :「此鶴夜産一卵, 大如梨!」淵材面發赤, 訶曰 :「敢謗鶴也!」→ 말이 채 끝나기도 전에, 정원사가 와서 보고했다 :「이 학이 밤에 알 하나를 낳았는데, 크기가 마치 배와

之, 以杖驚使起, 忽誕一卵。[4] 淵材嗟咨曰 : 「鶴亦敗道!」[5]

번역문

선학(仙鶴) 역시 도(道)를 파괴한다

유연재(劉淵材)는 세상 물정에 어둡고 괴이한 것을 좋아했다. 일찍이 두 마리의 학을 길렀는데, 손님이 찾아오자 학을 가리키며 자랑했다.

「이것은 선학(仙鶴)입니다. 보통의 새는 알에서 태어나지만, 이 새는 모태(母胎)에서 태어납니다.」

말이 채 끝나기도 전에 정원사가 와서 보고했다.

같습니다.」 유연재가 얼굴을 붉히며, (정원사를) 꾸짖었다 : 「감히 선학을 비방하다니!」

【卒(졸)】 : 마치다, 끝내다.

【園丁(원정)】 : 정원사, 원예사.

【大如(대여)…】 : 크기가 마치 …과 같다.

【發赤(발적)】 : 붉어지다, 빨갛게 되다.

【訶(가)】 : 꾸짖다.

【謗(방)】 : 비방하다.

4 卒去, 鶴輒兩展其脛, 伏地。淵材訝之, 以杖驚使起, 忽誕一卵。→ 마침내 모두 함께 학이 있는 곳으로 갔다. 학이 곧 정강이를 양쪽으로 벌리며, 땅에 엎드렸다. 유연재가 그것을 이상히 여겨, 지팡이를 가지고 놀라 일어나게 하자, (학이) 돌연 알 하나를 낳았다.

【卒(졸)】 : 드디어, 마침내, 결국.

【輒(첩)】 : 곧, 바로, 즉시.

【兩展(양전)】 : 양쪽으로 벌리다.

【脛(경)】 : 정강이.

【伏地(복지)】 : 땅에 엎드리다.

【訝(아)】 : 의아해하다, 이상하게 여기다.

【使起(사기)】 : 일어나게 하다.

【忽(홀)】 : 갑자기, 돌연, 문득.

【誕(탄)】 : 낳다.

5 淵材嗟咨曰 : 「鶴亦敗道!」 → 유연재가 감탄하며 말했다 : 「선학(仙鶴) 역시 도(道)를 파괴하는군!」

【嗟咨(차자)】 : 감탄하다.

「이 학이 밤에 알 하나를 낳았는데 크기가 마치 배와 같습니다.」

유연재가 얼굴을 붉히며 (정원사를) 꾸짖었다.

「감히 선학을 비방하다니!」

마침내 모두 함께 학이 있는 곳으로 갔다. 학이 곧 정강이를 양쪽으로 벌리며 땅에 엎드렸다. 유연재가 그것을 이상히 여겨 지팡이를 가지고 놀라 일어나게 하자, (학이) 돌연 알 하나를 낳았다.

유연재가 감탄하며 말했다.

「선학(仙鶴) 역시 도(道)를 파괴하는군!」

해설

유연재(猶淵材)는 세상 물정에 어둡고 기이한 것을 좋아하여, 찾아온 손님들에게 자기가 기르는 학이 보통의 새와 달리 알에서 태어나지 않고 모태에서 태어난다고 자랑했다. 그러나 잠시 후 손님들과 함께 학이 알을 낳는 현장을 목격한 후 자신의 거짓이 탈로나자, 이를 인정하지 않고 오히려 학이 도(道)를 파괴했다는 말로 얼버무렸다.

이 우언은 자기의 잘못이 탈로난 후에도 의도적으로 교활한 술수를 부리며, 한사코 잘못을 시인하지 않는 몰염치한 사람을 풍자한 것이다.

096 치인설몽(癡人說夢)

《冷齋夜話 · 卷九 · 癡人說夢夢中說夢》

원문 및 주석

癡人說夢[1]

僧伽, 龍朔中遊江淮間, 其迹甚異。有問之曰 : 「汝何姓?」 答曰 : 「姓何。」[2] 又問 : 「何國人?」 答曰 : 「何國人。」[3] 唐李邕作碑, 不曉其言, 乃書傳曰 : 「大師姓何, 何國人。」 此正所謂對癡人說夢耳。[4]

1 癡人說夢 → 천치(天癡)가 꿈 이야기를 하다
【癡人(치인)】 : 바보, 천치.

2 僧伽, 龍朔中遊江淮間, 其迹甚異。有問之曰 : 「汝何姓?」 答曰 : 「姓何。」 → 당(唐) 고종(高宗) 용삭(龍朔) 연간에 어느 승려가 장강(長江)과 회하(淮河) 일대에서 유람을 하는데, 그 행적이 매우 특이했다. 어떤 사람이 그에게 물었다 : 「당신은 성씨가 무엇[何(하)]이오?」 승려가 대답했다 : 「나의 성은 무엇[何]이요.」
【僧伽(승가)】 : 승가(僧家), 중, 승려.
【龍朔(용삭)】 : 당(唐) 고종(高宗)의 연호(661-663).
【遊(유)】 : 유람하다.
【江淮(강회)】 : 장강(長江)과 회하(淮河).
【迹(적)】 : 행적.
【甚異(심이)】 : 매우 특이하다.
【汝(여)】 : 너, 당신.

3 又問 : 「何國人?」 答曰 : 「何國人。」 → (그가) 또 물었다 : 「어느 나라[何國] 사람이오?」 (승려가) 대답했다 : 「어느 나라[何國] 사람이요.」

4 唐李邕作碑, 不曉其言, 乃書傳曰 : 「大師姓何, 何國人。」 此正所謂對癡人說夢耳。 → (훗날) 당(唐) 이옹(李邕)이 승려를 위해 비문(碑文)을 쓰는데, 승려의 말뜻을 이해하지 못했다. 그

번역문

천치(天癡)가 꿈 이야기를 하다

당(唐) 고종(高宗) 용삭(龍朔) 연간에 어느 승려가 장강(長江)과 회하(淮河) 일대에서 유람을 하는데, 그 행적이 매우 특이했다.

어떤 사람이 그에게 물었다.

「당신은 성씨가 무엇[何(하)]이오?」

승려가 대답했다.

「나의 성은 무엇[何(하)]이요.」

(그가) 또 물었다.

「어느 나라[何國(하국)] 사람이오?」

(승려가) 대답했다.

「어느 나라[何國] 사람이요.」

(훗날) 당(唐) 이옹(李邕)이 승려를 위해 비문(碑文)을 쓰는데 승려의 말뜻을 이해하지 못했다. 그리하여 약전(略傳)에 「대사(大師)의 성은 「무엇[何]」이고, 「어느 나라[何國]」 사람이다.」라고 썼다. 이것이 바로 이른바 천치에게 꿈 이야기를 한다는 것이다.

리하여 약전(略傳)에 「대사(大師)의 성은 「무엇[何]」이고, 「어느 나라[何國]」 사람이다.」라고 썼다. 이것이 바로 이른바 천치에게 꿈 이야기를 한다는 것이다.

【李邕(이옹)】: [인명] 당대(唐代)의 서예가로, 문장에 뛰어나고 특히 비문(碑文)에 능하여 당시의 관부(官府)나 불사(佛寺)로부터 자주 청탁을 받았다.

【作碑(작비)】: 비문을 쓰다, 비문을 짓다.

【曉(효)】: 알다, 이해하다.

【乃(내)】: 그리하여.

【書(서)】: 쓰다.

【正(정)】: 바로 …이다.

【所謂(소위)】: 이른바.

해설

치인설몽(痴人說夢)이란 「천치(天癡)가 꿈 이야기를 하다」라는 뜻으로, 황당무계하게 말하는 것을 가리킨다. 그러나 본문 내용에서 볼 때, 이 말의 어원(語源)은 「천치가 꿈 이야기를 하다」는 뜻이 아니라 「천치에게 꿈 이야기를 하다」라는 뜻이다. 그것은 천치에게 꿈 이야기를 해주면 천치는 그 이야기를 새겨듣지 못하고 사실로 여겨 엉뚱하게 전한다는 것이다.

이 우언은 본래 사실을 살피지 않고 깊이 생각하지 않는 경망한 사람을 풍자한 것이나, 후세 사람들은 「치인설몽(痴人說夢)」을 「사상과 언어가 황당무계하다」라는 뜻의 성어(成語)로 사용했다.

《둔재한림 遯齋閑覽》 우언

진정민(陳正敏 : ?-?)은 자호가 둔옹(遯翁)이며, 일찍이 복주(福州) 장계현령(長溪縣令)을 지낸 것 말고는 생애 사적에 관한 기록이 없다.

송(宋) 조공무(晁公武)의 《군재독서지(郡齋讀書志)》에 《둔재한람(遯齋閑覽)》 14권을 저록(著錄)하고, 진정민이 휘종(徽宗) 숭녕(崇寧)·대관(大觀) 연간(1102-1110)에 지은 것이라 했는데, 명(明) 도종의(陶宗儀)의 《설부(說郛)》에는 「둔재한람(遯齋閑覽) 14권(卷), 송(宋) 범정민(范正敏)」이라 했다. 《군재독서지》와 《설부》에서 작자의 성씨가 「진(陳)」과 「범(范)」으로 각기 다른 것에 대해, 창피득(昌彼得)은 《설부고(說郛考)》[대북(臺北) 문사철출판사(文史哲出版社), 민국(民國) 68]에서 「범(范)」을 「진(陳)」의 오류라 했다.

진정민은 《둔재한람》의 창작 동기를 「평소에 보고들은 바를 기록하여 십문(十門)으로 나누어 소설 한 편으로 만들었다.(錄其平昔所見聞, 分十門爲小說一編。)」라고 했다. 《둔재한람(遯齋閑覽)》 중에 《해갹(諧噱)》 1편이 있는데, 두 편의 우언은 모두 여기에 수록되어 있다.

097 응거기락자(應擧忌落字)

《遯齋閑覽 · 諧噱 · 應擧忌落字》

원문 및 주석

應擧忌落字[1]

柳冕秀才性多忌諱。[2] 應擧時, 同輩與之語, 有犯「落」字者, 則忿然見于詞色;[3] 僕夫誤犯, 輒加杖楚, 常語「安樂」爲「安康」。[4] 忽聞

....

1 應擧忌落字 → 과거(科擧)에 응시하여 낙(落)자를 꺼려 하다
【應擧(응거)】: 과거에 응시하다.
【忌(기)】: 꺼리다, 싫어하다.
【落(락)】: 떨어지다. 즉 「낙방(落榜)」을 의미한다.

2 柳冕秀才性多忌諱。→ 유면(柳冕)이라는 수재(秀才)의 성격은 기휘(忌諱)하는 것이 매우 많았다.
【柳冕(유면)】: [인명].
【秀才(수재)】: 과거 응시자.
【忌諱(기휘)】: 기피하다, 꺼리다.

3 應擧時, 同輩與之語, 有犯「落」字者, 則忿然見于詞色; → 과거(科擧)에 응시할 때, 동배(同輩)들이 그와 이야기하다가, 우연히 「낙(落)」자를 언급하는 사람이 있으면, 화를 내며 싫어하는 언사(言辭)와 낯빛을 드러내 보였고;
【同輩(동배)】: 함께 과거에 응시하는 사람들.
【與之語(여지어)】: 그와 이야기하다. 〖與〗: …와(과). 〖之〗: [대명사] 그, 즉 「유면」. 〖語〗: 대화하다, 이야기하다.
【犯(범)】: 범하다. 여기서는 「말하다, 언급하다」의 뜻.
【忿然(분연)】: 화내는 모양.
【見于詞色(견우사색)】: 싫어하는 언사(言辭)와 안색을 드러내 보이다.

4 僕夫誤犯, 輒加杖楚, 常語「安樂」爲「安康」。→ (자기의) 하인이 잘못을 범하면, 즉시 곤장

榜出, 亟遣僕視之。[5] 須臾, 僕還, 冕卽迎問曰 :「我得否乎?」 僕應曰 :「秀才『康』了也!」[6]

번역문

과거(科擧)에 응시하여 낙(落)자를 꺼려 하다

유면(柳冕)이라는 수재(秀才)의 성격은 기휘(忌諱)하는 것이 매우 많았다. 과거(科擧)에 응시할 때, 동배(同輩)들이 그와 이야기하다가 우연히 「낙(落)」자를 언급하는 사람이 있으면 화를 내며 싫어하는 언사(言辭)와 낯빛

을 치기 때문에, (하인은) 항상 「안락(安樂)을 「안강(安康)」이라 했다.
【僕夫(복부)】: 하인.
【誤犯(오범)】: 실수로 죄를 범하다, 잘못을 범하다.
【輒(첩)】: 곧, 바로, 즉시.
【加杖楚(가장초)】: 곤장을 치다, 곤장을 때리다. 〖加〗: 가하다. 즉 「치다, 때리다」의 뜻. 〖杖楚〗: 곤장, 몽둥이.
【常語「安樂」爲「安康」(상어 「안락」 위 「안강」)】: 항상 「안락(安樂)」을 「안강(安康)」이라 말하다. ※「樂」과 「落(락)」의 발음이 같기 때문에 기휘(忌諱)한 것이다.

5 忽聞榜出, 亟遣僕視之。→ (어느 날 수재가) 갑자기 합격자 명단이 발표되었다는 말을 듣고, 급히 하인을 보내 그것을 확인해 보도록 했다.
【忽(홀)】: 갑자기.
【榜出(방출)】: 방이 나붙다. 즉 「합격자 명단이 발표되다」의 뜻. 〖榜〗: 벽에 붙인 (합격자 등의) 명단.
【亟(극)】: 급히, 속히.
【遣(견)】: 보내다, 파견하다.
【之(지)】: [대명사] 그것, 즉 「방, 합격자 명단 발표」.

6 須臾, 僕還, 冕卽迎問曰 :「我得否乎?」 僕應曰 :「秀才『康』了也!」→ 잠시 후, 하인이 돌아오자, 유면이 즉시 맞이하며 물었다 :「나 합격했느냐?」 하인이 대답했다 :「수재님은 『강(康)』하셨습니다!」
【須臾(수유)】: 잠시 후, 얼마 후.
【還(환)】: 돌아오다.
【得否乎(득부호)】: [긍정+부정 형식] 합격했는가 안 했는가? 즉 「합격했는가?」의 뜻.
【應(응)】: 대답하다, 응답하다.

을 드러내 보였고, (자기의) 하인이 잘못을 범하면 즉시 곤장을 치기 때문에, (하인은) 항상 「안락(安樂)」을 「안강(安康)」이라 했다.

(어느 날 수재가) 갑자기 합격자 명단이 발표되었다는 말을 듣고 급히 하인을 보내 그것을 확인해 보도록 했다. 잠시 후 하인이 돌아오자 유면이 즉시 맞이하며 물었다.

「나 합격했느냐?」

하인이 대답했다.

「수재님은 『강(康)』 하셨습니다!」

해설

과거(科擧)의 급제 여부는 학문과 관련되는 것이지 모종의 징크스(jinx)와 관련된 것이 아니다. 그러나 유면(柳冕)은 「락(落)」자를 기휘(忌諱)하여 함께 과거에 응시한 동배(同輩)들이 대화중에 그것을 언급하면 몹시 화를 냈고, 또 자기의 하인이 실수로 그것을 말하면 즉시 곤장을 때렸다. 그리하여 하인은 평소에 「安樂(안락)」을 말할 때도 「樂」과 「落」의 발음이 같다 하여 「안강(安康)」이라 고쳐 말하고, 심지어 유면이 자신의 합격 여부를 물었을 때도 「낙방(落榜)」의 「落」 대신 「康」이라고 대답했다.

이 우언은 자기의 운명을 장악하지 못하고, 자신의 실패를 실력 부족이 아닌 징크스로 돌리며 사리에 맞지 않게 억지로 자신의 무능함을 합리화하려는 파렴치한 사람을 풍자한 것이다.

098 도대우친절(圖對偶親切)

《遯齋閑覽 · 諧噱 · 作詩圖對偶親切》

원문 및 주석

圖對偶親切[1]

李廷彦獻百韻詩于一上官, 其間有句云 : 「舍弟江南歿, 家兄塞北亡。」[2] 上官矗然哀之曰 : 「不意君家凶禍重併如是!」[3] 廷彦遽起自

1 圖對偶親切 → 대우(對偶)가 짜임새 있고 가지런하기를 도모하다
【圖(도)】: 꾀하다, 도모하다.
【對偶(대우)】: ※ 시나 문장에서 대구(對句), 즉 서로 대칭되는 자구(字句)를 사용하여 음조(音調)가 조화를 이루어 언어의 효과를 강화하는 수사법의 일종. 예를 들어 : 「擧頭望明月, 低頭思故鄕。(고개를 들어 밝은 달을 바라보고, 고개를 숙여 고향을 생각하노라.)」와 같은 방법.
【親切(친절)】: 친절하다. 여기서는「짜임새가 있고 가지런하다, 잘 조화되다, 정제(整齊)되다.」의 뜻.

2 李廷彦獻百韻詩于一上官, 其間有句云 : 「舍弟江南歿, 家兄塞北亡。」 → 이정언(李廷彦)이 상급자에게 백운시(百韻詩)를 바쳤는데, 그 내용에 : 「동생은 강남(江南)에서 죽고, 형은 북방 변경에서 죽었다.」라는 구절이 들어 있었다.
【李廷彦(이정언)】: [인명].
【獻(헌)】: 바치다.
【百韻詩(백운시)】: 백 운(韻)으로 이루어진 시.
【舍弟(사제)】: [남에게 자기의 동생을 이르는 말] 저의 동생.
【歿(몰)】: 죽다.
【家兄(가형)】: [남에게 자기의 형을 이르는 말] 저의 형.
【塞北(새북)】: 북방 변경지역.
【亡(망)】: 죽다.

解曰：「實無此事, 但圖對屬親切耳。」[4]

번역문

대우(對偶)가 짜임새 있고 가지런하기를 도모하다

이정언(李廷彦)이 상급자에게 백운시(百韻詩)를 바쳤는데, 그 내용에 「동생은 강남(江南)에서 죽고, 형은 북방 변경에서 죽었다.」라는 구절이 들어 있었다. 상급자가 이를 애통하게 여겨 그에게 말했다.

「뜻하지 않게 그대 집안에 이와 같은 흉사가 겹쳤었군!」

이정언이 급히 일어나 스스로 해명했다.

「실제로 이러한 일은 없고, 오직 (시의) 대우(對偶)가 짜임새 있고 가지런하기를 도모했을 뿐입니다.」

3 上官盡然哀之曰：「不意君家凶禍重併如是!」→상급자가 이를 애통하게 여겨 그에게 말했다：「뜻하지 않게 그대 집안에 이와 같은 흉사가 겹쳤었군!」
【盡然(진연)】: 비통한 모양.
【不意(불의)】: 뜻밖에, 상상외로.
【君(군)】: 그대, 당신, 귀하.
【凶禍(흉화)】: 흉사, 재앙.
【重併(중병)】: 겹치다, 거듭되다, 연거푸 일어나다.
【如是(여시)】: 이처럼, 이와 같이.

4 廷彦遽起自解曰：「實無此事, 但圖對屬親切耳。」→이정언이 급히 일어나 스스로 해명했다：「실제로 이러한 일은 없고, 오직 (시의) 대우(對偶)가 짜임새 있고 가지런하기를 도모했을 뿐입니다.」
【遽起(거기)】: 급히 일어나다.
【自解(자해)】: 스스로 해명하다.
【但(단)】: 오직, 다만.
【對屬(대촉)】: 대우(對偶). 주 1 참조.
【耳(이)】: …뿐.

해설

문학예술의 참뜻은 진실한 감정을 표현하는 데 있다. 만일 글재주나 부리며 형식을 추구하여 근거 없이 날조한다면, 세상에 아무런 도움이 되지 않고 자신과 타인의 정력을 낭비할 뿐이다. 우리에게 도움이 되는 것은 「인생을 위한 예술」이어야 한다.

이 우언은 문장의 형식만을 추구하며 오직 말장난으로 예술의 참뜻을 해치는 저속하고 악랄한 유미주의(唯美主義) 문풍을 풍자한 것이다.

《노학암필기老學庵筆記》 우언

육유(陸游 : 1125~1209)는 자가 무관(務觀), 호는 방옹(放翁)이며, 월주(越州) 산음(山陰)[지금의 절강성 소흥시(紹興市)] 사람으로 남송(南宋)의 저명한 시인이다. 그는 금(金)나라 군사가 대거 남침하여 북송(北宋)이 멸망하는 시기에 태어나, 어려서부터 가족을 따라 유랑 생활을 하면서 강렬한 애국정신을 길렀다. 그는 일찍부터 문학적 재능이 있어 고종(高宗) 소흥(紹興) 연간 예부(禮部)에 응시하여 우수한 성적을 거두었으나, 간신(奸臣) 진회(秦檜)의 손자 진훈(秦塤)보다 성적이 앞섰다 하여 진회가 그를 명단에서 제외시켰다. 그 후 효종(孝宗) 때 진사(進士)를 하사받고 벼슬길에 나아가 추밀원편수(樞密院編修)·기주통판(夔州通判)·보장각대제(寶章閣待制) 등을 지냈다. 그는 평생 항금(抗金)을 주장하여 여러 차례 배척을 받았으며, 65세에 산음(山陰)에 돌아와 20년 동안 은둔 생활을 하다가 85세를 일기로 세상을 떠났다.

저서로 시집 《검남시고(劍南詩稾)》 외에 《방옹사(放翁詞)》·《위남문집(渭南文集)》·《남당서(南唐書)》·《입촉기(入蜀記)》·《노학암필기(老學庵筆記)》 등이 있는데, 《노학암필기》는 주로 일문(逸文)과 당대(當代)의 사실(史實) 및 전장제도(典章制度)를 기술한 것이 대부분이고, 간혹 민간 고사와 우언이 수록되어 있다.

099 원소방화(元宵放火)

《老學庵筆記 · 卷五》

원문 및 주석

元宵放火[1]

田登作郡, 自諱其名, 觸者必怒, 吏卒多被榜笞。於是擧州皆謂燈爲火。[2] 上元放燈, 許人入州治遊觀。[3] 吏人遂書榜揭於市曰 : 「本

1 元宵放火 → 원소절(原宵節)의 방등(放燈)
【元宵(원소)】: 음력 정월 대보름날 밤.
【放火(방화)】: 본래 「불을 지르다」의 뜻이나, 여기서는 「방등(放燈)」을 말한다. ※방등(放燈): 원소절(原宵節), 즉 음력 정월 대보름날 밤 꽃등에 붉을 켜서 걸어 놓고 사람들에게 구경거리를 제공하는 풍속.

2 田登作郡, 自諱其名, 觸者必怒, 吏卒多被榜笞。於是擧州皆謂燈爲火。→ 전등(田登)은 군수(郡守)를 지내면서, 다른 사람이 직접 자기 이름을 부르는 것을 꺼려 하여, 이를 거스르는 자가 있으면 반드시 화를 냈고, (이로 인해) 많은 하급 관리들이 매를 맞았다. 그리하여 온 주(州) 사람들 모두 「등(燈)」을 「화(火)」라고 했다.
【田登(전등)】: [인명] 송(宋)나라 사람.
【作郡(작군)】: 군(郡)의 태수(太守)를 지내다.
【諱(휘)】: 꺼리다, 기휘(忌諱)하다.
【觸(촉)】: 저촉하다, 범하다, 위반하다, 거스르다.
【吏卒(이졸)】: 하급 관리.
【被榜笞(피방태)】: 매질을 당하다, 매를 맞다. 〖被〗: [피동형] …을 당하다. 〖榜〗: 매질하다. 〖笞〗: (채찍 · 곤장 따위로) 때리다, 매질하다.
【於是(어시)】: 이에, 그리하여.
【擧州(거주)】: 온 주(州), 주(州) 전체.
【謂燈爲火(위등위화)】: 등(燈)을 일러 화(火)라고 하다. ※「燈」은 전등(田登)의 「登」과 발음

州依例放火三日。」[4]

번역문

원소절(原宵節)의 방등(放燈)

전등(田登)은 군수(郡守)를 지내면서 다른 사람이 직접 자기 이름을 부르는 것을 꺼려 하여, 이를 거스르는 자가 있으면 반드시 화를 냈고, (이로 인해) 많은 하급 관리들이 매를 맞았다. 그리하여 온 주(州) 사람들 모두「등(燈)」을 「화(火)」라고 했다.

원소절(原宵節)의 방등(放燈) 행사 때는 사람들이 성내(城內)에 들어와 관람하는 것을 허락했다. (그리하여) 관리들이 방문(榜文)을 써서 저자에 내걸었는데, 방문에 이르길 「본주(本州)는 관례에 따라 사흘 동안 방화(放火)함」이라 했다.

이 같기 때문에 기휘(忌諱)한 것이다.

3 上元放燈, 許人入州治遊觀。→ 원소절(原宵節)의 방등(放燈) 행사 때는, 사람들이 성내(城內)에 들어와 관람하는 것을 허락했다.

【上元(상원)】: 음력 정월 보름날을 「상원(上元)」이라 하고, 이날 밤을 「원소절(原宵節)」이라 한다.

【州治(주치)】: 주정부 소재지. 성내(城內)를 가리킨다. 〖治〗: 지방정부 소재지.

【遊觀(유관)】: 관람하다.

4 吏人遂書榜揭於市曰:「本州依例放火三日。」→ (그리하여) 관리들이 방문(榜文)을 써서 저자에 내걸었는데, 방문에 이르길:「본주(本州)는 관례에 따라 사흘 동안 방화(放火)함」이라 했다.

【遂(수)】: 그리하여.

【書榜(서방)】: 방문(榜文)을 쓰다. 〖書〗: [동사] (글씨를) 쓰다. 〖榜〗: 방문(榜文).

【揭於(게어)…】: …에 걸다. 〖於〗: [개사] …에.

【依例(의례)】: 관례에 따르다.

해설

전등(田登)은 주군(州郡)의 태수(太守)를 지내면서 다른 사람이 자기 이름을 기휘(忌諱)하도록 요구하고, 이를 거스르는 하급 관리들에게까지 벌을 가했다. 그리하여 사람들은 모두 「등(燈)」 발음이 나는 글자를 「화(火)」자로 바꾸어 정월 보름날 원소절(原宵節) 밤의 방등(放燈) 행사를 알리는 방문(榜文) 내용조차 「방등(放燈)」을 「방화(放火)」로 고쳐 「본주의례방화삼일(本州依例放火三日)」이라고 게시했다. 만일 그러한 사정을 모르는 외지(外地) 사람들이 이 말을 보면, 어찌 큰 재앙으로 여기지 않겠는가?

이 우언은 백성들을 자기들 마음대로 좌지우지하며 약간의 자유도 허락하지 않는 통치자들의 만행을 풍자한 것이다.

《추언芻言》 우언

최돈례(崔敦禮 : ?-1181)는 자가 중유(仲由)이며, 통주(通州) 정해(靜海)[지금의 강소성 남통(南通)] 사람이다. 남송(南宋) 고종(高宗) 소흥(紹興) 연간에 진사(進士)에 급제한 후 제왕궁대소학교수(諸王宮大小學敎授)를 지냈다. 저서로 《궁교집(宮敎集)》과 《추언(芻言)》이 있다.

《추언》은 상·중·하 3권으로 되어 있는데, 언어가 소박하고 꾸밈이 없어 《추언》이라 이름을 붙였다. 현재 상무인서관(商務印書館)이 간행한 《총서집성(叢書集成)》에 《추언급기타이종(芻言及其他二種)》이 전한다.

100 강해추해(江蟹趨海)

《郁離子·卷下》

원문 및 주석

江蟹趨海[1]

江之蟹, 初穴於沮洳, 秋冬之交則大出, 指海而趨焉, 漁者緯蕭而留之。[2] 越軼而去, 不達於江, 不至於海, 不止也。[3] 是故曲學者, 沮

1 江蟹趨海 → 강의 게가 바다를 향해 가다
【蟹(해)】: 게.
【趨(추)】: (어떤 방향으로) 향해 가다.

2 江之蟹, 初穴於沮洳, 秋冬之交則大出, 指海而趨焉, 漁者緯蕭而留之。→ 강의 게는, 처음에 저습한 늪지에서 혈거하다가, 가을에서 겨울로 넘어가는 시기가 되면 몽땅 나와, 바다를 향해 가는데, (이때) 어부들은 쑥대를 엮어 가지고 장애물을 설치하여 게들을 달아나지 못하게 한다.
【初(초)】: 최초, 처음.
【穴於沮洳(혈어저여)】: 진펄에서 혈거하다. 〖穴〗: 혈거하다. 〖於〗: [개사] …에서. 〖沮洳〗: 저습한 늪지. 진펄.
【秋冬之交(추동지교)】: 가을에서 겨울로 넘어가는 시기, 가을과 겨울의 교차 시기.
【大出(대출)】: 몽땅 나오다.
【指(지)】: 향하다.
【漁者(어자)】: 어부.
【緯蕭(위소)】: 맑은 쑥대를 엮다. 여기서는 「쑥대를 엮어 가지고 장애물을 설치하다」의 뜻. 〖緯〗: 엮다, 짜다. 〖蕭〗: 맑은 대쑥.
【留(류)】: 남게 하다, 잔류토록 하다. 즉 「달아나지 못하게 하다」의 뜻.

3 越軼而去, 不達於江, 不至於海, 不止也。→ (게들은) 장애물을 넘어 계속 나아가, 강에 도달하지 않고, 바다에 이르지 않으면, (결코) 멈추려 하지 않는다.

洳也; 大道者, 江海也。[4] 厭沮洳而決江海, 人之所同也。[5]

번역문

강의 게가 바다를 향해 가다

강의 게는 처음에 저습한 늪지에서 혈거하다가 가을에서 겨울로 넘어가는 시기가 되면 몽땅 나와 바다를 향해 가는데, (이때) 어부들은 쑥대를 엮어 가지고 장애물을 설치하여 게들을 달아나지 못하게 한다. (게들은) 장애물을 넘어 계속 나아가 강에 도달하지 않고 바다에 이르지 않으면 (결코) 멈추려 하지 않는다.

그래서 편협한 학설은 저습한 늪지와 같고, 큰 도리는 강·바다와 같은 것이다. 저습한 늪지를 싫어하고 강과 바다를 지향하는 것은 사람들의 공통된 바람이다.

해설

게가 늪지를 떠나 강과 바다를 향하는 것은 생리적인 본능으로, 앞에 어

【越軼而去(월질이거)】: 장애물을 넘어 계속 나아가다. 【越軼】: 넘다.

4 是故曲學者, 沮洳也; 大道者, 江海也。→ 그래서 편협한 학설은, 저습한 늪지와 같고; 큰 도리는, 강·바다와 같은 것이다.
【是故(시고)】: 그래서.
【曲學(곡학)】: 편협한 학설.
【大道(대도)】: 큰 도리.

5 厭沮洳而決江海, 人之所同也。→ 저습한 늪지를 싫어하고 강과 바다를 지향하는 것은, 사람들의 공통된 바람이다.
【厭(염)】: 싫어하다.
【決(결)】: 결정하다, 결심하다. 여기서는 「지향하다」의 뜻.
【人之所同(인지소동)】: 사람들의 공통된 바람이다.

떠한 위험과 장애물이 있어도 곧장 앞으로 나가며 목적지에 도달하기 전에는 절대로 멈추지 않는다.

작자는 이러한 자연현상으로부터 인류가 진리를 추구하고 큰 학문을 추구하는 과정을 연상했다. 편협한 학문은 작은 늪지와 같고, 광활한 강과 바다라야 비로소 진리와 지혜를 간직한 곳이다. 진리를 향하고 사소한 것을 포기하는 것이 사람들의 공통된 바람이다. 그러나 대도를 향한 길은 탄탄대로가 아니라, 게가 바다를 향해 가면서 어부의 장애물을 만나 고난을 겪듯이 여정이 요원할 뿐만 아니라 위험과 고난이 가득 차있다.

이 우언은 늪지의 게가 바다를 향해 가는 과정을 통해, 사람이 자기의 이상과 목표에 도달하기 위해서는 많은 풍파와 고난을 견디며 백절불굴(百折不屈)의 강인한 의지를 견지해야 비로소 성공할 수 있다는 이치를 설명한 것이다.

《방여승람方輿勝覽》 우언

축목(祝穆 : ?-?)은 자가 화보(和甫)이며, 흡주(歙州)[지금의 안휘성 흡현(歙縣)] 사람이다. 북송(北宋) 말기에 부친이 건녕(建寧) 숭안(崇安)[지금의 복건성 무인산시(武夷山市)]으로 이주하여, 동생 계(癸)와 함께 고모부인 주희(朱熹)에게 학문을 배우고, 후에 홍화군함강서원산장(興化軍涵江書院山長)을 지냈다. 저서로 《방여승람(方輿勝覽)》이 있다.

《방여승람》은 남도(南渡) 이후 남송(南宋) 각 지방의 명승고적을 소개한 책으로, 내용이 비교적 풍부하고 문장의 꾸밈이 화려하여 송원(宋元) 이래의 문인들에 의해 많이 인용되었다.

101 철저마침(鐵杵磨針)

《方輿勝覽 · 卷五十三 · 眉州 · 磨鍼溪》

원문 및 주석

鐵杵磨針[1]

磨針溪, 在象耳山下。世傳李太白讀書山中, 未成, 棄去。過是溪, 逢老媼, 方磨鐵杵。[2] 問之, 曰:「欲作針。」太白感其意 還卒

1 鐵杵磨針 → 쇠공이를 갈아서 바늘을 만들다
【鐵杵(철저)】: 쇠공이, 쇠 절굿공이.
【磨(마)】: 갈다.
【針(침)】: 바늘.

2 磨針溪, 在象耳山下。世傳李太白讀書山中, 未成, 棄去。過是溪, 逢老媼, 方磨鐵杵。→ 마침계(磨針溪)는, 상이산(象耳山) 아래에 있다. 세상에 전하는 바에 의하면, 이태백(李太白)이 산중에 들어가 공부를 하다가, 학업을 마치기도 전에, 포기하고 밖으로 나갔다. 이 개천을 지나다가, 한 노파를 만났는데, (노파가) 마침 쇠공이를 갈고 있었다.
【磨針溪(마침계)】: [개천 이름].
【象耳山(상이산)】: [산 이름] 지금의 사천성 팽산현(彭山縣)] 동북쪽에 있는 산.
【李太白(이태백)】: 이백(李白). 당(唐)나라 때의 대시인. 자는 태백(太白), 호는 청련거사(靑蓮居士). 중국에서는 이백을 시선(詩仙), 두보(杜甫)를 시성(詩聖)이라 칭한다.
【未成(미성)】: 아직 이루지 못하다. 즉 「학업을 마치기 전에」의 뜻.
【棄去(기거)】: 포기하고 나가다.
【過(과)】: 지나가다.
【逢(봉)】: 만나다.
【老媼(노온)】: 노파.
【方(방)】: 마침.

業。[3]

번역문

쇠공이를 갈아서 바늘을 만들다

마침계(磨針溪)는 상이산(象耳山) 아래에 있다. 세상에 전하는 바에 의하면, 이태백(李太白)이 산중에 들어가 공부를 하다가 학업을 마치기도 전에 포기하고 밖으로 나갔다. 이 개천을 지나다가 한 노파를 만났는데, (노파가) 마침 쇠공이를 갈고 있었다. (이태백이) 노파에게 물으니 (노파가) 대답했다.

「바늘을 만들려고 그래.」

태백이 그 뜻에 감동되어 되돌아가 (마침내) 학업을 마쳤다.

해설

이태백(李太白)은 산중에 들어가 공부를 하다가 싫증을 느껴 학업을 포기하고 하산하여 개천을 지나다가 쇠공이를 갈아 바늘을 만드는 노파를 보고 크게 감동하여 산으로 되돌아가 학업을 마쳤다.

이 우언은 무슨 일을 하던 간에 항심(恒心)을 가지고 부단히 노력하면 어떤 힘든 일이라도 결국 성공할 수 있다는 이치를 밝힌 것이다.

3 問之, 曰 : 「欲作針。」 太白感其意, 還卒業。→ (이태백이) 노파에게 물으니, (노파가) 대답했다 : 「바늘을 만들려고 그래.」 태백이 그 뜻에 감동되어, 되돌아가 (마침내) 학업을 마쳤다.
【欲(욕)】 : …하려고 하다, …하고자 하다.
【還(환)】 : 돌아가다, 되돌아가다.
【卒業(졸업)】 : 학업을 마치다. 〖卒〗 : 마치다, 끝내다.

※ 참고 : 철저마침(鐵杵磨針) 고사는 원(元) 우소(虞韶)가 편찬한 《일기고사(日記故事)》에도 수록되어 있는데, 학업을 중도 포기하려던 이태백(李太白)이 쇠공이를 갈아 바늘을 만들려는 노파의 정성에 감동되어 다시 돌아가 학업을 마쳤다는 기본 내용은 일치하나, 두 판본의 문자 출입이 심하다. 《일기고사》의 원문은 다음과 같다.

(李白, 少讀書, 未成, 棄去。道逢一老嫗, 磨杵。白問 :「將欲何用?」 曰 :「欲作針。」白感其言, 遂還卒業。)

《정사程史》 우언

악가(岳珂 : 1183-1234)는 자가 숙지(肅之), 호는 권옹(倦翁)이며, 남송(南宋)의 상주(相州) 탕음(湯陰)[지금의 하남성 탕음현(湯陰縣)] 사람으로 민족 영웅 악비(岳飛)의 손자이다. 영종(寧宗)과 이종(理宗) 양대에 걸쳐 가흥지부(嘉興知府)·조봉랑(朝奉郎)·수군기감(守軍器監)·호부시랑(戶部侍郎)·회동총령겸제치사(淮東總領兼制置使) 등의 벼슬을 지냈다.

저서로 《금타수편(金佗粹編)》·《구경삼전연혁례(九經三傳沿革例)》·《괴담록(愧郯錄)》·《보진재법서찬(寶眞齋法書贊)》·《옥저집(玉楮集)》·《당호시고(棠湖詩稿)》·《정사(程史)》 등이 있다.

《정사》는 역사필기소설(歷史筆記小說)로 북송과 남송 사대부에 관한 일사(軼事)와 조정(朝廷)의 득실을 기술하고 논평한 것이다.

102 치부지도(致富之道)

《桯史 · 卷二 · 富翁五賊》

원문 및 주석

致富之道[1]

昔有一士鄰於富家, 貧而屢空, 每羨其鄰之樂。旦日, 衣冠謁而請焉。[2] 富翁告之曰 :「致富不易也。子歸齋三日, 而後予告子以其故。」[3] 如言, 復謁, 乃命待於屛間, 設高几, 納師資之贄, 揖而進之。[4]

1 致富之道 → 부자가 되는 방법
【道(도)】: 길, 방법.

2 昔有一士鄰於富家, 貧而屢空, 每羨其鄰之樂。旦日, 衣冠謁而請焉。→ 옛날에 부자와 이웃해 사는 한 선비가 있었는데, 가난으로 말미암아 (집안이) 자주 텅 비어 있어, 항상 이웃의 즐거운 생활을 부러워했다. 어느 날 아침, (선비가) 의관을 갖추고 부자를 방문하여 부자 되는 방법을 가르쳐 달라고 청했다.
【鄰於富家(인어부가)】: 부자와 이웃해 살다.
【屢空(누공)】: 항상 텅 비어 있다. 〖屢〗: 자주, 종종, 누차.
【每(매)】: 늘, 항상.
【羨(선)】: 부러워하다.
【旦日(단일)】: 아침.
【衣冠(의관)】: [동사 용법] 의관을 갖추다, 복장을 단정히 하다.
【謁(알)】: 알현하다, 방문하다.
【請(청)】: 청하다. 여기서는「부자가 되는 방법을 가르쳐 달라고 청하다」의 뜻.
【焉(언)】: [어조사].

3 富翁告之曰 :「致富不易也。子歸齋三日, 而後予告子以其故。」→ 부자가 선비에게 말했다 : 「부자가 되는 것은 쉬운 일이 아닙니다. 당신이 집에 돌아가 삼 일 동안 재계(齋戒)하고 나

曰:「大凡致富之道, 當先去其五賊。五賊不除, 富不可致。」[5] 請問其目, 曰:「卽世之所謂仁、義、禮、智、信是也。」士盧胡而退。[6]

면, 그 다음에 내가 당신에게 그 까닭을 알려 드리겠습니다.」
【不易(불이)】: 쉽지 않다.
【子(자)】: 너, 그대, 당신.
【齋(재)】: 재계(齋戒)하다.
【而後(이후)】: 그 후, 그 다음.
【予(여)】: 나.
【告(고)】: 알리다, 말하다.
【故(고)】: 원인, 연고, 까닭.

4 如言, 復謁, 乃命待於屛間, 設高几, 納師資之贄, 揖而進之。→(선비는) 부자의 말대로 행하고 나서, 다시 부자를 방문했다. 부자는 곧 병풍 밖에서 기다리라고 당부한 후, 높다란 탁자를 갖다 놓더니, 제자가 스승에게 드리는 예물을 받은 다음에, 읍(揖)을 하며 안으로 들라고 청했다.
【如言(여언)】: 말대로 행하다.
【復(부)】: 또, 다시.
【乃(내)】: 곧, 바로.
【命(명)】: 명하다. 즉「당부하다, 이르다」의 뜻.
【屛間(병간)】: 병풍 밖.
【設(설)】: 놓다.
【高几(고궤)】: 높은 탁자.
【納師資之贄(납사자지지)】: (제자가) 스승에게 드리는 선물을 받다. 〖納〗: 받다, 받아들이다. 〖師資〗: 교사, 스승. 〖贄〗: ① 처음 남에게 부탁할 때 보내는 예물. ② 스승에게 드리는 예물.
【揖而進之(읍이진지)】: 읍(揖)을 하며 안으로 들라고 청하다. 〖揖〗: 두 손을 맞잡아 얼굴 앞으로 들어 올리고 허리를 앞으로 공손히 구부렸다가 몸을 펴면서 손을 내리는 중국인의 인사법.

5 曰:「大凡致富之道, 當先去其五賊。五賊不除, 富不可致。」→그리고 말했다:「대체로 부자가 되는 길은, 마땅히 먼저 다섯 도둑을 제거해야 합니다. 다섯 도둑을 제거하지 않으면, (절대로) 부자가 될 수 없습니다.」
【大凡(대범)】: 대개, 대체로.
【當(당)】: 마땅히, 응당.
【去(거)】: 제거하다, 없애다.
【除(제)】: 제거하다, 없애다.
【富不可致(부불가치)】: 부를 실현할 수 없다. 즉「부자가 될 수 없다」의 뜻. 〖致〗: 실현하다.

6 請問其目, 曰:「卽世之所謂仁、義、禮、智、信是也。」士盧胡而退。→선비가 그 조목(條目)을

번역문

부자가 되는 방법

옛날에 부자와 이웃해 사는 한 선비가 있었는데, 가난으로 말미암아 (집안이) 자주 텅 비어 있어 항상 이웃의 즐거운 생활을 부러워했다. 어느 날 아침, (선비가) 의관을 갖추고 부자를 방문하여 부자 되는 방법을 가르쳐 달라고 청했다.

부자가 선비에게 말했다.

「부자가 되는 것은 쉬운 일이 아닙니다. 당신이 집에 돌아가 삼 일 동안 재계(齋戒)하고 나면, 그 다음에 내가 당신에게 그 까닭을 알려 드리겠습니다.」

(선비는) 부자의 말대로 행하고 나서 다시 부자를 방문했다. 부자는 곧 병풍 밖에서 기다리라고 당부한 후 높다란 탁자를 갖다 놓더니, 제자가 스승에게 드리는 예물을 받은 다음에, 읍(揖)을 하며 안으로 들라고 청했다.

그리고 말했다.

「대체로 부자가 되는 길은 마땅히 먼저 다섯 도둑을 제거해야 합니다. 다섯 도둑을 제거하지 않으면 (절대로) 부자가 될 수 없습니다.」

선비가 그 조목(條目)을 묻자 부자가 대답했다.

묻자, 부자가 대답했다 : 「즉 세상에서 말하는 인(仁)·의(義)·예(禮)·지(智)·신(信)이 바로 그것입니다.」 선비는 쓴웃음을 지으며 말없이 물러갔다.

【請問(청문)】: 여쭙다, 묻다.

【目(목)】: 조목, 명칭.

【仁(인)、義(의)、禮(예)、智(지)、信(신)】: 유교(儒敎)에서 말하는 오상(五常), 즉 사람이 마땅히 지켜야 할 다섯 가지 도리 [어짐(仁), 의로움(義), 예절 바름(禮), 지혜로움(智), 믿음(信)]를 이른다.

【是也(시야)】: 바로 그것이다.

【盧胡(노호)】: 소리 없이 웃는 모양. 여기서는 「쓴웃음을 지며 말없이」의 뜻.

「즉 세상에서 말하는 인(仁)·의(義)·예(禮)·지(智)·신(信)이 바로 그것입니다.」

선비는 쓴웃음을 지으며 말없이 물러갔다.

해설

가난한 선비는 항상 이웃집 부자를 부러워하며 살다가 급기야 부자가 되는 방법을 배우기 위해 선물을 들고 부자를 찾아갔다. 그러나 들은 대답은 「인(仁)·의(義)·예(禮)·지(智)·신(信)」 다섯 가지를 제거하라는 것이었다. 이 다섯 가지는 유가(儒家)에서 말하는 「오상(五常)」, 즉 사람이 마땅히 지켜야하는 다섯 가지의 기본 덕목이다. 이렇게 볼 때, 오상과 치부는 서로 대립적인 관계이다. 따라서 오상을 제거하라는 부자의 말은 바로 치부의 본질이 악행을 축으로 하고 있음을 드러낸 것이다. 즉, 부자가 되기 위해서는 「인(仁)·의(義)·예(禮)·지(智)·신(信)」의 선행을 거부하고 억압과 착취를 자행해야 한다는 논리가 성립된다.

선비가 쓴웃음을 지으며 말없이 물러난 것은, 아마도 부자로부터 이전에 몰랐던 치부의 방법을 듣고 나서, 자신의 생각과 너무 동떨어진 것에 대한 당혹감 때문이었을 것이다.

이 우언은 당시 백성을 억압하고 착취하여 부를 쌓으며 기본 도덕을 외면한 비양심적인 귀족 세력의 부도덕한 행위를 폭로하고 풍자한 것이다.

103 갱도일조(更渡一遭)

《桯史·卷九·鱉渡橋》

원문 및 주석

更渡一遭[1]

昔有人得一鼈, 欲烹而食之, 不忍當殺生之名。[2] 乃熾火使釜水百沸, 横篠爲橋, 與鼈約曰:「能渡此則活汝。」[3] 鼈知主人以計取之,

1 更渡一遭 → 다시 한 번 건너가다
【更(갱)】: 다시.
【渡(도)】: 건너다, 건너가다.
【一遭(일조)】: 한 번.

2 昔有人得一鼈, 欲烹而食之, 不忍當殺生之名。→ 예전에 어떤 사람이 자라 한 마리를 얻어와, 그것을 삶아 먹고 싶었지만, 차마 살생(殺生)의 오명(汚名)을 감당할 수가 없었다.
【鼈(별)】: 자라.
【欲(욕)】: …하고자 하다, …하려고 생각하다, …을 하고 싶어 하다.
【烹(팽)】: 삶다.
【不忍(불인)】: 차마 …하지 못하다.
【當(당)】: 감당하다.
【殺生之名(살생지명)】: 살생의 오명(汚名).

3 乃熾火使釜水百沸, 横篠爲橋, 與鼈約曰:「能渡此則活汝。」→ 그리하여 불을 세게 때서 가마솥의 물을 펄펄 끓게 하고, 가느다란 대나무를 가로 질러 다리를 만들어 놓은 다음, 자라와 약속했다:「(네가) 능히 이 다리를 건널 수 있다면 너를 살려주마.」
【乃(내)】: 이에, 그리하여, 그래서.
【熾火(치화)】: 불을 세게 때다.
【使(사)】: …로 하여금 …하게 하다, …을 …하게 하다.
【釜(부)】: 가마솥.

勉力爬沙，僅能一渡。[4] 主人曰：「汝能渡橋，甚善！更爲我渡一遭，我欲觀之。」[5]

번역문

다시 한 번 건너가다

예전에 어떤 사람이 자라 한 마리를 얻어와 그것을 삶아 먹고 싶었지만 차마 살생(殺生)의 오명(汚名)을 감당할 수가 없었다. 그리하여 불을 세게 때서 가마솥의 물을 펄펄 끓게 하고, 가느다란 대나무를 가로 질러 다리를 만들어 놓은 다음 자라와 약속했다.

「(네가) 능히 이 다리를 건널 수 있다면 너를 살려주마.」

자라는 주인이 계략을 써서 자기 목숨을 빼앗으려 한다는 것을 알고, 사력을 다해 옆으로 기어서 겨우 한 번을 건널 수 있었다.

【百沸(백비)】: 펄펄 끓다.
【橫篠爲橋(횡소위교)】: 가느다란 대나무를 가로 질러 놓아 다리를 만들다. 〖篠〗: 筱(소), 조릿대, 가느다란 대나무. ※판본에 따라서는「篠」를「筱(소)」라 했다.
【活(활)】: [사동 용법] 살려주다.
【汝(여)】: 너, 당신.

4 鼈知主人以計取之，勉力爬沙，僅能一渡。→ 자라는 주인이 계략을 써서 자기 목숨을 빼앗으려 한다는 것을 알고, 사력을 다해 옆으로 기어서, 겨우 한 번을 건널 수 있었다.
【以計取之(이계취지)】: 계략을 써서 자기의 목숨을 빼앗다.
【勉力(면력)】: 힘쓰다, 애쓰다. 여기서는「사력을 다하다」의 뜻.
【爬沙(파사)】: (게처럼) 옆으로 기다.
【僅(근)】: 겨우, 다만.

5 主人曰：「汝能渡橋，甚善！更爲我渡一遭，我欲觀之。」→ (그러자) 주인이 또 말했다:「네가 능히 이 다리를 건널 수 있으니, 너무 좋구나! 내가 그것을 보고 싶으니, 나를 위해 다시 한 번 건너가 다오.」
【甚善(심선)】: 너무 좋다. 〖甚〗: 매우, 몹시, 너무.
【之(지)】: [대명사] 그것, 즉「대나무 다리를 건너는 것」.

(그러자) 주인이 또 말했다.

「네가 능히 이 다리를 건널 수 있으니 너무 좋구나! 내가 그것을 보고 싶으니, 나를 위해 다시 한 번 건너가 다오.」

해설

자라 주인은 자라를 삶아 먹고 싶지만 한편 동물을 살생했다는 오명(汚名)을 남기기 싫어 나름대로 묘책을 생각해 냈다. 즉, 물이 펄펄 끓는 가마솥에 조릿대를 걸쳐 다리를 만들어 놓고, 게가 그 다리를 건너면 살려주겠다는 것이었다. 주인의 속셈은 게가 다리를 건너다가 빠지게 하여 잘못을 자라의 몫으로 돌리고 자기는 살생의 오명을 면하려는 것이었다. 그러면 자신은 살생의 오명을 남기지 않고 본래의 의도대로 자라를 삶아 먹을 수 있다고 여긴 것이다.

이 우언은 자라 주인의 악랄한 행위를 통해, 사람을 사지에 몰아넣는 간악한 일을 자행하면서 악명을 남기기 싫어하는 사이비 군자의 위선(僞善)을 풍자한 것이다.

104 수지족지약(售胝足之藥)

《程史 · 卷九 · 王涇庸醫》

원문 및 주석

售胝足之藥[1]

昔人有以胝足之藥售于市者, 輒揭扁于門曰 :「供御」。[2] 或笑其不根, 聞于上, 召而罪之。[3] 旣而宥其愚, 及出, 乃復增四字曰 :「曾經

1 售胝足之藥 → 발바닥의 굳은살을 치료하는 약을 팔다
【售(수)】: 팔다.
【胝足之藥(지족지약)】: 발바닥의 굳은살을 치료하는 약.

2 昔人有以胝足之藥售于市者, 輒揭扁于門曰 :「供御」。→ 예전에 시장에서 발바닥의 굳은살을 치료하는 약을 파는 사람이 있었는데, 항상 대문에 「공어(供御 : 임금에게 바침)」라고 쓴 편액(扁額)을 걸어 놓았다.
【輒(첩)】: 항상, 늘.
【揭(게)】: 걸다.
【扁(편)】: 편액(扁額).
【供御(공어)】: 임금에게 공급하다.

3 或笑其不根, 聞于上, 召而罪之。→ 어떤 사람이 그것을 사기(詐欺)라 비웃고, 임금에게 고하여, (임금이) 그를 불러다가 벌을 내렸다.
【或(혹)】: 어떤 사람.
【笑(소)】: 비웃다.
【不根(불근)】: 근거가 없다. 즉「엉터리, 속임수, 사기(詐欺)」.
【聞于上(문우상)】: 임금에게 고하다. 〖聞〗: 알리다, 고하다. 〖于〗: [개사] …에게. 〖上〗: 임금.
【召而罪(소이죄)】: 불러다가 벌을 내리다.
【之(지)】: [대명사] 그, 즉「약장사」.

宣喚」。[4]

번역문

발바닥의 굳은살을 치료하는 약을 팔다

예전에 시장에서 발바닥의 굳은살을 치료하는 약을 파는 사람이 있었는데, 항상 대문에 「공어(供御 : 임금에게 바침)」라고 쓴 편액(扁額)을 걸어 놓았다. 어떤 사람이 그것을 사기(詐欺)라 비웃고 임금에게 고하여, (임금이) 그를 불러다가 벌을 내렸다. 얼마 후 (임금이) 그를 우매하다 여겨 용서하니, 그는 감옥에서 풀려 나오자마자 곧 다시 (편액에) 「증경선환(曾經宣喚 : 이미 임금의 소환을 거쳤음)」이라는 네 글자를 더 추가하여 써넣었다.

해설

발바닥의 굳은살을 치료하는 약을 파는 사람이 자기의 고객을 끌어들이기 위해 편액(扁額)에 「공어(供御)」라고 써서 대문에 걸고, 자기가 만든 약을 임금에게 바쳤다고 자랑했다. 그리하여 어떤 사람이 그것을 허위라 비

4 旣而宥其愚, 及出, 乃復增四字曰 :「曾經宣喚」。→ 얼마 후 (임금이) 그를 우매하다 여겨 용서하니, 그는 감옥에서 풀려 나오자마자, 곧 다시 (편액에) 「증경선환(曾經宣喚 : 이미 임금의 소환을 거쳤음)」이라는 네 글자를 더 추가하여 써넣었다.
【旣而(기이)】: 얼마 후, 그 뒤.
【宥(유)】: 용서하다.
【愚(우)】: 어리석다, 우매하다.
【及出(급출)】: 옥에서 나온 후, 석방되고 나서. 〖及〗: …에 이르러.
【乃(내)】: 곧, 바로.
【復(부)】: 다시, 또.
【曾(증)】: 일찍이, 이미.
【曾經(증경)】: 거치다.
【宣喚(선환)】: 임금의 명령으로 소환(召喚)하던 일.

웃고, 약장사를 임금에게 고하여 처벌을 받게 했다. 그가 「공어(供御)」를 허위라고 본 까닭은, 임금이 몸소 먼 길을 걸어 다닐 일이 없어 발에 굳은 살이 박힐 리가 없기 때문이다. 그런데 얼마 후 임금이 약장사를 우매한 사람이라 여겨 사면하자, 약장사는 출옥하자마자 또 편액에 「증경선환(曾經宣喚 : 이미 임금의 소환을 거쳤음)」이라는 네 글자를 추가해 써넣었다.

이 우언은 이른바 호가호위(狐假虎威)의 수법을 써서 남을 속이는 행위가 습관화 되어, 처벌을 받고나서도 고칠 줄 모르는 무지몽매(無知蒙昧)한 사람을 풍자한 것이다.

《전간서田間書》 우언

임방(林昉 : 생졸연대 미상)은 자가 단옹(旦翁) 또는 경초(景初)이며, 호는 석전(石田), 만년의 호를 막막옹(莫莫翁)이라 했다. 저서로 《전간서(田間書)》가 있는데, 원서는 전하지 않고, 현재 명(明) 도종의(陶宗儀)가 편찬한 《설부(說郛)》와 청(淸) 마준량(馬俊良)이 편찬한 《용위비서(龍威祕書)》에 일문(佚文) 일부가 수록되어 있다.

105 묵어(墨魚)

《田間書》

원문 및 주석

墨魚[1]

海有蟲, 拳然而生者, 謂之墨魚。[2] 其腹有墨, 游於水, 則以墨蔽其身, 故捕者往往迹墨而漁之。[3] 噫! 彼所自蔽者, 迺所以自禍也歟。人有恃知, 亦足以鑑。[4]

....

1 墨魚 → 오징어

2 海有蟲, 拳然而生者, 謂之墨魚。→ 바다에 몸을 구부린 모양으로 활동하는 동물이 있는데, 이를 일러 오징어라 한다.
【拳然而生(권연이생)】: 몸을 구부린 모양으로 활동하다. 〖拳然〗: 굽은 모양, 구부린 모양.

3 其腹有墨, 游於水, 則以墨蔽其身, 故捕者往往迹墨而漁之。→ 오징어의 뱃속에는 먹물 주머니가 있어, 물에서 헤엄을 칠 때는, 먹물로 자기 몸을 가린다. 그래서 오징어를 잡는 사람들은 흔히 먹물을 좇아가 그것을 잡는다.
【腹(복)】: 배.
【墨(묵)】: 먹. 여기서는 「먹물 주머니」를 가리킨다.
【蔽(폐)】: 은폐하다, 숨기다, 가리다, 덮다.
【故(고)】: 그래서.
【捕(포)】: 잡다, 포획하다.
【往往(왕왕)】: 왕왕, 흔히.
【迹墨(적묵)】: 먹물을 좇다. 〖迹〗: 종적, 흔적. 여기서는 동사 용법으로 「좇다, 따르다」의 뜻. ※판본에 따라서는 「迹」을 「跡(적)」이라 했다. 〖墨〗: 먹물.
【漁(어)】: (물고기를) 잡다.

4 噫! 彼所自蔽者, 迺所以自禍也歟。人有恃知, 亦足以鑑。→ 아! 오징어가 (먹물로) 자기 몸을

번역문

오징어

바다에 몸을 구부린 모양으로 활동하는 동물이 있는데, 이를 일러 오징어라 한다. 오징어의 뱃속에는 먹물 주머니가 있어, 물에서 헤엄을 칠 때는 먹물로 자기 몸을 가린다. 그래서 오징어를 잡는 사람들은 흔히 먹물을 좇아가 그것을 잡는다.

아! 오징어가 (먹물로) 자기 몸을 가리는 것은, 결국 이로써 스스로 화를 부르는 것이다. 자기의 얄팍한 지혜를 믿는 사람들은 또한 족히 거울로 삼을 만하다.

해설

오징어는 먹물을 뿜어 자기 몸을 가리는 것을 마치 자신을 보호하는 것처럼 여기지만, 오징어를 잡는 사람들은 오히려 그것을 실마리로 삼아 오징어를 잡는다. 따라서 오징어의 먹물은 오징어가 자신을 해치는 작용을 한다.

사물은 어떤 경우를 막론하고 모두 이중성을 지니고 있어, 어떤 조건하

....

가리는 것은, 결국 이로써 스스로 화를 부르는 것이다. 자기의 얄팍한 지혜를 믿는 사람들은, 또한 족히 거울로 삼을 만하다.

【噫(희)】: [감탄사] 아!

【彼(피)】: [대명사] 저, 그, 즉 「오징어」.

【迺(내)】: 乃(내), 결국.

【所以(소이)】: 이로써, 이러한 방법으로.

【自禍(자화)】: 스스로 재앙을 초래하다, 스스로 화를 부르다.

【恃知(시지)】: 지혜를 믿다. 〖恃〗: 믿다, 의지하다. 〖知〗: 智(지), 지혜. ※판본에 따라서는 「知」를 「智(지)」라 했다.

【足以(족이)】: 족히 …할 만하다, …하기에 충분하다.

【鑑(감)】: [동사 용법] 거울(귀감, 본보기)로 삼다.

에서는 좋은 일이 왕왕 나쁜 일로 바뀐다.

이 우언은 오징어의 경우를 통해, 사람이 총명한 지혜를 지닌 것은 좋은 일이지만, 아무 데서나 잔꾀를 부리다가는 오히려 화를 부를 수 있다는 교훈을 제시한 것이다.

106 부화충(赴火蟲)

《田間書》

원문 및 주석

赴火蟲[1]

林子夜對客, 有物粉羽, 飛繞燭上。以扇驅之, 既去復來。[2] 如是者七八, 終於焦首爛額, 猶撲撲, 必期以死。人莫不笑其愚也。[3] 予

1 赴火蟲 → 불나방

【赴火蟲(부화충)】: 불을 향해 달려드는 벌레, 즉 「불나방」을 가리킨다. 〖赴〗: (…로) 가다, 향하다.

2 林子夜對客, 有物粉羽, 飛繞燭上。以扇驅之, 既去復來。→ 임자(林子)가 밤에 손님과 대화를 하고 있는데, 하얀 날개의 불나방이, 촛불 위를 빙빙 돌며 날아다니고 있었다. 부채를 가지고 그것을 쫓아버리면, 날아갔다가 다시 날아왔다.

【林子(임자)】: 작자 임방(林昉)의 자칭.

【對客(대객)】: 손님과 대화하다.

【有物粉羽(유물분우)】: 어떤 하얀 날개가 달린 생물. 여기서는 「하얀 날개의 불나방」을 가리킨다. 〖粉〗: 흰색의.

【飛繞(비요)】: 빙빙 돌며 날아다니다.

【以扇驅之(이선구지)】: 부채로 그것을 쫓아버리다. 〖以〗: …로, …를 가지고. 〖扇〗: 부채. 〖驅〗: 쫓아내다, 쫓아버리다.

【既(기)…復(부)…】: (이미) …했다가 다시…하다.

3 如是者七八, 終於焦首爛額, 猶撲撲, 必期以死。人莫不笑其愚也。→ 이와 같이 일고여덟 번을 반복하다 보면, 마침내 심한 화상을 입고 매우 곤궁한 처지에 빠지지만, 그래도 여전히 치고 달려들다가, 반드시 죽음에 이른다. (그래서) 사람들은 모두 그 벌레의 어리석음을 비웃는다.

【如是(여시)】: 이와 같이. ※판본에 따라서는 「如是」를 「於是(어시)」라 했다.

【終於(종어)】: 마침내.

謂聲色利欲, 何啻膏火?[4] 今有蹈之而不疑, 滅其身而不悔者, 亦寧免爲此蟲笑哉? 噫![5]

번역문

불나방

임자(林子)가 밤에 손님과 대화를 하고 있는데, 하얀 날개의 불나방이 촛

················

【焦首爛額(초수란액)】: 머리를 그을리고 이마를 데다. 즉 「심한 화상을 입고 매우 곤궁한 처지에 빠지다」의 뜻. 〖焦〗: 그을리다. 〖首〗: 머리. ※판본에 따라서는 「首」를 「頭(두)」라 했다. 〖爛〗: 데다. 〖額〗: 이마.
【猶(유)】: 그래도 여전히.
【撲撲(박박)】: 치고 달려들다.
【必期以死(필기이사)】: 반드시 죽음을 기약하다. 즉 「반드시 죽음에 이르다」의 뜻.
【莫不(막불)】: …하지 않음이 없다, 모두 …하다.
【愚(우)】: 어리석다, 우매하다.

4 予謂聲色利欲, 何啻膏火。→ 나는 사람들의 가무(歌舞)·여색(女色)과 재리(財利)에 대한 욕심이, 어찌 다만 촛불에 비할 뿐이겠느냐고 말한다.
【予(여)】: 나.
【聲色利欲(성색이욕)】: 가무(歌舞)·여색(女色)과 재리(財利)에 대한 욕심.
【何啻(하시)】: 어찌 다만 …뿐이겠는가? 〖啻〗: 다만, 겨우.
【膏火(고화)】: 등불. 여기서는 불나방이 달려드는 「촛불」을 가리킨다. ※판본에 따라서는 「膏火」를 「膏火鑠金(고화삭금)」이라 했다.

5 今有蹈之而不疑, 滅其身而不悔者, 亦寧免爲此蟲笑哉? 噫! → 지금 그러한 길을 가면서도 의심을 하지 않고, 자기 몸을 망치면서도 후회하지 않는 사람들이 있다. 이들 또한 어찌 불나방에게 비웃음을 당하지 않겠는가? 아!
【蹈之(도지)】: 그러한 길을 가다. 〖蹈〗: 밟다. 여기서는 「걷다, 가다」의 뜻. 〖之〗: [대명사] 그것, 즉 「聲色利欲」의 길.
【滅(멸)】: 멸하다. 즉 「망치다」의 뜻.
【悔(회)】: 후회하다.
【寧免(영면)…哉(재)?】: 어찌 면하겠는가? 어찌 당하지 않겠는가? 〖寧〗: 어찌.
【爲(위)…笑(소)】: [피동형] …에게 조소당하다. 〖笑〗: 조소하다, 비웃다. ※판본에 따라서는 「笑」를 「嘆(탄)」이라 했다.
【蟲(충)】: 벌레, 곤충. 여기서는 「불나방」을 가리킨다.
【噫(희)】: [감탄사] 아!

불 위를 빙빙 돌며 날아다니고 있었다. 부채를 가지고 그것을 쫓아버리면 날아갔다가 다시 날아왔다. 이와 같이 일고여덟 번을 반복하다 보면, 마침내 심한 화상을 입고 매우 곤궁한 처지에 빠지지만, 그래도 여전히 치고 달려들다가 반드시 죽음에 이른다. (그래서) 사람들은 모두 그 벌레의 어리석음을 비웃는다.

나는 사람들의 가무(歌舞)·여색(女色)과 재리(財利)에 대한 욕심이 어찌 다만 촛불에 비할 뿐이겠느냐고 말한다. 지금 그러한 길을 가면서도 의심을 하지 않고, 자기 몸을 망치면서도 후회하지 않는 사람들이 있다. 이들 또한 어찌 불나방에게 비웃음을 당하지 않겠는가? 아!

해설

불나방은 촛불에 달려들어 심한 화상을 입으면서도 여전히 포기할 줄 모르고 집착다가 결국 죽음에 이른다. 그래서 사람들은 모두 불나방을 비웃는다. 그러나 사람들이 가무(歌舞)·여색(女色)과 재리(財利)를 추구하는 욕심은 불나방이 촛불을 쫓는 것보다 더욱 심하다.

이 우언은 불나방이 막무가내로 촛불을 쫓다가 죽음에 이르는 사례를 통해, 사람이 가무(歌舞)·여색(女色)과 재리(財利)에 대해 지나치게 욕심을 부리면 반드시 멸망한다는 교훈을 제시한 것이다.

「비아부화(飛蛾赴火 : 나방이 불에 달려들다)」라는 성어(成語)는 스스로 위험한 곳에 덤벼드는 것을 비유하는 말로, 어원이 바로 이 고사에서 유래되었다.

107 이수조어(二叟釣魚)

《田間書》

원문 및 주석

二叟釣魚[1]

予嘗步自<u>橫溪</u>, 有二叟分石而釣, 其甲得魚至多且易取;[2] 乙竟日亡所獲也, 乃投竿問於甲曰 :「食餌同, 釣之水亦同, 何得失之異耶?」[3] 甲曰 :「吾方下釣時, 但知有我, 而不知有魚, 目不瞬, 神不

---

1 二叟釣魚 → 두 노인이 물고기를 낚다
【叟(수)】: 노인, 늙은이.
【釣魚(조어)】: 물고기를 낚다. 〖釣〗: 낚다, 낚시질하다.

2 予嘗步自橫溪, 有二叟分石而釣, 其甲得魚至多且易取; → 내가 일찍이 횡계(橫溪)에서 산보를 하는데, 두 노인이 하나의 돌에 나누어 앉아 낚시를 하고 있었다. 그중 갑(甲) 노인은 고기를 매우 많이 잡고 또한 쉽게 낚았다.
【予(여)】: 我(아), 余(여), 나. ※판본에 따라서는 「予」를 「余(여)」라 했다.
【嘗(상)】: 일찍이.
【步(보)】: [동사] 걷다, 산보하다.
【自(자)】: …에서, …로부터.
【橫溪(횡계)】: [개천 이름] 지금의 절강성 소흥현(紹興縣) 남쪽 횡계시(橫溪市)에 있는 개천.
【分石(분석)】: 돌을 나누다. 여기서는「하나의 돌에 양편으로 나누어 앉다」의 뜻.
【至多(지다)】: 매우 많다.
【且(차)】: 게다가, 또한.
【易取(이취)】: 쉽게 취하다. 즉 「쉽게 낚다」의 뜻.

3 乙竟日亡所獲也, 乃投竿問於甲曰 :「食餌同, 釣之水亦同, 何得失之異耶?」→ (그러나) 을(乙) 노인은 온종일 아무런 소득이 없었다. 그리하여 낚싯대를 내던지고 갑 노인에게 물었

變, 魚亡其爲我, 故易取也。[4] 子意乎魚, 目乎魚, 神變則魚逝, 奚其獲!」乙如其教, 連取數魚。[5]

....

다 :「미끼도 같고, 낚시하는 물도 같은데, 어째서 득실의 차이가 이처럼 많이 납니까?」

【竟日(경일)】: 종일, 온종일. ※판본에 따라서는 「乙竟」을 「其乙(기을)」이라 했다.

【亡所獲(무소획)】: 얻은 것이 없다, 소득이 없다. 〖亡〗: 無(무).

【乃(내)】: 이에, 그리하여, 그래서. ※판본에 따라서는 「乃」 앞에 「乙(을)」자를 첨가하여 「乙乃」라 했다.

【投竿(투간)】: 낚싯대를 내던지다. 〖竿〗: 낚싯대.

【食餌(식이)】: 미끼.

【何(하)】: 왜, 어째서, 어찌.

【得失之異(득실지이)】: 득실의 차이.

4 甲曰 :「吾方下釣時, 但知有我, 而不知有魚, 目不瞬, 神不變, 魚亡其爲我, 故易取也。→갑 노인이 말했다 :「나는 낚시를 드리우고 있을 때, 오직 내가 있다는 것만 알고, 물고기가 있다는 것을 알지 못합니다. 눈 한 번 깜빡거리지 않고, 표정이 변하지 않기 때문에, 물고기는 내가 자기를 낚고 있다는 것을 눈치 채지 못합니다. 그래서 쉽게 잡는 것입니다.

【方(방)】: …할 때, …하고 있을 때.

【下釣(하조)】: 낚시를 드리우다.

【但(단)】: 다만, 오직.

【目不瞬(목불순)】: 눈을 깜빡거리지 않다. 즉 「눈 한 번 깜빡거리지 않고 주시하다」의 뜻. 〖瞬〗: (눈을) 깜빡이다.

【神不變(신불변)】: 표정이 변하지 않다.

【亡其爲我(망기위아)】: 자기를 낚고 있다는 것을 눈치 채지 못하다. 〖亡〗: 忘(망), 잊다, 망각하다. 여기서는 「느끼지 못하다, 눈치 채지 못하다」의 뜻. ※판본에 따라서는 「亡」을 「忘(망)」이라 했다.

【故(고)】: 그래서.

5 子意乎魚, 目乎魚, 神變則魚逝, 奚其獲!」乙如其教, 連取數魚。→(그러나) 당신은 마음속으로 생각하는 것이 물고기이고, 눈으로 보는 것이 물고기이며, 표정이 수시로 변해서 물고기가 놀라 달아납니다. (그러니) 어찌 낚을 수 있겠습니까?」을 노인은 갑 노인이 가르쳐 준대로 하여, 연거푸 여러 마리의 물고기를 낚았다.

【子(자)】: 너, 그대, 당신.

【意(의)】: 마음속으로 생각하는 것.

【目(목)】: 눈으로 보는 것.

【神變(신변)】: 표정이 변하다.

【逝(서)】: 가다, 떠나다. 여기서는 「놀라 달아나다」의 뜻. ※판본에 따라서는 「逝」를 「游矣(유의)」라 했다.

【奚其(해기)】: 어찌 …하겠는가? 〖奚〗: 어찌. 〖其〗: 대명사 앞이나 뒤에 놓여 「其誰 · 其孰 · 誰其 · 此其 · 彼其 · 夫其 · 是其 · 何其 · 曷其 · 胡其 · 奚其」 등을 구성한다. 번역할 필요가

번역문

두 노인이 물고기를 낚다

내가 일찍이 횡계(橫溪)에서 산보를 하는데 두 노인이 하나의 돌에 나누어 앉아 낚시를 하고 있었다. 그중 갑(甲) 노인은 고기를 매우 많이 잡고 또한 쉽게 낚았다. (그러나) 을(乙) 노인은 온종일 아무런 소득이 없었다. 그리하여 낚싯대를 내던지고 갑노인에게 물었다.

「미끼도 같고 낚시하는 물도 같은데, 어째서 득실의 차이가 이처럼 많이 납니까?」

갑 노인이 말했다.

「나는 낚시를 드리우고 있을 때, 오직 내가 있다는 것만 알고 물고기가 있다는 것을 알지 못합니다. 눈 한 번 깜빡거리지 않고 표정이 변하지 않기 때문에, 물고기는 내가 자기를 낚고 있다는 것을 눈치 채지 못합니다. 그래서 쉽게 잡는 것입니다. (그러나) 당신은 마음속으로 생각하는 것이 물고기이고 눈으로 보는 것이 물고기이며, 표정이 수시로 변해서 물고기가 놀라 달아납니다. (그러니) 어찌 낚을 수 있겠습니까?」

을 노인은 갑 노인이 가르쳐 준대로 하여 연거푸 여러 마리의 물고기를 낚았다.

해설

갑(甲) 노인과 을(乙) 노인이 같은 물에서 같은 미끼를 사용하여 낚시를

....

없다.

【如其敎(여기교)】: 그가 가르쳐준 대로 하다.

【連(련)】: 연거푸 거푸, 연거푸, 잇따라.

하는데, 갑 노인은 많이 낚고 또 쉽게 낚는 반면, 을 노인은 온종일 한 마리도 낚지 못했다. 그러나 을 노인이 갑 노인에게 방법을 배운 후에는 연거푸 여러 마리의 물고기를 낚았다.

이 우언은 무슨 일을 막론하고 일의 처리는 급히 성공하기를 바라지 말고, 과학적인 방법을 강구하여 침착하고 냉정하게 임해야 비로소 성과를 거둘 수 있다는 이치를 설명한 것이다.

《사림광기事林廣記》 우언

진원정(陳元靚 : ?-?)은 자호(自號)가 광한선예(廣寒仙裔)이며, 남송(南宋) 이종(理宗) 때 사람으로 주희(朱熹)의 손자인 주감(朱鑑)과 친교가 있었다. 저서로 《세시광기(歲時廣記)》와 《사림광기(事林廣記)》가 있다.

《사림광기》의 원명은 《찬도증신군서류요사림광기(纂圖增新群書類要事林廣記)》로 원서는 이미 실전되었고, 현재 원(元) 정씨적성당간본(鄭氏積誠堂刊本)이 통행되고 있다. 전서(全書)는 10집(集)으로 나누고, 다시 매 집을 2권(卷) 53문(門)으로 세분하였는데, 이 책의 신집(辛集) 하권(下卷) 「풍월소림(風月笑林)」에 《골계소담(滑稽笑談)》·《조희기담(嘲戲綺談)》 등의 소화(笑話) 작품이 많이 실려 있다.

108 유덕신망변(劉德臣妄辯)

《事林廣記 · 滑稽笑談 · 劉德臣妄辯》

원문 및 주석

劉德臣妄辯[1]

里人有劉德臣者, 雖好學, 但不通義理, 惟務妄辯, 常對人言:「班固好文章, 因何不入《文選》?」[2] 人曰:「《兩都賦》、《燕然山銘》

1 劉德臣妄辯 → 유덕신(劉德臣)이 자기 멋대로 변론하다
【劉德臣(유덕신)】: [인명].
【妄辯(망변)】: 멋대로 변론하다.

2 里人有劉德臣者, 雖好學, 但不通義理, 惟務妄辯, 常對人言:「班固好文章, 因何不入《文選》?」→ 마을에 사는 유덕신(劉德臣)이라는 사람은, 비록 배우기를 좋아했지만, 그러나 내용과 이치에 정통하지 못해, 오직 자기 멋대로 변론하는 데 힘쓰며, 항상 사람들에게 말하길:「반고(班固)는 문장을 좋아하는데, 어째서 《문선(文選)》에 들어있지 않는가?」라고 했다.
【雖(수)】: 비록.
【好學(호학)】: 배우기를 좋아하다. 【好】: [동사] 좋아하다.
【但(단)】: 그러나.
【義理(의리)】: 언론이나 문장의 내용과 이치.
【惟(유)】: 오직, 다만.
【務(무)】: 힘쓰다.
【常(상)】: 항상
【班固(반고)】: [인명] 동한(東漢)의 걸출한 사학가이자 문학가로, 자는 맹견(孟堅)이다. 아버지 반표(班彪)의 뒤를 이어 《한서(漢書)》를 완성했다.
【因何(인하)】: 무엇으로 인해, 무엇 때문에, 어째서.
【《文選(문선)》】: [서명] 위진남북조시대 양(梁)나라의 소명태자(昭明太子) 소통(蕭統)이 선진(先秦)으로부터 양(梁)에 이르기까지의 시문(詩文)을 모아 편찬한 시문집(詩文集)으로, 일명

皆固文也, 何爲無之?」[3] 德臣曰 : 「此是班孟堅文章, 非班固也。」 人默然笑之。[4] 不知孟堅乃固之表字也。[5]

번역문

유덕신(劉德臣)이 자기 멋대로 변론하다

마을에 사는 유덕신(劉德臣)이라는 사람은 비록 배우기를 좋아했지만, 그러나 내용과 이치에 정통하지 못해 오직 자기 멋대로 변론하는 데 힘쓰며, 항상 사람들에게 말하길 「반고(班固)는 문장을 좋아하는데, 어째서 《문선(文選)》에 들어있지 않는가?」라고 했다.

사람들이 (그에게) 말했다.

「《양도부(兩都賦)》와 《연연산명(燕然山銘)》은 모두 반고의 문장인데, 어째서 들어 있지 않다는 것이오?」

유덕신이 말했다.

《소명문선(昭明文選)》이라고도 부른다.

3 人曰 : 「《兩都賦》、《燕然山銘》皆固文也, 何爲無之?」 → 사람들이 (그에게) 말했다 : 「《양도부(兩都賦)》와 《연연산명(燕然山銘)》은 모두 반고의 문장인데, 어째서 들어 있지 않다는 것이오?」
【《兩都賦(양도부)》】: 반고가 지은 부(賦).
【《燕然山銘(연연산명)》】: 반고가 지은 명(銘).
【何爲(하위)】: 왜, 어째서.

4 德臣曰 : 「此是班孟堅文章, 非班固也。」 人默然笑之。 → 유덕신이 말했다 : 「이는 반맹견(班孟堅)의 문장이지, 반고의 문장이 아니오.」 사람들은 말없이 그를 비웃었다.
【默然(묵연)】: 묵묵히 말이 없는 모양.
【笑(소)】: 비웃다.
【之(지)】: [대명사] 그, 즉 「유덕신」.

5 不知孟堅乃固之表字也。 → (유덕신은) 반맹견이 바로 반고의 자(字)라는 것을 알지 못했다.
【乃(내)】: 바로 …이다.
【表字(표자)】: 자, 별호.

「이는 반맹견(班孟堅)의 문장이지 반고의 문장이 아니오.」

사람들은 말없이 그를 비웃었다. (유덕신은) 반맹견이 바로 반고의 자(字)라는 것을 알지 못했다.

해설

유덕신(劉德臣)은 학문에 깊이가 없고 기초가 부족하여, 반고(班固)의 자가 맹견(孟堅)이라는 기본 상식조차 알지 못했다. 그러나 항상 온갖 궁리를 다해 허튼 소리로 사람들과 논쟁을 벌이며 자기가 옳다고 여겼다.

이 우언은 학식도 부족하고 재능도 없으면서 자기를 과시하기 좋아하는 파렴치한 사람을 풍자한 것이다.

109 개창오덕(疥瘡五德)

《事林廣記 · 滑稽笑談 · 陳大卿言疥瘡五德》

원문 및 주석

疥瘡五德[1]

陳大卿患疥瘡, 上官者笑之。[2] 公曰 :「君無笑, 此疾有五德可稱, 在衆疾之上。」其人詢之曰 :「何謂五德?」[3] 公曰 :「此未易言。」上官

....

1 疥瘡五德 → 옴병의 다섯 가지 미덕(美德)
【疥瘡(개창)】: [피부병] 옴.

2 陳大卿患疥瘡, 上官者笑之。→ 진대경(陳大卿)이 옴에 걸리자, 상급자가 그를 비웃었다.
【陳大卿(진대경)】: [인명].
【患(환)】: (병을)앓다, (병에)걸리다.
【上官者(상관자)】: 상관, 상급자.
【笑(소)】: 비웃다.
【之(지)】: [대명사] 그, 즉「진대경」.

3 公曰 :「君無笑, 此疾有五德可稱, 在衆疾之上。」其人詢之曰 :「何謂五德?」→ 진대경이 말했다 :「비웃지 마십시오. 이 병은 칭찬할 만한 다섯 가지 미덕(美德)을 지니고 있어, 여러 질병 중에서 가장 윗자리에 있습니다.」상급자가 그에게 물었다 :「무엇을 다섯 가지 미덕이라 하는가?」
【公(공)】: [남자에 대한 존칭] 여기서는「진대경」을 가리킨다.
【君(군)】: 그대, 당신, 귀하.
【無(무)】: 勿(물), …하지 말라.
【可稱(가칭)】: 칭찬할 수 있다, 칭찬할 만하다.
【衆疾(중질)】: 여러 질병, 많은 질병.
【詢(순)】: 묻다.
【何謂(하위)…】: 무엇을 …라 하는가?

曰：「君試言之。」[4] 公曰：「不上人面，仁也；喜傳于人，義也；令人叉手揩擦，禮也；生罅指節骨間，智也；癢必以時，信也。」上官聞此語，大笑之。[5]

번역문

옴병의 다섯 가지 미덕(美德)

진대경(陳大卿)이 옴에 걸리자 상급자가 그를 비웃었다.

진대경이 말했다.

「비웃지 마십시오. 이 병은 칭찬할 만한 다섯 가지 미덕(美德)을 지니고 있어, 여러 질병 중에서 가장 윗자리에 있습니다.」

4 公曰：「此未易言。」上官曰：「君試言之。」→ 진대경이 말했다：「이것은 말하기가 쉽지 않습니다.」 상급자가 말했다：「한 번 시험 삼아 말해 보시오.」
【未易(미이)】：쉽지 않다.
【試言(시언)】：시험 삼아 말하다.

5 公曰：「不上人面，仁也；喜傳于人，義也；令人叉手揩擦，禮也；生罅指節骨間，智也；癢必以時，信也。」上官聞此語，大笑之。→ 진대경이 말했다：「사람의 얼굴로 올라오지 않는 것은, 인(仁)이고; 다른 사람에게 옮아가길 좋아하는 것은, 의(義)이고; 사람으로 하여금 (읍을 하듯이) 손을 깍지 끼고 문지르게 하는 것은, 예(禮)이고; 손가락의 관절 틈새에 생기는 것은, 지(智)이고; 반드시 시간에 맞추어 가려운 것은, 신(信)입니다.」 상급자는 이 말을 듣고, 큰 소리로 웃었다.
【不上人面(불상인면)】：사람의 얼굴로 올라오지 않다.
【喜傳于人(희전우인)】：다른 사람에게 옮아가길 좋아하지 않다. 〖喜傳〗：옮아가길 좋아하다. 〖于〗：[개사] 於(어), …에게.
【令(령)】：…로 하여금 …하게 하다.
【叉手揩擦(차수개찰)】：손을 깍지 끼고 문지르다. 〖叉手〗：양손을 깍지 끼다. 〖揩擦〗：비비다, 문지르다.
【生罅(생하)】：틈새에 생기다.
【指節骨間(지절골간)】：손가락의 관절.
【癢必以時(양필이시)】：반드시 시간에 맞추어 가렵다. 〖癢〗：가렵다. 〖以時〗：제때에, 시간에 맞추어.

상급자가 그에게 물었다.

「무엇을 다섯 가지 미덕이라 하는가?」

진대경이 말했다.

「이것은 말하기가 쉽지 않습니다.」

상급자가 말했다.

「한 번 시험 삼아 말해 보시오.」

진대경이 말했다.

「사람의 얼굴로 올라오지 않는 것은 인(仁)이고, 다른 사람에게 옮아가길 좋아하는 것은 의(義)이고, 사람으로 하여금 (읍을 하듯이) 손을 깍지 끼고 문지르게 하는 것은 예(禮)이고, 손가락의 관절 틈새에 생기는 것은 지(智)이고, 반드시 시간에 맞추어 가려운 것은 신(信)입니다.」

상급자는 이 말을 듣고 큰 소리로 웃었다.

해설

진대경(陳大卿)은 봉건사회에서 최고의 도덕 기준으로 삼는 유가(儒家)의 오상(五常), 즉 인(仁)·의(義)·예(禮)·지(智)·신(信)을 추악하고 더러운 질병인 옴에 비유하고, 이로부터 봉건사회의 도덕관념이 바로 사람의 피부를 훼손하고 사람의 심령(心靈)을 해치는 재앙이라는 결론을 얻어냈다.

이 우언은 오상(五常)을 더러운 질병인 옴에 비유한 진대경의 말을 통해, 삼강오상(三綱五常)에 대한 경시(輕視)와 아울러 봉건사회의 도덕관념을 신랄하게 풍자한 것이다.

110 진사호고(秦士好古)

《事林廣記·滑稽笑談·秦士好古》

원문 및 주석

秦士好古[1]

秦朝有一士人, 酷好古物, 價雖貴必求之。[2] 一日, 有人攜敗席, 踵門告曰:「昔魯哀公命席以問孔子, 此孔子所坐之席。」[3] 秦士大愜

1 秦士好古 → 진(秦)나라 선비가 옛 물건을 좋아하다
【秦士(진사)】: 진(秦)나라 선비. 〖秦〗: [국명] 지금의 섬서성과 감숙성 일대에 있던 주대(周代)의 제후국이었으나, B.C. 221년 진시황(秦始皇) 때 전국을 통일하여 진왕조를 건설했다.
【好(호)】: [동사] 좋아하다.
【古(고)】: 옛 것, 옛 물건, 고물(古物).

2 秦朝有一士人, 酷好古物, 價雖貴必求之。→ 진(秦)나라의 어느 선비는, 옛 물건을 매우 좋아하여, 비록 값이 비싸다 해도 반드시 그것을 구해 소유했다.
【酷好(혹호)】: 대단히 좋아하다. 〖酷〗: 매우, 대단히.
【雖(수)】: 비록.
【貴(귀)】: 값이 비싸다.
【之(지)】: [대명사] 그것, 즉「옛 물건」.

3 一日, 有人攜敗席, 踵門告曰:「昔魯哀公命席以問孔子, 此孔子所坐之席。」→ 하루는, 어떤 사람이 낡은 자리 하나를 가지고, 직접 그의 집으로 찾아가 말했다:「옛날에 노(魯)나라 애공(哀公)이 공자(孔子)에게 자리에 앉도록 청하고 나라 일을 물었는데, 이것이 바로 공자가 앉았던 그 자리입니다.」
【攜(휴)】: 가지다, 휴대하다.
【敗席(패석)】: 낡은 자리.
【踵門(종문)】: 직접 그 집에 가다. 〖踵〗: 친히 가다, 직접 찾아가다.
【魯哀公(노애공)】: 춘추전국시대 노(魯)나라의 군주. 27년간(B.C. 494－B.C. 468) 재위했

意, 以爲古, 遂以附郭之田易之。[4] 逾時, 又一人持古杖以售之, 曰 : 「此乃太王避狄, 杖策去豳時所操之箠也。[5] 蓋先孔子之席數百年,

....

다. 【魯】: 지금의 산동성 일대에 있던 주대(周代)의 제후국.

【命席(명석)】: 자리에 앉도록 청하다. 【命】: 명하다. 여기서는 「청하다」의 뜻. 【席】: [동사] 자리에 앉다.

【孔子(공자)】: [인명] (B.C. 551–B.C. 479) 성은 공(孔), 이름은 구(丘), 자는 중니(仲尼). 유가(儒家) 학파의 창시자.

【所坐之席(소좌지석)】: 앉았던 자리. 【席】: [명사] 자리.

4 秦士大愜意, 以爲古, 遂以附郭之田易之。→ 진나라 선비는 매우 흡족해 하며, 오래 된 물건이라 여겨, 곧 외성(外城) 근처에 있는 자기의 밭을 주고 그 낡은 자리와 바꾸었다.

【愜意(협의)】: 만족하다, 마음에 들다, 흡족해 하다.

【以爲(이위)】: …라고 여기다, …라고 생각하다.

【遂(수)】: 곧, 바로.

【附郭之田(부곽지전)】: 외성(外城) 근처에 있는 밭. 【附】: 접근하다, 다가가다. 【郭】: 외성(外城). ※「성곽(城郭)」이란, 내성(內城)과 외성(外城)을 통틀어 하는 말로 「성」은 내성,「곽」은 외성을 말한다.

【易之(역지)】: 그것과 바꾸다. 【之】: [대명사] 그것, 즉 「낡은 자리」.

5 逾時, 又一人持古杖以售之, 曰 : 「此乃太王避狄, 杖策去豳時所操之箠也。→ 얼마 후, 또 한 사람이 오래된 지팡이를 가지고 와서 선비에게 팔려고 하며, 말했다 : 「이것은 바로 태왕(太王)이 북적(北狄) 오랑캐를 피해, 지팡이를 짚고 빈(豳)을 떠날 때 손에 잡고 있던 지팡이입니다.

【逾時(유시)】: 얼마 지나서, 얼마 후.

【持(지)】: 잡다, 가지다.

【古杖(고장)】: 오래된 지팡이.

【售(수)】: 팔다.

【乃(내)】: 곧, 바로.

【太王避狄(태왕피적)】: 태왕(太王)이 북적(北狄) 오랑캐를 피하다. ※태왕이 처음에는 빈(豳)에 거주하다가 북적 오랑캐가 침입하자 백성들을 이끌고 기산(岐山)[지금의 섬서성 기산현(岐山縣) 동쪽]으로 이주하여 주(周)나라를 세웠다. 【太王】: 주(周)나라 문왕(文王)의 증조부 고공단보(古公亶父). 【狄】: 북적(北狄). 중국 북쪽 지방의 오랑캐.

【杖策(장책)】: 지팡이를 짚다. 【杖】: [동사] 짚다. 【策】: 지팡이.

【去豳(거빈)】: 빈(豳)나라를 떠나다. 【去】: 떠나다. 【豳】: [지명] 지금의 섬서성 빈현(彬縣)·순읍현(旬邑縣) 일대. ※주족(周族) 후직(后稷)의 증손인 공류(公劉)가 처음 빈(豳)으로 이주하고, 문왕(文王)의 조부인 태왕(太王)이 또 기(岐)로 이주했다. ※판본에 따라서는 「豳」을 「邠(빈)」이라 했다.

【操(조)】: 잡다, 쥐다. 여기서는 「사용하다」의 뜻.

子何以償我?」秦士傾家資與之。[6] 旣而又有人持朽椀一隻, 曰:「席與杖皆未爲古, 此椀乃桀造, 蓋又遠於周。」[7] 秦士愈以爲遠, 遂虛所居之宅而予之。[8] 三器旣得, 而田資罄盡, 無以衣食。然好古之心,

【箠(추)】: 지팡이.

6 蓋先孔子之席數百年, 子何以償我?」秦士傾家資與之。→ 대략 공자의 자리보다 수백 년은 앞서는데, 당신은 무엇을 가지고 나에게 보상하겠습니까?」진나라 선비는 가산(家產)을 기울여 그에게 주었다.
【蓋(개)】: 대략, 대체로.
【先(선)】: …보다 앞서다, …에 비해 이전이다.
【子何以償我(자하이상아)?】: 당신은 무엇을 가지고 나에게 보상하겠소? 〖子〗: 너, 당신, 그대. 〖何以〗: 어떻게, 무엇을 가지고, 무엇으로. 〖償〗: 보상하다.
【傾家資與之(경가자여지)】: 가산(家產)을 기울여 그에게 주다. 〖傾〗: 기울이다. 〖家資〗: 가산(家產). 〖與〗: 주다. 〖之〗: [대명사] 그, 즉「지팡이 장사」.

7 旣而又有人持朽椀一隻, 曰:「席與杖皆未爲古, 此椀乃桀造, 蓋又遠於周。」→ 얼마 후 또 어떤 사람이 부식(腐蝕)된 나무 그릇 하나를 가지고 와서, 말했다:「자리와 지팡이는 모두 (별로) 오래되지 않았습니다. 이 나무 그릇은 바로 하(夏)나라 걸왕(桀王)이 제조한 것으로, 또 주(周)나라보다도 훨씬 이전입니다.」
【旣而(기이)】: 얼마 후, 그 뒤.
【朽椀(후완)】: 부식(腐蝕)한 나무 그릇.
【隻(척)】: [양사] 개.
【未爲古(미위고)】: 오래되지 않다.
【乃(내)】: 바로 …이다.
【桀造(걸조)】: 하(夏)나라 걸왕(桀王)이 제조하다. 〖桀〗: 걸왕(桀王). 하(夏)나라의 마지막 임금. 포악한 군주로 이름이 났다. 〖造〗: 만들다, 제조하다.
【遠於周(원어주)】: 주(周)나라보다 훨씬 이전이다. 〖遠〗: 멀다. 여기서는「훨씬 이전이다, 훨씬 앞서다」의 뜻. 〖於〗: [개사] …보다, …에 비해. 〖周〗: [국명] 기원전 11세기에 은(殷)나라를 이어 무왕(武王) 희발(姬發)이 세운 나라.

8 秦士愈以爲遠, 遂虛所居之宅而予之。→ 진나라 선비는 갈수록 더욱 오래되었다고 여겨, 곧 집안의 물건을 통통 털어다가 그에게 주었다.
【愈(유)】: 갈수록 더욱.
【以爲(이위)】: …라고 여기다, …라고 생각하다.
【遂(수)】: 곧, 바로.
【虛所居之宅(허소거지택)】: 살고 있는 집을 비우다. 즉「집안의 물건을 통통 털다」의 뜻. 〖虛〗: 비우다. 즉「통통 털다」의 뜻.
【予(여)】: 주다.

終未忍舍三器。[9] 於是披哀公之席, 把太王之杖, 執桀所作之椀, 行丐於市, 曰:「衣食父母, 有太公九府錢, 乞一文!」[10]

9 三器旣得, 而田資罄盡, 無以衣食。然好古之心, 終未忍舍三器。→ (진나라 선비는) 세 가지 기물(器物)을 얻은 후, 밭과 자산을 모두 탕진하여, 의식(衣食)을 해결할 도리가 없었다. 그러나 옛 것을 좋아하는 마음은 (여전히) 변하지 않아, 끝내 세 가지 기물을 포기하지 못했다.
【旣(기)】: …한 후, …하고 나서.
【田資(전자)】: 밭과 자산.
【罄盡(경진)】: 탕진하다, 다 써버리다.
【無以(무이)】: …할 방법이 없다, …할 도리가 없다.
【衣食(의식)】: [동사] 입고 먹다.
【然(연)】: 그러나.
【終(종)】: 끝내, 끝까지.
【未忍(미인)】: 차마 …하지 못하다.
【舍(사)】: 捨(사), 버리다, 포기하다.

10 於是披哀公之席, 把太王之杖, 執桀所作之椀, 行丐於市, 曰:「衣食父母, 有太公九府錢, 乞一文!」→ 그리하여 그는 애공의 자리를 몸에 걸치고, 태왕의 지팡이를 짚고, 걸왕이 제조한 나무그릇을 들고, 저자에서 걸식을 하며, 말했다:「시주(施主)님들이여, 주(周)나라 태공(太公) 시절 구부(九府)에서 주조한 (옛날) 돈이 있으면, 한 푼만 보태주십시오!」
【於是(어시)】: 이에, 그리하여.
【披(피)】: (옷을) 걸치다.
【把(파)】: 잡다, 쥐다. 여기서는「짚다」의 뜻.
【執(집)】: 잡다, 쥐다, 들다.
【行丐於市(행개어시)】: 저자에서 걸식하다. 〖行丐〗: 구걸하다, 걸식하다. 〖於〗: [개사] …에서.
【衣食父母(의식부모)】: 생계(生計)를 의존할 수 있는 사람, 의식(衣食)을 제공해 주는 사람. ※ 본래 옛날에 머슴이 주인을 일컫던 말이나 여기서는 불교 용어의「시주(施主)」와 같은 뜻.
【太公(태공)】: 여상(呂尙). 본성은 강(姜)씨이나, 그의 선조가 여(呂)지방에 봉해져 여상(呂尙)이라 했다. 강태공(姜太公) 또는 강자아(姜子牙)라고도 부른다. 주문왕(周文王)의 스승으로 아들 무왕(武王)을 도와 은(殷)의 주왕(紂王)을 멸하고 주(周)나라를 세운 공으로 제(齊)에 봉해져 제나라의 시조가 되었다.
【九府(구부)】: 주(周)나라 때 화폐를 관리하던 관부(官府)로 대부(大府)·옥부(玉府)·내부(內府)·외부(外府)·천부(泉府)·천부(天府)·직내(職內)·직금(職金)·직폐(職幣) 등 모두 9부(府)가 있었다.
【乞一文(걸일문)】: 한 푼만 보태주십시오. 〖乞〗: 구걸하다, 동냥하다. 〖文〗: ※ 옛날 동전을 헤아리던 화폐 단위.

번역문

진(秦)나라 선비가 옛 물건을 좋아하다

진(秦)나라의 어느 선비는 옛 물건을 매우 좋아하여, 비록 값이 비싸다 해도 반드시 그것을 구해 소유했다. 하루는 어떤 사람이 낡은 자리 하나를 가지고 직접 그의 집으로 찾아가 말했다.

「옛날에 노(魯)나라 애공(哀公)이 공자(孔子)에게 자리에 앉도록 청하고 나라 일을 물었는데, 이것이 바로 공자가 앉았던 그 자리입니다.」

진나라 선비는 매우 흡족해 하며 오래 된 물건이라 여겨, 곧 외성(外城) 근처에 있는 자기의 밭을 주고 그 낡은 자리와 바꾸었다. 얼마 후 또 한 사람이 오래된 지팡이를 가지고 와서 선비에게 팔려고 하며 말했다.

「이것은 바로 태왕(太王)이 북적(北狄) 오랑캐를 피해 지팡이를 짚고 빈(豳)을 떠날 때 손에 잡고 있던 지팡이입니다. 대략 공자의 자리보다 수백 년은 앞서는데, 당신은 무엇을 가지고 나에게 보상하겠습니까?」

진나라 선비는 가산(家産)을 기울여 그에게 주었다. 얼마 후 또 어떤 사람이 부식(腐蝕)된 나무 그릇 하나를 가지고 와서 말했다.

「자리와 지팡이는 모두 (별로) 오래되지 않았습니다. 이 나무 그릇은 바로 하(夏)나라 걸왕(桀王)이 제조한 것으로, 또 주(周)나라보다도 훨씬 이전입니다.」

진나라 선비는 갈수록 더욱 오래되었다고 여겨, 곧 집안의 물건을 통통 털어다가 그에게 주었다. (진나라 선비는) 세 가지 기물(器物)을 얻은 후, 밭과 자산을 모두 탕진하여 의식(衣食)을 해결할 도리가 없었다. 그러나 옛것을 좋아하는 마음은 (여전히) 변하지 않아, 끝내 세 가지 기물을 포기하지 못했다. 그리하여 그는 애공의 자리를 몸에 걸치고, 태왕의 지팡이를 짚고, 걸왕이 제조한 나무 그릇을 들고 저자에서 걸식을 하며 말했다.

「시주(施主)님들이여, 주(周)나라 태공(太公) 시절 구부(九府)에서 주조한 (옛날) 돈이 있으면 한 푼만 보태주십시오!」

해설

진(秦)나라 선비는 옛것을 좋아하여 그것을 사느라 모든 가산(家産)을 탕진해버렸다. 옛 물건을 좋아하는 마음을 비난할 수는 없다. 그러나 진나라 선비는 고풍스러운 옛 물건의 예술적 가치를 즐긴다거나, 또는 이를 근거로 옛사람들의 생활사를 연구하려는 것도 아니고, 다만 맹목적으로 옛것을 숭상할 뿐이다. 그리하여 오래된 물건일수록 좋다고 여기며 값을 따지지 않고 사들이다가, 마침내 가산을 탕진하고 남루한 몰골로 저자에서 걸식하는 신세가 되었다. 그럼에도 그는 여전히 호고지심(好古之心)을 버리지 못하고, 저자 사람들에게 주(周)나라 태공(太公) 시절 구부(九府)에서 주조한 옛날 돈이 있으면 한 푼 보태달라고 애걸하는 추태를 보였다.

이 우언은 겉으로 자신의 고상함을 자랑하며 옛것을 좋아한다는 명분을 내세우지만, 실제로는 옛것에 대해 아무것도 알지 못하는 문외한(門外漢)의 변태적인 심리를 풍자한 것이다.

《해사(諧史)》 우언

심숙(沈俶 : ?-?)은 송대(宋代) 사람으로 생애 사적을 알 수 없고, 다만 그의 저서로 《해사(諧史)》가 있을 뿐이다. 《해사》의 원서는 이미 망실되어 전하지 않고, 현재 명(明) 도종의(陶宗儀)가 편찬한 《설부(說郛)》에 일문(佚文) 일부가 수록되어 있는데, 내용은 주로 북송(北宋)의 도읍인 변경(汴京)[지금의 하남성 개봉시(開封市)]의 구문(舊聞)을 기록한 외에, 일부 인정세태(人情世態)를 풍자한 작품이 있다.

111 타시불타(打是不打)

《諧史》

원문 및 주석

打是不打[1]

殿中丞丘浚嘗在杭州謁釋珊, 見之殊傲。頃之, 有州將子弟來謁, 珊降階接之, 甚恭。[2] 丘不能平, 伺子弟退, 乃問珊曰 : 「和尚接浚甚

1 打是不打 → 때리는 것이 때리지 않는 것이다
【打(타)】: 치다, 때리다.
【是(시)】: …이다.

2 殿中丞丘浚嘗在杭州謁釋珊, 見之殊傲。頃之, 有州將子弟來謁, 珊降階接之, 甚恭。→ 전중승(殿中丞) 구준(丘浚)이 일찍이 항주(杭州)에서 산(珊)이라는 승려를 방문했는데, (승려는) 구준을 보자 매우 오만하게 대했다. 잠시 후, 항주 무관(武官)의 아들이 방문하자, 산은 계단을 내려가 무관의 아들을 맞이하며, 매우 공손하게 대했다.
【殿中丞(전중승)】: [관직] 감찰관.
【丘浚(구준)】: [인명].
【嘗(상)】: 일찍이.
【杭州(항주)】: [지명] 지금의 절강성 항주시(杭州市).
【謁(알)】: 알현하다, 방문하다.
【釋珊(석산)】: 산(珊)이라는 승려. 〖釋〗: 중, 승려. 〖珊〗: 승려의 이름.
【見之殊傲(견지수오)】: 그를 보자 매우 오만하게 대하다. 〖之〗: [대명사] 그, 즉 「구준」. 〖殊〗: 매우. 〖傲〗: 오만하다.
【頃之(경지)】: 잠시 후, 조금 있다가.
【州將(주장)】: 항주(杭州)의 무관(武官). 〖將〗: 군의 지휘관, 무관.
【子弟(자제)】: 아들.
【降階(강계)】: 계단을 내려가다. 〖降〗: 내리다. 〖階〗: 계단, 층계.

傲, 而接州將子弟乃爾恭耶?」[3] 珊曰:「接是不接, 不接是接。」浚勃然起, 杖珊數下曰:「和尙莫怪, 打是不打, 不打是打。」[4]

번역문

때리는 것이 때리지 않는 것이다

전중승(殿中丞) 구준(丘浚)이 일찍이 항주(杭州)에서 산(珊)이라는 승려를 방문했는데, (승려는) 구준을 보자 매우 오만하게 대했다. 잠시 후 항주 무관(武官)의 아들이 방문하자, 산은 계단을 내려가 무관의 아들을 맞이하며 매우 공손하게 대했다. 구준은 마음속으로 불만스럽게 여겨, 무관의 아들

【接(접)】: 맞이하다, 영접하다.
【恭(공)】: 공손하다.

3 丘不能平, 伺子弟退, 乃問珊曰:「和尙接浚甚傲, 而接州將子弟乃爾恭耶?」→ 구준은 마음속으로 불만스럽게 여겨, 무관의 아들이 물러가는 것을 기다렸다가, 곧 산에게 물었다:「당신이 나를 영접할 때는 매우 오만하더니, 어째서 항주 무관의 아들을 영접할 때는 그처럼 공손합니까?」
【不能平(불능평)】: 마음속으로 불만스럽게 여기다.
【伺(사)】: 기다리다.
【乃(내)】: 곧, 바로.
【和尙(화상)】: 승려, 중, 스님. 여기서는「당신」의 뜻.
【浚(준)】: 구준. 여기서는 구준이「나」라는 의미로 자기 이름을 사용한 것.
【乃爾(내이)】: 이처럼, 이와 같이, 그처럼.

4 珊曰:「接是不接, 不接是接。」浚勃然起, 杖珊數下曰:「和尙莫怪, 打是不打, 不打是打。」→ 산이 말했다:「영접하는 것이 영접하지 않는 것이고, 영접하지 않는 것이 영접하는 것입니다.」 구준이 화가 나서 벌떡 일어나, 지팡이로 산을 몇 차례 때리고 말했다:「당신 언짢아하지 마시오. 때리는 것이 때리지 않는 것이고, 때리지 않는 것이 때리는 것입니다.」
【接是不接(접시부접)】: 영접하는 것이 영접하지 않는 것이다.
【勃然(발연)】: 화내는 모양.
【杖(장)】: [동사 용법] 지팡이로 때리다.
【數下(수하)】: 몇 번, 몇 차례.
【莫怪(막괴)】: 나무라지 말라, 탓하지 말라, 언짢아하지 말라. 〖莫〗: 勿(물), …하지 말라. 〖怪〗: 꾸짖다, 탓하다, 나무라다, 언짢아하다.

이 물러가는 것을 기다렸다가 곧 산에게 물었다.

「당신이 나를 영접할 때는 매우 오만하더니, 어째서 항주 무관의 아들을 영접할 때는 그처럼 공손합니까?」

산이 말했다.

「영접하는 것이 영접하지 않는 것이고, 영접하지 않는 것이 영접하는 것입니다.」

구준이 화가 나서 벌떡 일어나 지팡이로 산을 몇 차례 때리고 말했다.

「당신 언짢아하지 마시오. 때리는 것이 때리지 않는 것이고, 때리지 않는 것이 때리는 것입니다.」

해설

산(珊)이라는 승려는 불교의 가타(伽陀)를 이용하여 자기의 행위를 합리화하기 위한 궤변(詭辯)을 늘어놓으며 구준(丘浚)을 희롱했다. 이에 구준은 이를 역으로 이용하여 승려의 부도덕한 행위에 대해 일침을 가했다.

이 우언은 승려의 교활한 행위에 대한 구준의 응징을 통해, 권세나 이익을 좇는 소인배의 졸렬하고 가증스런 행위를 풍자하는 동시에, 「그 사람의 방법으로 그 사람을 다스린다.(以其人之道還治其人之身)」라는 이른바 「이열치열(以熱治熱)」의 대응 방법을 제시한 것이다.

《막부연한록幕府燕閒錄》 우언

필중순(畢仲洵 : ?-?)은 송대(宋代) 사람으로 일찍이 강주(嵐州)[지금의 산서성 남현(嵐縣) 북쪽]의 단련추관(團練推官)을 지냈다. 저서로 《막부연한록(幕府燕閒錄)》 10권이 전하는데, 내용은 당송(唐宋)의 사대부와 문인들의 일화(逸話)를 기록한 것이다.

112 기비동원(豈非同院)

《幕府燕閒錄》

원문 및 주석

豈非同院[1]

國子博士王某知扶風縣, 有李生以資拜官, 每見王輒稱「同院」。[2] 王不能平, 因面質曰 :「某自朝士, 與君名位不同, 而見目同院, 何邪?」[3] 李生徐曰 :「固知王公未知縣事時, 自是國子博士, 謂之『國

---

1 豈非同院 → 어찌 동등한 관직이 아니겠는가?
【豈非(기비)】: 어찌 …이 아닌가?
【同院(동원)】: 한 울타리 안에서 사는 사람. 여기서는 「동등한 관직」의 뜻.

2 國子博士王某知扶風縣, 有李生以資拜官, 每見王輒稱「同院」。→ 국자박사(國子博士) 왕(王) 아무개가 부풍현(扶風縣)의 현령(縣令)을 지낼 때, 어느 이(李)씨 성의 서생(書生)이 재물을 주고 관직을 샀는데, 매번 왕 아무개를 만날 때마다 항상 「동등한 관직」이라 했다.
【國子博士(국자박사)】: 국자감(國子監)의 박사. ※ 국자감은 중앙의 국립학교로, 국자감에서 가르치는 선생을 국자박사라 했다.
【知扶風縣(지부풍현)】: 부풍현의 현령(縣令)을 지내다. 〖知〗: 주관하다, 관장하다. 즉 「지현(知縣 : 현령)을 지내다」의 뜻. 〖扶風縣〗: [지명] 지금의 섬서성 봉상현(鳳翔縣).
【以資拜官(이자배관)】: 돈이나 재물을 써서 관직에 임명되다. 〖資〗: 돈, 재물. 〖拜官〗: 관직에 임명되다.
【輒(첩)】: 늘, 항상.
【稱(칭)】: 부르다, 칭하다.

3 王不能平, 因面質曰 :「某自朝士, 與君名位不同, 而見目同院, 何邪?」→ 왕 아무개는 불쾌하게 생각하고, 직접 대면하여 물었다 :「나는 조정(朝廷)의 국자박사로, 당신과는 명망과 지위가 다른데, 만날 때마다 동등한 관직으로 간주하는 것은, 무슨 까닭인가?」

博』。[4] 某以納粟授官, 亦『穀博』也, 豈非同院乎?」王爲之大笑。[5]

번역문

어찌 동등한 관직이 아니겠는가?

국자박사(國子博士) 왕(王) 아무개가 부풍현(扶風縣)의 현령(縣令)을 지낼 때, 어느 이(李)씨 성의 서생(書生)이 재물을 주고 관직을 샀는데, 매번 왕

【不能平(불능평)】: 불만스러워하다, 불쾌하게 생각하다.
【因(인)】: 이로 인해, 그리하여.
【面質(면질)】: 직접 면대하여 묻다. 〖質〗: 묻다, 질문하다.
【某自(모자)】: 나 자신, 즉 「나」의 뜻. 〖某〗: [자신의 이름 대신 쓰여 자신을 존중하는 어기를 나타낸다] 나 아무개. 〖自〗: 자기, 자신.
【朝士(조사)】: 조정(朝廷)의 국자박사.
【君(군)】: 당신, 그대, 귀하.
【名位(명위)】: 명망과 지위.
【目(목)】: 보다, 여기다, 간주하다.

4 李生徐曰:「固知王公未知縣事時, 自是國子博士, 謂之『國博』。→ 이씨 성의 서생이 천천히 말했다:「물론 왕공(王公)께서 아직 현령이 되지 않았을 때, 이미 국자박사로, 「국박(國博)」이라 불린 것을 알고 있습니다.
【徐(서)】: 서서히, 천천히.
【固(고)】: 물론, 당연히.
【公(공)】: [남자에 대한 존칭] 왕공(王公), 이공(李公) 등.
【知縣事(지현사)】: 현(縣)의 일을 관장하다. 즉 「현령을 지내다」의 뜻.
【謂之(위지)…】: 이를 일러 …라 하다.

5 某以納粟授官, 亦『穀博』也, 豈非同院乎?」王爲之大笑。→ 제가 곡물을 바쳐 관직을 얻은 것도, 역시 『곡박(穀博)』이니, 어찌 동등한 관직이 아니겠습니까?」 왕 아무개는 이 말을 듣고 크게 소리 내어 웃었다.
【以(이)】: 因(인), …로 인해.
【納粟授官(납속수관)】: 곡물을 바쳐 벼슬을 얻다. 〖納粟〗: 옛날에 곡물을 바쳐서 벼슬을 사는 일.
【穀博(곡박)】: 穀博(gǔbó)와 國博(guóbó)는 발음이 비슷하다. 이는 바로 이씨 서생이 자신과 부풍(扶風)의 현령을 「동등한 관직」으로 보는 근거이다.
【爲之(위지)】: 이로 인해, 이로 말미암아. 즉 「이 말을 듣고」의 뜻. 〖爲〗: 因(인), …로 인해, …로 말미암아.

아무개를 만날 때마다 항상 「동등한 관직」이라 했다. 왕 아무개는 불쾌하게 생각하고 직접 대면하여 물었다.

「나는 조정(朝廷)의 국자박사로 당신과는 명망과 지위가 다른데, 만날 때마다 동등한 관직으로 간주하는 것은 무슨 까닭인가?」

이씨 성의 서생이 천천히 말했다.

「물론 왕공(王公)께서 아직 현령이 되지 않았을 때, 이미 국자박사로 『국박(國博)』이라 불린 것을 알고 있습니다. 제가 곡물을 바쳐 관직을 얻은 것도 역시 『곡박(穀博)』이니, 어찌 동등한 관직이 아니겠습니까?」 왕 아무개는 이 말을 듣고 크게 소리 내어 웃었다.

해설

왕(王) 아무개는 국자감(國子監)의 국자박사(國子博士)를 거쳐 부풍(扶風) 현령이 되었고, 이씨(李氏) 성의 서생은 학문과 능력과 공로가 없이 다만 곡물을 바쳐 벼슬을 얻었다. 그런데 이씨 성의 서생은 국자박사를 「국박(國博)」, 곡물을 바쳐 벼슬을 얻은 자신을 「곡박(穀博)」이라 칭하며 자기와 왕 아무개가 「동등한 관직」이라 했다. 이를 불쾌하게 여긴 왕 아무개가 그 까닭을 묻자,「국박(國博)」과 「곡박(穀博)」의 발음이 비슷하기 때문이라는 것이었다.

이 우언은 곡물을 바쳐 벼슬을 얻은 서생이 자신의 주제를 모르고 그것을 영예로 여기는 파렴치한 행위를 통해, 당시 사회에 성행하던 매관매직(賣官賣職)의 추악한 현상을 폭로하고 풍자한 것이다.

《백아금(伯牙琴)》 우언

등목(鄧牧 : 1247-1306)은 자가 목심(牧心)이며, 전당(錢塘)[지금의 절강성 항주시(杭州市)] 사람으로 송말(宋末) 원초(元初) 시기의 학자이다. 송이 망한 후, 평생 벼슬길에 나아가지 않고 독신으로 은거하면서, 자신을 「삼교외인(三敎外人) : 유(儒) · 불(佛) · 도(道) 삼교 밖에 거처하는 사람」이라 불렀다. 저서로 시문집인 《백아금(伯牙琴)》이 있는데, 문장과 시 60여 편을 싣고 있으며, 내용은 주로 작자가 나라를 잃은 망국의 슬픔을 기탁하고 세태를 풍자한 작품이 많다.

113 월인우구(越人遇狗)

《伯牙琴 · 二戒學柳河東 · 越人遇狗》

원문 및 주석

越人遇狗[1]

越人道上遇狗。狗下首搖尾, 人言曰 :「我善獵, 與若中分。」[2] 越人喜, 引而俱歸, 食以粱肉, 待之禮以人。[3] 狗得盛禮, 日益驕, 獵得

1 越人遇狗 → 월(越)나라 사람이 개를 만나다
【越(월)】: [국명] 지금의 절강성 일대에 있던 춘추시대의 제후국.
【遇(우)】: 만나다.

2 越人道上遇狗。狗下首搖尾, 人言曰 :「我善獵, 與若中分。」→ 월(越)나라 사람이 길에서 개를 만났다. 개가 머리를 숙이고 꼬리를 흔들며, 사람의 언어로 말했다 :「저는 사냥을 잘하는데, (사냥물을) 당신과 공평하게 나누겠습니다.」
【下首(하수)】: 머리를 숙이다.
【搖尾(요미)】: 꼬리를 흔들다.
【善獵(선렵)】: 사냥을 잘하다. 〖獵〗: 사냥하다.
【與若中分(여약중분)】: 당신과 공평하게 나누다. 〖與〗: …와(과). 〖若〗: 너, 당신. 〖中分〗: 공평하게 나누다, 균등하게 나누다.

3 越人喜, 引而俱歸, 食以粱肉, 待之禮以人。→ 월나라 사람이 좋아하며, (개를) 데리고 함께 집으로 돌아와, 좋은 곡식과 고기를 먹이며, 개를 대하길 마치 사람을 예우하듯 했다.
【引而俱歸(인이구귀)】: 데리고 함께 집으로 돌아오다. 〖引〗: 데리다, 이끌다. 〖俱〗: 함께.
【食以粱肉(식이량육)】: 좋은 곡식과 고기를 먹이다. 〖食〗: 먹이다. 〖以〗: …을(를). 〖粱肉〗: 좋은 곡식과 고기.
【待之禮以人(대지예이인)】: 개를 대하길 마치 사람을 예우하듯 하다. 〖待〗: 대하다. 〖之〗: [대명사] 그것, 즉「개」. 〖禮〗: 예우하다.

獸, 必盡啖乃已。[4] 或嗤越人曰 : 「爾飮食之, 得獸, 狗輒盡啖, 將奚以狗爲?」[5] 越人悟, 因與分肉, 多自與。狗怒, 齧其首, 斷領足, 走而去之。[6] 夫以家人養狗, 而與狗爭食, 幾何不敗也![7]

4 狗得盛禮, 日益驕, 獵得獸, 必盡啖乃已。→ 개는 풍성한 예우를 받자, 날로 더욱 교만해져서, 사냥으로 짐승을 잡으면, 반드시 모두 다 먹고 나서야 비로소 멈추었다.
【盛禮(성례)】: 풍성한 예우.
【益(익)】: 더욱.
【驕(교)】: 교만하다.
【必盡啖乃已(필진담내이)】: 반드시 다 먹고 나서야 비로소 멈추다. 〖盡〗: 모두. 〖啖〗: 먹다. 〖乃〗: 비로소. 〖已〗: 멈추다, 그치다.

5 或嗤越人曰 : 「爾飮食之, 得獸, 狗輒盡啖, 將奚以狗爲?」→ 어떤 사람이 월나라 사람을 비웃으며 말했다 : 「당신은 개에게 먹고 마시게 하여, 짐승을 잡으면, 항상 개가 다 먹어치우는데, 장차 무엇을 하려고 개를 기릅니까?」
【或(혹)】: 어떤 사람.
【嗤(치)】: 비웃다, 조소하다.
【爾(이)】: 너, 당신.
【飮食(음식)】: [사동 동사] 먹고 마시게 하다.
【之(지)】: [대명사] 그것, 즉 「개」.
【輒(첩)】: ① 늘, 항상, 언제나. ② 곧, 바로.
【將奚以狗爲(장해이구위)】: 장차 무엇 하려고 개를 기르는가? 〖奚〗: 무엇.

6 越人悟, 因與分肉, 多自與。狗怒, 齧其首, 斷領足, 走而去之。→ 월나라 사람이 (그제야 비로소) 그것을 깨달았다. 그리하여 개와 (사냥한) 고기를 나눌 때, 자기 몫을 더 많이 챙겼다. (이에) 개가 화가 나서, 그의 머리를 물고, 목과 다리를 물어 절단한 후, 달아나 그에게서 떠나 버렸다.
【悟(오)】: 깨닫다.
【因(인)】: 이로 인해, 그리하여.
【多自與(다자여)】: 자기에게 더 많이 주다. 즉 「자기 몫을 더 챙기다」의 뜻. 〖與〗: 주다.
【齧(설)】: 물다.
【斷(단)】: (물어서) 절단하다.
【領(령)】: 목.
【去(거)】: 떠나다.
【之(지)】: [대명사] 그, 즉 「월나라 사람」.

7 夫以家人養狗, 而與狗爭食, 幾何不敗也!→ 무릇 개를 가족으로 간주하여 기르며, 개와 음식을 다툰다면, 어찌 실패하지 않을 수 있겠는가?
【夫(부)】: [발어사] 무릇, 대저.

번역문

월(越)나라 사람이 개를 만나다

월(越)나라 사람이 길에서 개를 만났다. 개가 머리를 숙이고 꼬리를 흔들며 사람의 언어로 말했다.

「저는 사냥을 잘하는데 (사냥물을) 당신과 공평하게 나누겠습니다.」

월나라 사람이 좋아하며 (개를) 데리고 함께 집으로 돌아와, 좋은 곡식과 고기를 먹이며 개를 대하길 마치 사람을 예우하듯 했다. 개는 풍성한 예우를 받자 날로 더욱 교만해져서, 사냥으로 짐승을 잡으면 반드시 모두 다 먹고 나서야 비로소 멈추었다. 어떤 사람이 월나라 사람을 비웃으며 말했다.

「당신은 개에게 먹고 마시게 하여, 짐승을 잡으면 항상 개가 다 먹어치우는데, 장차 무엇을 하려고 개를 기릅니까?」

월나라 사람이 (그제야 비로소) 그것을 깨달았다. 그리하여 개와 (사냥한) 고기를 나눌 때 자기 몫을 더 많이 챙겼다. (이에) 개가 화가 나서 그의 머리를 물고 목과 다리를 물어 절단한 후, 달아나 그에게서 떠나 버렸다.

무릇 개를 가족으로 간주하여 기르며 개와 음식을 다툰다면, 어찌 실패하지 않을 수 있겠는가?

해설

월(越)나라 사람은 당초 개로 하여금 오만방자하고 우쭐대도록 방임하

【以家人養狗(이가인양구)】: 개를 가족으로 간주하여 기르다.
【爭食(쟁식)】: 음식을 다투다.
【幾何不敗(기하불패)】: 어찌 실패하지 않을 수 있겠는가?

다가, 어떤 사람의 비웃는 말을 듣고 갑자기 통제를 가하며, 전후가 마치 칼로 자르듯이 확연히 상반된 모습을 보였다. 그리하여 개가 주인을 물어 죽이는 재앙을 자초했다.

이 우언은 일을 처리하면서 융통성을 발휘하지 못하고 극단으로 내닫는 어리석은 사람을 풍자하는 동시에, 모든 일은 반드시 주객(主客)의 분별이 있어야 하고 본말(本末)이 전도되지 않아야 한다는 도리를 설명한 것이다.

114 초영귀(楚佞鬼)

《伯牙琴 · 二戒學柳河東 · 楚佞鬼》

원문 및 주석

楚佞鬼[1]

有鬼降於楚, 曰 : 「天帝命我治若土, 余良威福而人。」[2] 衆愕然, 共命唯謹, 祀之廟, 旦旦薦血食, 跪而進之, 將幣。[3] 市井亡賴, 附鬼

....

1 楚佞鬼 → 초(楚)나라가 귀신에게 아첨하다

【楚(초)】 : [국명] 지금의 호남성 · 호북성과 강서성 · 절강성 및 하남성 남부에 걸쳐 있던 주대(周代)의 제후국.

【佞(영)】 : 아첨하다.

2 有鬼降於楚, 曰 : 「天帝命我治若土, 余良威福而人。」 → 어느 귀신이 초(楚)나라에 내려와서, 말했다 : 「천제께서 나에게 너희 나라를 다스리라고 명하셨다. 나는 확실히 너희들에게 재앙도 내리고 복도 내릴 수 있다.」

【降於(강어)…】 : …에 내려오다. 〖降〗 : 내려오다. 〖於〗 : [개사] …에.

【若(약)】 : 너, 당신.

【良(량)】 : 확실히, 틀림없이.

【威福(위복)】 : [동사 용법] 위엄을 보이기도 하고 복도 내려주다. 즉 「재앙도 내리고 복도 내리다」의 뜻.

【而(이)】 : 너, 당신.

3 衆愕然, 共命唯謹, 祀之廟, 旦旦薦血食, 跪而進之, 將幣。 → 백성들이 놀라, 명령에 복종하며 매우 조심스럽게 행동했다. 사당(祠堂)에서 귀신에게 제사를 지내고, 매일 혈식(血食)을 (제물로) 올리며, 무릎을 꿇고 정중히 진상하는가 하면, (심지어) 예물(禮物)까지 바쳤다.

【衆(중)】 : 백성들.

【愕然(악연)】 : 놀라는 모양.

【共命(공명)】 : 명령에 복종하다.

益衆, 以身若婢妾然; 不厭, 及其妻若女。[4] 鬼氣所入, 言語動作與鬼無不類, 乃益倚氣勢, 驕齊民。[5] 凡不附鬼者, 必譖使之禍。齊民由是重困。[6] 天神聞而下之, 忿而笑曰 :「若妖也, 而廟食於此, 作威福

....

【唯謹(유근)】: 오직 삼가다. 즉「매우 조심스럽게 행동하다」의 뜻.

【祀之廟(사지묘)】: 사당(祠堂)에서 귀신에게 제사하다. 〖祀〗: 제사하다. 〖之〗: [대명사] 그, 즉「귀신」. 〖廟〗: 사당.

【旦旦(단단)】: 날마다, 매일.

【薦血食(천혈식)】: 혈식을 올리다. 〖薦〗: 진상하다, 올리다, 바치다. 〖血食〗: (제사용으로) 도살한 가축. ※제사를 지낼 때 양이나 돼지 등의 가축을 잡아 제물로 바치기 때문에「혈식」이라 했다.

【將(장)】: 보내다, 바치다.

【幣(폐)】: 예물(禮物).

4 市井亡賴, 附鬼益衆, 以身若婢妾然; 不厭, 及其妻若女。→ 시정(市井)의 무뢰한(無賴漢)들은, 귀신에 빌붙는 자가 더욱 많았는데, 마치 비첩(婢妾)처럼 몸을 낮추고; 그래도 마음에 차지 않아, 자기의 아내와 딸까지 그렇게 하도록 했다.

【市井亡賴(시정무뢰)】: 시정의 무뢰한. 〖市井〗: 사람이 모여 사는 곳. 〖亡賴〗: 無賴(무뢰), 무뢰한. ※판본에 따라서는「亡」를「無(무)」라 했다.

【附(부)】: 빌붙다, 달라붙다, 의존하다.

【益衆(익중)】: 더욱 많다.

【若婢妾然(약비첩연)】: 마치 비첩처럼 몸을 낮추다. 〖若…然〗: [고정 격식] 마치 …과 같다.

【厭(염)】: 饜(염), 만족하다, 흡족하다, 마음에 차다.

【及(급)】: …에 이르기까지.

【其妻若女(기처약녀)】: 자기의 아내와 딸. 〖若〗: 與(여), …와(과).

5 鬼氣所入, 言語動作與鬼無不類, 乃益倚氣勢, 驕齊民。→ 귀신의 기운이 (몸 안에) 들어오니, 언어와 행동이 귀신과 똑같았다. 그리하여 더욱 (귀신의) 기세에 의존하여, 백성들에게 교만을 부렸다.

【鬼氣所入(귀기소입)】: 귀신의 기운이 사람의 몸에 들어오다.

【無不類(무불류)】: 같지 않음이 없다. 즉「같다, 똑같다」의 뜻.

【乃(내)】: 그리하여.

【益(익)】: 더욱, 한층 더.

【倚(의)】: 의지하다, 의존하다, 기대다, 빌붙다.

【驕(교)】: 교만하다.

【齊民(제민)】: 평민, 백성.

6 凡不附鬼者, 必譖使之禍。齊民由是重困。→ 무릇 귀신에 의존하지 않는 사람에 대해서는, 반드시 (귀신에게) 모함하여 그들로 하여금 화를 당하게 했다. 이로 말미암아 백성들은 더욱 곤경에 빠졌다.

不已!」[7] 爲興疾霆, 碎其廟, 震亡賴以死, 楚禍遂息。彼以鬼氣勢可常倚哉![8]

【凡(범)】: 무릇.
【譖(참)】: 무고(誣告)하다, 헐뜯다, 모함하다.
【使之禍(사지화)】: 백성들로 하여금 화를 당하게 하다. 〖使〗: …로 하여금 …하게 하다. 〖之〗: [대명사] 그들, 즉 「백성들」.
【由是(유시)】: 이로 말미암아.
【重困(중인)】: 더욱 곤경에 빠지다.

7 天神聞而下之, 忿而笑曰:「若妖也, 而廟食於此, 作威福不已!」→ 천신(天神)이 이 말을 듣고 초나라로 내려와, (귀신에게) 화를 내고 비웃으며 말했다:「너는 요괴이다. 그런데 (이곳에서) 사당의 제사를 누리며, 전횡(專橫)을 멈추지 않고 있다.」
【下之(하지)】: 그곳에 내려오다. 즉 「초나라로 내려오다」의 뜻. 〖之〗: [대명사] 그곳, 즉 「초나라」.
【忿(분)】: 분개하다, 화를 내다.
【若(약)】: 너, 당신.
【廟食(묘식)】: 사당의 제사를 누리다. 〖廟〗: 사당(祠堂).
【作威福(작위복)】: 권세를 부리다, 전횡(專橫)하다.
【不已(불이)】: 멈추지 않다, 그치지 않다.

8 爲興疾霆, 碎其廟, 震亡賴以死, 楚禍遂息。彼以鬼氣勢可常倚哉! → (그리하여) 질뢰(疾雷)를 일으켜, 그 사당을 부수고, 벼락을 내려 무뢰한들을 죽여 버리니, 초나라의 재앙이 즉시 멈추었다. 저 시정의 무뢰한들은 귀신의 기세를 영원히 의존할 수 있다고 생각했는가!
【爲(위)】: 因(인), 이로 인해, 그리하여.
【興(흥)】: 일으키다.
【疾霆(질정)】: 질뢰(疾雷), 몹시 심한 번개.
【碎(쇄)】: 부수다.
【震亡賴以死(진망뢰이사)】: 무뢰한에게 벼락을 내려 죽게 하다, 즉 「벼락을 내려 무뢰한들을 죽이다」의 뜻. ※판본에 따라서는 「亡」를 「無(무)」라 했다.
【遂(수)】: 곧, 바로.
【息(식)】: 멈추다, 그치다.
【彼(피)】: [지시대명사] 저들, 즉 「시정의 무뢰한들」
【以(이)】: 以爲(이위), …라고 여기다, …라고 생각하다.
【常倚(상의)】: 항상 의존하다. 즉 「영원히 의존하다」의 뜻.

번역문

초(楚)나라가 귀신에게 아첨하다

어느 귀신이 초(楚)나라에 내려와서 말했다.

「천제께서 나에게 너희 나라를 다스리라고 명하셨다. 나는 확실히 너희들에게 재앙도 내리고 복도 내릴 수 있다.」

백성들이 놀라 명령에 복종하며 매우 조심스럽게 행동했다. 사당(祠堂)에서 귀신에게 제사를 지내고, 매일 혈식(血食)을 (제물로) 올리며 무릎을 꿇고 정중히 진상하는가 하면 (심지어) 예물(禮物)까지 바쳤다. 시정(市井)의 무뢰한(無賴漢)들은 귀신에 빌붙는 자가 더욱 많았는데, 마치 비첩(婢妾)처럼 몸을 낮추고, 그래도 마음에 차지 않아 자기의 아내와 딸까지 그렇게 하도록 했다. 귀신의 기운이 (몸 안에) 들어오니 언어와 행동이 귀신과 똑같았다. 그리하여 더욱 (귀신의) 기세에 의존하여 백성들에게 교만을 부렸다.

무릇 귀신에 의존하지 않는 사람에 대해서는, 반드시 (귀신에게) 모함하여 그들로 하여금 화를 당하게 했다. 이로 말미암아 백성들은 더욱 곤경에 빠졌다.

천신(天神)이 이 말을 듣고 초나라로 내려와 (귀신에게) 화를 내고 비웃으며 말했다.

「너는 요괴이다. 그런데 (이곳에서) 사당의 제사를 누리며 전횡(專橫)을 멈추지 않고 있다.」

(그리하여) 질뢰(疾雷)를 일으켜 그 사당을 부수고 벼락을 내려 무뢰한들을 죽여 버리니, 초나라의 재앙이 즉시 멈추었다.

저 시정의 무뢰한들은 귀신의 기세를 영원히 의존할 수 있다고 생각했는가!

해설

초(楚)나라 백성들은 귀신을 맹신한 결과, 귀신의 통제를 받아 귀신에게 노역과 착취를 당했고, 시정의 무뢰한들은 귀신에 의존하여 무고한 백성들을 모함하고 전횡을 일삼다가 마침내 궤멸하고 말았다.

이 우언은 백성들의 우매무지(愚昧無知)와 아울러 악귀(惡鬼)와 시정 무뢰한들의 호가호위(狐假虎威) 행위를 풍자한 것이다.

《취옹담록(醉翁談錄)》 우언

나엽(羅燁 : ?-?)은 남송(南宋) 말기 여릉(廬陵)[지금의 강서성 길안현(吉安縣)] 사람이라는 것 말고는 알려진 바가 없다. 저서로 필기(筆記) 형식의 고사집(故事集)인 《취옹담록(醉翁談錄)》이 전한다.

115 미안구비쟁능(眉眼口鼻爭能)

《醉翁談錄 · 卷二 · 丁集 · 嘲戲綺語》

원문 및 주석

眉眼口鼻爭能[1]

眉、眼、口、鼻四者, 皆有神也。[2] 一日, 口爲鼻曰 :「爾有何能, 而位居吾上?」[3] 鼻曰 :「吾能別香臭, 然後子方可食, 故吾位居汝上。」[4]

1 眉眼口鼻爭能 → 눈썹과 눈과 입과 코가 능력을 다투다
【爭能(쟁능)】: 능력을 다투다.

2 眉、眼、口、鼻四者, 皆有神也。→ 눈썹 · 눈 · 입 · 코 네 감각 기관은, 모두 신기한 성질을 지니고 있다.
【神(신)】: 신기한 성질.

3 一日, 口爲鼻曰 :「爾有何能, 而位居吾上?」→ 하루는, 입이 코에게 말했다 :「너는 무슨 능력이 있어서, 나의 위에 자리하고 있니?」
【爲(위)】: …에게, …을 향해, …에 대해.
【爾(이)】: 너, 당신.
【位居(위거)】: …에 위치하다, …에 자리하다, …을 차지하다.

4 鼻曰 :「吾能別香臭, 然後子方可食, 故吾位居汝上。」→ 코가 말했다 :「내가 향내와 구린내를 구별할 수 있어야, 그런 다음에 네가 비로소 무엇이든 먹을 수 있어. 그래서 내가 너의 위에 자리하고 있는 거야.」
【別(별)】: 구별하다.
【香臭(향취)】: 향내와 구린내.
【子(자)】: 너, 당신, 그대.
【方(방)】: 비로소.
【可食(가식)】: 먹을 수 있다. 〖食〗: [동사] 먹다.
【故(고)】: 그래서.

鼻爲眼曰 : 「子有何能, 而位在我上也?」[5] 眼曰 : 「吾能觀美惡, 望東西, 其功不小, 宜居汝上也。」[6] 鼻又曰 : 「若然, 則眉有何能, 亦居吾上?」[7] 眉曰 : 「我也不解與諸君相爭得, 我若居眼鼻之下, 不知你一個面皮安放那裏?」[8]

번역문

눈썹과 눈과 입과 코가 능력을 다투다

눈썹·눈·입·코 네 감각 기관은 모두 신기한 성질을 지니고 있다. 하루

【汝(여)】: 너, 당신.

5 鼻爲眼曰 : 「子有何能, 而位在我上也?」 → 코가 눈에게 물었다 : 「너는 무슨 능력이 있어서, 나의 위에 자리하고 있니?」
【子(자)】: 너, 그대, 당신.

6 眼曰 : 「吾能觀美惡, 望東西, 其功不小, 宜居汝上也。」 → 눈이 말했다 : 「나는 아름답고 추악한 것을 관찰하고, 동서 사방을 볼 수 있어, 그 공(功)이 작지 않으니, 마땅히 너의 위에 있어야 해.」
【美惡(미악)】: 아름다움과 추악함. ※판본에 따라서는 「美惡」을 「美醜(미추)」라 했다.
【望(망)】: 바라보다.
【宜(의)】: 마땅히.

7 鼻又曰 : 「若然, 則眉有何能, 亦居吾上?」 → 코가 또 물었다 : 「만일 그렇다면, 눈썹은 무슨 능력이 있어서, 역시 나의 위에 있지?」
【若然(약연)】: 만일 그렇다면. 〖若〗: 만일, 만약.

8 眉曰 : 「我也不解與諸君相爭得, 我若居眼鼻之下, 不知你一個面皮安放那裏。」 → 눈썹이 말했다 : 「나도 어떻게 너희들과 서로 다투어 이 윗자리를 얻었는지 모르지만, 만일 내가 눈과 코 아래에 있어야 한다면, 이 낯가죽을 어디에 두려는지 모르겠군.」
【不解(불해)】: 잘 모르다.
【相(상)】: 서로, 상호. ※판본에 따라서는 「相」을 「廝(시)」, 라 했다.
【爭得(쟁득)】: 투쟁하여 얻다.
【若(약)】: 만일, 만약.
【面皮(면피)】: 낯가죽, 얼굴 껍질.
【安放(안방)】: 두다, 놓다, 배치하다.
【那裏(나리)】: 어디.

는 입이 코에게 말했다.

「너는 무슨 능력이 있어서 나의 위에 자리하고 있니?」

코가 말했다.

「내가 향내와 구린내를 구별할 수 있어야, 그런 다음에 네가 비로소 무엇이든 먹을 수 있어. 그래서 내가 너의 위에 자리하고 있는 거야.」

코가 눈에게 물었다.

「너는 무슨 능력이 있어서 나의 위에 자리하고 있니?」

눈이 말했다.

「나는 아름답고 추악한 것을 관찰하고 동서 사방을 볼 수 있어 그 공(功)이 작지 않으니, 마땅히 너의 위에 있어야 해.」

코가 또 물었다.

「만일 그렇다면, 눈썹은 무슨 능력이 있어서 역시 나의 위에 있지?」

눈썹이 말했다.

「나도 어떻게 너희들과 서로 다투어 이 윗자리를 얻었는지 모르지만, 만일 내가 눈과 코 아래에 있어야 한다면, 이 낯가죽을 어디에 두려는지 모르겠군.」

해설

눈썹과 눈과 입과 코의 위치는 타고난 것이어서 본래 다툴 여지가 없는 것이다. 그런데 눈과 입과 코는 각기 자기의 장점을 내세우며 윗자리에 있어야 한다고 주장했고, 오직 눈썹만이 자기는 무엇을 근거로 여럿과 윗자리를 다투어야 하는지 알지 못하지만, 만일 자기가 눈과 코의 밑에 위치해야 한다면 이 낯가죽을 어디에 두려는지 모르겠다고 했다.

이 우언은 눈·입·코가 서로 자리의 위아래를 다투는 것을 통해, 각자 맡은 역할이 다르기 때문에 존비귀천(尊卑貴賤)을 따지려 하지 말고 서로 협력하여 조화를 이루어야 평온이 유지될 수 있다는 도리를 강조하는 동시에, 전체의 조화를 고려하지 않고 오로지 자기 개인의 지위와 명예를 다투는 소인배들의 몰염치한 행위를 풍자한 것이다.

※참고 : 《당어림(唐語林)·권육(卷六)·보유(補遺)》에도 이와 흡사한 내용의 고사가 있으나 《취옹담록(醉翁談錄)》과 비교할 때, 서로 문자 출입이 매우 심하다.

〖부록〗

당송(唐宋) 우언에 관하여

(1) 우언의 정의

중국의 문헌에서 우언(寓言)이란 말은 《장자(莊子)·우언(寓言)》에 최초로 보인다.

> 「우언(寓言)이 십 분의 구를 차지하고, 중언(重言)이 십 분의 칠을 차지하며, 치언(卮言)은 날마나 새롭게 출현하여 무궁무신한데, 보두 자연의 분계(分界)에 부합한다. 십 분의 구를 차지하는 우언은 외부 사람에게 기탁하여 논한 것이다. 친아버지는 자기의 자식을 위해 중매를 서지 않는다. 친아버지가 자기 아들을 칭찬하면 친아버지가 아닌 사람이 칭찬하는 것만 못하다.(寓言十九, 重言十七, 卮言日出, 和以天倪。寓言十九, 藉外論之。親父不爲其子媒。親父譽之, 不若非其父者也。)」[1]

진(晉) 곽상(郭象)은 《장자》의 이 말에 대해 「다른 사람에게 기탁하면 열 마디 중 아홉 마디는 신뢰를 받는다.」「말이 자기로부터 나오면 세상 사람들 대부분이 받아들이지 않기 때문에, 그래서 외부 사람에게 기탁(寄託)하는 것이다.」[2] 라고 하여 우언을 「기탁하는 말」로 보았다.

1 《莊子》, 景印 文淵閣四庫全書, 臺北, 臺灣商務印書館, 1985.

2 (晉) 郭象注《莊子·寓言》:「寄之他人, 則十言而九見信。」,「言出於己, 俗多不受, 故借外耳。」(景印 文淵閣四庫全書, 臺北, 臺灣商務印書館, 1985.)

이와는 달리 오늘날 학자들의 견해는 우언의 조건을 비교적 구체적으로 제시하고 있다. 몇몇 학자들의 설을 예로 들겠다.

① 진포청(陳蒲淸)의 설 :

「우언은 반드시 두 가지의 기본 요소를 갖추어야 한다. 첫째는 고사의 줄거리이고, 둘째는 비유·기탁으로 말은 여기에 있고 뜻은 저기에 있다. 이 두 가지 표준을 근거로 하면 우언에 대해 비교적 명확한 범주를 설정할 수 있다. 오직 두 가지를 완전히 구비해야 비로소 우언으로 간주하여 지나치게 넓은 감을 피할 수 있고, 동시에 오직 두 가지를 구비해야 우언으로 간주하여 지나치게 좁은 감을 피할 수 있다. 이 두 가지를 근거로 하면 우언과 기타 문체를 기본적으로 구분할 수 있다. 첫 번째를 근거로 하면 우언을 일반적인 비유와 구분할 수 있고, 사물에 기탁하여 뜻을 말하는 영물시(詠物詩)·금언시(禽言詩) 및 기타 이상을 기탁한 시문(詩文)과 구분할 수 있으며, 두 번째를 근거로 하면 우언을 보통의 고사와 구분할 수 있는데, 보통의 고사는 그 의미가 스토리 자체에서 드러나는 것으로 비유의 의미가 없다. ……우언과 일반 고사의 차이는 바로 비유·기탁의 유무에 달려있다.(寓言必須具備兩條基本要素 : 第一是有故事情節; 第二是有比喩寄託, 言在此而意在彼。根據這兩條標準便可以給寓言劃出一個比較明確的範疇。只有完全具備這兩個條件, 才能算作寓言, 以避免過寬; 同時, 只要具備了這兩個條件, 就可以算作寓言, 以避免過窄。根據這兩條可以把寓言和其他文體基本上區分開 : 根據第一條, 可以使寓言和一般比喩相區別, 跟托物言志的詠物詩、禽言詩以及其他寄托理想的詩文相區別; 根據第二條可以使寓言跟一般故事相區別, 一般的故事其意義是從情節本身中顯示出來的, 沒有比喩意義。……寓言和一般故事的差別, 就在于有沒有比喩寄託。)」[3]

진포청은 우언의 범위에 대해 고사의 줄거리와 비유·기탁이라는 두 가지

3 陳蒲淸《中國古代寓言史》, 長沙, 湖南教育出版社, 1983, p2.

조건을 들어 비유 · 기탁의 유무를 가지고 우언과 일반 고사를 구분했다.

② 이부헌(李富軒) · 이연(李燕)의 설 :

「우언은 일반적으로 고사와 우의로 조성되어 주로 권계와 풍자에 쓰이고, 찬송(讚頌) · 서정(抒情)이나 이상(理想)의 전개 등에 쓰이는 경우가 적다. 우언의 정의에 대해서도 다만 몇 개 방면에서 종합적으로 이해할 수 있는데, 또한 마땅히 어느 정도의 모호성을 허용해야 하고 광의와 협의의 구분도 허용해야 하며, 일부 작품에 실제로 존재하는 양서성(兩棲性)을 인정하여 기계적으로 한두 가지의 표준을 가지고 모든 작품에 억지로 적용해서는 안 된다.(寓言一般有寓體[故事]和寓意造成, 主要用於勸誡諷諭, 而較少用於讚頌抒情和展現理想。對寓言的界說, 也只能從幾個方面綜合理解, 而且應該容許一定程度的摸糊性, 也應該允許有廣義和狹義之分, 應該承認一部分作品事實上存在的兩棲性而不宜機械地用一兩條標準硬套一切作品。)」[4]

이부헌 · 이연은 우언의 우의(寓意)와 범위에 대해 어떤 작품들이 비록 전형적인 우언처럼 풍유(諷諭) · 권계(勸誡)의 작용을 갖추지 못하였다 해도 우의와 기탁이 충분하다면 넓은 의미에서 우언으로 볼 수 있다고 보았다.

③ 임숙정(林淑貞)의 설 :

「우언은 문구상 우의가 있을 수 있는 것 외에도 기탁하여 비유하거나 서로 유사한 것을 비교하는 우의가 있을 수 있고, 또 모든 것을 다 포괄하여 그 안에 두 가지 우의를 동시에 함유하는 경우도 있을 수 있다.(寓言, 除了可以有字面寓意之外, 也可以有託喩或類比的寓意, 更可以兼容並蓄, 同時含攝二種寓意於其中。)」[5]

4 李富軒 · 李燕《中國古代寓言史》, 대북, 지일출판사, 1998, p4.

5 林淑貞《表意 · 示意 · 釋義--中國寓言詩析論》, 臺北, 里仁出版社, 2007, p40.

임숙정은 문구에 나타난 우의 외에도 기탁하여 비유하거나 서로 유사한 것을 비교하여 논하는 우의에 이르기까지 모든 것을 포함할 수 있다고 여겼다.

④ 《중국대백과전서(中國大百科全書) · 중국문학(中國文學)》의 정의 :

「문학 체제의 일종으로 풍유(諷諭)를 함유하거나 혹은 교훈의 의미를 분명히 드러낸 고사이다. 그 구조는 대부분 짤막하며 고사 줄거리를 갖추고 있다. 주인공은 사람일 수도 있고, 동물일 수도 있고, 무생물일 수도 있다. 대체로 차유법(借喩法)을 사용하여 고사를 통해 이것을 빌려 저것을 비유하고 작은 것을 빌려 큰 것을 비유하여 교육적 의미가 강한 주제나 심각한 도리로 하여금 간단한 고사에서 구현되도록 한다. 우언의 취지는 허구적인 고사를 통해 모종의 생활 현상 · 심리와 행위에 관한 작가 또는 사람들의 비평이나 교훈을 표현하는데 있다.(文學體裁的一種。是含有諷喩或明顯教訓意義的故事。它的結構大多簡短, 具有故事情節。主人公可以是人, 可以是動物, 也可以是無生物。多用借喩手法, 通過故事借此喩彼, 借小喩大, 使富有教育意義的主題或深刻的道理, 在簡單的故事中體現出來。寓言的主旨在於通過虛構的故事, 表現作家或人民關於某種生活現象 · 心理和行爲的批評或教訓。)」[6]

《중국대백과전서》는 짤막한 구조와 허구적인 고사로 풍유(諷諭)와 교훈의 기능을 지녀야 한다는 것 외에도 주인공의 대상을 사람 · 동물 · 무생물로 규정하는 등 구체적인 조건을 제시함으로써 우언의 범주를 보다 좁은 의미로 해석했다. 이는 「체제가 짧고 허구인 고사로서 대부분 동물이나 무생물을 주인공으로 하고, 고사 내용이 도덕 교훈의 기능을 지닌다.」[7] 라고

6 《中國大百科全書 · 中國文學》, 北京, 中國大百科全書出版社, 1995.

7 The fable, in keeping with its simple form, is easily defined. It is a short fictitious work, either in prose or in verse, frequently (but not necessarily) using animals or

정의한 서양인들의 견해와 일맥상통한다.

이상 여러 견해들을 근거로 볼 때, 중국인들의 관점에서 우언의 의미는 줄거리를 갖춘 간략한 고사에 우의를 기탁하는 방법으로 모종의 도리를 표현하여 권계(勸誡)·풍유(諷喩)·교훈(敎訓) 작용을 하는 일종의 문학 형식이라고 정의할 수 있다.

(2) 당송(唐宋) 우언의 부흥

중국 우언의 발전사를 통해 볼 때 선진(先秦) 시기는 우언의 탄생과 동시에 우언의 내용이나 수량 면에서 중국 우언의 전성기라 할 수 있고, 양한(兩漢) 시기는 사회가 안정되면서 새로운 활로를 개척하기보다는 선진 우언을 답습하며 대체로 우언의 명맥을 이어오던 시기이며, 위진남북조(魏晉南北朝) 시기는 문학이 역사·철학으로부터 독립하여 순문학으로 발전하면서 우언의 창작이 다소 침체 상태에 머물던 과도기라고 할 수 있다. 이에 비해 당송(唐宋)은 중국문학사상 문학이 가장 번영했던 시기인 동시에 우언이 전국(戰國)시대 이후 양한·위진남북조의 침체기를 벗어나 다시 창작의 붐(boom)이 일기 시작한 우언의 부흥기라 할 수 있다. 이는 당송 시기의 정치·사회 및 문학 창작의 환경과 밀접한 관계가 있다.

당대(唐代)에서 우언의 창작이 활기를 띠기 시작한 것은 당 왕조가 번영했던 초당(初唐)과 성당(盛唐) 시기가 아니고, 쇠퇴기인 중당(中唐)과 만당

even inanimate objects as actors, and having the exposition of a moral principle as a primary function.(《AESOP'S FABLES》, Introduction and Notes by D.L. Ashliman; Translated by V.S. Vernon Jones, New York : Fine Creative Media, Inc, 2003, Introduction xxiii)

(晩唐) 시기이다. 초당과 성당의 우언 창작은 비교적 부진하여, 남사(南史)·북사(北史)와 같은 사서(史書), 또는 불교 우언의 영향을 받은《법원주림(法苑珠林)》에 보이는 일부 우언을 제외하면 문인들의 작품이 매우 적어, 측천무후(則天武后) 시절 배염(裴炎)이 지은《성성명서(猩猩銘序)》와 장작(張鷟)의《조야첨재(朝野僉載)》에 몇 작품이 보일 뿐이다.

중·만당 시기는 안사의 난(755-763)을 기점으로 당 왕조가 쇠퇴의 길로 접어 든 이후 당이 멸망할 때까지를 가리킨다. 따라서 안사의 난은 곧 당 왕조가 전성기에서 쇠퇴기로 접어드는 전환점이라고 할 수 있다. 당 왕조는 안사의 난이 평정된 후 국력이 극도로 쇠하고 사회의 모순이 갈수록 첨예화했다. 그리하여 안으로는 환관(宦官)의 전횡과 번진(藩鎭)의 할거(割據) 및 관료들의 당쟁(黨爭)이 계속되고, 밖으로는 토번(吐蕃)과 회골(回鶻) 등 이민족의 위협을 받는 등 내우외환(內憂外患)이 끊이지 않아 잠시도 편안할 날이 없었다.

당대의 우언은 이러한 와중에서 문인들에 의해 전개된 고문운동(古文運動)을 따라 흥성하기 시작했다. 고문운동이란 복고(復古)의 기치를 내건 일종의 문학 혁신운동으로 당시 유행하던 유미주의(唯美主義) 문풍을 반대하고 문이재도(文以載道), 즉 성현의 도(道)가 실린 진한(秦漢) 이전의 문장으로 되돌아가자는 복고운동을 말한다. 이때 고문운동을 주도한 사람은 한유(韓愈)와 유종원(柳宗元)이다. 이들은 우언의 창작을 통해 당시 사회의 모순과 불량한 현상을 과감하게 폭로하고 풍자했다.

한유의 대표적인 우언 작품으로는《모영전(毛穎傳)》을 들 수 있다.《모영전》은 진(秦)나라 때 몽염(蒙恬) 장군이 최초로 붓을 만들었다는 전설을 가지고 붓을 의인화(擬人化)하여 지은 전기(傳記) 형식의 우언으로, 내용은 모영이 포로가 되어 궁중에 들어와 봉사하며 황제의 두터운 신임을 받아 중서령(中書令)이란 직책에 올랐다가 몸이 늙어 쓸모없게 되자 버림을 받는 과정을, 붓끝이 점점 무디어져 필사(筆寫) 도구로서의 역할을 다하고 도태되는 과정과 대비시켜, 벼슬길의 부침(浮沈)에 대한 허망함과 관료들의 우매함을 우회적으로 풍자한 것이다. 한유의 우언은 《모영전》 외에 《잡설(雜說)》과 《응과목시여인서(應科目時與人書)》 등에도 보이나 우수한 작품이라고 평가받지 못하고 있다. 따라서 한유는 우언 방면에 있어서 창작보다는 오히려 고문운동을 통해 당대 우언의 부흥에 지대한 역할을 한 사람이라고 할 수 있다.

당대(唐代) 우언의 창작과 후인들에게 가장 영향을 끼친 사람은 유종원(柳宗元)이다. 유종원은 선진(先秦) 우언과 인도(印度) 불경(佛經) 우언에서 경험을 얻어, 중당(中唐) 시기 각종 부패 세력의 작태를 우언의 형식을 빌려 생동적이고 깊이 있게 폭로함으로써 우언 창작의 방향을 정치·철리 우언으로부터 사회 풍자 우언으로 전환하도록 선도적 역할을 한 사람이다. 중국의 고대 우언을 통틀어 볼 때, 선진 시기의 우언은 철리(哲理) 성격이 강하고 양한과 위진남북조 우언은 기본적으로 선진의 전통을 답습하며 발전이 없었던 것과 달리, 유종원의 우언은 전형적이고 풍자 성격이 강한 특징을 지니고 있을 뿐만 아니라, 매 작품마다 현실 생활에 깊이 뿌리를 내리고 전형적 의미가 짙은 우언의 형상을 매우 성공적으로 그려내는 동시에, 각종 사회의 병폐를 폭로하고 부패 세력의 대표적 인물들을 깊이 있게 풍자함으로써 우언의 풍자적 장점을 충분히 발휘했다. 그리하여 그는 중국 고대 우언의 발전사에서 매우 중요한 위치에 있다. 유종원의 우언에 반영된 당시의 사회 현실은 내용상에서 크게 세 가지로 구분할 수 있다.[8]

8 진포청(陳蒲清) 중국고대우언사(中國古代寓言史) pp. 184-188

(1) 현실 문제에 대해 각종 암흑 세력과 부패 현상을 풍자하고 채찍을 가했다. 예를 들어, 《비설(羆說)》은 사냥꾼이 죽관(竹管)을 불어 여러 짐승의 소리를 흉내 내는 재주를 가지고 짐승을 유인하다가 결국 가장 힘이 센 짐승에게 잡혀먹은 사례를 통해, 잔재주는 결정적인 순간에 자신의 안위를 보전할 수 없고, 반드시 자신의 역량을 충실히 갖추어야 어떤 험난한 상황에 처해서도 자력으로 위기를 극복할 수 있다는 이치를 설명했다. 또 《편고(鞭賈)》는 채찍을 파는 상인이 겉만 화려하고 실속이 없는 채찍을 가지고 터무니없이 비싼 값을 부르고, 부잣집 아들은 물건의 좋고 나쁨을 구별하지 못해 비싼 값에 속아 사고서도 오히려 사람들에게 좋은 물건인 것처럼 과시한 사례를 통해, 모리배 상인과 멍청한 부잣집 아들을 각각 관료와 조정(朝廷)에 비유하여 관료들이 부정한 방법으로 백성을 착취하고 나라 일을 그르치는 부패하고 타락한 정치 현실을 꼬집어 풍자했다.

(2) 자신의 처지를 비유하는 방법으로 혁신 실패 후의 비분(悲憤)을 반영했다. 예를 들어, 《적룡설(赤龍說)》은 적룡을 자신에 비유하여, 자신이 비록 폄적을 당했지만 여전히 고상한 품격을 잃지 않고, 비록 모욕을 당했지만 못된 무리들과 야합하지 않는다는 굳은 의지를 표명하는 동시에, 기녀(奇女)가 이레 만에 다시 천궁(天宮)으로 돌아간 것을 들어 자신도 다시 조정(朝廷)으로 돌아가겠다는 다짐과 기대를 피력했다.

(3) 정면으로 도리를 설명하는 방법으로 작자 자신의 정치 주장을 발표했다. 예를 들면 《종수곽탁타전(種樹郭橐駝傳)》이나 《재인전(梓人傳)》에 반영한 내용이 그것이다. 《종수곽탁타전》은 곽탁타의 나무 심는 방법을 통해, 정치란 반드시 백성들의 요구에 순응하여야 관치(官治)가 바르게 시행되어 나라가 태평하고 백성이 편안할 수 있다는 국태민안(國泰民安)의 이치

를 설명했고, 《재인전》은 일반 목공을 능력에 따라 적재적소에 활용하여 추호의 오차 없이 건물을 짓는 재인(梓人)의 역할을 정치와 결부시켜, 재상(宰相)의 역할도 마땅히 이와 같아야 한다는 치국지도(治國之道)의 기본 원칙을 제시했다.

유종원의 우언 작품은 앞에서 예로 든 《적룡설》·《비설》·《재인전》·《편고》·《종수곽탁타전》 외에도 《삼계(三戒)》를 비롯하여 《설어자대지백(設漁者對智伯)》·《부판전(蝜蝂傳)》·《매시충문(罵尸蟲文)》·《증왕손(憎王孫)》·《변복신문(辨伏神文)》·《애익문(哀溺文)》·《답위중립논사도서(答韋中立論師道書)》 등에 많이 실려 있다.

송대(宋代 : 960-1279)는 중국 역사에서 통일된 왕조 중 가장 나약한 왕조이다. 태조 조광윤(趙匡胤)은 일찍이 오대(五代)의 분열된 국면을 수습하고 사회경제의 번영을 촉진하여 일시 태평시대를 열었지만, 군사 정책의 실패와 방만한 관료 조직으로 말미암아 점차 국력이 쇠약해져 요(遼)·서하(西夏)·여진(女眞)·몽고(蒙古) 등 외족의 침입이 매우 잦았다. 이로 인해 침략 세력에 대해 강화(講和)를 요청하고 영토를 할애하는 등 굴욕적인 정책을 채택하여 일시적 안일을 추구하다 보니, 개국 이후 한 번도 당대(唐代)와 같은 기세등등한 모습을 보여주지 못했다. 그러다가 북송 중엽부터는 피로한 국면이 점점 노골화하면서 조정 안팎에서 개혁과 보수, 주전(主戰)과 투항(投降)을 주장하는 격렬한 당쟁(黨爭)이 계속되었다.

송대 우언의 창작 상황은 당대와 매우 흡사하다. 송대 우언의 창작은 북송 중엽 고문운동의 활발한 전개를 따라 일기 시작했는데, 이는 마치 당대 우언의 창작이 중당(中唐) 시기 고문운동을 따라 일어났던 것과 매우 흡사하다. 본래 한유·유종원을 중심으로 일어났던 당대의 고문운동은 한유·유종원 이후 쇠미해져서, 당이 망한 후 오대(五代)에 이르러서는 다시 육조의 유미주의 풍조를 모방한 서곤시파(西崑詩派)가 문단을 뒤흔들었다. 따라서 북송 초기의 문풍 또한 오대의 영향을 받아 그러한 풍조가 문단에 만연했다. 이때 소순흠(蘇舜欽)·윤수(尹洙)·매요신(梅堯臣) 등이 다시 복고를 외치며 한유·유종원이 제창했던 고문운동을 완수하고자 나섰고, 이들을 적극 도와 참여한 사람이 구양수(歐陽修)였다. 구양수는 한유의 문장을 매우 좋아했고, 정치적으로 참지정사(參知政事)라는 높은 지위에 있었으므로 왕안석(王安石)·소식(蘇軾) 등과 같은 탁월한 인재를 발탁하여 수많은 인재들이 자신의 문하로 몰려들자 문단에서 그를 따르지 않는 사람이 없었다. 그리하여 한유·유종원이 완성할 수 없었던 고문운동이 구양수를 중심으로 크게 위세를 떨쳐 마침내 사륙문(四六文)을 몰아내고 송대의 문풍을 주도했다.

북송의 고문운동을 영도했던 인물들 가운데 우언을 창작한 사람으로는 구양수·왕안석·소식 등이 있으며, 그중 소식이 가장 뛰어나다. 소식은 유종원과 같이 의식적으로 우언을 창작했는데, 다른 사람들에 비해 작품의 수량이 많을 뿐만 아니라 또한 다른 사람들의 잡기(雜記)와 달리 우언을 가지고 모종의 철리(哲理)를 표현하거나 사회의 추태를 풍자하면서 회해적(詼諧的) 특색을 함께 갖추고 있어, 이후 명청(明淸) 회해우언(詼諧寓言)의 발전에도 많은 영향을 주었다.

소식의 우언은 선진 시기《장자(莊子)》우언과 위진 시기 불경 우언의 영향 외에 당대 유종원 우언의 영향을 많이 받은 듯하다. 예를 들어《일유(日喩)》중의「북인학몰(北人學沒)」은《장자》우언 중의「여량장부(呂梁丈夫)」와 흡사하고, 또《일유》중의「구반문촉(扣盤捫燭)」은《열반경(涅槃經)》중의「맹인모상(盲人摸象)」우언과 매우 흡사한데, 이는 아마도 소식이 중년 이후 정치적인 좌절을 겪으면서 선종(禪宗)의 명승(名僧) 불인(佛印)과 교유하면서 불경의 영향을 받은 것으로 여겨지며, 소식이 유종원의 영향을 받았다는 것에 대해서는, 소식 스스로 《독유자후삼계(讀柳子厚三戒)》에서 「나는 유자후(柳子厚)의 《삼계(三戒)》를 읽고 그것을 매우 좋아했다. 나는 또 일찍이 세상 사람들이 함부로 화를 내어 재앙을 불러오고, 진상을 덮으려다가 도리어 마각(馬脚)이 드러난 사례가 있었던 것을 슬퍼한다. 오(吳) 지방을 유람하다가 물가에 사는 사람으로부터 두 가지 일을 들었는데, 역시 《삼계》와 흡사하다. 그리하여 《이설(二說)》을 지었다.」[9]라고 밝히고 있다.

소식의 우언 작품은 모두 《소식문집(蘇軾文集)》과 《동파지림(東坡志林)》 및 《애자잡설(艾子雜說)》에 많이 실려 있다. 《소식문집》 중의 「힐서(黠鼠)」「거영이사(去癭而死)」「천균지우(千鈞之牛)」「사의각약(謝醫却藥)」「하돈어설(河豚魚說)」「오적어설(烏賊魚說)」「나방상어(螺蚌相語)」, 《동파지림》 중의 「이조대언지(二措大言志)」「도부여애인(桃符與艾人)」, 《애자잡설(艾子雜說)》 중의 「만견절반(挽牽折半)」「영구서생(營丘書生)」「이부위골(以鳧爲鶻)」「합마야곡(蛤蟆夜哭)」「용왕봉와(龍王逢蛙)」「비기부불생기자(非其父不生其子)」「귀파악인(鬼怕惡人)」「총재기화(冢宰奇畫)」 등은 비교적 잘 알려진 우수한 작품들이다.

당송의 우언 중에는 이상 언급한 저명 문인들의 문집이나 기타 저술 외에도 일반 군소 작가들의 전기(傳奇)나 소품문(小品文) 및 필기소설(筆記小說) 등에 적지 않은 우언이 수록되어 있다. 예를 들어 당(唐) 전기 중 심기제(沈旣濟)의 《침중기(枕中記)》라든가 이공좌(李公佐)의 《남가태수전(南柯太守傳)》과 같은 작품은 우언 성격이 매우 농후하고, 만당(晩唐) 시기의 소품문 중 피일휴(皮日休)의 《피자문수(皮子文藪)》, 육구몽(陸龜蒙)의 《입택총서

9 我讀柳子厚三戒而愛之。又嘗悼世之人, 有妄怒以招禍, 欲蓋而彰者。游吳, 得二事於水濱之人, 亦似之, 作《二說》。(孔凡禮點校《蘇軾文集 · 卷六十四 · 雜著 · 二魚說》

(笠澤叢書)》, 나은(羅隱)의 《나소간집(羅昭諫集)》, 작자 미상의 《무능자(无能子)》, 그리고 필기소설 가운데 배염(裴炎)의 《성성명서(猩猩銘序)》, 장작(張鷟)의 《조야첨재(朝野僉載)》, 우숙(牛肅)의 《기문(紀聞)》, 이조(李肇)의 《당국사보(唐國史補)》, 조린(趙璘)의 《인화록(因話錄)》, 장고(張固)의 《유한고취(幽閑鼓吹)》 등과 더불어 송대 심괄(沈括)의 《몽계필담(夢溪筆談)》, 악가(岳珂)의 《정사(桯史)》, 육유(陸游)의 《노학암필기(老學庵筆記)》 등에도 널리 알려진 우수한 우언 작품이 많이 수록되어 있다.

요컨대, 여러 요인의 작용 하에 당송 우언 창작은 새로운 전기(轉機)가 마련되었고, 창작 성과(成果) 또한 양한과 위진남북조를 훨씬 초월했다. 그러나 당송 시기는 유종원과 소식을 제외하면 작가의 수나 작품의 수량 모두 선진 시기와 나란히 비교하여 논할 수는 없다. 이는 아마도 당시의 우수한 작가들이 모두 우언의 창작보다는 문학의 주류라고 할 수 있는 시(詩)·사(詞)·산문(散文) 등의 창작에 힘을 쏟았기 때문일 것이다. 따라서 당송 시기는 선진 이후 양한과 위진남북조의 침체기를 벗어나 우언이 재차 기지개를 펴기 시작한 「우언의 부흥기」라고 말할 수 있을 것이다.

참고문헌

1. 우언선집

中國歷代寓言選(上, 下), 周大璞 審訂, 湖北人民出版社, 1985. 7.

中國寓言[全集], 馬亞中 · 吳小平 主編, 北京, 新世界出版社, 2007. 12. 第1版

中國古代寓言精品賞析, 陳蒲清, 長沙, 岳麓書社, 2008. 1. 第1版

歷代寓言選, 袁暉 主編, 北京, 中國青年出版社, 2012. 7. 第1版

新譯歷代寓言選, 黃瑞雲, 臺北, 三民書局, 2012. 10. 初版二刷

中國哲理寓言大全, 嚴北溟 · 嚴捷, 香港, 商務印書館, 2013. 10.

歷代寓言大觀, 薛菁 · 更生 主編, 北京, 華夏出版社, 2007. 7.

中國歷代寓言分類大觀, 尙和 主編, 上海, 文匯出版社, 1992. 2.

中國寓言讀本, 林淑貞 著, 臺北, 五南圖書出版社, 2015. 9.

唐宋諷刺寓言, 陳新璋 主編, 新世紀出版社, 1995. 2.

2. 원문 교감 및 참고자료

● 남사(南史) 우언

新校本25史 南史, 臺北, 鼎文書局

● 북사(北史) 우어

新校本25史 南史, 臺北, 鼎文書局

● 법원주림(法苑珠林) 우언

法苑珠林校注, (唐)釋道世 撰, 周叔迦, 蘇晋仁 校注, 北京, 中華書局, 2002.

● 성성명서(猩猩銘序) 우언

猩猩銘序, (唐)裴炎 撰 [唐文粹, 姚鉉 編, 臺北 : 臺灣商務印書館, 民國 57年

- 조야첨재(朝野僉載) 우언

朝野僉載, (唐)張鷟 撰 [唐五代筆記小說大觀, 上海古籍出版社 2000年 3月 1版]

- 기문(紀聞) 우언

紀聞, (唐)牛肅 撰 [太平廣記, 臺灣 臺南, 平平出版社, 民國 64年 1月 再版]

- 원차산집(元次山集) 우언

元次山集, (唐)元結 撰, 臺北, 中華書局, 民國 57年 四部備要 影印本

唐宋散文選注, 申丙 選注, 臺北, 正中書局, 民國 58年 7月 臺初版

- 당국사보(唐國史補) 우언

唐國史補, (唐)李肇 撰 [唐五代筆記小說大觀, 上海古籍出版社 2000年 3月 1版

唐國史補, (唐)李肇 撰 [學津討原, 臺北, 新文豊出版社, 民國 69年 12月 出版]

- 한창려집(韓昌黎集) 우언

韓昌黎集, 臺北, 河洛圖書出版社, 民國 64年

韓昌黎集, 臺北, 臺灣商務印書館, 民國 57年

唐宋八大家文選譯注, 陳霞村 · 閻鳳梧, 山西人民出版社, 1986年 3月 第1版

唐宋散文選注, 申丙 選注, 臺北, 正中書局, 民國 58年 7月 臺初版

- 이문공집(李文公集) 우언

李文公集, (唐)李翶 撰 [四庫唐人文集叢刊, 上海古籍出版社, 1993]

- 백씨장경집(白氏長慶集) 우언

白氏長慶集 [文淵閣四庫全書, 臺灣, 商務印書館, 民國72年]

- 유몽득문집(劉夢得文集) 우언

劉夢得文集 [四部叢刊初編集部, 臺北, 臺灣商務印書館 影印本]

劉夢得文集, (唐)劉禹錫 撰, 上海古籍出版社, 1994.

唐宋散文選注, 申丙 選注, 臺北, 正中書局, 民國 58年 7月 臺初版

● 유하동집(柳河東集) 우언

柳宗元集, 臺北, 漢京文化事業有限公司, 民國 71年 [四部肝要 · 集部 · 別集類影印本]

柳河東集, (唐)柳宗元 著, (明)蔣之翹 輯注, 臺北, 臺灣中華書國, 民國 71年

唐宋八大家文選譯注, 陳霞村 · 閻鳳梧, 山西人民出版社, 1986年 3月 第1版

唐宋散文選注, 申丙 選注, 臺北, 正中書局, 民國 58年 7月 臺初版

● 인화록(因話錄) 우언

因話錄, (唐)趙璘 撰 [唐五代筆記小說大觀, 上海古籍出版社 2000年 3月 1版]

唐宋五代筆記小說選譯, 嚴杰 譯注, 巴蜀書社, 1990. 6.

● 유한고취(幽閑鼓吹) 우언

幽閑鼓吹, (唐)張固 撰 [唐五代筆記小說大觀, 上海古籍出版社, 2000年 3月 1版]

唐宋五代筆記小說選譯, 嚴杰 譯注, 巴蜀書社, 1990. 6.

太平廣記 · 卷243 · 貪, 臺灣 臺南, 平平出版社, 民國 64年 1月 再版

● 역대명화기(歷代名畫記) 우언

歷代名畫記, 張彥遠, 北京, 中華書局, 1985.

● 피자문수(皮子文藪) 우언

皮子文藪, (唐)皮日休 撰 [四部叢刊, 初編集部, 臺北, 臺灣商務印書館]

● 입택총서(笠澤叢書) 우언

笠澤叢書, (唐)陸龜蒙 撰 [文淵閣四庫全書, 臺灣商務印書館, 民國 72]

● 무능자(无能子) 우언

新譯无能子, 張松輝 註譯, 臺北, 三民書局, 2005年 1月 初版

● 나소간집(羅昭諫集) 우언

羅昭諫集, (唐)羅隱 撰 [文淵閣四庫全書, 臺灣商務印書館, 民國 72]

因論及其他三種, 上海, 商務印書館, 民國25年 6月 初版

唐宋散文選注, 申丙 選注, 臺北, 正中書局, 民國 58年 7月 臺初版

• 당척언(唐摭言) 우언

唐摭言, (唐)王定保 撰 [唐五代筆記小說大觀, 上海古籍出版社, 2000年 3月 1版

• 개원천보유사(開元天寶遺事) 우언

開元天寶遺事, (唐)王仁裕 撰 [唐五代筆記小說大觀, 上海古籍出版社, 2000年 3月 1版]

• 유빈객가화록(劉賓客嘉話錄) 우언

劉賓客嘉話錄, (唐)韋絢 撰 [唐五代筆記小說大觀, 上海古籍出版社, 2000年 3月 1版]

• 남당근사(南唐近事) 우언

南唐近事, (宋)鄭文寶 編, 商務印書館, 中華民國 25年 6月 初版

• 상산야록(湘山野錄) 우언

湘山野錄; 續錄; 玉壺淸話, (宋)文瑩 撰, 鄭世剛, 楊立揚 點校, 北京, 中華書局, 1984.

• 경문집(景文集) 우언

景文集, (宋)宋祁 撰, 北京, 中華書局, 1985年 北京 新1版

• 구양문충공집(歐陽文忠公集) 우언

歐陽修全集, (宋)歐陽修 撰, 臺北, 河洛圖書出版社, 民國 64年 3月

歸田錄, (宋)歐陽修 撰 [學津討原, 臺北, 新文豊出版社, 民國 69年 12月 出版]

唐宋八大家文選譯注, 陳霞村 · 閻鳳梧, 山西人民出版社, 1986年 3月 第1版

• 전가집(傳家集) 우언

司馬文正公傳家集, (宋)司馬光, 臺北, 臺灣商務印書館, 民國 57年 9月 臺1版

• 자치통감(資治通鑑) 우언

新校資治通鑑注, 臺北, 世界書局, 民國 63年 3月 6版

• 임천선생문집(臨川先生文集) 우언

臨川先生文集, (宋)王安石, 臺北, 台灣中華書局, 民國 59

王安石全集, (宋)王安石, 臺北, 河洛圖書出版社, 民國 63年 10月
唐宋八大家文選譯注, 陳霞村 · 閻鳳梧, 山西人民出版社, 1986年 3月 第1版
唐宋散文選注, 申丙 選注, 臺北, 正中書局, 民國 58年 7月 臺初版

- 몽계필담(夢溪筆談) 우언

夢溪筆談, (宋)沈括 撰, 臺北, 臺灣商務印書館, 民國 57
夢溪筆談全譯, (宋)沈括 撰, 胡道靜 等 譯注, 貴州人民出版社, 1998年 12月 第1版

- 소식문집(蘇軾文集) 우언

蘇軾文集(孔凡禮點校), 北京, 中華書局, 1986년 3月 第1版, 1999년 5次印刷本
蘇東坡全集, (宋)蘇軾 撰, 臺北, 世界書局, 民國 71年 4月版
唐宋八大家文選譯注, 陳霞村 · 閻鳳梧, 山西人民出版社, 1986年 3月 第1版
唐宋散文選注, 申丙 選注, 臺北, 正中書局, 民國 58年 7月 臺初版

- 동파지림(東坡志林) 우언

東坡志林, (宋)蘇軾 撰, 王松齡 點校, 北京, 中華書局, 1981年 9月 第1版, 2002年 9月 3次 印刷本

- 애자잡설(艾子雜說) 우언

蘇軾文集(孔凡禮點校), 北京, 中華書局, 1986년 3月 第1版, 1999년 5次印刷本

- 계륵집(鷄肋集) 우언

蘇軾文集(孔凡禮點校), 北京, 中華書局, 1986년 3月 第1版, 1999년 5次印刷本

- 냉재야화(冷齋夜話) 우언

冷齋夜話, (宋)釋惠洪 撰, 商務印書館, 民國 28年 12月 初版

- 둔재한람(遯齋閑覽) 우언

遯齋閑覽, (宋)陳正敏 撰 [文淵閣 欽定四庫全書 · 子部 · 說郛 卷二十五 上下, 臺北, 臺灣商務印書館, 民國75 影印本]

- 노학암필기(老學庵筆記) 우언

老學庵筆記, (宋)陸游 撰, 臺北, 木鐸出版社, 民國 71年 5月 初版

- 추언(芻言) 우언

芻言, (宋)崔敦禮 撰, 商務印書館, 中華民國 25年 12月 初版

- 방여승람(方輿勝覽) 우언

方輿勝覽, (宋)祝穆 撰 [《文淵閣 欽定四庫全書》, 臺北, 商務印書館, 民國 72年 影印本]

- 정사(桯史) 우언

桯史, (宋)岳珂 撰, 吳企明 點校, 北京, 中華書局, 1981年 12月 第1版

- 전간서(田間書) 우언

田間書, (宋)林芳 撰, 北京, 中華書局, 1991年 北京 第1版

- 사림광기(事林廣記) 우언

事林廣記, (宋)陳元靚 撰, 北京 : 中華書局, 1998.

- 해사(諧史) 우언

諧史, (宋)沈俶 撰 [中國笑話大觀, 王利器 · 王貞珉 選編, 北京, 北京出版社, 1995年 第1判]

- 막부연한록(幕府燕閒錄) 우언

幕府燕閒錄, (宋)畢仲洵 [(明)陶宗儀, 說郛(涵芬樓藏版) 卷十四, 上海, 商務印書館, 民國 16年 影印本]

- 백아금(伯牙琴) 우언

伯牙琴, (宋)鄧牧 撰, 上海, 商務印書館, 民國 25年 6月 初版

- 취옹담록(醉翁談錄) 우언

醉翁談錄, (宋)羅燁 撰, 臺北, 世界書局, 民國 47

중국당송우언
中國唐宋寓言

초판 인쇄 2017년 12월 18일
초판 발행 2017년 12월 26일

역 주 | 최봉원
발행자 | 김동구
디자인 | 이명숙 · 양철민
발행처 | 명문당(1923. 10. 1 창립)
주 소 | 서울시 종로구 윤보선길 61(안국동)
우체국 010579-01-000682
전 화 | 02)733-3039, 734-4798(영), 733-4748(편)
팩 스 | 02)734-9209
Homepage | www.myungmundang.net
E-mail | mmdbook1@hanmail.net
등 록 | 1977. 11. 19. 제1~148호

ISBN 979-11-88020-34-8 (03820)
25,000원